Paul Zsolnay Verlag

LOUP DURAND

DIE SPUR DES JAGUARS

ROMAN

Aus dem Französischen
von Markus Schmid

PAUL ZSOLNAY VERLAG
WIEN

Umschlag und Einband: Buchholz/Hinsch/Hensinger, BRD
Satz: Büro Dr. Ulrich Mihr, Tübingen
Druck und Bindung: Ueberreuter Buchproduktion Korneuburg
Printed in Austria
ISBN 3-552-04302-0

CIP-Titelaufnahme der Deutschen Bibliothek

Durand, Loup:
Die Spur des Jaguars: Roman / Loup Durand.
Aus dem Französischen von Markus Schmid. – Wien; Zsolnay, 1991
ISBN 3-552-04302-0

Die Spur des Jaguars

… die höchste Wahrheit des Puzzles: allem Anschein zum Trotz ist es kein solitäres Spiel: jede Gebärde, die der Puzzlespieler macht, hat der Puzzlehersteller vor ihm bereits gemacht; jeder Baustein, den er immer wieder zur Hand nimmt, den er betrachtet, den er liebkost, jede Kombination, die er versucht und wieder versucht, jedes Tasten, jede Intuition, jede Hoffnung, jede Entmutigung, sind von dem anderen ergründet, auskalkuliert, beschlossen worden.

Georges Perec
Das Leben. Gebrauchsanweisung

Die Wahrscheinlichkeit beschäftigt mich schon lange nicht mehr.

Alfred Hitchcock

I

Der Jaguar läßt sich ohne größere Schwierigkeiten aufziehen, sofern er sehr jung gefangen wird. Er nimmt seinen Wärter schnell an, sucht sogar seine Gesellschaft und zeigt bei seinem Erscheinen große Freude.

II

Der Jaguar frißt ohne Ausnahme alle größeren Säugetiere, die er erbeuten kann, und jagt Sumpfvögel im Schilf. Außerdem ist er ein guter Schwimmer und fängt Fische, die in seichten Gewässern leben. Selbst Kaimane und Schlangen verschmäht er offenbar nicht.

III

Solange der Jaguar genügend Nahrung findet und nicht gestört wird, bleibt er immer an einem festen Ort. Sein Revier wechselt er stets nur bei Nacht. Wenn nötig, durchschwimmt er auch die breitesten Flüsse.

IV

Der Schrei des Jaguars gleicht überhaupt nicht dem typischen Raubtiergebrüll. Der Jaguar ist eher ein ruhiges Tier. Er gibt allenfalls ein dumpfes Knurren von sich. Aber viele Reisende behaupten, man könne am Gekreische der Affen erkennen, daß er in der Nähe ist.

V

Der Jaguar meidet den Menschen. Selbst verwundet greift er ihn selten an. Zum Menschenfresser wird er nur unter ganz ungewöhnlichen Umständen.

VI

Der Jaguar wird seit jeher vom Menschen gejagt. Die Indianer Südamerikas erlegen ihn mit Pfeilen, die sie mit Kurare vergiftet haben. Gefährlicher ist es, ihn aufzustöbern und zum Kampf mit den Hunden zu zwingen. Dazu sollte man sich den Arm mit Lammfell umwickeln und dem Jaguar einen Stoß mit einem speziellen, doppelschneidigen Dolch versetzen. Den Rest besorgen die Hunde.

VII

Gebärdet sich ein Jaguar besonders wild, so sind die Eingeborenen überzeugt, daß es sich bei ihm nicht um ein echtes Tier, sondern um ein magisches oder übernatürliches Wesen handelt. Manchmal sehen sie in ihm auch die Wiedergeburt eines besonders bösen Menschen, der vor langer Zeit gestorben ist.

Prolog

Samantha?

Wo bist du nur, Samantha?

Ich gebe nicht auf, hörst du. Ich gebe nicht auf.

Man hat Candido, den Jaguar, in die Große Stille gesperrt. Davor, es ist schon einige Zeit her, hat er in einem normalen Gefängnis gesessen und auf seine Erschießung gewartet. Dann hat man ihm diese Spritze gegeben, und er hat das Bewußtsein verloren. Jetzt ist sein Gedächtnis leer. Er erinnert sich an nichts mehr, nicht einmal an seine Überführung aus dem normalen Gefängnis hierher. Irgendwann ist er langsam wieder zu sich gekommen, er hat die Augen geöffnet, sich umgeschaut ... er hat die Stille gehört.

Eine Stille, die in den Ohren gellt.

Zum Verrücktwerden.

Nun gut.

Candido hört auf, hin- und herzugehen. Er setzt sich mitten in dem weißen Kubus auf den Boden. Im Schneidersitz. Er zwingt sich, die Hände zu öffnen und die Finger zu entkrampfen.

Das wollen SIE doch nur, Candido: daß du verrückt wirst. Wie SIE auch wollten, daß du ein Jaguar wirst.

Der Jaguar.

Nun gut.

Beruhige dich.

Geh die ganze Geschichte noch einmal von Anfang an durch. Beginne nicht bei deiner Geburt, beginne neunzehn, zwanzig Jahre später. Als du in den Mato Grosso kamst.

Lange bevor du sie gekannt hast: Samantha und den verfluchten Puzzlemacher Aljotschka Alechin, Afonka Tschaadajew und die anderen Krallen des Jaguars.

Damals im Mato Grosso, als die ganze Geschichte erst richtig begann.

Vier Jahre davor.

Er ist neunzehn Jahre und ein paar Monate alt, und er kämpft sich durch die Wildnis. In den ersten Wochen nach seiner Flucht aus dem Indianerdorf, wo er den Soldaten, die ihn verfolgen, beinahe in die Hände gefallen wäre, ist er ein gutes Stück vorangekommen. Jetzt schleppt er sich nur noch mühsam weiter. Jeder Meter ist eine Qual. Später, in der Großen Stille, wird er sich über die fast schon tierische Verbissenheit und zähe Ausdauer wundern, die der junge schwächliche Candido in dieser Zeit bewiesen hat.

Er hält geradewegs nach Norden, daran besteht kein Zweifel: Er richtet sich nach der Sonne und, wenn sie einmal nicht zu sehen ist, nach dem Moos an den Bäumen. Die wenigen Vorräte, die er von den Indianern bekommen hat, sind aufgebraucht. Er ernährt sich von Früchten, Blättern und Wurzeln, von Schlangen und Würmern. Sogar von Kaimanbabys. Er schlägt ihnen mit der Machete den Kopf ab und schlingt sie roh hinunter. Aber mit jedem Tag, mit jeder Stunde wird der Boden morastiger. Immer öfter versinkt er bis zum Oberschenkel im Schlamm.

Denn es regnet auf den Mato Grosso, auf diesen kaum erforschten Teil Brasiliens mit seinen Millionen Hektar unberührter Wildnis. Es regnet auf den Rio Guaporé, der einen Nebenfluß des Amazonas speist und die Grenze zwischen Brasilien und Bolivien markiert. Es ist ein typisch südlicher Sommerregen (vor ein paar Tagen war wahrscheinlich Weihnachten). Die Tropfen fallen dicht und schwer und schlagen ringsum tiefe Krater in den roten Schlamm. Und was viel schlimmer ist, der Regen ergießt sich unerbittlich in das Pantanal, eine Art Senke, die von der Tiefebene des Rio Paraguay im Süden bis zum Rio Guaporé im Norden reicht und sich auf einer Fläche von fast fünfundzwanzigtausend Quadratkilometern mit Wasser füllen kann. Bald wird alles zwei bis drei Meter tief in den Fluten versinken. Nur die Trombas, tafelförmige Basaltkuppen, werden verschont bleiben.

Spätestens dann wird Candido ertrunken sein.

Er trägt keine Stiefel mehr, auch den Offiziersrock hat er zurückgelassen. Seine nackten Füße sind von riesigen Sandflöhen zerfressen. Die Schmarotzer nisten sich in seinem Fleisch ein und brechen blutige Wunden auf, die aussehen wie Austern ohne Schalen. Dutzende von Blutegeln hängen an ihm, bis zur Brust und zum Rücken hinauf. Die schlammige Flut steigt immer weiter. Schon reicht sie ihm bis zur Hüfte. Den Dienstrevolver hat er schon vor Tagen verloren, die dazugehörige Tasche hat er weggeworfen. Außer der Machete, die zum Glück ein Lederriemen an seinem Handgelenk festhält, hat er nur noch den Gummiponcho, mit dem er vor etwa acht Wochen aus der Garnison geflüchtet ist. Doch statt sich mit ihm vor dem Regen zu schützen, hat er ihn um den Grimmelshausen gewickelt. Eine deutsche Ausgabe des *Abenteuerlichen Simplicius Simplicissimus* von Hans Jakob Christoffel von Grimmelshausen. Candido trägt das Buch mit ausgestreckten Armen, so kann er es schnell nach oben reißen, wenn er in ein Wasserloch tritt.

Wenn ihn das Wasser verschlingt, vielleicht in einer Stunde, vielleicht auch erst morgen, wird ihn sein Lieblingsbuch wenigstens kurze Zeit überleben.

Sein vollständiger Name lautet Candido Stevenson Cavalcanti de Noronha. Er ist hundertsechzig und ein paar Zentimeter groß, hat hübsche grüne Augen und kommt, trotz allem, aus gutem Haus: Er ist Alleinerbe des ansehnlichen Vermögens der Cavalcanti de Noronha aus São Paulo, denn seine beiden Schwestern entstammen der zweiten Ehe seines Vaters Dom Trajano (Candidos Mutter ist bei seiner Geburt gestorben; von ihr hat er die zierliche Gestalt geerbt). Im vergangenen Juli fiel er aus allen Wolken. Eines Nachmittags wachte er auf und läutete wie gewöhnlich nach dem Frühstück. Doch anstelle des Kammerdieners traten zwei Rechtsanwälte Dom Trajanos ins Zimmer. Ohne große Umschweife erklärten sie ihm, daß die Geduld Dom Trajanos und der besseren Gesellschaft São Paulos nun erschöpft sei: Seine ständigen Eskapaden und jetzt auch noch die Affäre mit der Tochter des Kriegsministers – das Maß sei jetzt endgültig voll. Drei Stunden später saß Candido in einem Zug nach Norden, bekleidet mit einer Leutnantsuniform, in der Tasche ein frisches Offizierspatent. Er war wie betäubt und unfähig, Dom Trajano böse zu sein: Damals konnte sich Candido anscheinend über nichts und niemanden ärgern. Am wenigsten über seinen Vater. Natürlich war es ihm nahegegangen, daß Dom Trajano seit über vier Jahren kein Wort mehr mit ihm gewechselt hatte, doch Optimist, der er war, hoffte er auf ein baldiges Ende dieser Verstimmung, die er allein dem angeborenen Starrsinn seines Erzeugers zuschrieb. (Für Candido war es unvorstellbar, daß ein Vater seinen Sohn und umgekehrt ein Sohn seinen Vater hassen konnte. Außerdem war Candido bestimmt der einzige Mensch in São Paulo oder Rio, der gewisse Gerüchte nicht kannte, die über ihn und seinen Vater umgingen.)

Man steckte ihn in eine kleine Garnison am Ende der Welt. Keine zwei Wochen später hatten die Offiziere und Unteroffiziere begriffen, daß man ihnen den idealen Prügelknaben geschickt hatte. Als Berufssoldaten ohne besondere Fähigkeiten und Beziehungen waren sie zu einem Leben in dieser Einöde verdammt. Ein wehrloser Schwächling, zudem Alleinerbe einer der reichsten Familien des Landes, kam da wie gerufen (welcher Brasilianer ärgerte sich nicht über die Arroganz und den Reichtum der Leute aus São Paulo?), zumal ihnen der Oberst eingeschärft hatte, sie sollten einen Mann aus ihm machen.

Candido stapft weiter. In den letzten Stunden ist er kaum mehr als ein paar hundert Meter vorangekommen. Der Regen fällt immer noch sehr dicht, wie ein Vorhang schneidet er nach dreißig Metern die Sicht ab. Reiner Wahnsinn, denkt Candido. Mitten in der Regenzeit kommt hier niemand durch. Ich werde sterben, schade. Dom Trajano wird sicherlich traurig sein, und der Doktor bestimmt auch, aber ich bin ja selbst schuld, ich war nie der Sohn, den Papa sich gewünscht hat ...

Was die anderen betrifft, die von der Armee, den Obersten und seine Offiziere, denen geschieht es gerade recht. Warum mußten sie mich auch Jaguar nennen? Ich bin kein wilder Jaguar. Wenn ich schon ein Tier sein soll, dann ein sanftes Kätzchen, das die Frauen gern streicheln. Wie zum Beispiel die Tochter des Kriegsministers: Sie wollte es ja, ich habe sie nicht dazu zwingen müssen (im Gegenteil, wenn ich ehrlich sein soll!).

Er hat nicht einmal mehr die Kraft, den Arm mit der Machete zu heben und die Tiere zu verscheuchen, die ihm in den Weg schwimmen. Die Nacht bricht herein, das Wasser steigt. Im günstigsten Fall muß er noch an die zwei- bis dreihundert Kilometer zurücklegen, bevor er die erste menschliche Siedlung und festen Boden erreicht. Bereits zweimal ist er in ein Schlammloch geraten, und das Wasser hat über dem Poncho mit dem Grimmelshausen zusammengeschlagen. Er hätte heulen können.

Es wird dunkel. Aber das ändert nichts: Seine Lider sind ohnehin mit Schlamm verklebt. Er sieht nichts mehr.

… So erklimmt er die Tromba, die kleine Basaltkuppe, ohne sich dessen bewußt zu sein. Ohne zu begreifen, daß er sich auf ein Eiland hochzieht, das die Wassermassen vielleicht nicht überfluten werden.

Er sinkt zu Boden. Und rollt sich um den Grimmelshausen zusammen.

Zwei Monate nach seiner Ankunft in der Garnison schrieb er Dom Trajano. Vier Briefe. Doch er erwähnte mit keiner Silbe, was er von den anderen erdulden mußte: die zahllosen Erniedrigungen, die Gewaltmärsche (bei denen er als einziger zu Fuß ging, während die Abteilung, die er eigentlich befehligen sollte, zu Pferd saß), die Übungen, die man eigens für ihn auf dreißig Stunden ausdehnte, die Unverschämtheiten der einfachen Soldaten, die von den Offizieren dazu angestiftet wurden, die Prügel, die er zweimal bezogen hatte, den Vergewaltigungsversuch, dem er nur knapp entgangen war, die grundlose Kürzung seiner Essensration und die Diebstähle (man hatte ihm seine Uhr, seinen Siegelring und seine Kleider weggenommen). Ebensowenig erwähnte er, daß man sogar seine Gitarre zertrümmert und alle seine Bücher verbrannt hatte – bis auf den Grimmelshausen, den er vorsorglich versteckt hatte. Über all das verlor er kein Wort. Statt dessen erkundigte er sich höflich und mit dem schüchternen Respekt, den er seinem Vater gegenüber immer gezeigt hatte, ob Dom Trajano nicht seine Versetzung erwirken könne, gleichgültig wohin. Es kam keine Antwort, zumindest keine direkte. Wochen später zitierte ihn der Oberst, der die Garnisonen im Mato Grosso befehligte, zu sich. Er zeigte ihm die vier Briefe. Sie waren ungeöffnet an die Militärbehörden zurückgeschickt worden. Candido bekam zwei Wochen verschärften Arrest in einer Wellblechbaracke bei fünfzig Grad im Schatten.

Anfang November unternahm er einen ersten Fluchtversuch nach Süden in Richtung São Paulo. Er wurde gefaßt. Er versuchte, sich das Leben zu nehmen. Seine Kameraden fanden ihn rechtzeitig. Doch statt Mitleid zu zeigen, entrüsteten sie sich über seine, wie sie es nannten, zweimalige Desertion. Mit der natürlichen Gesetzmäßigkeit, die in abgeschlossenen Gesellschaften herrscht, steigerten sie ihre anfängliche Grausamkeit. Alles wirkte zusammen: Candidos passive Sanftmut, die zurückgesandten Briefe (die bewiesen, daß er von seinem Vater keinen Schutz zu erwarten hatte), die wiederholten Befehle des rachsüchtigen Kriegsministers.

Zu Beginn der zweiten Dezemberwoche floh er erneut. Diesmal nach Norden. Zuerst fand er Zuflucht bei den Indianern am Rio Juruena. Doch die Soldaten des Obersten, der alles daransetzte, ihn zu fangen, stöberten ihn auf.

So floh er weiter nach Westen, in das überschwemmte Pantanal.

Im trüben Licht des Morgens erscheint ihm seine Lage hoffnungslos. So weit das Auge reicht, nichts als Wasser. Alles, oder fast alles ist überflutet. Sogar der Wald ist verschwunden, nur vereinzelt schauen noch Baumwipfel aus dem Wasser. Am westlichen Horizont, kilometerweit entfernt, ragen schemenhaft andere Trombas auf. Etwas näher liegt eine kleine Insel, aber auch sie ist mindestens zwei- bis dreitausend Meter entfernt und sichtlich kleiner als die Tromba, auf die ihn der Zufall verschlagen hat. Sie zu erreichen würde nichts nützen.

Er legt sich hin, deckt sich mit dem Poncho zu und liest im *Simplicius*. Er kann Hunderte von Seiten auswendig. Die Besessenheit, mit der er sich immer wieder in dasselbe Buch vertiefte, wo es doch so viele andere zu entdecken gab, hat schließlich sogar den Doktor, seinen deutschen Hauslehrer, geärgert. Der Doktor – Taxilus Grüßgott mit richtigem Namen – ist der einzige Mensch, von dem er seit seiner Kindheit Zuwendung erfahren hat. Selbst jetzt würde Candido nicht glauben wollen und auch die leiseste Andeutung zurückweisen – nicht wütend, denn zu einer solchen Empfindung ist er nicht fähig, aber doch beleidigt und betroffen –, der Doktor habe ihm eine sonderbare Erziehung angedeihen lassen.

Es gelingt ihm, ein wenig zu lesen, aber zwischendurch schläft er immer wieder ein. Er hat Hunger und wird von Schwindelanfällen gepackt, denen eine dumpfe Benommenheit vorausgeht. Er behält die verschwommene Erinnerung an eine Abfolge von Tagen und Nächten, an einen Regen, der nur aufhört, um jedes Mal noch stärker und bisweilen sogar mit ungestümer Heftigkeit wieder einzusetzen.

Als Hände ihn berühren und hochheben, als eine Stimme zu ihm spricht, wehrt er sich nur schwach, im Glauben, der Suchtrupp des Obersten habe ihn eingeholt.

... Einige Zeit später wacht er auf. Er schlürft den lauwarmen gezukkerten Kaffee, der ihm gereicht wird, er ißt, schläft wieder ein, kommt wieder zu sich, ißt und trinkt erneut, entdeckt, daß man ihn gewaschen und verarztet hat und daß er in einer Hängematte an Deck eines Schiffes liegt.

„Was Sie geleistet haben, hätte niemand außer dem Jaguar vollbracht“, sagt endlich eine Stimme.

Candido sinkt mit dem unbestimmten Gedanken wieder in Schlaf: Da haben wir's, wieder diese idiotische Geschichte vom Jaguar. Haben sie mich also doch noch geschnappt, die Leute des Obersten ...

Am nächsten Morgen begreift er, daß er sich getäuscht hat. Noch am selben Tag kann er bereits aufstehen und ein paar Schritte gehen. Die Leute auf dem Schiff betrachten ihn mit auffallender Bewunderung. Er fragt sie aus und erfährt alles Notwendige: daß es sich bei dem angeschwollenen Fluß, den sie hinunterfahren, um den Rio Paraguay handelt, der im Süden in den Rio de la Plata mündet, daß auf Bitten des Doktors nicht weniger als fünf Boote fast zwei Wochen lang das ganze Pantanal nach ihm abgesucht haben, daß man ihn jetzt nach Buenos Aires bringt und daß die brasilianische Armee ihn für einen Deserteur und gefährlichen Aufwiegler hält und deshalb in Abwesenheit zum Tode verurteilt hat.

„Ich heiße Policarpo Moravec“, sagt ein Mann mit ungewöhnlich tiefliegenden Augen und fiebrigem Blick (der seine Ursache nicht etwa in einer Krankheit hat, sondern in einer Art glühendem Fanatismus).

Er lächelt den verdutzten Candido an.

„Wir werden große Dinge zusammen vollbringen, Jaguar“, fügt er hinzu.

Er überreicht Candido einen handgeschriebenen Brief. Er ist vom Doktor. Der Doktor empfiehlt Candido, Policarpo Moravec rückhaltlos zu vertrauen.

„Und wann sind wir in Buenos Aires?“

Der Doktor schreibt, er halte den Moment für günstig, endlich die schon seit längerem geplante Reise nach Deutschland anzutreten. Er bittet Candido vorauszufahren, er selbst will später nachkommen, „wenn ich Ihren Herrn Vater beschwichtigt und davon überzeugt habe, über Ihre Streiche hinwegzusehen“.

Candido weiß schon jetzt, daß er einwilligen wird. Er wird nach Europa fahren. Davon träumt er schon lange. Der Mato Grosso bleibt zurück, der Regen hört auf. Wie ein Alptraum, der zu Ende geht.

„Ja.“

Policarpo Moravec schlägt ihm vor, das erstbeste Passsagierschiff nach Deutschland zu nehmen.

Einverstanden.

Policarpo Moravec, welch lächerlicher Name, denkt Candido. Aber wenn ich erst einmal in Deutschland bin und mich an Mädchen mit blonden Zöpfen heranmache, wird kein Mensch mehr vom Jaguar reden.

Das rechte Flußufer ist nun paraguayisch, und zur Linken erhebt sich die Serra do Amambaí. Blaue Wolken verhüllen ihre Gipfel.

Die eigentliche Geschichte beginnt.

I

Der Jaguar läßt sich ohne größere Schwierigkeiten aufziehen, sofern er sehr jung gefangen wird. Er nimmt seinen Wärter schnell an, sucht sogar seine Gesellschaft und zeigt bei seinem Erscheinen große Freude.

„Tscheka“, ruft Aljotschka Michailowitsch Alechin.

Er zeigt seine Karte durch das heruntergelassene Fenster des Wagens. Die Soldaten, die den Wagen gestoppt haben, weichen erschrocken zurück. „Wir müssen dafür sorgen, daß allein schon der Name Tscheka Schrecken verbreitet, Aljotschka. Der rote Terror. Niemand darf sich vor unserer unerbittlichen Strenge sicher wähnen, sie muß allgegenwärtig sein“, hat Felix Dserschinski in Moskau zu ihm gesagt. „Die Muschiks auf dem Land glauben an die Hexe Baba-Yaga. Auch wir müssen zu einer Legende werden, zu einer Baba-Yaga des ganzen Landes. Und keine Angst vor Fehlern: Sie werden mehr zu unserer Legende beitragen als die gerechtesten Strafen.“

Wir schreiben das Jahr 1920. Es ist Januar. Aljotschka Michailowitsch Alechin befindet sich bereits seit zwei Monaten in Petrograd, dem ehemaligen Sankt Petersburg. Er ist also an seinen Geburtsort zurückgekehrt. Sein Vater betrieb hier in der Konjuschennaja ein elegantes Schuhgeschäft, das berühmte Männer wie den Musiker Rimski-Korsakow, den Schriftsteller Turgenjew und den Tänzer Nijinski zu seiner Kundschaft zählte.

Der französische Wagen der Marke Mathis fährt knatternd weiter. Afonka Tschaadajew sitzt am Steuer. Bald darauf erreichen sie den Fontanka-Kanal und biegen in die Uferstraße ein. Vor dem Kühler öffnet sich der Newskij-Prospekt. Tschaadajew folgt ihm, fährt an der Kathedrale der Muttergottes von Kasan vorüber, dann an dem leerstehenden Gebäude mit der Glaskuppel, in dem früher die amerikanische Firma Singer ihren Sitz hatte, schließlich an der flaschengrünen und weißen Fassade des Palais Stroganow.

Fünfundsechzig Tage ist es nun her, daß man Alechin von der Front in der Ukraine abberufen hat, wo es der Kavallerie der Roten Armee endlich gelungen war, die Truppen der „Weißen“ unter Denikin und Wrangel aufzureiben. Alechin war politischer Kommissar. In Moskau wurde er zunächst von Jagoda empfangen, dann vom jungen Lawrentij Berija und schließlich von Dserschinski, keinem geringerem als dem Gründer und ersten Mann der Tscheka. Alle drei stellten die gleichen Fragen: nach seiner Ausbildung, seinen Fremdsprachenkenntnissen, seinen Auslandsaufenthalten vor 1917 und natürlich nach seinen Dienstzeugnissen von der Roten Armee – Informationen, die zweifellos bis ins letzte Detail auch den Akten zu entnehmen waren, die seinen Gesprächspartnern vorlagen. Doch die Art, wie sie ihre Fragen stellten, war deutlich genug: Er begriff sofort, daß man ihn mit einer besonderen Aufgabe betrauen wollte. „Lawrentij Pawlowitsch glaubt, du könntest uns nützlich sein", sagte Dserschinski. „Ich bin der gleichen Meinung. Du wirst nach Petrograd fahren. Dann sehen wir weiter." Noch am selben Tag machte sich Alechin auf den Weg. Afonka Tschaadajew durfte ihn begleiten. Die Zugfahrt dauerte zwanzig Stunden. Sie fuhren in einer Tepluschka, einem einfachen Viehwaggon mit Holzbänken, der mit einem Burschuka, einem kleinen eisernen Öfchen, beheizt wurde. In Petrograd lernte er seinen unmittelbaren Vorgesetzten Juri Naoumow kennen, den Chef der Tscheka in der ehemaligen Hauptstadt (ein kleiner untersetzter Rothaariger, kaum des Lesens und Schreibens mächtig, aber ein glühender Anhänger der Revolution) und vor allem Grigori Jewsejewitsch Sinowjew. Sinowjew, ein Mann mit Fettpolstern und abstoßend schmutzigem Persianermantel, führt seit zwei Jahren den Vorsitz im Petrograder Sowjet – dem wichtigsten in ganz Rußland, noch vor dem Moskauer; außerdem ist er Vorsitzender der Kommunistischen Internationalen und in dieser Eigenschaft unmittelbar verantwortlich für die Ausbreitung der Revolution über die ganze Welt. Alechins Vermutung war also richtig: Die Mission, für die ihn Dserschinski und die anderen in Moskau ausersehen haben, soll ihn ins Ausland führen. Jener Genosse, der häufig als möglicher Nachfolger Wladimir Iljitsch Lenins genannt wird, musterte ihn neugierig: „Du bist groß, Aljotschka. Wie groß bist du? Eins neunundachtzig? Ich hätte gewettet, du bist noch größer. Genrich Jagoda hält dich für den schönsten Mann von ganz Rußland ... und für einen klugen Kopf. Wie ist dein Englisch? Nicht schlecht, du hast so gut wie keinen Akzent. Und dein Deutsch? Laß hören. Perfekt, man könnte dich für einen Berliner halten ..."

Der Mathis fährt jetzt langsam am Ufer der Newa entlang, fast im Schrittempo. Zur Linken liegt das Winterpalais. In der ehemaligen Zarenresidenz sind jetzt Flüchtlinge einquartiert, die in den riesigen ungeheizten Sälen vor Kälte schlottern. Petrograd ist unter Frost und Eis erstarrt. Die Silhouette der Peter-und-Pauls-Festung am anderen Flußufer wirkt durch den Schnee noch gewaltiger. Auf der Wassiliewski-Insel ist die Universität zu erkennen.

„Ich habe hier studiert, Afonka Tschaadajew. Lenin übrigens auch, allerdings nicht zur gleichen Zeit."

Aljotschka Alcchin ist dreißig Jahre alt. Im Jahr 1917 hat er geschwankt, auf welche Seite er sich schlagen sollte. Er hätte auch auf die weiße Karte setzen können, auf Kornilow und dann auf Denikin. Doch als die Weißen mit Unterstützung der Franzosen und Briten bis auf dreihundert Kilometer auf Moskau vorrückten, schloß er sich Bucharin und dessen Mörderbande an. Er glaubte sich schon verloren und zu einem Leben im Exil verurteilt. Erst die Bildung der Regierung Lenin im April 1918 beruhigte ihn. Sofern er überhaupt Angst gehabt hatte. Denn Angst ist ein Gefühl, das ihm fremd ist. Wie überhaupt alle Gefühle. Er selbst wundert sich nicht mehr darüber: Er ist eine menschliche Maschine und will auch nichts anderes sein, eine Maschine, die nichts empfindet und sich nur von persönlichen Interessen leiten läßt. „Du hast etwas von einem Ungeheuer", hat Dserschinski gemeint, und der muß ja wissen, wovon er spricht.

Man wird ihn also ins Ausland schicken. Sehr gut. Er glaubt auch, den Grund zu kennen. Wenn er mit seiner Vermutung richtig liegt, dann mußte er sich unbedingt einen Plan zurechtlegen, wie er aus der Sache unbeschadet wieder herauskommt. Aber ihm wird schon etwas einfallen, davon ist er überzeugt. Sofern er überhaupt eine Leidenschaft besitzt, dann für kaltblütig und sorgfältig geplante Intrigen, bei denen alles vorausgesehen wird, selbst die kleinste Reaktion des Gegners. Er liebt Puzzles. Doch statt Puzzles zu legen, erfindet er lieber welche.

„Dreh um, Afonka. Bring mich zur Schpalernaja."

Ein Gefängnis. Er muß dort einige Männer und Frauen verhören. Grausamkeit langweilt ihn und läßt ihn kalt: Entweder ist sie notwendig oder nicht. Ein anderes Kriterium gibt es für ihn nicht.

Er kennt keinen Candido und hat nie von ihm gehört.

Genausowenig von Samantha Franck.

In dem Haus an der Schiller Street in Chicago versammeln sich die Trauergäste nach der Beerdigung zum Leichenschmaus. Samantha wartet, bis alle Gäste Platz genommen haben. Erst als sie sich vor Störungen sicher glaubt, geht sie eine Etage tiefer und betritt das Zimmer, in dem ihr Vater noch vor wenigen Wochen praktiziert hat. Alles ist noch an seinem Platz: die unzähligen deutschen und englischen Bücher im Wandregal, die beiden Federzeichnungen, die er so liebte (eine zeigt den Berliner Alexanderplatz, die andere eine Schwarzwaldlandschaft). Sie betrachtet den Schreibtisch aus polierter Eiche mit dem Lampenschirm aus buntem Glas darauf, den Pfeifenständer, den Füllfederhalter, mit dem ihr Vater seine Rezepte zu unterschreiben pflegte, das Stethoskop und die gerahmten Diplome – ein deutsches, ausgestellt in Berlin, und ein amerikanisches, ausgestellt im Jahre 1889, drei Jahre nach seiner Einwanderung in die Vereinigten Staaten.

Sie setzt sich in einen der beiden Sessel vor dem Schreibtisch.

„Sei mir nicht böse, Papa, ich muß es tun. Ich weiß, daß du mir keinerlei Vorwürfe machen würdest. Du würdest mich verstehen."

Der Lärm aus dem Erdgeschoß nimmt zu. Die Unterhaltung wird lebhafter, sogar Gelächter ist zu hören.

Gut. Sie tritt ans Bücherregal und nimmt die Gesammelten Werke von Bakunin heraus, eine Dünndruckausgabe in drei Bänden. Sie erreicht rechtzeitig ihr Zimmer im darüberliegenden Stockwerk: Kaum hat sie ihre Koffer gepackt, klopft es an die Tür.

„Du hättest zum Essen herunterkommen sollen, Sam. Deine Mutter ist wütend."

Cousin Herbie mit dem einfältigen Gesicht.

„Nimm die beiden Koffer", sagt sie. Sie geht die Treppe hinunter und durchquert die Eingangshalle, ohne auch nur einmal den Kopf zu wenden. Onkel Moritz will sie aufhalten, doch sie ist bereits draußen und hat auf dem Beifahrersitz des Chevrolet Platz genommen.

Sie fahren schweigend den Loop entlang.

„Mußt du wirklich heute abend wieder im College sein?" erkundigt sich Herbie schließlich.

„Ja."

„Sam, ich weiß, wir alle wissen, wie sehr dein Vater und du ..."

„Laß gut sein, Herbie."

Er besteht darauf, den Wagen zu parken und sie zu begleiten. Er trägt ihr die Koffer zum Fahrkartenschalter, dann zum Zug –, er steigt sogar mit ihr ein.

„Geh jetzt, Herbie. Bitte. Und danke."

Endlich entfernt er sich. Es war auch höchste Zeit: Der Zug fährt bereits an. Sie packt die Koffer und springt auf den Bahnsteig. Cousin Herbie läßt sie dabei keine Sekunde aus den Augen, für den Fall, daß er sich umdreht. Sie folgt ihm in sicherem Abstand, versteckt sich in der Menge, bis er in sein Auto steigt und wegfährt.

Sie verläßt den Bahnhof.

Eine Stunde später steigt sie in den Bus nach New York. Die Fahrt dauert endlos lang. Sie schläft ein wenig. Der älteren Frau, die neben ihr sitzt, gibt sie einen Brief. Er ist an ihre Mutter adressiert. Sie hat ihn bereits gestern abend geschrieben. In dem Brief steht alles, was sie vorhat, wenigstens fast alles. Wenn er zu Hause eintrifft, wird es zu spät sein. In New York nimmt sie sich ein Zimmer im Haus des YWCA in der Lexington Avenue. Sie ist zum zweiten Mal in New York, das erste Mal war 1917. Damals hatte sie mit ihrem Vater gegen den Einsatz amerikanischer Soldaten in Europa demonstriert. Ihr Vater wurde festgenommen und eingesperrt, weil er einen Eimer mit Farbe wie Hühnermist über einen Colonel ausgeleert hatte. Onkel Moritz mußte sich einschalten und seinen Bruder aus dem Gefängnis holen.

Onkel Moritz ist der einzige, den sie einigermaßen erträglich findet. Wenigstens an manchen Tagen.

Doch, Cousin Herbie auch. Er ist ein bißchen aufdringlich, aber sonst ganz in Ordnung.

Am nächsten Morgen löst sie ihr Schiffsticket. Ihr Paß wird überprüft. Ihre Sorgen wegen des Passes erweisen sich als unbegründet: Kein Mensch merkt, daß sie das Geburtsdatum ausradiert und um zwei Jahre vorverlegt hat. In Wirklichkeit ist sie erst neunzehn.

Am Nachmittag geht sie zu einem Haus in Brooklyn. Die Adresse hat sie von Werner Lingg. Niemand öffnet. Sie wartet drei Stunden an der Tür, dann kehrt sie nach Manhattan zurück. Den Abend und einen Teil der Nacht verbringt sie in ihrem Zimmer in der Lexington Avenue mit Lesen. Fast hätte sie Bakunin aufgeschlagen. Vater hat ihr des öfteren Passagen daraus vorgelesen und kommentiert. Aber ich habe noch genug Zeit, denkt sie, ich werde ihn auf dem Schiff lesen. Schließlich nimmt sie wieder ihre geliebte Rosa zur Hand, diesmal *Die Krise der Sozialdemokratie* und *Die russische Revolution.* Es ist ihre letzte Nacht in Amerika. Sie verspürt große Lust, auszugehen und durch die Straßen zu streifen. Wäre sie ein Junge, würde sie es tun, aber sie kann sich nicht dazu durchringen. Vor den nächtlichen Vagabunden hat sie keine Angst, wenngleich diese Stadt noch größer ist als Chicago. Was ihr Furcht einflößt, ist vielmehr der große Absprung ins Unbekannte, den sie vorhat, der Bruch mit allem, was bisher ihr Leben war. Dazu kommt in heftigen Wellen der Schmerz über den Tod des Vaters, die Belastung der letzten Wochen, in denen der Krebs seinen Körper zerfraß und die Schmerzen ihn um den Verstand brachten.

Ich wäre auf jeden Fall gegangen, denkt sie, auch wenn er noch am Leben wäre. Er hätte mich verstanden. Rosa hätte an meiner Stelle bestimmt nicht gezögert.

Am nächsten Morgen geht sie wieder nach Brooklyn, und diesmal öffnet sich die Tür. Nein, Emma Goldblum sei nicht daheim, sagt der Mann und sieht sie schlaftrunken an, Emma sei verreist, er habe keine Ahnung wohin, wisse auch nicht, wann sie zurückkomme. (Er lügt, das sehe ich ihm an, er traut mir nicht, die wahren Anarchisten trauen niemandem, sie werden ja verfolgt, ich bin wirklich im Untergrund, wie aufregend.)

„Du kommst also von Werner?" fragt der Mann. „Von welchem Werner? Ich kenne keinen Lingg, weder in Chicago noch sonstwo. Aber komm doch rein, ich mache gerade Kaffee."

Der Mann spricht deutsch und duzt sie – trotzdem klingt sein Deutsch wie das eines Amerikaners.

Sie zögert. Etwas im Blick des Mannes beunruhigt sie, sie wird von Angst gepackt. Einmal ist er um einiges größer als sie, was zwar vorkommt, aber nicht allzu oft. Und dann ist er nackt, oder fast. Er hat zwar eine Hose übergezogen, aber sein Hosenschlitz steht offen und läßt so manches erkennen. Außerdem ist er überall behaart, seine Brust ist struppig wie die eines Bären. Mag sein, daß er ein echter Anarchist ist (da Emma ihn bei sich schlafen läßt), aber trotzdem. Oder gerade deshalb: Werner hat ihr wohl die freie Lebensart erklärt, auf die jeder Anarchist stolz sein darf – nur ist Werner Lingg siebzig Jahre alt und sieht nicht einmal die Hand vor Augen, wenn man ihm die Brille wegnimmt.

Sie stammelt einige blödsinnige Erklärungen und tritt den Rückzug an.

Zurück nach Manhattan. Sie schreibt an Werner Lingg. Werners Bruder war einer der fünf Anarchisten (neben Engel, Fisher, Parsons und Spies), die in Chicago hingerichtet wurden, nachdem man sie, zu Recht oder zu Unrecht, wegen der Bombenattentate vom 1. Mai 1886 verurteilt hatte: „Ich reise heute abend ab, Werner. Ich war zweimal bei E. G., aber sie ist nicht in New York. Ich werde sie also nicht kennenlernen und bin sehr enttäuscht. Vielleicht werden Sie meinen Entschluß mißbilligen, doch Sie sollen wissen, daß Sie dafür keine Verantwortung tragen. Ich hätte Ihnen nie etwas davon gesagt, und das ist doch der beste Beweis, daß ich nicht mit Ihrer Zustimmung gerechnet habe ..."

Ihr bleiben noch zehn Stunden. Sie verteilt die Bücher etwas besser auf die beiden Koffer: *La Justice* von Pierre Joseph Proudhon, *Memoiren eines Revolutionärs,* die Erinnerungen Kropotkins, vom selben Autor *Worte eines Revolutionärs* und *Die Eroberung des Brotes,* schließlich *Fortschritt und Armut* von Henry George. Und natürlich die fünf Schriften ihrer geliebten Rosa und die drei Bände Bakunins. *Die vier Töchter des Doktor March* wirken daneben wie ein Schandfleck.

Glaubst du, Rosa hätte so etwas mitgeschleppt? Du solltest dich schämen.

Sie nimmt die *Vier Töchter* aus dem Koffer und versteckt sie hinter der Toilettenschüssel. Sie läßt sie nur schweren Herzens zurück.

Bist du nun eine Anarchistin oder nicht?

Sie zählt ihre Barschaft: zweihundertundelf Dollar.

Noch acht Stunden! Sie gibt ihrer Neugier nach und geht ins Metropolitan Museum of Art. Sie durchwandert die Säle, bis das Museum schließt und ein Wächter sie freundlich vor die Tür setzt. Museen hat sie schon immer geliebt, ob sie nun kapitalistisch sind oder nicht.

Am Abend geht sie an Bord, drei Stunden vor dem Auslaufen. Die Kabine in der dritten Klasse teilt sie mit drei Frauen. Dienstmädchen, deren Herrschaften auf dem Oberdeck reisen. Auch sie fahren nach Deutschland. Nachdem sich Samantha einige Stunden bemüht hat, sie von der bevorstehenden Revolution des Proletariats zu überzeugen, die alle Klassenunterschiede beseitigen werde (auch auf Passagierschiffen), stellt sie jegliche Unterhaltung ein. Mit diesen blöden Ziegen kann man ja nicht diskutieren, die sind ihren Herrschaften hörig und kennen nur zwei Themen: Putzen und Männer.

„Es muß gegen Mitte August gewesen sein“, sagt Candido, „ich war seit einem Monat im Mato Grosso. Ein fliegender Losverkäufer kam in die Garnison. Eigentlich wollte ich ihm nichts abkaufen, aber mir blieb nichts anderes übrig. Die anderen haben mich gezwungen, meinen ganzen Sold auszugeben. Ich habe sie nicht einmal selbst ausgesucht, die Lose mit dem aufgedruckten Jaguar*. Ich mußte die ganze Serie kaufen.“

* Die Lose der populärsten brasilianischen Lotterie waren in Serien eingeteilt, und jede dieser Serie war mit einem Symbol versehen: Pferd, Hund, Schwein ... oder Jaguar.

„Und Sie haben gewonnen.“

Ja. Er hatte einen Haupttreffer gelandet. Die anderen verteilten das Geld unter sich, und für ihn blieb natürlich nichts übrig. Aber von da an nannten ihn alle nur noch Jaguar. Aus Spott.

„Verstehe“, meint Policarpo Moravec.

Er nickt zögernd. Sie stehen an Deck des Bootes, das den Rio Paraguay zum Rio de la Plata hinunterfährt. Policarpo Moravec ist der merkwürdigste Mann, dem Candido je begegnet ist. Er ist hager und spricht so tonlos, als habe er sich mit Schreien die Stimme ruiniert. Er stößt die Worte hastig und keuchend hervor, und wenn sein Gegenüber etwas sagt, scheint er nur mit halbem Ohr zuzuhören. Er kann nicht stillsitzen, und sein abwesender Blick sucht ständig die vorbeiziehenden Ufer ab. Er betrachtet alles und jeden mit Mißtrauen (ohne daß er tatsächlich etwas zu sehen scheint). Von Zeit zu Zeit macht er sich Notizen, kritzelt auf Zettel, verbrennt sie aber gleich darauf in aller Hast und streut die sorgsam zerriebene Asche ins Wasser.

Ein Irrer.

Aber er ist ein Freund des Doktors. Daran besteht kein Zweifel. Ohne ihn läge Candido jetzt mit Sicherheit tot auf der Tromba im überfluteten Pantanal.

Candido legt sich wieder in seine Hängematte und schläft ein. Unterdessen geht die Fahrt nach Süden weiter. Zwischen zwei Fieberanfällen – weitere werden ihn in Buenos Aires ans Bett fesseln – träumt er immer intensiver von Deutschland. Bei der Ankunft in der argentinischen Hauptstadt erwartet ihn ein zweiter Brief des Doktors. Er bestätigt und ergänzt den Inhalt des ersten. Außerdem enthält er ausreichend Geldmittel für die Reise über den Atlantik, die Ausgaben an Bord und die Zugfahrt von der französischen Stadt Le Havre über Paris nach Berlin. In Berlin soll Candido bei der Schwester des Doktors unterkommen und dort auf dessen Ankunft warten. „Sie können Herrn Moravec unbedingt vertrauen“, schreibt der Hauslehrer, „und natürlich auch allen Leuten, die er Ihnen in Europa empfiehlt.“

„Er heißt Kuppelweiser“, sagt Policarpo Moravec mit heiserer tonloser Stimme. „Oskar Kuppelweiser. Schreiben Sie seine Adresse nicht auf, behalten Sie sie im Gedächtnis. Er wird von Ihrer Ankunft in Berlin unterrichtet werden und Ihnen helfen. Werden Sie sich die Adresse merken?“

Nur vier Tage Aufenthalt in Buenos Aires. Am liebsten würde Candido den Rio de la Plata überqueren und den nächsten Zug nach São

Paulo besteigen. Um seinen Vater zu besuchen, natürlich. Aber alles geht so schnell. Außerdem fühlt er sich noch etwas mitgenommen. Seine Beine schwellen zwar langsam ab, und seine Wunden vernarben, aber ganz auf dem Damm ist er noch nicht. Er schifft sich auf einem französischen Passagierschiff ein –, Französisch spricht er so gut wie Englisch, Deutsch und Spanisch, er versteht sogar ein oder zwei Indianerdialekte. Für Sprachen hat er eine echte Begabung. Sogar der Doktor, der selbst ein gutes Dutzend Sprachen beherrscht, mußte das zugeben. Auf der anderen Seite weiß er zwar, daß in Europa kürzlich ein Krieg stattgefunden hat, doch wer ihn geführt, wer ihn gewonnen oder verloren hat, könnte er nicht sagen.

Er geht an Bord. Sein einziges Gepäckstück ist der Grimmelshausen.

Afonka Tschaadajew steuert den Mathis durch Petrograd. In der letzten Nacht ist das Thermometer auf siebenundzwanzig Grad unter Null gefallen. Die klirrende Kälte hat binnen weniger Stunden fast neunhundert Menschen das Leben gekostet. Links und rechts der Straße schichten die Soldaten in den Schneehaufen Leichen aufeinander, in der vagen Hoffnung, daß sie ein Lastwagen aufsammelt –, es kommt vor, daß die Toten mehrere Tage lang liegenbleiben.

Aljotschka Alechin hat richtig vermutet: Man will ihn ins Ausland schicken. Er errät es sofort, als er Sinowjews luxuriöse Suite im ehemaligen Hotel Astoria betritt, in dem die Sowjetführer wohnen. Das Gebäude, das 1912 zwischen Isaak-Kathedrale und Admiralität erbaut worden war, wurde bei Kriegsausbruch beschlagnahmt und in ein Hotel für Militärs umfunktioniert, weil die Besitzer Deutsche waren. Bereits die Regierung Kerenski hat darin gewohnt. Sinowjew hat es für sich und seine Freunde wieder herrichten lassen und nutzt es nun zum persönlichen Gebrauch. Es ist das einzige Haus in Petrograd, dessen Heizung noch einwandfrei funktioniert, und das Restaurant bietet den wenigen Auserwählten, die hier speisen dürfen, Gerichte, von denen der Rest der Stadt nicht einmal zu träumen wagt: Kaviar, Räucherlachs, köstliche Sakuskis, gegrilltes Fleisch, Wein und französischen Käse, schottischen Whisky. Alechin hat in der Kommandantur, so der jetzige Name der Hotelhalle, einige Minuten warten müssen, bis man ihn endlich eingelassen hat. Solange haben die lettischen Wachen gebraucht, um die Bestätigung einzuholen, daß er erwartet wird.

Zwei Männer sitzen an der Seite Grischka Sinowjews. Einen der beiden erkennt Alechin: Béla Kun, ein Ungar. Obwohl er erst 1917 in die Kommunistische Partei eingetreten ist (wie Alechin auch), hat ihn Lenin persönlich mit der Leitung der internationalen Propaganda beauftragt. Zudem ist er ein persönlicher Freund Sinowjews.

Was den anderen angeht ...

„Wie es scheint, hast du in Berlin gelebt?"

Frage von Béla Kun. Alechin antwortet kühl und knapp. Der andere Mann wird ihm als Karl Radek vorgestellt (sein richtiger Name ist Karl Sobelsohn –, eine Sekunde später wirft Alechins Gedächtnis Radeks Personalien aus, und damit steht für ihn endgültig fest: Man wird ihn nach Deutschland schicken). „Karl hat in Berlin hervorragende Arbeit geleistet", bemerkt Sinowjew. „Durch das Verschulden anderer kam er ins Gefängnis Moabit. Er ist erst kürzlich entlassen worden."

Ich soll Radek ersetzen? Das ist mehr, als ich erhofft habe, denkt Alechin.

„Wir brauchen in Deutschland einen Mann, der sich nicht von seinen Gefühlen leiten läßt", fährt Grischka Sinowjew fort, „einen kaltblütigen Analytiker. Felix Dserschinski und ich halten dich für einen solchen Mann, Aljotschka. Du wirst noch heute abend abreisen."

Und zwar mit der gewiß nicht leichten Aufgabe, die Lage in Deutschland unvoreingenommen zu prüfen. Jedermann weiß: Die Internationale erwartet, ja sie hofft mit banger Sorge, daß sich auch Deutschland begeistert der proletarischen Revolution anschließen wird. Nun gut, er soll also feststellen, wo, wann und wie die deutsche Revolution ausbrechen wird, je früher, desto besser. Und er soll Wege finden, wie sich der Gang der Ereignisse beschleunigen läßt.

„Hast du hier oder anderswo Verwandte?"

Frage von Radek. Nein, keine, antwortet Alechin. (Es stimmt, er riskiert keine Lüge: Seine Eltern sind tot, und sein jüngerer Bruder ist beim deutschen Überfall im November 1914 gefallen. Er hat niemanden auf der Welt, bis auf ein paar Geliebte, aber die zählen nicht.) Nach drei Stunden überreicht ihm Radek ein Aktenbündel und eine Liste mit den Namen der Männer und Frauen, die er in Deutschland treffen wird, alles mehr oder weniger verläßliche Genossen. Er verläßt das ehemalige Hotel Astoria. Tschaadajew erwartet ihn mit dem Mathis. Alechin empfindet eine leichte Erregung – sie ist nur ganz schwach, und doch muß er sich wundern, denn sonst hat er nie etwas empfunden. Ob es die Aussicht ist, erstmals seit sechs Jahren wieder Rußland zu verlassen? Er prüft sich. Nein. Es ist etwas anderes: die unmittelbar bevorstehende Gefahr, der

Gedanke an die angenommene Herausforderung, die Möglichkeit, endlich den ganzen Machiavellismus auszuleben, den er in sich glaubt.

„Nimmst du mich mit, Aljotschka?"

Afonka Tschaadajew, der ehemalige sibirische Zobeljäger, sieht ihn fragend an – falls es überhaupt ein menschliches Wesen gibt, dem Aljotschka Alechin vertraut, dann diesem, Tschaadajew. Er kennt ihn seit Kriegsausbruch. Afonka wurde ihm als Bursche zugeteilt. Seit damals haben sie sich niemals getrennt.

„Nein."

Sie fahren in ihre Wohnung am Sennaja-Platz, die man für sie beschlagnahmt hat (wobei die Tscheka den Eigentümer aus Versehen erschossen hat). Dort angekommen, sieht Alechin die Unterlagen durch, die Radek ihm gegeben hat.

„Soll ich den Ofen anheizen?"

Nein. Die Kälte läßt Alechin gleichgültig. Er nimmt sich die Liste vor, die man nur eigens für ihn erstellt hat, und prägt sich die Namen ein. Es sind Hunderte. Unter den Namen (allerdings hat er im Augenblick keinen besonderen Grund, sich für einen bestimmten mehr zu interessieren als für jeden anderen) findet sich auch der eines gewissen Oskar Kuppelweiser.

Samantha ist nun bereits seit fünf Tagen in Berlin. Sie friert, und sie ist wütend. Seit sie in Hamburg von Bord gegangen ist, hat sich keine ihrer Erwartungen erfüllt. Schon die Einreise nach Deutschland war eine einzige Katastrophe. Man hat sie weder verhaftet noch ins Gefängnis gesperrt (wo sie zugegebenermaßen nur drei oder vier Tage geblieben wäre, nichts im Vergleich zu Rosas monatelanger Festungshaft, aber immerhin, jeder fängt mal klein an). Dabei hatten die Grenzbeamten beim Durchsuchen ihrer Koffer die Schriften Rosas, Proudhons, Kropotkins und Bakunins entdeckt. Aber was haben sie gemacht, diese Idioten? Nichts. Gar nichts. Einer der beiden hat sogar gegrinst: „Anarchistin, wie? Mein Schwager ist auch Anarchist. Er arbeitet bei den Gaswerken." Das war alles. Man hat sie nicht einmal durchsucht (und folglich auch nicht den Revolver gefunden, der im Strumpfband unter ihrem Rock steckte). „Angenehmen Aufenthalt in Deutschland, mein Fräulein", mehr ist ihnen nicht eingefallen.

Schwachköpfe!

Und dann, gleich nach der Ankunft in Berlin, die zweite Enttäuschung. Sie hatte den Namen und die Adresse eines Mannes bei sich, von dem ihr Vater wie von einem guten Freund gesprochen hatte – selbstverständlich ein Anarchist. Reinhold Plattnik, Kunstschreiner, wohnhaft in Biesenthal, Waldstraße am Schwarzen See. Sie fuhr nach Biesenthal – eine Ortschaft fünfzig Kilometer nördlich von Berlin. Sie mußte mehrmals umsteigen und ständig ihre Koffer schleppen, die das Gewicht eines toten Esels hatten.

Nach einem endlosen Fußmarsch über die Felder (mit den Koffern, da sie auf Plattniks Gastfreundschaft zählte) fand sie am Rand eines trostlosen Kanals ein kleines Haus. Türen und Fenster waren fest verschlossen. Sie wartete mehrere Stunden. Dann tauchte ein schnauzbärtiger Streckenwärter auf, Hacke und Schaufel über der Schulter, und Samantha schöpfte für einen kurzen Augenblick wieder Hoffnung: Vielleicht ein Sonderagent der anti-anarchistischen Geheimpolizei, als Streckenwärter verkleidet? Aber der Streckenwärter lachte nur: Reinhold Plattnik? Ja, der wohne hier. Wenn er nicht gerade im Gefängnis sitze. Wie im Moment. Normalerweise bringe man ihn nach Tegel. Seine Werkstatt? Auch im Gefängnis. Plattnik werde so oft und so regelmäßig eingesperrt, daß er seine Zelle in eine Tischlerwerkstatt umfunktioniert habe. So sei allen geholfen: „Die Justiz weiß jederzeit, wo er zu finden ist, wenn sie ein Möbelstück braucht. Um die Wahrheit zu sagen: Man sperrt ihn jedesmal ein, wenn man einen Auftrag hat."

Sie kehrte nach Berlin zurück. Blieben also nur noch die Plücks, ihr Großonkel und ihre Großtante. Eigentümer dreier Kinos, in denen nur schweinische Filme laufen. Sie wohnen in der Rosenthalstraße.

Ich hasse sie.

Die Plücks empfingen sie sehr reserviert, zum einen wegen der Unkosten, die ihr Aufenthalt verursachen würde, zum anderen wegen ihrer politischen Ansichten. „Damit eins klar ist", sagten sie, „wir mischen uns nicht in die Politik." Und wenn sie ihre Einstellung jemals ändern sollten, dann nur in der Hoffnung auf einen starken Führer, der sie von dem ganzen sozial-anarchistisch-kommunistischen und jüdischen Gesindel befreien würde.

Schließlich nahmen sie Samantha doch auf. Unter zwei Bedingungen: Sie müsse sich politisch ruhig verhalten und selbst ihren Lebensunterhalt verdienen. Wie? Die Antwort der Plücks kam prompt: In ihrem Kino in der Münzstraße fehle gerade eine Kassiererin. Die Entscheidung liege bei ihr.

Seitdem arbeitet Samantha als Kartenverkäuferin, für einen Lohn, der gerade die Kosten für ihre Unterbringung deckt.

Ich hasse sie.

Doch das ist noch nicht alles. Heute, an ihrem fünften Tag in Berlin, ist es noch schlimmer gekommen. Sie war spät von der Arbeit zurückgekehrt und las im Bett die *Worte eines Revolutionärs,* als sie Schritte auf dem Flur hörte. Sie löschte hastig das Licht, weil sie abermals Vorhaltungen wegen der unnötigen Ausgaben befürchtete. Als sie spürte, daß jemand im Zimmer stand, knipste sie das Licht wieder an. Onkel Emil Plück kam auf sie zu, splitternackt und grinsend, mit einem gewaltigen Gewächs am Bauch – unwillkürlich fragte sie sich, wie er es tagsüber in seiner Hose unterbrachte. Und er war nicht allein: Tante Roswitha Plück folgte zwei Schritte hinter ihm, auch sie war nackt und grinste. Und Onkel Plück sagte, sie – Samantha – solle sich nicht so anstellen, alle Welt wisse, daß Anarchisten für die freie Liebe seien, bestimmt habe sie schon eine Menge Liebhaber gehabt, bei all den Ideen, die sie von ihrem Vater habe. Sie stürzte aus dem Zimmer und schloß sich auf dem stillen Örtchen ein. Zuerst verbarrikadierte sie sich regelrecht, stemmte die Schultern gegen die Tür und die Füße gegen den Sockel des Toilettensitzes. Dann, als Ruhe einkehrte, setzte sie sich auf den Deckel der Toilette, der mit rosa Troddeln verziert war.

Seit drei Stunden sitzt sie nun schon hier.

Sie zittert vor Kälte und überlegt. Ihr Haß auf die Plücks ist endgültig, soweit die erste Erkenntnis ihres Grübelns. Und die zweite: Sie muß fort aus diesem Haus (und die Arbeit als Kassiererin aufgeben). Aber wohin soll sie gehen – wie kommt sie an Adressen von Anarchisten?

Schließlich der dritte Punkt: Sie ist Jungfrau. Für eine Anarchistin ein Nachteil, keine Frage. Rosa hatte schon mit neunzehn einen offiziellen Liebhaber (Leo Jogiches) und sogar eine Scheinehe hinter sich – sie fühlt sich schrecklich zurückgeblieben.

Am besten wäre ein Anarchist als Liebhaber. Damit wären Problem Nummer zwei und drei mit einem Schlag gelöst. Aber wer? Und wo?

Ein Liebhaber, der nicht am ganzen Körper behaart ist, und nicht so runzelig wie Onkel Emil Plück. Ein zärtlicher und sauberer Liebhaber, für eine Affäre ohne Konsequenzen.

Ein weißer Rabe (und dieser Ausdruck ist noch untertrieben).

Sie betrachtet ihre eiskalten Zehen und lacht bitter: Also wirklich, hat man schon solche Füße gesehen? Papa hatte Schuhgröße sechsundvierzig, und ich habe seine Füße geerbt.

Ein richtiger Held muß er sein, dein Liebhaber.

Alechin ist in Stockholm. Soeben hat er die Kathedrale verlassen und geht eine abschüssige Gasse mit mittelalterlichen Häusern hinunter, die Storkyrobrinken. Ein Mann namens Tieck begleitet ihn. Um ihn zu treffen, ging Alechin bereits im Morgengrauen von Bord des kleinen finnischen Frachters, der ihn bei schwerem Seegang und naßkaltem Wetter über den Finnischen Meerbusen und die Ostsee gebracht hatte. Vom Hafen eilte er direkt zu der Basilika. Er traf Tieck wie verabredet vor der Holzfigur des heiligen Georg mit dem Drachen und tauschte die Losung mit ihm aus. Tieck, ein nervöser kleiner Mann, der ihn an eine Maus erinnert, kommt direkt aus Deutschland. Er saß dort zweimal im Gefängnis, zuerst in Berlin-Moabit, dann in München ...

„In Bremen konnte ich aus dem Fenster springen und entkommen."

Die Polizei überraschte ihn und einige Genossen bei einer Zusammenkunft. Drei Männer wurden erschossen, zwei eingesperrt, und nach ihm wird gefahndet.

„Das wird keine Vergnügungsreise, Genosse. Im günstigsten Fall ergeht es dir wie Radek, wenn sie dich erwischen. Sie haben ihn nur geschont, weil sie es für nützlich hielten, mit Rußland in Kontakt zu bleiben. Mir sind aber auch Gerüchte zu Ohren gekommen, nach denen er sich mit ihnen arrangiert haben soll. Ich kann nur hoffen, daß man ihm in Moskau nicht zuviel Vertrauen schenkt."

Die Gasse mündet in einen hübschen Platz, über dem sich in makellosem Weiß der Justizpalast erhebt. Weiter hinten verläuft eine Eisenbahnlinie, daneben fließt ein Kanal. Eine Brücke führt hinüber und endet vor einer roten Backsteinkirche mit durchbrochener Spitze. Im Dezember 1917 war Tieck zum ersten Mal in Deutschland. Wladimir Iljitsch Lenin persönlich hatte ihn beauftragt, die dortige Lage zu sondieren, ohne aktiv einzugreifen.

Tieck ist intelligent und fanatisch (das ist das einzige, was Alechin immer wieder verblüfft: daß jemand einen intelligenten Eindruck macht und zugleich fanatisch von etwas überzeugt ist – ob es sich nun um eine Ideologie oder eine Religion handelt). Tieck ist zu zwei Schlußfolgerungen gelangt. Erstens: Das deutsche Proletariat sei zum gegenwärtigen Zeitpunkt nicht bereit, eine Revolution zu beginnen und voranzutreiben, weder eine marxistische noch eine andere. Zweitens: Trotzdem werde die Revolution am Ende triumphieren, das sei unvermeidlich.

„Das ist nun mal der Gang der Geschichte", stößt Tieck heftig hervor.

Alechin lächelt. Unter den Hunderten, die er in Petrograd im Namen der Tscheka hinrichten ließ, war auch ein Student. Der Verurteilte hatte in seinem Zimmer eine Tafel aufgehängt und mit einem Nagel so befestigt, daß sie sich in jede beliebige Richtung drehen ließ. Auf die Tafel hatte er die Worte GANG DER GESCHICHTE geschrieben und mit einem Pfeil unterstrichen.

„Die Aufgabe, die dich erwartet, wird viel Zeit erfordern", fährt Tieck fort. „Vielleicht wird sie noch eine ganze Generation beschäftigen, vielleicht sogar zwei. Möglicherweise werden weder du noch ich ihre Vollendung erleben. Aber ich bin bereit, mein Leben für die Revolution einzusetzen, genau wie du."

„Selbstverständlich", antwortet Alechin.

Tieck beendet seinen Bericht. Alechin lächelt ihm zu. Und denkt: Ich könnte ihm mit zwei Fingern das Genick brechen. Warum tue ich es eigentlich nicht?

Nein.

„Viel Glück, Genosse", sagt Tieck. Er blickt sich verstohlen um und eilt dann mit schnellen Schritten davon.

... Nein, ich lasse ihn leben. Bald ist er wieder in Moskau. Er wird Dserschinski treffen, Berija, vielleicht sogar Wladimir Iljitsch höchstpersönlich. Er wird ihnen Bericht erstatten ... und dann wird man ihn erschießen. Weil er enttäuschende Neuigkeiten gebracht hat.

Denn es wird nie eine deutsche Revolution geben. Die Aufgabe, die Aljotschka Alechin in das Land Goethes führt, ist von vornherein zum Scheitern verurteilt.

Er könnte sich einfach davonmachen und nach Amerika auswandern. Er hat es schon einmal erwogen. Aber dann hat er diese verzehrende Liebe zu seinem Land in sich entdeckt. Sie ist wie eine unheilbare Krankheit.

... Nein, bis zu meiner Rückkehr wird mir schon etwas einfallen. Ich muß meine Haut retten. Das ist das Wichtigste. Am besten wäre natürlich, ich könnte mich unersetzlich machen.

Puzzles zu legen genügt nicht, ich muß ein Puzzlemacher werden.

Ich werde einen Ausweg finden.

Noch am selben Abend schifft er sich nach Deutschland ein und geht dort in der Nacht an Land.

Candido flaniert trotz der eisigen Kälte gut gelaunt Unter den Linden entlang. Er ist soeben in Berlin eingetroffen und fühlt sich bestens. Die lange Reise von Buenos Aires hierher hat die letzten Spuren seiner Abenteuer im Mato Grosso verwischt. An Bord des Passagierschiffs hat er drei äußerst liebenswürdige Damen kennengelernt, die ihn mit allen erdenklichen Zärtlichkeiten verwöhnt haben. Eine der beiden hätte es gerne gesehen, wäre er noch etwas in Paris geblieben, und in ihrem Schlafzimmer. Nun gut, er hat der Versuchung tapfer widerstanden und seine Reise fortgesetzt – als Entschuldigung für sein Fernbleiben hat er mit dem Rest seines Geldes einen riesigen Blumenstrauß gekauft. Er besitzt keinen Pfennig mehr, aber was macht das schon. Er hat noch nie Geld bei sich getragen. In Brasilien hat Dom Trajano immer einen Bediensteten hinter ihm hergeschickt, der seine Rechnungen beglich, so irrwitzig hoch sie auch gewesen sein mochten. Und bald wird ja der Doktor nach Deutschland kommen und diese Dinge für ihn erledigen.

Er hat die fröhliche Unbefangenheit wiedererlangt, die ihn schon vor seiner Militärzeit ausgezeichnet hat. Er ist unternehmungslustig.

Ausgehungert und unternehmungslustig.

Vor ihm, am Ende der Allee, erhebt sich das Brandenburger Tor. Er fühlt sich in dieser Stadt wie zu Hause. Wie oft hat er mit dem Doktor den Berliner Stadtplan studiert. Er könnte fast mit geschlossenen Augen durch die Stadt spazieren. Wetten, die nächste Straße ist die Kanonierstraße ...

Gewonnen.

Er gelangt zum Hotel Adlon mit seinem rot-weiß gestreiften Baldachin. Er betritt die Halle: Ob Doktor Taxilus Grüßgott aus São Paulo in Brasilien eine Nachricht für ihn hinterlegt habe?

Nein. Er geht wieder hinaus. Der Doktor ist entweder noch nicht eingetroffen, oder er wartet bei seiner Schwester in Wilmersdorf. Candido macht sich auf den Weg. Er geht durch den Tiergarten, wendet sich dann nach links, überquert den Kurfürstendamm und biegt in die Uhlandstraße ein. Vor einem schmucken zweistöckigen Haus bleibt er stehen. Eine Frau öffnet. Sie knabbert an einer Brezel ...

... Aber es ist nicht die Schwester des Doktors. Ja, Frau Fajngold habe mit ihrem Mann und ihren Kindern hier gewohnt, sei aber vor zwei Monaten umgezogen. Nach Bayern. Ob ein Brief aus Brasilien angekommen sei? Ja, tatsächlich, es sei einer gekommen, man habe ihn aber zurückgeschickt. Ob der nette junge Mann nicht eintreten und etwas trinken oder essen wolle?

Candido sucht das Weite. Natürlich träumt er von blonden Fräuleins. Aber doch nicht von Fräuleins mit solch gewaltigen Maßen. Nun ja, vielleicht hätte er die Einladung trotzdem annehmen sollen, nur um sich mit Brezeln vollzustopfen. Aber das müßte doch mit dem Teufel zugehen, wenn er in Berlin nicht bald eine Dame mit ansprechenderen Formen fände, die ihm bereitwillig ihre Arme und mehr öffnet.

Und im äußersten Notfall kann er sich immer noch an den Mann wenden, dessen Name und Adresse ihm Policarpo Moravec gegeben hat. Wie hieß er noch? Ach ja: Oskar Kuppelweiser, Andreasstraße Nr. 39, Nähe Schlesischer Bahnhof.

Obwohl, eigentlich könnte er auch gleich hingehen. Er zögert, geht weiter, und während er noch mit einer Entscheidung ringt, hat er den Zoologischen Garten bereits hinter sich gelassen und gelangt erneut in den Tiergarten mit seinen Alleen und Kanälen, seinen kleinen Brücken und Seen. Es ist kalt. Reif bedeckt den Rasen. Nur wenige Spaziergänger sind unterwegs.

So wenige, daß die einsame Gestalt Candidos Blick auf sich zieht. Einmal, weil sie wirklich interessant ist. Aber da ist noch etwas anderes, das ihn innehalten läßt. Die Haltung der jungen Frau ist irgendwie merkwürdig. Sie hält den Kopf gesenkt, und ihr Gesicht ist ernst, als sei sie im Gebet versunken. Außerdem steht sie dicht an einem Kanal. Sie wird doch nicht hineinspringen wollen?

Er geht näher heran, setzt über die kleine Metallabsperrung, die den Rasen von der Allee trennt, und bleibt zwei oder drei Schritte hinter der jungen Frau stehen. Sie ist um einiges größer als er, eine Riesin, *puxa vida,* mindestens drei Meter groß. Er will gerade den Mund öffnen und etwas sagen wie „Bitte, springen Sie nicht in das eiskalte Wasser, ich bin nämlich ein exzellenter Schwimmer und müßte Ihnen nachspringen", da fährt sie mit einem Ruck herum und betrachtet ihn mit einem abwesenden, traurigen Blick. Ihre Augen sind außergewöhnlich und wunderschön.

„Hier ist sie gestorben", sagt sie.

Candido sucht das Wasser im Kanal ab, vermag aber keine Leiche zu entdecken.

„Sie haben sie die ganze Fahrt über geschlagen und ihr das Becken und den Brustkorb gebrochen. Und hier haben sie ihr dann den Schädel zertrümmert, alles mit ihren Gewehrkolben. Dort haben sie ihre Leiche in den Kanal geworfen."

Die Stimme der Fremden zittert leicht vor Empörung und dumpfer Wut und läßt wie ein vulkanisches Beben einen baldigen Ausbruch befürchten. Sie trägt keine Kopfbedeckung, doch am Gürtel ihres Mantels baumelt ein schwarzer Strohhut, der mit einem feinen Band aus blauem Musselin verziert ist. Ihre Haare sind zu einer Art Dutt verknotet, aus dem eine kleine kesse Strähne herausragt. Die Nase ist gerade, zur Spitze hin leicht aufgestülpt und etwas zu groß. Ihr Mund ist zu groß, ihre Hände sind zu groß, ebenso ihre Füße, und ihre Augen sind geradezu riesig.

Sie ist einfach wundervoll.

„Jemand aus Ihrer Familie?" fragt Candido.

Sie hebt die Schultern, als habe er gerade den größten Blödsinn des Jahrhunderts von sich gegeben. Er starrt sie verdutzt an, während sie den Strohhut vom Gürtel löst, ihn aufsetzt und sich in Bewegung setzt. Er folgt ihr und bleibt an ihrer Seite.

Sie gehen zusammen in Richtung Brandenburger Tor und Unter den Linden.

„Rosa Luxemburg", bemerkt das Mädchen. „Die ermordete Frau hieß Rosa Luxemburg."

„Wie bereits gesagt, ich komme direkt aus Brasilien und habe dort unglaubliche Abenteuer erlebt."

Es war ganz einfach. Zuerst erzählte sie von dieser Rosa Luxemburg, eine Art Revolutionärin, wenn er richtig verstanden hat. Er hütete sich, die Fremde zu unterbrechen, denn ganz offensichtlich sprach sie mehr mit sich selbst als mit ihm. Sie schlenderten Unter den Linden entlang. Kurz vor dem Ende der Allee verstummte sie endlich. Schweigen. Aus Angst, sie könnte verschwinden, und da ihm nichts Besseres einfiel, sagte er, er sei Brasilianer, habe Hunger und würde gerne etwas essen. Im ersten Moment dachte er, sie habe gar nicht zugehört, doch plötzlich machte sie eine unverständliche Bemerkung über ein Ehepaar namens Plück, das ihr seit fast einer Woche nur Bohnensuppe vorgesetzt habe, drehte auf dem Absatz um und betrat ein Gasthaus.

Sie hat sich an einen Tisch gesetzt und zwei Portionen Würstchen mit Kraut bestellt, dazu heiße Schokolade.

Und nun essen sie.

„Ich habe kein Geld", sagt Candido.

Keine Antwort. Wenn jemand einen gesunden Appetit hat, dann sie.

„Ich werde es Ihnen zurückgeben. Morgen bekomme ich Geld."

Keine Antwort. Sie nimmt keine Notiz von ihm und verschlingt ihre Würstchen. Er wagt einen letzten Versuch und erzählt von seinen Erlebnissen im Mato Grosso, von den Kaimanen und Schlangen, von den Sandflöhen, die sich unter seine Haut bohrten, er beschreibt das Pantanal, den Schlamm, die Trombas.

Keine Wirkung. Von Zeit zu Zeit gleitet ihr Blick mit einem Ausdruck vollkommener Gleichgültigkeit über Candido. Ich fessele sie, denkt er, das springt doch ins Auge. Er sieht aus dem Fenster: Die Nacht ist hereingebrochen. Es wird Stein und Bein frieren, und er wird auf der Straße sitzen. In seiner Not wird er immer weitschweifiger und schmückt seine Erzählung mit Erdichtetem aus. So behauptet er, man habe ihn aus politischen Gründen in den tiefsten Dschungel verbannt. Sein armer Vater (wenn mich Dom Trajano hört, bringt er mich um) sei ein Liberaler und habe sich mit glühendem Eifer für die Arbeiter eingesetzt, und nun verfolge ein Minister Vater und Sohn Cavalcanti mit seinem Haß, und dieser Minister sei ein furchtbarer ...

„Politik?"

Das Wunder! Ohne genau zu wissen warum und wieso, hat er endlich das Interesse seiner Gesprächspartnerin geweckt.

„Politik", sagt er sehr bestimmt.

Sie läßt ihre Gabel sinken und betrachtet ihn prüfend – wie mißtrauisch sie ist!

„Sind Sie ein Revolutionär?"

Was antwortest du jetzt, Candido? Ja oder nein? Er läßt sich von seiner Eingebung leiten.

„In gewisser Weise", sagt er schließlich mit liebenswerter Bescheidenheit.

Das Mädchen fixiert ihn eindringlich, und Candido fragt sich, ob er nicht zu weit gegangen ist. Aber sein Schwung reißt ihn mit, er holt zum entscheidenden Schlag aus.

„In Brasilien hat man mir den Spitznamen Jaguar gegeben, so gefürchtet war ich."

Sie hat die Rechnung bezahlt. Zusammen haben sie das Wirtshaus verlassen und gehen nun, wie Candido annimmt, in Richtung Alexanderplatz. Ein leichter Schneefall hat eingesetzt, aber die zarten Flocken bleiben nicht liegen. Das Mädchen wirkt verträumt. Seit er den Namen

Jaguar erwähnt hat, hat sie hat kein Wort mehr gesprochen. Kein Zweifel, denkt er, ich habe sie beeindruckt.

Glaube ich jedenfalls.

Sie biegen in eine Querstraße ein. Mit einem Mal bleibt sie stehen. Candido hebt den Kopf: Sie stehen vor einem Kino. Der Film auf dem Plakat heißt *Das Mädchen und die Männer.*

„Sie können hineingehen. Drinnen haben Sie es wenigstens warm."

„Und die Karte?"

Sie geht hinter den Schalter, öffnet die Kasse mit einem Schlüssel, den sie aus ihrem Pompadour-Täschchen gezogen hat, reißt eine Karte ab und hält sie ihm hin.

„Ich werde sie Ihnen bezahlen", sagt Candido.

Sie nickt nur und setzt sich hinter die Kasse. Ohne ihn weiter zu beachten, zieht sie die Tür hinter sich zu und legt sich eine häßliche grüne Wolldecke um die Schultern. Die ersten Besucher kommen. Candido tritt in den Kinosaal und macht es sich bequem. Erst jetzt merkt er, wie müde er ist – in dem Zug aus Frankreich ist er nicht zum Schlafen gekommen, und davor hat ihm die Dame, die ihn so gerne bei sich in Paris behalten hätte, wenig Zeit zur Erholung gelassen.

Er sieht kaum etwas von dem Film. Zu sehr beschäftigt ihn die Frage, was das Mädchen nach der Vorstellung macht. Ob sie ihn mitnimmt?

Merkwürdig, was du für sie empfindest, Candido Stevenson, wirklich merkwürdig. Er spürt eine Art Stechen in der Brust und fast so etwas wie Befangenheit. Erstaunlich. Das kann wohl kaum daran liegen, daß er in den letzten fünf oder sechs Jahren zu wenig Frauen gekannt hat. Es waren eine Menge. Er war immer auf Zack. Aber diesmal ...

Sie ist groß. Fast einen Kopf größer als ich. Schade, daß ich nicht Dom Trajanos Gardemaß habe – ein Meter fünfundachtzig. (Apropos Dom Trajano, ich muß ihm schreiben. Oder soll ich lieber die Ankunft des Doktors abwarten? Er muß ja bald kommen. Von ihm werde ich alle Neuigkeiten erfahren. Besser, ich warte.)

Im Saal ist es wohlig warm. Er nickt ein. Ein Besenstiel weckt ihn. Er öffnet die Augen. Der Film ist zu Ende, der Saal hat sich bereits geleert. Das Mädchen steht vor ihm und klopft ihm mit dem Besenstiel sanft ans Bein.

„Ich habe nachgedacht", sagt sie. „Ich habe nicht genug Geld, um Ihnen etwas zu leihen, aber Sie können hier schlafen. Oben in der Vorführkabine steht ein Feldbett. Ich habe Ihnen meine Decke bereitgelegt."

Bis zur nächsten Vorstellung morgen abend sei er dort ungestört. Sie selbst werde gegen Mittag zurückkommen, er könne aber auch schon vorher gehen, wenn er wolle.

„Durch den Notausgang dort hinten. Der Schlüssel steckt."

„Danke."

Sie mustert ihn wieder mit dieser nachdenklichen Miene, die ihm schon beim Verlassen der Gaststätte an ihr aufgefallen ist. Dann dreht sie sich abrupt um und geht. Er hört noch, wie der Vordereingang abgeschlossen wird. Die Lampen im Kino sind gelöscht, nur in der Vorführkabine brennt noch Licht.

Bist du enttäuscht, daß sie einfach geht?

Ja. Ja und nein.

Ich verstehe nicht, was mit mir los ist.

Auf alle Fälle wird er morgen diesen Oskar Kuppelweiser aufsuchen. Vielleicht wird Kuppelweiser ihm etwas Geld borgen.

Aljotschka Alechin ist in Deutschland. Eine Schaluppe hat ihn in der Dunkelheit an der Küste abgesetzt. Der finnische Frachter, der ihn von Schweden herübergebracht hat, liegt ein oder zwei Meilen vor der Küste in der Pommerschen Bucht, alle Lichter an Bord sind gelöscht. Es herrscht völlige Stille, kein Lichtschimmer ist zu erkennen. Die Wolken, die bereits in Stockholm aufgezogen sind, bilden jetzt eine dichte Decke. Aljotschka Alechin kauert am Boden und wartet, bis sich seine Augen an die Dunkelheit gewöhnen. Eine Reihe von Wacholderbüschen zeichnet sich ab, dahinter Kiefern. Doch die Vegetation ist spärlich. Es regnet. Ein kurzes Aufleuchten der Stablampe unter der Öljacke: Dreiundzwanzig Minuten nach Mitternacht, die Kompaßnadel zeigt nach Norden. Alechin macht sich auf den Weg.

Er geht nach links, Richtung Südsüdost. Nach drei Kilometern stößt er wie erwartet auf die Straße. Ein Straßenschild. Peenemünde 5 km nach rechts, Karlshagen 6 km nach links.

Nach links.

Er hat gerade die letzten Häuser hinter sich gelassen, als er angerufen wird. Eine Männerstimme. Fast gleichzeitig leuchtet eine Blendlaterne auf.

„Werner?"

Alechin erstarrt. Er wartet.

„Bist du es, Werner?" Ein Mann kommt näher, der Schein der Blendlaterne wird stärker.

„Sie sind nicht Werner Brandl, Ihre Größe hat mich getäuscht. Wer sind Sie?"

Alechin lächelt, sein Gesicht wird jetzt voll angestrahlt. Endlich erkennt er sein Gegenüber. Ein Grenzer. Und allein.

„Sie werden es nicht glauben", sagt Alechin, „aber ich bin ein russischer Revolutionär, den die Komintern geschickt hat, um Blut und Feuer nach Deutschland zu bringen."

Die Klinge seines Dolches fährt dem Mann von unten in den Kiefer, bohrt sich weiter, nagelt die Zunge fest und dringt bis in das Gehirn. Der Körper sackt zusammen. Mit der linken Hand packt er den Mann und zieht ihn an den Straßenrand – mit der rechten bricht er ihm sicherheitshalber das Genick. Das Fahrrad des Zöllners liegt auf dem Asphalt, das Vorderrad dreht sich mit einem leisen Klicken.

Er braucht keine fünfzehn Minuten, um die Leiche im Schlick zu vergraben. Dann läßt er auch die Laterne verschwinden und vergewissert sich, daß nichts auf der Landstraße zurückgeblieben ist.

Er schwingt sich auf das Fahrrad und fährt los.

Mit dem Fahrrad des Zöllners kommt er schneller voran. Gegen ein Uhr vierzig ist er an der Fähre, fünf Minuten zu früh.

Der Kahn liegt an der angegebenen Stelle, hundert Meter rechts neben dem Fährhaus. Auf dem anderen Ufer der Peene blinken die Lichter von Wolgast. Er nimmt das Fahrrad mit an Bord. Ursprünglich sollte er im Haus von Freunden Unterschlupf finden und den letzten Teil der Strecke mit einem Lieferwagen zurücklegen. Doch er hat abgelehnt, aus Prinzip. Traue keinem Menschen, niemals, denn er könnte dich verraten. Und davon einmal abgesehen, fährt er gern Rad.

Er legt weitere fünfundsechzig Kilometer zurück. Er kommt durch mehrere verschlafene Dörfer, nur ab und zu bellt ein Hund.

Um drei Uhr dreißig erreicht er Demmin. Auf Anhieb findet er den Bahnhof, fährt jedoch weiter. Er entdeckt einen verlassenen Lagerschuppen und versteckt sich darin. Ein idealer Ort: Er zieht die Öljacke und die Stiefel aus und verscharrt sie, ebenso die Stablampe und das Fahrrad, dann schlüpft er in seine Schuhe, setzt die Schirmmütze auf und klopft das kleinste Stäubchen aus seinen Kleidern. Er hebt ein Stück Metall vom Boden auf, knüllt eine alte Zeitung zusammen und stopft beides in den Leinenbeutel, damit es so aussieht, als enthalte er seine Vesper für den Mittag. Dann wartet er. Zwei Stunden. Er zeigt keinerlei Ungeduld.

Ich habe gute Nerven, soviel steht fest. Wenn nötig, könnte ich drei Tage hier sitzen.

Er nimmt absichtlich nicht den ersten Zug. Er würde ihn zu früh in die Stadt bringen. Doch den zweiten besteigt er. Er hat eine Zeitkarte, die denen der mitfahrenden Arbeiter und Angestellten gleicht. Außerdem ist er angezogen wie die anderen. Alles klappt reibungslos. Hinter Neustrelitz beginnt es zu dämmern. Das fahle Licht und der Dauerregen, der in Schnee übergehen wird, wenn die Temperaturen noch um ein oder zwei Grad fallen, verstärken die Eintönigkeit der Landschaft: Seen, Teiche, Feldwege, Bauernhöfe und einsame Häuser – trotz ihrer Bescheidenheit wirken sie im Vergleich zu den russischen geradezu luxuriös. Einzelne Hinterlandbahnhöfe tauchen auf, darunter Lehnitz-Biesenthal (er wird sich später wieder an diesen Namen erinnern).

Oranienburg, dann Berlin. Vor 1914, als Aljotschka Alechin hier eine Zeitlang lebte, waren die großen Eisenbahnlinien noch nicht miteinander verbunden. Doch schon damals plante die Stadtverwaltung, die Strecken zu verknüpfen und einen Zentralbahnhof zu bauen, der mit der Stadtbahn von den anderen Bahnhöfen aus zu erreichen war. Dieses Vorhaben ist jetzt verwirklicht. Alechin fährt also vom Bahnhof Friedrichstraße an der Spree entlang in die Stadt. Gepäckträger halten unter den Reisenden, die im Morgengrauen aus dem Zug steigen, nach Kundschaft Ausschau. Ein Schutzmann in der strammen Haltung eines preußischen Unteroffiziers verteilt am Ausgang numerierte Kupfermünzen. Die Münzen haben ein Loch in der Mitte und berechtigen zur Mitfahrt in einem Taxi oder einer offenen Pferdedroschke. Der Mann streift Alechin nur mit einem gleichgültigen Blick. Er läßt sich von der Arbeitskleidung und dem Brotbeutel täuschen.

Die durchwachte Nacht und nicht zuletzt die körperliche Anstrengung haben Alechin hungrig gemacht. Dennoch läßt er sich Zeit und vergewissert sich zuerst, daß ihm niemand unauffällig folgt. In einem Frühstück-Salon, der über zwei Ausgänge verfügt, gönnt er sich ein üppiges skandinavisches Frühstück. Anschließend kauft er ein: im ersten Geschäft Hemden und Krawatten, im nächsten Anzüge, eine Ecke weiter einen Koffer, dann Schuhe, Mantel, Hut, Unterwäsche, Socken.

Er nimmt ein Zimmer im Wittelsbacher Hof, Wilhelmstraße 35. Unter seinem jetzigen Namen: Karl Mohren, Schauspieler – er hat sich die Tarnung selbst ausgesucht, zur Überraschung Sinowjews und all der anderen. Er schmunzelt belustigt: Vielleicht verrät diese Wahl eine verdrängte Neigung.

In bürgerlicher Garderobe mit origineller Note – schließlich ist er Künstler – bewirbt er sich gegen elf Uhr als Komparse in den Studios der beiden einzigen bedeutenden Filmgesellschaften, bei der Decla-Bioscop und bei der Ufa. Die Ufa ist vor zwei Jahren (Alechin hat die Unterlagen studiert) von Krupp, der I.G. Farben und einem Bankenkonsortium gegründet worden. Er wird gefragt, ob er schon einmal in diesem Beruf gearbeitet habe. Er bejaht. Beispielsweise sei er Statist in *Die Pest in Florenz* von Joe May gewesen, einem Drehbuchautor Fritz Langs, allerdings mit fünfzehntausend anderen. Hauptsächlich habe er aber kleinere Rollen bei den Filmgesellschaften Biograph und Meßter gespielt.

„Und bei der Pagu. Ich hatte eine Szene mit Max Reinhardt. Das können Sie nachprüfen."

Und das ist nicht gelogen: In der Szene mit dem berühmten deutschen Schauspieler Max Reinhardt spielte er einen Hotelportier mit der Figur eines blonden Hünen. Mit der Arbeit als Statist finanzierte er damals seinen Aufenthalt in Berlin.

Sein Name und seine Adresse werden notiert. Man werde ihn benachrichtigen.

Er verläßt die Studios. Die Wolken hängen sehr tief, aber es hat aufgehört zu regnen.

Seit Stunden, genauer gesagt, seit er sich in Stockholm von Tieck getrennt hat, sucht er nach einer zündenden Idee, wie er mit reellen Überlebenschancen nach Moskau zurückkehren und außerdem Karriere machen kann. Bis jetzt ist ihm noch nichts eingefallen.

Noch nicht.

Candido entdeckt beim Aufwachen zwei Mark auf der Pritsche des Filmvorführers. Bestimmt hat das Mädchen das Geld dorthin gelegt. Sie ist wirklich nett.

Er verläßt das Kino durch den Notausgang, schließt hinter sich ab und schiebt den Schlüssel unter der Tür durch. Sein erster Weg führt ihn zur Gepäckaufbewahrung am Bahnhof. Er nimmt frische Unterwäsche aus dem Koffer, den er gestern hier aufgegeben hat, und geht sich waschen. Ein kurzes Frühstück. Dann macht er sich auf den Weg.

Kuppelweiser, Oskar, Andreasstraße 39.

Vielleicht kann er mir fünfzig Mark pumpen. Hundert wären noch besser. Der Doktor wird es ihm zurückgeben.

Das Haus in der Andreasstraße 39 entpuppt sich als Laden. Er tritt ein und bleibt wie erstarrt stehen. Es ist weniger der Anblick, der ihn überrascht, als vielmehr die sonderbare Geräuschkulisse: Aus allen Winkeln und Ecken schlägt ihm ein Ticken und Klappern, ein Klicken und Gackern entgegen – sogar der Fußboden quietscht und knarrt unter seinen Füßen. Der Raum ist groß und dunkel. Nach zwei Metern herrscht Zwielicht. Ein stickiger Geruch nach Schmieröl und Pelzwerk hängt in der staubigen Luft. Die Regale reichen bis unter die Decke und quellen über von Stofftieren, Puppen und mechanischem Spielzeug aller Art.

Und alles bewegt sich, es ist verrückt.

„Ist hier jemand?"

Die einzige Antwort ist ein lautes Klappern.

„Ich suche Herrn Oskar Kuppelweiser, den Spielzeugmacher", ruft Candido noch lauter.

Endlich rührt sich etwas am äußersten Ende eines Ganges zwischen zwei Regalen. Um da durchzuschlüpfen, denkt er, muß man seitwärts gehen wie die Ägypter. Ein kleine und zierliche alte Dame trippelt mit so gleichmäßigen Schritten und Bewegungen heran, daß man auch sie für eine mechanische Puppe halten könnte.

Sie mustert Candido mit kurzsichtigen Augen und verkniffenem Mund, als habe sie einen Kinderschänder vor sich.

„Ich möchte Herrn Kuppelweiser sprechen", sagt Candido. „Herrn Oskar Kuppelweiser. Ich komme von Policarpo Moravec."

Die alte Dame verschwindet mit mechanischen Bewegungen nach hinten. Candido ist sich einen Augenblick unschlüssig, ob er ihr folgen soll oder nicht, dann folgt er ihr. Er drückt sich zwischen Wänden aus Hasen hindurch, die auf rot-weiße Trommeln schlagen, dann zwischen Puppen, die ihm ihre weißen Zelluloid-Arme entgegenstrecken, als wollten sie ihn festhalten.

„In aller Öffentlichkeit den Namen Policarpo zu brüllen, bist du noch bei Trost?"

Der Mann, der ihn so anfährt, dürfte über fünfzig Jahre alt sein. Er ist leichenblaß, seine mattblauen Augen liegen tief in den Höhlen, verborgen unter buschigen Augenbrauen, ein Mittelscheitel teilt sein struppiges Haar. Seine Miene verheißt nichts Gutes.

„Wir sind hier nicht in aller Öffentlichkeit, sondern in Ihrem Laden."

„Trotzdem hätte hier jemand versteckt sein können, um zu spionieren."

„Ich habe mich zuerst vergewissert, daß niemand da war", entgegnet Candido selbstbewußt, fest entschlossen, sich nicht einschüchtern zu lassen. „Ich habe sogar unter den Puppenröcken nachgeschaut. Sind Sie Oskar Kuppelweiser?"

„Willst du vielleicht meine Papiere sehen?" fragt Kuppelweiser. Das Spiel scheint ihm Spaß zu machen ...

„Selbstverständlich!" antwortet Candido. „Ich traue keinem."

Kuppelweiser zeigt ihm seine Papiere. Er ist wirklich Kuppelweiser.

„Jetzt zu dir", sagt der Spielzeughersteller. „Beweise mir, daß du du bist."

Candido streckt ihm seinen Paß hin.

„In Ordnung", meint Kuppelweiser, „aber das reicht mir noch nicht. In dem Brief, den ich erhalten habe, steht, daß du ein besonderes Buch liest."

„Simplicius Simplicissimus von Hans Jakob von Grimmelshausen."

Kuppelweiser bietet ihm Kaffee und Apfeltaschen an. Sie setzen sich auf Kisten. Während sie essen und trinken, beschnuppern sie einander wie zwei Hunde, die gerade erst Bekanntschaft geschlossen haben.

„Wie ein Revolutionär siehst du gerade nicht aus", stellt Kuppelweiser fest und verdrückt mit einer solchen Unerbittlichkeit einen Krapfen nach dem anderen, als wolle er ihnen aus politischen Gründen an den Kragen.

„Alles nur Tarnung", sagt Candido mit vollem Mund.

Die Krapfen sind ausgezeichnet.

„Bist du schon lange in Berlin?"

„Eine Weile."

Sie verschlingen den letzten Krapfen.

„Also gut", sagt Kuppelweiser, „du brauchst meine Hilfe. Was kann ich für dich tun?"

Candido zögert. Er denkt an die hundert Mark, die er sich ausleihen wollte. Reicht das?

„Du kannst unbesorgt sprechen. Mama überwacht die Straße. Welche Art von Bombe willst du?"

„Das genau ist das Problem", antwortet Candido verwirrt.

„Soll sie sofort explodieren oder erst später? Töten oder nur verletzen? Soll sie nur Lärm machen oder ein Gebäude zerstören? Du willst bestimmt ein Gebäude in die Luft jagen, stimmt's? Ich sehe es dir an den Augen an. Welches Gebäude?"

Meus Deus!

„Bleibt es unter uns?“

„Für wen hälst du mich?“

„Ich dachte an den Reichstag“, sagt Candido. Für einen Moment hat er zwischen Reichstag und Brandenburger Tor geschwankt.

Schweigen. Jetzt hat es ihm die Sprache verschlagen, denkt Candido. Hätte ich nur den Mund gehalten. Was ist nur in mich gefahren? Der Reichstag! Ich muß verrückt sein.

„Ausgezeichnet“, gibt Kuppelweiser nachdenklich von sich. „Eine geniale Idee!“

„Wir wollen nicht übertreiben. Es ist nur ein Projekt von vielen.“

Und er denkt: Ich werde fünfhundert Mark von ihm leihen. Das ist das Mindeste für einen, der mir helfen will, mit Dynamit halb Berlin in die Luft zu jagen.

Wenig später ist er wieder draußen und geht die Straße entlang, immer noch ganz verdutzt. Er dreht sich noch einmal nach dem Spielzeugladen um. Er will sich nur vergewissern, daß er nicht geträumt hat, daß er tatsächlich in dem Geschäft gewesen und dort einem Verrückten begegnet ist, der ihm eine Bombe bauen will, groß genug, um das deutsche Parlament in die Luft zu jagen.

Aber in seiner Manteltasche stecken die Geldscheine. Tausend Mark. Aus der Geheimkasse, so Oskar Kuppelweiser.

Tausend Mark, *puxa vida!*

Für einen kurzen Moment fragt er sich, was zum Teufel Policarpo Moravec dem Spielzeughändler über ihn geschrieben haben mag.

Ist ja eigentlich egal. Das sind sowieso lauter Verrückte, einer wie der andere. Wenn der Doktor endlich da ist, werde ich die tausend Mark zurückzahlen, und dann reden wir nicht mehr darüber.

Im Bewußtsein seines frisch erworbenen Wohlstands nimmt er ein Taxi zum Hotel Adlon. Nichts. Keine Nachricht vom Doktor. Er ist keineswegs enttäuscht, mit der Rückzahlung an Kuppelweiser eilt es nicht.

Übermütig vollführt er einen Luftsprung.

Am Abend erhält seine Stimmung einen Dämpfer: Im Kino Opal in der Münzstraße findet heute keine Vorstellung statt, und das Mädchen läßt sich nicht blicken.

Aljotschka Alechin hat keine Zeit verloren: Er geht bereits zu seinem dritten Treffen. Noch hat er Paul Levi, den Chef der Kommunistischen Partei von Berlin, nicht aufgesucht – er will sich nicht zu oft zeigen. Bei jedem Gespräch hat er sich unter anderem Namen vorgestellt und eine Begrenzung der Teilnehmer auf höchstens fünf oder sechs verlangt. Karl Radeks Verbindungsleute haben ihm sehr geholfen.

Die Dürftigkeit der Berichte hat ihn weder überrascht noch beunruhigt. Er hat nichts anderes erwartet. Er ist sich ziemlich sicher: Ehe in Deutschland eine Revolution ausbricht, werden über hundert Jahre ins Land gehen – und in hundert Jahren wird die russische Revolution nur noch in den Geschichtsbüchern existieren.

Am zweiten Abend kehrt er in sein Zimmer im Wittelsbacher Hof in der Wilhelmstraße zurück. Fast muß er lächeln: Man hat ihm schriftliche Berichte übergeben – einige sind sogar sorgfältig getippt. Der reinste Dilettantismus. Hunderte von Seiten. Trotzdem zwingt er sich, sie zu überfliegen, bevor er sie in dem Kaminfeuer verbrennen wird, das er eigens zu diesem Zweck entzündet hat.

Stundenlang wühlt er sich durch den Berg von Plattheiten, prägt sich Namen, Ereignisse und Adressen ein, die vielleicht von Interesse sein könnten. Gegen drei Uhr morgens stößt er auf eine kurze handschriftliche Notiz. Der Deckname verweist auf einen gewissen Oskar Kuppelweiser, der anscheinend ein bemerkenswertes pyrotechnisches Talent besitzt und auf Bestellung jede gewünschte Bombe liefert.

Nichts Aufregendes. Obwohl die „der Geheimkasse entnommene" Summe ziemlich hoch ist: tausend Mark – ein Jahresgehalt für viele Berliner. Die Aktion datiert vom Vortag.

Was Alechin aber aufmerken läßt und ziemlich belustigt, ist der ihm unbekannte Deckname des Empfängers: JAGUAR.

Es ist drei Uhr morgens, ein bißchen spät. Aber morgen abend wird er diesem Kuppelweiser einen Besuch abstatten.

„Und wo haben Sie das Geld her?"

„Es stammt aus der Geheimkasse", antwortet Candido in einem Ton, als verrate er ein Staatsgeheimnis.

Wieder sieht sie ihn prüfend an, ohne Hemmungen. Ich beeindrucke sie nicht, denkt er, aber ich habe ihre Neugier geweckt. Das muß es sein. Meine hübschen grünen Augen lassen sie kalt (oder sie läßt sich nichts anmerken), aber kaum spreche ich von der Revolution, zack, hängt sie an meinen Lippen.

Na gut. Wenn sie Wert darauf legt.

„Ich heiße Samantha Franck“, sagt sie unvermittelt. „Ich bin Amerikanerin.“

„Ich spreche Englisch“, sagt Candido.

Statt zu antworten, legt sie, wie schon am Vortag, ihre Gabel weg und lehnt sich zurück gegen den Stuhlrücken aus Moleskin.

„Ich glaube Ihnen kein Wort, von wegen brasilianischer Agent, Geheimkasse und all das Zeug. Sie scherzen nur.“

Als Candido gestern abend vor dem geschlossenen Kino stand, hat er mit dem Gedanken gespielt, sich eine Suite im Hotel Adlon zu mieten. Er wollte schon ein Taxi rufen, doch im letzten Moment besann er sich anders und nahm ein Zimmer im nächstbesten Hotel, einen Steinwurf vom Alexanderplatz entfernt. Den Rest hat der Zufall besorgt: Am Morgen – er war noch keine zweihundert Meter gegangen – sah er sie auf der anderen Straßenseite aus der Rosenthaler Straße herauskommen. Er lief ihr nach, holte sie ein, zahlte seine Schulden zurück und lud sie zum Essen ein. Sie nahm an, freilich erst nach langem Zögern. Sie wirkte immer noch verwirrt: Zuerst warf sie ihm einen vernichtenden Blick zu, musterte ihn von Kopf bis Fuß (als wollte sie ihn auf der Stelle umbringen, weil er sie angesprochen hatte), dann schweifte ihr Blick ab, verlor sich in der Ferne, kam wieder zurück, musterte ihn erneut, und dann plötzlich sagte sie ja, einverstanden. Und nicht er, sondern sie hat das Restaurant ausgesucht und auch bestellt – für zwei, ohne ihn zu fragen. Und er hat es zugelassen. Es war noch nie seine Art, anderen Leuten zu widersprechen.

„Sie scherzen nur“, wiederholt sie, greift wieder nach der Gabel und ißt weiter. Ruhig, fast selbstzufrieden. Als habe sie endlich die Antwort auf eine Frage gefunden, die sie lange beschäftigt hat. Und mit einem Mal wird Candido von panischer Angst gepackt: Er läuft Gefahr, das Spiel zu verlieren. Sie werden zu Ende essen, und das Mädchen, besser gesagt Samantha, sofern das ihr Vorname ist (wirklich hübsch), wird verschwinden, und er wird sie nie mehr wiedersehen.

Du mußt etwas sagen, egal was.

„‚Nachdem man sterben sich gesehen, mit seiner eigenen Leiche gehen.‘“

Sie starrt ihn mit offenem Mund an. Ich habe zu dick aufgetragen, denkt Candido. Nach einer Weile fragt sie:

„Und was genau soll das heißen?"

„Der Satz stammt von einem meiner Lieblingsdichter, Franz Grillparzer."

„Kenne ich nicht."

„Ein österreichischer Schriftsteller. 1791 bis 1872."

(Der Doktor bewundert ihn, Candido hat nie verstanden, warum.)

„Lesen Sie gerne?"

„Wahnsinnig gerne", sagt Candido.

Erneut schweift Samanthas Blick in die Ferne und kehrt wieder zurück:

„Haben Sie Karl Marx gelesen?"

(Wer ist das? Der Doktor hat nie von ihm gesprochen. Sehr bekannt kann er nicht sein.) „Ich habe ihn geradezu verschlungen."

„Und Engels?"

„Zweimal."

„Und Bakunin?"

Puxa vida, woher hat sie nur all diese Namen? „Nur die ersten hundert Seiten", antwortet er. „Im Mato Grosso ist das nicht so einfach mit dem Lesen, denken Sie nur an die vielen Kaimane."

Stille. Ich habe ein paar Treffer gelandet.

Doch dann prustet sie los. Er hat sich als Lügner entlarvt.

„Also gut", sagt er. „Ich habe keinen einzigen davon gelesen. Aber nur, weil ich in erster Linie ein Mann der Tat bin."

Und dann sprudelt es aus ihm heraus. Er läßt sich fortreißen. In Samanthas Augen spiegelt sich bald ein spöttisches Lächeln, bald ein nachdenkliches Interesse. Schließlich fragt sie ihn, was er unter einem „Revolutionär" und einem „Mann der Tat" verstehe. Auf gut Glück antwortet er: jemand, der Sachen in die Luft sprengt.

Egal was?

Egal was, antwortet er. Wenn nötig, könne er innerhalb einer Stunde Sprengstoff besorgen, er wisse, an wen er sich wenden müsse, sei das nicht Beweis genug?

Darauf sie: Das treffe sich sehr gut, sie wolle nämlich gerade etwas in die Luft sprengen.

Ein Kino.

Das Kino der Plücks.

Also zurück zu Oskar Kuppelweisers Spielzeugladen.

„Oskar wie?“

„Kuppelweiser. Aber schreien Sie seinen Namen bitte nicht so auf der Straße herum. Er ist Geheimagent. Oder soll ganz Deutschland erfahren, was er macht?“

Sie zuckt mit den Schultern. Offenbar glaubt sie ihm kein Wort. Vielleicht ändert sich das noch.

Sie gelangen in die Andreasstraße. Fast hätte Candido ihr vom Doktor erzählt, ihn als sein revolutionäres Vorbild hingestellt. Doch dann hat er sich anders besonnen. Wenn der Doktor heute abend, morgen oder irgendwann in den nächsten Tagen in Berlin eintrifft, könnte Samantha ihm begegnen, und dann würde die Wahrheit ans Licht kommen. Er hat die Worte des Doktors noch genau im Ohr: „Als Revolution bezeichnet man jede Bewegung, Candido, mein Junge, die am Ende eines geschlossenen Kreislaufs wieder an ihren Ausgangspunkt zurückkehrt.“ Kann es einen Menschen geben, der noch weniger von einem Revolutionär hat?

Ja, mich.

Samantha geht mit großen Schritten voran. Ihre Entschlossenheit bedrückt Candido. Wie ist er nur in diese Lage geraten? Gut, er ist beunruhigt, aber so sehr nun auch wieder nicht. Immer mit der Ruhe. Oskar Kuppelweiser wird ihm nie eine Bombe liefern, völlig ausgeschlossen, wozu sich also Sorgen machen? Im Grunde ist die Situation eher amüsant. Mit einem Schlag kehrt seine natürliche Unbekümmertheit zurück. Beim Essen hat er das Mädchen gierig mit den Augen verschlungen. Mit ihren Wintersachen ist schlecht zu erkennen, wie sie gebaut ist. Seiner Meinung nach gut. Sogar mehr als gut. Für so etwas hat er einen Blick. Er braucht nur das Handgelenk oder den Knöchel zu sehen, den Rest stellt er sich vor, mit einer Fehlerquote, die praktisch gleich Null ist. Lernen kann man das nicht, so etwas ist angeboren.

Trotzdem ist es merkwürdig, daß sie dich so reizt.

Sie betreten den Spielzeugladen. Die kurzsichtige alte Dame mit dem Stacheldrahtmund taucht wie ein Gespenst aus dem Dunkel auf. Sie mustert Samantha von oben bis unten und fragt nach ihrem Namen.

„Ich verbürge mich für sie“, versichert Candido.

Sie gehen den gleichen Weg, den Candido schon bei seinem ersten Besuch genommen hat. Sie gelangen in die Werkstatt.

Und zu Oskar Kuppelweiser.

„Diesmal möchte ich eine Bombe“, sagt Candido.

Der Spielzeugmacher – und vielleicht auch Bombenbastler – betrachtet ihn mit unergründlichem Blick. Schließlich gleitet sein Blick zu Samantha. Er schaut sie von Kopf bis Fuß an.

„Und wozu genau brauchst du die Bombe?"

„Was geht Sie das an?" fragt Samantha.

„Wir ... ich werde ein Kino in die Luft jagen", antwortet Candido. Und an Samantha gerichtet, fügt er auf englisch hinzu:

„Sie überlassen das besser mir."

„Wenn er wirklich ein Bombenbastler ist und Sie ein Bombenleger", meint Samantha, „hat er Ihnen keine Fragen zu stellen."

„Ich verstehe Englisch", bemerkt Kuppelweiser.

„Er ist wirklich ein Bombenbastler", sagt Candido zu Samantha (er hat Kuppelweisers Bemerkung überhört und spricht weiter englisch).

„Da habe ich meine Zweifel", versetzt Samantha, ebenfalls auf englisch. „Auf jeden Fall hat er keine Fragen zu stellen."

„Das stimmt", gibt Candido, immer noch englisch sprechend, zu.

„Ein Kino?" fragt Kuppelweiser auf deutsch. „Warum ein Kino?"

„Keine Fragen", entgegnet Candido auf deutsch.

„Ich lasse Sie machen", antwortet Samantha auf englisch.

Kuppelweiser betrachtet sie.

„Trotzdem muß ich wissen, wie groß das Kino ist."

„Etwa fünfzig bis sechzig Meter lang", beeilt sich Candido zu sagen.

„Kleiner", sagt Samantha auf englisch. „Aber meiner Meinung nach kann der Mann nicht einmal einen Schuhkarton sprengen."

„Ich kann alles in die Luft sprengen", versichert Kuppelweiser auf deutsch.

„Er behauptet, er kann alles in die Luft sprengen", übersetzt Candido mechanisch.

„Hab' schon kapiert", sagt Samantha. „Aber wir wollen nicht das ganze Gebäude in die Luft jagen. Nur den Vorführraum."

Candido übersetzt. (Ich habe den Eindruck, ich wirke nicht besonders überzeugend, irgendwas läuft hier schief.)

„Und das Kassenhäuschen", fügt Samantha hinzu.

„Also braucht ihr zwei Bomben", sagt Kuppelweiser. „Hast du schon mal Bomben gelegt? Ich spreche mit dir, nicht mit ihr."

„Vielleicht fehlt mir etwas die Übung."

„Das dürfte keine Hexerei sein", bemerkt Samantha. „Andere Leute schaffen das auch."

„Es wird schon klappen", sagt Candido zu Kuppelweiser.

„Ich werde etwas Einfaches bauen“, wirft Kuppelweiser ein. „Das wird wohl für alle das Beste sein.“

„Bis wann?“ erkundigt sich Samantha.

Oskar Kuppelweiser tut so, als habe er nichts gehört, und fährt fort, mit verblüffender Geschicklichkeit eine Puppe zu reparieren, die ‚Mama‘ sagt, wenn man ihren Kopf nach unten dreht.

„Wann bekomme ich die Bomben?“ fragt Candido.

Schweigen.

„Freitag nachmittag, sechs Uhr“, sagt Kuppelweiser.

„Also nächste Woche“, bekräftigt Candido.

„Das ist mir auch schon aufgefallen“, sagt Kuppelweiser.

Er setzt der Puppe den Kopf wieder auf und dreht den kleinen Zelluloidkörper.

‚Mama‘ sagt die Puppe.

„Es funktioniert“, sagt Kuppelweiser.

Er setzt die Puppe in ein Regal und nimmt dafür ein anderes Spielzeug heraus, das repariert werden muß. Er dreht den beiden Besuchern den Rücken zu. Gut möglich, daß er lacht, denkt Candido. Wundern würde es mich nicht, und um ehrlich zu sein, es wäre mir sogar lieber – nicht auszudenken, was passieren kann, wenn er uns ernst nimmt.

Es ist Zeit, die Frage zu stellen, derentwegen Candido gekommen ist: „Sie haben doch einen Brief aus Buenos Aires erhalten?“

Oskar Kuppelweiser nickt.

„Steht darin, wie man mich in Brasilien nennt?“

„Jaguar“, antwortet der Spielzeug- und Bombenbastler und wendet sich ihnen zu. Und wenn er bis dahin gelächelt haben sollte, jetzt lächelt er nicht mehr. Candido hat gespannt auf Samanthas Reaktion gelauert, und er wird nicht enttäuscht: Diesmal ist sie wirklich beeindruckt.

Sie erreichen den Alexanderplatz. Samantha bleibt als erste stehen. Seit sie das Geschäft in der Andreasstraße verlassen haben, hat sie kein Wort mehr gesprochen. Es ist kurz nach drei Uhr nachmittag. Candido friert, am liebsten würde er in sein Hotel gehen, in ein Wirtshaus, ins Kino oder sonstwohin, nur um dem eisigen Regen zu entgehen. Aber er macht keinen Vorschlag. Er hält den Mund. Nur ab und zu wirft er einen Seitenblick auf Samantha.

Sie ringt mit einem Entschluß, störe sie jetzt nicht, sage nichts, du hast dein möglichstes getan.

Noch immer steht sie da und schweigt. Endlich hat sie einen Entschluß gefaßt.

„Wollen Sie unbedingt in dem Hotel bleiben?"

„Nicht unbedingt."

Sie hebt den Kopf.

„Können wir uns ein Taxi nehmen?"

Sie rufen ein Taxi. Sie fahren zu einer Adresse in der Rosenthaler Straße. Dort angekommen, bittet sie den Fahrer zu warten, steigt aus und verschwindet in einem kleinen Haus. Nach kurzer Zeit erscheint sie wieder mit zwei Koffern. Eine Stunde später sitzen sie in einem Zug. Sie hat ihm noch immer keine Erklärung gegeben, und er schweigt.

„Ich kann Ihre Koffer tragen."

„Ich bin stärker als Sie."

„Das ist gut möglich", sagt Candido.

Sie gehen über freies Feld. Schließlich nimmt Candido Samantha doch die schweren Koffer ab, und sie trägt dafür sein Gepäck und den Beutel mit Vorräten, die sie in einem Gemüseladen neben dem Bahnhof gekauft haben. Vor ihnen liegt die einsame Landschaft der Mark Brandenburg. Die leichte Schneedecke läßt sie noch trostloser als sonst erscheinen. Bald gelangen sie an ein kleines alleinstehendes Haus. Mit Hilfe eines rostigen Spatens gelingt es Candido, den Riegel an der hinteren Türe hochzuschieben. Es war auch höchste Zeit: Die Nacht bricht herein.

„Ich werde ein Feuer machen. Darf ich erfahren, wo wir sind?" Candido hat noch nie Feuer gemacht – in Brasilien ist das Sache der Diener –, aber wunderbarerweise gelingt es ihm mit Hilfe ein paar alter Nummern der Zeitung *Die Rote Fahne*. Die Flammen lodern auf. Wie er von Samantha erfährt, gehört das Haus einem gewissen Reinhold Plattnik, einem Anarchisten, der zur Zeit im Gefängnis sitzt. Seit sie das Haus betreten haben, hat sie sich nicht von der Stelle gerührt. Kaum daß sie ihr Gepäck abgestellt hat. Sie hat die Arme verschränkt, die großen Hände auf die Oberarme gelegt, wie es Frauen gerne tun, und die Schultern etwas hochgezogen. Sie starrt ins Feuer. Der Widerschein der Flammen wirft tanzende Muster auf ihr Gesicht.

„So setzen Sie sich doch", sagt er.

Er zieht einen Stuhl vor den Kamin. Draußen ist es inzwischen dunkel geworden. Candido zündet die Petroleumlampe an und schließt die Tür ab. Das Haus hat nur ein einziges richtiges Zimmer. Das Mobiliar besteht aus einem Bett, einem Tisch, zwei Stühlen und einer wackeligen Anrichte mit ein paar Kleidungsstücken und vier oder fünf Tellern darin. An der Wand hängt ein schmales Regal mit acht bis zehn Büchern. Von der winzigen Diele geht links eine Küche ab (ausgestattet mit einem Holzherd nebst Holzvorrat, zwei Pfannen und einem Kessel, drei Gläsern, zwei Löffeln, einer Gabel und einem großen Messer), und rechts schließt sich ein kleiner Raum an. Candido begeht einen Fehler und betritt ihn ohne Licht. In letzter Sekunde warnt ihn der Kellergeruch: Mitten im Boden ist ein randloser Brunnen. Einen halben Schritt weiter, und er wäre hineingestürzt.

Er kämpft mit dem Herd. Erst der dritte Versuch glückt. Er erhitzt die Milch aus einer der sechs Flaschen, die sie gekauft haben. Ein neues Problem taucht auf: Wie bereitet man heiße Schokolade zu? Mit Hilfe eines Löffels gelingt es ihm zwar, kleinere Stücke von der Schokolade abzubrechen, doch der dicke Riegel schmilzt kein bißchen. Ich tauge aber auch zu gar nichts, denkt er. Alles, was er zustandebringt, ist eine Brühe mit nußgroßen Klumpen. Wenigstens ist sie warm. Er geht zurück in das Zimmer. Für einen Moment glaubt er, Samantha sei fort.

„Mir war kalt."

Sie liegt im Bett, begraben unter einem Berg von Decken. Er kann sie im Halbdunkel kaum erkennen.

Was erwartet sie von mir? Daß ich auf einem Stuhl schlafe? Sie ist sonderbar.

„Möchten Sie etwas Schokoladenmilch? Sie ist heiß."

Ein Arm wühlt sich aus dem Bett, eine Hand wird hingehalten. Er füllt ein Glas. Sie trinkt, nein, sie stürzt den Inhalt hinunter.

„Die Schokolade ist nicht geschmolzen."

„Ich bin untröstlich", meint Candido. „Noch ein Glas?"

Sie streckt die Hand aus. Sie leert drei Gläser hintereinander.

„Noch mehr?"

Eine vage Kopfbewegung: Nein. Er trinkt die restliche Schokoladenmilch aus dem Topf. Er verharrt stehend neben dem Bett, und sie kehrt ihm schweigend den Rücken zu. Er weiß absolut nicht, was er tun soll. Außerdem hat er Hunger. Er hat kaum etwas gefrühstückt, weil er zu sehr mit Erzählen beschäftigt war. In der Küche haben sie zwar noch Landbrot, Wurst und fünf Flaschen Milch, aber er wagt es nicht, sich zu bewegen. Außerdem weiß er nicht, was er sagen soll.

„Worauf warten Sie noch?"

„Was soll ich denn tun?"

„Kommen Sie ins Bett."

Aha.

Seine Kehle ist wie zugeschnürt. Ich bin nicht mehr normal, soviel steht fest. Normalerweise ...

Er zieht den Mantel aus und, nach kurzem Zögern, die Jacke. Er lockert die Krawatte und schlüpft ins Bett, als stecke eine Bombe unter der Decke (erinnere mich nicht daran). Er dreht sich auf den Rücken und faltet artig die Hände auf der Brust. Das Bett ist wirklich sehr schmal. An seinem Schenkel fühlt er etwas Rundes, Gewölbtes. Und Warmes.

„Meinen Sie nicht, Sie sollten Ihre Schuhe ausziehen?"

„Verzeihung."

Er richtet sich auf, zieht die Schuhe aus, entledigt sich bei dieser Gelegenheit der Krawatte und schlüpft aus dem Pullover. Hose und Strümpfe behält er an. Er sinkt wieder in die gleiche Stellung zurück. Wieder diese Berührung an seinem Schenkel. Schweigen.

„Fassen Sie mich an."

„Wo?"

Eine idiotische Frage. Und wenn schon, sie ist ihm einfach so herausgerutscht.

„Wo Sie wollen." Und mit ruhiger Stimme fügt sie hinzu: „Dort, wo man muß."

Wo man muß. *Meus Deus!* Auf gut Glück legt er irgendwo seine Hand hin. Er spürt die Wölbung einer runden Hüfte. Seine Finger gleiten weiter, den Oberkörper hinauf, dann wieder hinunter. Wenn etwas rund ist, dann das. Warum ist er nur so schüchtern? Das ist doch sonst nicht seine Art. Er verändert seine Lage ein wenig und rückt etwas dichter an sie heran, um seine Reichweite zu vergrößern. Seine Hand wandert die Hüfte hinauf und dringt zu einem anderen Hügel vor.

„Hier?"

„Ich sagte: Wo man muß. Ist das nicht deutlich genug?"

„Mehr als deutlich."

„Ich hoffe, Sie haben Erfahrung?"

„Oh, ich weiß, was zu tun ist, keine Bange."

„Dann tun Sie es."

„Entschuldigung, aber Sie sollten lieber den Schlüpfer ausziehen."

Sie reagiert nicht sofort. Endlich tut sie es. Sie stößt einen tiefen Seufzer aus wie jemand, der sich gestört fühlt.

„Die Strümpfe auch?"

„Die können Sie anbehalten."

Sie bringt mich ganz durcheinander, denkt er. Ohne sich umzuwenden, fragt sie:

„Was treiben Sie denn?"

„Ich ziehe mich aus."

„Das dauert aber."

„Sie sollten sich auf den Rücken legen."

Augenblicklich verändert sie ihre Lage.

„So?"

„Ja."

Soll ich mein Hemd und mein Unterhemd ausziehen? Nein. Wo war ich stehengeblieben? Ach ja.

Sie hat das Unterkleid anbehalten. Er schiebt es hoch. Ihre Brüste liegen in seiner Handfläche. Er entblößt sie und riskiert eine Berührung mit der Zunge.

„Muß das sein?"

„Nicht unbedingt, aber es ist angenehm. Ich kann aufhören, wenn Sie es wünschen."

Ein kurzer Augenblick.

„Nein. Machen Sie weiter."

„Danke."

„Sie brauchen sich nicht bedanken. Sie tun mir doch einen Gefallen."

Er stutzt. Was redet sie da? Aber er ist mit dem Kopf schon wieder woanders. Er ist erfahren genug, um zu wissen, wie und wann man streicheln muß, und wieviel Zeit man sich gelegentlich lassen muß.

Sie sagt nichts mehr. Er ahnt, daß sie im Dunkeln die Augen geschlossen hat, und er spürt, wie sich ihr Körper strafft und zu bewegen beginnt. Er lauert auf ihren Atem, merkt, daß er schneller geht, und dann, im richtigen Moment, gleitet er über sie.

Später, in der Großen Stille, wird er sich an jede dieser Sekunden erinnern, an jede einzelne und an alle folgenden.

Am Spielzeugladen sind bereits die Eisengitter heruntergelassen, als Aljotschka Alechin die Andreasstraße erreicht. Automatisch geht er um das Gebäude herum und prägt sich die örtlichen Gegebenheiten ein. Nach einer kurzen Kletterpartie entdeckt er einen Hintereingang. Ihn merkt er sich besonders.

„Zeige mir den Brief."

Er steht vor Oskar Kuppelweiser, dem er sich zu erkennen gegeben hat. Er gelangt schnell zu einem Urteil: Die Ergebenheit des Mannes steht außer Zweifel, und vermutlich besitzt er auch ein gewisses Geschick im Umgang mit Sprengkörpern, aber sonst ist er von hoffnungsloser Mittelmäßigkeit. Wie alle anderen, denen er bei diesen sinnlosen Treffen gestern und heute begegnet ist. Aus einem Versteck, das wohl geheim sein soll, in Wahrheit aber kinderleicht zu entdecken ist, zieht der Spielzeughändler ein Bündel Dokumente hervor und reicht ihm Policarpo Moravec' Brief und eine Akte.

„Kennst du diesen Moravec persönlich?"

„Seit dreißig Jahren."

„Schickt er öfter Leute wie diesen Cavalcanti zu dir?"

„Ein- oder zweimal ist das schon vorgekommen."

Der Brief ist kurz. Moravec bittet darin um „jede mögliche" Unterstützung für einen gewissen Candido Cavalcanti, der auf dem Weg nach Berlin sei. Als Erkennungszeichen schlägt er ein Buch vor, von dem sich dieser Cavalcanti offenbar niemals trennt: den *Simplicius* von Grimmelshausen. (Alechin ist der Name des deutschen Schriftstellers bekannt. Er siedelt ihn im 17. Jahrhundert an, hat aber nichts von ihm gelesen.)

Der Bericht trägt keinen Poststempel. Er ist getrennt von dem Brief auf vertraulichem Wege überbracht worden. Er besteht aus zwei engbeschriebenen Blättern. Die erste Hälfte füllen langatmige Ausführungen über die Chancen einer Revolution in Brasilien, an die der Verfasser (Moravec?) leidenschaftlich zu glauben scheint. Im zweiten Teil stellt er den „Jaguar" vor. Alechin speichert das Wesentliche: Sein richtiger Name ist Cavalcanti de Noronha. Einziger Sohn und Erbe eines gewissen Trajano Cavalcanti. Dieser Cavalcanti ist einer der reichsten und einflußreichsten Männer Brasiliens, hat aber nie einen höheren Posten in der Politik bekleidet. Unstimmigkeiten zwischen Vater und Sohn. Gerüchten zufolge soll der junge Candido in Wirklichkeit einem Verhältnis zwischen seiner Mutter und seinem Großonkel Amilcar Cavalcanti, Trajanos Onkel, entstammen. Der junge Candido spricht fünf oder sechs Sprachen. Seine Flucht aus der Garnison im Mato Grosso, in die sein Vater ihn gesteckt hatte, erregte ziemliches Aufsehen. Der Verfasser sieht deshalb die Möglichkeit, den Jungen bei einer Revolution als Galionsfigur zu benutzen, nicht zuletzt wegen seines Namens und Beinamens. Dies könne mit seinem Einverständnis erfolgen (in diesem Fall sei eine Schulung in Rußland wünschenswert), aber auch gegen seinen Willen, wie, das sei noch zu überlegen – er habe einen fügsamen und äußerst formbaren Charakter. Der Spitzname Jaguar sei ihm zwar im Scherz gegeben worden, doch dürfe man die Wirkung, die ein Revolutionsführer dieses Namens auf die Bevölkerung haben könne, nicht unterschätzen.

Das ist die Idee.

In Aljotschka Alechins Kopf blitzt ein Gedanke auf. Mit Brasilien hat er allerdings nichts zu tun.

„Wer außer dir und mir hat die Akte gelesen?"

„Ich habe eine Kopie meinem Bericht beigelegt."

„In dem du auch die tausend Mark erwähnst?"

„Ja."

Die Akte ist vermutlich als unwichtig eingestuft worden, oder man hat schlicht vergessen, sie an ihn weiterzuleiten. Alechin wird das noch überprüfen. Aber mehr als alles andere beschäftigt ihn die Idee, die ihm gerade gekommen ist. Noch ist sie vage.

„Weißt du, wo dieser Cavalcanti in Berlin wohnt?"

Nein. Aber Kuppelweiser weiß, wo man den Brasilianer treffen kann: hier bei ihm, nächsten Freitag.

„Er wird zwei Bomben abholen. Wenigstens glaubt er das."

„Bomben?"

Kuppelweiser schüttelt den Kopf: Er habe nie die Absicht gehabt, dem Jungen auch nur die kleinste Bombe zu bauen. Schon gar nicht, um ein Kino in die Luft zu jagen. Er habe dazu einen zweiten Bericht verfaßt, den Matthäus (unter diesem Namen hat sich Alechin vorgestellt) wohl nicht erhalten habe.

„Erzähle mir die Geschichte von Anfang an", sagt Aljotschka Alechin.

Der Spielzeughändler beginnt. Er beschreibt das Mädchen, das Cavalcanti bei sich hatte. Aljotschka Alechin hört nur mit halbem Ohr zu. Er denkt angestrengt nach. Die Idee nimmt Gestalt an. Blitzschnell stellt er Überlegungen an, erwägt Möglichkeiten, zieht Schlüsse.

Ich hab's. Genau danach habe ich gesucht, seit ich in Petrograd die Vorahnung hatte, daß sie mich mit einem selbstmörderischen Auftrag nach Deutschland schicken würden. Das ist es. Ich habe die Lösung.

Er empfindet keinen Triumph, nicht die geringste Erregung.

Eine Maschine.

„Du wirst ihnen die Bomben geben. Du verbrennst alle Papiere, ohne

Ausnahme, und du baust die Bomben. So wie der Jaguar sie gewünscht hat."

Der Jaguar.

Nicht einmal der Anflug eines Lächelns zeigt sich auf seinen Lippen.

Am dritten Abend in Reinhold Plattniks Haus in Biesenthal erklärt sie ihm alles. An den vergangenen beiden Tagen haben sie sich wieder und wieder geliebt, und Samantha hat dabei eine solche Leidenschaft entwickelt, daß Candido bald überfordert war. Schließlich hat er ihr erklären müssen (als ob das so einfach wäre!), daß er am Ende seiner Kraft sei, daß kein Mann es pausenlos machen könne, daß es gewisse Grenzen gebe. Und dann diese Fragen!

„Kann eine Frau eigentlich auch, wie soll ich sagen, mitmachen?"

„Ja, ja, gewiß."

„Und wie?"

„Nun ja ..."

„Vielleicht so?"

„Ja."

„Und so?"

„Ja." (Du liebe Güte!)

„Und so auch?"

(Keine Antwort von Candido.)

„Darf eine anständige Frau so etwas tun? Ich meine eine Frau, die keine Hure sein will? Gibt es denn keine Spielregeln wie beispielsweise beim Football? Candido, sind Sie ..."

„Ich glaube, wir können uns duzen."

„Einverstanden, duzen wir uns. Bist du wie alle anderen Männer?"

„In welcher Hinsicht?"

„Wie oft du am Tag kannst. Bist du Durchschnitt, besser oder schlechter?"

„Durchschnitt, würde ich sagen."

„Auf jeden Fall bist du sehr zärtlich. Und du, wie soll ich sagen, du beschleunigst im richtigen Augenblick."

Puxa vida, sie spricht von mir wie von einem Auto!

„Man tut, was man kann."

„Wenn ich es so recht überlege, hatte ich großes Glück, daß ich an dich geraten bin. Ich fühle mich sehr wohl. Ich habe Hunger. Du nicht? Nein, warte, ich werde etwas richten. Ich bin zwar keine gute Köchin, aber wie man Eier brät, weiß ich. Kannst du noch mal singen? Ich liebe es, wenn du singst. Singst du noch mal das Lied von der Cachaça für mich? Das gefällt mir am besten. Es ist schön, in dieser Stille ein brasilianisches Lied zu hören, während draußen der Schnee fällt."

Heute, am Abend des dritten Tages, sind Candidos letzte Zweifel verschwunden: Er ist in sie verliebt. Wie ein tropisches Gewitter ist es über ihn hereingebrochen. Am Morgen sind sie zu Fuß losgegangen und haben Vorräte besorgt, weil Samantha einen Pudding kochen wollte. Den ganzen Tag ist sie am Herd gestanden, das Ergebnis war katastrophal. Gerade haben sie sich wieder geliebt, und jetzt liegen sie vor dem Feuer im Bett. Er schweigt, er will nicht singen. Nicht einmal dazu hat er Lust. Er kostet die Stille aus, die sie umfängt.

Und plötzlich redet sie. Mit belegter, aber fester Stimme. Sie rückt von ihm ab, so weit es das Bett erlaubt.

„Wir sind zusammen keine vierzig Jahre alt und beide gerade erst in Deutschland angekommen. Aber ich habe Pläne, ich will eine neue Rosa Luxemburg werden, davon träume ich seit Jahren. Mich zu verlieben kommt daher überhaupt nicht in Frage. Natürlich bin ich dir für deine Dienste und deine außergewöhnliche Freundlichkeit dankbar. Aber eine gemeinsame Zukunft ist ausgeschlossen, ich will dir nichts vormachen. Ich habe mir alles reiflich überlegt und bin für klare Verhältnisse. In drei Tagen werde ich den Spielzeughändler aufsuchen, und ich kann durchaus verstehen, wenn du mich nicht begleiten willst. Ich weiß, es ist lächerlich, das Kino der Plücks in die Luft zu jagen, vielleicht sogar idiotisch, aber jeder fängt klein an, und ich werde nicht auf halbem Wege umkehren. Wenn du gehen willst, dann geh morgen früh. Falls du aber unbedingt bleiben willst, und sei es auch nur, um mit mir die Bomben bei Kuppelweiser abzuholen, so mußt du dir darüber im klaren sein, daß unsere Beziehung nur von kurzer Dauer sein kann."

Lange Pause.

„Ich mußte es dir einfach sagen, Candido, verstehst du?"

„Ich verstehe."

„Samantha, ist dir nichts aufgefallen?"

„Was hätte mir auffallen sollen?"

Sie trägt eine der Bomben unter einem Tuch in einer Einkaufstasche. Die zweite Bombe hat Candido in den englischen Regenmantel gewikkelt, den ihm Policarpo Moravec in Buenos Aires gekauft hat.

„An Oskar Kuppelweiser. Ich fand ihn seltsam."
„Ich nicht."
„Er sprach so merkwürdig. Er benahm sich nicht natürlich."
Keine Antwort. Die Bomben sind in Schuhkartons gelegen, und Kuppelweiser hat ihnen erklärt, wie man sie scharf macht. Samantha hat bereits einen detaillierten Plan. Sie werden die Bomben erst nach Mitternacht legen. Um diese Zeit ist das Kino leer, und kein Mensch hält sich mehr in der Münzstraße auf. So wird niemand zu Schaden kommen. Anschließend werden sie im Russischen Hof in der Georgenstraße ein paar Stunden schlafen. Das Hotel liegt in unmittelbarer Nähe des Bahnhofs in der Friedrichstraße. Sie werden den Frühzug um fünf Uhr zweiundvierzig nehmen.

Es ist sieben Uhr abend, noch fünf Stunden. Samantha weiß auch bereits, wie sie die Zeit am besten herumbringen. Zuerst gehen sie essen und dann ... ins Kino.

Sie hat auch den Film bereits ausgesucht. Einen deutschen Film. Er heißt *Madame Dubarry* und handelt von der Französischen Revolution.

Aljotschka Alechin folgt dem Paar durch die Königstraße. Er beschattet sie, seit sie Kuppelweisers Laden verlassen haben. Er war dabei, als die Bomben übergeben wurden. Er hatte sich hinter einer Tür versteckt. Dieser Trottel von Kuppelweiser benahm sich so unnatürlich, daß jeder außer diesen beiden Kindern Verdacht geschöpft hätte. Denn es sind Kinder, wie Alechin zu seiner Überraschung festgestellt hat. Cavalcanti ist ein junger Mann, klein, sonst aber ein sehr hübscher Kerl, nicht ohne eine gewisse Geschmeidigkeit, doch alles andere als furchteinflößend und beileibe nicht der Typ des mexikanischen Rebellen. So viel Arglosigkeit und Naivität wirken schon beinahe wieder wie Verstellung. Das Mädchen dagegen ... Aljotschka Alechin ist von ihr beeindruckt, er, den sonst nichts berührt. Vermutlich eine Amerikanerin, und groß – gut eins sechsundsiebzig, große Füße, große Hände. Ihr Profil ist energisch und markant, ihr Blick vernichtend. Sie hat eine ungeduldige Art zu sprechen und bewegt sich mit einer gewissen Unbeholfenheit ... aber ab und zu, für kurze Augenblicke, entspannt sich der Nacken, und von dem großen, sonst etwas schlacksigen Körper geht auf einmal eine verführerische Anmut und Sinnlichkeit aus. Nur allzu gut kann er sich vorstellen, mit ihr zu schlafen, und dieses Verlangen bereitet ihm beinahe Schmerzen.

Ob sie die Bomben wirklich legen?

Nach seiner Rückkehr aus Bremen – die Treffen dort waren ebenso öde und ergebnislos verlaufen wie die in Berlin – hat er die angeforderten Unterlagen über Moravec erhalten: Janos „Policarpo" Moravec, geboren in Prag, alter Weggefährte der Revolution, Bolschewik seit 1902 (gehörte der Iskra-Gruppe in Genf an, dort häufig mit Kamenew zusammen), befreundet mit Michael Markowitsch Grunenberg, genannt Borodin. Wie dieser nach Amerika ausgewandert, zunächst nach Valparaiso im US-Staat Indiana, dann nach Mexiko und schließlich noch weiter in den Süden nach Argentinien und Brasilien. Intelligent und zuverlässig, wenn auch etwas überspannt. Obwohl die Möglichkeit einer Revolution in Brasilien äußerst fraglich ist, setzt er sich vehement dafür ein. Hat die Staatsbürgerschaft des Landes angenommen.

Alechin paßt seinen Gang dem des Pärchens an. Sein Gehirn sammelt und ordnet eine Unmenge von Informationen. So zum Beispiel, daß der Junge verrückt nach dem Mädchen ist und alles für sie tun würde, einschließlich Bomben transportieren und legen, obwohl er dabei eine Höllenangst aussteht. Interessant.

Er hat die Idee weitergesponnen, die ihm in Oskar Kuppelweisers Werkstatt gekommen ist. Und jetzt ist er sich seiner Sache sicher: Er braucht nicht mehr zu fürchten, mit einer schlechten Nachricht nach Moskau zurückzukehren – daß nämlich die russische Revolution niemals durch eine Revolution in Deutschland gestützt werden wird. Seine Idee nimmt immer konkretere Form und Gestalt an. Bald wird er sie jedem klarmachen können, auch Wladimir Iljitsch. Freilich mit dem sicheren Tod vor Augen, falls ihm das nicht gelingen sollte. Aber er wird nicht auf sich allein gestellt sein: Dieser Dschugaschwili, der sich selbst den Namen Stalin gegeben hat, wird ihn vielleicht unterstützen (Alechin kennt Stalin aus dessen Zeit als politischer Kommissar in Zarizyn*). Zweifellos wird es zu einer Auseinandersetzung mit Trotzki kommen, der für die beharrliche Ausbreitung der Revolution in alle Himmelsrichtungen eintritt. Aber große Vorhaben erfordern nun einmal ein gewisses Risiko.

Er muß nur noch die Idee mit dem Jaguar in den Gesamtplan einfügen. Das ist zu schaffen, also wird er es auch schaffen. Man braucht immer ein leuchtendes Beispiel, ein Symbol, wenn man etwas Wichtiges durchsetzen will.

* Das spätere Stalingrad und dann Wolgograd

Sieben Uhr dreißig. Die beiden essen. Alechin ißt auch, in einer Gaststätte auf der anderen Straßenseite. Er hat sich so gesetzt, daß er die beiden im Blick hat. Die Rechnung bezahlt er gleich, falls er überstürzt aufbrechen muß. Eine überflüssige Vorsichtsmaßnahme, denn die Kinder lassen sich Zeit.

Kurze Zeit später betreten sie ein Kino. Sie werden es doch nicht in die Luft jagen wollen? Alechin setzt sich zwei Reihen hinter sie. Er weiß um das Risiko: Falls das Paar verschwindet und die Bomben unter den Sitzen zurückläßt, muß auch er den Saal sofort verlassen. Das wäre fatal. Durch seine Größe und Statur fällt er auf. Man würde sich nach der Explosion an ihn erinnern.

Er hat kaum Zeit gehabt, einen Blick auf das Kinoplakat zu werfen: Als Hauptfilm läuft *Madame Dubarry.* Regie Ernst Lubitsch. Für gewöhnlich ein sehr begabter Regisseur.

Der Film hat Candido nicht gefallen. Diese Französische Revolution, die der Doktor übrigens nie erwähnte, hat ihn kaltgelassen. Und die Leidensgeschichte der Heldin noch mehr. Und als dieser Armand am Ende mit einer seltsamen Maschine geköpft wurde, hätte er am liebsten gelacht. Nur ein Blick auf Samantha hat ihn davon abgehalten. Samantha hat gerührt geweint (wie die meisten der Zuschauer um sie herum).

Ich kann nicht ganz normal sein.

„Hast du Hunger, Candido?“

Überhaupt nicht. Seine Kehle ist wie zugeschnürt. Er bringt keinen Bissen hinunter. Aber er wagt es nicht, Samantha zu widersprechen, da sie im Moment sehr nervös ist. Sie gehen wieder in eine Gaststätte und bestellen heiße Schokolade und Gebäck. Samanthas Augen starren ins Leere, aber sie ißt mit sichtlichem Appetit.

Ich werde sie nicht verlassen. Außer sie sagt, daß ich gehen soll. Und noch etwas mehr.

Elf Uhr dreißig. Sie lassen das königliche Schloß rechts liegen. Die Statuen auf der hohen Balustrade sind in der Dunkelheit kaum auszumachen. Links die beschneiten Bäumen des Lustgartens. Sie überqueren erneut die Spree. Nur noch siebenhundert Meter bis zur Münzstraße.

Aljotschka Alechin folgt ihnen über die Brücke. Die Kinder tragen die Bomben immer noch bei sich. Entweder haben sie ihr Vorhaben aufgegeben, oder sie haben ihren Plan geändert.

Lubitsch hat ihn enttäuscht. Vielleicht weil er die Begeisterung für die Französische Revolution immer schon für übertrieben gehalten hat. Wie bei allen Revolutionen hat nach den ersten Gemetzeln ein Diktator die Macht ergriffen – einer wie der, den man heute in Rußland verehrt und der mit einem eiskalten Zynismus regiert, von dem selbst ein Napoleon nicht zu träumen gewagt hätte.

Alechin schaut auf seine Uhr: bald Mitternacht. In diesem Viertel hat er einmal gewohnt. Damals wollte er Schriftsteller und sogar Maler werden. Er las *Die Aktion* – wer weiß, ob es die Zeitschrift noch gibt – und verkehrte mit Leuten wie Kandinsky und Marc, Heinrich Campendonk und Jacoba van Heemskerck. Ein anderes Leben.

Die beiden biegen in die Münzstraße ein. Nur noch wenige Passanten sind unterwegs. Einige Kinos in der Münzstraße haben sich auf schlüpfrige Filme spezialisert. Die Amerikanerin und der Brasilianer steuern eines der Kinos an. Unvermittelt bleiben sie stehen. Alechin ahnt, daß sie umdrehen wollen. Er huscht in den Schatten eines Hauseingangs. Er wartet. Dann riskiert er einen Blick. Die Kinder stehen vor einem Kino namens Opal. Der Film auf dem Plakat heißt *Das Mädchen und die Männer.*

„Hör auf zu tuscheln, das geht mir auf die Nerven“, sagt Samantha.

„Entschuldige“, antwortet Candido mit erstickter Stimme.

Sie haben die Münzstraße in beiden Richtungen beobachtet, aber sie haben niemanden bemerkt. Seltsam: Candido hat dennoch das unbestimmte Gefühl, daß sie verfolgt werden.

Er fällt Samantha in den Arm.

„Nimm nicht den Schlüssel!“

„Warum denn nicht? Die Plücks wußten nicht, daß ich zwei hatte. Den anderen habe ich ihnen zurückgegeben.“

„Ich finde, wir sollten die Türe aufbrechen.“

Sie zuckt mit den Schultern und gibt nach. Statt das Vorhängeschloß am Haupteingang zu knacken, gehen sie um das Gebäude herum zum Notausgang. Er ist zwar ebenfalls verschlossen, hat aber ein Oberlicht. Samantha rüttelt an dem Schloß. Umsonst.

„Am besten, du niest“, meint Candido.

„*Was?*

„Du niest, und im gleichen Augenblick zerschlagen wir die Scheibe, greifen hinein, öffnen den Riegel und dann nichts wie rein.“

„Wo liegt da der Unterschied, wenn das ganze Viertel durch mein Niesen aufwacht."

„Samantha, bitte."

„Hatschi."

„Nicht so schnell, und lauter. Ich zähle bis drei ..."

„HATSCHI!"

Im dritten Stock über der Konditorei geht ein Licht an, ein Kopf mit Schlafmütze erscheint. Da nichts zu sehen ist, verschwindet er wieder. Das Licht erlischt.

„Candido, darf ich dich darauf aufmerksam machen, daß das einen Höllenlärm macht, wenn du auf den Glasscherben herumtrittst."

„Tut mir leid."

Sie gelangen in den Vorführraum. Eine von Candidos Befürchtungen erweist sich als unbegründet: Das Feldbett ist leer, heute nacht schläft niemand hier.

Sie wird bestimmt nicht explodieren, denkt er, während er eine der beiden Bomben unter den Filmprojektor legt. Dieser Oskar Kuppelweiser ist total verrückt. Schwarzpulver soll das sein. Angeblich hat er es aus Salpeter hergestellt, den er von einer Stallwand abgekratzt hat. Wenn ich richtig verstanden habe, soll die Bude in die Luft fliegen, weil ein paar Droschkengäule im Schlaf gegen die Wände gepißt haben. Sonst noch was?

„Du sollst die Zündschnur anzünden, hörst du nicht?"

„Ich habe keine Streichhölzer."

Sie hat drei Schachteln dabei.

„Ein Glück, daß ich auch noch da bin."

Sie gehen in die Eingangshalle. Samantha setzt sich ein letztes Mal auf den Platz der Kassiererin. Sie wiegt mit sichtlicher Genugtuung den Kopf, steht auf und legt die Bombe auf den Stuhl. Sie entzündet ein Streichholz.

„Kuppelweiser hat gesagt, wir sollen ungefähr vier Zentimeter von der Zündschnur abschneiden", erinnert sich Candido (warum mische ich mich überhaupt ein?).

Samantha durchwühlt ihre Tasche und zieht eine Nagelschere hervor.

„Du schneidest zuviel ab." Candido kann sich die Bemerkung nicht verkneifen.

„Jetzt reicht's mir aber."

„Und was, wenn sich Kuppelweiser geirrt hat? Wenn wir das ganze Viertel in die Luft sprengen?"

„Komm."

Ein letztes Mal durchqueren sie den Kinosaal. Sie verlassen ihn durch den Notausgang. Von der Seitengasse gelangen sie in die Münzstraße. Ein Pärchen schlendert vorbei. Im letzten Moment gehen sie in Dekkung. Das Herz schlägt ihnen bis zum Hals. Samantha lächelt und schüttelt den Kopf: bloß nicht nervös werden. Dann ist der Weg frei. Sie entfernen sich in unauffälligem Tempo.

„Wir sind jetzt hundert Meter weg, das dürfte reichen", sagt sie.

„Wir sollten lieber noch ein Stück weitergehen."

Sie schüttelt nur den Kopf, während er von dem wildem Verlangen gepackt wird, sie in die Arme zu nehmen. Die Sekunden dehnen sich zu Stunden. Samantha wird unruhig:

„Aus was stellt Kuppelweiser seine Bomben her?"

„Aus der Pisse von Droschkengäulen und aus Boretsch."

„Aus Boretsch, bist du sicher?"

„Er hat bestimmt *Boretsch* gesagt."

„Aus Boretsch macht man doch Tee!"

„Mag ja sein, aber anscheinend enthält das Zeug auch eine Art Nitrat."

Im selben Moment explodiert Plücks Kino.

„Jedenfalls funktioniert es", sagt Samantha. „Trotzdem bin ich enttäuscht, das war ja nur eine ganz schwache Explosion."

Noch eine.

Noch schwächer als die erste.

Dennoch gehen überall Lichter an.

„Ich bin wirklich enttäuscht", wiederholt Samantha. „Das sollen Explosionen gewesen sein? Lächerlich."

Sie verschwinden.

Alechin wartet noch zwanzig Minuten, für den Fall, daß das Pärchen den Russischen Hof wieder verläßt. Aber um diese Zeit ist das nicht sehr wahrscheinlich, und so entschließt er sich, das Risiko einzugehen. Wahrscheinlich lieben sie sich, nach all der Aufregung – erstaunlicherweise ärgert ihn der Gedanke, daß die Amerikanerin jetzt in den Armen des Brasilianers liegt. Das darf doch nicht wahr sein, Aljotschka.

Er fährt mit der letzten Straßenbahn bis zur Holzmarktstraße, den Rest geht er zu Fuß. Er gelangt in die Andreasstraße. Der Weg zur Hintertür des Spielzeugladens führt durch einen der Gärten, die er bei seinem ersten Besuch ausgespäht hat. Es ist so finster, daß er die Mauer kaum zu erkennen vermag. Er springt hinüber und landet auf ein paar Brettern. Sie knarren unter seinem Gewicht – fünfundneunzig Kilo und kein Gramm Fett. Wie vor einer Woche auf dem Fahrrad empfindet er das angenehme Gefühl, daß er über einen kräftigen und geschmeidigen Körper verfügt, der ihn zu jeder Leistung befähigt. Ein Hund kläfft in der Nähe. Noch eine Mauer. Dahinter, wie erwartet, die Werkstatt. Und das Haus, von der Werkstatt nur durch eine einfache Tür mit Schieberiegel getrennt. Ein Kinderspiel, sie zu öffnen, ohne Spuren zu hinterlassen. Er dringt in das Haus ein: links der Laden, rechts Wohnzimmer und Küche, dazwischen die Treppe nach oben. Er zieht die Schuhe aus und schleicht hinauf. Auf dem Treppenabsatz bleibt er stehen, bis er die Atemzüge der Schlafenden hört. Er betritt das rechte Zimmer. Seine Vermutung war richtig: Es ist das Zimmer der Alten. Sie liegt mit offenem Mund auf dem Rücken und schnarcht leise.

Er erwürgt sie. Mit Daumen und Zeigefinger ertastet er die Halswirbel und dreht sie mit einem harten Ruck. Das typische leise Knacken. In diesem Alter stirbt es sich leicht.

Eigentlich in jedem Alter.

Er schlüpft in das zweite Zimmer und schließt die Türe hinter sich. Der Schein der Straßenlaterne ist hier schwächer. Er zieht leise die Vorhänge zu, tritt an das Bett, beugt sich über den Schläfer und drückt ihm die Hand auf den Mund.

Der Mann schreckt hoch und schlägt um sich.

„Ruhig, Genosse. Ich bin es nur, Matthäus. Wirst du schreien?"

Er sieht fast nichts, aber er spürt, wie der Mann verneinend den Kopf schüttelt. Alechin zieht seine Hand zurück.

„Mach Licht, Oskar."

Aljotschka Alechin setzt sich auf die Bettkante – der Körpergeruch und der Bettmief sind widerwärtig.

„Oskar, dein brasilianischer Jaguar und deine Amerikanerin haben die Bomben tatsächlich gelegt. Sie sind sogar explodiert."

„Meine Bomben explodieren immer."

Alechin lächelt zutraulich:

„Das glaube ich dir gern. Auf dich kann man sich wirklich verlassen. Wir werden in den kommenden Monaten und Jahren gut zusammenarbeiten, du und ich. Mir wäre zwar lieber gewesen, du hättest niemandem von meinem ersten Besuch erzählt, aber eigentlich ist das ganz nebensächlich."

Überraschung blitzt in den kurzsichtigen blauen Augen auf:
„Aber ich habe niemandem von dir erzählt!"

Er lügt nicht.

„Wie gesagt, es ist eigentlich ganz nebensächlich."

„Niemandem", beharrt Kuppelweiser mit entrüsteter Stimme. „Nicht einmal meiner Mutter habe ich gesagt, wer du bist."

Alechin nickt und lächelt:

„Ich bin sicher, daß ich euch vertrauen kann, dir und deiner Mutter. Ganz sicher. Und ich vertraue so schnell niemandem."

Kuppelweiser nickt ebenfalls und zeigt den Anflug eines Lächelns, endgültig beruhigt. Der Dolch fährt ihm in die Kehle. Ein dicker Blutstrahl schießt aus der Wunde, aber Alechin ist rechtzeitig zur Seite gesprungen – unfaßbar, wie so ein Mensch bluten kann.

„Sehe ich aus wie jemand, der anderen vertraut, Oskar? Ich töte dich, weil du mich gesehen hast, und aus einem anderen Grund, der viel entscheidender ist. Du bist das erste Opfer des Jaguars."

Während er redet, überlegt er. Ein einfacher Mord reicht nicht, er muß eine Art Visitenkarte hinterlassen.

Er schneidet Kuppelweiser die Gurgel durch. Schon besser, aber immer noch zu gewöhnlich.

Jetzt habe ich es.

Er schlitzt die Wangen auf, von den Mundwinkeln bis zu den Ohren.

„Jetzt lachst du aus vollem Hals, Oskar."

Er kehrt in das erste Zimmer zurück und bringt an Kehle und Wangen der Frau die gleichen Schnitte an.

Perfekt.

Ein Blick auf die Uhr: Vor siebenunddreißig Minuten hat er die Überwachung des Russischen Hofs unterbrochen. Er hat also noch Zeit. Systematisch durchsucht er das Haus, den Hinterhof, die Werkstatt. Er entdeckt nicht weniger als fünf Verstecke, alle leer. Offenbar hat Kuppelweiser seinen Befehl exakt ausgeführt und selbst das kleinste Dokument verbrannt. Von dem Geld aus der Geheimkasse läßt er einen Teil liegen – ein paar hundert Mark –, verstreut die Geldscheine aber im Raum. Ein Mörder, der aus politischen Motiven handelt, interessiert sich nicht für Geld.

Die Tür zur Andreasstraße läßt er leicht angelehnt: Oskar Kuppelweiser kannte den Mörder. Er hat ihn selbst hereingelassen, vielleicht hatte er ihm sogar einen Schlüssel anvertraut.

Ein erneuter Blick auf die Uhr: vierundsiebzig Minuten. Dann verschwindet er auf demselben Weg, den er gekommen ist. Und was, wenn sich das Pärchen in seiner Abwesenheit davongemacht hat? Er haßt Ungewißheiten, aber diesmal ließ es sich nicht vermeiden. Sonst hätte er einen anderen mit der Überwachung des Russischen Hofs beauftragen müssen.

Gegen vier Uhr vierzig hat er Gewißheit.

Candido schläft nicht. Als das Telefon läutet, schreckt er sofort hoch. Der alte Apparat hängt an der Wand. Candido nimmt den Hörer ab.

„Ja?"

Er ist auf alles gefaßt. Auch darauf, die Stimme des Doktors zu hören. Vielleicht ist er endlich in Berlin und hat ihn wie durch ein Wunder hier gefunden, obwohl im Hotel niemand seinen Namen kennt.

„Cavalcanti? Candido Cavalcanti de Noronha?"

Der Mann am anderen Ende spricht akzentfreies Deutsch.

„Wer sind Sie?"

„Jemand, der weiß, daß Sie heute nacht in einem Kino in der Münzstraße zwei Bomben gelegt haben, und zwar in Begleitung einer jungen Dame, die jetzt neben Ihnen liegt. Ich will Ihnen nur helfen. Kuppelweiser oder ein anderer hat Sie verraten. Die Polizei kennt Ihre Namen ..."

„Wer ist dran?" fragt Samantha leise und öffnet schläfrig die Augen.

„...weiß aber noch nicht, wo Sie sich befinden. Packen Sie Ihre Koffer und verlassen Sie schleunigst das Hotel, jede Minute ist kostbar. Hetzen Sie nicht, bleiben Sie ruhig. Sagen Sie mir nicht, wohin Sie gehen, ich will es nicht wissen. Wenn Sie Hilfe brauchen, kommen Sie nächsten Montag ins Café Josy am Potsdamer Platz, morgens um acht Uhr dreißig. Gehen Sie in den hinteren Teil des Saales. Nicht vergessen: Montag, acht Uhr dreißig, Café Josy, Potsdamer Platz. Und noch etwas, Cavalcanti: Gehen Sie auf keinen Fall zu den Kuppelweisers, die Polizei ist schon unterwegs, um sie zu verhaften. Verschwinden Sie, und zwar schnell."

Samantha hat sich des Hörers bemächtigt und die letzten Sätze mitgehört. Sie betrachtet das Telefon, dann Candido.

Alechin legt auf. Er verläßt den Bahnhof Friedrichstraße und postiert sich so, daß er die beiden beim Verlassen des Russischen Hofs sehen kann. Drei Minuten. Das Paar erscheint. Der kleine Brasilianer trägt eine Reisetasche.

Mal sehen, was sie tun werden.

Sie halten direkt auf ihn zu. Er zieht sich unauffällig zurück, dann folgt er ihnen. Sie gehen zum Kartenschalter. Er hört, wie sie eine Fahrkarte dritter Klasse nach Lehnitz-Biesenthal lösen. Der Brasilianer zahlt, dann setzt er sich mit der Amerikanerin in den Wartesaal der dritten Klasse.

Alechin geht. Er hat noch ein Telefonat zu erledigen. Das letzte in dieser Nacht.

Er telefoniert mit dem Hauptkommissariat in der Dirksenstraße, nahe dem Alexanderplatz. Diesmal spricht er mit einem gräßlichen russischen Akzent. Sein Deutsch ist nur schwer zu verstehen:

„Es handelt sich um den Anschlag auf das Kino in der Münzstraße heute nacht. Die Anarchisten sind dafür verantwortlich. Sie planen eine Reihe von Anschlägen. Sie haben einen Berufsmörder und Bombenleger mit dem Spitznamen Jaguar kommen lassen. Sein Paß ist auf den Namen Cavalcanti ausgestellt, Candido Cavalcanti" (Alechin buchstabiert). „Der Jaguar ist sehr gefährlich. Er hat den Mann umgebracht, der ihm die Bomben geliefert hat, Oskar Kuppelweiser, Andreasstraße Nr. 39, und ebenso dessen Mutter. Wenn Sie sich beeilen, finden Sie ihn im Russischen Hof, Zimmer 311. Er hat eine Komplizin bei sich, eine Amerikanerin."

Alechin legt auf. Die Wanduhr in der Schalterhalle zeigt vier Uhr neunundfünfzig. Vielleicht hätte er doch noch etwas warten sollen, bevor er die Polizei in Bewegung setzt. Das fehlte noch, daß sie ihn verhaften.

Der Wartesaal erster Klasse liegt günstig. Von dort hat er alles im Blickfeld. Er setzt sich und liest in den Berliner Zeitschriften *Lustige Blätter* und *Der Junggeselle.* An der Wand hängen Plakate, die für die französische Riviera werben. Ein Kellner bringt ihm die Morgenzeitungen und einen Kaffee. Nur das *Berliner Tageblatt* widmet dem Vorfall vier Zeilen. Unter der Rubrik „Letzte Meldung" steht: „Schwache Explosion in einem Kino in der Münzstraße. Die Polizei schließt einen Unfall nicht aus."

Samantha ist immer noch wütend. Wenn es nach ihr gegangen wäre, hätten sie sofort Oskar Kuppelweiser aufgesucht. „Ich bin sicher, daß alles gelogen ist, oder ein dummer Scherz, ich renne jedenfalls nicht wie ein Hase davon, nur weil irgendein Kerl mitten in der Nacht anruft ..."

Und so weiter. Sie ging sogar so weit zu behaupten (aber sicher sagte sie es nur im Spaß), sie werde sich hinter einer Matratze verschanzen und mit ihrer Browning auf die dreckigen Bullen schießen, falls sie versuchen sollten, sie festzunehmen.

Nur mit größter Mühe konnte Candido sie dazu bringen, aus dem Hotel zu fliehen, in den Zug zu steigen und nach Biesenthal zurückzukehren.

„Ich habe keine Lust, um diesen blöden See zu latschen. Ich habe keine Lust, durch den idiotischen Schnee zu stapfen. Ich habe keine Lust, tagelang in dieser Bruchbude zu hocken, und auf dieses dämliche Treffen nächsten Montag im Café Josy am Potsdamer Platz habe ich auch keine Lust. Ich habe kein Lust, draußen zu sein, und drinnen schon gar nicht. Ich habe keine Lust, mit dir zu reden und dir zuzuhören."

„Möchtest du Schokolade?"

„Nein."

Candido bricht ein Stück Schokolade ab. Er hat die Taschen voll davon. Sie spazieren um den dunklen Weiher hinter Reinhold Plattniks Haus und stapfen wie Tiere durch den Schnee. Samantha bleibt zehn Meter vor Candido abrupt stehen. Er bleibt ebenfalls stehen und beginnt das Lied von der Cachaça zu singen: *Voce pensa qua caxaza e agua, caxaza não a agua não, caxaza vein de alambico et agua vein do ribeiro ...*

„Und ich verbiete dir, zu singen", brüllt sie.

„Wir Revolutionäre dulden keine Diktaturen."

„Du bist kein Revolutionär."

„Stimmt, ich habe da auch meine Zweifel", sagt er lässig mit seiner brasilianischen Stimme, leise und ein bißchen traurig.

„Ich gehe zurück", meint sie.

Er betrachtet sie. Sie trägt einen alten Mantel und einen alten Hut Reinhold Plattniks. Und trotzdem findet er sie hinreißend.

„Na gut, kehren wir um."

„Ich spreche nicht von diesem Dreckloch, Candido. Ich will zurück nach Berlin. Wir hätten gestern dort bleiben sollen. Ich nehme den nächsten Zug."

„Na gut."

„Hör auf, immer *Na gut* zu sagen. Ich fahre allein. Es ist aus, Cavalcanti. Ich habe genug von dir, von allem habe ich genug."

Selbst damals im Mato Grosso, als er sich einen Weg durch den Schlamm bahnte, umringt von Kaimanen, Schlangen und Schmarotzern, die sich in sein Fleisch bohrten, selbst damals hat er sich nicht so gefühlt wie jetzt. Als müsse er sterben, noch viel schlimmer. Es ist unglaublich, wie schnell sich alles verändert.

Samantha geht auf das Haus zu. Er geht in ihrer Spur.

„Sag jetzt bloß nichts", ruft sie ihm zu.

Sie erreicht die Tür. Während sie die Hand auf den Türgriff legt, wirft sie einen Blick zurück. Sie sieht durch ihn hindurch, als sei er für sie bereits nicht mehr vorhanden.

„Ich bin nicht einmal wütend auf dich, Candido. Ich bin dir für alles dankbar. Also sage nichts und laß mich gehen. Und folge mir nicht, bitte."

Candido greift mechanisch in die Tasche und bricht ein Stück Schokolade ab. Im gleichen Augenblick könnte er sich ohrfeigen: Ich bin ein Schokoladenrevolutionär, wie der Soldat bei George Bernard Shaw. Selbst wenn ich etwas sagen wollte, ich könnte es nicht, weil ich den Mund voller Schokolade habe.

„Du bleibst draußen. Ich packe meine Koffer und trage sie allein zum Bahnhof."

Sie verschwindet im Haus. Er bricht ein Stück Schokolade ab und blickt auf den Weiher hinaus. Er macht drei Schritte, lehnt sich an den Stamm einer Kiefer. Schnee rieselt auf ihn herunter – er ist bis zuletzt eine lächerliche Figur.

„Candido!"

Samanthas Stimme klingt seltsam. Er zögert aus Stolz.

„Candido. Kommst du, bitte?"

Er stößt sich von dem Baum ab, läuft auf das Haus zu, tritt die Tür mit dem Fuß auf und geht hinein. Er erstarrt. Samantha ist nicht allein. Ein blonder Mann mit blauen Augen steht neben ihr im Zimmer. Ein Riese. Man könnte meinen, Reinhold Plattniks Haus sei plötzlich geschrumpft, selbst Samantha wirkt klein neben ihm. Der Unbekannte ist ein gutaussehender Mann. Seine Gesichtszüge, seine ganze Haltung strahlen unerschütterliches Selbstvertrauen aus. Als könne nichts und niemand ihn aufhalten: eine erdrückende Erscheinung.

„Schau dir das an, Candido", sagt Samantha.

Auf dem Tisch sind Zeitungen ausgebreitet. Sie liegen so, daß die Schlagzeilen gut zu lesen sind: TERRORIST ÜBERFÄLLT BERLIN, verkündet das *Berliner Tageblatt.* Variationen zum gleichen Thema in den anderen Blättern: Manche sprechen vom „schwarzen" Terror – weil „schwarz" die Farbe der Anarchisten ist. Und alle bringen seinen vollständigen Namen, Candido Stevenson Schiller Cavalcanti de Noronha,

Geburtsdatum, Geburtsort, den Tag seiner Einreise nach Deutschland, Paßnummer, Personenbeschreibung. Jaguar sei sein Deckname, unter dem er in zahlreichen Ländern gesucht werde. Er sei ein desertierter Offizier der brasilianischen Armee, ein ruchloser Mörder, ein geborener Mörder und Sprengstoffexperte. Zusammen mit seiner Komplizin und Geliebten Samantha Elizabeth Franck, Tochter einer bekannten Anarchistenfamilie in Chicago, habe er einen Anschlag auf ein Kino verübt – wenn auch nur zur Übung, denn sein eigentliches Ziel sei offenbar der Reichstag – und bereits auch gemordet. Bestialisch, mit unmenschlicher Grausamkeit. So habe er einem gewissen Oskar Kuppelweiser und dessen alter Mutter die Kehlen durchgeschnitten und die Wangen aufgeschlitzt, als habe er seine Opfer mit einem grausigen Lachen „bis über beide Ohren" in den Tod schicken wollen. Oskar Kuppelweiser sei militanter Kommunist gewesen. Deshalb sei anzunehmen, daß dieses schreckliche Drama in Verbindung mit dem Konflikt zwischen Kommunisten und Anarchisten stehe, bei dem sich letztere immer schon als die Gefährlicheren hervorgetan hätten.

Beinahe sei es gelungen, den Jaguar und seine teuflische Komplizin festzunehmen. Die polizeilichen Ermittlungen, vorbildlich wie immer, hätten die Beamten des Kommissariats in der Dirksenstraße direkt zum Russischen Hof geführt. Bedauerlicherweise ein paar Minuten zu spät. Durch den Anruf eines mysteriösen Unbekannten gewarnt, habe das teuflische Pärchen gerade noch rechtzeitig aus dem Zimmer 311 flüchten können, in dem es sich nach den beiden Verbrechen versteckt habe.

„Ich bin dieser Unbekannte", sagt der Unbekannte lächelnd zu Candido und Samantha.

Candido erkennt die Stimme wieder.

„Und ohne mich wären Sie seit dreißig Stunden im Gewahrsam der Polizei. Vielleicht hätte Sie bereits das gleiche Schicksal ereilt wie letztes Jahr Rosa Luxemburg und Karl Liebknecht."

Aljotschka Alechin hatte zwanzig Minuten, während die Kinder ihren Spaziergang um den Weiher machten. Genug Zeit, um das Haus auf den Kopf zu stellen. Daß es einem gewissen Reinhold Plattnik gehört, einem friedlichen Anarchisten, der sich allgemeiner Beliebtheit erfreut – vor allem bei dem Direktor eines Berliner Gefängnisses –, hatte er bereits vorher in Erfahrung gebracht. Und daß er soeben den Namen

Rosa Luxemburg erwähnt hat, ist kein Zufall: Er hat den Inhalt der Koffer untersucht.

„Ihr müßt so schnell wie möglich hier weg. Ich habe gute Kontakte zur Polizei. Die Fahndung wird verschärft. Sie wissen bereits, auf welchem Weg ihr heute nacht Berlin verlassen habt. Früher oder später werden sie hier auftauchen. Und daß dieses Haus einem bekannten Anarchisten gehört, ist auch nicht gerade von Vorteil. Von jetzt an werden alle Bahnhöfe überwacht."

Er stellt sich als Harry Hass vor. Reinhold Plattnik sei sein persönlicher Freund und seit langen Jahren sein geistiges Vorbild. Natürlich wisse er nicht, ob Miss Franck und Mister Cavalcanti in den Doppelmord in der Andreasstraße verwickelt seien... Nein? Das wolle er gerne glauben. Aber sie müßten eines verstehen: Er arbeite im Untergrund und riskiere sein Leben, wenn er ihnen helfe. Er löse nur das Versprechen ein, das er Plattnik gegeben habe, mehr könne er nicht tun. Sollten sie sich weigern, ihm zu folgen, müsse er sie umbringen, denn sie hätten ihn gesehen und wüßten seinen richtigen Namen. Er habe keine andere Wahl.

Von draußen dringt Motorengeräusch herein. Alechin dreht sich nicht um. Es weiß, daß es der Mann aus Karl Radeks Verbindungsnetz ist, den er angefordert hat, ein gewisser Hagler. Er kommt pünktlich auf die Minute.

„Wohin bringen Sie uns?"

Die Amerikanerin hat die Frage gestellt.

„An einen Ort, wo ihr sicher seid, bis sich der erste Fahndungseifer gelegt hat. Ihr habt drei Minuten, um euch zu entscheiden. Ich flehe euch an: Zwingt mich nicht, von der Waffe Gebrauch zu machen. Ich will euch nur als freie Menschen aus Deutschland herausbringen, das ist alles. Meine Organisation wird euch nach Petrograd bringen. Von dort könnt ihr in die Vereinigten Staaten, nach Brasilien oder sonstwohin. Ihr habt noch zwei Minuten."

Candido überlegt: Samantha war drauf und dran, ihn zu verlassen, und so bleiben sie wenigstens zusammen, was will er mehr? Wenn dieser Riese sie nur entführen wollte, könnte er es einfacher haben. Ein einziger Faustschlag von ihm würde Candido zerquetschen. Nicht zu reden von der Pistole und dem verkleideten Briefträger mit dem Postauto.

Sie haben alle Sachen aus dem Haus geräumt und die kleinsten Spuren ihres Aufenthalts beseitigt. Wenn Reinhold Plattnik zurückkehrt, wird ihm nicht auffallen, daß während seiner Abwesenheit jemand im Haus gewesen ist.

Samantha hat sich schon im hinteren Teil des Lieferwagens unter einem Haufen von Postsäcken versteckt.

„Los, Cavalcanti."

Candido läßt ein letztes Mal seinen Blick über die Landschaft streifen, dann steigt er ein, den Grimmelshausen in der Tasche. Samantha greift nach seiner Hand und drückt sie an sich. Wenigstens diesmal ist sie nett. Sie dreht sanft den Kopf.

Der andere schließt die Türe hinter ihnen. *Der andere.* Candido will ihn nicht anders nennen. Die Art, wie *der andere* Samantha ansah, hat ihm ganz und gar nicht gefallen.

Und auch nicht die Art, wie Samantha *den anderen* ansah.

Auf einmal hat er Angst. Er friert.

II

Der Jaguar frißt ohne Ausnahme alle größeren Säugetiere, die er erbeuten kann, und jagt Sumpfvögel im Schilf. Außerdem ist er ein guter Schwimmer und fängt Fische, die in seichten Gewässern leben. Selbst Kaimane und Schlangen verschmäht er offenbar nicht.

Vor fast vier Wochen ist Aljotschka Alechin nach Rußland zurückgekehrt (anderthalb Monate vor der geplanten Überführung Candidos und Samanthas von Petrograd nach Moskau). Im Moment befindet er sich im Kreml. Seit geschlagenen fünf Stunden wartet er darauf, daß man ihn vorläßt. Es ist sein fünfter Anlauf innerhalb der letzten elf Tage. Die Offiziersanwärter der Maschinengewehrschule, die an den Toren postiert sind, grinsen schon, wenn sie ihn kommen sehen. Die ersten Kontrollen passiert er immer problemlos. Doch anschließend lassen ihn die Wachen des Kommissariats des Auswärtigen einfach stehen, nachdem sie seinen Sonderpassierschein vorher vierfach überprüft haben.

Jedesmal hat er stundenlang gewartet. Umsonst. Und nichts weist darauf hin, daß er heute mehr Erfolg hat. Am Ende des langen Korridors, der sich vor ihm erstreckt, befindet sich Wladimir Iljitschs Wohnung, eine Zimmerflucht, bestehend aus fünf bescheidenen Räumen. Gegenüber ist das Büro, in das man ihn vielleicht führen wird. Direkt dahinter liegt der Saal, in dem 1918, vor kaum zwei Jahren also, der Rat der Volkskommissare – die Regierung – tagte. Heute finden die Sitzungen in einem anderen Flügel statt. In der ersten Zeit, nachdem sich die Revolutionsführer im Kreml einquartiert hatten, diente dieser Korridor als Telegraphenstation. Grischka Sinowjew hat Alechin einmal die Atmosphäre geschildert, die damals hier herrschte, die fiebrige Hektik, das ständige Kommen und Gehen, ohne daß jemand genauer kontrolliert wurde. Das hat sich gründlich geändert. Die unerbittlichen Kontrollen, die inzwischen eingeführt wurden, und die gedämpfte Atmosphäre sind ein deutlicher Beweise dafür, daß sich das Regime gefestigt hat – der heilige Schrecken des Gerüchts, zu dem sich Wladimir Iljitsch bekennt, ist nun Gesetz geworden.

Alechin weiß, daß von dieser Unterredung sein Leben abhängen wird – der kleine nervöse Tieck, den er in Stockholm getroffen hatte, ist mit einem ähnlichen Resultat wie er nach Rußland zurückgekehrt (daß nämlich eine Revolution in Deutschland unmöglich sei) und, wie erwartet, hingerichtet worden.

Alechin prüft sich. Obwohl er zum vielleicht entscheidendsten Schlag seines Lebens ausholt, stellt er keine Spur von Nervosität an sich fest. Nichts. Er geht nicht einmal mehr die Argumente durch, die er vorbringen will, falls er dazu überhaupt Gelegenheit bekommt. Er ist völlig ruhig, fast schon gleichgültig.

Er ist die Maschine, die er immer sein wollte.

„Komm."

Eine Sekretärin winkt ihm. Er geht den Korridor hinunter.

„Du hast genau zehn Minuten."

Er nickt und lächelt. Er betritt einen schlichten Raum ohne jeglichen Prunk, höchstens sechs Meter lang. An den beiden Fenstern hängen keine Gardinen, auch die Portieren vor den Türen fehlen. Die Stores sind nicht heruntergelassen. Ein Schreibtisch mit Seitenfächern nimmt fast die ganze Mitte des Raumes ein. Die Arbeitsplatte quillt über: rechts drei Telephonapparate mit einem Verstärker, links ein Stapel Akten, daneben ein bunter Haufen sorgfältig gespitzter Bleistifte, Federhalter, eine Flasche mit Klebstoff und einem Ausgießer aus Gummi, und in der Mitte eine Lampe mit Glasschirm, ein Tintenfaß, angestrahlt von zwei kleinen Leuchten, ein Aschenbecher mit einem Feuerzeug in Form einer Granate und eine Plastik, die einen Affen beim Betrachten eines menschlichen Gehirns darstellt – ein Geschenk des amerikanischen Bankiers Armand Hammer. Überall liegen Akten verstreut. Auf einem der Stöße liegen eine große Schere und ein altes Kursbuch, das jetzt offensichtlich als Notizblock dient.

Eine Rußlandkarte hängt zwischen den beiden Fenstern. Mittels einer Handkurbel kann sie hoch- oder heruntergelassen werden. Die Regale an den Wänden füllen rund zweitausend Bücher, darunter die Gesammelten Werke von Tolstoi, Gogol und Dostojewski. Eingerahmt wird der Schreibtisch durch zwei schwenkbare Regale mit Enzyklopädien und Wörterbüchern (es heißt, Wladimir könne ausgezeichnet Französisch und Englisch).

Neben der Tür befindet sich ein weiterer Tisch mit Atlanten und Landkarten.

Ein dritter Tisch stößt im rechten Winkel an den Schreibtisch, davor stehen zwei grüne Ledersessel.

„Du bist Aljotschka Michailowitsch Alechin, gebürtig aus Petrograd“, sagt Wladimir Iljitsch Lenin. „Dein Vater war Flickschuster.“

„Schuhmacher.“

Der kleine kahlköpfige Mann lächelt.

(Er hat die Antwort erwartet.)

„Setz dich, Aljotschka.“

Er gehorcht. Wladimir Iljitsch verrückt seinen Sessel aus geflochtenem Rohr, so daß der Schreibtisch während ihrer Unterhaltung nicht zwischen ihnen steht.

„Es gibt einen großen Schachspieler namens Alechin.“

„Wir sind nicht miteinander verwandt.“

(Auch das wußte er bereits.)

„Du machst mich neugierig.“

(Sag jetzt lieber nichts.)

„Du machst mich deshalb neugierig, weil so unterschiedliche Männer wie Sinowjew, Tschitscherin, Kamenew, Sokolnikow und vor allem Stalin und Felix Edmundowitsch Dserschinski in den letzten Wochen mit mir über dich gesprochen und mir empfohlen haben, dich zu empfangen. Du hast einen nach dem anderen überredet, stimmt's?“

„Ja.“

„Die Einkreisungstaktik. Spielst du Schach?“

„Ich ziehe lebende Figuren vor.“

„Aber vor mir verstellst du dich nicht. Bist du das erste Mal so offen?“

„Ja.“

Schweigen. Wladimir Iljitschs dunkle Augen glänzen fiebrig. Der übliche Schleier der Höflichkeit ist gefallen. Einem solchen Fanatiker bin ich noch nie begegnet, denkt Wladimir Iljitsch. Ich hätte nicht gedacht, daß es so einen Mann geben könnte. Er bringt mich fast aus der Fassung.

„Ich vermute“, sagt Wladimir Iljitsch, „deine Offenheit ist ein Zugeständnis an meine Intelligenz. Die Risiken hast du sicher sorgfältig abgewogen. Wie siehst du dich selbst?“

„Als Kampfmaschine ohne Schwachpunkt. Sieht man einmal von der Liebe zu meinem Land ab.“

„Du bewegst dich am Rande des Wahnsinns, weißt du das?“

(Und du bist mitten drin.)

„Ich stürze nicht ab“, antwortet Alechin.

Schweigen. (Im Moment stehe ich eher am Rande des Todes.)

„Du bist ein ungewöhnlicher Mann, Aljotschka. Aber Felix Edmundowitsch hat mich gewarnt. Er bürgt für dich, das hat er noch nie für jemanden getan. Dein Bericht über Deutschland."

Sein Gegenüber hört schweigend zu, während Alechin ohne ein überflüssiges Wort, ohne jede Abschweifung berichtet (ich habe einen Mann von außergewöhnlicher Intelligenz vor mir – einer Intelligenz, die durch ein Sendungsbewußtsein pervertiert ist, und genau das ist meine einzige Chance). Er schildert seine Treffen in Berlin, Bremen, Hamburg, in Sachsen und im Rheinland, in München und im übrigen Bayern. Er war sogar in Zürich (von wo Wladimir Iljitsch in einem plombierten Eisenbahnwaggon nach Rußland zurückgekehrt war). Sein brillantes Gedächtnis spuckt eine endlose Reihe von Daten, Vorkommnissen, Namen und Zahlen aus.

Er schweigt.

„Deine Schlußfolgerungen, Aljotschka?"

Es sind immer noch die gleichen. Die Deutschlandreise hat ihn zu keiner Korrektur veranlaßt, im Gegenteil:

„Es wird nie eine Revolution in Deutschland geben."

Wladimir Iljitsch erhebt sich, geht durch das Zimmer (er macht nur Theater: er ist nicht wütend), spielt mit der großen Schere und klopft mit ihrer Spitze auf den gläsernen Lampenschirm. Das Klirren ist zwar kaum hörbar, trotzdem scheint es ihn zu ärgern.

„Ich brauche einen Schirm aus Stoff. Dieses Geräusch ist unerträglich."

Er geht um Alechin herum. An der Wand gegenüber dem Schreibtisch hängt ein Kalender des erst kürzlich gegründeten staatlichen Gosizdatverlags. Lenin betrachtet ihn:

„Und dabei bringen wir durchaus auch solche technischen Dinge zustande. Ist doch bemerkenswert?"

Sein Ton ist spitz (er spielt immer noch Komödie).

Er setzt sich wieder:

„Wenn ein Lampenschirm zu viel Lärm macht, kann man ihn auswechseln lassen. Wenn dir jemand etwas Unangenehmes sagt, kannst du ihn verschwinden lassen. Aber wenn man den Lampenschirm ausgewechselt hat, macht er eben woanders Lärm, und die unangenehme Nachricht bleibt unangenehm, selbst wenn der Überbringer bereits tot ist."

(Alles nur Theater. Er enttäuscht mich.)

Wladimir Iljitsch legt die Schere zurück, stützt die Ellbogen auf die Armlehnen des Sessels und legt die Fingerspitzen aneinander:

„Du kennst meinen Haltung zur Revolution in Deutschland?"
(Endlich kommen wir zum Wesentlichen.)
Alechin zitiert:
„‚Wir werden den Endsieg nur mit dem vereinigten Proletariat der anderen Länder erreichen.' Und: ‚Wir können die Revolution nicht siegreich beenden, wenn wir sie auf Rußland beschränken, ohne sie auf andere Länder auszudehnen.' Und weiter: ‚Wir sind ein schwaches und rückständiges Volk ... Die Fahne der internationalen sozialistischen Revolution ist in schwachen Händen ... Die Arbeiter des rückständigsten Landes können sie nur hochhalten, wenn ihnen die Arbeiter der hochentwickelten Länder zu Hilfe eilen.'"
„So habe ich geschrieben, Aljotschka. Wie erklärst du dir, daß alle, die mir Berichte über Deutschland vorgelegt haben, anderer Meinung sind als du?"
„Sie lügen, oder sie haben sich getäuscht."
„Und was ist mit den Ausländern, die aus der ganzen Welt zu uns kommen?"
„Sie repräsentieren nicht die breite Masse. Es sind Schwärmer."
„Du verachtest sie?"
„Ich würde sie benützen."
„Dann hältst du die Lage also nicht für vollkommen aussichtslos?"
Reize es nicht aus, Aljotschka. Der Kommunismus ist eine Utopie, wie sie die Welt noch nicht gekannt hat, und er kennt nur eine Methode, seine Ideale durchzusetzen und zu verankern: den permanenten blutigen Terror. Nicht einmal Wladimir Iljitsch wird diese Art von Wahrheit gern hören – obwohl er das Land mit Hilfe der von ihm selbst gegründeten Tscheka in einen Polizeistaat verwandelt und den Terror zum Prinzip seiner Regierung erhebt. Tief in seinem Innersten würde er dir zustimmen und dich trotzdem umbringen lassen.
„Ich glaube an den Endsieg unserer Revolution", sagt Alechin. „Aber nur in Rußland. Es sei denn, man zwingt sie den anderen Ländern mit Gewalt auf. Ich glaube, wir sollten die Revolution in einem Land zum obersten Ziel erklären und aus Rußland ein Bollwerk der Revolution machen. Dann können wir uns auf feindliches Gebiet vorwagen. Heimlich. Mit einer neuen Organisation, die sich über die ganze Welt erstreckt und mit allen verfügbaren Waffen kämpft, ohne moralische Skrupel."
Schweigen. Wladimir Iljitschs Blick ruht in seinem. Die Tür geht auf, und die Sekretärin erscheint.

„Noch eine Minute“, ruft ihr Lenin zu.

Die Frau verschwindet. Wladimir Iljitsch beginnt wieder, mit der Schere zu spielen. (Er ist hochintelligent, aber er enttäuscht mich. Diese Art, sich jedes Mal, wenn er verwirrt ist, an einen Gegenstand zu klammern, aufzuspringen und durch das Zimmer zu laufen. Bewege ich mich etwa? Er steht vor einer einfachen Alternative: Entweder läßt er mich verschwinden, oder er versucht es mit mir und benützt mich wie einen blutrünstigen Hund, der keinem anderen Herrn gehorchen darf.)

„Eine Maschine, sagtest du, Aljotschka?“

„Eine Maschine mit dem einzigen Ziel, eine Maschine zu sein.“

Erneutes Schweigen.

„Du kannst gehen“, sagt Wladimir Iljitsch Lenin.

Auf dem Korridor entdeckt er Trotzki und das pfiffige Bauerngesicht Kalinins. Blicke werden getauscht – allein Trotzki zählt, Kalinin ist unwichtig.

Am Fuß der Treppe begegnet er Preobraschenski und Lunatscharski, dem Volkskommissar für das Bildungswesen – ein dilettantischer Schwätzer, der im November 1917 dennoch den Mut gefunden hatte, aus Protest gegen die Zerstörungen an den Kremlgebäuden durch die Artillerie der Roten Armee zurückzutreten.

Ein junger Wachposten kontrolliert zum letzten Mal seinen Passierschein.

„Hast du wirklich mit Wladimir Iljitsch gesprochen?“

„Elf Minuten lang.“

„Wie ist er?“

„Er ist das größte Genie des Jahrhunderts. Abgesehen von den anderen.“

Die Türme des Kreml tragen immer noch den Doppeladler der Romanows – niemand hatte bisher daran gedacht, ihn zu ersetzen. Alechin entfernt sich mit federnden ausgreifenden Schritten, die breiten Schultern straff gespannt. Die Würfel sind gefallen, aber noch rollen sie.

Du empfindest überhaupt nichts. Der Reiz dieses tödlichen Spiels berührt dich nicht einmal.

Eine Maschine ohne Schwachpunkt.

Er entsinnt sich: Auf dem Tisch bei Wladimir Iljitsch lag die Akte Jaguar.

Sechs Wochen verstreichen, in denen keine Antwort erfolgt und keine

Entscheidung getroffen wird. Alechin nimmt das als gutes Omen, aber vermutlich ist das Spiel noch nicht gewonnen. Er hat Wladimir Iljitsch die Bildung einer neuen Organisation vorgeschlagen, „die sich über die ganze Welt erstreckt und mit allen verfügbaren Waffen kämpft". Sie soll die Tscheka nicht ersetzen, sondern durch Aktivitäten jenseits der Grenzen ergänzen. Alechin schwebt eine winzige Gruppe vor. Sie sollte mit aller Sorgfalt aus den Ausländern rekrutiert werden, die ins Land der Sowjets kommen, so wie andere nach Rom oder Mekka pilgern. Sie sollte – unter anderem – rivalisierende Gruppierungen wie die Anarchisten unschädlich machen und ihnen darüber hinaus alle notwendigen Liquidierungen in die Schuhe schieben.

Der Plan ist kühn und neu. Aber gerade darauf setzt Alechin. Er hat keine andere Wahl: Entweder es klappt, oder er erleidet das Schicksal Tiecks. Bisher hat er noch nicht davon gesprochen, welche Ziele diese „neue Organisation" verfolgen soll, wenn sie denn eines Tages geschaffen wird. Er hält sich zurück: Wenn man ihm gestattet, ihr beizutreten, wird er sich mit seinem eiskalten Machiavellismus geduldig einen Platz erobern. Das ist nur eine Frage der Zeit. Die Idee, die ihm in Oskar Kuppelweisers Werkstatt gekommen ist, nimmt immer konkretere Gestalt an. Und bisher entwickeln sich die Dinge nicht schlecht: Er hat Lenin seine Pläne vorgetragen, und er ist noch am Leben.

In den Wochen nach seinem Besuch im Kreml arbeitet er unermüdlich. Stalin hilft ihm, Sinowjew berät ihn, aber beide sind klug genug, nicht öffentlich für ihn einzutreten. Ein „Nein" von Lenin oder Felix Dserschinskij, dem Tscheka-Chef, würde ihr Todesurteil bedeuten. Grischka Sinowjew hat seinen Einfluß geltend gemacht und erreicht, daß Alechin von seinen Aufgaben bei der Tscheka in Petrograd weitgehend entbunden wurde. Außerdem deckt er seine Reisen.

Alechin nutzt die Freiheiten, um das Schicksal der Kinder, des kleinen Brasilianers und der Amerikanerin, zu regeln. Nachdem er sie dazu gebracht hatte, das Haus in Biesenthal zu verlassen, versteckte er sie einen Monat in Berlin, in einer Kreuzberger Villa. Männer aus Radeks Gruppe bewachten sie. Dort führte er sie in die Grundzüge der russischen Sprache ein. Zumindest das Mädchen, denn der kleine Brasilianer schmollte.

Und er setzte den Unterricht fort, nachdem sie Deutschland heimlich verlassen und Petrograd erreicht hatten. Doch Cavalcanti blieb verschlossen und in sich gekehrt. Er weigerte sich, an den Veranstaltungen der jungen Revolutionstouristen aus aller Welt teilzunehmen. Er sprach nur noch Portugiesisch, außer wenn er mit der Amerikanerin zusammen war – was in Petrograd jedoch selten vorkam, da sie von ihren revolutionären Freunden in Beschlag genommen wurde, insbesondere von ihren Landsleuten Emma Goldblum und Harvey Bloggs. Alechin widmete der Amerikanerin etwas Zeit, soweit dies sein volles Arbeitspensum erlaubte. Zwei- oder dreimal aß er mit ihr – ohne den Brasilianer. Er konnte ihr an den Augen ablesen, daß er ihr nicht gleichgültig war, ganz im Gegenteil. Ja, und? Er sieht keine Gefahr darin, daß er unbedingt mit ihr schlafen will.

Na gut. Bei der ersten sich bietenden Gelegenheit.

Er hat Afonka Tschaadajew mit der Bewachung des kleinen Brasilianers betraut. Afonka hat Anweisung, ihn nicht aus den Augen zu lassen.

Vor zwei Tagen hat er die Kinder nach Moskau bringen lassen. Mit dem Verlangen, die Amerikanerin in seiner Nähe und damit gewissermaßen zu seiner Verfügung zu haben, hat das nichts zu tun. Obwohl ihn die Hartnäckigkeit des Verlangens schon befremdet.

Nein, er muß endlich wissen, wie der kleine Jaguar mit dem Puzzle zurechtkommt, das er sich für ihn ausgedacht hat.

Candido sitzt an einem Fenster in ihrem Zimmer im Hotel Metropol und liest *Vojna i Mir, Krieg und Frieden* von Alexej Nikolajewitsch Tolstoi. Er liest das russische Original, deshalb muß er gelegentlich in Samanthas Wörterbuch nachschlagen.

Eine matte Sonne steht über Moskau. Von der Straße vier Stockwerke tiefer dringen keinerlei Motorengeräusche zu ihm herauf. Er hört nur das dumpfe Getrappel tausender und aber tausender Menschen, die irgendwohin streben oder irgendwoher kommen. Wie können Menschen nur so still und trübsinnig sein?

Samantha ist seit dem Morgen verschwunden. Angeblich ist sie auf einer Versammlung, einem Kongreß, den sie die III. Internationale oder Komintern nennen.

Frage lieber nicht, wo sie wirklich steckt. Du tust dir nur unnötig weh. Es wird schon wieder werden.

Geräusche im Vorzimmer. Eine Tür öffnet sich, Getuschel. Afonka hat Besuch von Freunden. Das ist selten, aber warum nicht?

Dann wird es wieder still. Eine eigenartige Stille. Aber vielleicht bildet er sich das auch nur ein. Eine Minute vergeht.

Es hält ihn nicht länger. Er legt das Buch weg, schleicht lautlos wie eine Katze zur Tür und wirft einen Blick in das Vorzimmer. Es ist leer. Hat Afonka etwa seinen Wachposten verlassen, zum ersten Mal seit fünfzig oder sechzig Tagen? Du träumst.

Candido öffnet dennoch die Tür zum Flur. Aha, Tschaadajew ist also noch da. Er steht fünfzehn Meter entfernt im Flur und redet mit einem Mann.

„Ich darf den Brasilianer nicht allein lassen“, sagt er.

„Ich rühre mich nicht von der Tür, ich schwör's dir“, antwortet der andere, ein Hotelangestellter in Filzstiefeln und einem Kittel, der von einem Gürtel zusammengehalten wird. „Was kann ich denn dafür, daß man dich am Telefon verlangt? Der Mann, dieser Aljotschka, besteht darauf. Also was ist, hast du es dir nun überlegt?“

Candidos Mütze und Wolffellsmantel hängen in Reichweite am Kleiderhaken. Es ist wie im Traum. In zwei Sekunden ist er draußen, erreicht blitzschnell den wenige Meter entfernten Querflügel und schlüpft um die Biegung des Korridors. Du weißt ja nicht einmal, wohin du gehen sollst! Außerdem hat er vergessen, die Zimmertür zu schließen. Zwanzig Meter von ihm entfernt wird die Unterhaltung beendet. Er hört leise Schritte, dann das Schließen einer Tür. Ein letzter verstohlener Blick: Der Angestellte hat das Schloß einschnappen lassen und baut sich mit verschränkten Armen vor der Tür auf.

Afonka Tschaadajew geht zum Ende des Flurs und betritt den Aufzug.

Ich werde mir nur ein bißchen die Beine vertreten, mehr nicht, denkt Candido. Er geht den Seitenflur entlang, stößt auf eine Tür: Nur für Personal. Dahinter ist eine Treppe.

Zwei Minuten später ist er draußen, im Freien, auf der Straße. Niemand ist ihm begegnet. Er läßt sich von der Menge treiben.

„Eine Uhr, eine schöne Uhr aus Gold.“

Ein Mann packt ihn mit krummen Fingern am Arm und streckt ihm mit der anderen Hand eine Taschenuhr entgegen.

„Ich möchte keine Uhr kaufen“, sagt Candido.

Zum ersten Mal spricht er russisch. Die Worte kommen ihm leicht von den Lippen. Ein paar Sekunden der Angst folgen: Der Kerl wird merken, daß ich Ausländer bin. Er wird mich für einen Spion halten, und dann dauert es nicht lang, und ich lande im Gefängnis.

Aber nein. Der Mann schaut nach rechts und links, er hat mehr Angst als ich, das ist beruhigend.

„Außerdem habe ich kein Geld", fügt Candido hinzu. „Laß mich in Ruhe."

Ich spreche tatsächlich russisch! Die Straße mündet in den großen Platz, auf dem dieses Schloß steht, der Kreml. Es wimmelt von Soldaten mit roten Sternen und Polizisten. Candido dreht auf dem Absatz um.

„Ich habe noch mehr."

Was heißt „Hau ab" auf russisch?

„Verschwinde", sagt Candido auf russisch.

„Uhren und Schmuck, ich wohne ganz in der Nähe, ich werde dir die Sachen zeigen."

Eine Gruppe Polizisten kommt genau auf ihn zu. Er wechselt die Straßenseite und biegt in die erstbeste Gasse.

„Du hast bestimmt Geld, um meine Uhren zu kaufen. Bei dem Pelz und bei den schönen Stiefeln!"

Candido späht hinter sich. Bildet er es sich nur ein, oder folgen ihm die Polizisten tatsächlich? Er ändert die Richtung.

„Ich habe auch Ikonen. Sehr schöne Ikonen."

Warum habe ich Angst vor der Polizei? Ich habe in Rußland nichts verbrochen, ich habe nur mein Hotel verlassen, ohne Afonka Tschaadajew etwas zu sagen. Aber hat man mir vielleicht gesagt, daß ich ihm Bescheid sagen muß oder daß ich von ihm bewacht werde? Nein. Wenn nur dieser Trottel, der mir Uhren, Ikonen und weiß der Teufel was alles andrehen will, endlich verschwinden würde. Die reinste Nervensäge.

Rechts, links. Er gelangt auf einen Markt. Die Fische in den Auslagen verströmen einen penetranten Geruch. Das Metropol liegt nicht weit zu seiner Rechten. Er zögert. Er dreht um, und zum ersten Mal sieht er in die Augen des Uhrenhändlers.

Achtung! Etwas in diesen Augen weckt sofort ein unerklärliches Mißtrauen. Wie der Blitz rennt er los, saust zwischen den Marktständen hindurch. Ein Pfiff ertönt. Dem ersten Mann, der sich vor ihm aufbaut, kann er noch ausweichen, aber der zweite packt ihn mit eiserner Faust am Arm und brüllt ihn auf deutsch an:

„Keine Bewegung!"

„Ich bleibe ja schon stehen."

Man drückt ihm etwas zwischen die Augen. Er schielt nach oben: Es ist der Lauf eines Revolvers.

„Weitergehen, und keinen Ton."

„Aber sicher", sagt Candido.

Er läßt sich fortschleppen. Sie sind zu dritt und alle sehr kräftig. Zwei halten ihn an den Armen, einer folgt dicht hinter ihm.

„Wir legen dich auf der Stelle um, wenn du stehenbleibst."

„Ich habe keine Lust zu sterben, ich bin noch so jung."

„Schweig."

„Wenn es überhaupt ein richtiges Alter zum Sterben gibt. Kennen Sie den Doktor?"

„Sei ruhig. Als du Kuppelweiser in Berlin die Kehle durchgeschnitten hast, warst du bestimmt nicht so geschwätzig."

Wie gelähmt vor Schreck und Verblüffung vergißt er weiterzugehen und bleibt mit offenem Mund stehen. Aber die beiden Männer an seiner Seite heben ihn hoch und tragen ihn, zehn oder fünfzehn Meter weit. Seine Füße schweben zehn Zentimeter über dem Gehsteig. Als er wieder festen Boden unter sich spürt, bewegt er mechanisch die Beine.

„Sie sind ja verrückt, ich habe nie jemanden getötet."

„Du bist der Jaguar, und das sagt ja wohl alles. Halt jetzt den Mund."

Was haben sie mit mir vor? Sie betreten ein Gebäude. Ein Gang. Eine Treppe. Sie gehen hinunter, natürlich in den Keller. Sie werden mich doch nicht umbringen? *Samantha!* Eine Tür wird aufgeschlossen und geöffnet. Dahinter ist kein Keller, sondern eine Art Rumpelkammer, vollgestopft mit Möbeln, Bildern, Büchern und abgedeckten Gegenständen. Mehr kann er nicht erkennen, denn im nächsten Moment erhält er einen schmerzhaften Stoß in den Rücken. Er stürzt die Stufen einer Holztreppe hinunter, wird gegen einen Tisch geschleudert und fällt zwischen Geschirr und Töpfe. Hinter sich hört er die Tür ins Schloß fallen.

Stille.

Sie haben mich eingesperrt, aber wenigstens haben sie mich nicht getötet, so sein erster Gedanke. Er rappelt sich auf. Weitere Teller und Schüsseln geraten ins Wanken und zerschellen auf dem Boden. Endlich steht er. Das vergitterte Kellerfenster spendet nur wenig Licht, und doch erkennt er zwischen den Schatten die Umrisse eines Mannes. Er sitzt direkt vor ihm und sieht herüber, unbeweglich. Ein schwacher Lichtstrahl funkelt am Metallgestell seiner Brille.

„Ich habe wirklich keine Ahnung, was ich hier soll", sagt Candido.

Der Mann sieht ihn unverwandt an, seine Gestalt und sein Gesicht zeichnen sich immer deutlicher ab. Er lacht. Es scheint tatsächlich zu lachen, aber es ist nichts zu hören.

„Mein Russisch ist nicht besonders gut. Wie Sie bemerken, bin ich

Ausländer. Ich kann Deutsch, Englisch, Französisch, Spanisch. Oder wünschen Sie Portugiesisch?"

Candido deutet auf die Tür über der Holztreppe:

„Ich ging ruhig durch die Straßen, der Mann wollte mir eine Uhr verkaufen. Als ich seine Augen gesehen habe, bin ich abgehauen, aber sie haben mich eingeholt. Sie haben mir einen Revolver an die Stirn und an den Bauch gehalten, und dann haben sie mich hier hereingeworfen."

Ich bringe ihn zum Lachen. Candido Bozozo, der brasilianische Clown, das bin ich. Er will auf den Mann zugehen, aber ein Berg von Gerümpel versperrt ihm den Weg. Er schlägt einen Bogen, tritt in die Scherben des Geschirrs und zwängt sich zwischen Schränken und Sesseln hindurch.

Er stolpert über etwas Weiches. Er senkt den Kopf. Im schummrigen Licht liegt ein menschlicher Körper. *Mein Gott!* Der Tote hat etwa sein Alter und seine Statur. Seine Kehle ist durchgeschnitten, und seine Wangen sind von einem Ohr zum anderen aufgeschlitzt.

Und was ist mit dem anderen?

Er nähert sich dem sitzenden Mann:

„Gospodin? Mein Herr?"

Er tippt ihn an der Schulter an. Der Mann kippt nach vorn und sackt zusammen. Auch ihm hat man die Kehle durchgeschnitten und die Wangen aufgeschlitzt. Deshalb hatte Candido den Eindruck, er lacht.

Die Wunden sind noch ganz frisch. Blut quillt heraus.

Zuerst versucht er es an der Tür. Sie ist von außen verschlossen. Er bearbeitet sie mit den Fäusten, dann mit den Füßen. Sie wackelt nicht einmal.

Das Fenster.

Ein Gitter ist davor. Unüberwindlich. Außerdem befindet sich das Fenster am oberen Ende einer steilen Schräge drei Meter über dem Boden. Trotzdem zerschlägt er einen Beistelltisch und zieht ein Buffet heran. Er steigt hinauf und versucht, mit einem Tischbein die blinde Scheibe einzuschlagen. Er reicht nicht heran.

Endgültig überzeugt, daß eine Flucht durch einen der beiden Ausgänge unmöglich ist, beginnt er, die Räumlichkeiten genauer zu inspizieren. An die Rumpelkammer schließen sich mehrere Kellerräume an, alle ebenso gewölbt und dunkel. Je weiter er vordringt, desto dunkler wird es. Bald sieht er kaum noch die Hand vor den Augen. Er kehrt um und durchwühlt den vorderen Raum nach einer Lampe. Nichts.

Widerwillig entschließt er sich, die Leichen zu durchsuchen. Er findet Ausweise, Geld, ein Taschenmesser und bei jedem eine Uhr.

Ich muß schon zwei Stunden hier sein.

Schließlich findet er bei dem zweiten Toten, dem mit der Brille, ein Feuerzeug, eine Pfeife und Tabak. Wie macht man eine Fackel? Er kehrt in die Rumpelkammer zurück, nimmt die Papiere der Toten an sich und greift zu den Büchern, aus denen er Seite um Seite herausreißen wird (schweren Herzens, denn die Vorstellung, Bücher zu verbrennen, stört ihn gewaltig).

Er geht wieder zurück. Es sind sechs Räume. Im letzten entzündet er das Feuerzeug. Zu seiner Bestürzung erkennt er, daß die Kellerflucht in einer Sackgasse endet.

Der Geruch frischer Erde. Ein Luftzug. Dann entdeckt er das Loch in der Kellerwand. Das Mauerwerk ist herausgebrochen, auf dem Boden liegt das benutzte Werkzeug: eine Spitzhacke. Ein Gedanke schießt Candido durch den Kopf: Vielleicht waren es drei, und der dritte hat die beiden anderen vor seinem Eintreffen getötet und ist durch dieses Loch geflüchtet.

Mit anderen Worten, du folgst ihm, begegnest ihm zufällig, und das wird ihm so wenig gefallen, daß er dich umbringt.

Schöne Aussichten.

Egal, ich gehe.

Für alle Fälle bewaffnet er sich mit der Hacke und zündet die nächste Papierfackel an. Das Loch in der Mauer geht in einen Stollen über. Er kriecht hinein. Bald streift er den hinderlichen Mantel ab, denn an manchen Stellen ist der Gang so eng, daß er sich regelrecht hindurchzwängen muß. Jedes Mal riskiert er, daß der Stollen dabei einstürzt. Er kann nicht einmal mehr die Arme zurückziehen und nach dem Feuerzeug in der Tasche greifen. Tiefschwarze Nacht umgibt ihn. Er wühlt sich durch die Erde, wie es auch sein Vorgänger getan haben muß. Jetzt wird der Rattengang noch enger. Mit einem Mal glaubt er festzustecken. Panik ergreift ihn: Es geht weder vorwärts noch rückwärts!

Vielleicht singst du etwas?

Jetzt geht es wieder besser. An der Hacke findet er Halt. Er benutzt sie wie ein Bergsteiger seinen Pickel: Er schiebt sie vorwärts und zieht dann seinen Körper nach. Wer diesen Tunnel gegraben hat, kann nicht größer gewesen sein als er, eher noch kleiner.

Er gelangt in einen anderen Keller. Er entzündet einige zusammengeknüllte Seiten. Im Schein der Flammen erkennt er mehrere große Korb- und Holztruhen, alle angeschimmelt, manche schon halb verfault.

Er geht in den nächsten Raum. Auf dem Zementboden stehen weitere Truhen, etwa zehn an der Zahl, alle riesig, mit großen Nummern in schwarzer, blauer, roter und grüner Farbe. Eine Glühbirne baumelt von der Decke.

Er tastet nach dem Schalter. So gut es geht, folgt er dem Stromkabel. Drei Räume weiter spürt er ihn unter den Fingern.

Er zögert mit dem Einschalten: Wenn nun der oder die Mörder der beiden Männer im ersten Keller bereits da sind und ihm auflauern?

Egal.

In der nächsten Sekunde entfährt ihm ein Schrei. Das Herz schlägt ihm bis zum Hals: Knapp einen Meter vor ihm steht eine hünenhafte Gestalt. Sie trägt eine Rüstung und einen Helm mit zwei Hörnern.

„Sehr intelligent, wirklich. Du hast mir vielleicht einen Schrecken eingejagt, darauf kannst du dir was einbilden!"

Der Riese ist nicht allein. Um ihn herum stehen bestimmt noch hundertfünfzig andere. Alle mindestens zwei Meter fünfzig groß. Sie stehen auf runden Holzsockeln. Manche sind wie Tataren gekleidet, andere wie römische Zenturios, wieder andere wie Marineoffiziere, Pikdamen, Troubadoure, Schweizergardisten, Mandarine und Höflinge mit ihren Damen.

Puppen in Theaterkostümen.

Würde mich nicht wundern, wenn ich unter dem Bolschoi-Theater wäre. Wie habe ich *Schwanensee* gestern genossen!

Candido sitzt in dem hohen Lehnstuhl des Perserkönigs. Vielleicht ist es aber auch Boris Godunows Thron. Er hat Hunger. In den Regalen liegen zwar gegrillte Hähnchen, Hammel- und Lammkeulen, Dutzende Scheiben Brot, ja sogar ein ganzer Ochse am Spieß, aber alles ist aus Pappmaché. Und die Weinflaschen, die Flakons mit Zaubertränken, die Giftfläschchen, all die Humpen und Becher sind leer, sie enthalten nicht einen Tropfen. Er ist hungrig und durstig. Wenigstens friert er nicht: Er hat sich in Falstaffs Überwurf gewickelt – vielleicht gehört er auch dem Barbier von Sevilla –, darüber trägt er Othellos Mantel aus falschem Hermelin.

Denn vorläufig sitzt er hier fest. Er hat nur eine einzige Tür gefunden, eine Eisentür, ohne Schloß und nur von außen zu öffnen. Er hat dagegengetrommelt. Es gab nicht einmal ein Echo. Für die kurze Zeit, in der im Bolschoi keine Vorstellung stattfindet, spielt er das Phantom der Oper.

Stimmen reißen Candido aus dem Schlaf. Drei Meter vor ihm, hinter der Wand aus kostümierten Kleiderpuppen, schleppen zwei Männer eine Truhe. Eine Sekunde später schlüpft er zwischen die überladenen Kleiderständer. Die Eisentür steht offen. Im Nu ist er draußen. Jetzt erst kommt er vollends zu sich, erinnert sich, wo er ist, warum und wieso.

Eine Treppe, noch eine, er geht einfach weiter. Zwei oder drei Bühnenarbeiter blicken ihm verwundert nach, aber keiner spricht ihn an.

Gänge, Garderoben, Logen, eine letzte Tür: Es ist die richtige, eisige Nachtluft schlägt ihm entgegen. Er geht ein paar Schritte, dann überlegt er: Nacht? Aber ich habe das Hotel doch schon gegen zehn Uhr morgens verlassen!

Samantha macht sich bestimmt schon große Sorgen. Kaum ein Mensch vor dem Hotel, keine Spur von Afonka. Der wird sich wundern, wo ich stecke.

Außer er hat mich *mit Absicht* entkommen lassen.

Auszuschließen ist das nicht.

Er meidet den Haupteingang und geht durch die Küche. Die wenigen Angestellten, die zu so später Stunde noch Dienst tun, schenken ihm nur flüchtige Aufmerksamkeit. Trotzdem bietet ihm einer etwas zu essen an. Er schüttelt nur hochmütig den Kopf und geht weiter.

„Wohin willst du?“

Er hat den Polizisten glatt übersehen, der in einer Ecke auf dem zweiten Absatz der Dienstbotentreppe Wache steht.

„Tscheka“, bellt Candido in einer plötzlichen Eingebung.

„Entschuldige.“

Der Flur im dritten Stock ist leer. Und was, wenn die Tür abgeschlossen ist? Sie ist offen. Er tritt auf Zehenspitzen ein. Im Zimmer brennt kein Licht – sie wird schlafen. Er eilt ins Bad und bewundert sich im Spiegel. Genau meine Größe. Samantha wird staunen!

Er geht ins Zimmer zurück und knipst das Licht an.

Das große Bett ist leer.

Im ersten Moment ist er noch nicht beunruhigt, nur etwas enttäuscht. Schade, er hätte sie so gern mit seinem Aufzug überrascht und ihr von seinem Abenteuer erzählt. Auf dem Tisch im Salon ist ein kaltes Abendmahl angerichtet. Er setzt sich und beginnt zu essen. Zarter junger Lauch und Wurst, dazu Blinis mit saurer Sahne, garniert mit Artischokken und Heringen. Auch Wodka steht bereit, aber er rührt ihn nicht an. Ein Schluck hat ihm genügt, er verträgt keinen Alkohol. Er ist bereits bei seinem sechsten Glas Eiswasser, als er die Türe gehen hört. Vom Tisch aus sieht er den Eingang nicht.

„Samantha? Ich bin hier. Schau mal."

Er erhebt sich und breitet die Arme aus, um sich in seinem Kostüm bewundern zu lassen. Drei Männer treten ein, gefolgt von Afonka Tschaadajew. Einer trägt einen Leinensack. Er setzt ihn auf dem Tisch ab und öffnet ihn:

„Deine Kleider, Genosse. Und dein Pelz."

Candido ist verdutzt. Es sind tatsächlich seine Kleider. Er hat sie im Keller des Bolschoi-Theaters zurückgelassen, da sie im Tunnel naß geworden waren. Sie hatten gelbliche Lehmflecken und stanken widerlich.

Aber jetzt sind sie voller Blut, durchtränkt mit Blut.

„Und wir haben auch das Messer, mit denen du ihnen die Kehle durchgeschnitten hast", ergänzt der Mann. „Allen sechs. Du hast einen arbeitsreichen Tag hinter dir."

Felix Edmundowitsch Dserschinski ist bleich und trägt einen Schnurrbart. Noch deutet nichts darauf hin, daß er in sechs Jahren nach einer Konferenz auf höchster Ebene vor lauter Aufregung einem Herzanfall erliegen wird. Er wirkt äußerlich ruhig und redet mit sanfter Stimme.

„Wiederhole mir, was du zu Wladimir Iljitsch gesagt hast, Aljotschka. Wort für Wort."

Alechin gehorcht. Die beiden Männer gehen Seite an Seite die kleine Grünanlage Lubjanskaja hinunter. Das Gebäude direkt vor ihnen, das man inzwischen Lubjanka nennt, ist die Zentrale der Tscheka. Sie ist vor etwa zwei Jahren in den Geschäftsräumen der Versicherungsgesellschaft Rossija eingerichtet geworden, die ihren Namen von Emigranten erhalten hatte, die im 15. Jahrhundert aus Nischnij-Nowgorod gekommen waren. Eine zaghafte Sonne scheint über Moskau, das erste Anzeichen des nahenden Frühlings. Wegen der Sonne hat Felix Edmundowitsch einen Spaziergang vorgeschlagen. Aber vielleicht wollte er sich auch nur vor ungebetenen Zuhörern schützen. Dserschinski kommt gerade aus Nischnij-Nowgorod-Gorki zurück. Er war mit Wladimir Iljitsch auf der Fuchsjagd und hat zwei Tage in dessen Landhaus verbracht. Er hebt den Kopf:

„Er hat sich über dich geärgert, und das ist noch gelinde ausgedrückt. Du hast es bestimmt bemerkt."

Alechin sagt nichts, er lächelt nur.

„Er war sich nicht ganz sicher, ob du dir über deine Handlunsgweise ganz im klaren warst, ob du auch das kleinste Risiko sorgfältig abgewogen hast..."

„Es war meine einzige Chance, ihn zu überzeugen", sagt Alechin.

„Das wäre dir um Haaresbreite mißlungen. Glücklicherweise war ich den Abend und die zwei Tage danach mit ihm zusammen. Bedanke dich bloß nicht bei mir."

„Dazu besteht auch kein Grund, Felix Edmundowitsch. Ob ich lebe oder tot bin, ändert nichts an der Richtigkeit meiner Analyse."

Schweigen.

„Hast du eigentlich schon mal daran gedacht, meinen Platz einzunehmen, Aljotschka?"

Alechin lacht:

„Nein. Das ist wirklich das letzte, was ich möchte."

Der etwas traurige Blick des Tschekagründers streift über die kahlen Baumwipfel. Sein polnisches Gesicht ist schmal und wirkt durch das dünne blonde Bärtchen noch länger.

„Am meisten überrascht mich, daß ich dir glaube."

„Wenn du mir nicht glauben würdest, wäre ich schon tot", meint Alechin gleichgültig.

Felix Edmundowitsch nickt nachdenklich, ohne den Hauch eines Lächelns. An seinem Gesicht läßt sich die drohende Gefahr ermessen.

„Erster Punkt", nimmt er das Gespräch wieder auf, „die Revolution in Deutschland. Wladimir Iljitsch verwirft deine These. Ob er sie für gerechtfertigt hält oder nicht, ist dabei unerheblich. Es ist unerläßlich, daß wir auch weiterhin an die Möglichkeit einer Revolution und Machtergreifung durch das deutsche Proletariat glauben. Die Gegenthese, die du vertrittst, wird nicht nur abgelehnt, du hast sie niemals geäußert."

„Sehr gut."

Wir könnten die Unterhaltung beenden, denkt Alechin, das Wesentliche ist gesagt. Was jetzt noch kommt, weiß ich bereits.

„Doch werden wir einen neuen Apparat schaffen", fährt Dserschinski fort. „Die Tscheka wird mit ihm nichts zu tun haben und nichts von ihm wissen, wenigstens fast nichts. Wir müssen also neue Männer rekrutieren und ausbilden. Nur zur äußerlichen Anwendung gewissermaßen, wie bestimmte Medikamente. Georgij Wassiljewitsch Tschitscherin und ich werden ihn leiten ..."

Alechins Gedächtnis reagiert prompt. Er war auf diesen Namen gefaßt. Tschitscherin, geboren 1872, von adliger Abstammung. Begann 1896 als Archivar im Außenministerium, wechselte zu Beginn des Krieges zum Marxismus, schloß sich Trotzki an, wurde zunächst sein Stellvertreter, dann sein Nachfolger als Volkskommissar des Äußeren. Männliche Erscheinung, intelligent, kultiviert und sehr gebildet, spricht sechs Sprachen, überaus gewissenhaft, exzellent in ausführenden Funktionen, mittelmäßiger Organisator.

Dserschinski wird also das Sagen haben. Tschitscherin wird nur eine Statistenrolle spielen.

„Alle Befehle kommen von uns beiden und natürlich von Wladimir Iljitsch persönlich. Alle Berichte gehen an uns. Wir brauchen ausländische Devisen. Du hast mir gesagt, daß du welche beschaffen kannst."

„Ja."

Die Idee dazu ist ihm auf einer der eintönigen Versammlungen in Berlin gekommen. In Deutschland – aber nicht nur in Deutschland – gibt es eine gewisse Zahl von Großindustriellen, Geschäftsleuten und Bankiers, die jetzt schon an die Zukunft der russischen Revolution glauben.

„Für den Anfang können wir ihnen Land verkaufen. Eine Anfrage liegt bereits vor."

„In Kürze wird Wladimir Iljitsch unsere neue Wirtschaftspolitik verkünden: Ende der Beschlagnahmungen, uneingeschränkte Handels- und Gewerbefreiheit, privates Kleinunternehmertum, Kooperation mit ausländischen Kapitalisten."

Alechin weiß bereits davon, Bucharin hat ihm von der NEP berichtet. Keine Sekunde glaubt er daran. Und er ist überzeugt, daß Dserschinski genauso skeptisch ist, wenngleich er es nie zugeben würde. Von Tag zu Tag leben sie mehr in einer Scheinwelt. Aber was soll's. Er hat bereits mit dem deutschen Milliardär Stinnes gesprochen. Stinnes und viele andere werden es glauben (oder sich vormachen, sie würden es glauben, denn Utopie hat immer etwas Verlockendes). Und nur das zählt. Sobald Lenins Erklärung offiziell verkündigt ist und das weltweite Großkapital erreicht hat, braucht man nur noch die Hände aufzuhalten und das Geld einzusammeln.

„Diese Idioten werden uns selbst den Strick liefern, an dem wir sie aufknüpfen werden“, bemerkt Dserschinski fast überschwenglich.

Genau das unterscheidet mich von einem Dserschinski, denkt Alechin, und sogar von einem Lenin. Ich glaube nicht, daß diese „Idioten“ eines Tages hängen werden. Aber in den nächsten hundert Jahren werden sie uns helfen zu überleben.

Vor allem mir.

Noch immer steht die Sonne am Himmel über Moskau. Sie nimmt sogar Farbe an. Die beiden Männer gehen langsam auf die Lubjanka zu.

„Kommen wir jetzt zu deinem Jaguar, Aljotschka. Du mußt zugeben, daß deine Idee etwas ungewöhnlich ist.“

„Ich habe einen internationalen Terroristen geschaffen, den niemand zu fassen kriegt, weil er eigentlich gar nicht existiert. Ich habe eine Legende geschaffen. Er wird weltweit jeden vernichten, den wir eliminieren wollen. Da er weder zu fassen noch aufzuhalten ist, wird er durch seine Allgegenwart Angst und Schrecken verbreiten. Durch ihn kann ich die politische Lage in einem Land destabilisieren und ein Regime an die Macht bringen, das uns gewogen ist. Soweit die Grundidee. Dazu brauche ich einen Hampelmann, eine Marionette, der wir den Namen Jaguar anheften können. Meine Wahl ist auf diesen Jungen gefallen. Er ist harmlos und hat keinerlei Persönlichkeit. Nehmen wir mal an, er wird eines Tages verhaftet, wer wird dann schon glauben, daß er der Jaguar ist, daß er die ganzen Massaker begangen hat? Außerdem hat er eine junge Amerikanerin als Geliebte, die bekanntermaßen mit den Anarchisten sympathisiert. Es wird ein Kinderspiel sein, den Anarchisten die Exekutionen des Jaguars anzuhängen.“

„Wieviele Morde gehen bereits auf das Konto des Jaguars?“

„Heute nacht sechs. Die Männer, denen die Kehlen durchgeschnitten wurden ...“

„Ich weiß, Aljotschka. Sie wären sowieso erschossen worden. Du hast sie gut ausgesucht. Ich frage nach den Morden in Deutschland.“

„Achtzehn. Der Bengel war in der Kreuzberger Villa. Die deutsche Polizei fahndet nach ihm, nach ihm und dem Mädchen.“

„Hat der Brasilianer gemerkt, daß alles so geplant war und daß dein Tschaadajew ihn absichtlich laufen ließ?“

„Das spielt überhaupt keine Rolle“, sagt Alechin.

„Und das Mädchen?“

Die Blicke der beiden Männer kreuzen sich. Täusche dich nicht über den Sinn der Frage, Aljotschka, und vor allem: lüge nicht.

„Letzte nacht habe ich mit ihr gegessen und geschlafen."

„Und das spielt auch keine Rolle?"

„Keine. Solange ich sie habe, habe ich ihn. Er ist verrückt nach ihr."

Felix Edmundowitsch betrachtet ihn einen Augenblick. Doch Alechin lächelt selbstsicher – er ist überzeugt, daß er Samantha Franck ohne Zögern umbringen würde, wenn er den Auftrag dazu erhielte. Und daß er auf Cavalcanti eifersüchtig werden könnte, ist unwahrscheinlich. Dserschinski wiegt den Kopf:

„Wann verlassen sie Moskau?"

„Nächste Woche. Montag. Sie müssen in einem Monat unten sein. Meine Leute stehen schon bereit."

„Die Aussicht, daß sie lebend davonkommen, ist gering. Vor allem, wenn das Unternehmen gelingt. Befürchtest du nicht, daß du deinen Jaguar dabei verlierst?"

„Ich werde einen anderen finden. Doch ich habe auch ein paar Vorsichtsmaßnahmen ergriffen."

Schweigen. Sie sind noch zwanzig Meter von der Lubjanka entfernt.

„Die Geschichte mit dem Jaguar amüsiert Wladimir Iljitsch", sagt Dserschinski plötzlich. „Er möchte den Jungen sehen. Das Mädchen auch. Richte es irgendwie ein. Bring aber nicht nur die beiden, sondern eine ganze Gruppe."

„Selbstverständlich."

„Ich wußte gar nicht, daß du Gitarre spielen kannst", sagt Harvey Bloggs.

„Das ist eine Balalaika, keine Gitarre", antwortet Candido. „Jeder Brasilianer spielt Gitarre und Fußball. In der übrigen Zeit essen wir Bohnen."

Harvey Bloggs lacht.

„Außerdem bauen wir Kaffee an und trinken ihn, damit wir die Bohnen besser verdauen", fügt Candido hinzu.

Diesmal lachen alle. Sie sitzen im Zug. Sie haben Moskau in einer kleinen sechzehnköpfigen Gruppe verlassen. Anscheinend ist es eine besondere Ehre, zu den wenigen Auserwählten zu gehören. Einer von ihnen ist Harvey Bloggs – „nenn mich einfach Harv" –, ein Amerikaner mit großen gelben Schneidezähnen und einem wiehernden Lachen, der mit Vorliebe schweinische Witze erzählt und einem mit seinen riesigen Händen so schmerzhaft auf den Rücken schlagen kann. Candido bereut es schon, daß er den Mund aufgemacht hat – zum ersten Mal seit der Bluttat in dem Keller vor einer Woche. Er senkt den Kopf und widmet sich ganz den Saiten der Balalaika, die er langsam beherrschen lernt.

Aber es ist stärker als er: Er muß Samantha anschauen. Sie sitzt in einiger Entfernung am anderen Ende des Wagens und plaudert mit Afonka Tschaadajew – auf russisch.

Sie fahren in einem „weichen" Wagen, so die russische Bezeichnung für die Waggons der ersten Klasse. Ihre Reiseziel ist Nischnij-Nowgorod – oder Gorki, was das gleiche zu sein scheint, wenn Candido richtig verstanden hat. Ein gewisser Wladimir Iljitsch Lenin soll sie dort empfangen. Die Nacht ist gekommen und wieder vergangen, fast so wie die „weißen" Nächte in Petrograd. Der Tag bricht an, und hinter den Doppelfenstern des Zuges erscheinen dunkle Kiefernwälder, aus denen die jungen Blätter der Birken als helle Flecken hervortreten. Der Zug rüttelt etwas. Laut Harvey Bloggs, der sich in allem auskennt, liegt das an der Spurweite des Gleises, die breiter sein soll als bei den anderen Schienennetzen der Welt. „Hier gilt die ganze Sorge dem Wohlergehen des einzelnen, Genossen. Nicht von ungefähr hat die Revolution zuerst in Rußland triumphiert, bevor sie den Rest der Welt erobern wird: In diesem Land denkt man zuerst und vor allem an den Menschen." Candidos Finger nehmen ihr Spiel auf dem Instrument wieder auf. Vorhin, als alle schon wach waren und auf den Samowar und das Frühstück warteten, hat ihn ein Mann namens Borodin aufgefordert, die Internationale zu spielen. Er hat nicht reagiert.

Samantha und *der andere*. Samantha in den Armen *des anderen*. Er ist nicht wütend, nein. Eher macht er sich Vorwürfe, daß er weder Wut noch Haß empfindet, ja nicht einmal richtig böse ist. Es schmerzt einfach nur. Sonst nichts.

Seit jener Nacht hat er mit Samantha nicht mehr gesprochen. Sie hat es versucht. Er hat sich auf das Sofa im Nebenzimmer verzogen.

Und natürlich hat er sie nicht mehr angerührt.

Er zupft sanft und viel zu leise, als daß ihn bei dem Geratter des Zuges jemand hören könnte. In Gedanken singt er. Erfüllt von melancholischer Sehnsucht nach der Sonne, nach Brasilien, nach der Musik, die er zum Mißfallen Dom Trajanos mit den Schwarzen gespielt hat, nach der Zärtlichkeit, den Lippen und den Haaren Samanthas, nach dem Geruch ihrer Haut. Er singt: *Voce pensa que Samantha* ...

Sie erreichen Nischnij-Nowgorod.

Ein Motorboot hat sie über einen Fluß gebracht, der sich am Fuß einer Festungsanlage, einer Art Miniaturausgabe des Kreml, in die Wolga ergießt – die Okra, so Harvey Bloggs. Anschließend wurden sie von Pferdeteleschkas abgeholt und über tief ausgefahrene Straßen in ein Hotel gebracht. Dort haben sie sich frischgemacht und ein Essen zu sich genommen. Gegen vier Uhr sind Autos gekommen, um sie abzuholen.

Candido steigt zusammen mit Harvey Bloggs und den zwei Chinesen in einen der Wagen. Der Chauffeur trägt einen pluderigen Kittel, der mit einem Gürtel zusammengebunden ist. Die Fahrt geht durch einen ausgedehnten Park. In Abständen von hundert Metern stehen Soldaten, die unauffällig Wache schieben. Schließlich stoppt der Wagen vor einem einstöckigen Haus, das weder besonders neu noch luxuriös wirkt. Harvey Bloggs ist aufgeregt:

„Ist euch klar, daß wir jetzt dem größten Genie unseres Jahrhunderts gegenübertreten?“

Zwei Frauen führen die Besucher in ein großes Empfangszimmer mit altmodischen Möbel und zahlreichen Gemälden an der Wand. Einige davon hängen schief.

„Seht nur diese Schlichtheit! Daran sollten wir uns ein Beispiel nehmen!“ schwärmt Bloggs, und auch die anderen überbieten sich in Begeisterungsrufen. Candido drückt sich in die Ecke eines Sofas, dessen Sprungfedern hervorstehen und ihm in den Hintern pieken. Lenin muß so etwas wie der russische Präsident sein. Ihn läßt das kalt. Er hat schon mehrere Staatspräsidenten kennengelernt. In Brasilien sind sie fast so zahlreich wie Termiten. Sie waren oft bei Dom Trajano zum Essen.

Man trinkt Kaffee und ißt Kuchen. Candido dankt dem Serviermädchen mit einem Kopfnicken. Nach dreißig oder vierzig Minuten kommt ein kleiner kahlköpfiger Mann aus dem oberen Stockwerk herunter. Alle erheben sich mit verzückten Mienen. Einer nach dem anderen wird vorgestellt. Als die Reihe an Candido kommt, streckt ihm der kahlköpfige Mann die Hand entgegen und blickt ihn durchdringend an:

„Sie sind Brasilianer, soviel ich weiß?“

„Aus São Paulo.“

„Seit wann lebt Ihre Familie in Brasilien?“

„Seit etwa dreihundert Jahren. Vielleicht auch schon länger.“

„Sie können perfekt Russisch, Ihre Aussprache ist tadellos“, sagt der kahlköpfige Mann.

„Ihre auch“, entgegnet Candido.

Die ganze Gesellschaft bricht in schallendes Gelächter aus. Doch

Candido ärgert sich, weil er mit allem, was er sagt, Gelächter hervorruft. Außerdem hat er sich wieder dazu verleiten lassen, russisch zu sprechen. Aber die Bemerkung ist schnell vergessen. Man wendet sich anderen Dingen zu, und in der nächsten halben Stunde interessiert sich niemand mehr für ihn. Manchmal spürt er Samanthas Blick auf sich ruhen, aber er weicht ihm aus.

Als der Empfang gerade zu Ende ist und Candido schon auf der Türschwelle steht, froh, endlich gehen zu können, spricht ihn ein Mann an.

„Wladimir Iljitsch hat gehört, daß Sie trotz Ihrer Jugend ein ausgezeichneter Schütze sein sollen. Er wünscht, daß Sie ihn morgen auf die Jagd begleiten."

„Morgen?"

„Morgen früh. Es versteht sich wohl von selbst, daß man eine so schmeichelhafte Einladung nicht ablehnt. Ein Chauffeur wird Sie gegen vier Uhr abholen. Seien Sie pünktlich. Die notwendige Ausrüstung wird man Ihnen ins Hotel bringen."

„Ungefähr zweihundert Klafter von hier", erläutert der Jäger, der sich Poroschin nennt.

„Ich weiß nicht, was ein Klafter ist", sagt Candido.

Er hat den Kopf abgewendet, und sein in die Ferne gerichteter Blick zittert ein wenig: *Der andere* ist auch da.

„Ein Klafter ist etwas mehr als zwei Meter", erklärt der Jäger und lacht. „Zweihundert Klafter sind also rund vierhundert Meter. Ist das klar?"

„Nein", antwortet Candido.

„Sie müssen dort hinüber." Der Jäger Poroschin deutet auf drei Buchen. „Etwas rechts davon. Aber Vorsicht, es ist sehr morastig."

Es ist vier Uhr vierzig in der Frühe. Der Ort heißt Zawidowo und liegt unweit von Nischnij-Nowgorod. Vor einer halben Stunde hat Candido die wohlige Wärme des Wagens verlassen. Danach mußte er über zwei Kilometer querfeldein gehen. Manchmal versank er bis über die Knöchel im dicken Morast. Unwillkürlich dachte er an den Mato Grosso. Dann tauchte plötzlich *der andere* am Wegrand auf und reichte ihm eines der beiden Gewehre, die er bei sich trug. Sie sprachen kein Wort und gingen nebeneinander her. Ihr Größenunterschied verlieh der Szene etwas Komisches.

Schlag dir das aus dem Kopf, Candido, du könntest nie jemanden umbringen. Nicht einmal ihn.

Da es in der Nacht geregnet hatte und der Boden aufgeweicht war, brauchten sie nur den frischen Fußspuren zu folgen. Schließlich gelangten sie zu Poroschin, dem Jäger. Er hatte zwei Männer bei sich. Einer hieß Dimitri Iljitsch Uljanow und sah Lenin ziemlich ähnlich. Poroschin schlug vor, zwei Gruppen zu bilden. Eine Gruppe sollte Auerhähne jagen, die andere – zu der Candido und Wladimir Iljitsch eingeteilt wurden – Birkhühner.

Seitdem ist er allein. Ein Klafter, zwei Klafter. Er bezweifelt, daß sein Schritt ein Klafter mißt, doch er schätzt, daß er mit fünfhundert Schritten hinkommen müßte. Er hat schon gejagt, auch größeres Wild als das Birkhuhn. Früher nahm ihn sein Vater oft mit auf die Jagd. Damals hoffte er noch, aus Candido den Sohn zu machen, den er sich wünschte. Mit acht Jahren bekam Candido sein erstes Gewehr. Er erinnert sich noch ganz genau: Es war eine englische Doppelflinte mit Silberbeschlag, von der Firma James Purdey & Sons in London, South Adley Street 57. Ichmael Tavarès, der Verwalter der Facenda de Bragança Boa Vista, hat ihm beigebracht, wie man damit umgeht.

Vierhundertsiebenundneunzig Klafter. Eigentlich müßtest du jetzt auf den russischen Staatspräsidenten stoßen, oder du tappst in eine Wolfsfalle, die *der andere* für dich aufgestellt hat. Er steht im Sumpf zwischen dem Schilfrohr, das Wasser reicht ihm bis an die Knie.

„Sie stehen auf meinem linken Fuß", sagt Lenin. „Ich habe Sie gar nicht kommen hören. Erstaunlich, wie leise Sie sind."

„Ich bitte um Entschuldigung", bemerkt Candido höflich.

Lenin hat zwei Männer bei sich. Aber der eine ist kein Jäger: Er ist mit einem Armeegewehr bewaffnet, und in der schwarzen Tasche, die er über seiner pelzgefütterten Leinenjacke, trägt steckt ein Nagant-Revolver. Ein Leibwächter. Meinetwegen. Wenn ich mein Gewehr auf Lenin richte, machen sie ein Sieb aus mir, bevor ich abdrücken kann.

Lenin gibt ihm ein Zeichen, sich neben ihn zu kauern – sie werden aussehen wie zwei Kerls mit heruntergelassenen Hosen.

„Normalerweise", sagt der russische Präsident, „lassen die Birkhühner nie so lange auf sich warten."

„Ich bin gespannt", flüstert Candido.

Der Leibwächter läßt sie nicht aus den Augen.

„Warum hat man Ihnen den Beinamen Jaguar gegeben?"

Die Frage kommt überraschend. Samantha hat ihn nie danach gefragt, und ausgerechnet jetzt soll er es dem russischen Präsidenten erklären, während er seinen Hintern im eisigen Wasser kühlt und auf Birkhühner lauert.

Er sagt die Wahrheit und beschönigt nichts: Er erzählt von seiner ersten Zeit in Mato Grosso, von dem *bilheteiro,* dem Losverkäufer, der in die Garnison kam.

In Brasilien, so Candido, ziehe man nicht immer Nummern oder Zahlenreihen, sondern auch Tierbilder: Schwein, Hahn, Pferd ...

„Und Jaguar“, sagt Lenin lächelnd.

Candido hatte die ganze Jaguarserie gezogen. Wochen später erfuhr er, daß er fünf Contos gewonnen hatte. Ein Conto entspricht tausend Milreis ...

„Ist das viel?“

Candido hat keine Ahnung, da er in Brasilien gewöhnlich nie mit Geld zu tun hatte. Jedenfalls sah er nichts von den fünf Contos. Seine Kameraden in der Garnison vertranken das ganze Geld.

„Und deshalb hat man Sie Jaguar getauft.“

„Aus Spaß“, sagt Candido. „Nur aus Spaß, und um sich über mich lustig zu machen.“

Und bei diesen Worten legt er an, zielt und trifft ein auffliegendes Birkhuhn. Der Vogel stürzt dreißig Meter entfernt ins Wasser.

„Ich hatte ihn nicht gehört“, bemerkt Lenin. „Man hat mir Ihre Schießkünste gerühmt, und ich muß sagen, man hat nicht übertrieben.“

„Ich hatte Glück“, sagt Candido.

Es war nur ein kurzer Eindruck, und doch versetzte er ihm einen ziemlichen Schlag. Als habe er einen elektrischen Zaun berührt. Kurz bevor er abdrückte, hatte er sich arglos nach dem russischen Präsidenten umgedreht, um zu sehen, ob dieser beeindruckt war. Aber in Lenins dunklen Augen lag keine Bewunderung, im Gegenteil. Ein Schleier hob sich, darunter ein funkelnder Blick, stechend und grausam: Er hat es nicht auf Birkhühner abgesehen, sondern auf dich, Candido, und um ein Haar wärst du darauf hereingefallen. Hast du vergessen, daß er der Chef *des anderen* ist, daß er ihm die Befehle gibt? Er regiert ein Land, das viel größer ist und viel mehr Bewohner hat als Brasilien.

„Sie sind zu bescheiden, junger Freund“, sagt Lenin. Der sanfte Schleier legt sich wieder über seine Augen.

Einer der beiden Männer, nicht der Leibwächter, fischt das Birkhuhn aus dem Wasser und bringt es her:

„Ein ausgezeichneter Schuß. Aber es lohnt sich nicht, noch länger zu warten. Beenden wir für heute die Jagd. Die Birkhühner haben sich gepaart. Wir werden keine mehr zu Gesicht bekommen."

„Gehen wir", sagt Lenin. „Es wird etwas kalt."

Candido klappert mit den Zähnen, und die Haut des russischen Präsidenten schält sich in der kalten Luft. Sie stapfen durch den Morast zu den Wagen zurück. Die Jäger der zweiten Gruppe stoßen zu ihnen, ihre Jagdtaschen sind voll. Selbstverständlich hat *der andere* die größte Strecke.

„Ich habe nichts geschossen", lacht Lenin. „Aber unser junger brasilianischer Genosse ist ein erstklassiger Schütze. Außerdem schleicht er lautlos wie eine Katze und erzählt amüsante Geschichten. Schaut euch das Birkhuhn an. Er hat es geschossen, bevor es einer von uns bemerkt hatte."

Candido bemerkt den Blick, den Wladimir Iljitsch und *der andere* tauschen – er heißt Alexis Michailowitsch Alechin, Candido kann das nicht einmal richtig aussprechen. Er könnte schwören, daß die zwei Männer eine stumme Botschaft ausgetauscht haben. Als wollte Lenin sagen: Ich bin einverstanden, er ist der Richtige.

Am nächsten Tag reisen sie mit einem kleinen Dampfer aus Nischnij-Nowgorod ab. Die Moskauer Gruppe ist geschrumpft: Außer Samantha und Candido sind nur noch die beiden Chinesen, ein Deutscher mit Brille, der nie etwas sagt, und Harvey Bloggs an Bord gegangen. Außerdem Afonka Tschaadajew. Und natürlich *der andere*. Der Dampfer, der fast wie neu aussieht, hat im Morgengrauen abgelegt und fährt nun der aufgehenden Sonne entgegen. Es ist eine seltsame und schöne Reise. Weite Ebenen erstrecken sich zu beiden Seiten der Wolga, die wegen der Schneeschmelze besonders wasserreich dahinfließt.

Man hat die Gruppe auf dem Oberdeck in den besten Kabinen untergebracht. Sie verfügen sogar über einen eigenen Speisesaal. Zu den beiden Mahlzeiten, die sie an Bord einnehmen, werden Fasan, Getreidekascha, Borschtsch und Kaviar serviert. Die Masse der gewöhnlichen Fahrgäste drängt sich unter ihnen auf dem Vorder- und Hinterdeck, ja sogar in den Gängen des Maschinenraums. Viele sind trotz der Kälte barfüßig oder haben nur Birkenrinden an den Füßen. Sie tragen zerlumpte Kleider und wirken ausgehungert. Doch wie es scheint, haben sie sich mit heiterer Resignation in ihr Schicksal ergeben.

Samantha und Candido teilen sich eine Doppelkabine.

Den ganzen Tag über geht er ihr aus dem Weg und vertieft sich an Deck in seine gewohnte Lektüre. Am Abend läßt er sich am Tisch im Speisesaal übertrieben viel Zeit und tut so, als lese er immer noch. Aber es hilft nichts: Irgendwann muß er sich aufraffen und in die gemeinsame Kabine hinuntergehen. Sie hat die Männerkleider ausgezogen, die Jakke, den Pullover, die schreckliche Hose, die sie seit einiger Zeit trägt ...

Sie liegt im Bett, Gott sei Dank. Aber sie ist nackt. Denke an etwas anderes.

„Weißt du, wo wir hinfahren?"

„Kasan", sagt er.

„Und dann?"

Er zuckt mit den Schultern.

„Es ist dir egal, stimmt's?"

Stimmt. Vollkommen egal. „Warum fragst du nicht ihn? Er muß es doch wissen." Er schweigt wieder. Wie der Blitz zieht er sich aus, schlüpft unter die Decke und dreht das Gesicht zur Kabinenwand.

„Man befördert uns wie Pakete, Candido."

Was soll er darauf antworten?

„Hast du mir nichts zu sagen?"

„Nicht daß ich wüßte."

„Du warst mit Wladimir Iljitsch zusammen. Mindestens eine Stunde lang. Worüber habt ihr gesprochen?"

„Ich habe ein Birkhuhn geschossen."

„Ein was?"

„Ein Ding mit Federn, das man essen kann."

Endloses Schweigen. Schließlich fragt sie:

„Soll das noch lange so weitergehen?"

Frag sie nicht, *was*. Du weißt es auch so. Sie ärgert sich, weil du beleidigt bist.

Nein. Du wirst nicht weich!

Sie steht auf und löscht das Deckenlicht, das er vergessen hat auszumachen.

Sie wartet.

Meus Deus, gib nicht nach ...

Sie steigt wieder in ihr Bett. Sie weint, und das ist wirklich schlimmer als alles andere. Sie weint ganz leise, fast lautlos. Man muß schon feine Ohren haben, um es zu hören.

Aber sie weint nicht, weil sie mich rühren will. Sie weint über sich.

Noch vor dem ersten Sonnenstrahl öffnet er die Augen. Als er merkt, daß sie aufwacht, verläßt er die Kabine. Er geht vor zum Bug, wo vom Rumpeln der Maschinen nur wenig zu hören ist. Ein bläulicher Dunst steigt von der Wolga auf. Von der rechten Uferböschung dringt Peitschenknallen herüber. Ein Kutscher treibt schreiend seine Pferde an. Candido starrt zum Treidelpfad hinüber. Aus dem Nebel taucht ein großer fünfspänniger Karren auf. Auf den Bänken, die quer zur Achse verlaufen, sitzen etwa zwanzig Männer, alle in Ketten, die Köpfe gesenkt. Eine flüchtige Erscheinung wie im Traum, dann hat sie wieder der Nebel verschluckt. Keine fünf Minuten später ragen direkt vor ihm merkwürdige Türme auf.

„Minarette."

Candido kennt die Stimme. Und die Hand, die sich neben seiner auf das Geländer legt.

„In Kasan wohnen hauptsächlich moslemische Tataren. Wir sind nicht mehr in Europa", fährt Alechin mit sanfter Stimme fort.

Er wartet darauf, daß ich ihn frage, wohin er uns bringt, und warum. Da kann er lange warten.

„Sie haben auf Wladimir Iljitsch einen guten Eindruck gemacht, Cavalcanti."

Candido schweigt.

Die Minarette schienen bisher in der Luft zu schweben, jetzt werden anderen Formen neben ihnen sichtbar. Eine Stadt. Und eine Anlegestelle, an der bereits Reisende warten.

„Kasan", sagt *der andere.* „Eine schöne Stadt, bevor sie von Pugatschows Rebellen ausgeplündert und zu drei Vierteln zerstört wurde. Ihr nehmt von hier aus den Zug nach Perm. Von dort fahrt ihr mit der Transsibirischen Eisenbahn weiter. Sagt Ihnen der Name Pugatschow etwas?"

Er wartet immer noch darauf, daß ich ihm Fragen stelle. Da kann er warten, bis er schwarz wird. Wozu soll ich ihn etwas fragen? Er würde mir doch nur sagen, was ich wissen darf oder was ich schon vermute.

Candido läßt das Geländer los und geht zurück in die Kabine. Samantha beendet gerade ihre Morgentoilette. Sie ist angezogen und kämmt sich die nassen Haare.

„Wir fahren nach Sibirien", sagt er.

Harvey Bloggs verläßt sie. Er kehrt mit dem Zug nach Moskau zurück. Nur der schweigsame Deutsche mit Namen Otto Krantz und die beiden Chinesen werden bei Candido und Samantha bleiben. Und Afonka. Iswostschikis – zweispännige Droschken – bringen sie von der Anlegestelle zum mehrere Kilometer entfernten Bahnhof.

Im Wartesaal erzählt ihnen Harvey Bloggs von der Transsibirischen Eisenbahn. Er behauptet, er sei 1914 mit ihr in neun Tagen von Charbin in der Mandschurei nach Moskau gefahren:

„Im Zug gab es einen Gymnastikraum, ein Musikzimmer, einen Aussichtswaggon, eine Bar und ein Restaurant, einen Waggon, in dem man ein russisches Bad nehmen konnte, eine Bibliothek, eine zweite Bar, die für Nachtschwärmer rund um die Uhr geöffnet hatte, und sogar eine Kapelle zum Beten ..."

Viel ist davon nicht mehr übrig. Es gibt weder eine Kapelle noch eine Bibliothek. Nur zwei luxuriöse und mit viel Firlefanz ausgestattete Liegewagen, die noch den Namen der belgischen Eisenbahngesellschaft tragen, die früher die Strecke betrieb. Jeder Waggon wird von vier Soldaten bewacht. Sie stehen mit aufgepflanztem Bajonett an beiden Enden des Ganges.

Vielleicht sollen sie unerwünschte Fahrgäste am Einsteigen hindern, denkt Candido. Oder uns am Aussteigen.

Er hätte gerne eine Landkarte. Er hat nämlich keine Ahnung, wo Sibirien liegt.

„Wenn wir immer weiter nach Osten fahren", sagt Samantha, „müßten wir eigentlich irgendwann nach Amerika kommen."

Sie ist in Geographie auch nicht viel besser.

Wenigstens in einem Punkt entspricht die Transsibirische Eisenbahn noch Harvey Bloggs' Beschreibung aus der Zeit vor dem Krieg und der Revolution: Es gibt Bücher. Afonka Tschaadajew hat sie unter dem Sitz der winzigen Kabine gefunden, die früher für den Zugleiter reserviert war. Er bringt Candido eine kleine Auswahl: *Aufzeichnungen aus einem Totenhaus* von Dostojewski, zwei Bücher von Turgenjew und zwei von Saltikow-Schtschedrin, alle in russischer Sprache, dazu eine deutsche Ausgabe der *Hymnen an die Nacht* von Novalis, *Die seltsamen Erlebnisse des Arthur Gordon Pym* von Poe in englisch (Candido hat sie bereits gelesen) und in französisch den *Kurier des Zaren* von Jules Verne, drei Werke von Dumas sowie den achten

Band der *Neuen Weltkunde* eines gewissen Elisée Reclus über Ostasien.

Eine interessante Auswahl. Wer sie wohl getroffen hat?

Dreimal darfst du raten.

Er liest. Fünf, sechs, sieben Tage lang. Längst hat der Zug den Ural hinter sich gelassen. Der Regen peitscht wütend gegen die Zugfenster, aber die Kälte hat nachgelassen, und erste Frühlingsdüfte und laue Schwaden durchziehen die Luft. Die Reisenden spüren es, wenn sie gelegentlich aussteigen dürfen und sich auf den schiefen Planken winziger Bahnsteige oder auf einfachen Erdwällen die Beine vertreten (an die manchmal Massengräber angrenzen, die ein ein grauenhaftes Bild bieten: Hunderte von Leichen, alle nur notdürftig verscharrt, im Hintergrund Reihen von Gehenkten). Aber meistens blicken sie nur in die vom Bürgerkrieg gezeichneten und vom Terror eingeschüchterten Gesichter. Candido liest die *Aufzeichnungen aus einem Totenhaus,* beschäftigt sich wieder mit Novalis, mit dem ihn bereits der Doktor bekannt gemacht hat. Er ist wunderbar, dieser Novalis.

Allerdings muß er zugeben, daß auch *der andere* einen Sinn für das Schöne hat. Immerhin hat er Novalis ausgesucht.

Keine Frage.

Samantha ist nervös. Sie langweilt sich und sucht andauernd Streit mit ihm.

Zum Beispiel regt sie sich über den Doktor auf:

„Schon dieser lächerliche Name. Taxilus Grüßgott, ich bitte dich! So heißt doch kein Mensch."

„Er heißt so", antwortet Candido ruhig.

„Außerdem ist er nicht nach Berlin gekommen. Er hat dich im Stich gelassen, jawohl!"

„Er konnte nicht früher weg, es ist nicht seine Schuld. Er denkt, ich sei bei seiner Schwester gut versorgt."

„Und was hast du bei ihm gelernt? Du weißt ja nicht einmal, wer Napoleon Bonaparte war!"

„Dem Doktor sind Dichter lieber als Feldherren. Und mir auch."

„Und Alexander der Große, Attila, Julius Cäsar, Hannibal, Davy Crockett?"

Er schaut nicht von seinem Buch auf:

„Davy Crockett kenne ich. Die anderen nicht, das ist richtig."

(Er kennt wohl einen Julio Cesar, aber der spielt Rechtsaußen im Fußballclub von Botafogo. Den meint sie sicher nicht.)

„Du bist absolut ungebildet, Candido.“
„Absolut.“
Der heraufziehende Tag enthüllt eine blaue Gebirgskette, Bäche und Flüsse mit kristallklarem Wasser.
Sie erreichen Irkutsk.

Afonka Tschaadajew legt ihre Pässe vor (in diesem Land braucht man einen Paß, um von einer Stadt zur anderen zu kommen). Die zwei Chinesen verschwinden. Candido hat keine drei Worte mit ihnen gewechselt. Auch der schweigsame Otto Krantz verläßt sie. Zwei Männer mit Polizisten-Blick nehmen ihn mit, ohne sich auszuweisen.
Die Stadt hat nicht viel zu bieten. Candido erkennt eine Kathedrale und einen Palast, der eher an eine Festung erinnert. Er überragt die steile Uferböschung des Angara, der Irkutsk von seinen Vororten trennt. Die Innenstadt entpuppt sich als ein mittelalterliches Gewirr aus Holzhäusern, die aussehen, als seien sie aus zufällig vorhandenen Brettern zusammengenagelt worden. Meist haben sie steile, weit überstehende Dächer aus patiniertem Blech. Auf manchen liegen noch Schneereste. Auch die lange und breite Straße mit den Gehsteigen aus Holz – die Bolchoja, wie ein altes verwittertes Straßenschild Auskunft gibt – wirkt wenig ansprechend. Kaum eine Fassade ist aus Stein. Nur hier und da erhebt sich der Zwiebelturm einer Kirche, dessen glasierte Ziegel sich wie die Schuppen einer Schlange aneinanderfügen, und ab und zu taucht ein russisches Backsteinhaus auf.
Vor einem solchen Haus läßt Afonka den chinesischen Fahrer halten.
„Ja, hier ist es“, antwortet er auf eine Frage, die keiner gestellt hat. „Das ist von heute an euer Zuhause, Genossen. Der Fahrer ist übrigens kein Chinese, sondern ein Burjäte. Man kann in Irkutsk zwar auch richtige Chinesen treffen, doch es sind weniger, als man glaubt. Fast alle Männer und Frauen mit Schlitzaugen sind Burjäten oder Mongolen. Die wenigsten sind Chinesen.“
„Und die zwei Chinesen, die mit uns im Zug waren?“ fragt Samantha.
Afonka Tschaadajew zögert, dann schüttelt er lachend den Kopf:
„Mongolen.“
Das zweistöckige Haus ist groß und gemütlich. Der Fahrer – sein Name ist Choro – und seine Frau stehen ihnen als Hauspersonal zur Verfügung. Die Zimmer sind möbliert. Die Truhen und Schränke ent-

halten Männer- und Frauenkleidung, sogar Kindersachen und Spielzeug. Die Regale sind mit russischen und englischen Büchern gefüllt.

„Wer hat hier gewohnt, Afonka?"

„Ich weiß es nicht."

„Habt ihr die Leute, die hier gewohnt haben, erschossen, um für uns Platz zu schaffen?"

Tschaadajew antwortet auf Samanthas Frage:

„Ich weiß es nicht."

„Wie lange bleiben wir hier?"

Er weiß es nicht.

Er lächelt liebenswürdig, hebt die Hände, wie um sich für seine Unwissenheit zu entschuldigen, hüpft von einem Fuß auf den anderen und schlenkert mit den kurzen, aber erschreckend muskulösen Armen. Er ist fünfundzwanzig Jahre alt und nicht besonders groß. Er hat breite Schultern und eine klobige Gestalt. Trotzdem ist er sehr behend. Man meint, er sei eingeschlafen, doch schon im nächsten Moment bewegt er sich mit unglaublicher Schnelligkeit. *Unglaublich.* Er hat hohe und breite Backenknochen, und sein Gesicht ist wie plattgedrückt, die Nase hat sozusagen keine Wurzel. Er lächelt fortwährend. „Ein gutmütiger, freundlicher Bursche", sagt Samantha über ihn. Gewiß. Aber nur, wenn man sich seine Augen nicht genau ansieht. Seine Augen sind fast so hell wie Schnee. Doch mitten in diesen fahlgrauen Pupillen sitzen zwei winzige schwarze Punkte – zwei unruhige kleine Insekten, die einem kalte Schauer über den Rücken jagen.

Und jetzt, während er mit dem Körper wackelt und immer wieder beteuert, er wisse von nichts und sei untröstlich, da beginnen die kleinen schwarzen Insekten in dem stumpfen Weiß der Pupillen zu tanzen.

„Und was sollen wir in Irkutsk tun?"

„Warten", sagt er, „warten."

Zwei Wochen verstreichen. Manchmal, wenn sie morgens spazierengehen, liegt ein Geruch nach Pfannkuchen und Wodka in der Luft. Es wird Frühling. Choro, der Chauffeur, bringt sie an jeden gewünschten Ort, hin und wieder schlägt er sogar selbst ein Ausflugsziel vor. Diesmal sind sie zum Baikalsee gefahren. Candidos Wunsch. Der See liegt anderthalb Autostunden entfernt. Nach Nordosten hin scheint er kein Ende zu nehmen. Candido hat sich bei Elisée Reclus und in zwei, drei Bänden aus der Hausbibliothek kundig gemacht: Der Baikalsee ist fast sechshundertfünfzig Kilometer lang – wie ein richtiges Meer – und zwischen dreißig und hundert Kilometer breit.

Choro spricht ein sehr reines Russisch. Er kann lesen und schreiben. Vor fünf oder sechs Jahren war er noch Vorarbeiter auf den Baustellen der Transsibirischen Eisenbahn. Er war am Bau der südlichen Umgehung des Baikalsees beteiligt, für die dreiunddreißig Tunnels gebohrt werden mußten. Vor der Fertigstellung der Umgehung im Jahr 1916 überquerte der Zug den See auf Schiffen, im Winter sogar auf Eisbrechern, die bis zu fünfundzwanzig Waggons auf einmal befördern konnten. Wenn die Kälte ihren Tiefpunkt erreicht hatte und das Eis zu dick wurde, fuhr der Zug direkt über das Eis. Allerdings ohne Lokomotive. Pferde zogen die Waggons hinüber, einen hinter dem anderen. Die Reisenden brachte man unterdessen mit Troikas an das über sechzig Kilometer entfernte Ufer auf der anderen Seite.

„Es gab sogar Gasthöfe und Poststationen mitten auf dem Eis. Und die Pferde der Troikas und Teleschkas trugen Glöckchen."

„Das muß hübsch gewesen sein", sagt Samantha. „Als wir in Irkutsk ankamen, sind alle Fahrgäste ausgestiegen. Der Zug fährt also nicht mehr weiter?"

„Die Strecke ist im Moment hinter den dreiunddreißig Tunneln unterbrochen. Der Ataman Semjonow kontrolliert mit seinen Banditen große Teile der Eisenbahnlinie in Transbaikalien nahe der mongolischen Grenze."

Und dann sei da noch der Verrückte Baron.

„Der Verrückte Baron?"

Diesmal war Candido zu verblüfft, um die Frage zu stellen. Samantha ist ihm zuvorgekommen.

Sie sitzen am Seeufer in der Sonne. Der Sandstrand ist mit Kiefern bewachsen.

Und dann erzählt Choro mit gedämpfter Stimme vom Verrückten Baron. Von Zeit zu Zeit vergewissert er sich, daß Afonka Tschaadajew ihn nicht hören kann.

Candido versteht kaum etwas.

„Hast du gehört, Candido? Eine unglaubliche Geschichte."

„Ich habe jedes Wort geradezu verschlungen. Er hat vom Verrückten Baron erzählt."

Die vier steigen in den Wagen.

„Lügner", versetzt Samantha, „du hast gar nicht zugehört. Überhaupt hörst du nie richtig zu. Trotzdem ist es eine tolle Geschichte. Dieser Verrückte Baron bringt mich zum Träumen."

Ihr Ton ist ohne jede Boshaftigkeit.

Seit einiger Zeit wirft sie ihm häufig traurige Blicke zu. Offensichtlich erwartet sie, daß er einlenkt.

Ich weiß nicht, warum ich nicht nachgebe. Eigentlich nur aus Stolz.

Anstatt direkt nach Irkutsk zurückzukehren, biegt der Wagen nach links ab und folgt dem linken Ufer der Angara.

„Willst du deine Familie besuchen, Choro?" fragt Afonka Tschaadajew.

„Nur auf einen Sprung", antwortet der Burjäte. „Wenn du nichts dagegen hast."

„Ich bin einverstanden", sagt Afonka lachend.

Es ist ihr dritter Besuch bei Choros Familie. Sie lebt an der Südspitze des Baikalsees.

Der Wagen hat die Straße verlassen und hält an. Samantha und Candido erklimmen nebeneinander einen steilen Pfad. Choro geht voran, Afonka hängt etwas zurück. Nach dreißig Metern gelangen sie in eine enge Schlucht. Brodelndes Wasser schießt zwischen den Felswänden hindurch. Sie überqueren den Bach auf glänzenden schwarzen Steinen, die aussehen wie lebende Tiere. Candido wendet sich um. Die Aussicht ist immer noch phantastisch: Tief unten der Baikalsee, dessen wahre Größe erst von hier oben zu ermessen ist, weit draußen in seiner Mitte und kaum noch erkennbar die kleine Insel, dazu die malerische blaue Bergkette, die Tannen, die allmählich abtauen und die Luft mit ihrem harzigen Duft erfüllen. Was tut er eigentlich hier? Afonka Tschaadajew ist zwanzig oder dreißig Schritte entfernt stehengeblieben. Ihre Blicke begegnen sich. Die weißlichen Augen mit den lauernden Insekten haben etwas Eisiges.

„Wie wäre es, wenn du weitergehst?" fragt Afonka lächelnd.

Ich gehe weiter, wann ich will.

Candido setzt sich wieder in Bewegung. Unmittelbar hinter der Schlucht fällt der Weg steil ab, ein Tal öffnet sich. Auf der linken Seite, ungefähr achthundert Meter entfernt, taucht eine Gruppe von vier bis fünf Jurten aus Birkenstämmen und Filzmatten auf, daneben Holzgatter, schwarz geworden vom Schnee zahlreicher Winter. Choros Familie gehört anscheinend zum Klan der Ekhirit-Burjäten. Sie stammen alle von Buhe-Noyen ab, dem Grauen Stier (sonst kennt Candido keinen). Sie betreiben keinen Ackerbau, und je seltener sie Russen zu Gesicht bekommen, desto wohler fühlen sie sich. Das Tal ist das Winterlager des Stammes, bald werden sie zu den höhergelegenen Sommerweiden ziehen. Sie züchten Schafe und anderes Vieh. Einen Teil verkaufen sie auf dem Markt in Irkutsk, aber Rentiere und Pferde behalten sie unbeirrt für sich. Sie sind Buddhisten (Candido hat keine Ahnung, was das genau ist) und zugleich Anhänger des Schamanismus (noch rästelhafter) ... Sie werden ihm wieder Sauermilch und Tee mit Hirsekörnern anbieten und dazu fettes, halbgares Hammelfleisch.

Ein Schuß.

Das dumpfe Grollen des Knalls wandert an den Steinwänden des Engpasses zu Tal. Candido ist bereits im Sprung, als zwei weitere Schüsse krachen. Er wirft sich auf Samantha, reißt sie um und zieht sie in einen Felsspalt.

„Bist du getroffen?"

„Nein, alles in Ordnung, du hast mich fast erwürgt."

Immer muß sie nörgeln.

Vor ihnen kauert Choro hinter einem Felsblock. Seine Augen suchen die Bergkämme nach dem Schützen ab.

Dieser Idiot von Afonka ist doch bewaffnet. Warum unternimmt er nichts?

Afonka Tschaadajew ist gestürzt und liegt auf der linken Seite. Mitten auf seiner Lederjacke ist ein großes Loch. Er hat noch Zeit gefunden, die zwei Nagants aus seinem Gürtel zu ziehen. Aber er konnte nicht mehr abdrücken. Einen Revolver hält er noch in der Hand, der andere ist ihm entglitten.

„Bist du tot, Afonka?"

Oh, dieser entsetzliche Ausdruck in seinen Augen, in diesen leeren Augen! Die kleinen Insekten wirbeln voller Wut. Afonka Tschaadajew will den Kopf heben und Candido anlächeln, aber zwei oder drei Blutgerinnsel quellen aus seinen Lippen, rot und schwarz wie Erbrochenes, dann schlägt sein Kinn auf den Boden, und er bleibt liegen, mit starrem Blick, ein maskenhaftes Lächeln auf dem Gesicht.

„Ihr könnt nach Irkutsk zurückfahren", sagt Choro. „Aber ohne mich."

„Du hast ihn doch nicht getötet", sagt Samantha. „Wir können es bezeugen."

Die Schlitzaugen des Burjäten verengen sich noch mehr. Er schüttelt den Kopf: Es spiele keine Rolle, ob er Tschaadajew getötet habe oder nicht. Man werde so oder so seine Familie beschuldigen. Es sei nie gut, einen Mann von der Tscheka zu töten, selbst wenn es nur ein Cousin fünften Grades getan habe, sollte man möglichst weit weg sein.

Reiter tauchen auf. Sie sitzen auf kleinen Pferden ohne Sattel und sind mit vierzig oder fünfzig Jahre alten Musketen und Gewehren bewaffnet. Sie tragen Lammfellmützen, deren Ohrenschützer hochgeklappt sind. Während sie die Umgebung absuchen, verlassen Samantha und Candido ihr Schlupfloch.

Sie durchsuchen die Leiche. Außer ihren Pässen ziehen sie ein Bündel Dokumente hervor: Eine Kennkarte, die Tschaadajew als Mitglied der Tscheka ausweist, einen von einem gewissen Felix Edmundowitsch Dserschinski unterzeichneten Brief, in dem dieser unmißverständlich alle zivilen und militärischen Stellen anweist, dem Genossen Alfons Anfimowitsch Tschaadajew jede gewünschte Hilfe und Unterstützung zu leisten, dann mehrere Vollmachten, Requisitionen vorzunehmen und militärisches Personal anzufordern, weniger allgemein gehaltene Befehle, die an einzelne Dienststellen an der Strecke der Transsibirischen Eisenbahn gerichtet sind, und dazwischen der Brief einer Frau mit einem Foto, das Afonka mit einer jungen und etwas puppenhaft wirkenden Blondine zeigt, die ein kleines Kind in den Armen hält – ist Afonka verheiratet? Er hat nie darüber gesprochen – zwei weitere Fotos (bestimmt seine Eltern), Zugfahrkarten, ein dickes Bündel Banknoten, darunter Dollars und Pfund und ...

Einen Moment, Candido!

„Samantha, sieh mal."

„Ekelhaft, das ist doch voller Blut."

„Sieh doch."

Vier Dienstbescheinigungen, alle von F. E. Dserschinski unterzeichnet und ausgestellt auf die Namen Afonka Anfimowitsch Tschaadajew, Samantha Elizabeth Franck, Candido Stevenson Cavalcanti und Otto Herbert Krantz. Sie sind mit der Anweisung versehen, dafür zu sorgen, daß diese vier Personen „unter den bestmöglichen Bedingungen" nach Krasnojarsk gebracht werden und diese Angelegenheit mit „absoluter Priorität" zu behandeln sei.

Sie starren einander an.

„Der Zug hat in Krasnojarsk gehalten", sagt sie. „Erinnerst du dich? Das war der Bahnhof mit den vielen Gehenkten."

„Die Abfahrt ist in fünf Tagen. Er muß diese Befehle nach unserer Ankunft in Irkutsk erhalten haben."

„Ich gehe nicht nach Krasnojarsk", sagt Samantha mit Bestimmtheit.

Einige hundert Meter entfernt haben die Dorfbewohner inzwischen ihre Packpferde beladen, treiben das Vieh zusammen und setzen sich in Bewegung. Man bringt Choro ein Pferd. Er wartet, unbeweglich.

In der Mongolei wären wir außer Reichweite *des anderen*, denkt Candido. Aber wenn Samantha nicht will, bleibe ich natürlich auch hier.

Mücken umschwirren die Blutlache am Boden und versuchen, unter die Decke zu gelangen, die Tschaadajews Leichnam bedeckt. Candido geht ein paar Schritte und lehnt sich an einen Felsen.

„Vielleicht ist er ja gar nicht so verrückt", sagt Samantha plötzlich.

Er fragt sich, von wem sie spricht. Meint sie etwa, daß ...

„Ich spreche von Baron Ungern", erläutert sie. „Außerdem hat er einen hübschen Namen: Roman Nicolas Fjodorowitsch von Ungern-Sternberg. Er soll ein echter Baron sein. Aus Estland."

Candido stößt einen lauten Jubelruf aus. Ein burjätischer Reiter hält an und sieht sich nach ihm um, dann ein zweiter. Choro kommt auf sie zu. Er führt zwei ungesattelte Reitpferde am Zügel. Sättel sollen sie später erhalten. Es ist lange her, daß Candido auf einem Pferd gesessen hat. Aber Reiten hat ihm schon immer Spaß gemacht.

Später werden wir weitersehen, Candido Stevenson. Die Sonne scheint, und wir haben Frühling, die passende Zeit für einen Ausflug in die Mongolei.

III

Solange der Jaguar genügend Nahrung findet und nicht gestört wird, bleibt er immer an einem festen Ort. Sein Revier wechselt er stets nur bei Nacht. Wenn nötig, durchschwimmt er auch die breitesten Flüsse.

Seit vierzehn Tagen sind sie nun schon unterwegs, bis zu sechzehn Stunden täglich. Sie benutzen nie richtige Straßen, sondern nur einsame Gebirgspfade. Das ursprüngliche Lager der Burjäten hat sich geteilt: Frauen, Kinder und Greise haben sich mit den Viehherden einem anderen Dorf angeschlossen, das ebenfalls nach Süden zieht, allerdings langsamer. Der Rest, darunter Samantha und Candido, gleicht einer Partisaneneinheit:

„Stimmt das, Choro? Ihr zieht in den Krieg?"

„In der Mongolei wird es bald Krieg geben. Wir haben die Russen nie gemocht, weder die roten noch die weißen. Sie nehmen uns das Land weg und ziehen Grenzen, wo es nie welche gab. Wenn du einem russischen Bauern ein kleines Stück Land gibst, ist er glücklich und bebaut es. Wir dagegen mit unseren Pferden und unserem Vieh ... Der Tod des Tschekamanns hat die Dinge nur beschleunigt."

„Wer hat ihn getötet?"

„Das ist unwichtig."

„War es einer von euch?"

„Das spielt keine Rolle."

Die Reiter haben inzwischen eine Reihe gebildet und durchqueren einen großen Tannenwald. Der Weg führt steil bergab. Seit sie vor vier Tagen die verwaisten Schienen der Transsibirischen Eisenbahn verlassen haben, sind sie zunächst immer der aufgehenden Sonne entgegengezogen. Seit ein paar Stunden reiten sie stur in Richtung Südsüdost.

„Wollen sie uns wirklich verlassen, Candido?"

„Du hast doch gehört, was Choro gesagt hat."

Es ist gegen acht Uhr morgens. Die Gruppe erreicht den Fuß des Abhangs. Der Tannenwald geht in einen Buchenwald über. Vor ihnen erstreckt sich ein endloser Horizont.

„Müde?"

Sie nickt mit den Kopf. Die Burjäten haben ihren Sattel, so gut es geht, mit Schaffellen ausgepolstert. Sie reitet zum ersten Mal. Aber sie klagt nicht. Jedesmal, wenn sie den Kopf senkt, schaut er zu ihr hinüber und empfindet eine unendliche Zärtlichkeit.

„Unser Trupp zieht jetzt nach Süden weiter", sagt Choro und bleibt reglos auf seinem Pferd sitzen. „Hier trennen sich unsere Wege. Um nach Urga zu gelangen, müßt ihr euch immer nur in südöstlicher Richtung halten. Folgt diesem Tal. Ihr stoßt auf einen Weg mit Wagenspuren. Links geht es nach Ulan Ude, rechts nach Urga. Bleibt auf diesem Weg. Gegen Mittag erreicht ihr ein Dorf. Vielleicht trefft ihr dort schon Ataman Semjonows Leute. Aber hütet euch vor ihm."

Ein kurzes Lächeln blitzt in den Schlitzaugen auf:

„Lebt wohl und gute Reise. Ich bitte die fünfundfünfzig weißen Tenger, euch zu beschützen, und die vierundvierzig schwarzen Tenger, ihre Blicke von euch abzuwenden."

„Das ist sehr nett von dir", sagt Samantha.

Der Blick des Burjäten wandert hinüber zu Candido, der nur mit dem Kopf nickt, dann setzt er sein kleines Pferd in Galopp. Sie schauen ihm nach.

„Sollen wir hier eine Rast einlegen, Samantha? Wir haben es nicht eilig."

Nein. Sie möchte Wasser. Für ein Bad.

Candido wird von einem Glücksgefühl überwältigt: Seit drei oder vier Monaten, genaugenommen seit Biesenthal, ist er zum ersten Mal wieder mit ihr allein.

Sie erreichen den Weg. Tatsächlich durchziehen Wagenspuren den Boden. Und fünfzehnhundert Meter weiter stoßen sie auf Wasser. Es sikkert aus einer niedrigen Böschung.

„Hier?"

„Reiten wir noch ein Stück."

Bald darauf vereinigen sich die kleinen Rinnsale zu einem Bach. Er fließt nach Osten, also nicht in die von Choro angegebene Richtung.

„Wir reiten nach Osten", bemerkt Samantha.

„Ich weiß. Wir folgen einfach dem Bach."

Samantha reitet voraus, er folgt ihr. Vierzig Minuten später ist der Bach zu einem Fluß angeschwollen, den auf beiden Seiten eine Böschung eindämmt. Das Wasser ist nicht tief, aber es reicht.

„Hier?"

„Ja."

Während Samantha mit einem erleichterten Seufzer vom Pferd steigt, schaut sich Candido um. Sie sind schätzungsweise zehn bis fünfzehn Kilometer von der Straße entfernt, die ihnen der Burjäte empfohlen hat.

Samantha legt den verbeulten Hut und die Männerjacke ab und streckt sich auf einem Moosteppich aus. Der Fluß macht an dieser Stelle eine Krümmung und verbreitert sich bis zu drei Metern.

„Eine bessere Stelle finden wir nicht“, sagt sie.

Candido starrt zum Wald.

„Was ist los?“

„Warte, Samantha. Ich bin gleich zurück.“

Es sind höchstens hundert Meter. Ein kaum wahrnehmbares Summen liegt in der Luft. Er reitet im Schritt in den Wald. Der angenehme ätherische Duft, den Bäume im Frühjahr verströmen, steigt ihm in die Nase. Er dringt weiter vor. In dem Wäldchen ist Holz geschlagen worden. Er entdeckt Sägeböcke mit Doppelkreuzen. Es riecht nach Sägemehl. *Es ist nichts, kein Grund zur Beunruhigung.* Nichts, nur dieses langsam anschwellende Summen. Wie von hunderttausend Wespen. Rund zweihundert Schritte vor ihm taucht im hellen Licht der gleißenden Sonne der gegenüberliegende Waldrand auf. Schon will er umkehren, obwohl das unerklärliche Summen jetzt seinen Höhepunkt zu erreichen scheint.

Da läßt ihn eine merkwürdige Verdickung an einem Baumstamm innehalten.

Ein Mann. Splitternackt. Seine Arme sind nach oben gezogen, Handgelenke und Knöchel sind an den Baum gefesselt. An seiner Kehle klafft eine Wunde, die Halsschlagader ist durchtrennt. Die Wangen sind von den Mundwinkeln bis zu den Ohren aufgeschlitzt.

Das Gesicht zeigt ein irres Grinsen.

Das Summen rührt von abertausend Mücken her, die, blauschillernd und fett, in dichten Schwärmen die frischen Wunden umschwirren.

Es sind drei Männer. Nicht nur einer.

Alle wurden auf die gleiche Weise zugerichtet.

Candido erreicht den Saum des Waldes. Der Horizont ist leer, kilometerweit. Doch in dieser leicht gewellten Hochebene gibt es genügend Spalten und Senken, um eine ganze Armee zu verstecken.

Nur in nächster Nähe bewegt sich etwas: ein schwelendes Feuer. Er untersucht es. Man hat Kleider darin verbrannt.

Uniformen? Aber von welcher Armee?

„Das hat aber gedauert.“

Samantha steht neben ihrem Pferd, die Hand auf den schwarzen Holzknauf ihres Sattels gestützt. Sie folgt ihm mit den Augen, während er sein Pferd die Böschung hinabführt.

„Hast du Sioux entdeckt, Davy Crockett?“

„Alles ruhig“, sagt er.

Er bringt sogar ein Lächeln zustande. Beim Anblick der drei Leichen mit den durchschnittenen Kehlen hat er sich nicht einmal übergeben müssen. Ich gewöhne mich allmählich daran, denkt er. Noch ein paar, und ich sehe nicht mal mehr hin. Und meine Stimme klingt ganz normal, Samantha hat nichts gemerkt.

Sie zieht sich aus.

„Solltest du auch tun. Dich waschen, meine ich.“

„Ja.“

Samantha ist nackt. Sie geht ins Wasser. Es reicht ihr nur bis an die Knie. Sie streckt sich in der Sonne und breitet die Arme aus. Dann legt sie entspannt den Kopf zurück und dreht sich im Kreis:

„Es ist nicht übermäßig kalt. Ich meine das Wasser. Willst du ewig da oben sitzen bleiben?“

Er wirft noch einmal einen Blick in die Umgebung und springt dann vom Pferd. Er löst die Lederplane und die zusammengerollte Decke vom hinteren Zwiesel des Sattels und breitet beide sorgfältig aus.

Er legt die Kleider ab, achtet aber darauf, daß er nicht in Samanthas Blickfeld gerät. Mit einem Satz springt er ins Wasser und setzt sich.

Du liebe Zeit, ist das kalt!

„Es ist nur am Anfang etwas frisch, das vergeht.“

„Das glaube ich gern. Nur die ersten fünfzig Stunden sind unangenehm.“

So kann er nicht sitzenbleiben. Er taucht unter und klammert sich an die Steine auf dem Grund. Der Doktor hat ihm beigebracht, wie man längere Zeit die Luft anhält: „Es ist nur eine Frage des Willens, Candido, mein Junge. Mit ein wenig Übung können Sie es auf fünf Minuten bringen ... Warum tauchen Sie so schnell wieder auf? Sie haben den Kopf doch erst vor drei Minuten und neunundvierzig Sekunden in die Badewanne getaucht. Ihnen fehlt die nötige Willensstärke ...“

Er spürt einen kurzen heftigen Schmerz in der rechten Hinterbacke. Er schießt aus dem Wasser, überzeugt, ein Tier habe ihn gestochen.

Samantha kniet auf dem Lager aus Decken und lacht.

„Du brauchst dich nicht zu untersuchen. Ich habe einen Stein geworfen. Was treibst du denn auf dem Grund? Nur dein Hintern war noch zu sehen."

Candido Stevenson, du bist ein Trottel.

„Los, komm raus", sagt sie noch einmal. „Alle Achtung, weißt du, daß du länger als zwei Minuten unter Wasser warst? Wie kriegst du da unten Luft?"

Sie schaut ihn mit ihren phantastischen Augen an:

„Candido, bitte."

Also gut, er steigt aus dem Wasser. Er setzt sich auf die Decke, und dann kommt alles ganz anders, als er es sich vorgestellt hat: Sie reibt *ihn* ab. Ganz sanft und liebevoll.

„Du schlotterst ja, du Dummkopf. Komm zu mir."

Sie nimmt ihn in die Arme. Sie ist nackt und warm.

„Was war in dem Wäldchen?"

„In welchem Wäldchen?"

„Spiel doch nicht den Dummen. Hier gibt es keine hundertfünfzig Wälder. Du bist ganz vorsichtig hineingeritten und bleich wie ein Bettlaken wieder herausgekommen."

„Drei tote Männer", sagt Candido. „Mit durchschnittenen Kehlen. An Bäume gefesselt und nackt. Ihre Uniformen hat man verbrannt. Man hat ihnen die Backen aufgeschlitzt. Jetzt lachen sie über beide Ohren."

„Ich kann es mir vorstellen."

„Stell es dir lieber nicht vor."

„Ich bin nicht so zartbesaitet."

Sie küßt ihn. Auf die Haare, auf die Stirn, auf die Nase. Der Atem aus ihrem geöffneten Mund wandert über sein Gesicht.

„Tote Männer können mir gestohlen bleiben."

In ihren Satteltaschen findet sich Eßbares: Quark, schwach geräuchertes Hammelfleisch und ein Sack gedörrter Aprikosen.

„Wir können ein Feuer machen und dieses widerliche Hammelfleisch braten."

„Wenn wir Feuer machen, sieht jeder Mongole in der Mongolei den Rauch und weiß, wo wir stecken."

„Aber hier ist doch weit und breit kein Mensch."

Sie essen. Sie sitzen ein Stück voneinander entfernt, nicht weit, aber immerhin.

„Choro hat uns geraten, nach Urga zu gehen", sagt Candido mit vollem Mund. „Wenn ich den Atlas noch richtig im Kopf habe, ist Urga die Hauptstadt."

Sie nickt wortlos. Candido ist enttäuscht, er würde sich lieber unterhalten als schweigen. Er ist etwas traurig. Wieder diese brasilianische Schwermut.

„Es ist meine Schuld", sagt Samantha. „Wir hätten kein Feuer machen sollen."

Er versteht nicht, wovon sie spricht, und hebt den Blick: Oben auf der Böschung sind Reiter, zwei, drei, zehn, nein zwanzig, alle schwerbewaffnet, bärtig, Kosaken-Papachas auf dem Kopf und mit Fellen behängt. Sie bilden einen Halbkreis um Samantha und ihn.

Auf den ersten Blick überrascht ihre Größe: Es sind keine Burjäten, und sie reiten auch keine kleinen Pferde. Aufgereiht auf der Böschung wirken ihre Gestalten noch größer. Einer spricht die jungen Leute an, fragt, wer sie sind. Ein Riese, größer als die anderen. Sein Bart reicht bis zu den Augen, und über seine Stirn läuft eine Narbe, die von einem Säbelhieb herrühren muß. Er scheint Samantha und Candido keine Sekunde abzunehmen, daß sie keine Russen sind, weder weiße noch rote, nur verirrte Reisende, Fremde, die in Irkutsk aus der Transsibirischen Eisenbahn gestiegen sind, weil eine Weiterfahrt bis zur Endstation nicht möglich war.

Man durchsucht sie. Zuerst Samantha. Candido springt empört auf. Ein Hieb mit dem Gewehrkolben streckt ihn zu Boden. Dann werden die Sattel- und Packtaschen durchwühlt. Zur allgemeinen Überraschung findet sich unter dem Quark, eingewickelt in ein Gummituch, ein Revolver, und als einer der Fremden die Schaffelle zurückschlägt, die Samantha den Ritt etwas bequemer machen sollten, kommt unter einem der Seitenblätter ihres Sattels ein Messer zum Vorschein. Die Klinge ist fünf bis sechs Daumen lang und scharf wie ein Rasiermesser. „So, ihr habt also keine Waffen? Und was ist das? Und die Flecken auf der Klinge, ist das vielleicht kein Blut? Wer waren die drei Männer? Rote waren es jedenfalls nicht. Wer hier Rote umbringt, genießt Achtung. Das zählt hier fast noch mehr als ein Empfehlungsbrief vom Ataman Semjonow oder ein Paß, den der Baron persönlich unterzeichnet hat. Also, wer waren die drei? Weiße, die euch entlarvt hätten? Für Leute, die nur auf der Durchreise sind, ist euer Russisch etwas zu gut ..."

Die flache Klinge eines Säbel trifft Candidos Schulterblatt. Er stürzt zu Boden, überzeugt, daß der Hieb seine Schulter zerschmettert hat. Aber das ist nicht wichtig. Was mit ihm geschieht, läßt ihn kalt, nur

Samantha zählt. Zwei Reiter stürzen sich auf sie, reißen sie zwischen ihren Pferden hoch und lassen sie einige Meter weiter wieder fallen. Ihre Jacke zerreißt. Was dann folgt, läßt sich leicht erraten. Jeweils zwei Reiter galoppieren johlend an ihr vorüber, beugen sich tief hinunter und zerfetzen mit Krummdolchen ihre Kleider: den Pullover, das Hemd, das kurze Unterzeug, das sie am Morgen noch im Fluß gewaschen hat. Mindestens zehnmal rappelt sich Candido auf. Sein Starrsinn macht die Reiter rasend. Natürlich spürt er, wie die bleibeschwerten Lederriemen ihrer Peitschen seine Haut in Fetzen reißen. Aber nichts und niemand kann ihn davon abhalten, zu ihr zu gehen, zu ihr, die aufrecht zwischen den Reitern steht und ihnen wütende Beschimpfungen entgegenschleudert. Was für eine Frau, mein Gott!

... Das Pferdegetrappel bricht unvermittelt ab, die Reiter erstarren. Stille tritt ein. Candido hört nur noch Samanthas Stimme. Ihre Stimme zittert, doch sie zittert nur vor Wut. Er könnte wetten, daß sie kein bißchen Angst hat. Wie wütend sie sein kann!

Er kriecht weiter. Er kann nichts sehen. Überall läuft Blut an ihm herunter. Meter um Meter kriecht er auf ihre Stimme zu. Samantha versucht, ihn aufzurichten, und nimmt schluchzend sein Gesicht in ihre Hände. Vielleicht empfindet sie ja doch etwas Zärtlichkeit für ihn. „Oh, Candido, was haben sie mit dir gemacht! Candido, kannst du mich hören? Antworte, so antworte doch ...“

„Wie geht's?“

„Bestens, wirklich.“

Sie reiten schon den dritten Tag.

Candido kann sich nur mit Mühe im Sattel halten. Was sind das für Dinger um seine Hüfte und seine Schenkel? Ein Blödmann muß ihn festgebunden haben. Wozu soll das gut sein?

Er hat höllische Schmerzen in allen Gliedern und im Rücken. Aber es geht, er fühlt sich bestens. Samantha ist ja da. Sie reitet links neben ihm. Zwanzig Meter vor ihnen rasselt ein Panzerfahrzeug. Ein weißhaariger Mann mit rahmenloser eckiger Brille steht darin und späht mit seinem Fernglas in alle vier Himmelsrichtungen – wie hieß er noch gleich? Ach ja, Pamphilos Merkulow (woher weißt du das nur?).

Der Riese mit der Schmarre ist auch da, hinten bei den Kosaken.

Kopfschmerzen hat er auch! Das hätte er fast vergessen. Er faßt sich an die Stirn und stellt fest, daß er einen Verband um den Kopf trägt.

Die Erinnerung kehrt zurück. Der Fluß mit den Reitern, die plötzlich dastanden wie aus dem Boden gewachsen. Dann ein dunkles Loch. Das Dorf, und Samantha, die sich über ihn beugte, ihn streichelte und zu ihm sprach. Dann wieder ein dunkles Loch. Später setzte man ihn auf ein Pferd und band ihn fest, damit er nicht herunterfallen konnte. Schließlich der weißhaarige Mann, der sich als Pamphilos Merkulow vorstellte. So war es, er erinnert sich fast an alles.

Pamphilos Merkulow hat eine gute und eine schlechte Seite. Die gute Seite: Er hat die Kosaken daran gehindert, Samantha zu vergewaltigen, und angeordnet, ihn zu pflegen.

... Und die schlechte Seite: Er ist völlig verrückt. Pamphilos Merkulow ist anscheinend Ataman Semjonows Stellvertreter. Wie der Doktor verwendet er Wörter, die er weiß Gott woher holt: Was ihn betreffe, so „tangiere“ es ihn nicht, ob Samantha und Candido Spione seien oder nicht. Er habe nur die Aufgabe, die Gefangenen (Samantha und Candido) nach Tschita zu bringen. Dort werde Ataman Semjonow über ihr weiteres Schicksal befinden. Sollten sie sich unterwegs aber widerspenstig zeigen, werde Tatartschuk (der Muskelberg mit der Schmarre) sie in Stücke hauen.

Und Pamphilos Merkulow ist nicht der Typ, der Späße macht. Während ihres Aufenthalts in dem Dorf brachte Tatartschuk eines Tages Gefangene mit, Männer und Frauen, die es mehr oder weniger mit den Roten hielten. Pamphilos ließ ihnen mit glühenden Eisen Hammer und Sichel in die nackte Haut brennen und röstete sie anschließend bei lebendigem Leib, wobei er ihnen eine Vorlesung (im gleichen Ton, in dem der Doktor über Sokrates dozierte) über die Torheiten des Kommunismus hielt.

„Wie geht es dir, Candido?“

„Also wirklich, vor kaum zwei Minuten hast du mich das schon mal gefragt! Es geht mir immer noch bestens.“

„Das war vor gut zwei Stunden, nicht vor zwei Minuten. Inzwischen bist du sechs- oder siebenmal beinahe vom Pferd gekippt. Einmal bist du sogar unter seinen Bauch gerutscht. Ich habe diesen Dreckskerl von Merkulow gebeten, dich in seinem Panzerfahrzeug mitzunehmen, aber anscheinend hält er dich für kräftig genug.“

Was redet sie da, ich soll vom Pferd gefallen sein? Ich bin schon mit zweieinhalb Jahren geritten. Ich bin vielleicht etwas eingenickt, das ist alles. Ich fühle mich bestens.

„Wie geht's, Candido?“

Jetzt fängt sie schon wieder an! Das wird ja zur fixen Idee, aber wirklich! Er öffnet die Augen und entdeckt, daß er flach auf dem Bauch liegt. Seltsam, diese Stellung.

„Mir ist etwas kalt."

„Das wundert mich nicht: Du bist völlig nackt. Und es ist mitten in der Nacht! Seit Stunden machen wir Rast. Sie verhören Gefangene. Bewege dich nicht. O mein Gott!"

Sie verarztet seinen Rücken. Es fühlt sich an, als ziehe sie ihm die Haut in Streifen ab. Es tut entsetzlich weh.

„Wenn du aufhören willst, ich hätte nichts dagegen." Er hat sie nur aufheitern wollen, aber nein, sie schluchzt.

„Mein armer Liebling", sagt sie, „ich tue, was ich kann. Aber wenn ich die Verbände nicht wechsle, fangen sie an zu faulen."

„Deshalb brauchst du doch nicht weinen."

„Spiel bitte nicht den Helden."

„Bin ich das, der so schreit?"

„Nein, die Gefangenen, die sie verhören."

Er beißt die Zähne zusammen, um nicht auch loszubrüllen. Samantha ist ungerecht: Er hat sich nie für einen Helden gehalten. Der Doktor hat über Helden gesagt ...

Diesmal merkt er deutlich, wie er ohnmächtig wird.

Er kommt wieder zu sich.

„Um es gleich zu sagen, ich fühle mich wirklich bestens."

Sie drückt sein Gesicht an sich und hört nicht mehr auf, ihn zu küssen. Seine Lippen schmecken salzig nach Tränen. Hat er geweint, ohne es zu merken? Er fragt:

„Was hast du mir auf die Schultern und den Rücken getan?"

„Wasser. Ich habe nichts anderes. Morgen kommen wir nach Tschita, und dort gibt es einen Arzt. Versuche jetzt zu schlafen."

„Geh nicht fort."

„Keine Angst."

„Keine Angst." Das ist wirklich nett. Vor allem wie sie es sagt. Wenn ich mir vorstelle, daß ich sie nicht einmal vor diesen verfluchten Kosaken schützen konnte!

„Samantha?"

„Ich bin da."

Er ärgert sich furchtbar, daß er nach ihr gerufen hat. Beinahe hätte er sie gefragt, warum sie vorhin „mein armer Liebling" zu ihm gesagt hat. Aber er will sie nicht in Verlegenheit bringen. Überhaupt hat dieses

Wort in Amerika eine völlig andere Bedeutung. Sein Kindermädchen, Miss Robertson, nannte ihren dämlichen Hund auch *Darling*.

„Nichts“, sagt er. „ich glaube, ich habe kein Fieber mehr.“

„Du fühlst dich bestens, ich weiß.“

„Danke für die Pflege.“

„Spiel jetzt nicht auch noch den Dummen.“

Am nächsten Morgen bei Sonnenaufgang geht es ihm tatsächlich sehr gut. Er versucht, allein aufzusitzen. Es geht nicht. Tatartschuk muß ihm helfen. Er hebt ihn praktisch mit einer Hand in den Sattel.

„Wohin geht es?“

Pamphilos Merkulow antwortet mit ruhiger Stimme:

„Zunächst machen wir bei Ataman Semjonows Panzerzug Station. Falls ihr danach noch am Leben seid, kommt ihr nach Tschita.“

Der gepanzerte Zug ist ockerfarben und schwarz gestrichen. Er ähnelt einer Raupe mit Fühlern, die soeben durch ein Gebüsch gekrochen ist und nun voller Blätter klebt. Candido zählt zwei Tenderloks, eine an der Spitze und eine am Ende des Zuges. Auf den Waggondächern stehen Maschinengewehre, jeweils zwei pro Waggon, geschützt durch einen Wall von Sandsäcken und Holzbohlen. Drei der Waggons sind einfache Gepäckwagen, nur die Schiebetüren sind durch herunterklappbare Planken ersetzt worden, über die Pferde hinein- oder hinausgeführt werden können.

Die beiden letzten Wagen sind mit Panzerplatten verkleidet, die mit Bolzen und Schießscharten gespickt sind.

Der Zug fährt ganz langsam. Hundert Reiter begleiten ihn und halten sein Tempo. Weit und breit ist kein Haus in Sicht. Auffällig nur die klaffende Wunde in dem Wald etwa einen Kilometer weiter hinten: Dort hat sich die Stahlraupe mit Holz versorgt.

Kaum ein Geräusch ist zu hören. Nur das dumpfe Schnaufen des Ungeheuers und das Trappeln der Pferde. Ansonsten herrscht eine unnatürliche Stille.

Schulmeister Pamphilos schließt sich mit seiner Kolonne dem Zug an.

„Der Ataman empfängt euch“, sagt Pamphilos.

Für Candido war es etwas schwierig, auf den fahrenden Zug aufzuspringen. Doch er schaffte es, obwohl er jede Hilfe ablehnte. Samantha stieg als erste ein. Geschickt sprang sie vom Sattel auf das Trittbrett und verschwand dann durch die gepanzerte Tür, die sich vor ihnen geöffnet hatte. Inzwischen befinden sie sich in einem der vorderen Waggons. Obwohl man alle Trennwände entfernt hat, ist nur das erste Drittel des Wagens einzusehen. Ein Vorhang versperrt die Sicht. Der einsehbare Teil des Wagens dient als Schlafraum: Matratzen liegen auf dem Boden, darüber Decken, Uniformstücke und allerlei Waffen. Es riecht nach abgestandenem Wein, Erbrochenem und anderen widerlichen Dingen. Zwei Dynamitkisten in der Mitte dienen notdürftig als Tisch, darauf stehen dicht gedrängt zwischen Essensresten Weinflaschen aus dem Kaukasus und von der Krim. Zwei oder drei Männer schnarchen mit weit aufgesperrtem Mund. Blut klebt an ihren Händen und Unterarmen, auch ihre Brust ist bespritzt.

„Ihr kommt zu spät zu dem Schauspiel“, sagt Pamphilos Merkulow. „Die Verhöre sind beendet. Die Männer erholen sich von ihrer schweren Arbeit. Aber niemand verwehrt euch eine Besichtigung.“

Der Vorhang wird weggezogen. Samanthas Hand, die Candidos Hand festhält, zieht sich krampfartig zusammen. Candido zuckt mit keiner Wimper. Er hat etwas ähnliches erwartet.

Dieser Teil des Wagens ist vollständig ausgeräumt. Weder Trennwände noch Sitzbänke. Die Fenster sind mit Panzerplatten verkleidet, deren schmale Schießscharten nur wenig Licht durchlassen. An der Decke ist eine Eisenstange angebracht. An ihr hängen Petroleumlampen und Fleischerhaken. Allein daran läßt sich erkennen, wofür dieser Raum verwendet wird. Ein Schlachthaus. Auf dem Boden liegen Leichen, ein halbes Dutzend, übereinandergeworfen wie rohes Fleisch. Sie bluten noch. Zwei Männer mit nacktem Oberkörper wischen den Boden auf. Sie wirken unbekümmert wie Arbeiter in einer Fabrik. Einer lächelt Samantha zu. Er hat keine Zähne mehr im Mund.

„Ihr habt genug gesehen, denke ich“, sagt der Schulmeister auf englisch. „Ich glaube, der Ataman ist jetzt bereit, euch zu empfangen. Und vergeßt nicht: Ihr seid des Russischen kaum mächtig.“

Über den Wagenbalg erreichen sie den anderen Salonwagen. Von der ursprünglichen Einrichtung sind nur noch der Quergang und ein Abteil übrig. Die Trennwände der übrigen Abteile hat man herausgenommen und so Platz geschaffen für einen langgestreckten Salon, in dessen hinterem Teil ein riesiges Bett steht. Und in dem Bett liegen drei nackte

Frauen: eine mollige Blondine, eine Dunkelhaarige mit asiatischen Zügen und schließlich eine Brünette mit graugrünen Augen. Die Brünette sitzt da. Sie ist groß und sehr schön, aber ihr Blick ist verächtlich und ihr Gesicht trägt Spuren von Schlägen. Das restliche Mobiliar besteht aus einem Tisch mit Generalstabskarten, einem anderen mit Speisen, zwei Sofas links und rechts, zwei oder drei Sesseln. Fast überall brennen Lampen. In einer Ecke steht ein Mann gegen die Wand gelehnt, einen Revolver im Gürtel und eine Peitsche in der Hand.

„Hast du ihnen meinen Zug gezeigt, Pamphilos?"

„Alles, was es zu sehen gab."

Der Ataman Semjonow ist von kleiner, aber kräftiger Statur. Er hat O-Beine, hohe Backenknochen und leicht geschlitzte Augen (seine Mutter war Burjätin). Er trägt einen riesigen Schnurrbart. Offensichtlich ist er betrunken. Candido streift er nur mit seinem Blick, aber Samantha widmet er von Kopf bis Fuß seine volle Aufmerksamkeit.

„Wie ist sie nackt?"

„Gewöhnlich", antwortet Pamphilos.

„Sie hat große Füße und große Hände."

„Das wollte ich damit sagen, Grigori."

„Go fuck yourself", sagt Samantha in einem Ton, als wolle sie sagen: „Schönes Wetter heute!"

„Hat sie mich beleidigt, Pamphilos?"

„Das würde sie sich nie erlauben. Niemand würde sich das erlauben. Sie meint nur, daß ihr Freund verwundet ist."

„Widerlicher Schlächter", sagt Samantha wieder auf englisch und lächelt gewinnend. „Sie sind ein ekelhafter Dreckskerl."

Der Ataman lächelt zurück. Er hebt seinen Arm, an dessen Ende eine Nagaika baumelt – mit einer solchen Peitsche haben die Kosaken Candido die Haut vom Leib gerissen. Diese hier ist aus Leder, und an den Riemen sind zusätzlich zu den kleinen Bleisplittern winzige Eisenstückchen befestigt. Sie sind scharf wie Rasiermesser. Die Nagaika streift Samanthas Brüste.

Candido macht einen Schritt vorwärts. Pamphilos packt ihn am Kragen und zieht ihn zurück.

„Und das sind also die beiden Kinder, die drei von meinen Kosaken getötet haben sollen?"

„Ich glaube es nicht."

„Tatartschuk hat es mir so berichtet."

„Tatartschuk irrt sich. Ich halte die beiden nicht für fähig, jemanden zu töten, schon gar nicht drei Kosaken des Ataman Semjonow. Außerdem waren es keine Kosaken. Das hier habe ich neben dem Feuer gefunden, in dem die Kleider der Toten verbrannt wurden."

In der Hand des Schulmeisters liegt ein Geldstück. Es ist in der Mitte leicht gebogen.

„Was ist das?"

„Ein Erkennungszeichen, das die kommunistischen Spione benützen. Wir haben es schon mehrmals bei roten Agenten gefunden, die wir hingerichtet haben."

Endlich entfernt sich der Ataman und läßt sich in eines der Sofas fallen. Ein Mann gibt ihm zu trinken, während sich die mollige Blondine neben ihn setzt. Er leert das Glas und läßt sofort nachschenken. Sein Blick ruht immer noch auf Samantha.

„Versteht sie, was ich sage?"

„Vielleicht, wenn du langsam sprichst und einfache Worte benutzt."

„You can just piss off, you sod", sagt Samantha mit gleichgültiger Stimme. *„And go screw yourself."*

„Was sagt sie?"

„Sie bittet dich, daß du dich um ihren Freund kümmerst. Sie bittet dich sehr höflich darum."

„Bist du sicher, daß sie Amerikanerin ist?"

„Ganz sicher", erwidert Pamphilos. „Ich habe ihren Paß überprüft und englisch mit ihr gesprochen. Sie kommt aus Chicago und möchte ihren Vater besuchen, der in der Pekinger Botschaft arbeitet."

„Und der andere?"

„Auch sein Vater ist ein sehr bedeutender Mann und ein persönlicher Freund von Marschall Tschang Tso-Ling. Zu ihm ist er unterwegs. Das Mädchen und er wollten mit der Transsibirischen Eisenbahn nach Charbin. Sie sind froh, daß sie den Roten entwischen konnten. Tatartschuk hätte sie fast umgebracht. Zum Glück bin ich rechtzeitig dazugekommen. Sonst hätte man dich für ihren Tod verantwortlich gemacht."

Der Ataman bricht in Lachen aus. Das sei wahr, Tatartschuk lasse es manchmal an Zartgefühl fehlen.

Unter der Wirkung des Alkohols, den er ununterbrochen in sich hineinschüttet, fallen ihm immer öfter die Augen zu.

Auch Candido verlassen die Kräfte. Er wird ohnmächtig.

Wieder liegt er auf dem Bauch, aber diesmal in einem richtigen Bett. Als erstes nimmt er den Geruch eines Holzfeuers wahr. Dann den Duft von Samanthas Eau de toilette, und das macht ihn stutzig: Wie ist sie zu Eau de toilette gekommen? Ihr Gepäck ist doch in Irkutsk geblieben!

„Ich fühle mich wirklich bestens!“erklärt er.

„Rede nur englisch.“

Die flüsternde Stimme Samanthas.

„I feel quite all right“, sagt Candido folgsam.

Gleich darauf streicht ihm jemand Salbe auf die Schultern, die Schulterblätter, die Hüften, den Hintern und die Oberschenkel. Sie kühlt. Dann erklärt eine unbekannte Stimme:

„Er hat mehrere gebrochene Rippen, das ist aber nicht weiter tragisch. Seine linke Schulter war ausgerenkt, aber anscheinend hat sie sich von selbst wieder eingerenkt. Ein paar Bänder sind gerissen. Zuerst dachte ich, sein Becken sei gebrochen, doch es ist nur eine schwere Prellung. Er hat kein Blut mehr im Urin, ein gutes Zeichen, die Nieren haben offenbar nicht viel abbekommen. Der Rest ist nur oberflächlich. Meiner Meinung nach dürfte er jetzt bei Bewußtsein bleiben. Er war einfach mit den Kräften am Ende. Decken Sie die Wunden nicht mehr ab, lassen Sie sie trocknen. Sie sind am Abheilen. Auch wenn man es ihm nicht ansieht, er ist sehr robust.“

„Und sehr tapfer“, sagt Samantha.

„Bestimmt, sonst hätte er sich in diesem Zustand nicht auf einem Pferd halten können.“

Der Unbekannte spricht deutsch mit einem starken russischen Akzent. Er geht. Gemurmel auf russisch an der Tür. Sie öffnet und schließt sich wieder.

„Kann ich mich umdrehen?“ fragt Candido auf englisch.

„Und alle Sprachen sprechen, die du willst.“

Er rappelt sich auf alle viere und setzt sich vorsichtig auf. Ein Holzfeuer lodert im Kamin. Samantha ist da, natürlich, aber auch der Mann mit den weißen Haaren, Pamphilos Merkulow. Der Mann, der den Ataman Semjonow so frech belogen hatte.

„Hast du Hunger, Candido?“

„Hunger und Durst.“

Er trinkt Milch. Sie schmeckt eigenartig, angeblich ist es Yakmilch – eine Art Bergkuh mit Schlitzaugen, wie Samantha behauptet. Dazu ißt er mit Engelwurz gewürzte Hirsefladen und kaltes gegrilltes Lammfleisch.

„Ich hatte wirklich Hunger."

„Kein Wunder: Du hast dreißig Stunden am Stück geschlafen."

Samantha hat Frauenkleider an, zum ersten Mal wieder seit irrsinnig langer Zeit, und er spürt, wie sein Herz schneller schlägt. Sie trägt eine Bluse mit Puffärmeln, engen Manschetten und hohem Spitzenkragen, dazu einen langen, weiten Rock mit einem Muster aus dunkelgrünen und blauen Karos. Ihre Füße stecken in zierlichen Stiefeln. Das Haar hat sie hochgesteckt. Genauso mag er es an ihr: Ein großer Kranz mit einem süßen kleinen Büschel obendrauf, der Nacken frei bis auf ein paar Löckchen. Wie sie es nur fertigbringt, daß die Frisur fast ohne Nadeln hält. Darüber wird er sich bis an sein Lebensende wundern.

„Wo sind wir?"

„In Tschita. In seinem Haus."

Sie deutet mit dem Kopf auf Pamphilos Merkulow.

„Noch etwas Milch?"

„Gerne."

Er leert die Schale, die ihm Samantha reicht, und läßt seinen Blick durch das Zimmer streifen. Ein recht großes Zimmer mit niedriger Dekke. Vor dem Fenster steht ein kleiner Schreibtisch, daneben ein Regal mit Büchern.

„Wer hat dir die Frauenkleider gegeben?"

„Ich."

Pamphilos ist Samanthas Antwort zuvorgekommen. Aber Candido wendet sich wieder an sie, als seien nur sie beide im Zimmer:

„Hast du Pamphilos gefragt, warum er den Ataman in bezug auf uns belogen hat, Samantha?"

„Er behauptet, er habe früher in Irkutsk unterrichtet, und Choro sei sein Schüler gewesen. Angeblich hat ihm Choro eine Nachricht zukommen lassen, während er uns über die Grenze brachte, und ihn gebeten, uns zu helfen."

„Glaubst du das?"

„Mehr oder weniger."

Candido überlegt. Er beachtet Pamphilos Merkulow immer noch nicht.

„Ist dir schon mal der Gedanke gekommen, daß Choro, Pamphilos und sogar Tatartschuk möglicherweise gemeinsame Sache machen?"

„Mit Aljotschka?"

„Mit Alechin", verbessert Candido. „Die haben irgendwas mit uns vor."

„Pamphilos sagt, daß wir bald mit Ataman Semjonow abreisen werden. Wir gehen zu Baron Ungern."

„Ich traue diesem Pamphilos nicht. Und du?"

„Wir haben keine andere Wahl. Du mußt wissen, daß Tatartschuk und ein paar seiner Männer das Haus bewachen."

„Nein, ihr habt keine andere Wahl", bestätigt Pamphilos Merkulow. „Tatartschuk soll euch nur beschützen. In Tschita wird genausoviel gemordet wie getrunken. Ich habe den Ataman beruhigen können, aber ob mir das ein zweites Mal gelingt, weiß ich nicht."

„Nach Pamphilos ist Tatartschuk nur zu unserem Schutz da", sagt Samantha.

Candido überlegt und fragt dann:

„Hat dir Pamphilos auch nur einen überzeugenden Grund genannt, warum wir nicht allein nach Osten weiterziehen dürfen?"

„Im Osten sind die Leute des Ataman. Und vor ihnen steht die Rote Armee. Bei der bist du nicht besonders beliebt. Trotzdem müssen wir durch ihre Linien. Nach Pamphilos sollst du eine Menge Leute ermordet haben, als wir mit Afonka Tschaadajew in Irkutsk waren."

„Ich bin über den Jaguar im Bilde", wirft Pamphilos ein. „Und unter uns, ich habe keine Sekunde daran geglaubt, daß Sie jemanden umgebracht haben, Cavalcanti."

„Samantha, hat dir Pamphilos gesagt, was wir bei dem Verrückten Baron sollen?"

„Ungern ist in diesem Teil der Mongolei zweifellos der einzige, der dafür sorgen kann, daß ihr Charbin erreicht und von dort in die Vereinigten Staaten oder in irgendein anderes Land eurer Wahl weiterreisen könnt", sagt Pamphilos.

Candido nimmt einen Schluck Milch.

„Ich denke, wir sollten zu dem Verrückten Baron gehen."

Durch das Fenster hat er soeben Tatartschuks mächtige Gestalt bemerkt.

„Ich halte das auch für das Beste", stimmt Samantha zu.

„Ein weiser Entschluß", sagt Pamphilos.

Zehn Tage später verlassen sie Tschita mit Ataman Semjonows Panzerzug in Richtung Dahuria. Der Verrückte Baron stellt dort zur Zeit eine Privatarmee auf. Er will die Mongolei erobern und sich zum König oder Kaiser krönen lassen. Anschließend will er mit seinen asiatischen Kavalleriedivisionen die Rote Armee angreifen und bis zur Ostseeküste treiben, eventuell will er sogar ganz Europa annektieren. Aber sonst hat er keine Wünsche.

Ataman Semjonows Panzerzug ist neu eingerichtet worden. Der Wagen, der sonst als Exekutionsraum und Folterkammer dient, ist jetzt mit Teppichen, Wandbehängen und Möbeln ausgestattet – ein ganz normaler Waggon, wäre da nicht dieser Geruch nach Blut, Tod und Eingeweiden. Der Ataman fährt mit. Pamphilos Merkulow begleitet ihn, und natürlich auch die übliche Eskorte unter Tatartschuks Führung. Semjonow und seine Offiziere tragen ihre Galauniformen. Als sie in Dahuria eintreffen, versteht Candido den Grund: Ein Ehrenspalier aus Reitern erwartet den Ataman, und im Hintergrund haben weitere Soldaten zu Pferde in tadelloser Formation Aufstellung genommen. Durch ihre Disziplin heben sie sich auffallend von den Halsabschneidern und Galgenvögeln ab, die in Tschita stationiert sind.

„Das ist die Asiatskaija Konnaija Divisija, General und Baron Ungern-Sternbergs asiatische Kavalleriedivision", sagt Pamphilos.

Er flüstert auf englisch. Ein Ruck geht durch die Reihen, sie erstarren noch mehr. Eine Staubwolke steigt auf, und ein rotes Auto rast heran. Es hält vor dem Zug, aus dem noch niemand ausgestiegen ist. Der Motor des Wagens und das Schnaufen der Lokomotive setzen im selben Augenblick aus. Absolute Stille tritt ein.

„Der Offizier am Steuer ist Major Jeremejew", murmelt Pamphilos. „Der japanische Soldat in der Generalsuniform heißt Suzuki. Die Regierung in Tokio hat ihn zu Baron Ungern abkommandiert. Er gehört der ultra-nationalistischen Bewegung Schwarzer Drache an und soll die Expansion des japanischen Kaiserreichs bis an die äußersten Grenzen Asiens vorbereiten. Sie haben es nicht nur auf China und die Mongolei abgesehen, sie wollen bis nach Birma vorstoßen, ja sogar bis Indien. Der andere ist Ungern."

Samantha beugt sich nach vorn, sogar Candido verrenkt sich den Hals. Roman Fjodorowitsch von Ungern-Sternberg ist fünfunddreißig. Pamphilos Merkulow hat viel über ihn erzählt. Er ist ein echter Baron, allerdings kein echter General (ehemals Oberleutnant der zaristischen Armee, hat er sich selbst befördert, so wie auch Grigori Semjonow Ataman der Kosaken von eigenen Gnaden ist). Er wurde in Estland an der Ostseeküste als Sohn pommerischer und ungarischer Eltern geboren. Nach dem Besuch der Kadettenanstalt in Petersburg und der Infanterieschule Pauls I. kämpfte er im Russisch-Japanischen Krieg. Er spricht rund zehn Sprachen, ist mittelgroß und trägt einen kurzen Kinnbart sowie einen Schnurrbart mit weit herabhängenden Spitzen. Seine Augen sind auffallend hellgrau und liegen tief in den schmalen Augenhöhlen. Nicht minder beeindruckend ist die hohe und ungewöhnlich breite Stirn. Sein Mund zeigt den verkniffenen Ausdruck eines verschlossenen Menschen. Wenn sein Blick nicht gerade auf jemandem ruht oder sein Gegenüber durchbohrt, wirkt er nach innen gekehrt und verträumt.

Er nimmt seine Pelzmütze ab. Die nachlässig geschnittenen Haare und die furchterregenden Augen lassen wilde Entschlossenheit ahnen: Gleichgültigkeit gegenüber dem Urteil anderer, brennende Leidenschaft, Brutalität, die jeden Augenblick losbrechen kann.

Der Ataman Semjonow ist inzwischen ausgestiegen. Er und Ungern – der hochmütige Verachtung zur Schau trägt – begrüßen sich nach russischer Art mit einem Kuß auf den Mund. Sie hassen sich, denkt Candido, das sieht man auf den ersten Blick. Ja und? Candido versteht nicht, warum ihn die Rivalität der beiden interessiert. Er fängt Pamphilos Merkulows nachdenklichen Blick auf – er weiß wirklich nicht, was er von dem Mann halten soll. Dann entdeckt er hinter den Reihen der asiatischen Kavalleriedivision eine kleine Gruppe von Menschen. Unwillkürlich beobachtet er sie ...

Und es durchzuckt ihn wie ein elektrischer Schlag. Er erinnert sich gut an die beiden Männer, die dort hinten zwischen den anderen stehen und mit mehr oder weniger geheuchelter Zufriedenheit der Begrüßungszeremonie zusehen. Er kennt sie, kein Zweifel. Aus Moskau. Sie waren dabei, als man ihm den Lauf eines Revolvers an die Stirn drückte und ihn anschließend in den Mordkeller warf. Damals waren es drei, jetzt sind es nur noch zwei. Aber sie sind hier, im hintersten Zipfel der Mongolei.

„Der eine ist der Kerl mit der eckigen Brille, der eine Zigarette nach der anderen raucht und dabei nie auf seine Hände sieht."

„Hier nennt er sich Otto Krantz."

„Schon möglich. Jedenfalls ist er hier, und auch der andere Kerl aus Moskau. Er hat mich mit einem Arm hochgehoben und weggetragen wie ein Kind."

„Eine zufällige Ähnlichkeit, weiter nichts."

„Wer's glaubt, wird selig", sagt Candido bestimmt.

Tschita war schon ein ödes Nest, aber Dahuria ist noch schlimmer. Ein Marktflecken, der um eine Festung herumgebaut wurde, eine Fluchtburg, die dem Verrückten Baron als Stabsquartier dient und nicht betreten werden darf: Die Wachen zeigen sich unerbittlich, wie übrigens auch die Soldaten, die nach Einbruch der Nacht in den Straßen der Stadt patrouillieren. Jeden Abend Punkt zehn Uhr müssen alle Lichter gelöscht werden, und brennt auch nur eine Lampe oder zündet ein Bewohner ohne Vorwarnung sein Feuerzeug an, um seine Pfeife anzustecken, so wird sofort geschossen.

„Nicht zum Flugplatz, Candido, der ist zu gut beleuchtet."

Zu gut beleuchtet, allerdings. Und was hat sie vor? Ein japanisches Flugzeug kapern und damit flüchten? Kann sie überhaupt fliegen?

„Du kannst ja nicht mal Auto fahren."

Er schon. Wenn auch mit Vorbehalt, zugegeben. Zu den Hunderten von Gründen, weshalb Dom Trajano seiner Meinung nach so schlecht auf ihn zu sprechen ist, gehört auch der Umstand, daß er mehrere väterliche Wagen in ihre Einzelteile zerlegt hat. So etwa den Sechszylinder Chenard & Walcker, Baujahr 1913, den sein Vater aus Gennevilliers in Frankreich importiert hatte (Candido setzte ihn an eine Mauer). Oder das 17,7-Liter-Lokomobil, das die Gebrüder Stanley aus Bridgeport in Connecticut den Rennwagen George Bennets nachgebaut hatten (es flog aus einer Kurve, überschlug sich neun Mal und landete schließlich in einem Fluß: ein brasilianischer Rekord). Nicht zu vergessen Dom Trajanos ganzen Stolz, den Rolls Royce Silver Ghost, der innen mit Mahagoniholz vom Amazonas verkleidet war (er geriet unter einen Zug, aber wie bei den anderen Unfällen konnte Candido noch rechtzeitig abspringen).

„Wir müssen hier weg", wiederholt sie.

Und sie legt noch einmal die Gründe für eine Flucht dar. Aber Vorsicht: Deshalb teile sie noch lange nicht Candidos Verdacht, man habe sie extra in dieses gottverlassene Nest gelotst, um einen Menschen zu ermorden und den Mord oder andere Verbrechen dem Jaguar in die Schuhe zu schieben.

„Also mir."

„Mach dich nicht lächerlich. Kein Mensch auf der Welt wird glauben, daß du der blutrünstige Jaguar bist."

Nein, sie wolle hier nur verschwinden, weil sie es satt habe, tagelang vergeblich auf eine Audienz beim Baron zu warten, in der Hoffnung, er werde sie nach Urga mitnehmen.

„Falls er die Stadt erobert. Einnehmen wird er sie wohl, aber wann? Brauchen wir denn unbedingt eine Armee, die uns den Weg bahnt? Hörst du mir überhaupt zu, Cavalcanti?"

„Ja."

„Sieht mir aber nicht danach aus. Wenn ich dich langweile, brauchst du es nur zu sagen."

Er ist mit seinen Gedanken woanders. Samantha und er machen ihren täglichen Spaziergang durch die Straßen Dahurias. Ein paar Schritte hinter ihnen folgen Tatartschuk und zwei seiner Leute, Chalcha-Mongolen, wie es scheint. Tatartschuk und seine Chalchas, er könnte ein Lied von ihnen singen. Egal, was Samantha denkt, er ist fest davon überzeugt, daß hier eine Art Verschwörung im Gang ist: Irkutsk war nur eine Etappe. Nur Afonka Tschaadajews Tod paßt nicht in seine Theorie. Aber sonst ... Du wirst sehen, irgendwas wird passieren, heute, morgen oder in den nächsten Tagen. Und weil es keine andere Erklärung dafür gibt, wird sich herausstellen, daß *der andere* hinter all diesen Machenschaften steckt – wenn es bis dahin nicht bereits zu spät ist.

Sie gehen am Rand des kleinen Flugplatzes entlang, der von einer Einheit japanischer Soldaten bewacht wird. Vor drei Tagen brachte ein Flugzeug einen dicken Chinesen, der feierlich empfangen wurde. Laut Pamphilos handelte es sich um einen gewissen Marschall Tschang Tso-Lin, der als Militärmachthaber die Mandschurei und einen Teil Chinas einschließlich der Hauptstadt Peking kontrolliert. Dieser Tschang-Sowieso ist ein Verbündeter der Japaner und will sich mit Ungern gegen die Roten in Rußland verbünden. Sollen sie doch, denkt Candido, mich interessiert das nicht die Bohne.

Er dreht sich um und wirft einen letzten Blick auf die Flugzeuge. Tatartschuk gibt ihm ein Zeichen: Sie müssen umkehren.

Sie gehen zurück. Es muß gegen elf Uhr morgens sein. Als der kleine Exerzierplatz vor dem Stabsquartier des Verrrückten Barons in Sicht kommt, spürt Candido, daß eine nervöse Spannung in der Luft liegt. Etwas ist im Gang, soviel ist sicher ...

Der Beweis:

„Zwei Neuigkeiten", ruft ihnen Pamphilos Merkulow von der Tür ihrer Unterkunft zu. „Die erste: Die Armee wird gegen Urka vorrücken. Man hat es soeben beschlossen."

Und die zweite: Ungern wolle sie empfangen. Er habe sich trotz seines vollen Terminkalenders für einige Minuten freimachen können.

„Ich habe euch wie bei Semjonow vorgestellt: Cavalcanti, Ihr Vater ist ein persönlicher Freund hoher chinesischer Persönlichkeiten, zu denen er geschäftliche Beziehungen unterhält, und was Sie betrifft, mein Fräulein, Ihr Vater ist ein wichtiger Mann in der amerikanischen Botschaft in China. Kompromittieren Sie mich bitte nicht. Diese Lügen sind leicht aufrechtzuhalten."

Die Audienz ist für den heutigen Abend angesetzt. Sechs Uhr.

Den ganzen Nachmittag hat die asiatische Kavalleriedivision auf dem Platz exerziert. Ständig strömte Verstärkung herbei, und unter den Männern, die sich der goldgelben Fahne mit dem auffälligen schwarzen U anschlossen, befanden sich außer den Mandschus, die Tschang Tso-Lin gesandt hatte, auch kleine Krieger mit Bogen und buntgefiederten Pfeilen. Sie ritten kleine behaarte Pferde: Tibetaner.

Die Artillerie rückt mit ihren vierzehn Geschützen und achtunddreißig Maschinengewehren als erste ab. Sie bildet die Vorhut. Während sie sich in Marsch setzt, brummt am Himmel das Flugzeug mit Ungern an Bord. Das einzige Flugzeug mit fledermausartigen Tragflächen, eine deutsche Taube. Unter den teilnahmslosen Blicken der Bewohner Dahurias setzt sich schließlich auch die Kavallerie in Bewegung. Niemand zweifelt daran, daß Urga eingenommen wird. Zumal der lebende Buddha – kein Geringerer als das religiöse Oberhaupt in der mongolischen Hauptstadt – anscheinend ein persönlicher Freund des Verrückten Barons ist.

Inzwischen hat sich der Platz geleert. Stille ist wiedereingekehrt, die Stadt wirkt fast wie ausgestorben. Vor dem Eingang zur Fluchtburg stehen nur noch die beiden Hotchkiss-Automobile gleichen Baujahres – ein rotes und ein weißes. Sie warten auf den Baron und seinen Stab, ebenso wie die zwanzig bis dreißig Kosaken, die als Eskorte abkommandiert sind. Kurz vor sechs Uhr kommt Pamphilos. Es ist soweit. Ein Leutnant ist bei ihm, ein gewisser Wolowitschenko – ob zu Recht oder nicht, aber auf Candido macht er einen seltsam nervösen Eindruck.

Zu viert passieren sie die Wache, einen Gewölbegang in der äußeren Befestigungsmauer. Soeben hat Major Jeremejew der Eskorte den Befehl gegeben, aufzusitzen und vorauszureiten: Der Baron werde später mit dem Wagen nachkommen. Abmarsch! Candido tritt als letzter durch die Ausfallspforte. Samantha geht vor ihm, vier oder fünf Schritte hinter Pamphilos Merkulow und Leutnant Wolowitschenko. Candido beschleicht ein merkwürdiges Gefühl. Er dreht sich um. Tatartschuk und seine Khalkas sind verschwunden. Zum ersten Mal seit Tagen folgen sie ihm nicht. Wahrscheinlich stecken sie irgendwo in dieser kleinen Stadt, in der sich nichts rührt. Es wird schon dunkel. Sie gelangen in einen quadratischen kleinen Hof, in dem einige Holzbaracken stehen. Vor einer der Baracken räumen zwei Männer, vermutlich Sekretäre, Dokumente und Karten in eine Metalltruhe. Links steht eine Tür offen. Dahinter zeichnet sich Ungerns Gestalt ab. Der Baron geht mit großen Schritten auf und ab. Für einen Moment richtet er seinen klaren, harten Blick auf die vier Personen, die noch zwanzig Meter von ihm entfernt sind. Candido tritt aus dem Gang, dann überstürzen sich die Ereignisse. Pamphilos Merkulow, der seine Schritte plötzlich verlangsamt hat, weicht zur Seite und läßt die anderen vorbei, so daß er jetzt den Schluß bildet. Wolowitschenko legt seine Hand auf den Dienstrevolver. Vier oder fünf Mann in Zivil kommen von rechts, stellen Koffer und Säcke ab und ziehen Waffen daraus hervor – unter ihnen der Kerl aus dem Bolschoitheater und der Kerl mit der eckigen Brille und den mechanischen Bewegungen, Otto Krantz.

Candido stürzt los – überlegen kannst du später, Candido Stevenson.

„Schnell!"

Er packt Samantha am Arm und reißt sie mit. Sie fliehen zurück in den Gewölbegang, doch ehe sie den Ausgang zum Platz erreicht haben, taucht Major Jeremejew vor ihnen auf. Candido rempelt ihn mit voller Wucht an. Der Major schreit, die beiden draußen postierten Wachen erscheinen. Im selben Moment krachen Schüsse im Innenhof. Jeremejew läßt von Candido ab und eilt im Laufschritt zu seinem geliebten General. Seine Männer folgen ihm. Der Weg ist frei.

„Steig ein."

„Du bist wohl übergeschnappt, du Brasilianer im Taschenformat."

Samantha ist ganz ruhig. Überrascht, aber ruhig. So leicht ist sie nicht aus der Fassung zu bringen, da muß schon mehr passieren. Er stößt sie in einen der beiden Hotchkiss, und sie verschwindet kopfüber in einem Knäuel von Röcken und Beinen. Er wirft die Kurbel herum, setzt den Motor in Gang, rutscht hinter das Steuer und schießt wie eine Granate davon.

Er rast über den Platz und sucht eine Gasse, durch die er verschwinden kann, egal welche. Da bemerkt er den riesigen Tatartschuk und drei seiner Leute. Merkwürdig: Sie rühren sich nicht, seine Flucht scheint sie kalt zu lassen – oder sind sie nur zu verblüfft? Endlich findet er eine Gasse und steuert den Wagen hinein. Mit einem Mal belebt sich das ausgestorbene Dahuria. Mongolen und Mongolinnen, Kamele, Esel, Pferde, Verkaufsstände. Mit wilden Lenkmanövern kurvt er durch die Menge. Und wie durch ein Wunder sind sie mit einem Mal draußen, auf einer Piste. Samantha setzt sich richtig hin und ordnet ihre Frisur:

„War unser Abschied vom Baron nicht etwas überstürzt?"

„Ich bin der blutrünstige Jaguar", antwortet Candido.

„Jetzt ist er endgültig übergeschnappt!"

Es gibt nur diese eine Straße.

„Kannst du das noch mal wiederholen, Candido?"

„Ich bin der blutrünstige Jaguar, und ich habe deinem Verrückten Baron und alle anderen die Kehle durchgeschnitten. Otto Krantz und dieser Wololodingsbums hätten uns erschossen und dann behauptet, wir seien die Mörder des Barons. Dabei sind sie die wirklichen Mörder. Trotzdem hätten sie uns beschuldigt, und wir hätten nichts mehr dazu sagen können, weil wir jetzt nämlich tot wären."

„Das leuchtet ein", sagt sie sarkastisch.

„Hast du nicht die Schüsse gehört?"

„Ich habe sie gehört. Sie haben uns gegolten. Überaus klug von dir, so Hals über Kopf davonzurennen."

„Aber sie haben nicht auf uns geschossen! Sie haben im Hof aufeinander geschossen!"

Sie zuckt mit den Schultern: Soll er es glauben, wenn es ihm Spaß macht.

„Hauptsache, wir haben uns endlich aus dem Staub gemacht", sagt sie.

„Sie wollten Ungern töten, glaube mir. Das ist sonnenklar. Und sie mußten mich dabeihaben, mich, den Jaguar."

„Und die ganze Mühe haben sie sich nur gemacht, damit der Jaguar offiziell für Ungerns Tod verantwortlich gemacht wird? Damit der Jaguar hingerichtet wird, also du?"

Ein oder vielmehr zwei Details fallen Candido wieder ein: Als sie die Festung betraten, waren Tatartschuk und seine Khalkas plötzlich verschwunden. Und noch merkwürdiger war, daß Tartartschuk keinerlei Versuch unternahm, sie an ihrer Flucht zu hindern.

„Jetzt verstehe ich", ruft er. „Der Jaguar soll beschuldigt werden, aber noch nicht sterben. Pamphilos hat alles so arrangiert, daß wir entkommen konnten."

Er ist sehr zufrieden mit seiner Schlußfolgerung. Zufrieden, und doch enttäuscht. Seit Tagen hat Samantha fliehen wollen, und jetzt zeigt sie keinerlei Begeisterung, obwohl er doch großartig reagiert hat. Von Bewunderung gar nicht zu reden.

Sie schüttelt den Kopf. Er tritt mit aller Kraft auf die Bremse. Der Hotchkiss stellt sich quer, rutscht jaulend über die steinige Piste und kommt dann zum Stehen.

„Ich habe eine geniale Idee", sagt er. „Wir drehen um und fragen sie, ob sie uns nicht zusammen mit dem Verrückten Baron erschießen wollen."

„Du bist ein Dummkopf."

„Ja, aber dafür kann ich schnell rennen."

Sie steigt über die Wagentür (wegen des Metallkastens mit dem Reserverad ist sie auf ihrer Seite breiter) und springt hinaus. Sie wendet sich Dahuria zu, das bereits zehn oder zwölf Kilometer hinter ihnen liegt. Inzwischen ist es fast dunkel geworden. Nur wenn der Mond hinter den Wolken hervorkriecht, ist etwas zu erkennen.

Samantha geht um den Wagen herum – als wolle sie ihn kaufen.

„Da standen zwei gleiche Wagen, aber du mußtest natürlich den weißen nehmen."

„Für politische Erwägungen war nicht der richtige Zeitpunkt", antwortet Candido.

Sie lächelt ihn an, kommt näher, stützt sich auf die Fahrertür, lehnt sich herüber und küßt ihn:

„Du hast recht. Du bist ganz schön flink, wenn du nur willst."

Sie ist nicht mehr wütend, das Leben ist wieder wunderbar.

Samantha steigt wieder ein. Auch diesmal springt sie über die Tür, anstatt sie zu öffnen.

Er fährt wieder an, und zwar so, wie er es immer macht, wenn er am Steuer sitzt: mit durchgetretenem Gaspedal.

Wunderbar.

Er taucht aus dem Schlaf auf und öffnet die Augen. Er sitzt auf der Rückbank des Hotchkiss, Samanthas Kopf ruht auf seinen Knien.

„Samantha, schläfst du?"

„Tief und fest."

Er schaut sich um, und sofort fällt ihm die Merkwürdigkeit ihrer Lage auf: Sie treiben auf einem Meer von Wolken und Nebel. Kein Boden weit und breit, nur gräuliche Schwaden, und dahinter der Mond. Als wären wir heute nacht auf das Dach des Himalaya geklettert, denkt er. Wir dürfen auf keinen Fall verpassen, wenn die Engel vorbeiflattern.

„Ich habe Hunger“, sagt Samantha.

Er ist noch so weit und so lange gefahren, wie er konnte. Ohne Licht, aus Angst, man könnte sie kilometerweit sehen. Sie fuhren ständig bergauf. Die Sicht wurde immer schlechter, und endlich sah er überhaupt nichts mehr – nicht einmal mehr die Motorhaube. Irgendwann hatte er eine plötzliche Vorahnung: „Vor uns geht es ins Leere.“ Und er hielt an, viel zu müde, um auszusteigen und nachzusehen.

„Ich habe Hunger, Candido.“

... Mit etwas Glück haben wir die Mongolei und die Mandschurei auf einen Rutsch durchquert. Und wenn sich der dichte Nebel verzieht, werden wir das Meer sehen, den Pazifischen Ozean. Und gleich dahinter liegt Kalifornien.

Aber er will nicht zuviel erwarten. Auch er ist hungrig. Seit gestern abend haben sie nichts mehr gegessen, und zwar aus gutem Grund: man hält sie für flüchtige Mörder – oder für tot. Er schiebt sanft Samanthas Kopf weg, steht auf, öffnet den Wagenschlag und stellt vorsichtig den Fuß hinaus. Vielleicht sitzen sie auf einer Bergspitze, und ringsherum ist nur gähnende Leere? Er geht ein paar Schritte und sieht an sich hinunter. Seine Beine verschwinden knieabwärts im Dunst. Als sei er amputiert. Hinten am Hotchkiss ist eine Holzkiste befestigt. Mit Ledergurten sind sechs Kanister an ihr festgeschnallt. Er untersucht sie: fünf enthalten Benzin, einer Wasser.

„Es gibt Tee, Fladen aus Hirse und Hafer, Dörrfleisch und Flaschen mit ich weiß nicht was“, sagt Samantha, nachdem sie die Kiste durchwühlt hat, aus der sie nun eine Offiziersuniform, ein Paar Stiefel, drei Hemden, vier Unterhosen, ein Fernglas, zwei Bücher, darunter ein Gebetbuch, ein Gewehr mit zehn Patronenschachteln und eine schwarze Lederbrieftasche mit Fotos herauszieht.

„Wir haben einem gewissen General Riesuschin den Wagen gestohlen, Candido. Kennst du ihn?“

Nein. Wahrscheinlich ein Adjutant des Verrückten Barons.

Ein kümmerlicher Baum steht weiter unten im dichten Nebel. Candido bricht ein paar Äste ab. Das Holz ist grün und feucht, aber mit etwas Benzin brennt es.

„Setz dich, ich trage auf", sagt sie. „Du bist gestern abend und heute nacht gut gefahren. Und ich habe bestimmt besser geschlafen als du, mit deinen Knien als Kopfkissen."

Wie nett sie doch sein kann! Er macht es sich auf dem Trittbrett des Hotchkiss bequem. Er genießt das Gefühl der Freiheit, und er ist rundum zufrieden. Sie sind allein, sie und er. Wie damals an dem Fluß, nur daß *der andere* sie jetzt endgültig verloren hat.

„Der Wagen ist ein Sechszylinder Hotchkiss 40/50. Die Karosserie ist von Gill in England. Mein Großonkel Amílcar in Rio de Janeiro hatte genau den gleichen, Baujahr 1913. Es ist genau der gleiche. Ich erkenne ihn an den Scheinwerfern."

Samantha zeigt keinerlei Interesse. Sie ist vollauf mit der Zubereitung des Frühstücks beschäftigt. Wirklich nett, eine Frau, die für ihn kocht. Sie hat einen Gurt zwischen die Stoßstange und einen Ast gespannt und einen großen Topf daran gehängt. Jetzt nimmt sie einen Teeziegel zur Hand – die Mongolen pressen den Tee in Ziegel, zu deren Herstellung sie nicht die Blätter, sondern die Stiele der Teepflanze verwenden –, bricht einzelne Stücke ab und wirft sie in den Topf. Dann gibt sie zwei zerbröckelte Haferfladen dazu und, da sie nun schon mal dabei ist, auch ein bißchen Fleisch, so wie sie es bei Pamphilos Merkulows Chalcha-Mongolen in Dahuria und Tschita gesehen hat.

„Was machen wir, wenn wir in Amerika sind, Samantha?"

Keine Antwort. Ruhig Blut, was hat dich geritten, sie zu fragen? Das Ergebnis: Ihre Miene verdüstert sich. Das war intelligent!

Themawechsel, du Blödmann.

„Ich habe dir doch vorhin von meinem Großonkel Amílcar erzählt. In Wirklichkeit hatte er nicht das gleiche Auto. Seines war gelb und grün, mit blauen Polstern. Die brasilianischen Nationalfarben. Ich habe meinen Großonkel Amílcar sehr gerne. Er und Dom Trajano, mein Papa, verstehen sich nicht besonders. Dom Trajano hält Großonkel Amílcar für einen gefährlichen Irren, für ein verantwortungsloses Subjekt, für den Schandfleck der Familie. Es ist schon eine halbe Ewigkeit her, da ging Großonkel Amílcar eines Morgens los, um Hosenträger zu kaufen. Dreiundfünfzig Jahre später kam er zurück, aus Paris, mit Geschenken für alle. Dom Trajano schickte er portofrei mit der Post von Rio nach São Paulo eine Pariser Demoiselle. Sie war splitternackt bis auf ein Haarband und eine blau-weiß-rote Quaste auf dem Hintern. Die Kiste war in rosa Seide verpackt, und außen stand drauf: OBEN, UNTEN, ZERBRECHLICH."

Sie lacht. Candido, du hast es geschafft. Sie hat deine blödsinnige Frage vergessen.

Sie sitzen nebeneinander auf dem Trittbrett des Hotchkiss, schlürfen ihre Suppe und starren in den Nebel. Die Sonne geht auf, und mit ihr setzt ein leichter Wind ein.

„Hast du eine Ahnung, wo wir sind, Candido?“

Nein. Nachdem sie Dahuria verlassen hatten, ist er immer stur nach Osten gefahren, das weiß er mit Bestimmtheit. Wenigstens solange er noch etwas sehen konnte. Denn danach ...

„Wir haben hundertzwanzig Kilometer geschafft“, rechnet er.

„Eines ist sicher: Einsamer als wir kann man nicht sein.“

... Im selben Moment setzt es ein: Ein dumpfes Geräusch, das von überall und nirgends zu kommen scheint. Im unpassendsten Moment. Er hat gerade nach der Rückbank geschielt. Sie ist zwar nicht riesig, aber was soll's, zum Schmusen hätte sie gereicht. Doch dann dieses dumpfe gleichmäßige Dröhnen, das nun immer mehr anschwillt und in das Hämmern von Stiefeln und Waffengeklirr übergeht.

Gleichzeitig reißt der Nebelschleier auf und enthüllt ein felsiges Vorgebirge, das hoch in den Himmel ragt und an seinem Fuß in einer Steilwand endet. Vor dieser Steilwand steht der Hotchkiss. *Puxa vida,* denkt Candido, es war höchste Zeit, daß ich angehalten habe, drei Meter weiter, und wir hätten eines der japanischen Flugzeuge gebraucht ...

In der Tiefe, gut siebzig Meter senkrecht unter ihnen, steht marschbereit die komplette asiatische Kavalleriedivision.

„Wenn ich das richtig sehe, bist du im Kreis gefahren. Wo hast du denn fahren gelernt? Auf der Radrennbahn?“

„Ich richte mich sonst immer nach der Sonne. Aber nachts gibt es keine Sonne“, entgegnet Candido. „Schieb.“

„Was glaubst du, was ich hier mache, zum Teufel.“

Es hat keinen Sinn, denkt Candido. Jeder Schwachkopf, der verrückt genug wäre, einen zwölf- bis fünfzehnhundert Kilo schweren Hotchkiss an die äußerste Kante einer Felswand heranzufahren, hätte nachher keine Probleme, ihn dort auch wieder wegzubekommen. Er würde einfach umdrehen oder den Wagen zurückrollen lassen: Handbremse los und dann auf Gott vertrauen.

Jeder Schwachkopf, nur ich nicht. Auf mir lastet ein Fluch. Wie habe ich es nur fertiggebracht, über diese Felsen zu fahren? „Die Hartnäkkigkeit, mit der Sie jeden Wagen zerlegen, der Ihnen in die Finger kommt, Candido, mein Junge, hat ihren Ursprung vermutlich in einem Freudschen Komplex und wird eigentlich nur noch durch Ihr einzigartiges Talent überboten, immer wieder unverletzt davonzukommen" – wenn doch nur der Doktor hier wäre: Er könnte uns schieben helfen.

„Mir reicht's!"

Er kann nicht mehr. Seine Knie schlottern, ihm ist übel vor Anstrengung. Er begutachtet das Hindernis: ein länglicher Felsen in der Form eines Sprungbretts. Bergauf ist er wegen seiner Schräge leicht zu überwinden, in umgekehrter Richtung aber doppelt so hoch wie ein Bordstein. Candido hat schon alles versucht und aus kleinen Steinen eine Rampe gebaut. Nichts zu machen.

Er könnte höchstens den Motor anlassen.

Aber das wäre bis Irkutsk zu hören.

Er schleppt sich zu Samantha und läßt sich auf den Rücken fallen. Er schöpft Atem.

„Wie hast du mich gestern genannt?"

„Weiß nicht mehr."

„Als wir uns beim General davongemacht haben, kurz bevor ich dich in den Wagen gestoßen habe."

„Weiß nicht mehr."

„Das soll glauben, wer will."

„Na gut: Brasilianer im Taschenformat."

Er sagt nichts. Sie hat ja recht: Brasilianer ist er, und nicht besonders groß dazu.

„Bist du beleidigt?"

„Nein."

Er steht auf und durchwühlt die Kiste. Er nimmt das Fernglas und richtet es auf die asiatische Kavalleriedivision: Wenn er sie sehen kann, können sie auch ihn sehen, also aufgepaßt, daß sich die Sonne nicht im Glas spiegelt.

„Es tut mir leid", sagt sie. „Ich meine: Es tut mir leid, wenn ich dich gekränkt habe. Ich wollte dich nicht verletzen."

Ich bin nur ein bißchen wütend, denkt er, während er das Fernglas über die marschierende Truppe wandern läßt. Mach dich nicht lächerlich. Immerhin hat sie nicht Knirps zu dir gesagt. Trotzdem, es läuft auf dasselbe hinaus. Du bist verrückt: Du bist noch wütender als damals, als du gemerkt hast, daß *der andere* und sie ... Damals warst du deprimiert. Und jetzt bist du wütend, nur wegen einer unbedachten Äußerung. Du bist wirklich seltsam.

„Du warst große Klasse in Dahuria", setzt sie wieder an. „Du hast so blitzschnell überlegt und gehandelt, daß ich vollkommen überrascht war. Da habe ich alles mögliche gesagt."

Sie will mich weichkriegen.

Trotzdem, sie hat ja recht. So schnell hat sich noch niemand bei einem Verrückten Baron verabschiedet. Das war bestimmt mongolischer Rekord.

„Wonach suchst du mit dem Fernglas?"

„Kundschafter."

„Siehst du welche?"

„Nein."

„Siehst du sonst was?"

„Ja, einen Klakla-Mongolen, der mich durch sein Fernglas betrachtet."

„Dazu braucht man kein Fernglas. Wenn du den Kerl auf dem Lastwagen meinst, etwa vierhundert Meter von hier, den sehe ich auch so. Das ist kein Klakla, sondern ein Chalcha."

„Ist doch dasselbe."

Für einen Moment setzt er das Fernglas ab. Der Chalcha-Mongole ist nicht allein. Fünf andere sind bei ihm, außerdem Tatartschuk und Pamphilos Merkulow.

„Das ist die bevölkertste Wüste, die ich je gesehen habe", sagt Samantha.

Und dann geschieht etwas Merkwürdiges.

Pamphilos Merkulow hat bisher neben dem Fahrer im Lastwagen gesessen. Jetzt steigt er aus und gibt Zeichen, die durch das Fernglas gut zu erkennen sind. Was er sagen will, ist klar: Macht keinen Lärm, wartet, bis die asiatische Kavalleriedivision abgerückt ist!

„Ob uns Pamphilos zufällig damit sagen will, daß wir uns nicht rühren sollen und daß er den Lastwagen erst anwirft, wenn die Truppen des Barons den Motor nicht mehr hören können?"

„Das wird es wohl sein", antwortet Candido.

„Und wenn ich richtig verstehe, will er uns weiterverfolgen, sobald die Armee außer Hörweite ist?"

„Genau. Steig ein und schließ die Tür."

Er stellt sich an die Handkurbel vor dem Kühler.

Ein Blick nach links: Bei den Klaklas spielt Tatartschuk den Anlasser.

„Was für ein Spaß!" ruft Samantha. „Schade, daß ich keine Flagge mit Schachbrettmuster da habe. Ich könnte das Zeichen zum Start geben. Bist du mir noch böse?"

„Ich bin dir nicht böse."

„Du bist unmöglich, weißt du das? ‚Brasilianer im Taschenformat' ist doch nicht böse gemeint. Schau, er fuchtelt wieder herum, dieser Trottel."

„Wer?"

Samantha steht aufrecht im Hotchkiss und beobachtet den Lastwagen durch das Fernglas.

„Pamphilos. Wer sonst? Wenn ich seine Zeichen richtig deute, sollen wir auf keinen Fall in südöstlicher Richtung weiterfahren. Wohin fahren wir?"

„Nach Südosten."

Er überlegt: Warum will Pamphilos Merkulow uns jetzt schützen, wo er uns doch bei Ungern geradewegs in eine Falle geführt hat? Er braucht nur zu hupen, zu schreien oder einen Schuß abzufeuern, und eine Minute später fällt die asiatische Kavalleriedivision über uns. Ich verstehe immer noch nicht, was er vorhat. Es sei denn ...

„Candido!"

Tatartschuk dreht an der Kurbel. Candido macht es ihm nach.

Bei beiden Fahrzeugen rührt sich nichts.

„Muß man in ein Auto nicht vorher Benzin einfüllen?" fragt Samantha gutgelaunt.

„Ist bereits geschehen."

Fünfte Kurbelumdrehung. Der Hotchkiss springt nicht an.

„Keine Panik, das Monstrum schafft es auch nicht. Du wirst sehen, wir stehen morgen noch hier!"

Sie ist wunderbar.

Vierzehnte Kurbelumdrehung.

„Laß mich mal versuchen", sagt sie.

„Nein. Man muß den richtigen Dreh raushaben."

Der Hotchkiss schlägt den Lastwagen mit siebzehn zu achtzehn Kurbelumdrehungen. Er klettert über die breite, längliche Steinplatte, die den Weg versperrt hat, und braust dann wie der Blitz davon.

„Sag, was du willst, Cavalcanti", meint Samantha, „aber ‚Brasilianer im Taschenformat' klingt irgendwie sogar liebevoll."

„Sie folgen uns immer noch."

Samantha kniet auf dem Sitz und sieht durch das Fernglas. Von Zeit zu Zeit wirft sie ein Ruck des Wagens zur Seite, mal gegen die Tür, mal gegen Candido. Der laue Fahrtwind preßt ihr das Kleid an den Körper und formt ihre Figur nach. Sie ist sehr schön.

„Für einen Moment dachte ich schon, sie hätten aufgegeben. Aber nein, sie sind immer noch da. Die Felsen hatten sie verdeckt. Ich würde sagen, sie sind noch zweieinhalb, drei Meilen entfernt."

„Also rund vier Kilometer", sagt Candido.

„Möglich. Wenn du ein bißchen schneller fährst, hängen wir sie vielleicht ab."

Er überlegt: Schon vor drei Stunden lag der Lastwagen vier Kilometer zurück. Mit andererm Worten: Pamphilos und seine Klaklas haben noch nicht angehalten und aufgetankt. Sie haben also daran gedacht und vor der Abfahrt vollgetankt. Fragt sich nur, ob der Lastwagen einen größeren Tank hat als der Hotchkiss. Wenn ja, sind wir dran.

Die Piste führt durch eine wellige Ebene, die sich kilometerweit hinzieht. Hier und da tauchen Pferde-, Yak- oder Schafherden auf, und sogar Jurten, aus denen kleine Rauchsäulen aufsteigen. Vor einer Stunde überholte der Hotchkiss zwei buddhistische Mönche mit safranfarbenen Kutten und kahlrasierten Schädeln. Beim Erscheinen des Ungeheuers nahmen sie die Beine in die Hand und flüchteten zwischen die Felsen.

„Je länger ich darüber nachdenke, desto klarer wird mir, daß es liebevoll gemeint war", sagt Samantha. „Wenn du auch nur für einen Moment denkst, ich hätte an sowas wie Knirps gedacht, dann irrst du dich. Du bist kein Knirps. Du bist nicht zu klein, ich bin zu groß. Und es tut mir auch leid ... Mein Gott, Candido, sie halten an!"

Er fährt noch hundert Meter, dann stoppt er auf einem Hügel.

„Ich sehe überhaupt nichts."

Sie reicht ihm das Fernglas.

„Sie sind nicht zu übersehen! Dort, neben dem Felsen, der aussieht wie eine Kaffeemühle."

Keine Kaffeemühle zu sehen. Sie nimmt ihm das Fernglas weg und wundert sich. Wieso sieht er sie nicht?

„Du brauchst eine Brille, Cavalcanti. Da sind sie doch, alle sieben. Pamphilos Merkulow sitzt am Steuer, neben ihm Tatartschuk, und zwei schleppen die Kanister. Die drei anderen rennen."

„Sie rennen?"

„Sie rennen. Und zwar schnell. Sie kommen direkt auf uns zu."

Candido überlegt. Die Klaklas müssen nachtanken, wie erwartet. Jetzt gibt es zwei Möglichkeiten: Entweder er fährt weiter und riskiert, daß sie nach kurzer Zeit ohne Benzin liegenbleiben, oder ...

„Sieh nur, wie schnell sie rennen, Candido!"

Wahrscheinlich zehn bis fünfzehn Minuten.

„Sie kommen näher, Candido."

„Wie schön für sie."

Der Doktor hat mit ihm für die Olympischen Spiele trainiert, für den Fünftausendmeterlauf. Wie sagte er immer: *Mens sana in corpore sano.*

„Candido, nur so nebenbei, sie schießen auf uns."

Er entfernt sich vom Wagen und sucht einen ruhigen Ort.

„Wohin gehst du denn, Candido?"

Pinkeln. Samantha ist lustig, soll er sich deshalb vielleicht in die Hosen machen? Seit Stunden muß er schon.

Er setzt sich wieder ans Steuer und fährt los.

„Und sonst geht es dir gut, ja?" fragt sie. „Ich konnte schon das Weiße in ihren Augen sehen."

Stimmt, es geht ihm gut. Das Leben ist wunderbar. Er fährt ein hübsches weißes Auto, neben ihm sitzt Samantha Elizabeth Franck aus Chicago, und sie machen eine Reise durch die Mongolei. Er wüßte nicht, warum er trübsinnig sein sollte.

... Und plötzlich fällt ihm wieder eine Kleinigkeit ein, die ihm im ersten Moment gar nicht aufgefallen ist.

„Wieviele, hast du gesagt, sind es, Samantha?"

„Pamphilos Merkulow, der große Kosake und die Chalchas."

„Nein, du hast gesagt, Pamphilos sitzt am Steuer, Tatartschuk neben ihm, und alle sieben sind da. Heute morgen waren es noch acht."

Ein Klakla fehlt.

„Vielleicht stand er hinter dem Lastwagen und hat gepinkelt, wie du."

Candido schüttelt den Kopf, während sich der Hotchkiss einen Weg durch ein Meer von Schafen bahnt wie einst die Juden durch das Rote Meer. Warum hat er nicht früher daran gedacht? Wie konnte er nur so blöd sein? Es ist zum Heulen.

„Samantha, nach Elisée Reclus sind wir mitten im Land der Klaklas. Der eine, der fehlt, hat bestimmt Alarm geschlagen und alle benachrichtigt. Und weil hier hinter jedem Stein ein Klakla sitzt, sind sie bald zu Tausenden hinter uns her."

Wir kommen nicht mehr weit.

„Halt an, das reicht", sagt Samantha.

Vor Einbruch der Nacht haben sie noch einmal anhalten und nachtanken müssen. Jetzt sind die beiden letzten Kanister aufgebraucht. Sie haben keinen Tropfen Benzin mehr als Reserve. Und nur noch wenig Wasser.

„Halt an, sag' ich."

Candido wiegt den Kopf hin und her. Wenn er ehrlich ist, kann er nicht mehr. Vor allem sieht er nichts mehr. Das ist keine Piste da vorn, das ist ein ausgetrocknetes Flußbett. Überall liegen Felsbrocken so groß wie Tatartschuk. Mühsam muß er sie mit dem Hotchkiss umkurven.

„Um Himmels willen, halt an. Wir enden sonst noch in einer Schlucht. Candido, du hast alles Menschenmögliche getan. Du hast wirklich eine unglaubliche Ausdauer."

Das sagt sie nur, um mich anzufeuern, denkt er, damit ich nicht einschlafe. *Meus Deus,* es wäre ein reines Wunder, wenn sie nur ein klein wenig in mich verliebt wäre.

„Ich bitte dich, halt an. Sie verfolgen uns nicht mehr. Seit Stunden sehe ich ihre Scheinwerfer nicht mehr. Halt an, mein Liebling."

Er hält an. Alles tut ihm weh, der Nacken, die Arme, der Rücken. Seine Handflächen sind voller Blasen. Seit zwanzig Stunden fährt er ununterbrochen über Pisten, die jeder Beschreibung spotten. Und der rechte Vorderreifen ist schon vor Stunden geplatzt. Vor ihm verengt sich das Flußbett zu einer Art Schlucht.

Samantha fragt:

„Wie macht man die Scheinwerfer aus?"

Er macht sie aus, seine Augen fallen zu.

Sie hat „mein Liebling" zu mir gesagt.

„Komm, Candido, streck dich aus."

Sie nimmt ihn in die Arme, und er läßt sich fallen, welche Frau hat ihn jemals so gehalten? Seine Mutter Dona Isabel jedenfalls nicht, er hat sie überhaupt nicht gekannt. Und seine Stiefmutter, Dom Trajanos zweite Frau, schon gar nicht, obwohl die schottische Gouvernante, Miss Robertson, einmal zu ihm sagte: „Los, geben Sie Madame einen Kuß,

Herr Candido." Er ging zu ihr hin und erfüllte seine Pflicht, damit Ruhe war.

Samantha küßt ihn auf das Gesicht.

Uhé or hu auli enl'oi anta," murmelt Candido.

„Ich habe kein Wort verstanden."

Du bist im Dunkeln noch viel schöner, Samantha. Träume ich?

Wir sind auf der Fazenda Bragança Boa Vista, es ist nicht die größte Fazenda der Familie, aber meine liebste. Sieh nur die Mangobäume und die Jacarandabäume, die Bougainvilleas und die Rosen. Das? Das ist eine Jabuticabeira, im Oktober wirst du ihre Früchte kosten, sie schmecken unbeschreiblich, wie eine Mischung aus Pflaume und Johannisbeere. Da, iß, davon bekommst du rote Lippen, wie schön du bist, ich würde am liebsten weinen. Und du hast das weiße Kleid mit der blauen Schärpe angezogen. Mein Lieblingskleid. Das ist nett. Ich liebe dich. Wir können einen Ausflug mit dem Einspänner machen, mit dem Buggy, wie man bei euch dazu sagt. Ich habe ihn mit weiß-blau gestreiftem Stoff ausschlagen lassen, passend zu deinem Kleid ...

„Candido!"

... Einverstanden, wir können auch schwimmen gehen, wenn dir das lieber ist. Aber ja, natürlich gibt es ein Schwimmbecken auf der Fazenda. Hundertzwanzig Fuß lang und ganz blau. Auf dem Grund ist ein Bild von Dom Trajano, na ja, nichts ist vollkommen ...

„Candido, schnell, wach auf!"

Er öffnet die Augen. Er hat geträumt.

Er richtet sich auf: „Habe ich lange geschlafen?"

„Etwa zwanzig Minuten. Ich habe Geräusche gehört."

Sie flüstert und drückt die Lippen an sein Ohr. Seine grünen Pupillen vergrößern sich wie Katzenaugen. Im Halbdunkel zeichnen sich Umrisse ab. Felsen. Die enge Schlucht vor ihnen, das trockene Flußbett, ein oder zwei Bäume, und überall Steine, als hätte es sie geregnet ...

Halt!

Zwei Männer.

Er wirft den Wagen an und springt wieder hinter das Steuerrad. Er will gerade den ersten Gang einlegen, da blenden Lampen auf. Eine, zwei, vier, acht, zehn.

Ich hast immer gewußt, daß sie uns irgendwann kriegen.

Mehr als dreißig verfluchte Klaklas. Samantha steigt von hinten über die Lehne auf den Vordersitz und setzt sich neben ihn. Sie ordnet ihre Frisur, eine Haarnadel zwischen den Zähnen.

„Ich weiß nicht, wie es dir geht, Cavalcanti, aber ich würde jetzt gerne duschen."

„Wir duschen zusammen."

„CAVALCANTI!"

Die Stimme dröhnt, und ihr Echo hallt von den steilen Wänden der Schlucht wider.

„Wir duschen zusammen", sagt Candido, „und eines sage ich dir, das wird die Schmuserei des Jahrhunderts."

„CAVALCANTI, HÖREN SIE MICH?"

Überall tauchen Klaklas auf und kommen näher.

„Was die Schmuserei angeht", meint Samantha, „darüber reden wir noch. Aber grundsätzlich habe ich nichts dagegen."

Sie hat ihre Frisur wieder in Ordnung gebracht – der Kranz mit dem kleinen Büschel obendrauf.

„Da fällt mir ein, wir sollten uns bei Gelegenheit noch einmal über die Fazenda Bragança Boa Vista unterhalten. Mit ihren Jabocarero."

„Jabuticabeira."

Sie hat alles gehört. Ich habe geträumt, aber laut. Sie hat es gehört. Ich bin so glücklich!

„Ich muß gestehen", sagt der Schulmeister, „Sie stecken voller Überraschungen. Sie kommen mir vor wie ein verkappter Karl Marx. Sie wirken wie der ruhigste Mensch auf der Welt, und plötzlich rasen Sie mit einer Schnelligkeit los, die man Ihnen nie zugetraut hätte."

„Habe ich Ihnen in Dahuria einen Strich durch die Rechnung gemacht?"

Der Schulmeister schaut ihn über seine Brille hinweg an:

„Wovon reden Sie?"

„Von dem Anschlag auf Ungern. Der Jaguar sollte ihm doch mit seinem Dolch die Kehle durchschneiden. Ist Otto Krantz tot?"

„Er heißt nicht Otto Krantz."

„Sein Name ist mir egal. Ist er tot?"

Pamphilos sieht ihn immer noch forschend an. Du redest zuviel, Candido Stevenson. Und nur weil du blödsinnigerweise beweisen mußt, daß du nicht so dumm bist. Du machst alles nur noch schlimmer. Bis er sich überlegt, ob er dich nicht lieber gleich töten soll.

Und vor allem bringst du Samantha in Lebensgefahr.

„Er ist nicht tot“, antwortet Pamphilos endlich. „Der Mann hat ungeahnte Fähigkeiten.“

„Aber Wolowitschenko ist tot.“

„In der Tat. Den letzten Informationen zufolge wurde Wolowitschenko, ein Agent der Roten, von Hauptmann Koztoijed erschossen, als er versuchte, mit Hilfe seiner Komplizen Cavalcanti und Franck den Baron zu ermorden.“

„Ich habe Ihnen also doch einen Strich durch die Rechnung gemacht.“

Pamphilos Merkulow antwortet nicht. Sie sitzen immer noch in dem Hotchkiss, umringt von Klakla-Mongolen. Candido überlegt: Wenn sie uns töten wollten, hätten sie es schon längst getan.

„Sie werden uns nicht töten“, erklärt er.

Der Schulmeister antwortet wieder nicht. Candido kommt ein Verdacht:

„Sie haben neue Befehle erhalten. Der Jaguar bekommt eine neue Aufgabe. Alechin. Sie arbeiten für Alechin. Das stimmt doch, oder?“

Er sieht dem Schulmeister in die Augen. Na also, denkt er, du hast wohl ins Schwarze getroffen. Nur quasselst du zuviel, du kannst dich nicht bremsen.

Aber er kommt nicht mehr dazu, sich über seine eigenen Schlußfolgerungen zu wundern. Pamphilos Merkulow gibt auf mongolisch einen Befehl. Daraufhin packen seine Leute Samantha, heben sie aus dem Hotchkiss und tragen sie weg wie ein Paket, obwohl sie sich nach Kräften wehrt! Er wirft sich in das Getümmel, aber es ist zum Verrücktwerden: Er schlägt mit Händen und Füßen um sich, doch sosehr er sich auch anstrengt, er bringt sie nur zum Lachen.

Ich werde euch alle umbringen!

Sie schlagen nicht einmal zurück. Sie halten ihn fest wie eine kleine wilde Katze. Dann spürt er ein furchtbares Gewicht auf den Schultern. Ein Balken. Er zerquetscht ihm fast den Nacken. Man bindet ihm die Arme fest wie einem Gekreuzigten. Samantha haben sie weggeschleppt. Er kann sie nirgends sehen. Er brüllt, aber es hat keinen Sinn. Eine Schlinge wird um seinen Hals gelegt. Wenn sie mich schon hängen wollen, denkt er, dann deshalb, weil sie es mir heimzahlen wollen.

Aber nein. Sie legen ihn an die Leine, wie einen Hund.

Benzingeruch. Sie wollen mich bei lebendigem Leib verbrennen!

Sie zünden den Hotchkiss an.

„Hören Sie auf, sich zu wehren, Cavalcanti. Sie vergeuden nur Ihre Kräfte."

Pamphilos Merkulow steht vor ihm. Candido liegt auf den Knien und sieht gerade die Stiefelspitzen des Schulmeisters. Man reißt an der Leine, will ihn fortziehen. Er rappelt sich auf und schlägt mit dem Balken um sich. Schallendes Gelächter. Er ist mit seiner Kraft am Ende. Er stürzt. Er fällt aufs Gesicht und schlägt sich an einem scharfkantigen Felsen die Backe auf.

Hinter ihm fängt der Tank des Hotchkiss Feuer und explodiert mit einem dumpfem Knall. Noch ist er bei Bewußtsein. Sie schleppen ihn fort. Jedesmal, wenn er stürzt, stellen sie ihn wieder auf die Beine.

Ich werde ohnmächtig, Samantha!

Er nimmt sich zusammen. Geht aufrecht. Ganz allein. Ohne fremde Hilfe. Es ist nicht zu fassen.

„Ich führe nur seine Befehle aus, Cavalcanti. Ursprünglich sollte ich Sie erschießen, aber inzwischen hat er seine Meinung geändert. Ich weiß nicht, warum. Alles, was ich tue, geschieht auf seinen Befehl. Was das Mädchen angeht, so werde ich alles tun, was in meiner Macht steht. Es tut mir leid."

Englisch. Der Schulmeister hat englisch gesprochen. Candido will die Augen öffnen, aber sie sind mit Staub und Blut verklebt. Nur mit Mühe erkennt er die Gestalt des Schulmeisters und die eines anderen. Ein Riese.

Der Riese schlägt zu. In den Unterleib, auf die empfindlichste Stelle. Der Schmerz ist entsetzlich.

„Tut mir wirklich leid", hört er Pamphilos Merkulows Stimme.

Ein zweiter Faustschlag. Und noch einer.

Er verliert das Bewußtsein.

Diese Hitze. Die Sonne brennt auf sein Gesicht und seine Hände. Nur langsam taucht er aus der Bewußtlosigkeit auf.

Stille. Sie sind fort. Candido öffnet ein Lid (nur eines, das andere ist verklebt) und hebt den Kopf. Er will sich bewegen, aber es geht nicht. Der Balken auf seinen Schultern hängt über einem kurzen Ast. Los, Candido: Du stößt dich mit den Beinen ab, bis der Balken freikommt, das ist nicht schwer. Es gibt zwei Möglichkeiten: Entweder du verhungerst und verdurstet hier und wirst von den Wölfen und Geiern gefressen, oder du befreist dich und folgst ihnen.

Drück.

Beim dritten Versuch bewegt sich der Balken einige Millimeter. Seine Muskeln sind zum Zerreißen gespannt. Doch es geht. Weiter so.

Nein, überlege erst. Es ist sinnlos, sofort weiterzumachen. Du zählst bis fünftausend, damit du nicht einschläfst, danach versuchst du es noch einmal.

Beim nächsten Mal muß es klappen, ich warne dich.

... Nein, nein, vergiß den Schmerz in deinem Bauch, dort, wo dich das Monstrum getreten hat. Zweitausendsechshundertdreiundzwanzig, zweitausendsechshundertvierundzwanzig, du schläfst ein, besser, du versuchst es gleich noch mal.

Los!

Er ist frei und stürzt zu Boden. Er liegt auf dem Rücken und ringt nach Atem. Dann quält er sich die fünfzig Meter den Hang hinauf. Zehn- oder zwölfmal stürzt er, rutscht wieder zurück, dann endlich steht er vor dem Wrack des Hotchkiss.

Der Motor ist nur noch ein Haufen Schrott. Der rechte Kotflügel ist zerfetzt. Er hat scharfe Kanten.

Zwanzig Minuten für die Fesseln am ersten Handgelenk. Du trödelst. Ich trödle? Und dieser stechende Schmerz im ganzen Körper?

Beim zweiten geht es schon viel schneller.

Schließlich richtet er sich auf. Endlich kann er auch das rechte Auge öffnen. Er durchstöbert das Autowrack, aber die Kiste ist ausgebrannt. Das Gewehr ist verschwunden. Natürlich. Dafür findet er zwischen den Steinen das Fernglas. Ein Glas ist zerbrochen, egal, besser als nichts. Ein paar Tropfen Wasser sind noch im Kanister, gerade genug, um die Lippen zu befeuchten.

Er ist unschlüssig, ob er den Montierhebel mitnehmen soll, schließlich steckt er ihn in den rechten Stiefel.

Er kann gehen. Er ist nur etwas steif. Wenn nur diese hundsgemeinen Schmerzen im Unterleib nicht wären.

Denk nicht daran.

Er folgt dem ausgetrockneten Flußbett drei- oder vierhundert Meter weit. Nach dem Stand der Sonne ist es ungefähr Mittag. Die anderen dürften acht bis neun Stunden Vorsprung haben. Doch sie haben Pferde, und er ist zu Fuß! Na und? Man darf nicht immer nur die negativen Seiten sehen.

... Er sieht sie schon von weitem. Sie lehnt gut sichtbar und fast aufrecht an einem großen runden Stein, den der Fluß, als er noch Wasser führte, hierher gewälzt haben muß.

Die Balalaika.

Und direkt davor der in grünes Leder gebundene *Simplicius Simplicissimus.*

Wenn sie das lustig finden, von mir aus.

Aber er weint fast vor Glück, daß er seinen Grimmelshausen wieder hat.

Zufällig schlägt er Kapitel 16 auf, in dem Simplicius Simplicissimus, gerade mit Müh und Not den Kroaten entkommen, Banditen in die Hände fällt: „Mein Handeln und Wesen wurde aber allem Ansehen nach je länger je ärger, ja so schlimm, daß ich mir einbildete, ich sei nur zum Unglück geboren ..." Dieser Simplicius ist wirklich ein Schwarzseher.

Es ist nicht schwierig, der Spur zu folgen. Es waren zwanzig bis dreißig Reiter. Der Frühlingsregen hat die Erde aufgeweicht, und die Hufabdrükke sind gut zu erkennen. Candido liest beim Gehen. Als es dämmert, muß er die Lektüre abbrechen. Die Spur führt stur nach Nordosten.

In regelmäßigen Abständen gönnt sich Candido eine Pause. Einmal schreckt er jäh auf, als er merkt, daß er gegen seinen Willen eingenickt ist. Das ist unverzeihlich, jetzt hat er noch mehr Zeit verloren!

Er ist hungrig. Seit Samantha ihn im Auto gefüttert hat, hat er nichts mehr gegessen. An Wasser fehlt es nicht. Zwischen den Felsen findet er genügend kleine Rinnsale oder Pfützen, die der Regen hinterlassen hat. Er ißt Blätter von einem Strauch. Davor hat er schon einige Büschel Gras hinuntergewürgt – aber es hält nicht lange vor, weiß der Teufel, wie die Kühe das machen. Der Montierhebel hat ihm den Knöchel aufgescheuert, seither trägt er ihn an der Seite im Gürtel.

Die Balalaika hat er sich umgehängt.

Den Grimmelshausen hält er in der Hand.

Er schläft ein zweites Mal ein. Die Augen brennen von den Blättern, die er zerkaut hat. Als die Sonne aufgeht, sieht er endlose Ketten von Hügeln und Bergen zu seiner Linken, und im Nordosten ...

... drei Chalcha-Mongolen, einen Steinwurf entfernt.

Sie sind nicht überrascht, mich zu sehen. Als hätten sie mich gesucht.

Nein. Sie haben auf mich gewartet. Sie sind nicht zufällig hier in dieser Einöde.

„Hat euch Pamphilos Merkulow geschickt?“ fragt er auf russisch.

Sie rühren sich nicht. Über den Schultern tragen sie diese urtümlichen Musketen, die der Schulmeister einmal als Berdan bezeichnet hat. Zwei sind ziemlich groß und so kräftig wie Ringkämpfer. Alle drei tragen lange blaue Baumwollmäntel und breite rote Gürtel, in denen ein Lederbeutel und ein langer, spitzer Dolch stecken. Ihre Lederstiefel haben gekrümmte Spitzen und sind an den Schäften mit bunten Stickereien verziert. Ihre runden Hüte laufen nach oben spitz zu.

„Ihr Chalcha-Mongolen? Freunde von Pamphilos Merkulow?“

Candido versucht es mühsam auf mongolisch. Keine Antwort. Sie füllen eine Schale mit dickflüssiger, fetter Milch, getrocknetem Hammelfleisch und Quarkklumpen und halten sie ihm hin. Er schlingt alles hinunter. Dann lösen sie die Lederbeutel von den Sätteln ihrer behaarten Kerulenpferde und legen sie neben Candido hin. Durch Zeichensprache geben sie ihm zu verstehen: Das ist für dich, du kannst alles mitnehmen.

„Mädchen? Wo sein Mädchen?“

Sie verstehen ihn nicht. Oder sie tun nur so. Aber vielleicht sind es ja gar keine Chalcha. Vielleicht sind es Kalmücken oder wer weiß was.

Einer nimmt aus der Tasche, die auf seinen Stiefel aufgenäht ist, ein Päckchen Tabak und eine Pfeife und hält beides Candido hin.

„Ich rauche nicht, danke vielmals. Der Doktor meint, das schadet der Lunge. Ihr habt doch sicher schon einmal von den Olympischen Spielen gehört. Der Doktor wollte mich hinschicken.“

Er versucht es wieder auf mongolisch:

„Ihr gut Freund, ich danke euch, Mongolen sehr mongol.“

„Mongol“ bedeutet in mongolischer Sprache soviel wie tapfer.

Zustimmung oder nur ein einfaches Heben des Kopfes, schwer zu sagen. Sie steigen auf ihre Pferde, nur einer zögert noch. Er kommt zu Candido zurück, geht in die Hocke und malt mit geschickten Fingern Hufspuren in die Erde.

Dann deutet er nach Südosten und schüttelt den Kopf.

„Ich soll den Hufspuren nach Südosten nicht folgen“, übersetzt Candido.

Ich wußte es von Anfang an: Es sind Leute des Schulmeisters. Sie sollen mir helfen. Das ist die einzige Erklärung. Sonst hätten sie mich doch verhungern lassen.

Der Chalcha versteht Russisch, auch wenn er es nicht zugeben will. Die Finger malen weiter. Einen doppelten Strich.

„Schienen? Die Transsibirische Eisenbahn?“

Ja. Noch ein Bild.

„Zuerst mit dem Lastwagen, dann haben sie den Zug genommen."

Nicken. Der Mann lächelt nicht und sagt keinen Ton. Er wendet sich ab und springt mit der gleichen Behendigkeit wie seine Begleiter in den Sattel.

Im leichten Trab entfernen sie sich. Bald darauf sind sie hinter einem Hügel verschwunden.

Am dritten Tag gelangt Candido an eine gewaltige Mauer, die sich bis zum Horizont hinzieht.

Die Fazenda dahinter muß riesig sein.

Er erklimmt die Mauer und geht oben weiter, kilometerweit, ohne einer Menschenseele zu begegnen. Das muß das Werk eines Riesen sein, der seinen Salat schützen wollte. Die Mauer hat Zinnen, er hat bereits elftausendvierhundertdrei gezählt, und Wachtürme, aber drumherum ist nur Wüste, und weit und breit ist kein Tatar zu sehen.

Die endlose Mauer – Candido könnte wetten, daß man sie mit einem Fernglas sogar vom Mond aus sieht – verläuft nach Osten, aber dahin möchte er nicht. Er verläßt die Mauer. Noch zwei Tage später kann er sie hinter sich erkennen, wenn er einen der Berge mit den verschneiten Gipfeln besteigt.

Am sechsten Tag hat er nach seiner Schätzung schon dreihundert Kilometer zurückgelegt. Fünfzig Kilometer pro Tag. Das ist nicht besonders viel. Er verliert zuviel Zeit. Fehlende Willensstärke, würde der Doktor sagen. Wenigstens stimmen die Angaben des Chalcha. Er stößt wieder auf die Spur des kleinen Trupps, der Samantha verschleppt hat. Die Reiter folgen in Zweierreihen einem Lastwagen.

Diese Entdeckung gibt Candido neue Kraft. Er beschließt, sein Tempo zu erhöhen: Du rennst zehntausend Schritte, anschließend gehst du zehntausend Schritte, um zu verschnaufen, und dann das Ganze von vorn. Anfangs fällt ihm das Rennen schwer: Die Vorratsbeutel, die beiden Wasserflaschen, die Balalaika, der Grimmelshausen und der Montierhebel, mit dem er dem Monstrum den Schädel zertrümmern will, behindern ihn erheblich. Aber die Beutel leeren sich. Bald entledigt er sich einer Wasserflasche, schließlich wirft er auch den Montierhebel weg, weil er ihm die Hüfte blutig gescheuert hat.

Und dann, die Piste windet sich wieder einmal in unzähligen Kurven einen Berg hinauf, bricht er zusammen. Er versucht, wieder auf die Beine zu kommen. Aber es geht nicht. Er hat einfach keine Kraft mehr. Er kann nur noch kriechen und schämt sich deswegen. Die Augen fallen ihm zu. Ich werde hier sterben, denkt er, und Samantha werde ich nie wiedersehen. Und dann vernimmt er Schreie und Schüsse. Er erwacht aus seiner Benommenheit.

Aber nicht sofort. Es dauert eine Weile, bis er zu sich kommt und merkt, daß er nicht träumt. Er schlägt die Augen auf und kriecht bis an den Rand der Piste. Unter sich erkennt er drei oder vier Pferdekarren, und darauf, darunter und darin Leute. Umzingelt von Reitern, die aus Musketen feuern und Säbelhiebe austeilen.

Dann tritt wieder Stille ein. Die Reiter verschwinden mit ihrer Beute, nichts rührt sich mehr. Du mußt hinunter zu den Wagen, Candido, egal ob auf Knien oder auf allen vieren, so viel Kraft hast du sicher noch, du mußt etwas Eßbares finden.

Und etwas zu trinken. Wie lange ist es her, daß du nichts mehr getrunken hast? Jedenfalls sehr lange.

Er kriecht die Böschung hinab. Zwei Karren brennen, in den beiden anderen sind die Flammen von selbst wieder erloschen. Steinkrüge hängen an der Seite. Er öffnet sie und schnuppert. Milch. Er trinkt. Er hört gar nicht mehr auf zu trinken. Die Milch läuft an ihm herunter und gräbt dunkle Rinnen in den rötlichen Staub, der zentimeterdick an ihm klebt. Jetzt geht es wieder besser, *I feel quite all right,* Samantha, *I am coming* ...

Vorsicht, Candido, dreh jetzt bitte nicht durch!

Er legt die Balalaika und das Buch weg und durchsucht die Karren ... überall tote Kinder in chinesischen Trachten. Voller Schnittwunden, die Bäuche aufgeschlitzt. Dazu, wie immer, die Mücken und der schale Blutgeruch. Aber er muß etwas essen. Er findet eine Schüssel mit einer Art Melasse und Fladenbrote. Mühsam schiebt er die Toten beiseite und verschlingt den Leichenschmaus.

Ein leises Stöhnen dringt durch die Totenstille. Es kommt unter einem der halbverkohlten Karren hervor. Candido sieht nach. Ein Mädchen. Sie hat den Kopf und den Oberkörper gegen die Deichsel gedrückt, die ihr als Schutz gedient haben mag. Neben ihr liegt ein altes Gewehr. Sie ist etwa fünfzehn Jahre alt. Ein Teil ihres Gesichts und ihrer Haare sind verbrannt, und die Klinge eines Säbels steckt noch in ihrem Bauch. Candido kniet sich hin und beugt sich über sie.

Er fährt zurück. Der große Fellhaufen neben dem Mädchen entpuppt sich als Hund. Aber es ist keiner von diesen Pudeln, von denen Dona Isabel fast ein Dutzend hat. So ein Hund frißt sechs Pudel zur Vorspeise. Und sein Knurren klingt wie das Donnern eines Zuges, der durch einen Tunnel rast.

Das Mädchen hat die Augen offen. Sie sagt etwas in einer unbekannten Sprache. Chinesisch, zweifellos.

„Ich verstehe dich nicht", antwortet Candido freundlich.

„Trinken", sagt sie auf russisch.

Er holt ihr Milch. Was kann er schon für sie tun? Nichts. Und dann dieser Hund. Viel hat nicht gefehlt, und er hätte ihn mit Haut und Haaren verschlungen.

Sie trinkt – Candidos ausgestreckter Arm streift leicht die Schnauze des Hundes, der zwischen ihm und dem Mädchen liegt.

„Spassibo."

„Sie sind die einzige Überlebende", sagt Candido. „Soll ich Ihnen unter dem Wagen heraushelfen?"

„Fassen Sie mich nicht an."

Ihre Stimme ist schwach. Candido, sie wird sterben, du solltest machen, daß du weiterkommst, du verlierst hier nur Zeit.

Er setzt sich.

„Wer hat Sie angegriffen?"

Straßenräuber. Ihre Familie war zusammen mit einer anderen Mandschu-Familie aus der Mongolei geflohen, in der sie sich vor langer Zeit angesiedelt hatten.

„Wollen Sie noch Milch?"

„Töten Sie mich. Ich flehe Sie an."

Er weint. Bemitleide nie dich selbst, Candido, aber ihretwegen kannst du weinen, das ist keine Schande. Er holt seine Balalaika und singt leise in seinem brasilianischen Portugiesisch die Lieder, die ihm der Neger Nabuco beigebracht hat (hoffentlich ist er nicht gestorben, als ich im Mato Grosso war. Ich habe ihn sehr gerne, er war viel netter zu mir als Dom Trajano, Dona Isabel und meine Stiefschwestern zusammen, was allerdings nicht besonders schwierig war).

Sie ist tot. Auch der Hund hat es gemerkt. Er legt seine große Schnauze auf die Pfoten und jault.

Hättest du sie lieber verteidigt, jawohl!

... Schluß mit Weinen, Candido, du hast sie ja nicht einmal gekannt. Wenn du alle Unschuldigen beweinst, die auf der Welt umgebracht werden, brauchst du einen Amazonas voller Tränen.

Er nimmt den Beutel mit den Fladenbroten und zwei Tonkrüge Milch aus dem Wagen, löst einen Lederriemen vom Pferdegeschirr und hängt sich die Vorräte über die Schulter.

Nach ein paar hundert Metern bemerkt er, daß ihm der Hund folgt.

„Warum bist du kein Pferd?"

Wenn er nur ein paar Zentimeter größer wäre, könnte ich ihn satteln.

„Was du hier siehst", belehrt Candido den Hund, „sind die Schienen der Transsibirischen Eisenbahn."

„Grrr", antwortet der Hund.

„Weißt du, daß du mich an jemanden erinnerst? Ich könnte dich Dom Trajano nennen, aber das wäre nicht sehr respektvoll. Allein auf der Fazenda Bragança Boa Vista haben wir fünfundsiebzig Hunde. Und alle lieben Dom Trajano, diese Idioten. Keiner war mein Freund. Hörst du mir überhaupt zu?"

„Grrr."

„Wir folgen diesen Schienen, falls es das ist, was du wissen wolltest. Und ich nenne dich Grrr, abgemacht? Gefällt dir der Name?"

„Grrr."

„Hast du *Wolfsblut* und *Der Ruf der Wildnis* von Jack London gelesen? Nein? Das solltest du nachholen."

Du gehst gleich weiter, Candido. Schlaf nicht ein.

„Ich will dir nichts vormachen, Grrr, ich bin etwas müde. Sieh mich bitte nicht so an, ich bin kein Hundefutter. Und bewußtlos bin ich auch nicht. Ich lege nur mein Ohr auf die verfluchten Schienen, damit ich hören kann, ob die Transsibirische Eisenbahn kommt. Du glaubst mir nicht, was? Also gut, du hast ja recht. Ich bin gestürzt und kann nicht mehr aufstehen. Würdest du mich bitte wecken, wenn der Zug kommt."

Er kriecht vorwärts: Drei Schwellen. Er ist ein richtiger Kilometerfresser!

Er zieht sich mit dem Arm über die nächste Schwelle. Vor ihm, genau zwischen den Gleisen, geht die Sonne auf. Kein Zweifel, die Richtung stimmt. Dort ist Osten.

„Ja, danke, Grrr. Ich habe ihn auch gesehen, den Klakla. Er hat uns beobachtet und ist dann davongaloppiert. Willst du meine Meinung hören? Er hat auf mich gewartet und wird es melden. Sie wissen immer, wo ich stecke, immer. Jetzt reicht's, Grrr, hör auf, mich am Ärmel zu ziehen. Ich stehe auf, wann ich will."

„Ich würde Sie gerne zwischen den Schienen schlafen lassen, Cavalcanti. Aber der Zug wird bald kommen. Und dann sind Sie in einem Bett sicher besser aufgehoben."

Der Schulmeister. Die sanfte, ruhige Stimme des Schulmeisters, noch trauriger als sonst.

„Noch Tee?"

Candido schüttelt den Kopf.

Pamphilos Merkulow sitzt vor einem Fahrplan der Transsibirischen Eisenbahn, der an die Wand des Blockhauses geheftet ist. Candido schaut auf seine verbundenen Füße:

„Was habe ich an den Füßen?"

„Das Problem ist eher, was Sie nicht mehr dranhaben: Haut nämlich. Das Fleisch ist überall offen. Wir mußten die Stiefel aufschneiden, damit wir sie Ihnen ausziehen konnten."

Pamphilos schüttelt den Kopf. Candido will eine Frage stellen, aber Pamphilos kommt ihm zuvor:

„Ich weiß nicht, wo das Mädchen ist, Cavalcanti. Ich gebe Ihnen mein Wort. Sie ist in den Zug gestiegen, und seither habe ich sie nicht mehr gesehen."

„Wohin?"

„Mit der Transsibirischen Eisenbahn nach Osten. Nach Charbin vielleicht. Oder noch weiter."

„Wer ist bei ihr?"

„Zwei Männer und eine Frau. Sie schlief."

„Betäubt?"

„Ich fürchte, ja. Sie erholen sich erstaunlich schnell. Wo haben Sie das Pferd aufgetrieben?"

„Welches Pferd?"

„Sind Sie etwa die ganze Strecke *zu Fuß gegangen?* Es fällt mir schwer, das zu glauben."

„Könnte ich zu Fuß auch nach Charbin?"

„Ich halte Sie bestimmt nicht davon ab. Sind Sie wirklich nicht geritten?"

Candido schließt die Augen. Ich gehe nach Charbin, denkt er. Sie ist dort, sie muß dort sein.

„Nein, gegangen und gerannt. Sie wußten, daß ich komme, nicht wahr?"

„Ich habe es fast nicht geglaubt, dazu kenne ich das Land zu gut. Aber er war davon überzeugt."

„Alechin?"

„Ich sehe keinen Grund, warum ich Ihnen nicht antworten sollte: Ja."

„Ist er mit ihr in den Zug gestiegen?"

„Ich weiß nicht, wie er aussieht."

Candido beschreibt Alechin. Pamphilos schüttelt den Kopf:

„Er war nicht dabei. Ich habe seine Befehle immer telegraphisch erhalten."

„Wo ist er jetzt?"

„Ich habe keine Ahnung. Bis vor wenigen Tagen kamen seine Befehle aus Moskau."

„Und er war sich sicher, daß ich es bis hierher schaffe?"

„Zumindest, daß Sie die Eisenbahnlinie erreichen. Ich habe auf einer Strecke von über zweihundert Kilometern Kundschafter postiert. Einer hat Sie entdeckt und mich benachrichtigt."

„Warum gehorchen Ihnen die Chalcha-Mongolen? Sind Sie ihr Anführer?"

„Ich bin nur mit mehreren ihrer Anführer befreundet. Ich durchstreife dieses Land schon seit vielen Jahren."

„Haben Sie die drei Chalchas beauftragt, mich unterwegs mit Proviant zu versorgen?"

Das Gesicht des Schulmeisters bleibt ausdruckslos.

„Ich weiß nichts von drei Männern. Sie werden wohl Nomaden begegnet sein. Die Mongolen können zu Reisenden sehr gastfreundlich und zuvorkommend sein."

Er lügt. Natürlich war er es. Er hat gegen die Befehle *des anderen* verstoßen und will nicht, daß es herauskommt.

„Wo sind wir hier?"

„Zwanzig Kilometer von einer kleinen mandschurischen Ortschaft namens Xiguitugi entfernt. Sie haben in neun Tagen rund fünfhundertfünfzig Kilometer zurückgelegt. Und Sie haben sogar noch die Balalaika und das Buch, die ich Ihnen auf seinen Befehl hin zurückgegeben habe. Ich bin sprachlos. Selbst er hat nicht damit gerechnet, daß Sie jetzt schon kommen."

Candido bildet sich fast etwas darauf ein, daß er die Prognose *des anderen* übertroffen hat. Er wird bestimmt wütend auf ihn sein, wenn er so etwas wie Wut überhaupt kennt.

„Er hat recht, Sie sind ein außergewöhnlicher Mensch. Woher haben Sie eigentlich den Hund?"

„Fragen Sie ihn doch selbst."

„Auf den ersten Blick sieht er aus wie eine Kreuzung zwischen einer tibetanischen Dogge und einem sibirischen Samojedenspitz-Hunde mit diesen ausdrucksvollen blauen Augen findet man manchmal bei den Samojeden."

„Hat Ihnen Alechin weitere Befehle gegeben, was mich betrifft?"

„Ich habe sie alle ausgeführt. Meine Aufgabe hier ist beendet."

Sie trinken schweigend ihren Tee und schauen die Gleise entlang.

„Ich gehe nach Urga", sagt Pamphilos. „Ich hoffe, sie verwüsten meine Mongolei nicht zu sehr. Falls Sie mich eines Tages brauchen, schreiben Sie nach Urga, postlagernd auf meinen Namen."

Warum sollte ich in die Mongolei zurückkehren? denkt Candido.

„Sie haben von der Transsibirischen Eisenbahn gesprochen."

„Sie kommt in acht oder neun Stunden, sofern sie keine Verspätung hat. Aber genaugenommen ist es gar nicht die Transsibirische Eisenbahn, da die Strecke noch unterbrochen ist, sondern nur der Zug nach Charbin."

„Kann ich ihn nehmen?"

„Ich habe Ihnen bereits gesagt, daß ich alle seine Befehle ausgeführt habe. Ich habe Ihnen ein Abteil reserviert."

Der Hund wollte nicht mit einsteigen. Er saß draußen und betrachtete den Zug ohne erkennbare Gefühlsregung. Selbst im Sitzen war er so groß wie ein Mensch.

„Leb wohl, Grrr."

Durch das Fenster beobachtete Candido, wie sich Pamphilos dem Tier näherte und mit seiner sanften Stimme, mit der er Kindern gewöhnlich die Geheimnisse des Lebens erklärt, beruhigend auf ihn einredete. Aber Grrr ging nicht darauf ein. Er trottete unbeeindruckt davon und wahrte Abstand. Mit der Zeit werden sie sich schon näherkommen, denkt Candido. Wenn Grrr Pamphilos annimmt, hast du dich in dem Schulmeister nicht getäuscht. Er ist nicht vollkommen verrückt. Nur so verrückt wie jeder andere. Wäre *der andere* an Pamphilos' Stelle gewesen, hätte ihn Grrr ganz bestimmt gefressen.

Und dann ist Candido eingeschlafen. Auf die Art kann er seine Schmerzen am besten vergessen. Seine Träume werden manchmal zu

Alpträumen: *Der andere* hetzt Samantha und ihn durch einen Keller, an der Spitze einer Meute von Wölfen mit roten blutigen Schnauzen. Einer sieht aus wie Afonka Tschaadajew, ein anderer wie Otto Krantz, und beide haben Zähne aus doppelschneidigen Dolchen.

Manchmal sind seine Träume so süß, daß er wie ein Kater schnurren könnte, und der allerschönste ist:

... Sie steigt in die Transsibirische Eisenbahn, beugt sich über ihn, küßt ihn weinend, verrückt vor Freude über das Wiedersehen, wie damals im Hotchkiss, sie nimmt ihn in ihre kräftigen Arme, die so endlos lang sind, und sie stammelt vor Glück.

Aber es ist nicht nur ein Traum. Der Zug steht. Stimmen aus Lautsprechern geben in allen Sprachen bekannt, daß die Reisenden in der mandschurischen Stadt Charbin angekommen sind. Endstation.

„Kannst du gehen, Candido?"

„Ich könnte tanzen."

IV

Der Schrei des Jaguars gleicht überhaupt nicht dem typischen Raubtiergebrüll. Der Jaguar ist eher ein ruhiges Tier. Er gibt allenfalls ein dumpfes Knurren von sich. Aber viele Reisende behaupten, man könne am Gekreische der Affen erkennen, daß er in der Nähe ist.

„Warst du so sicher, daß ich dir folgen würde?"

„Natürlich. Ich kenne dich doch, mein Kleiner."

„Es war nicht immer leicht."

Wieder streichelt sie ihn sanft. Sie kann so zärtlich sein, wenn sie nur will. Sie war ganz allein in Charbin. Es war gewiß nicht einfach für sie, hier auf ihn zu warten.

„Ich habe immer gewußt, daß dich nichts und niemand aufhalten kann."

Das ist nett, denkt Candido. Wirklich. Mir kommen gleich die Tränen. Wechseln wir lieber das Thema.

„Wie war sie?"

„Wer?"

„Die Frau, die dich in den Zug verfrachtet hat. Pamphilos hat mir von ihr berichtet."

„Sie spricht Englisch wie ich. Sie könnte eine Amerikanerin von der Ostküste sein. Sie ist fast so groß wie ich, braune Haare, sehr attraktiv, etwa siebenundzwanzig. Ich kenne nur ihren Vornamen, Matriona. Gleich nach unserer Ankunft in Charbin haben uns mandschurische Polizisten verhört. Auch Weiße waren dabei ..."

„Und die beiden Männer?"

„Hab' ich nicht wiedergesehen. Matriona hat der Polizei erzählt, wir seien vor den Roten geflohen. Sie konnte es sogar beweisen ... Candido, nichts deutet darauf hin, daß sie für Aljotschka arbeitet."

Alechin. Nicht Aljotschka. Bitte, Samantha. Aber Candido sagt nichts. Er steigt aus dem Bett, in dem er die letzten Tage verbracht hat. Er geht durch das Zimmer im Hotel Imperial in Charbin. Es ist so geräumig, ist wie eine 4-Zimmer-Wohnung.

„Sie hat dir das Hotel bezahlt, Samantha. Und sie hat dir Geld gegeben."

„Fünfhundert Dollar. Ich hatte ja nichts. Sie war großzügig, das ist alles. Du bist zu mißtrauisch."

Candidos Füße sind bereits recht gut verheilt. Allerdings muß er vorläufig noch Pantoffeln tragen.

„Sollen wir etwas frische Luft schnappen?"

Sie entschließen sich zu einem Spaziergang durch Charbin.

„Und unsere Pässe?"

„Die Polizei hat sie einbehalten. Wir werden sie bald zurückbekommen."

Sie schlendern durch den chinesischen oder mandschurischen Teil der Stadt. Es wimmelt von Menschen, und die penetranten Gerüche sind unerträglich. Sie wenden sich nach Nowy Gorod. Durch die Neubauten, die hier nach der Fertigstellung der Transsibirischen Eisenbahn entstanden sind, und durch den Zustrom weißer Flüchtlinge hat sich Nowy Gorod fast in ein zweites Petrograd verwandelt.

„Jedenfalls kommen wir mit fünfhundert Dollar nicht allzuweit", meint Samantha.

Außerdem müßten sie sich neu einkleiden. Sie habe sich bereits Kleider und Schuhe gekauft, und er werde auch nicht darum herumkommen: Die Sachen von Pamphilos Merkulow stünden ihm nämlich überhaupt nicht.

Einige Tage später schlendern sie durch die Menge, in der es von Europäern wimmelt. Plötzlich zuckt Candido zusammen und preßt Samanthas Hand.

Auch sie erstarrt:

„Ja, ich habe ihn auch gesehen. Otto Krantz. Aber vielleicht ist es nur eine Ähnlichkeit."

„Bestimmt."

Candido läuft ein Schauer über den Rücken. Auch er hat unter all den Leuten, die auf dem Platz die letzten Sonnenstrahlen des Spätsommers genießen, jemanden erkannt. Aber nicht den Mann mit der eckigen Brille und den mechanischen Bewegungen.

Und er ist überzeugt, daß er sich nicht getäuscht hat. Auch wenn sie sich nur in der Scheibe eines Autos gespiegelt haben: Diese Augen sind unvergeßlich.

Afonka Tschaadajews Augen.

Auf der Fremdenpolizei sagt man ihnen, daß sie ihre Pässe demnächst zurückerhalten werden.

„Was glaubst du, Candido? Ob sie uns daran hindern wollen, Charbin und die Mandschurei zu verlassen?"

„Ich weiß nicht.“

„Zwei Tage vor deiner Ankunft habe ich mit dem amerikanischen Konsul gesprochen. Er meinte, solche Verzögerungen seien normal.“

„Sehr schön.“

„Ich mag es nicht, wenn du in diesem Ton ‚sehr schön‘ sagst.“

„Entschuldige.“

Sie gehen am Ufer des Amur entlang. Die Sonne der letzten Tagen ist verschwunden. Es regnet schwach. Lange, mit Holz beladene Boote treiben den Fluß hinunter.

„Nun rück schon damit heraus“, sagt sie.

Aber Candido will jetzt nicht darüber reden. Und damit sie seine Verlegenheit nicht bemerkt, tritt er gegen einen verfaulten Maiskolben, um den sich Ratten balgen. Er trifft: Der Mandschu-Pantoffel mit der gebogenen Spitze landet im hohen Bogen im Amur.

„Sei nicht kindisch“, schimpft Samantha. „Seit wir in Rußland in die Transsibirische Eisenbahn gestiegen sind, habe ich Aljotschka Alechin nicht mehr gesehen. Und ich habe mich auch nicht mit ihm verabredet. Bist du nun zufrieden, oder willst du es noch genauer?“

Er schweigt. Es war eine Antwort, und auf die entscheidende Frage. Vielleicht sogar die richtige Antwort – nur hat sie nicht gesagt, ob sie es bedauert, daß sie *den anderen* nicht mehr gesehen und nichts mehr von ihm gehört hat.

...Auf seinem Marsch durch die Mongolei hatte er immer nur einen Gedanken im Kopf: Ich muß sie wiederfinden, ich muß sie wiederhaben. Sie hatte sich ihm schon einmal in die Arme geworfen, warum also nicht ein zweites Mal? Zugleich kam ihm der Verdacht, daß ihn *der andere* vielleicht nur deshalb am Leben gelassen hatte (allerdings nicht ohne ihm in das empfindlichste Teil treten zu lassen), weil es ein Abkommen zwischen den beiden gab: Sie tat, was er von ihr verlangte, und er ließ Candido dafür am Leben.

„Die Antwort war durchaus zufriedenstellend“, sagt er. „So genau wollte ich es gar nicht wissen.“

„Was du nicht sagst. Aber wenn wir schon dabei sind, können wir auch gleich den anderen Punkt besprechen.“

„Welchen anderen Punkt.“

„Spiel bitte nicht den Dummen. Ich meine, wie es jetzt weitergehen soll. Vorausgesetzt, wir kommen aus diesem Land heraus.“

„Wir?“

Meus Deus, sie bleibt bei mir! Er erstickt fast vor Glück und täuscht einen erneuten Schmerzanfall in seinem Fuß vor. Er stützt sich auf einen der Tonkrüge, die am Ufer des Amur stehen, balanciert wie ein Reiher auf einem Bein und massiert sich den Fuß – nur damit er den Kopf senken und seine Freude verbergen kann.

„Wir bleiben noch eine Weile zusammen, Candido", meint sie. „Das ist alles."

Sie spricht in einem Ton wie jemand, der gerade einen Entschluß gefaßt hat. Für Sekunden wird Candido wieder von Unruhe erfaßt – offenbar hat sie doch daran gedacht, ihn zu verlassen. Na gut, das war einmal. Sie bleibt bei ihm, das ist die Hauptsache, egal wohin sie gehen ...

„Nach Europa", sagt Samantha. „Am besten, wir gehen nach Europa. Natürlich nicht nach Deutschland, aber wie wäre es mit Frankreich oder Italien? Papa hat dort Freunde. Ein Anarchist kann immer auf seine Freunde zählen, Candido ... Kommst du? Hast du noch Schmerzen in deinem Fuß?"

„Nein, es geht vorbei."

„Und bestimmt wird dein Vater auf die beiden Briefe antworten, die du ihm geschrieben hast. Glaubst du wirklich, er schickt dir Geld?"

„Immerhin ist er mein Vater."

Candido hat Dom Trajano gleich zwei Briefe geschickt, für den Fall, daß einer verlorengeht. Er hat stundenlang geschrieben und alles berichtet. Er hat sich sogar zu dem einzigen Verbrechen bekannt, das er jemals begangen hat (die beiden Bomben im Kino der Plücks). Allerdings hat er sie als „Knallkörper" bezeichnet, das klingt etwas harmloser. Man soll nicht gleich übertreiben. Im Grunde war es ja gar kein richtiges Verbrechen. Vor allem hat er immer wieder betont, daß er ohne sein Zutun in diese Jaguargeschichte geraten ist. Ein klärendes Wort hat noch nie geschadet.

Er ist rundum zufrieden. Im Augenblick läuft alles zur besten Zufriedenheit.

Er setzt sich wieder in Bewegung und vergißt dabei zu humpeln.

„Nach Europa", sagt Samantha. „Das wird am besten sein. Natürlich nur, wenn du einverstanden bist."

Und ob er einverstanden ist. Nach Frankreich und Italien mit Samantha!

„Aber zuerst müssen wir unsere Pässe wiederkriegen und noch etwas Geld beschaffen", fügt sie hinzu.

Er lächelt in sich hinein. Was Otto Krantz angeht, so sind sie einer Meinung. Nur eine Ähnlichkeit.

Über Afonka Tschaadajew hat er kein Wort verloren.

Die Idee stammt von Samantha. Der Arzt, den sie für Candidos Behandlung hat kommen lassen, lebt schon seit 1917 in Charbin und hat gute Beziehungen. Sie fragen ihn, ob er jemanden kenne, der sich bei der Fremdenpolizei für sie einsetzen und die Rückgabe der Pässe beschleunigen könne. Der Arzt bringt sie daraufhin mit einem Mann namens Pawel Pawlowitsch Komarow zusammen. Komarow erklärt sich bereit, die lästige Geschichte für sie zu regeln: „Diese Asiaten bringen einen mit ihrer Trägheit zur Verzweiflung, aber verlassen Sie sich nur auf mich, ich kenne die richtigen Leute." Komarow hat als Offizier in Koltschaks Armee gegen die Roten gekämpft. „Nein", sagt er Samantha, „Sie brauchen sich nicht zu bedanken. Sie sind Amerikanerin, und Herr Cavalcanti ist Brasilianer, und wie man hört, stammen Sie beide obendrein aus angesehenen Familien. Heutzutage denkt so mancher an ein Asyl in den Vereinigten Staaten oder in Brasilien, denn wenn wir Pech haben, werden die verfluchten Roten siegen." Und die letzten Meldungen seien alles andere als ermutigend: Koltschak sei tot, Denikin habe den Kampf aufgegeben und sei nach Frankreich geflüchtet, und sein Nachfolger Wrangel sei nach seinen erfolgreichen Offensiven im Donezbecken an der Kuban und im Donbass anscheinend in Schwierigkeiten geraten. Den letzten Depeschen zufolge seien die roten Hunde unter der Führung des Juden Trotzki zum Angriff übergegangen. Baron Ungern-Sternberg? Sein Versuch, mit der asiatischen Kavalleriedivision Okra zu nehmen, sei gescheitert. Im übrigen sei er ein realitätsfremder Abenteurer, ein Verrückter, von dem man nichts Gutes zu erwarten habe.

Komarow lädt Samantha und Candido zum Essen ein.

Am Abend holt sie ein livrierter Chauffeur mit einem Cadillac V-8 Baujahr 1915 vom Hotel Imperial ab und bringt sie in Komarows wunderschönes dreistöckiges Haus außerhalb der Stadt am Ufer des Sungari, einem Zufluß des Amur. Sie verbringen einen amüsanten Abend, und der Champagner fließt in Strömen. Schließlich muß man sich über die traurige Lage hinwegtrösten, in die man geraten ist. Candido und Samantha werden mit Fragen überschüttet. Immerhin sind sie aus Sankt Petersburg gekommen, wie fast alle Emigranten drei oder vier Jahre zuvor. Es ist also durchaus normal, daß man sie ausfragt. Ob es wahr sei, daß das Volk überall revoltiere? Daß es die Rückkehr des Zaren fordere? Man habe gehört, daß die Bauern den Roten die Kehlen durchschnitten, sobald sie sich aufs Land hinauswagten, daß sich eine Bewegung formiert habe, die mit jedem Tag stärker werde, daß sich das Heilige Rußland endlich gegen diese von Deutschen und Juden angezettelte Revolution erhebe.

Drei Tage danach erhalten sie eine zweite Einladung und ein kleines Päckchen: die Pässe, ordnungsgemäß gestempelt und mit den Visa versehen, die sie zur Ausreise aus der Mandschurei benötigen – dazu Blumen. Wieder holt sie der Cadillac ab. Es regnet, der livrierte Fahrer hat das schwarze Lederverdeck geschlossen. Er ist nicht allein: Ein etwa dreißigjähriger Mann begleitet ihn. Er ist elegant gekleidet und trägt eine weiße Krawatte. Er stellt sich vor: Stephan-Stepa-Timofejewitsch Onegin, „Onegin wie Eugen, ja, ich bin eben erst in Charbin eingetroffen, aber ich kenne die Stadt bereits, nennen Sie mich Stepa, man spürt schon den herannahenden Winter, nicht wahr? Der Winter kann hier schrecklich sein ..."

Candido mag den Mann nicht, er weiß selber nicht, warum. Der Wagen setzt sie vor dem Portal ab. Einige Gäste sind schon da, darunter zwei Frauen. Sie haben es sich in der Bibliothek bequem gemacht, die gleichzeitig als Salon dient. An der Wand hängt ein Porträt des Zaren mit Trauerflor. Nach einer Weile gehen alle ins Eßzimmer hinüber. Die Tafel ist prächtig gedeckt: Limoge-Geschirr, Bestecke aus Gold oder Platin.

„Ich habe eine Überraschung für Sie", sagt Komarow, als das Essen aufgetragen wird. „Aber Sie müssen sich bis zum Nachtisch gedulden."

Als es soweit ist, verlassen die beiden anderen Frauen den Raum. Nur Samantha bleibt.

Hätte ich mich nur auf meinen Instinkt verlassen, denkt Candido. Wir hätten nicht in den Cadillac steigen sollen. Wären wir doch im Hotel geblieben.

„Damit wir uns gleich richtig verstehen", sagt Komarow, „wir haben ebenso viele Spione bei den Roten wie diese Schakale bei uns. Wir sind ihnen darin sogar zahlenmäßig überlegen. Stepa kennen Sie ja bereits. Das ist sein richtiger Name. Die übrigen Personen wurden Ihnen unter ihren Decknamen vorgestellt, aber das ist unwichtig. Sie sollten aber wissen, daß Sie hier dem Generalstab der weißen Geheimarmee gegenübersitzen. Und jetzt eine Frage: Sagt Ihnen der Name Jaguar etwas?"

„Was wollen Sie denn mit dieser blödsinnigen Geschichte, Sie

Schwachkopf", platzt Samantha heraus. „Es gibt dafür eine ganz simple Erklärung ..."

„Der Mann mit dem Spitznamen Jaguar", fährt Komarow unbeeindruckt durch die Unterbrechung fort, „dieser Mann oder diejenigen, die sich diesen Namen ausgedacht haben, haben im Keller des Moskauer Bolschoitheaters zwei unserer Agenten ermordet. Außerdem haben sie im Stadtteil Presnjia mehrere unserer Männer hingerichtet, die sich dort versteckt hatten. Einem Arzt vom Golitzin-Krankenhaus wurde die Kehle durchgeschnitten, als er auf dem Nachhauseweg den Vergnügungspark Neskutschnji Sad durchquerte. Dasselbe geschah mit einer Frau vom Bachruschin-Museum, ebenfalls in Moskau. Alle Opfer wurden auf die gleiche Weise umgebracht ..."

„Trottel", sagt Samantha. „Können wir auch mal was sagen?"

„...auf die gleiche Weise wie zuvor schon weißrussische Flüchtlinge in Berlin. Sie waren doch in Berlin, Cavalcanti, nicht wahr?"

„Sie waren beide dort", sagt Stepa.

„Und die Morde in Irkutsk während Ihrer Durchreise. Dann in Transbaikalien, wo drei Männer ermordet wurden, die sich bei den Kommunisten einschleusen wollten. Einer war übrigens mein Bruder, vielleicht verstehen Sie jetzt meine schlechte Laune ... Die nächste Station des Jaguars war Tschita – allerdings gab es diesmal keine Toten. Sie hatten etwas Besseres vor. Kurz darauf tauchen Sie in Dahuria auf, bei Baron von Ungern-Sternberg. Ihr Auftrag lautet, ihn zu ermorden, und Sie scheitern nur knapp, wenn man Pamphilos Merkulow glauben darf ..."

„Keinen Moment glaube ich, daß Pamphilos einen solchen Quatsch erzählt haben soll", sagt Samantha. „Sie lügen."

„Stepa?"

„Ich weiß es von Merkulow persönlich", bestätigt Stepa. „Er ist unser zuverlässigster Agent. Und das ist ihm hoch anzurechnen, denn die Roten halten seine gesamte Familie als Geiseln fest. Er hat mir übrigens auch erzählt, daß der Jaguar auf der Flucht vor Ungerns Leuten die menschenleere Mongolei durchquert hat. Eine unglaubliche Leistung. Er selbst mußte das Mädchen nach Charbin bringen. Das Leben seiner Kinder hing davon ab."

Meus Deus, ein verdammt kniffliges Puzzle. *Der andere* hat sich wirklich alle Mühe gegeben!

„Wir sitzen hier zu Gericht", schließt Komarow. „Geben Sie zu, daß Sie der Jaguar sind, Cavalcanti?"

„Gar nichts geben wir zu. Ihr seid eine verkommene Bande von bourgeoisen Dreckskerlen und Reaktionären!"
Sie werden abgeführt.

„Ich hätte sie vielleicht nicht als bourgeoise Dreckskerle und Reaktionäre beschimpfen sollen. Aber die alberne Bande nehme ich nicht zurück", sagt sie.

„Das ändert auch nichts."

„Du hast überhaupt nichts gesagt, keinen Ton."

Solange das „Gericht" berät, hat man sie in einen Keller gesperrt. Eine Kerze wirft einen gelblichen Lichtkegel auf den Boden. In der vagen Hoffnung auf einen Geheimgang tastet Candido die Mauern ab. Fehlanzeige.

„Du hast nur friedlich an dem Gebäck geknabbert. Was gesprochen wurde, hat dich anscheinend überhaupt nicht interessiert", fährt Samantha fort. „Wie jetzt übrigens auch. Cavalcanti, wenn ich dich langweile, brauchst du es bloß zu sagen."

Schweigen.

„Werden wir sterben, Candido?"

Soll ich es ihr sagen? Und wenn ich mich täusche?

„Ich denke nicht", meint er.

Das reicht. Sie wird darüber nachdenken und begreifen.

Schweigen. Und endlich ruft sie:

„Oh, mein Gott!"

„Aber ja!" bestätigt Candido niedergeschlagen.

„Hört das denn nie auf!"

Sie sitzt auf dem gestampften Lehmboden. Sie zieht die Knie an und schlingt die Arme darum. Candidos Jacke hängt über ihren bloßen Schultern. Sie fragt:

„Und wenn du dich irrst?"

„Werden wir sterben."

Sie hebt den Kopf.

„Hör auf herumzulaufen, du machst mich nervös. Komm zu mir. Ich muß dir etwas sagen."

Er gehorcht und stellt sich so hinter sie, daß sie sich anlehnen kann.

„Ich habe es nie bedauert, daß ich mit dir zusammen war. Um ehrlich zu sein, es hat mir immer gefallen. Und es wird mir noch lange gefallen. Vielleicht sogar immer."

Er unterdrückt ein Zittern: Sie macht dir eine kleine Liebeserklärung. Spiel jetzt nicht gleich verrückt, die Umstände verleiten sie dazu, vielleicht will sie auch nur, daß du glücklich stirbst.

„Hast du mich verstanden?"

„Ja."

„Ich wollte, daß du das weißt."

„Ich bin darüber sehr froh."

Er kauert sich nieder und läßt seine Hände zärtlich über ihren Körper gleiten. So behalte ich sie in bester Erinnerung, denkt er, falls man uns mit einem Genickschuß erledigt.

Sie wendet ihm das Gesicht zu, er küßt sie.

... Aber in einem Winkel seines Gehirns arbeitet es weiter. Er richtet sich auf und entfernt sich von ihr.

Vorhin, als man sie in den Keller führte, hat er genau das trockene Klacken des Riegels gehört.

Jetzt vernimmt er das gleiche Geräusch – nur etwas gedämpfter.

Nachschauen kostet nichts ...

Vorsichtig nähert er sich der Tür. Er zögert, dann drückt er dagegen. Wie von allein geht sie auf.

Sie nehmen die falsche Treppe und landen in der Küche. Vorhin sind sie hier nicht durchgekommen. Eine Frau ist da. Sie trägt ein russisches Kopftuch. Ihr Gesicht ist nicht zu sehen: Als sie nach vorn stürzte, ist sie in den Kuchen gefallen, der wohl nach dem Essen aufgetragen werden sollte. Ihr dicker Hintern ragt in die Höhe, ihr Nacken ist blutverschmiert.

Die Tür, die vom Anrichtezimmer in den Garten führt, ist abgeschlossen. Von innen. Und doch, hier müssen sie hereingekommen sein.

Und wenn ich sie öffne?

Überflüssig. Sieh doch selbst: Sie sind tatsächlich hier hereinmarschiert. Doch obwohl es in Strömen regnet, sind keine Spuren auf dem Boden. Sie haben an alles gedacht, wie immer.

„Um alles in der Welt, verziehen wir uns!" sagt Samantha.

Nein. Wenn wir schon mal da sind, sehen wir uns auch um. Auch wenn es keinen Sinn hat, Candido: Du weißt genau, was dich im übrigen Haus erwartet.

Das Eßzimmer gleicht einem Schlachtfeld. Pawel Pawlowitsch Komarow muß es als einen der ersten erwischt haben. Vermutlich ein

Schuß aus der Eingangshalle. Er hat ein Loch in der Stirn und sitzt zurückgelehnt in seinem Sessel am Kopfende des Tisches – durchschnittene Kehle, aufgeschlitzte Wangen, wie sollte es auch anders sein. Er sieht aus wie jemand, der gerade eine lustige Geschichte gehört hat, sich mit beiden Händen gegen die Tischplatte stützt und aus vollem Halse lacht.

Der Bärtige, der vor dem Essen auf dem Klavier alte russische Weisen spielte, hat zwei Kugeln abbekommen. Auch ihm hat man post mortem die Kehle durchgeschnitten.

Einige haben sich gewehrt, haben ihre Revolver gezogen oder sind hinter den Möbeln in Deckung gegangen, sogar unter dem Tisch.

Fünf Leichen. Mit der Köchin und dem Oberkellner sieben.

„Stepa fehlt", bemerkt Samantha.

Stepa, dem Pamphilos Merkulow erzählt haben soll, daß Candido und Samantha Ungern ermorden wollten? Stepa, der wußte, daß Pamphilos von Alechin erpreßt wird? Stepa war ein verdammter Lügner. Und ist es noch: Der ist bestimmt nicht tot.

„Die beiden Frauen, die vor dem Nachtisch rausgegangen sind, fehlen auch", sagt Candido.

„Laß uns gehen, bitte."

Was haben sie mit den beiden Frauen gemacht?

Der Salon ist leer. Ebenso das Arbeitszimmer dahinter. Und dennoch, in diesen Raum sind die Frauen gegangen ... Candido durchwühlt die Papiere auf dem Schreibtisch. Vielleicht haben sie einen Brief von Komarow oder sonst jemandem gefälscht, mit seinem oder Samanthas Namen, damit es so aussieht, als seien sie beide der Jaguar ... Er findet nichts. Auch gut. Jedenfalls haben sie bestimmt schon die Polizei in Charbin benachrichtigt.

„Was treibst du denn, du verwegener Kerl?"

Sie gehen einen Flur entlang und gelangen in die Eingangshalle und zu einer Treppe.

„Du willst doch nicht etwa nach oben?"

Aber ja doch, auch wenn er nicht wild darauf ist, noch mehr Leichen zu finden.

Er geht die Treppe hoch, Samantha folgt ihm. Sie ist so aufgeregt, daß sie sogar zu nörgeln vergißt.

„Denkst du, Stepa ist einer der Mörder, Candido?"

Sie hat kapiert. Stepa Onegin hat Komarow und seinem lächerlichen Generalstab die Geschichte vom Jaguar aufgetischt. Damit hat er sie an diesen ruhigen Ort gelockt. Und dann brauchte er nur noch die Hunde loszulassen.

„Wir waren die Köder, Samantha."

Die Frauen liegen in einem Zimmer, ebenfalls erstochen und mit durchschnittenen Kehlen.

„Schau."

Samantha starrt auf einen Spiegel. In russischer Sprache ist mit Blut daraufgeschrieben: *„Die Gerechtigkeit der Anarchisten schlägt zu, wo und wann sie will. Der Jaguar."*

„Anarchisten?" sagt Samantha. *„Anarchisten?"*

Candido nimmt ein Kissen und wischt die Schrift weg: Nicht genug damit, daß ich ein blutrünstiger Jaguar bin, jetzt bin ich auch noch ein Anarchist. Und niemand kann die Kommunisten verantwortlich machen. *Der andere* schlägt zwei Fliegen mit einer Klappe: Er räumt nach Belieben Leute aus dem Weg und schiebt es dann den Anarchisten in die Schuhe. Würde mich nicht wundern, wenn der Oberspinner, der Birkhahn-Jäger, damit einverstanden wäre: Der hat mich sowieso für einen naiven Trottel gehalten. Oder habe ich etwa wie eine wilde Bestie auf ihn gewirkt?

Miau!

„Glaubst du, daß sie im Haus noch mehr Hinweise hinterlassen haben? War es das, was du im Arbeitszimmer gesucht hast?"

Die zweite Frage kann er bejahen, die erste nicht. Er hat sich geirrt: Sie haben keine weiteren Hinweise hinterlassen. Sie wußten, daß er ins Obergeschoß gehen und alles auswischen würde. Sie haben alles bis ins Kleinste vorausgeplant. Und wenn sie wollen, daß man den Jaguar für einen Psychopathen und anarchistischen Killer hält, dann finden sie bestimmt subtilere Methoden als mit Blut geschriebene Botschaften auf Spiegeln.

„Wir gehen, Samantha."

Draußen regnet es immer noch in Strömen. Candido löscht die Lichter im Eßzimmer und in der Vorhalle und schlägt die Tür hinter sich zu. Der Cadillac, mit dem sie gekommen sind, steht zwei Meter vor dem hölzernen Vordach, das den Portalvorbau verlängert.

„Da war doch noch der Chauffeur."

„Ich weiß."

Sie nähern sich dem Wagen. Der Chauffeur liegt ausgestreckt auf dem aufgeweichten Boden. Regen läuft ihm über das Gesicht. Seine Kehle ist unversehrt, man hat es bei einem Genickschuß belassen: Der Jaguar reißt nur den Oberschurken und Anführern die Kehle auf, für die Handlanger hat er nur Revolverkugeln. Der Jaguar ist ein Snob.

Er packt die Leiche an den Füßen und schleift sie hinter eine Ligusterhecke.

„Wozu soll das gut sein?“

„Mach bitte das Licht unter dem Vordach aus, Samantha. Dann verschwinden wir.“

„Warum das Licht ausmachen und die Leiche verstecken …?“

„Falls die Polizei nicht benachrichtigt wurde, könnte sich morgen früh jemand über das Licht wundern.“

Er wirft den Motor an und gibt Gas.

„Wir fahren doch nicht etwa zurück ins Hotel?“

„Du trägst dein Abendkleid“, sagt er.

Der Nachtportier im Hotel Imperial erkundigt sich, ob sie einen angenehmen Abend verbracht hätten, und sie antworten: ja – einen äußerst angenehmen.

Die Fahrkarten sind nicht zu übersehen. Sie liegen auf dem Teppich in dem kleinen Vorzimmer. Zweimal erste Klasse nach Wladiwostok, Abfahrt 5.48 Uhr morgen früh.

Daneben ein Umschlag mit zehntausend Dollar. Die Polizei soll uns also noch nicht schnappen, denkt Candido. Mit andern Worten, der Jaguar wird noch gebraucht.

„Dein Koffer, Samantha.“

Sie ziehen sich um, verlassen kaum vier Minuten später das Imperial durch einen Seiteneingang und steigen in den Cadillac. Candido steuert nach Süden. Bei der ersten Gelegenheit tritt er das Gaspedal durch.

Sie brauchen uns nicht zu folgen. Sie erraten sowieso immer, wohin wir fahren.

Kurz vor halb sechs Uhr treffen sie in Mukden ein. Sie lassen das Auto in einer der Straßen stehen, die fächerartig auf den Bahnhof zulaufen, und stürmen drei Minuten, bevor der Zug aus Charbin einläuft, in den Bahnhof. Sie lösen zwei Fahrkarten. Gegen fünf Dollar Trinkgeld bringt man sie in ein Abteil der ersten Klasse.

Der Zug fährt an.

„Neun Leichen, kannst du dir das vorstellen?“

„Zehn. Du vergißt den Chauffeur. Reden wir von etwas anderem.“

Sie rekelt sich auf der Liege.

„Und wovon, zum Beispiel?“

Er betrachtet sie.

Nach diesem blutigen Irrsinn haben sie eine verrückte, fast verzweifelte Lust aufeinander. „Wie alle Lebewesen reagiert der Mensch auf den Tod mit Liebe, Candido, mein Junge. Zu keiner Zeit werden so viele Kinder gezeugt wie im Krieg.“

Sie erreichen Port Arthur. Der Himmel ist grau vom Qualm der Dampfer, und das Wasser des Pohaigolfes ist tiefblau, als wolle es mit Samanthas Augen wetteifern. Jemand erzählt ihnen, daß die Russen hier vor fünfzehn Jahren von der japanischen Armee eine denkwürdige Abreibung bezogen haben. Sie nehmen das als gutes Omen. Schade nur, daß kein Dampfer direkt nach Europa fährt.

Aber nach Shanghai.

Und in Shanghai werden sie sich früher oder später nach Hongkong einschiffen, und dort nach Europa: nach Genua, Marseille, London, egal wohin.

„Gibt es auch ein Schiff nach Brasilien?“ erkundigt sich Candido.

„Wir wollen nicht nach Brasilien.“

Sie wirkt entschlossen, auch wenn er noch so unglücklich dreinschaut.

„Brasilien wäre gar keine so schlechte Idee“, sagt Candido. „In Brasilien bin ich zu Hause, und ...“

Nein. Dann müsse er ohne sie fahren. In Brasilien gebe es bestimmt keine Anarchisten.

„Zwei Fahrkarten nach Shanghai, bitte“, verlangt Candido.

Sie sind hungrig. Nach längerer Suche finden sie ein Restaurant, in dem es nicht von Japanern wimmelt, und setzen sich an einen Tisch. Da es weder Milch noch heiße Schokolade gibt, bestellen sie Tee und klebrigen Reiskuchen mit Ingwer und nelkenölhaltigem Zimt. Kaum haben sie zu essen begonnen, entdecken sie am Nebentisch Afonka Tschaadajew.

„Ich bin nicht tot“, platzt Afonka lachend heraus.

Leider, antwortet Samantha. Tschaadajew lacht noch lauter. Die kleinen schwarzen Insekten tief in seinen grauweißen Pupillen tanzen bedrohlich.

„War Choro der Burjäte eingeweiht?“ fragt Candido.

„Ja, aber wozu alte Geschichten aufwärmen“, antwortet Afonka.

Er ist nicht allein: An zwei anderen Tischen sitzen Otto Krantz und der Mann aus dem Bolschoi. Sie tun so, als würden sie einander nicht kennen. Otto Krantz beobachtet die Straße, auf der merkwürdige Fahrzeuge der japanischen Armee patrouillieren. Seine Hände fischen mechanisch eine Zigarette aus der Schachtel und schieben das Glas über die Tischplatte, ohne daß er ihnen auch nur einen Moment seine Aufmerksamkeit widmet.

Den kann ich mir gut vorstellen, wie er ein großes Messer schwingt und den Leuten die Kehle durchschneidet, denkt Candido und fragt:

„Und in Charbin? Zu wievielt wart ihr, als ihr die Leute in dem Haus am Sungari getötet habt?"

Afonka lacht schallend:

„Ich weiß nicht, wovon du redest. Ihr beide habt sie umgebracht, du und Samantha. Hoffentlich verpfeift euch niemand bei der Polizei. Hierzulande haut man Mördern den Kopf ab. Je eher ihr in die Vereinigten Staaten abdampft, desto besser."

Candido schweigt.

... Aber Samantha wird reden, du wirst sehen, sie kann einfach nicht den Mund halten.

„Wir gehen nicht nach Amerika", brüllt sie. „Wir gehen nach Europa, und zwar dorthin, wo es uns paßt. Du wirst uns nicht daran hindern."

„Samantha!"

„Und auch in Europa gibt es Polizisten. Zwar keine so guten wie in Amerika, aber es reicht. Außerdem haben wir keine Angst vor einem miesen Erpresser wie dir. Willst du uns anzeigen, Afonka? Dann tu's doch!"

Afonka Tschaadajew schaukelt mit seinem Stuhl, schüttelt den Kopf und lacht noch immer. Er nimmt die Schiffskarten nach Shanghai, steckt sie ein und legt zwei andere auf den Tisch, wobei er Candido mit einem fast beschwörenden Gesichtsausdruck anschaut, als wolle er ihn um Hilfe bitten.

„Sag doch was, Candido", drängt Samantha. „Verflixt nochmal, erzähl nicht, daß du Angst hast!"

„Ich fürchte, ich habe Angst", sagt Candido.

Er starrt auf die Fotografie, die neben den Schiffskarten liegt. Er streckt die Hand aus, nimmt sie. Sie zeigt den Doktor: die großen kurzsichtigen Augen hinter den Brillengläsern, die etwas zu langen Haare, den zerknitterten schwarzen Anzug. Er sieht direkt in die Kamera, aber er lächelt nicht. Zwei Männer rahmen ihn ein und halten ihn an den Schultern. Er steht auf dem Roten Platz in Moskau.

Afonka Tschaadajew erhebt sich und geht. Mit seinen kräftigen Armen und runden Schultern wirkt er schwerfällig, doch Candido bemerkt die ungewöhnliche Leichtigkeit seines Ganges. Er spürt, daß in diesem Muskelberg die Sprungkraft eines sibirischen Tigers steckt. Und er erinnert sich an die teuflische Gewandtheit, mit der Afonka eine Waffe bedient. Und schließlich weiß er, daß Afonka die rechte Hand *des anderen* ist. Also bekommt er Angst.

„Nach Amerika?“ ruft Samantha, als sie die Eintragungen auf den Fahrkarten liest. „Den Teufel werden wir tun. Niemand kann uns zwingen, nach Yokohama und San Francisco zu fahren!“

Ich bin traurig, und ich habe Angst, denkt Candido und wendet sich wieder dem Reiskuchen zu. Wie konnte ich nur so dumm sein und glauben, ich hätte sie mit dem Cadillac abgeschüttelt. Nimmt das denn nie ein Ende!

„Setzen Sie sich und warten Sie hier“, sagt der Beamte der amerikanischen Einwanderungsbehörde.

Candido setzt sich auf eine Bank. Der Raum ist voller Chinesen, Japaner, Koreaner und Filipinos. Einige kauern neben ihrer Habe auf dem Boden und warten geduldig, ohne eine Miene zu verziehen. Man spürt, sie könnten hier jahrhundertelang ausharren.

Stunden vergehen.

Von Port Arthur aus sind sie mit einem japanischen Frachter, der unterwegs sämtliche koreanischen Inseln anlief, nach Yokohama gefahren.

Auf dem Frachter wimmelte es von Amerikanern. Da sie größer waren als Candido, schielten sie über seinen Kopf hinweg ganz ungeniert nach Samantha. Die einen taten so, als sei er Luft, die anderen musterten ihn offen, als wollten sie sagen: „Was macht eine so hübsche Amerikanerin bloß mit diesem exotischen Angeber?“ Als sie schließlich in San Francisco von Bord gingen, stand niemand zu ihrem Empfang bereit – trotz der vielen Briefe, die Candido von Japan aus geschickt hatte. Weder ein New Yorker Geschäftspartner Dom Trajanos noch ein Beauftragter Großonkel Amílcars.

Niemand, außer der Einwanderungsbehörde. Und die hielt ihn kurzerhand fest: Ihr brasilianischer Paß verfällt in drei Tagen. Sie haben kein Visum für die Vereinigten Staaten von Amerika. Sie hätten sich bei der brasilianischen Botschaft in Japan und im amerikanischen Konsulat melden müssen, vielleicht hätten die Ihr Problem lösen können. Gehen Sie bitte nach rechts, nein, Miss, Sie nicht, Sie sind amerikanische Staatsbürgerin, tut uns leid. Natürlich steht es Ihnen frei, draußen auf ihn zu warten. Da hilft auch kein Schreien, Miss. Kann durchaus sein, daß ich ein Trottel bin ... und Präsident Woodrow Wilson auch. Sie dürfen frei Ihre Meinung äußern, aber das ändert nichts an der Lage dieses jungen Mannes, im Gegenteil. Würden Sie jetzt bitte weitergehen, Sie halten den Betrieb auf.

Stundenlanges Warten.

Der riesige Saal hat sich geleert. Candido ist allein mit zwei unerbittlichen Beamten. Draußen muß es schon Nacht sein ... er hat das ungute Gefühl, daß sich etwas zusammenbraut.

Zum Glück hat wenigstens Samantha an Land gehen können. Das ist normal: Sie ist amerikanische Staatsbürgerin, und von ihr hat nie jemand behauptet, sie sei ein blutrünstiger Jaguar.

Sie wird mich vergessen, denkt Candido. Anfangs wird sie darunter leiden. Dann wird sie einen zwei Meter großen Amerikaner heiraten. Der kann sie wenigstens auf die Arme nehmen und ins Bett tragen.

„Candido Stevenson Cavalcanti."

Sie rufen mich auf. Jetzt kommt's, schon kapiert: Ein Blick in ihre Gesichter genügt. Mein Gott!

„Sind Sie sicher, daß Sie Englisch verstehen?"

„Ich verstehe sehr gut, daß Sie mich fragen, ob ich Englisch verstehe. Ich verstehe Englisch."

„Man könnte daran zweifeln", meint der Chef der Einwanderungspolizei. „Was Sie da auf dem Fragebogen angegeben haben, läßt eher das Gegenteil vermuten. Auf die Frage nach Ihrer Rassenzugehörigkeit antworten Sie: Grün. Und auf die Frage, woher Sie kommen: Vom Verrückten Baron. Und so weiter. Soll das ein Scherz sein?"

„Es war ein Scherz", sagt Candido.

Er und Samantha haben sich köstlich amüsiert, als sie den Fragebogen für Ausländer ausfüllten. Die konnten Fragen stellen! Zum Beispiel: *Hatten Sie homosexuelle Kontakte mit einem Mann (nur von Männern zu beantworten)?* Ja, hatte er geantwortet, mit Wladimir Iljitsch Lenin auf der Birkhahnjagd – aber Samantha hatte darauf bestanden, daß er den Satz wieder durchstrich.

Außerdem verstehen die Beamten von der Einwanderungsbehörde nicht, wie der brasilianische Staatsbürger Candido Stevenson Cavalcanti, obwohl nie offiziell aus Brasilien ausgereist, zunächst in Deutschland und später in der Mandschurei auftauchen konnte, noch dazu ohne eine Grenze passiert zu haben.

„Mister Cavalcanti, kennen Sie einen Mann namens Andrew Harmond?"

„Nein."

„Er ist Amerikaner und ein bedeutender Mann. Er bürgt für Sie. In den letzten Stunden hat er in Ihrer Angelegenheit den Gouverneur von Kalifornien und das State Departement in Washington eingeschaltet. Und Sie haben noch nie seinen Namen gehört?"

Cuidado!

„Vielleicht doch. Jetzt wo Sie es sagen ..."

„Von wem?"

Überlege! Schnell!

„Von jemandem aus meiner Familie."

Es ist die richtige Antwort!

„Genauer?"

„Von meinem Großonkel Amílcar Cavalcanti de Noronha aus Rio de Janeiro."

Durchaus möglich, daß Großonkel Amílcar diesen Harmann oder Ermond kennt, bei seinen Beziehungen. Jedenfalls war die Antwort wieder richtig. Du wirst noch einmal mit einem blauen Auge davonkommen.

Man reicht ihm ein Papier. Es ist mit Stempeln übersät.

„Das ist eine Sondererlaubnis, mit der Sie sich drei Monate lang in den Vereinigten Staaten aufhalten dürfen. Trotzdem sollten Sie sich unverzüglich mit Ihrer Botschaft in Verbindung setzen und Ihre Angelegenheiten in Ordnung bringen. Vor allem brauchen Sie einen gültigen Paß. Laut Mister Harmond sind Sie Student."

„Natürlich", sagt Candido.

„Unterschreiben Sie hier. Ein weiteres Einwanderungsformular. Mister Harmonds Anwälte haben es bereits ausgefüllt. Nächstes Mal unterlassen Sie die Scherze."

„Natürlich", wiederholt er.

Ich werde Samantha wiedersehen! Wenn sie auf mich gewartet hat.

„Und hier ist noch ein Brief für Sie. Mister Harmond hat uns gebeten, ihn an Sie weiterzuleiten. Sie können jetzt gehen, Mister Cavalcanti. Und trotz allem, willkommen in Amerika."

„Vielen Dank.“
„Und fröhliche Weihnachten.“

Seit achtzehn Stunden hat sie draußen auf ihn gewartet. Jetzt wirft sie sich ihm in die Arme.

„Du zitterst ja vor Kälte“, sagt er. „Was für ein Nebel.“

„Sie haben dich reingelassen, das ist die Hauptsache. O Candido, ich bin fast verrückt geworden!“

Sie hat alles versucht, um seine Einreise durchzusetzen. In ihrer Verzweiflung hat sie sogar mit ihrer Familie in Chicago telefoniert. Ihre Mutter hat sie zum Teufel gewünscht. Onkel Moritz, der einzige in der Familie, der kein absoluter Schwachkopf ist, war auf Reisen. Und die Rechtsanwälte, die sie angerufen hat, erklärten sich für inkompetent oder nicht interessiert.

„Samantha ...“

Er zieht den Brief hervor und zeigt ihn ihr. Sie versucht zu lesen, gibt dann aber auf.

„Ich verstehe kein Wort. Ist das Portugiesisch?“

„Ja. Ich übersetze:

Willkommen in Amerika, lieber Candido. Bedauerlicherweise kann ich Dich nicht abholen, denn mein Gesundheitszustand verbietet mir zu reisen. Ich habe meinen alten Freund Andrew W. Harmond gebeten, sich um Dich zu kümmern. Du kannst ihm voll und ganz vertrauen. Ich umarme Dich.

Amílcar Cavalcanti

„Und die anderen Papiere?“

„Das eine ist ein Scheck über zehntausend Dollar, das zweite eine Zimmerreservierung im Hotel Fairmont in San Francisco.“

„Zehntausend, bist du sicher? Ich liebe Onkelchen Amílcar.“

„Ich auch“, meint Candido. „Nur eine Kleinigkeit stört mich: Er hat diesen Brief niemals geschrieben.“

„Großonkel Amílcar besitzt keinen Pfennig, Samantha. Er ist völlig pleite. Früher war er mal sehr reich, doch im Lauf der Jahre hat er alles verpraßt. Er ist das schwarze Schaf in unserer Familie. Das hat angefangen, als er noch ein junger Mann war. Auch seine Heirat hat daran nichts geändert, weil er gleich nach der Trauung nach Europa abgehauen ist. Das war so um 1873. Kennst du einen Musiker namens Jacques Offenbach?"

Sie schüttelt den Kopf: Nein.

„Die beiden waren eng befreundet. Amílcar behauptet sogar, Offenbach habe ihn zum Helden in einer seiner Operetten gemacht. Kennst du vielleicht das Lied: Brasilianer, hab es ja, komm direkt aus Amerika ...?"

„Nein."

„Dieser Brasilianer ist Großonkel Amílcar, behauptet er jedenfalls."

Sie befinden sich im Hotel Fairmont. Vom Fenster ihres Appartments aus können sie auf die Bucht von San Francisco sehen.

Sie haben zwölf Stunden durchgeschlafen, dann zu Abend gegessen und sich anschließend wieder ins Bett gelegt – für die ersten Zärtlichkeiten auf amerikanischem Boden. *Welcome to America,* hat Samantha gesagt.

„Großonkel Amílcar", fährt Candido fort, „besitzt keinen einzigen Dollar mehr, seit er aus Europa zurückgekehrt ist. Natürlich lebt er in einem Palast, aber nichts darin gehört ihm. Dreißig Jahre hat er in Paris verbracht, und in der Zeit hat er alles verkauft: Häuser, Fazendas, seine Anteile an Fabriken, Banken und Schiffahrtsgesellschaften, und sogar seine Sammlungen. Und Dom Trajano ..."

„Dein Vater."

„Papa. Papa hat ihm alles abgekauft. Vielmehr Papa und mein Großonkel väterlicherseits. Damit alles in der Familie bleibt. Und natürlich aus Sorge um ihren Ruf. Es sollte nicht heißen, ein Cavalcanti de Noronha lebe im Elend. Deshalb haben sie Großonkel Amílcar in seinem Sobrado de Botafogo wohnen lassen und bezahlen sogar die Dienerschaft. Wenn Großonkel Amílcar ein neues Hemd braucht, muß er sein altes nach São Paulo schicken, und wenn man es für abgetragen genug hält, kauft man ihm ein neues."

„Du erzählst Märchen."

„Ich versichere dir, es sind keine Märchen."

Ein seltsames Gefühl überkommt Candido. Diese Geschichte hat er noch keinem erzählt. Selbst in Brasilien weiß niemand davon, bis auf

Dom Trajano, dessen beide Brüder und Geschäftsmänner der Familie. Er selbst weiß es von Amílcar, der in schallendes Gelächter ausbrach, als er es ihm verriet. Er fand es überaus komisch, daß Dom Trajano und die Familie Cavalcanti so sehr in ihrem Standesdünkel befangen waren, daß sie ihn ernährten, sein Haus unterhielten und ihm ein Leben auf großem Fuß ermöglichten. „Um die Wahrheit zu sagen, Kleiner, ich habe immer gewußt, daß es so kommen würde. Ich konnte mein Geld in aller Ruhe ausgeben – Geld, das du wieder zurückbekommst, weil du alles von deinem Vater erben wirst. Ich brauche mir nicht einmal vorzuwerfen, ich hätte dich um dein Geld gebracht. Findest du das nicht zum Lachen, Kleiner?"

„Na gut", meint Samantha, „wenn es nicht dein Großonkel war, dann hat dir vielleicht dein Vater die zehntausend Dollar geschickt?"

„Das glaube ich kaum. Dom Trajano hat Amílcar immer verachtet, warum, weiß ich nicht."

„Wenn dein Großonkel so ist, wie du ihn beschreibst, dann wundert mich das nicht. Meine Mutter würde ihn auch verachten."

„Wahrscheinlich."

„Und wenn Amílcar doch noch etwas hatte, das er verkaufen konnte?"

„Er besitzt nichts mehr, glaub mir. Bis auf Leopolda."

Leopolda ist eine Lokomotive, keine Frau. Die letzte Lokomotive aus Amílcars Sammlung. Sie ist nicht viel wert, sie fährt nicht einmal mehr, wenn MacAuliffe, der Mechaniker, eines Tages stirbt.

„Kennst du diesen Andrew Harmond?"

„Ich habe noch nie von ihm gehört", antwortet Samantha. „Am besten, wir besuchen ihn und reden mit ihm. Dann wirst du ja erfahren, wer ihn gebeten hat, dir so viel Geld zu geben."

Sie liegen wieder im Bett und spielen Bauernkrieg, das einzige Kartenspiel, das zu lernen er bereit ist. Sie schlägt ihn haushoch. Er ist mit dem Kopf nicht bei der Sache. Warum will sie nicht nach Brasilien? Er wird sich mit Dom Trajano versöhnen, und alles ist wieder in Ordnung. Dann kann ihm kein Tschaadajew der Welt mehr lästig werden. Er denkt an Großonkel Amílcar, und, eine naheliegende Assoziation, an die süßen Nächte in Rio, an sein Leben in São Paulo, bevor man ihn in die Armee steckte, an die Fazenda de Bragança Boa Vista, an die er die schönsten Kindheitserinnerungen hat. All das stimmt ihn melancholisch. Er schläft ein.

Als Samantha ihn weckt, ist es schon seit Stunden heller Tag. Sie hält ihm die Zeitungen hin: Vergangene Nacht wurden in San Francisco zwei Tote aufgefunden. Russen, die kürzlich erst immigriert sind. Beiden wurde die Kehle durchschnitten. Der Jaguar hat wieder zugeschlagen.

Welcome to America.

Sie nehmen den erstbesten Zug.

„Wir hätten auf den nächsten warten sollen", gibt Samantha zu bedenken, „den nach Los Angeles. Wir hätten nach Hollywood gehen können. Ich würde so gerne mal William Hart aus der Nähe sehen."

Der Zug hält in Sacramento und fährt dann weiter. Sie haben sorgfältig die zusteigenden Reisenden unter die Lupe genommen. Kein verdächtiges Gesicht darunter.

„Candido, was hältst du davon, wenn wir nacheinander alle Wagen durchkämmen? Vielleicht sitzt jemand im Zug, den wir kennen."

Candido hält gar nichts von diesem Vorschlag. Angenommen, sie entdecken eine Klaue des Jaguars, was dann? Sollen sie die Polizei benachrichtigen? Und was, bitte, sollen sie ihr sagen? Sie würden sich nur verdächtig machen. Und außerdem: *Der andere* hat sie dazu gezwungen, in die Vereinigten Staaten zu reisen, also hat er bestimmt auch alle notwendigen Vorkehrungen getroffen und läßt jeden ihrer Schritte von Leuten überwachen, deren Gesichter sie nicht kennen.

Sie durchlaufen den Zug in beiden Richtungen und schauen sich jeden Reisenden genau an. Auch die Schaffner.

„Glaubst du, daß ein Schwarzer auch ein Roter sein kann?"

Ein bescheidener Witz, aber sie lacht wie verrückt.

„Ich suche jemanden, der Russisch spricht", sagt Candido zum Schaffner in der ersten Klasse. „Ich bin Student und könnte ein paar Tips für meinen Prüfungen gebrauchen."

Er habe im ganzen Zug niemanden gefunden. Doch in der ersten Klasse seien drei Reisende, die sich seit der Abfahrt in ihren Abteilen eingeschlossen hätten.

„Wie ich gehört habe, soll einer von ihnen Russisch sprechen."

„In Nummer 2A ist Mister William Fox", zählt der Schaffner auf. „Er ist Amerikaner, aber ich glaube, daß er von drüben aus dem Osten stammt. In 3A ist Mister Carl Lämmle, er arbeitet wie Mister Fox in der Filmbranche. Ich kenne die beiden. Sie fahren oft die Strecke Los Angeles–New York, auf der ich früher eingesetzt wurde. Ich glaube nicht, daß Mister Lämmle Russisch kann."

Der dritte Fahrgast ist eine französische Dame. Sie arbeitet in der Modebranche. Madame Armelle. Sie ist in San Francisco zugestiegen und will nicht gestört werden. Sie fährt bis zur Endstation New York.

„Wie sieht sie aus?“ erkundigt sich Samantha. „Ich kenne sie vielleicht. Ich habe Bekannte in der Modebranche.“

Madame Armelle ist groß, fast so groß wie Samantha. Sie ist blond, sehr elegant gekleidet und ungefähr dreißig Jahre alt.

Es könnte Matriona sein, überlegt Samantha, Matriona, die Frau, die ihr in Charbin geholfen hat. Vorausgesetzt, sie gehört tatsächlich zu den Krallen des Jaguars, wie Candido sich immer ausdrückt. Aber das glaubt sie nicht. Eine Frau, die Leuten die Kehle durchschneidet, das kann sie sich nicht vorstellen.

Sie sitzen im Speisewagen. In der Abenddämmerung fährt der Zug durch das Vorgebirge der Sierra Nevada. Am Nebentisch macht jemand auf einen Ort namens Donner Pass aufmerksam: Vor fünfundsechzig Jahren sollen dort Emigranten auf dem Weg in den Westen im Schnee erfroren sein und sich sogar gegenseitig aufgefressen haben. Sie erreichen Reno. Zwei Männer erkundigen sich höflich, ob sie Platz nehmen dürften, und setzen sich zu Candido und Samantha an den Tisch. Sie stellen sich vor: Carl Lämmle und William Fox. Der Schaffner hat ihnen von Candidos Erkundigungen berichtet, doch sie bedauern: Keiner von beiden kann Russisch. William sagt, er sei zwar ungarischer Abstammung, doch selbst sein Ungarisch sei eingerostet. Ja, mit William Hart, Douglas Fairbanks und Mary Pickford seien sie persönlich bekannt. Bald widmen sie sich geschäftlichen Dingen.

Samantha und Candido gehen in ihr Doppelabteil zurück. Hinter Reno scheint der Mond auf endlose Wüstenlandschaften. Hier und da glitzern silberne Flächen – vermutlich ausgetrocknete Seen.

Candido grübelt. *Der andere* hat sich die Geschichte mit dem Jaguar ausgedacht. Er beseitigt alle, die der Revolution gefährlich werden oder ihr im Wege stehen, und dann schiebt er die grausamen Morde dem Jaguar in die Schuhe und bringt die öffentliche Meinung gegen die Anarchisten auf. Und unversehens hält die Öffentlichkeit die Kommunisten gar nicht mehr für so unsympathisch – kurz gesagt für Leute, mit denen sich reden läßt. Er schickt Samantha und ihn in die Vereinigten Staaten und jagt sie von Massaker zu Massaker. Schon zwei Tote in San Francisco, und das ist nur der Anfang.

„Du bist ganz schön mies gelaunt“, sagt Samantha. „Komm jetzt schlafen und schließ die verflixte Tür.“

Candido hat sich so gesetzt, daß er den Gang im Blick hat. Wenn die französische Lady ihr Abteil verläßt, muß er sie sehen.

„Wohin wir auch gehen werden", sagt er, „wir werden überall Leute mit durchschnittener Kehle finden. Wir werden im Blut waten. Ich werde berühmter als William Hart und Douglas Fairbanks zusammen."

„Du gehst mir auf den Wecker."

„Wir sollten jeden Ort meiden, an dem russische Immigranten leben, egal ob Rote oder Weiße, Politiker, Journalisten, Geheimagenten, Diplomaten ..."

„Ich höre nichts mehr, ich schlafe."

„Vor allem müssen wir den Städten fernbleiben, großen und kleinen, und allen öffentlichen Plätzen, auf denen man Bomben legen kann."

Keine Antwort von Samantha. Sie wendet ihm den Rücken zu. In dieser Lage ist der Schwung ihrer Hüfte besonders reizvoll.

„Allerdings gibt es da ein Problem. Wenn wir uns irgendwo verstekken, wo niemand ist, dem man die Kehle durchschneiden kann, haben wir auch kein Alibi, und das könnte uns zum Verhängnis werden. Niemand könnte bezeugen, daß wir unschuldig sind. Das hilft uns also auch nicht weiter, im Gegenteil."

Nach einer Stunde kommen Carl Lämmle und William Fox aus dem Speisewagen zurück. Im Vorbeigehen wünschen sie ihm eine gute Nacht. Der verlassene Gang ist nur schwach erleuchtet. Candido hat den Grimmelshausen auf den Knien liegen und lauert auf die kleinste Bewegung. Er liest die Stelle, an der sich Simplicius mit dem Spitzbuben Oliver prügelt. Es ist eine seiner Lieblingsstellen, er kann sie auswendig.

„Wir könnten eine kleine Anzeige in die Zeitungen setzen. Wir schreiben einfach:

Achtung: der Jaguar kommt. Wer Grund zu der Annahme hat, daß die Tscheka ihm an den Kragen will, wird gebeten, das Weite zu suchen. Erste und letzte Warnung.

Nur würde das die Aufmerksamkeit der amerikanischen Polizei erregen. Und die Vorfälle von Charbin, Berlin und alle anderen würden dann auch herauskommen. Im günstigsten Fall bekomme ich hundertfünfzig Jahre Gefängnis. Aber natürlich sind wir dann schon in Brasilien. Dort sind wir sicher. Dom Trajano wird sich bestimmt für mich einsetzen.

Du wirst die Fazenda de Bragança Boa Vista sehen, Samantha, und es wird dir den Atem verschlagen, so schön ist sie."

Samantha springt auf. Mit fahrigen Bewegungen streift sie sich den Morgenmantel über. Sie macht ein mürrisches Gesicht, wie immer, wenn sie wütend ist. Er fragt:

„Wohin gehst du?"

„Ich werde jetzt an die Tür der französischen Lady klopfen", antwortet sie. „Die Lady wird öffnen, und ich werde mir ihr Gesicht ansehen. Wenn ich den unwiderlegbaren Beweis habe, daß es weder Matriona noch ein als Frau verkleideter Afonka oder sonst jemand ist – dann kann ich hoffentlich endlich schlafen."

Er schaut ihr nach, wie sie den halbdunklen Gang hinuntergeht. Sie bleibt vor der Tür stehen, hebt die Hand, um anzuklopfen ...

Sie hält inne und kommt zurück. Sie ist ein wenig bleich.

„Unter der Tür läuft Blut durch, Candido."

„Was machst du?"

Er hat einen Koffer geöffnet und zieht ein Hemd heraus.

„Ich mache sauber, was sonst?"

„Sauber?"

„Aber ja. Oder willst du lieber den Schaffner rufen? Der wird eine Frauenleiche mit durchschnittener Kehle finden, die bis über beide Ohren lacht, und dann wird er die Polizei alarmieren. Man wird uns verhören. Und früher oder später wird sich die Polizei über ein Pärchen wundern, das seinen Weg von Berlin bis hierher mit Leichen pflastert ..."

Sie zieht einen Unterrock aus ihrem Koffer. Auf allen vieren wischen sie das Blut auf. Schon sind sie fast fertig, da erscheint der Schaffner.

„Unser Hund hat Pipi gemacht, wir wischen es nur auf", sagt Candido.

„Sie hätten mich rufen sollen", antwortet der Schaffner. „Darin kennen wir uns aus. Wenn Sie wüßten, was ich während meiner vierzigjährigen Dienstzeit bei der Eisenbahn schon für merkwürdige Tiere erlebt habe. Seltsam, diese rote Farbe."

„Eine Tibetdogge", erklärt Candido. „Alle Tibetdoggen pinkeln rot."

Angelockt durch den Lärm, erscheinen William Fox und Carl Lämmle in Morgenmänteln auf der Schwelle ihres Abteils.

„Eine Tibetdogge?" fragt Carl Lämmle.

„Mir ist gar nicht aufgefallen, daß Sie einen Hund haben“, wundert sich der Schaffner.

„Eine tibetanische Zwergdogge“, sagt Candido.

„Wir würden sie Ihnen ja gerne zeigen, aber sie ist sehr bissig“, fügt Samantha hinzu.

„Du solltest den Hund für einen deiner Filme engagieren“, meint William Fox zu Carl Lämmle. „Damit könntest du dich von Erich von Stroheim abheben.“

„Soll ich Ihnen die schmutzigen Lappen abnehmen?“ schlägt der Schaffner vor. „Ich werfe sie am nächsten Bahnhof in den Abfall.“

„In den Abfall? Der Unterrock und das Hemd sind fast neu. Kommt nicht in Frage“, ruft Samantha.

„Nicht so laut“, mahnt der Schaffner. „Wir wecken noch die französische Dame.“

Jeder kehrt in sein Abteil zurück.

Stille.

„Ich glaube nicht, daß es menschliches Blut ist“, meint Candido. „Echt ist es schon, aber nicht von einem Menschen.“

Er hat lange überlegt und alles bedacht. Es gibt keine andere Erklärung.

„Du meinst, sie haben sich einen Spaß gemacht und das Blut ausgeleert, als ich angeklopft habe?“

„Du hast Madame Armelle gerufen, und sie werden dich an der Stimme erkannt haben. Daraufhin haben sie das Blut unter die Tür geschüttet.“

„Der Mörder kann durch das Fenster entkommen sein.“

„Ich habe den Kopf zum Fenster rausgestreckt und nachgesehen: Es ist geschlossen.“

„Und wozu das ganze Theater?“

„Damit wir aussteigen.“

„Und? Tun wir es?“ fragt Samantha.

„Keine Ahnung.“

„Wir könnten die Notbremse ziehen.“

„Hier? Mitten in der Wüste?“

„Du weißt nicht, was du willst!“

Und schon nörgelt sie wieder!

Die nächste Station ist eine kleine Ortschaft namens Winnemucca. Der Zug hat nur einen sehr kurzen Aufenthalt. Nach dem Reiseführer, den sie vor der Abfahrt in San Francisco gekauft haben, hat Winnemucca zweitausend Einwohner, ein Nichts im Nirgendwo. Was sollen sie in einem solchen Nest? Außerdem schneit es.

Samantha hält sich schon zum Aussteigen bereit.

„Nicht hier."

Die Fahrt geht weiter. Der Zug durchquert Nevada. Über der trostlosen Landschaft des Großen Salzsees geht die Sonne auf. Aussteigen oder nicht?

Die nervöse Anspannung und die Müdigkeit machen ihn sarkastisch. Wozu sich Sorgen machen? Die angebliche Französin, die im Abteil A4 wie ein Bär im Winterschlaf liegt, ist nur ein weiblicher Vampir. Sie wird einen Topf mit Blut verschüttet haben, als sie sich eine Suppe zubereiten wollte. Das ist doch ganz normal.

Na gut.

Salt Lake City wird ausgerufen. Der Zug bremst, der Himmel ist klar. Im Nordosten überragt die mächtige Kuppel des Capitols die terrassenförmig ansteigende Stadt, dahinter erheben sich verschneite Berge. William Fox setzt sich im Speisewagen zu Samantha und Candido. Er erzählt Anekdoten von früher, als er selbst noch Bühnenkünstler war und in der New Yorker Bronx mit einem Partner unter dem Namen Schmaltz Brothers auftrat. Heute besitzt er eine eigene Filmgesellschaft. Die Filme von Tom Mix oder Pearl White, die habe er produziert. Im Moment plane er bedeutende Filmprojekte: über die Königin von Saba und über den Grafen von Monte Christo ...

„Candido!"

Sie nähern sich dem Bahnsteig, und Candido schaut in die Richtung, in die Samantha deutet. Ein Mann steht da, fast unkenntlich mit dem Filzhut. Er trägt einen Mantel mit einem kleinen Pelzkragen und hält den Koffer eines Handelsvertreters in der Hand. Der Zug fährt noch ein Stück, die Bremsen kreischen, ein Lautsprecher quäkt, die Reisenden richten sich zum Einsteigen.

Er ist es, Otto Krantz. Er steht einen Meter neben dem einfahrenden Zug. Als der Speisewagen langsam an ihm vorbeirollt, entdeckt er Candido und folgt ihm mit den Augen. In seinem Blick liegt keinerlei Überraschung, nur spöttische Belustigung.

„Wir steigen also nicht aus?"

„Nein", sagt Candido entschlossen.

Der Zug ist weitergefahren. Otto Krantz ist nicht zugestiegen: Er blieb einen Augenblick auf dem Bahnsteig stehen. In regelmäßigen Abständen führte er die Zigarette an den Mund, sonst rührte er sich nicht. Er rauchte, bis das Signal zur Abfahrt gegeben wurde. Dann machte er auf dem Absatz kehrt und ging zum Ausgang, wie eine der Puppen des seligen Oskar Kuppelweiser.

„Und wo steigen wir aus?"

„Ich denke, wir müssen bis New York fahren."

Candido betrachtet das Telegramm, das ihm der Schaffner soeben überreicht hat. Die Nachricht ist an ihn gerichtet: „Candido Stevenson Cavalcanti, zur Zeit unterwegs im Zug San Francisco–New York:

ERWARTE EUCH IN NEW YORK ZU RAUSCHENDEM FEST. STOP. ZUR ERINNERUNG AN ALTE ZEITEN MIT AMÍLCAR. STOP. ERKENNT MICH AN BLUMEN.

Und sie ist unterzeichnet: DIE SCHARLACHROTE PFINGSTROSE

„Zum Teufel, was soll das?"

Er hat keine Ahnung. Aber das ist Großonkel Amílcars Stil. Und sofort kehrt seine Heiterkeit zurück.

„Candido, die Frau aus A4 ist ausgestiegen. Sie muß entwischt sein, als wir Otto Krantz beobachteten."

„Mir egal."

Zum ersten Mal seit Japan spielt er wieder auf der Balalaika. Er fühlt sich inspiriert und komponiert zwei neue Lieder.

„Steigen wir wegen des Telegramms nicht aus?"

„Wir steigen nicht aus, weil ich glaube, daß sie uns zum Aussteigen bringen wollen."

Er sagt das nur so dahin. In Wahrheit könnte er eine ganze Reihe von Gründen anführen, die eher für ein Aussteigen sprechen – das Telegramm hat mit der ganzen Geschichte nichts zu tun. Er ist sich beinahe sicher, daß Großonkel Amílcar jemanden beauftragt hat, das Telegramm aufzugeben.

„Dieses Fest will mir nicht aus dem Kopf gehen. Weißt du, wieviel Geld wir haben?"

„Hundertdreißigtausendsechshundertdreiundvierzig Dollar."

Samantha hat sich auf der Bank in San Francisco die ganze Summe bar auszahlen lassen. Sie führt auch über alle Ausgaben Buch – sie liebt das.

„Nach den Kleinanzeigen in der heutigen Zeitung könnten wir uns mit dem Geld siebzehn Häuser oder zweiundachtzig Autos der Marke Studebaker, neunhundertachtzehn Kühlschränke oder tausendneunhundertzweiundneunzig Radios kaufen. Wetten, daß wir alles in einem Monat ausgeben?"

Sie legt sich dicht neben ihn, fast schon auf ihn, und zerdrückt um ein Haar die Balalaika.

„Wetten?"

Der Wandelnde Berg ist nicht in den Zug gestiegen. Aber der blonde Mann in der Holzfällerkluft. Er muß wohl an die zwei Meter groß sein. Er hat genau gewußt, in welchem Wagen und welchem Abteil sie fuhren. Er trat an ihr Fenster heran, legte seine riesige Pranke darauf und lächelte.

Nur mit den Lippen. Der Blick blieb eiskalt.

New York. Ein Orchester. Die Musiker spielen *Pariser Leben* von Jacques Offenbach. Leute in griechischen Kostümen, als Figuren aus der *Schönen Helena* verkleidet, rollen eilig einen roten Teppich für Candido und Samantha aus.

„Unglaublich, mon Chéri, wie sehr du deinem Onkel ähnelst! Ganz der liebe Amílcar, nur fünfzig Jahren jünger. Die gleiche Größe, die gleichen grünen Augen, die gleiche Unschuldsmiene, aber von wegen: Ein Augenzwinkern, und schon lag er bei einem im Bett. Ein unvergeßlicher Mann!"

Überall Blumen. Ein Meer von Pfingstrosen. Die alte Dame führt das Begrüßungskomitee an. Sie ist groß, und ihre Figur kann sich trotz ihres Alters sehen lassen. Sie hat lebhafte, strahlende Augen und ein bezauberndes Lächeln, und obwohl sie die sechzig bereits überschritten hat, sprüht sie vor Lebensfreude. Sie stürzt sich auf Candido und küßt ihn auf den Mund, tritt einen Schritt zurück, betrachtet ihn und küßt ihn noch einmal.

„Ich bin die Scharlachrote Pfingstrose", sagt sie. „Du kannst doch Französisch, hoffe ich? Leider hatte ich wenig Zeit, sonst hätte ich dir einen richtigen Empfang bereitet. Aber Amílcars Brief hat mich erst an dem Tag erreicht, als du San Francisco verlassen hast. Cavanaugh, mein Mann, hat sich nach deinem Schiff erkundigt und seine Anwälte an der Westküste eingeschaltet, aber da warst du schon verschwunden. Gott sei Dank bist du Amílcar nicht nur äußerlich ähnlich. Auch er stieg immer in den besten Hotels ab. Ich dachte mir, daß du im Fairmont steckst, und dort warst du ja auch. Wo hast du mein Telegramm erhalten? In Salt Lake City? Wer ist die Bohnenstange neben dir? Du liebe Güte, was für ein Kaliber! Amílcar bevorzugte auch die Großen, sieh nur mich an. Wie geht es ihm? Er müßte jetzt um die vierundsiebzig sein, oder? Er hat mich Scharlachrote Pfingstrose getauft. Errätst du nicht, warum? Ich habe die röteste Pfingstrose von ganz Frankreich, eine wunderschöne, wie er meint. Wären wir jetzt nicht auf einem Bahnhof, würde ich sie dir zeigen. Aber vor all den Leuten meine Unterhose ausziehen und den Rock heben, aus dem Alter bin ich heraus. Und Cavanaugh wäre traurig, wo er doch so eifersüchtig ist!"

Das Orchester spielt immer noch und und marschiert ihnen zum Ausgang voran. Kurz vor der Ankunft in New York ist Candido ein Verdacht gekommen, der ihn nicht mehr losläßt. Er schaut sich um.

„Nenn mich Aurelia. Versteht die Bohnenstange Französisch? Sieht nicht so aus. Sie hat einen herrlichen Hintern, Amílcar würde ihn anhimmeln. Und sie ist verrückt nach dir, stimmt's?"

„Ja und nein", kann Candido zum ersten Mal einwerfen.

„Sie muß aus Liebe zu dir vergehen, oder sie ist nicht ganz bei Trost. Bei all den Dutzi-Dutzis von dir. Das hast du von Amílcar. Wenn ich ihn in die Arme nahm, war ich immer ganz gerührt von seiner Unschuld – aber auf der Matratze war er ein wahrer Teufelskerl. Bis an die Loire konnte man mich schreien hören."

Eigentlich müßte er hier sein, denkt Candido. Alle sind in New York: Otto Krantz, der Wandelnde Berg, Afonka und Stepa Onegin. Fehlt bloß noch er. Wir sind doch nur deshalb in die Vereinigten Staaten gekommen, weil er uns dazu gezwungen hat.

Die Menge versperrt ihm die Sicht. Fast jeder überragt ihn um Kopfeslänge. Aurelia Cavanaugh nimmt ihn energisch ins Schlepptau. Unter normalen Umständen wäre er entzückt gewesen, sie kennenzulernen. Ja, wirklich, sagt er, Amílcar habe ihm viel von ihr erzählt. Das ist gelogen. Wie soll er sich auch an all die Frauennamen erinnern, die sein Großonkel erwähnte, wenn er von früher erzählte? Eine Frage schießt ihm durch den Kopf: Ob sich auch nur eine der Damen, mit denen er in Rio und São Paulo intim war, mit solcher Begeisterung an ihn erinnern wird, Samantha eingeschlossen? Er steuert auf die Limousinen zu, die die

Scharlachrote Pfingstrose – *Meus Deus,* was für ein Spitzname! – für sie herangerufen hat und deren Fahrer mit gezogenen Mützen warten. Er dreht sich um und wirft einen Blick auf Samantha. Und wie ein Messerstich durchfährt es ihn: Sie bewegt fahrig die Hände, hält den Kopf gesenkt, fingert an ihren Haaren herum, obwohl es nichts zu ordnen gibt. Und ihre Augen spähen immer wieder nach links hinüber.

Aljotschka Alechin, natürlich. Groß und schön lehnt er an einem Pfeiler, in der Hand eine zusammengerollte Zeitung, mit der er lässig in seine linke Handfläche schlägt. Er strahlt Macht und Selbstsicherheit aus. Candido sieht ihn nur für zwei oder drei Sekunden, dann verschwindet die Erscheinung hinter den Passanten.

Mich hat er nicht angesehen, denkt Candido. Ich bin nur eine kleine Nummer. An mir hat er kein Interesse, aber an Samantha.

Er wird sie mir wieder wegnehmen.

Es folgen verrückte und sehr amüsante Wochen.

Aurelia hat es nicht zugelassen, daß sie in einem Hotel absteigen. Sie hat ihnen in ihrem Stadthaus in der 59. Straße eine ganze Etage mit Blick auf den Central Park zur Verfügung gestellt. Wie in ihrem Telegramm angekündigt, hat sie „rauschende" Feste gegeben, und nicht nur in New York, auch auf ihrem Anwesen in Florida und auf der Ranch in Arizona.

Von dort kehren sie soeben zurück.

„Gehst du noch aus?"

Samanthas und Candidos Blicke treffen sich im Badezimmerspiegel.

„Ich gehe mit Onkel Moritz essen. Du kannst ja mitkommen, wenn du willst."

„Nein", sagt Candido.

Onkel Moritz ist ein dicker Mann mit rotem Gesicht, Bauunternehmer wie Harry Cavanaugh und mindestens fünfzig Millionen Dollar schwer. Nicht daß Candido ihn unausstehlich findet, nein, nur langweilig, das ist alles. Außerdem behandelt ihn Onkel Moritz wie Luft. Einmal fragte er ihn, wie groß Dom Trajanos Vermögen sei, und da er keinen blassen Schimmer hatte, antwortete er auf gut Glück: fünfhundert Millionen Dollar. Onkel Moritz glaubte ihm nicht, obwohl er höchstens um hundert Millionen danebenlag.

„Ich gehe", sagt Samantha. „Willst du wirklich nicht mitkommen?"

„Wirklich nicht. Ich lese ein bißchen. Grüß Onkel Moritz von mir."

Sie geht. Er wartet und tritt dann an eines der Fenster. Er sieht sie unten aus dem Haus kommen. Onkel Moritz' Geschäftsräume liegen im Süden Manhattans. Samantha überquert die östliche 59. Straße, geht am Zaun des Central Parks entlang und biegt nach links in die Fifth Avenue ein, nach Norden also.

Das muß nichts heißen, dieser Trottel von Onkel hat sich vielleicht in einem Restaurant mit ihr verabredet.

Schämst du dich nicht, Candido?

Doch. Aber das ändert auch nichts.

Eine halbe Stunde lang versucht er in einem der vielen Bücher zu lesen, die er sich seit ihrer Ankunft in New York gekauft hat.

Sie ist bei ihm, sie liegt in seinen Armen.

Er legt den Henry James beiseite und verläßt das Zimmer.

Die letzten Frühlingstage in New York sind wunderschön. Er geht die Fifth Avenue hinunter. Hin und wieder biegt er rechts in eine Seitenstraße ein, gegenüber dem Park. In dieser Gegend gibt es nur wenige Restaurants. Zwei betritt er und sieht sich kurz um. Keine Samantha, kein Onkel Moritz.

Du machst dich lächerlich, Candido Stevenson.

Ich weiß.

Er schlendert bis nach Harlem. Die Musik zieht ihn an. In einem Café spielen zwei Farbige eine schwermütige Melodie. Er bleibt zwei Stunden, ißt ein Sandwich und trinkt dazu frische Milch, da es keine Schokolade gibt. Bereits dreimal hat er Otto Krantz bemerkt.

Im Moment steht er auf dem Gehweg gegenüber, vierzig Meter entfernt. Er tut so, als lese er Zeitung, und raucht dabei eine Zigarette nach der anderen. Doch bis auf diese regelmäßige Bewegung rührt er sich nicht. Diese Geduld ist beängstigend.

Anfangs amüsiert es Candido noch, daß der Mann sich stundenlang die Beine in den Bauch stehen muß. Eine armselige Rache. Er kann hier sitzen, etwas essen und trinken und gute Musik hören. Otto Krantz nicht. Mal sehen, wer länger durchhält. Und wenn Samantha ins Haus der Cavanaughs zurückkehrt und ihn nicht antrifft, wird sie sich Sorgen machen – um so besser.

Doch dann kommt ihm ein launischer Einfall.

Vor gut einem Monat war er mit Samantha bei Andrew H. Harmond.

Als sie Mister Harmond das erste Mal in seinem Büro in der östlichen

34. Straße aufsuchen wollten, war er gerade auf einer Auslandsreise. Candido hinterließ seinen Namen und seine Adresse, und vierzehn Tage später bestellte sie Mister Harmond in seine Wohnung.

Der Mann, der sie empfing, war fünfunddreißig Jahre alt, nicht sehr groß, blasses Gesicht, leichte Schlitzaugen, der Blick eher stechend als intelligent. Seine Wohnung umfaßte die beiden oberen Stockwerke eines Hauses in der 55. Straße. Während sie mit ihm sprachen, lief ein zweiter Mann, vielleicht ein Kammerdiener oder ein Sekretär, unentwegt im Zimmer umher. Er schenkte dem Gespräch keinerlei Aufmerksamkeit, entfernte sich aber auch nicht – als sei er eine Art Leibwächter oder Aufpasser.

Wegen des Jaguars?

„Ich würde gerne erfahren, warum Sie mir einen Scheck über zehntausend Dollar nach San Francisco geschickt haben", sagte Candido.

„Und das Fairmont-Hotel bezahlt haben", fügte Samantha hinzu.

Harmond betrachtete sie nachdenklich.

„Von dem Hotel weiß ich nichts."

„Aber die zehntausend Dollar waren von Ihnen?"

„Allerdings."

„Und warum?"

„Jemand, mit dem ich in engen Geschäftsbeziehungen stehe, hat mich darum gebeten."

„Heißt er zufällig Alexis Michailowitsch Alechin?"

„Ich kenne niemanden dieses Namens."

Und es klang aufrichtig. Der Name Alechin löste bei ihm keinerlei Reaktion aus. Candido sah sich um. Obwohl die beiden hintereinanderliegenden Zimmer sehr geräumig waren, hingen nur sechs Gemälde an den Wänden. Aber nicht irgendwelche Gemälde.

„Mister Harmond", sagte Candido, „Sie unterhalten internationale Geschäftsbeziehungen. Vor allem treiben Sie Handel mit Rußland."

Harmond lächelte:

„Das ist nichts Ungesetzliches."

„Sie liefern Getreide und Maschinen an die russische Regierung, und wenn die Regierung nicht flüssig ist, bezahlt sie mit Gemälden bekannter Meister."

„Das kommt mitunter vor."

„Kennen Sie Wladimir Iljitsch Lenin?"

„Persönlich", lachte Harmond.

„Reden Sie russisch, wenn Sie mit dem Genossen Wladimir Iljitsch

Tee trinken und entscheiden, wem der Jaguar die Kehle durchschneiden soll?" fragte Candido auf russisch.

„Ich habe nicht verstanden, was Sie da eben gesagt haben. Ich kann kein Russisch, wenn Sie das meinen. Präsident Lenin spricht sehr gut Englisch."

„Ich bin ihm übrigens auch begegnet. Wir haben in Nischnij-Nowgorod zusammen Birkhähne gejagt."

„Ein außergewöhnlicher Mann", sagte Harmond. „Und mein Freund."

„War er es? Hat er Sie gebeten, mir zehntausend Dollar zu schicken?"

Lachen: Präsident Lenin gebe sich nicht mit solchen Kleinigkeiten ab.

„Kennen Sie einen Maler namens Monet, Mister Cavalcanti?"

„Monet, Claude", antwortete Candido prompt. „Geboren 1840 in Paris. Nach seinem Gemälde *Impression, Sonnenaufgang* aus dem Jahr 1872 hat ein Kritiker den spöttisch gemeinten Begriff ‚Impressionist' geprägt."

(Der Doktor mochte ihn ganz und gar nicht, für ihn war das Geschmier; Candido gefällt er.) Candido sah unwillkürlich zu Samantha hinüber: Zugegeben, er wußte vielleicht nicht, wer Napoleon war, aber was Maler, Musiker und Schriftsteller anging, da kannte er sich aus, ganz gleich, was sie davon hielt – er hätte wetten können, daß sie den Namen Claude Monet noch nie gehört hatte.

„Es ist einer meiner Lieblingsmaler", sagte Harmond. „Mehrere Gemälde von ihm waren Teil einer Transaktion, die ich vor einiger Zeit getätigt habe. Sagen wir, mit den Bildern wurden Waren bezahlt, die ich geliefert hatte. Die zehntausend Dollar gehörten auch dazu. Wie man mir erklärte, war das Geld für einen Mann namens Cavalcanti bestimmt, einen Brasilianer aus Rio."

„Amílcar Cavalcanti de Noronha."

„Ja, so hieß er."

„Er ist mein Großonkel. Kennen Sie ihn?"

„Ich hatte bisher nicht die Ehre. Für alle Fälle ließ ich über die Familie Cavalcanti Erkundigungen einholen. Ich erfuhr nichts, was mich beunruhigt hätte. Halten Sie es für möglich, daß Ihr Großonkel vor dem Krieg Gemälde von Monet, Degas, Renoir und Bazille verkauft hat?"

„Das wäre durchaus möglich", sagt Candido.

„Meine Informanten waren derselben Meinung, also habe ich die zehntausend Dollar bezahlt. Mister Amílcar Cavalcanti hatte mir einen Brief geschickt, in dem er mich bat, den Betrag nicht ihm, sondern Ihnen zukommen zu lassen. Natürlich habe ich diesen Brief aufbewahrt, wie auch die Empfangsbestätigung, die Sie in San Francisco unterschrieben haben, und die Verkaufsurkunde von 1905, mit der Mister Amílcar Cavalcanti eine stattliche Anzahl von Gemälden an das Eremitage-Museum in Sankt Petersburg abgetreten hat. Die Summe wurde damals nicht ganz beglichen. Wie Sie wissen, erlebte Rußland 1905 eine erste Revolution. Das ist zweifellos der Grund für eine gewisse Unordnung bei den geschäftlichen Transaktionen."

Irgendwo in der Wohnung läutete es. Der Sekretär oder Kammerdiener rührte sich nicht. Jemand anders öffnete. Stimmen.

„Sie müssen mich jetzt entschuldigen", sagte Harmond. „Ich erwarte Freunde."

Für Candido klang alles recht überzeugend. Es war durchaus möglich, daß Großonkel Amílcar, der mit Monet, Sisley und den anderen befreundet war, diesen Malern Bilder abgekauft und anschließend an ein russisches Museum veräußert hatte. Allerdings war er 1905 schon wieder nach Brasilien zurückgekehrt, aber das hatte nicht viel zu bedeuten. Nur soviel vielleicht: Wenn die ganze Geschichte nicht stimmte, so war sie raffiniert ausgeheckt. Sollte Candido Cavalcanti, der Jaguar, morgen verhaftet werden, so konnte Harmond problemlos seine Unschuld beweisen.

Bis auf einen Punkt.

„Wenn Sie sich nicht für mich eingesetzt hätten", sagte Candido, „hätten mir die Beamten der Einwanderungsbehörde bestimmt die Einreise verwehrt."

Harmond war höchst erstaunt:

„Ich mich für Sie eingesetzt? Ich habe nichts dergleichen getan."

In dem Brief, den er angeblich von Großonkel Amílcar bekommen hatte, hätten nur Ort und Zeitpunkt von Candidos Ankunft gestanden, verbunden mit der Bitte, das Geld an diesem Tag auszuzahlen. Und das habe er dann auch getan, vielmehr sein Sekretariat, das er mit der Abwicklung beauftragt habe:

„Ich war zu dem Zeitpunkt gar nicht in den Vereinigten Staaten. Wann kamen Sie an? Am Weihnachtstag? Da war ich im Ausland, Tausende von Kilometern weit weg. Ich verließ New York so um den 10. Dezember herum und kam erst gegen Ende Januar zurück. Und man hat Ihnen tatsächlich gesagt, ich würde für Sie bürgen? Man hat sich geirrt, das versichere ich Ihnen."

Andrew H. Harmond lächelte ihn mit dem Ausdruck größter Aufrichtigkeit an. Zugleich schien er ein wenig amüsiert. Mehrere Personen traten ein, unter ihnen der Gouverneur des Staates New York. Candido erkannte ihn sofort, obwohl er ihn erst einmal auf einem Empfang bei den Cavanaughs gesehen hatte.

„Gehen wir", sagte Samantha.

Sechs Stunden steht sich Otto Krantz in Harlem nun schon die Beine in den Bauch. Candido hat vier Sandwiches verzehrt und dazu acht Gläser Milch getrunken. Es ist Nacht geworden. Ein farbiger Musiker in Candidos Alter spielt wunderbar Trompete und Kornett. Er stammt aus New Orleans und heißt Louis Armstrong. Als Candido ein bißchen auf der Gitarre klimpert und *Samanthas Lied* anstimmt, begleitet ihn der Farbige grinsend: „Wir beide haben nicht den gleichen Rhythmus."

Beim ersten Mal ist Candido zum Austreten in den Hinterhof gegangen. Jetzt geht er wieder in den Hinterhof. Doch diesmal folgt er keinem natürlichen Bedürfnis. Sein Plan steht nun fest. Ein idiotischer Plan. Eine rote Backsteinmauer umgibt den Hof. Er klettert auf einen ausgedienten Eisschrank und steigt hinüber. Der nächste Hof. Er kommt durch eine Wäscherei und tritt auf die 125. Straße. Etwa hundertfünfzig Schritte von ihm entfernt steht Otto Krantz. Er hat sich immer noch nicht von der Stelle gerührt. Einige Zeit verstreicht. Da Otto Krantz ihn nicht zurückkommen sieht, betritt er das Lokal. Candido schlüpft unter die Treppe eines rötlichbraunen Sandsteinhauses. Von dort sieht er zwar nur die Beine der Passanten, aber das genügt: Es sind weniger die Schuhe oder die Hosenbeine, an denen er Otto Krantz erkennt, es sind die mechanischen Schritte. Er zählt bis zwölf, dann folgt er ihm.

Kein Taxi, kein Bus, keine U-Bahn. Otto Krantz geht zu Fuß, gleichmäßig wie ein Maschine. Nur einmal bleibt er stehen und kauft sich Zigaretten. Er erreicht den Central Park, folgt der Madison Avenue, geht an der Saint-Patrick-Kathedrale vorbei. Alles in dem gleichmäßigen Gang, mit dem er in Harlem losmarschiert ist.

Candido Stevenson, er weiß bestimmt, daß du ihm folgst. Und er nimmt nur deshalb nicht den Bus oder die U-Bahn, damit du ihn nicht verlierst.

Zuerst die 42. Straße, dann die 35. Straße. Otto Krantz geht in Richtung Süd-Manhattan. Es ist sieben Uhr dreißig – Samantha ist inzwischen bestimmt zurückgekehrt und macht sich Sorgen.

Otto Krantz wendet sich nach links und geht dann geradeaus weiter. Nach zweihundert Metern betritt er ein Hotel.

Candido wartet.

Zehn Sekunden später stockt ihm das Herz vor Schreck: Der Wandelnde Berg, keine zwei Meter vor ihm. Er trägt eine schwarze Ledermütze und eine rot-schwarz karierte Wolljacke.

Er verschwindet ebenfalls im Hotel.

Candido wartet weiter.

Dreißig Minuten verstreichen, und dann taucht in einiger Entfernung Stepa Onegin auf. Elegant gekleidet wie immer. Viel zu elegant für ein so schäbiges Hotel, denkt Candido. Stepa wird von Otto Krantz erfahren, daß ich ihrer Beschattung entkommen bin – oder daß ihr Plan, mich hierherzulocken, gelungen ist und daß ich hier unten stehe, falls das tatsächlich ihr Plan war.

Stepa kommt wieder heraus, nimmt in der Third Avenue ein Taxi, und wie es der Zufall will, erscheint kurz darauf ein zweites Taxi.

„Folgen Sie diesem Wagen."

Die Fahrt endet in der östlichen 86. Straße. Eine Straße mit vielen Metzgereien und Gaststätten. Und überall Reklameschilder in deutscher Sprache. Candido kommt sich vor wie in Berlin. Aber er interessiert sich für keines dieser Geschäfte oder Lokale. Er steigt die Stufen zu einem schmalen Haus hinauf.

Candido starrt auf die blaßgrüne Fassade. Das Haus hat zur Straße hin nur drei Fenster, und unter jedem Fenster ragen ausgekragte Balkons hervor, klein und weiß, geschmückt mit roten Geranien.

Hier wohnt er, Candido Stevenson. Du weißt genau, daß er da ist, du spürst es.

„Ich hätte gerne sechs Scheiben Westfälischen Schinken", verlangt Candido auf deutsch.

Er ist in die nächste Metzgerei gegangen. Der Besitzer hatte gerade schließen wollen.

„Außerdem hätte ich gerne noch ein Messer. Ein großes. Ich und meine Mutter sind eben eingezogen. Sie hat einen Braten gemacht, und ich habe nichts, um ihn aufzuschneiden."

Der Metzger mustert ihn, zögert, betont, daß seine Messer und Hackbeile aus bestem Solinger Stahl seien, daß er sich um nichts in der Welt davon trennen wolle und daß sie unverkäuflich seien. Schließlich erklärt er sich bereit, sie gegen eine Kaution von fünfzig Dollar und einen Empfangsschein zu verleihen. Candido tritt zurück auf die Straße. Das blaßgrüne Haus hat er keinen Moment aus den Augen gelassen. In den beiden unteren Stockwerken brennt Licht. Manchmal zeichnen sich hinter den Vorhängen die Umrisse zweier großgewachsener Männer ab – Stepa Onegin ist fast genauso groß wie *der andere*.

Und was nun? Willst du klingeln und jedem, der sich zeigt, die Kehle durchschneiden, bis du zu ihm gelangst? Du wird nie jemanden umbringen. Dazu bist du nicht fähig.

Bleibt nur noch das Dach. Er verläßt die Garageneinfahrt, in der er in Deckung gegangen war. Die Straße ist leer. Die Metzgerei und die anderen Geschäfte haben inzwischen geschlossen. Die Straßenlaterne beleuchtet nur einen Teil der Straße, der Rest liegt im Schatten. Er geht ein paar Schritte und entdeckt zwischen zwei Häusern eine schmale Sackgasse. Er schleicht hinein, steigt auf einen Holzzaun, der sicher nicht mehr als seine sechzig Kilo getragen hätte, greift nach dem Spalier an der Mauer und klettert wie eine Eidechse die Hauswand hinauf. Im zweiten Stock steht ein Fenster offen. Er schlüpft hinein. Ein Zimmer voller Gerümpel, anscheinend ein Abstellraum. Er tritt hinauf auf den Treppenabsatz. Von unten dröhnt ein Radio herauf. Links neben ihm führt eine kleine Treppe ins Dachgeschoß.

In weniger als einer Minute ist er auf dem Dach. Das blaßgrün gestrichene Haus liegt fünfunddreißig Meter entfernt. Ein Geräusch dringt an sein Ohr. Es kommt von der Straße – ein Motor im Leerlauf. Er legt sich flach auf dem Bauch, stützt sich mit den Handballen ab und gleitet die Dachschräge hinab: Die Straße kommt in sein Blickfeld. Ein Taxi wartet vor dem Haus. Der Fahrer hält die Tür auf.

Und auf dem Gehsteig, im Schein einer Straßenlaterne, steht ein Paar: Alechin und Samantha.

Der andere streckt seine riesige Hand aus und faßt Samantha am Arm. Sie entzieht sich ihm nicht, doch nach einigen Sekunden dreht sie sich um, geht zwei Schritte und steigt in das Taxi. *Der andere* schließt die Tür.

Das Taxi fährt in Richtung 5. Straße davon.

Der andere wartet noch ein paar Sekunden, dann kehrt er in das Haus zurück.

Nicht fähig, jemanden umzubringen, Candido Stevenson? Glaubst du wirklich?

Endlich gibt die Dachluke auf dem mattgrünen Haus nach. Er zwängt sich hindurch und zieht sie hinter sich zu. Das Haus ist ähnlich gebaut wie das andere. Aus dem Erdgeschoß hört er unverständliches Gemurmel – aber es klingt russisch.

Er schleicht eine Etage tiefer. Die Stimmen werden deutlicher, aber er versteht immer noch nicht, was gesprochen wird. Die Zimmer im ersten Stock sind kaum besser möbliert als im Dachgeschoß – doch es brennt Licht. Im vorderen Zimmer steht ein wackeliger alter Tisch mit einem Telefon darauf. Die beiden anderen Zimmer gehen auf den Hinterhof hinaus. Im ersten liegt eine Matratze auf dem blanken Fußboden, im zweiten steht ein richtiges Bett – ohne Leintücher, nur mit Decke und Kopfkissen. Aber zwei Koffer aus schwefelgelbem Leder finden sich hier. Und auf einer kleinen Kommode neben der Badezimmertür stehen ein Reisenecessaire und eine Reisetasche. *Entweder ist er eben erst angekommen, oder er will abreisen.* Die Tasche ist offen. Candido findet darin ein Schiffsbillet erster Klasse – Abreise am nächsten Morgen, Zielhafen Stockholm –, ein Bündel Zehndollarnoten im Wert von etwa achtzehntausend Dollar, einen Führerschein und einen Paß. Die Fotos zeigen *den anderen.* Beide Dokumente sind auf den Namen Peter Joachim Schugger ausgestellt, geboren am 22. Juli 1890 in Lübeck, Verleger. Nach den Stempeln im Paß zu urteilen, ist sein Besitzer viel gereist.

Er ist kaum in New York, und schon rennt sie ihm die Tür ein.

Candido legt alles an seinen Platz zurück und nimmt das Küchenmesser in die Hand. Unten wird immer noch geredet. Er tritt wieder auf den Treppenabsatz hinaus. Für einen Moment ist er versucht, sich weiter vorzuwagen und das Gespräch zu belauschen. Aber dann verwirft er den Gedanken. Mit beiden gleichzeitig kann er es nicht aufnehmen. Beide sind stärker und erfahrener als er.

Nein. Er verbirgt sich hinter der Treppe. Vielleicht kann er den Überraschungseffekt ausspielen. Er umklammert das Messer so fest, daß seine Hand zittert.

Ein plötzlicher Brechreiz würgt ihn. Das Gefühl seiner Schwäche, das Wissen um seine körperliche Unterlegenheit gegenüber *dem anderen* lassen Zweifel ihn ihm aufsteigen. Ist er wirklich in der Lage, im entscheidenden Moment zuzustoßen? Er könnte heulen.

Mindestens zwanzig Minuten verstreichen. Im Erdgeschoß geht eine Tür, die Stimmen werden deutlicher: „Und dann bringen wir die Sache zum Abschluß“, beendet Stepa einen Satz, dessen Anfang Candido nicht verstanden hat. „So ist es“, antwortet *der andere.* „Gute Reise.“

„Danke" hört Candido als letztes, bevor sich die Tür schließt. Stille. *Sind alle beide gegangen?* Erneut ergreift ihn panische Angst. Denn trotz der Stille spürt er die Gegenwart eines Menschen: Er ist es, ich bin mir sicher, daß er es ist. Die Sekunden dehnen sich zu Stunden. Endlich ein leises Knarren auf dem Treppenaufgang. Er kommt die Treppe herauf! Candido umklammert das Schlachtermesser mit beiden Händen. Du mußt von vorn zustoßen, denk dran. Er kämpft gegen die Tränen an, die ihm die Sicht nehmen. Plötzlich ist *der andere* da, seine Gestalt erscheint auf dem oberen Treppenabsatz. Wie erwartet dreht er ihm den Rücken und steuert auf das Zimmer mit den Koffern und der Tasche zu. Candido stürzt nach vorn. Er sieht noch die schnelle Drehung des massigen Körpers. Er stößt zu, seine Anspannung löst sich in einem verhaltenen Schrei. Wie ein Blitz rast die lange Klinge auf den Bauch *des anderen* zu. Doch dann stoppt sie abrupt, sie durchdringt nicht einmal seine Kleidung. Ein stechender Schmerz fährt in sein Handgelenk, dann in seinen Arm. Eine unwiderstehliche Kraft verdreht ihm den Arm. Das Schlachtermesser macht sich selbständig. Ohne daß er etwas dagegen tun kann, dreht sich die Spitze und richtet sich auf seine Brust, dringt durch sein Hemd, ritzt seine Haut, bohrt sich in sein Fleisch.

Und bleibt dann stehen.

„Cavalcanti?"

Die Stimme klingt keineswegs überrascht, eher belustigt und herablassend. *Der andere* hat sich nicht einmal die Mühe gemacht, den Angriff mit beiden Händen abzuwehren.

„An Ihrer Stelle würde ich das Messer loslassen."

Die Klinge dringt ein Stückchen tiefer in Candidos Brust. Er läßt los. Das Messer fällt zu Boden. In der nächsten Sekunde wird er an der Kehle gepackt, hochgehoben und weggeschleudert. Einige Meter weiter stürzt er zu Boden und zerbricht den Tisch mit dem Telefon. Und schon wieder beugt sich *der andere* über ihn, packt ihn mit einer Hand wie einen Schuh, reißt ihn hoch und befördert ihn zur Treppe, alles mit einem lässigen Lächeln.

„Wie lange sind Sie schon hier, Cavalcanti? Waren Sie schon da, als ich sie nackt ausgezogen und genommen habe? Sicher nicht. Das hätten Sie nicht ertragen. Und jetzt auch noch heulen, Kleiner? Sie sind nicht einmal wert, daß ich Sie töte."

Candido kriecht vorwärts. Die Tränen nehmen ihm die Sicht. Erneut packt ihn die Pranke im Genick, reißt ihn einen Meter hoch und läßt ihn fallen, ohne daß er den Sturz auffangen kann. Und wieder packt sie ihn und zerrt ihn die Treppe hinunter. Candido zappelt mit Armen und Beinen wie ein hilfloser Hampelmann.

„Sie existieren überhaupt nicht, Sie Knirps. Sie sind ein Nichts. Ich bin nicht wütend auf Sie, ich kenne keine Wut. Ich wische Sie weg wie eine lästige Fliege."

Sie durchqueren das Erdgeschoß. Candidos Füße schleifen über den Boden, die schreckliche Faust schnürt ihm fast die Luft ab.

„Ich will nichts versprechen, Kleiner, aber Sie werden noch Ihr blaues Wunder erleben."

Der andere hat ihn wieder auf die Füße gestellt.

„Ich sitze ganz friedlich zu Hause, und plötzlich fällt aus mir unerfindlichen Gründen dieser jämmerliche Knirps über mich her. Wo ich ihn nicht einmal kenne. Ich könnte die Polizei rufen. Ach was: Ich werfe ihn einfach vor die Tür, samt seinem Messer."

Die Tür wird geöffnet. Candido findet sich auf der Außentreppe des blaßgrünen Hauses wieder. *Der andere* tätschelt ihm den Kopf und grinst:

„Spiel draußen weiter."

Um drei Uhr morgens kehrt er in das Haus der Cavanaughs zurück.

„Mein Gott, was ist passiert?"

Samantha steht im Morgenmantel auf der Treppe. Er steigt die Stufen hinauf und geht an ihr vorbei. Sie streckt die Hand nach seinem Arm aus. Er schiebt sie weg.

„Candido?"

Er schließt sich im Badezimmer ein, schlüpft aus der Jacke, zieht Krawatte und Hemd aus, legt das Messer auf das Waschbecken. Nur die Spitze der Klinge ist mit Blut verschmiert. Mit seinem Blut. Er untersucht die Wunde auf seiner Brust. Sie ist winzig, höchstens einen Zentimeter tief. Es hat kaum geblutet.

„Candido, willst du mir nicht erklären, was los ist? Ich bin fast gestorben vor Sorge."

Die Tränen kommen wieder. Er kämpft gegen sie an und hält sein Gesicht unter Wasser. Samantha wird ungeduldig und hämmert gegen die Tür. Er trocknet sich ab und streift sich das Hemd wieder über. Das Messer versteckt er hinter dem Zuflußrohr der Toilette.

Er holt tief Luft und tritt aus dem Badezimmer.

„Du könntest mir wenigstens sagen, wo du gesteckt hast."

Für einen kurzen Moment hat er Lust, sie zu schlagen. Er geht ins Ankleidezimmer und zieht seine beiden Koffer heraus.

„Was tust du?"

„Ich reise ab."

„Wohin?"

„Nach Brasilien. Ich fahre nach Hause."

„Ohne mich?"

Er weiß keine Antwort.

„Candido, ich bitte dich ..."

Während er durch New York geirrt ist, hat er sich geschworen, nichts zu sagen. Doch die Worte drängen aus ihm heraus:

„Ich bin Otto Krantz gefolgt, und dann Stepa."

Zum Glück klingt seine Stimme ruhig und gelassen. Wenigstens dieser kleine Sieg über sich selbst ist ihm vergönnt. Er geht im Zimmer hin und her, verstaut seine Wäsche im Koffer.

„Ich verstehe", sagt sie.

Pause, dann fragt sie:

„Hast du Aljotschka getroffen?"

„Ich habe ihn getroffen."

„Habt ihr euch geprügelt?"

„Gnadenlos", sagt Candido. „Ich habe ihm beide Arme und Beine gebrochen. Ein richtiges Blutbad."

„Ich mag es nicht, wenn du sarkastisch wirst. Und außerdem kann ich dir alles erklären."

„Sehr schön."

Er geht ins Badezimmer und räumt seine Toilettensachen zusammen.

„Candido, sie haben in Amerika eine Menge Leute umgebracht. Wir hätten es erfahren, wenn wir Zeitung gelesen hätten. Immer wieder der Jaguar. Aber bisher wurden unsere Namen noch nicht genannt, wie damals in Deutschland. Noch nicht. Man fahndet nach dem Jaguar. Doch bis jetzt sieht noch kein Polizist einen Zusammenhang mit den Morden in Berlin oder Bremen. Aber das ist nur eine Frage der Zeit."

Er schließt den ersten Koffer. Er braucht noch etwas Geld. Er geht zu der großen Schublade, in die sie vor Monaten, als sie bei den Cavanaughs einzogen, über hunderttausend Dollar hineingestopft haben. All ihren Bemühungen zum Trotz ist noch etwas übrig, sogar recht viel – Aurelia war jedesmal beleidigt, wenn sie eine Rechnung selbst begleichen wollten.

„Ich habe dem Essen mit Aljotschka gestern mittag nur zugestimmt, weil ich ihn bitten wollte, uns endlich in Ruhe zu lassen. Als ich zurückkam, warst du fort, und niemand wußte, wohin. Ich habe stundenlang gewartet. Ich dachte, er hätte dir etwas getan. Ich wußte nicht, wo ich ihn erreichen konnte, also bin ich in das Restaurant zurückgegangen, in dem wir gegessen hatten. Afonka ist mir gefolgt. Ich habe ihn gefragt. Aber du kennst ihn ja: Angeblich hatte er keinen Schimmer, wo du stecken könntest. Mehr wollte er nicht sagen. Er hat nur mit den Armen geschlenkert und gelacht. Schließlich hat er mir dann doch die Adresse in der östlichen 86. Straße gegeben. Gegen Viertel nach neun war ich dort. Stepa Onegin war da. Aljotschka hat mir auf meine Fragen keine Anwort gegeben. Dann bin ich zurückgefahren. Das ist alles."

„Sehr schön."

„Du gehst mir vielleicht auf die Nerven mit deinem ‚Sehr schön'! Willst du wirklich nach Brasilien? Du weißt doch überhaupt nicht, ob ein Schiff fährt."

O doch, er weiß es! Und zwar schon seit Stunden. Nachdem ihn *der andere* vor die Tür gesetzt und ihm den Kopf getätschelt hatte, ging er zum Hafen und hat sich erkundigt. In sechs Stunden legt ein Schiff nach New Orleans ab. Von dort gibt es eine Überfahrt nach Recife, Salvador und Rio. Er hat bereits eine Kabine gebucht und sein Schiffsbillett gekauft.

Verrate es ihr nicht.

„Das wird sich zeigen", sagt er.

Er schließt den zweiten Koffer.

„Ich komme mit, Candido."

Hör gar nicht hin.

Samantha drückt den Rücken gegen die Türe, setzt sich auf den Boden und schlingt die langen Arme um die Beine.

„Ich bin einverstanden mit Brasilien. Wir hätten übrigens schon längst hinfahren sollen. Ich komme mit, das ist beschlossene Sache."

Er setzt sich auf das Bett. Wieder kämpft er mit den Tränen.

Wie Einbrecher stehlen sie sich am Morgen um halb fünf Uhr aus dem Haus der Cavanaughs. In einem Café schreibt Candido einen Abschiedsbrief, in dem er sich bei Aurelia für alles bedankt. Samantha fügt noch drei Worte und drei Kreuze dazu, die wohl Küsse bedeuten sollen.

Otto Krantz sitzt draußen in einem Wagen, nur fünfzehn Meter entfernt. Und er ist nicht allein: Der Wandelnde Berg sitzt neben ihm.

„Glaubst du, sie lassen uns abreisen?"

„Ich weiß nicht."

Er wirft den Brief in einen Kasten, trinkt seine heiße Schokolade aus und bezahlt das Frühstück. Samantha steht schon bereit, zwei Koffer und einen Seesack in den Händen. Er nimmt den Rest. Sie treten hinaus und gehen dicht an den beiden Männern im Wagen vorbei. Die beiden scheinen sie nicht wahrzunehmen. Candido ruft ein Taxi heran.

„Ein Wagen folgt uns, dahinter noch einer", sagt Samantha, die sich andauernd umdreht. „Ich glaube, es ist Matriona."

„Sehr schön."

Das Taxi setzt sie im Hafen ab. Der Wagen mit Otto Krantz am Steuer parkt wenige Schritte neben ihnen. Otto Krantz und der Wandelnde Berg steigen aus, bleiben aber stehen und lehnen sich gegen die Wagentür, als wollten sie nur dem Schiff beim Ablegen zuschauen. Auch der zweite Wagen hält, doch die Frau hinter dem Steuer rührt sich nicht. Candido kann ihr Gesicht nicht erkennen – die Sonne spiegelt sich in der Windschutzscheibe.

„Es sind zu viele Leute hier, sie werden nichts unternehmen", sagt Samantha.

Candido löst eine zweite Fahrkarte. Die Kabine, die er reserviert hat, reicht für zwei.

„Schau, Candido."

Stepa Onegin erscheint ebenfalls auf der Bildfläche.

Sie gehen an Bord. Sie erfahren, daß das Schiff in neununddreißig Minuten ablegen wird. Ein Seemann trägt ihre Koffer in die Erste-Klasse-Kabine. Candido begleitet ihn, gibt ihm zwanzig Dollar Trinkgeld und kehrt dann an Deck zurück, wo Samantha inzwischen gewartet hat. Er findet sie an der Reling.

„Afonka ist auch da", sagt sie.

Die fünf Krallen des Jaguars stehen fast in einer Linie: Afonka Tschaadajew, Stepa Onegin, der Wandelnde Berg, Otto Krantz und, mit Hut und passendem Schleier, Matriona, kein Zweifel.

„Ich bin sicher, daß sie es ist. Sie lassen uns gehen, Candido."

Candido ist erschöpft. Zu viele Gedanken schwirren ihm durch den Kopf: Vielleicht hat dich Samantha angelogen. Außerdem hast du wieder mal nachgegeben, du hast einfach keine Willensstärke. Gar nicht zu reden davon, daß der Doktor sich durch deine Schuld in den Händen der Roten befindet, denn schließlich warst du ja damit einverstanden, das Kino der Plücks in die Luft zu jagen. Vielleicht ist er schon tot.

Und noch etwas: Warum hat *der andere* dich nicht getötet? Was hat er noch mit dir vor?

Langsam legt das Schiff vom Kai ab. Sieht so aus, als ...

„Übrigens“, sagt Samantha, „ich bin schwanger. Und wenn du jetzt fragst, von wem, springe ich über Bord.“

...Sieht so aus, als wollten die Krallen des Jaguars hierbleiben. Aber selbst wenn sie die Absicht haben, uns bis nach Brasilien zu folgen, sollen sie doch. Das will ich sehen. Brasilien ist meine Heimat. Dort bin ich zu Hause, anders als in der Mongolei oder in den Vereinigten Staaten. Und wenn die kleine Meinungsverschiedenheit mit Dom Trajano erst einmal ausgeräumt ist, haben sie den ganzen Cavalcanti-Clan gegen sich. Das stehen sie nicht lange durch.

Endlich dringen Samanthas Worte in sein Bewußtsein.

O mein Gott!

V

Der Jaguar meidet den Menschen. Selbst verwundet greift er ihn selten an. Zum Menschenfresser wird er nur unter ganz ungewöhnlichen Umständen.

Die Rückkehr des verlorenen Sohnes löst keine besondere Begeisterung aus. Das Begrüßungskomitee, das Candido und Samantha am Bahnhof in Rio erwartet, besteht nur aus zwei Anwälten. Einer der beiden ist Lascalles. Er war dabei, als man ihm vor einer Ewigkeit die Ausweisungsverfügung überbrachte und nahelegte, sofort in die Garnison in Mato Grosso abzureisen.

„Erster Punkt“, beginnt Lascalles, „wir konnten Ihre Situation in bezug auf die Armee klären. Sie werden nicht mehr als Deserteur behandelt. Das Verfahren gegen Sie wurde eingestellt. Wir haben Sie vor Gericht vertreten und bei Ihrer Verteidigung eine, sagen wir mal, gewisse geistige Schwäche geltend gemacht. Zweiter Punkt: Ihr Herr Vater wünscht Sie auf keinem seiner Wohnsitze zu sehen. Er stellt Ihnen jedoch sein Anwesen in São Roque zur Verfügung. Sie können dort wohnen. Außerdem setzt er Ihnen eine Pension aus.“

„Kann ich meinen Vater sehen und mit ihm sprechen?“

„Er ist geschäftlich unterwegs. Wir werden ihn von Ihrer Bitte in Kenntnis setzen. Er wird Ihnen die Antwort zukommen lassen, die er für wünschenswert hält. Und noch etwas: Es wäre besser für alle Beteiligten, wenn Sie sich in São Paulo so wenig wie möglich blicken ließen. Sonst haben wir Ihnen nichts weiter mitzuteilen, Dom Candido.“

Entgegen Lascalles' Anweisungen bleiben Candido und Samantha in São Paulo. Doch bald müssen sie sich mit den Tatsachen abfinden: Obwohl der Minister, der Candido mit seinem Haß verfolgte, sein Amt verloren hat und ihm folglich kaum noch schaden kann, und obwohl der Oberst aus dem Mato Grosso inzwischen General in Manaus am Amazonas ist, stellt sich die bessere Gesellschaft von São Paulo einmütig gegen sie. Die Clubs, in denen Candido Mitglied war – Jockey-, Automobil- und Handelsclub – verweigern ihm den Zutritt. Von seiner Stiefmutter und seinen Halbschwestern hat er nichts zu erwarten, im Gegenteil (aber das war schon immer so, der Unterschied ist also gering), und seine früheren Freunde gehen ihm aus dem Weg. Über sein

Leben in Europa kursieren anscheinend gewisse Gerüchte. Zwar weiß niemand etwas Genaues, aber dennoch. Der einzige, der noch nett zu ihm ist, ist Ciccio Vaz Vasconscelles. Nur ist Ciccio ... Wie soll man es ausdrücken? Nun ja, früher, wenn sie zusammen Krokett spielten, hat er ihm pausenlos Küßchen gegeben. Man braucht ihn sich ja nur anzusehen, mit seinem mädchenhaften Gehabe. Fehlte nur noch, daß Ciccio in ihn verliebt ist.

Eines Tages sucht sie Lascalles im Hotel auf.

„Ihr Herr Vater ist zurückgekehrt. Er ist bereit, Sie zu empfangen. Allerdings müssen Sie vorher seine Anordnungen befolgen."

Also begeben sie sich nach São Roque, rund fünfzig Kilometer südwestlich von São Paulo. Der Besitz ist eher klein – kaum zweihundert Landarbeiter und acht Hausangestellte. Doch er bietet einige Annehmlichkeiten. Selbst Samantha muß das zugeben, obwohl sie schmollt. Endlich, sieben Wochen nach ihrer Ankunft in Brasilien, überbringt Lascalles die Vorladung: Die Audienz ist gewährt.

Sie findet in Dom Trajanos prunkvollem Arbeitszimmer statt, in der obersten Etage eines Gebäudes mitten im Geschäftsviertel São Paulos, das durch seine Macht im ganzen Land Neid, wenn nicht sogar Haß hervorruft. Samantha wird der Zutritt verwehrt. Dom Trajano empfängt seinen Sohn stehend, wie um ihren Größenunterschied zu betonen. Er ist großgewachsen, hat breite Schultern, schwarze, an den Schläfen ergraute Haare, eine mächtige, herrische Adlernase und harte Lippen. Mit dreiundzwanzig Jahren nahm er in erster Ehe Candidos Mutter zur Frau. Zwölf Monate nach ihrem Tod heiratete er erneut, mit einer Eile, die damals jeden verblüffte. Jetzt steht er kurz vor Vollendung seines fünfundvierzigsten Lebensjahrs.

„Du brauchst dich nicht zu setzen. Ich habe nicht viel Zeit."

Keine Geste der Zuneigung bei ihrem Wiedersehen.

„Ich will keine Erklärungen von dir hören", sagt Dom Trajano. „Ich werde darüber befinden, wie es mit dir weitergehen soll, sofern du dich in nächster Zeit ruhig verhältst. Über die Vorkommnisse in Deutschland, wohin dich dein Schwachkopf von Hauslehrer geschickt hat, lasse ich momentan Erkundigungen einholen. Ich gebe nichts auf bloße Gerüchte. Alles weitere wird sich zeigen."

„Papa ..."

„Ich will die Frau nicht sehen, die mitzubringen du für nötig befunden hast. Sie existiert nicht für mich. Schaff sie dir vom Hals."

„Sie heißt Samantha und ..."

„Sie existiert nicht für mich. Was dich betrifft, so werde ich tun, was getan werden muß. Aber bei der kleinsten Dummheit streiche ich deine Pension, dann kannst du sehen, wie du allein zurechtkommst. Wenn du etwas brauchst, wende dich an Lascalles, er wird es weiterleiten. Das wäre alles. Geh jetzt."

Sie sind auf einem Ball auf einer Fazenda von São Roque. Samanthas Bauch ist merklich runder geworden.

„Wie kommen Sie darauf, daß Candido Cavalcanti und ich verheiratet sind?" sagt sie zu einer Gruppe reiferer Damen, die sich unter den Jacarandabäumen dem Klatsch hingeben. „Als Anarchisten leben wir in wilder Ehe. Im übrigen hat er mehrere Frauen, alle genauso hochschwanger wie ich. Er ist nicht eben groß, aber sehr vital."

„Gehen wir tanzen", sagt Candido.

„Seine Amerikadurchquerung hatte etwas wahrhaft Homerisches", fährt Samantha fort. „Überall, wo er hinkam, haben sich die Leute gegenseitig die Kehlen durchgeschnitten."

„Gehen wir tanzen."

Er zieht sie weg. Er wirkt wie ein kleiner Schlepper, der tapfer einen großen, mit Kolonialtruppen überladenen Dampfer auf die offene See hinauszieht. Sie fragt laut:

„Sind diese Weibsbilder alle Tanten von dir?"

„Nur die ersten dreißig. Komm jetzt."

Auf dem Weg zur Tanzfläche weicht man ihnen aus.

„Du kannst mich nicht führen, Candido Cavalcanti, deine Arme sind nicht lang genug. Oder du stellst dich hinter mich."

„Hast du Hunger?"

„Nein."

„Durst?"

„Nein."

Samantha spricht brasilianisches Portugiesisch, allerdings mit furchtbarem Akzent. Und das tut sie mit voller Absicht. Auf diese Art bringt sie ihre Unzufriedenheit zum Ausdruck.

Candido ist traurig. Ihre Situation wird langsam unerträglich.

„Verflucht noch mal! Verschwinden wir von hier", raunt ihm Samantha zu.

Sie verlassen den Ball. Nur Ciccio begleitet sie zu ihrem Wagen, einem Chandler Cleveland Six mit hängenden Ventilen und dreieinhalb Litern

Hubraum. Candido hat ihn mit den Dollars gekauft, die sie aus den Vereinigten Staaten mitgebracht haben.

Ciccio wirkt noch schmächtiger als Candido.

„Es wird schon wieder. Mein Vater hat mir versprochen, sich bei deinem Vater für dich einzusetzen. Nicht sofort, in ein paar Wochen, spätestens in sechs Monaten, dann wird es einfacher sein. Vorausgesetzt, du schneidest inzwischen niemandem die Gurgel durch."

„Sehr witzig", sagt Candido und wirft mit der Handkurbel den Motor an.

„Hast du die Bücher gelesen, die ich dir geliehen habe?"

Von einem gewissen Marcel Proust. Ciccio verehrt ihn.

„Noch nicht."

Candido flüchtet hinter das Steuer, um Ciccios Küssen zu entgehen, und setzt den Chandler in Gang. Sie fahren. Bis zu ihrem Haus in São Roque sind es keine zwanzig Kilometer.

„Bist du müde, Samantha?"

Sie hat die Augen geschlossen und hält ihr Gesicht in den Wind, der durch das offene Fenster hereinströmt. Und plötzlich sagt sie:

„Ich habe keine Lust, nach São Roque zurückzukehren."

Sie habe genug von der Hitze, den Mücken, den Leuten, dem eintönigen Leben in São Roque, genug von ihrem dicken Bauch ...

„Wir können nach Rio zu meinem Großonkel Amílcar", schlägt er vor. „Aber erst nach der Geburt des Kindes."

„Fahren wir gleich. Jetzt sofort. Bitte, Candido."

Es ist elf Uhr abends. Bis Rio sind es vierhundert Kilometer, und auf was für Straßen! Dazu braucht er mindestens zwölf Stunden, er kann ja nicht wie gewohnt fahren, bei ihrem Zustand.

„Und wenn das Kind unterwegs kommt, bei dieser Rüttelei?"

Sie lächelt und antwortet, er solle lieber aufpassen, sonst lande er noch in einem Fluß.

Zurück in São Roque, haben sie ihre Koffer gepackt. Für alle Fälle hat Candido auch den Grimmelshausen und die Balalaika verstaut. Das Dienstmädchen Eglantina, eine Mulattin, die in der Küche schlief, ist von dem Lärm aufgewacht und hat natürlich darauf bestanden, sie zu begleiten.

Kurz vor drei Uhr morgen fahren sie los. Zweihundert Kilometer weiter halten sie in der kleinen Ortschaft Guarantingetá.

Sie essen in einem Gartenrestaurant. Der Blick reicht bis zu den fernen Gipfeln der Serra Mantiqueira. Hundert Meter weiter wälzt der von den letzten Winterregen angeschwollene Paraíba sein ockerfarbenes Wasser vorbei, ein Stück dahinter pustet eine Lokomotive ihre Dampfgirlande in die Luft, und ringsum erstrecken sich endlos weite Kaffeeplantagen, in denen bereits gejätet und pikiert wird.

„Ist es noch weit bis Rio?"

„Wir haben fast die Hälfte."

„Es wird sich noch so lange gedulden", sagt sie, deutet auf ihren Bauch und widmet sich wieder ihrem über Holzkohle gegrillten Fleisch.

Candido ist überglücklich. Mein Gott, hier ist er zu Hause, und er hätte nicht gedacht, daß sie sich so schnell hier einleben würde. Er holt die Balalaika aus dem Wagen, beginnt zu spielen und zu singen. Eglantina begleitet ihn und trommelt mit zwei Gabeln auf den Boden eines Topfes, und bald fallen zwölf bis fünfzehn Stimmen in *Samanthas Lied* ein.

Candido improvisiert zwei neue Strophen – bis ihm eine mit Wut gefärbte Niedergeschlagenheit jede Inspiration raubt. Na gut, es mußte ja so kommen. War denn etwas anderes zu erwarten? Er schlägt die letzten Akkorde und legt die Balalaika beiseite.

Dann dreht er sich um.

„Gefällt dir Brasilien, Afonka?"

„Sehr. Es ist ein sehr schönes Land. Und so groß. Vielleicht ein bißchen zu heiß für mich."

Afonka lacht. Er trägt einen weißen Anzug und sogar einen Hut.

„Wie nennst du dich hier?"

„Afonka Tschaadajew, wie denn sonst? Ich habe keine sechsunddreißig Namen."

Er wendet ihr das Gesicht zu.

„Wie geht's, Sam?"

„Nenn sie nicht Sam", sagt Candido.

„Wie geht's, Samantha?"

„Du siehst gut aus, Afonka. Wo stecken Otto Krantz und Matriona? Und Stepa Onegin und der andere Blödmann?"

„Keine Ahnung, von wem du redest", entgegnet Afonka Tschaadajew lachend. „Die Namen höre ich zum ersten Mal."

„Folgst du uns seit São Paulo?"

„Warum sollte ich euch folgen? Wir sind uns hier zufällig begegnet, das ist alles."

Sein Blick ruht auf Samanthas Bauch:

„Wann ist es soweit?"

„Wenn ich Lust dazu habe", sagt Samantha. „Ich kriege es, wenn mir danach ist. Nicht einmal das Kind hat das Recht, mir Befehle zu erteilen."

„Niemand befiehlt dir etwas, Samantha."

„Du bist weit weg von daheim, Afonka. Und Candido ist hier zu Hause. Warum verschwindest du nicht? Du kehrst nach Rußland zurück und erzählst ihm, daß du uns nicht gefunden hast und kein Mensch weiß, wo wir stecken."

Der nahezu weiße Blick, in dem die Iris kaum zu erkennen ist, streicht über die etwa fünfzehn Männer, Farbige und Mischlinge, die unter der Laube des Restaurants im Freien sitzen. Afonka grinst.

„Sollen wir gehen, Samantha?"

Sie steigen wieder in den Chandler. Afonka bleibt auf der Bank sitzen und hebt höflich den Panama mit dem roten Band.

„Ein sehr schönes Auto habt ihr", sagt er in einem sehr weichen brasilianischen Portugiesisch.

Er lacht:

„Ich glaube, es wird ein Mädchen, Sam."

Es ist ein Mädchen. Es kommt dreißig Stunden nach ihrer Ankunft bei Großonkel Amílcar in Rio de Janeiro auf die Welt. Es hat blaue Augen, aber anscheinend muß das nichts heißen, alle Kinder haben in diesem Alter blaue Augen. Candido ist verblüfft. Warum kennt er sich in solchen Dingen nicht aus?

„Voltaire, setz dich und trink ein Glas Champagner mit mir."

„Ich mag Champagner nicht besonders, Onkel."

„Weil du noch nicht genug davon getrunken hast. Ich habe vierundzwanzig Kisten gebraucht, bis ich auf den Geschmack kam."

Er schaut finster drein, der Großneffe.

Großonkel Amílcar ist noch kleiner als Candido. Er trägt einen Schnurrbart, dazu einen kurzen weißen Kinnbart und hat keine Zähne mehr. Seine Hände zittern. Der Stock mit dem vergoldeten Elfenbeinknauf, den sie umklammern, dreht sich ständig ruckartig um die eigene Achse, als wolle Großonkel Amílcar ein Loch in den schwarzblauen und weißen Marmorboden bohren. Das Haus, der Sobrado, ist ein Palast hoch über dem Strand von Botafogo, umgeben von einem riesigen tropischen Garten, den ein schmiedeeisernes Gitter einfaßt. Das Gitter variiert ein endlos wiederholtes Motiv: Pariser Kokottenguêpièren, die man, um die Brustspitzen anzudeuten, an den entsprechenden Stellen mit kleinen goldene Sternchen versehen hat. Der Palast umschließt einen zwanzig auf zwanzig Meter großen Innenhof mit einem Bassin, das so groß ist wie ein Schwimmbecken. Candido hat hier schon mehrmals gebadet. Im Erdgeschoß, und vom Garten mit wenigen Schritten zu erreichen, liegen vier große Salons, zwei Eßzimmer, ein Arbeitszimmer mit angrenzender Bibliothek, ein seit Urzeiten nicht mehr benutzter Ballsaal, ein Billardzimmmer, eine Waffenkammer und schießlich die Küchen. Um den Innenhof führt eine Galerie, die mit unzähligen verblichenen Fotografien aus dem Pariser Leben vollgehängt ist. Candido kennt die Geschichte jedes Fotos bis in alle Einzelheiten. Da sind zum Beispiel die Dame mit Vornamen Léopolda, die außer ihrem Evakostüm nur ein Diamanthalsband trägt, daneben ein gewisser Graf de Morny, etwas weiter Jacques Offenbach mit Zwicker. Und schließlich gelangt man zu dem Foto mit jenen üppigen und opalartigen Rundungen, die vielleicht Großonkel Amílcars liebstes Andenken darstellen: der Hintern seiner liebsten Mätresse, aufgenommen von Felix Tournachon genannt Nadar – ein Abschiedsgeschenk, das einem die Tränen in die Augen treibt, erinnert es doch an Großonkel Amílcars persönliches Waterloo, als ganz Brasilien auf seinen Wechseln saß und ihm jede weitere finanzielle Zuwendung verweigerte.

„Habe ich dir diese Geschichte schon erzählt, Voltaire?“

„Ich denke doch.“

Nur hundertdreiundachtzigmal.

„Und die von Kaiser Napoleon III. und dem Vikar aus Saint-Germain-l'Auxerrois?“

„Ich glaube, ich kenne sie schon.“

„Mein Erinnerungsvermögen läßt mich im Stich, Großneffe: War da nicht eben noch ein bildhübsches Mädchen bei dir?“

„Das war gestern, Onkel.“

„Was hast du mit ihr gemacht?“

„Sie schläft im blauen Zimmer.“

Bildhübsch, wirklich, meint Großonkel Amílcar und dreht seinen Stock. Die Bediensteten benehmen sich, als sei der Hausherr verreist. Einige liegen auf dem chinesischen Sofa mit Perlmuttintarsien und rauchen Zigarren, lümmeln sich auf einer Conversadeira, einem Sessel für zwei Personen, oder spielen Karten. Es sind Rinderhirten, die regelmäßig von einer der Fazendas der Familie Cavalcanti hierherkommen. Sie haben nicht die Aufgabe, Großonkel Amílcar zu bedienen. Sie sollen in ihren schlechtsitzenden Livreen nur den Schein wahren, damit es in Rio nicht heißt, ein Cavalcanti de Noronha werde nicht mehr bedient.

„Man muß sagen, daß dein Vater dich nicht besonders mag", sagt Amílcar.

„Nur an manchen Tagen."

Warum würde er dann am liebsten weinen? Im Grunde ist das doch nichts Neues. Er weiß es nicht erst seit gestern.

„Seine zweite Frau ist nicht nur eine Nervensäge, sie ist auch dumm. Wer deinen Vater heiratet, muß einfach dumm sein. Das gilt übrigens auch für ihre Töchter, deine Halbschwestern."

„Ich mag sie trotzdem", erklärt Candido.

„Du warst immer schon viel zu nett, mein kleiner Voltaire."

Ich fange wirklich noch an zu heulen, denkt Candido, ich weiß nicht, was mit mir los ist.

„Ich vermache dir dieses Haus, kleiner Voltaire, mit allem Drum und Dran."

„Danke, Onkel."

Er kann den Sobrado nicht vererben, denn er gehört Dom Trajano. Großonkel Amílcar hat es vergessen, und Candido will ihm nicht weh tun und ihn daran erinnern. Selbst das Gesöff, das er für Champagner hält, ist nur ein abscheuliches Prickelwasser von Ferrat, dem Weinhändler aus der Rua do Ouvidor. Es kostet keine drei Centavo.

„Ich vermache dir den Sobrado und meinen gesamten Besitz, Großneffe, ich mache dich zu meinem Alleinerben. Die Plantage in Campinas und die Fazenda Bragança Boa Vista, die Reederei, meine Bankaktien, die Häuser in Rio und natürlich den Sommersitz in Petrópolis. Warst du schon einmal auf meinem Sommersitz, Voltaire? Er ist wunderschön, überall wachsen Blumen. Du wohnst dort neben Seiner Majestät dem Kaiser und Alberto Santos-Dumont, dem Flieger. Beide sind ruhige Nachbarn, du wirst keine Grund zur Klage haben."

Bei Santos-Dumont bin ich mir nicht sicher, überlegt Candido, aber der Kaiser von Brasilien, Pedro II., glaube ich, ist meines Wissens schon seit mindestens dreißig Jahren tot. Und den Sommersitz wird mir Großonkel Amílcar auch nicht vererben. Er gehört Dom Trajano, wie alles andere auch.

„Danke, Onkel, Sie sind zu großzügig."

Der Alte lacht mit zahnlosen Mund:

„Ich gebe mir nur alle Mühe, deinen Vater zu ärgern. Außerdem mag ich dich, Kleiner. Léopolda und dich habe ich von allen am meisten geliebt. Ich vermache dir alles. Um Léopolda brauchst du dir keine Sorgen machen, für sie habe ich bereits vor einiger Zeit das Notwendige veranlaßt."

Will heißen: Er hat ihr so viele Diamanten geschenkt, daß sie sich daraus ein Haus bauen könnte.

„Ich bitte dich nur um eines, kleiner Voltaire, kümmere dich um Domitila. Sie ist etwas alt geworden. Du hättest sie mal vor fünfundsechzig Jahren sehen sollen. Sie hatte den schönsten Arsch von ganz Brasilien."

Er lächelt der uralten, fast hundertjährigen Farbigen zu, die in ihrer Nähe kauert. Sie steht seit Menschengedenken in Diensten des Dom Amílcar Cavalcanti de Noronha de Bragança de Boa Vista. Als Sklavin geboren, wurde sie erst 1887 befreit, ging dann aber nach Paris. Sollte sie tatsächlich einmal einen hübschen Hintern gehabt haben, so gehört jetzt viel Phantasie dazu, das zu glauben: Sie ist runzlig wie eine Feige. Von den zehn offiziellen Bediensteten im Sobrado de Botafogo ist sie die einzige, die den alten Mann versorgt. Ohne sie wäre er schon längst tot – verhungert wahrscheinlich.

„Ich hoffe doch, du hast Mätressen, Voltaire."

„Ich kann nicht klagen", sagt Candido.

„So etwas wie die Frauen wurde kein zweites Mal erfunden, Kleiner, sie sind die reinsten Wunder. Sogar die Häßlichste ist schön, du mußt sie nur mit den richtigen Augen sehen. Gibt es im Augenblick eine, die du besonders magst?"

„Ja, Onkel."

„Geh an meinen Safe, du kennst die Kombination: Léopolda 1863/9. Die Neun steht für die neunmal, die ich sie in einer einzigen Nacht geliebt habe. Aber lassen wir das, bleiben wir beim Thema: Nimm so viel Geld, wie du willst, und kaufe ihr in der Rue des Ourives Diamanten. Dort ist die Auswahl zwar kleiner als am Place Vendôme, aber dafür bekommst du vom Feinsten. Für eine Frau ist nichts schön genug. Und bereue nie, daß du ihnen Geschenke gemacht hast."

„Ich werde es beherzigen, Onkel."

Im Safe befindet sich nichts außer Spinnweben und über zweihundert Paar Strumpfhalter – Dom Trajano konnte sie nicht verkaufen.

„Wie heißt sie, Kleiner?"
„Samantha."
„Ein hübscher Name. Wo steckt sie, hast du gesagt?"
„Sie schläft im blauen Zimmer."

„Ich möchte deine Familie ja nicht kritisieren", sagt sie, „aber es macht mich rasend, wie sie Onkel Amílcar behandelt."

„Immerhin hat sie ihn nicht in ein Pflegeheim gesteckt", entgegnet Candido.

„Diese Diener sind schlimmer als Grabräuber. Zwei haben sich kürzlich einen Spaß daraus gemacht, ihn betrunken zu machen, das war gemein ... Sieh mich an. Stimmt etwas nicht?"

„Großonkel Amílcar ist wirklich pleite."

„Das ist ja ganz was Neues, das wissen wir doch bereits."

Lieber das Thema wechseln.

„Ich habe einen Paten für das Kind gefunden. Er heißt Clovis und ist ein Urenkel Domitilas. Er ist Straßenbahnfahrer."

„Ein Farbiger?"

„Stört dich das?"

Es ist ihr egal. Wie ihr auch die Taufe egal ist, zu der sie nur gleichgültig ihre Zustimmung gegeben hat. Auf der anderen Seite haben sie schon in São Roque stundenlang über den Namen des Kindes gestritten. Candido wollte es Catarina, Kathleen oder Katharina nennen, weil keine Frau in seiner Familie so heißt. Samantha war dagegen. Schließlich hat man sich für Candida entschieden. Eglantina, die künftige Patentante, hat mit ihrer Stimme den Ausschlag ausgegeben.

„Du lenkst ab, Candido. Bist du sicher, daß alles in Ordnung ist?"

„Ganz sicher."

„Du hast Afonka wieder gesehen, stimmt's?"

„Nein."

Und das ist nicht gelogen.

„Dann einen anderen, Otto Krantz oder Stepa."

„Keinen von denen. Ich bin nur ein klein wenig traurig wegen Großonkel Amílcar, das ist alles."

„Onkel?"

Beim dritten Mal öffnen sich die Lider des alten Mannes.

„Bist du's, Candido?"

„Ja."

„Du solltest öfters kommen. Ich habe dich seit einer Ewigkeit nicht mehr gesehen."

„Zur Zeit wohne ich bei Ihnen, Onkel."

„Ist der Doktor bei dir?"

Ich habe ihm doch schon gesagt, wo der Doktor ist. Mehrere Male. Er schläft ein. Er stirbt.

„Er ist verreist. Onkel, ich muß Sie etwas Wichtiges fragen."

„Ich mag diesen Grüßgott, verstehst du. Er ist schmuddlig, aber ich mag ihn sehr."

„Ich möchte mit Ihnen über Mama sprechen, Onkel. Können Sie sich noch an sie erinnern?"

„Ein hübsches junges Ding", sagt Amílcar. „Auch sie besucht mich nicht mehr."

„Sie ist am Tag meiner Geburt gestorben."

„Entschuldige, Kleiner. Jetzt fällt es mir wieder ein."

„Notar Pessoa hat mir etwas über sie erzählt."

„Kenne ich nicht."

„Er ist Ihr Notar. Ich war heute nachmittag bei ihm, wegen Ihres Testaments. Natürlich kennen Sie ihn. Denken Sie nach."

„Du hast recht. Stört es dich, wenn ich die Augen schließe. Ich bin schläfrig."

„Haben Sie ..."

Wie fragt man so etwas?

„Haben Sie mit meiner Mama geschlafen, Onkel?"

„Sie kam häufig. Verdammt hübsch, ihre grünen Augen. Hast du grüne Augen, Candido?"

„Ja. Sie haben nicht auf meine Frage geantwortet."

„Ich habe die Frage vergessen."

„Ich glaube kaum. Onkel, wie ich von Notar Pessoa erfahren habe, glaubt Dom Trajano offenbar, daß ich nicht sein Sohn bin, sondern Ihrer."

„Bis zuletzt habe ich Dom Trajano geärgert, Kleiner."

„Bitte beantworten Sie meine Frage."

„Wovon sprachen wir gerade?"

„Von Mama und Ihnen", antwortet Candido geduldig, aber doch etwas verlegen und bekümmert. „Tun Sie nicht so, als hätten Sie es vergessen."

„Ist Trajano bei dir?"
„Er ist in São Paulo. Wir sind allein."
„Ich habe viele Frauen gehabt. Tausende."
„Und meine Mutter?"
„Sie hieß Idalina. Ich kannte sie vor Trajano. Ich habe ihr davon abgeraten, diesen Lumpen zu heiraten. Ich habe sie nie angerührt, Kleiner, du solltest dich schämen, solche Fragen zu stellen."
„Ich bin also nicht Euer Sohn?"
Der Alte lacht:
„Nein."
„Wußten Sie, daß es Dom Trajano glaubt?"
„Das geschieht ihm recht, Kleiner. Nur ein Idiot wie er kann glauben, daß Idalina ihn betrogen hat."
„Seit wann wußten Sie es?"
Erneut ein kraftloses Lachen.
„Es stimmt schon, du ähnelst mir mehr als ihm, Kleiner."
„Sie wußten es und haben es ihm nie gesagt?"
„Je ähnlicher du mir geworden bist, desto wütender wurde er. Kleiner, ich bin wirklich müde. Komm später wieder. Übrigens, du mußt den Notar aufsuchen. Ich vererbe dir alles. Bist du zufrieden?"
„Ja, Onkel, ich bin zufrieden."

Eine Woche darauf stirbt Großonkel Amílcar. Candidos Telegramm an Lascalles bleibt unbeantwortet. Und niemand aus São Paulo reagiert auf die Nachricht. Die Beerdigung findet im engsten Kreis statt: Candido, Samantha, Notar Pessoa, drei oder vier alte Knaben, die Amílcar von früher kennen, und Domitila, die ehemalige Sklavin. Die falsche Dienerschaft läßt sich nicht stören. Sie feiert.

„Ich will hier weg, Candido. Setzen wir uns in den Chandler und verschwinden, egal wohin. Ich ertrage diese Kerle nicht, die im Haus eines Verstorbenen feiern."

Auf die kleine Fazenda in São Roque können sie nicht zurück, und Samantha findet es erbärmlich, daß er einfach nur die Zeit herumbringen möchte, bis Dom Trajano ihn eines Tages vielleicht wieder zu sich ruft und ihm gnädig vergibt. Das nächste Mal, sagt sie, wenn er nach São Paulo gehe, um mit seinen Vater zu reden, werde sie ihn nicht begleiten.

„Du hast ihm schon zwei zehnseitige Briefe geschrieben. Und dabei liest er sie nicht einmal, das hast du mir selbst gesagt. Was willst du denn noch tun? Dich noch mehr demütigen lassen?"

Candido hat ihr nicht erzählt, daß Dom Trajano an seiner Vaterschaft zweifelt, weil er sich schämt. Obwohl das natürlich erklärt, warum sich Dom Trajanos ihm gegenüber stets so ablehnend verhalten hat. Großonkel Amílcar hatte es erkannt: In dem Maße, wie Candido heranwuchs, wurde die Ähnlichkeit immer verblüffender. Mit jedem Jahr wurde er ein bißchen mehr zu einem zweiten Amílcar, den Dom Trajano zeitlebens verabscheut hat (ein Cavalcanti, der nur Frauen und Feste im Kopf hat, sein Vermögen verpraßt und sich nicht um die Skandale schert, so etwas kann nicht geduldet werden).

Nur nebenbei bemerkt, Candido Stevenson: Dein Großonkel Amílcar war auch ganz schön egoistisch. Er hat Dom Trajano in dem Glauben gelassen, du seist nicht sein Sohn. Bestimmt hat er sich köstlich amüsiert. Aber er hat nie daran gedacht, daß du unter den Folgen zu leiden haben würdest. Und du bist ihm nicht einmal böse. Samantha hat recht: Du kannst einfach nicht wütend werden.

Mit ihrer Tochter und Eglantina steigen sie in den Chandler. Samantha möchte Brasilien kennenlernen. Wegen ihrer Schwangerschaft war das bisher nicht möglich. Sie will San Salvador de Bahia besuchen, Recife und Belém und sogar den Amazonas. Candido ist gegen den Amazonas: Dort lebt der frühere Oberst aus dem Mato Grosso. Dem sollte er lieber aus dem Weg gehen. Und nach Salvador und so weiter ist es sehr weit. Samantha macht sich ja keine Vorstellung, wie groß Brasilien ist. So groß wie die Vereinigten Saaten. Was glaubt sie eigentlich?

Sie fahren nach Petrópolis und mieten ein Haus voller Blumen. In unmittelbarer Nähe liegen die malerische Villa des Fliegers Santos-Dumont und das ehemalige Sommerpalais des früheren Kaisers von Brasilien. Sie verbringen dort fast drei Monate. Zwischendurch unternehmen sie zwei Reisen: eine nach Salvador, die andere nach Ouro Preto. Candido teilt Lascalles ihre neue Adresse mit und betont, daß ihr Aufenthalt in den Bergen keinen Verstoß gegen die Anordnungen Dom Trajanos darstelle, dem er im übrigen jederzeit zur Verfügung stehe (er zeigt Samantha den Brief nicht). Keine Antwort. Er deutet dieses Schweigen als gutes Zeichen. Alles wird wieder ins Lot kommen. Dom Trajano hatte ihm bei ihrer Unterredung eröffnet, er werde Erkundigungen über die Vorkommnisse in Deutschland einholen. Inzwischen müßte er die Informationen bekommen haben. Allzu belastend können sie nicht sein, sonst hätte er auf sein Schreiben geantwortet. Dies bestätigt im übrigen auch ein Brief von Ciccio Vaz Vasconcelles, der Ende März eintrifft: Ciccio schätzt die Chancen für ein baldiges Treffen günstig ein. Candido, so schreibt er, könne jederzeit zurückkehren, da er sich so ruhig verhalten habe.

Der Chandler setzt sie am frühen Nachmittag vor dem Gitter des Sobrados ab, in dem Amílcar gestorben ist. Das Gitter ist verschlossen. Der Garten macht einen verwilderten Eindruck. Niemand zeigt sich.

„Mach mich nicht verrückt, Cavalcanti. Was soll das heißen, eine böse Vorahnung?"

Notar João Pessoa ist achtzig Jahre alt. Er trägt er einen Zwicker, wie man es früher getan hat, einen Kneifer, der mit einem schwarzen Bändchen am Jackettrevers befestigt ist. Candido ist schon nicht sehr groß, aber Pessoa ist geradezu winzig, und seine Kanzlei in der Rua do Hospicio, einen Steinwurf vom französischen Konsulat entfernt, gleicht einer Höhle, in der mit feierlicher Gemächlichkeit griesgrämige Gespenster herumgeistern.

„Der Anwalt Ihres Herrn Vaters, Eduardo Lascalles, erschien wenige Tage nach Ihrer Abreise nach Petrópolis in Begleitung zweier Kollegen – alle drei im Auftrag Dom Trajanos. Sie schrieben den Sobrado zum Verkauf aus und schickten die falsche Dienerschaft auf die Fazendas zurück."

„Und Domitila?"

„Sie erhielt ein Conto als Abfindung. Ich weiß nicht, wohin sie gegangen sein kann. Dom Candido, ich bin froh, Sie zu sehen. Einige Dinge bereiten mir etwas Kummer ..."

Ein Conto, das sind etwa tausend Milreis. Oder nicht ganz zweihundert amerikanische Dollar, rechnet Candido. Für mehr als siebzig Jahre unermüdliche Aufopferung. Wie irrsinig großzügig!

„Was für Dinge?"

„Ich habe mich immer um die Geschäfte Ihres Herrn Großonkels gekümmert. Vor allem um die Verkäufe, die er in den letzten fünfzig Jahren getätigt hat."

Kurz und gut, seiner Meinung nach seien viele dieser Verkäufe unter Umständen zustande gekommen, die ...

„Mein Großvater und später mein Vater haben Amílcar mehr oder weniger bestohlen", sagt Candido. „Ich weiß. Er wußte es auch. Es war seine Angelegenheit."

Diese Probleme lassen ihn kalt. Aber da kommt ihm ein Gedanke:

„Könnten Sie die Spur eines Gemäldeverkaufs zurückverfolgen, der zwischen 1900 und 1905 abgewickelt worden sein muß? Die Bilder gingen damals an ein russisches Museum in Sankt Petersburg. Es handelte sich um Werke französischer Impressionisten. Ich habe Onkel Amílcar danach gefragt, aber er konnte sich nicht mehr erinnern."

„Dazu müßte ich Berge von Unterlagen durchsehen", sagt der Notar. „Und dazu brauche ich unbedingt Ihre Vollmacht als Alleinerbe."

Ich klammere mich zu sehr an dieses Detail, denkt Candido. Doch andererseits wird meine Version der Jaguargeschichte glaubhafter, wenn ich Dom Trajano beweise, daß Harmond oder jemand in Rußland gelogen hat.

Er unterschreibt. Eine Generalvollmacht, die den kleinen Notar autorisiert, in allen Angelegenheiten in seinem Namen tätig zu werden. Ist das denn so wichtig? Dieser klapprige alte Knirps von Notar wird sowieso nichts finden. Dom Trajanos Anwälte werden ihn gehörig in die Mangel nehmen, oder er stirbt, bevor er etwas erreicht hat. Aber wenn eine Chance besteht, die These von der roten Verschwörung zu untermauern, und sei sie auch noch so klein, warum sie nicht nutzen?

Das sei noch nicht alles, meint der kleine Notar, es gebe da noch eine Reihe von Objekten, die Dom Trajanos Anwälte bei der Räumung des Sobrado nicht verkauft oder fortgeschafft hätten. Die Strumpfbandsammlung beispielsweise, insgesamt elfhundertsiebenundzwanzig Paar (eins für jede Geliebte, wie Großonkel Amílcar sagte, kein Wunder, daß er sich ruiniert hat). Und das sei nicht alles:

„Ihr Herr Großonkel hatte durchaus auch seine überraschenden Seiten. Er konnte sehr durchtrieben sein, trotz seines Leichtsinns. Oder er hat sich selbst mißtraut, das wäre auch möglich. Jedenfalls hat er mir vor Jahren all das anvertraut, was ihm damals noch geblieben war, und ich habe es in meinem Safe aufbewahrt. Es handelt sich um einige Gemälde, darunter zwei oder drei eines gewissen Van Grog oder so ähnlich. Und um Statuen. Rodin, ist Ihnen der Name geläufig, Dom Candido? Ich muß Sie warnen: Die Damen und Herren sind splitternackt, und ihre Posen sind nicht ganz einwandfrei. Meinen Urenkeln würde ich sie nicht zeigen."

Es gebe auch noch Fotos. Der kleine Notar wird beinahe rot:

„Darunter die mit den zwölf ... wie soll ich sagen? Mit den zwölf Allerwertesten. Dom Amílcar haben sie viel bedeutet."

... und schließlich sei da noch Léopolda.

Candido denkt zuerst an das Foto von Großonkel Amílcars großer Liebe – an die Dame mit Brüsten wie Wassermelonen und dem Hintern eines Droschkengauls.

Nein, nein, ganz und gar nicht, stellt der Mikro-Notar richtig, er spreche von *der* Léopolda.

Der Lokomotive.

„Sie gehört Ihnen, daran besteht kein Zweifel. Darf ich Sie fragen, wo Sie in Rio abgestiegen sind? Ich besitze hier zwei oder drei Häuser, eines davon in der Avenida Atlantica, direkt an der Copacabana. Wenn Sie dort wohnen möchten ..."

Candido lehnt dankend ab. Er will nicht lange in Rio bleiben. Gleich morgen wird er sich auf die Suche nach Clovis machen, dem Straßenbahnfahrer und Candidas Paten. Mit seiner Hilfe wird er die alte Domitila finden, um ihr ein großzügigeres Geschenk zu machen. Sobald das erledigt ist, wird er nach São Paulo fahren.

Soweit Candido sich erinnern kann, wohnt Clovis im Stadtteil Maracana, ziemlich weit außerhalb. Kurz nach zehn Uhr morgen verläßt er das kleine Hotel mit der Holzveranda am einsamen Strand von Ipanéma und steigt in eine der zahlreichen Straßenbahnen, die von einer kanadischen Gesellschaft betrieben werden. Die Anhänger hinter dem Triebwagen bieten nur durch Wachstuchplanen Schutz vor der Sonne und möglichen Regenschauern. Wie immer sind sie überfüllt, und es ist nicht ganz einfach, auf ein Trittbrett zu springen.

Cuidado!

Er hat die Gestalt nur kurz gesehen: Vor allem die Größe ist ihm aufgefallen. Es ist der Wandelnde Berg.

Ich springe ab und rede mit ihm, denkt Candido. Ich bin Brasilianer, ich gehöre hierher, wenn ich will, kann ich zwanzig oder dreißig Fahrgäste auf ihn hetzen, ich brauche ihnen nur irgend etwas zu erzählen ...

An der nächsten Haltestelle zwängt er sich durch die Menschenmenge, die herein- und hinausdrängt. Er kommt zu spät: Der Koloß verschwindet gerade in einer der Gassen. Du hast dich nicht getäuscht, Candido Stevenson, er war es. Und wenn du ihm folgst, wird er dir irgendwo auflauern ...

In letzter Sekunde springt er auf die Straßenbahn nach Maracana auf und schaut zurück, aber umsonst.

„Ich suche Clovis de Nascimentes, den Straßenbahnfahrer."
Ein Farbiger beschreibt ihm den Weg. Eine ungepflasterte Straße. Sechstes Haus auf der linken Seite. Er klopft.
„Ich suche ..."
„Sie sind Dom Candido Cavalcanti."
Die junge Farbige ist sehr hübsch und lächelt ihn an.
„Clovis hat mir von Ihnen erzählt. Er ist in seiner Werkstatt. Der große Blechschuppen dort drüben."
Er geht hinüber. Die Werkstatt entpuppt sich als ein Lager, vollgestopft mit großen Metallbottichen. Es riecht stark nach Früchten. Vielleicht eine dieser kleinen Likörfabriken, in denen sich die fliegenden Händler eindecken.
...Er hört noch die Schritte hinter sich, aber zu spät. Ein Schlag trifft ihn im Genickansatz. Er knickt zusammen, ohne das Bewußtsein zu verlieren.
Aber der Lappen mit dem intensiven Äthergeruch, den man ihm auf das Gesicht drückt, schläfert ihn vollends ein.

Er kommt in einem Bottich wieder zu sich und denkt: Hoffentlich will man nicht Fruchtlikör aus dir machen.
Wie witzig!
Er steht auf, noch leicht benommen, und geht fast ein zweites Mal zu Boden: Der Bottich hat einen Deckel.
Und der ist tonnenschwer und rührt sich nicht. Nach dem achten oder neunten Versuch bewegt er sich doch. Mit lautem Getöse fallen Gegenstände herunter, der Deckel gibt nach. Candido schwingt sich auf den Rand des Bottichs. Jemand hatte den Deckel mit Steinen und Eisenstücken beschwert, um ihm das Öffnen zu erschweren: Man hat ihn weder töten noch richtig einsperren wollen. Er springt hinaus.
Und entdeckt, daß es inzwischen Nacht geworden ist. Schon? Als er Ipanéma verlassen hat, war es noch keine zehn Uhr morgens!
Er verläßt den Schuppen. Nur Holzfeuer und Öllampen spenden etwas Licht. Er geht die zerfurchte Straße bis zu Clovis' Haus hinauf. Niemand da. Er klopft an die aus Brettern und Pappe zusammengezimmerten Hütten der Nachbarn. Die Bewohner stecken die Köpfe heraus. Clovis? Habe man den ganzen Tag nicht gesehen. Was für ein Mädchen? Clovis sei unverheiratet, normalerweise lebe er allein ...
Candido hat verstanden.

Er rennt los. Nach zwei Kilometern findet er endlich eine Kutsche: „Nach Ipanéma. Schnell, bitte. Wieviel Uhr ist es?"

Halb fünf Uhr morgens. Deshalb konnte er weder Kutsche noch Taxi auftreiben. Du hast Angst, Candido Stevenson. Du hast gespürt, daß etwas in der Luft lag. Na gut, jetzt ist es soweit.

„Lassen Sie mich hier aussteigen, *obrigado*."

Noch dreihundert Meter bis zu dem Hotel mit der Veranda. Der Strand zu seiner Linken ist gesprenkelt mit kleinen Lichtern – Kerzen, die zusammen mit anderen Opfergaben den geheimnisvollen Mächten der weißen Magie Umbandas dargebracht werden. Irgendwo in der Dunkelheit ertönt das dumpfe Dröhnen afrikanischer Atabaques-Trommeln. Ein monotoner Singsang wird angestimmt, untermalt von Händeklatschen. Candido bezahlt den Kutscher mit hundert Milreis. Er geht auf das Hotel zu, hält sich aber im Schatten. Zum Glück: Er entdeckt zwei Polizisten. Sie beobachten das Haus. Neben einem Kastenwagen stehen weitere, und einige Meter entfernt, kaum sichtbar, noch mehr. Kein Zweifel, sie haben das Hotel umstellt. Hätte er den Kutscher davor halten lassen, wären sie über ihn hergefallen.

Candido springt in ein Blumenbeet und geht in Deckung. Jemand zupft ihn am Ärmel: Lautlos wie eine Katze ist ein junger Farbiger neben ihm aufgetaucht.

„Dom Candido ..."

Dreißig Sekunden später schleichen sie Seite an Seite fort. Candido erfährt, daß Samantha und Candida am späten Nachmittag weggefahren sind. Mit Eglantina, ja. Der Junge heißt Paulo Cesar und ist Eglantinas Neffe. Er hat stundenlang auf der Lauer gelegen. Und nicht allein: Eglantina hatte die ganze Sippschaft ihrer Neffen und Nichten zusammengetrommelt, und diese hatten sich mit Unterstützung von Freunden um das Hotel postiert, um Candido abzufangen.

„Was soll ich in die Luft gejagt haben?"

Dom Amílcars Sobrado in Botafogo. Das riesige Haus ist bei Einbruch der Dunkelheit in die Luft geflogen. Viel ist nicht davon übriggeblieben. Eine Stunde später gab es im Hauptsitz der Bank Cavalcanti e Irmao in der Rua do Benedictino eine zweite Explosion. Nur hatte der Attentäter im zweiten Fall eine schwächere Bombe gewählt, vor allem das Innere der Bank wurde zerstört.

„Du hättest mir etwas sagen können", begrüßt ihn Samantha freudestrahlend. „Hätte ich gewußt, daß du halb Rio in die Luft jagst, hätte ich dir mit Candy zugesehen. Es wird Zeit, daß wir die Kleine mit den Grundlagen unseres Metiers vertraut machen."

Paulo Cesar hat Candido zu Clovis do Nascimentes geführt, dem Anführer der Truppe, die das Hotel beobachtet hatte. Clovis hat ihn in einen Lastwagen verfrachtet und zu einem luxuriösen Anwesen auf den unteren Hängen des Corcovado im Süden der Stadt bringen lassen. Samantha war schon dort. Bei ihr waren Candida, Eglantina und drei oder vier Farbige, Männer und Frauen.

Und jetzt erzählt einer dem anderen, was sich in der Zwischenzeit ereignet hat. Samantha macht den Anfang. Sie hatte Besuch, und zwar von keinem Geringeren als Afonka Tschaadajew. Er kam zu ihr ins Hotel in Ipanéma, noch breiter grinsend als sonst:

„Er war bester Laune. Er erklärte mir, du hättest aus Wut gegen deinen Vater und seine Anwälte das Haus in Botafogo in die Luft gesprengt. Und mit der Familienbank werde das gleiche passieren. Die Polizei habe deine Identität festgestellt und fahnde nach dir. Angeblich hatte ihr jemand unsere neue Adresse verraten. Am Schluß gab er mir den Rat, sofort zu verschwinden."

„Und dann bist du wütend geworden."

„Woher weißt du das? Wenn man dich so reden hört, könnte man meinen, ich hätte einen schlechten Charakter. Natürlich habe ich mich ein bißchen aufgeregt. Aber Clovis und Domitila haben mir dann bestätigt, was dieser Trottel erzählt hat. Sie hielten es für besser, hierher zu flüchten."

Und wo sind wir hier?

Im Haus der Familie Da Silva Campos Soundso. Die Familie befinde sich momentan auf einer Europareise und werde erst in einiger Zeit zurückerwartet. Die Köchin sei eine der zahlreichen älteren Schwestern Eglantinas.

„Candido, schwörst du, daß du nichts in die Luft gesprengt hast?"

Meus Deus, ich glaube fast, es würde ihr gefallen, wenn ich der verrückte Bombenleger wäre!

„Und ich soll Afonka zu dir geschickt haben, um dich zu warnen?"

Genau. Sie lächelt ihn an:

„Schade. Am meisten hat mir die Vorstellung gefallen, du hättest Dom Trajanos Bank in die Luft gejagt. Na, wenigstens ist das richtige Anarchisten-Arbeit. Damals in Berlin hätten wir unsere Bomben auch in eine Bank legen sollen. Ein kleines Kino, das ist doch armselig, wenn man es recht bedenkt. Candido, du würdest es mir doch sagen, wenn du es gewesen wärst?"

Er schließt die Augen.

Der kleine Notar erscheint.

„Die Polizei ist Ihnen auf den Fersen", sagt er.

Aber er macht nicht den Eindruck, daß ihn diese Neuigkeit übermäßig beunruhigt. Und daß ihn Clovis mitten in der Nacht aus dem Bett geholt hat, scheint ihn auch nicht weiter zu berühren. Wie ihn überhaupt nichts aus aus der Ruhe zu bringen scheint. Er hört ruhig zu, als Candido nun beginnt, von seinem Mißgeschick zu berichten. Noch einmal zieht alles vorbei: Policarpo Moravec, Oskar Kuppelweiser, Biesenthal und das Kino der Plücks, Rußland, die Mongolei, die Krallen des Jaguars und ihre Verbrechen.

„Und nun wünschen Sie, daß ich zu Ihrem Herrn Vater gehe und ihm alles erzähle?"

Schweigen. Der kleine Notar überlegt. Er hat Candido zugehört, ohne ihn zu unterbrechen, und betont nun, daß die äußeren Umstände gegen Candido sprechen: Es sei allgemein bekannt, daß sich Dom Trajano mit seinem Sohn nicht gut verstehe. Es werde sogar gemunkelt, er habe ihn enterbt – „ich habe es gestern durchblicken lassen, Dom Candido, aber Sie schienen sich nicht dafür zu interessieren". Außerdem kursierten Gerüchte über gewisse Ereignisse in Europa, die genau in die Zeit fielen, als sich Candido dort aufgehalten habe. Es sei sogar von einem Terrorfeldzug in den Vereinigten Staaten die Rede, wo man zwei Anarchisten, Sacco und Vanzetti, habe hinrichten müssen. Und nun geschehe in Brasilien das gleiche.

„Sie haben Ihren Herrn Großonkel sehr geliebt. Er stirbt, und es gibt Beweise dafür, daß er beraubt worden ist. Sie kehren nach Rio zurück, verschwinden dort unter merkwürdigen Umständen, und während Ihrer Abwesenheit werden Anschläge verübt, die sich gegen Dom Trajano Cavalcanti, seine Brüder und Cousins richten, gegen die Männer also, die für das Los des seligen Dom Amílcar verantwortlich sind."

Eine delikate Lage, schließt der kleine Notar und klopft mit seinem Zwicker auf den Tisch. Ob er bereit sei, die Vermittlerrolle zu übernehmen? Ja, er sei bereit. Er werde im nächsten September achtzig und habe Dom Amílcar seit sechzig Jahren und länger gekannt:

„Abgesehen von den Augen ähneln Sie ihm auf frappierende Weise,

Dom Candido. Er hatte mich eingeladen, ihn nach Paris zu begleiten. Ich habe damals abgelehnt und es später immer ein wenig bereut. Ich werde nach São Paulo fahren. Ich werde alles tun, was in meiner Macht steht."

Die Nachricht trifft am neunten Tag ein: Der kleine Notar hat Erfolg gehabt, Dom Trajano ist zu einem Treffen bereit. Am nächsten Mittwoch auf der Fazenda Bragança Boa Vista.

Zu zehnt oder zwölft fahren sie los. Clovis und sein Schwager Hastimphilo übernehmen die Führung. Alle bis auf zwei sind Straßenbahnfahrer. Hastimphilo ist Buchhalter, Zé Julio Mechaniker.

Noch drei Stunden bis zur Fazenda. Candido, Clovis und Hastimphilo steigen vom Lastwagen auf Pferde um und verschwinden in Richtung Osten zwischen den Hügeln.

Beide Stockwerke des Hauses sind erleuchtet. Ich war schon zwei- oder dreihundertmal hier, denkt Candido, aber von allen Häusern und Fazendas der Cavalcantis in Brasilien liebe ich das hier am meisten. (In den Scheunen und Senzalas, den früheren Sklavenunterkünften, habe ich zum ersten Mal, sagen wir, einer Dame gehuldigt. Sie war sechzehn und kam mir schrecklich alt vor. Ich war kaum dreizehn ...)

Aber jetzt bin ich enterbt. Mir wird nichts davon gehören.

„Man hat uns gesehen", ruft Clovis.

Jemand tritt aus dem Haus. Ein Majordomus. Candido kennt ihn nur zu gut. Es ist Bandeira, der „Butler", wie ihn Dom Trajano nennt.

„Guten Abend, Dom Candido."

„Guten Abend, Bandeira."

Candido konnte ihn noch nie leiden, aber das beruht auf Gegenseitigkeit. Schon Bandeiras Vater, Großvater und Urgroßvater standen in Diensten der Familie. Sie verfolgten entflohene Sklaven und waren mit der Peitsche ebenso schnell bei der Hand wie mit dem Strick. Warum hat sich Dom Trajano immer mit solchen Leuten umgeben? Du kannst die Frage auch anders stellen, Candido Stevenson. Warum bist du, ein reinblütiger Cavalcanti, anders als die Generationen vor dir? Wenn man der Chronik glauben darf, waren alle Cavalcantis in den letzten drei- bis vierhundert Jahren wie Dom Trajano. Alle hatten ihre Bandeiras. Ohne sie wären die Calvacantis nicht so reich geworden. Aber warum bist du anders? Ist die Erziehung des Doktors der Grund? Oder liegt bei dir vielleicht eine Art Konstruktionsfehler vor?

Früher mußte jeder Besucher der Bragança Boa Vista ein Tor passieren, das hochmütig am Ende der fünf Kilometer langen Palmenallee lag. Erst seit Großonkel Amílcar – der keineswegs hochmütig war – kann man das Haus von rechts durch den terrassenartigen Garten betreten. Der Fluß etwas unterhalb ist ein kleiner Nebenfluß des Mogi-Guaçu. Dort hat man das Schwimmbad ausgehoben und die heitere und geschmackvolle Gartenanlage aus Lauben, Pergolen und Glorietten angelegt, halb versteckt unter Bougainvilleas, Rosen und Passionsblumen. Als er noch ein Junge war (gesetzt den Fall, er ist seither erwachsener geworden), erzählte ihm Großonkel Amílcar dort von seinen Streichen in Paris, und der Doktor ließ ihn in lateinischer Sprache Horaz und Vergil lesen, eine Lektüre, die er ihm von Zeit zu Zeit mit Schlüpfrigkeiten aus Brantômes Werken versüßte.

Es kommt noch soweit, daß du zu heulen anfängst ...

„Die Herren sind in dem kleinen grünen Salon", sagt Bandeira.

Bandeira tritt über die Schwelle der polierter Eichentür und stürzt zu Boden. An seiner Kehle klafft eine Wunde. Ein Blutstrahl spritzt auf Candidos Brust. Plötzlich steht Wandelnder Berg hinter ihm. Er packt ihn, hebt ihn hoch und trägt ihn ins Haus. Candido steht vor Matriona und dem grinsenden Afonka Tschaadajew:

„Du triefst ja vor Blut, Candido. Keiner hat verlangt, daß du dich so besudelst."

Stepa tritt mit nachdenklicher Miene aus dem kleinen grünen Salon. Er sieht aus wie ein Mann, der gerade aus einer geschäftlichen Besprechung kommt und noch einmal die vorgebrachten Argumente überdenkt. Sein Blick fällt auf den am Boden liegenden Bandeira. Trotz der offenen Kehle zuckt er noch, und seine Hände kratzen über den schwarzen Marmor.

„Ihm schlitzt ihr auch die Backen auf", befiehlt Afonka auf russisch. „Jedermann weiß, daß der Jaguar ihn verabscheut hat."

Matriona beugt sich hinab und bringt die beiden Schnitte an.

„Und sonst, Candido, was gibt es Neues? Weißt du, daß du in Bahia beinahe deinen Cousin Firmino Luiz de Barros erdrosselt hast? Aus Wut, weil er dir den Zutritt zu seinem Haus verwehrt hat. Du hast wirklich einen jähzornigen Charakter."

Mit einer Hand drückt der Wandelnde Berg Candido die Luftröhre zu. Der Kerl wird ihn doch nicht etwa umbringen wollen. Obwohl, wenn er so weitermacht ...

Von weit her hört er Stepa Onegins Stimme:

„Auf die linke Schulter. Man wollte sein Gesicht treffen, hat es aber verfehlt. Ein bißchen Blut wäre ganz gut. Aber nicht zuviel."

Und wirklich erhält er einen Schlag auf die linke Schulter. Er verliert fast das Bewußtsein.

„Zweimal. Man hat ihn zweimal geschlagen. Verpaß ihm eine ins Gesicht."

Erneuter Schlag. Man läßt ihn los.

Als er wieder zu sich kommt, liegt er auf einer Leiche! Er löst sich aus der Umklammerung des Toten. Es ist Eduardo Lascalles. Seine Kehle ist durchschnitten, seine Wangen sind aufgeschlitzt. Candido sieht sich um. Er befindet sich in dem kleinen grünen Salon von Bragança Boa Vista. Hinter ihm liegen zwei weitere Leichen. Sein Herz beginnt zu rasen: Der Mann, der auf dem Bauch liegt, könnte Dom Trajano sein. *Meus Deus!* Er hebt den Körper etwas an ...

Er ist es nicht.

Er zwingt sich, das Gesicht der anderen Leiche zu betrachten. Es ist Dias Gonçalves, ein Anwalt Dom Trajanos, von dem Großonkel Amílcar immer behauptet hat, daß ihn nicht einmal die Hyänen zum Kumpan haben wollten.

Nur weg von hier! Merkst du denn nicht, daß sie dir den gleichen Streich wie in Charbin spielen wollen! Verschwinde, bevor dich jemand sieht!

Das Trommeln gegen die Tür bringt ihn vollends zu Bewußtsein. Von draußen hört er die ehrerbietige Stimme eines Dieners. Er ruft auf portugiesisch nach ihm. Jemand dreht den Türgriff, ohne Erfolg. Man hat ihn eingeschlossen.

Er steigt auf die Fensterbank und springt in den drei Meter tiefer gelegenen Garten. Im Zickzack rennt er zwischen den Lauben und Pavillons hindurch. Schreie ertönen: Diebe, Mörde, zu Hilfe. Er stürmt davon, springt über eine Gartenbank, über ein Beet. Menschen rennen wild durcheinander, Schüsse fallen, eine Kugel zerschlägt wenige Meter neben ihm ein Rocaille. Wieder ein Sprung, und er landet in den Armen eines Mannes, der ihn im ersten Moment umklammert, dann aber verblüfft wieder losläßt:

„Dom Candido?"

„Du hast mich nicht gesehen, Jesuino, ich bin nicht hier, du hast mich nicht gesehen, bitte, Jesuino!"

Und er prescht durch die Hopfenhecke, zertrampelt die Passionsblumen, zerkratzt sich an den Kletterrosen den Hals, gelangt zu dem

Terreiro, auf dem man früher Kaffeebohnen getrocknet hat, biegt dann ab, klettert an den Ästen eines riesigen Pfefferstrauchs über die Steinmauer, rast zwischen den Apfelsinenbäumen hindurch und erreicht endlich die lange Palmenallee, in der es so finster ist wie in einem Tunnel bei Nacht ...

Clovis und Hastimphilo sind sicher geflohen, als sie die Schüsse hörten. Er kann es ihnen nicht verdenken. Er hätte es an ihrer Stelle auch getan. Vielleicht hat man sie aber auch bereits verhaftet oder sogar umgebracht. Zwei weitere Morde, die auf mein Konto gehen, denkt Candido. Ich bin gefährlicher als das Gelbfieber.

Ein Pfiff. Zuerst erscheint Hastimphilo, dann Clovis. Candido springt in den Sattel des dritten Pferdes.

Zehn Kilometer gestreckter Galopp. Die Beine der Pferde beginnen zu zittern, Schaum fliegt ihnen vom Maul.

Die Pferde gehen im Schritt.

„Ich hätte dir nie zugetraut, daß du so irrsinnig schnell rennen kannst!“ ruft Clovis. „Einen Augenblick lang habe ich dich für eine Sternschnuppe gehalten.“

„Nur gut, daß die Fazenda deiner Familie gehört“, meint Hastimphilo. „Sonst hätten sie womöglich mit Kanonen auf dich geschossen.“

Keine Verfolger zu sehen. Die Nacht ist ruhig. Haben die beiden Farbigen eine Kralle des Jaguars bemerkt?

Nein.

Sie fallen in Trab und reiten über die Grenzen von Bragança Boa Vista. Die Aussichten sind gering, daß er jemals wieder hierher zurückkehren wird ...

„Ich halte deinen Vater für den letzten Dreckskerl“, sagt Samantha.

„Sprechen wir von etwas anderem.“

„Na gut. Aber über ein Eremitendasein in der grünen Hölle lasse ich bestimmt nicht mit mir reden.“

Samantha, Candido, ihre Tochter und Eglantina sitzen auf der Pritsche des vorderen Lastwagens, den Hastimphilo steuert.

Stunden zuvor, als sie in den Bundesstaat Rio de Janeiro fahren wollten, tauchte plötzlich wie aus dem Nichts eine Gruppe Soldaten vor ihnen auf, versperrte ihnen den Weg und eröffnete das Feuer. Sie mußten umdrehen und nach Westen fahren. Kugeln haben die Plane durchschlagen. Dem anderen Fahrzeug haben die Soldaten die Reifen zerschossen, seither fährt es auf den Felgen.

„Ich werde Brasilien nicht verlassen“, sagt Candido. „Hier bin ich zu Hause. Nur hier habe ich eine kleine Chance, den Jaguar loszuwerden, und sonst nirgends auf der Welt.“

Und dann macht er sich Vorwürfe, daß er Clovis, Hastimphilo und die anderen Straßenbahnfahrer in diesen Irrsinn hineingezogen hat. Trotz ihrer Opferbereitschaft, sagt er, müßten sie irgendwann zu ihren Frauen und Kindern zurückkehren ...

„Das würde mich wundern“, meint Samantha.

„Warum?“

„Weil Clovis und Hastimphilo in Rio von der Polizei gesucht werden. Sie haben versucht, einen Streik der Straßenbahnfahrer zu organisieren. Alle, die hier sind, Vivaldo Maria, Zé Julio, Teotõnio und die anderen, haben ein paar Polizisten verprügelt, die sie ins Gefängnis stecken wollten. Sie wissen nicht genau, ob sie dabei einen oder zwei getötet haben.“

„Und woher weißt du das?“

„Vivaldo Maria hat es mir erzählt, während du auf der Fazenda Bragança Boa Vista warst.“

Die Lastwagen kommen in ein Dorf.

„Und sie sind froh, daß du ihr Anführer bist“, fügt Samantha hinzu. „Ein Cavalcanti an der Spitze läßt sich nicht mit Gold aufwiegen.“

Candido ist todmüde, während er im Innern eines Glockenturms die Sprossen einer wackligen Holzleiter hinaufsteigt. Clovis folgt ihm. Oben angekommen, sieht Candido durch das Fernglas. Bald hat er die erste Militärkolonne ausgemacht. Sie ist noch etwa zwei Stunden entfernt.

„Was habt ihr vor, Clovis? Eine Revolution?“

„*Puxa vida,* nein. Wir wollen nur höhere Löhne.“

„Wer hat den Streik in Rio organisiert? Du und Hastimphilo?“

Die erste Abteilung Soldaten nähert sich von Norden, und eine Staubwolke zeigt, daß eine zweite aus Osten herannaht.

„Hastimphilo und ich“, antwortet Clovis.

„Aber vor allem Hastimphilo.“

„Vor allem er, ja.“

Eine dritte Kolonne rückt aus südwestlicher Richtung an. Die Soldaten kreisen uns ein, denkt Candido. Brasilianische Soldaten, die so schnell einsatzbereit sind, das ist erstaunlich.

Es sei denn, jemand hat sie gewarnt. Und zwar noch vor dem Massaker in dem kleinen grünen Salon von Bragança Boa Vista.

Hast du jetzt endlich kapiert? Die Krallen des Jaguars wollen dich im eigenen Land zu einem Revolutionsführer machen. Sie haben dafür gesorgt, daß du nicht mehr auf Dom Trajanos Hilfe zählen kannst.

„Kennst du einen Mann namens Policarpo Moravec, Clovis?"

„Nein."

„Könnte ihn Hastimphilo kennen?"

„Hastimphilo ist Buchhalter, er liest viel und kennt viele Leute", sagt Clovis."

Eine vierte Kolonne, direkt von Süden.

„Sind wir eingeschlossen, Candido?"

„Ja."

Er könnte sich den Soldaten ergeben, kampflos und ohne Fluchtversuch. Allerdings sprechen zwei gewichtige Gründe dagegen: Erstens riskiert er dabei, ohne Gerichtsverfahren erschossen zu werden (vielleicht soll er nach dem Plan der Krallen ein legendenumwobener Märtyrer werden?), zweitens würden sie bestimmt Clovis, Vivaldo Maria und alle die anderen töten.

Außerdem muß er in Freiheit bleiben, wenn er sich die Chance offenhalten will, Dom Trajano von seiner Unschuld zu überzeugen.

Und letztes Argument: Die ganze Sache macht ihm ungeheuren Spaß.

Du bist nicht ganz bei Trost, Candido Stevenson.

„Ja", sagt er laut.

Und antwortet damit auf eine Frage, die ihm Clovis soeben gestellt hat. Clovis hat ihn gefragt, ob er nicht eine Idee habe, wie sie aus dieser Lage entkommen könnten.

Er bricht sofort auf. Mit Samantha hat er kaum einen Blick gewechselt. Er läuft durch die Nacht. Auf den ersten vier oder fünf Kilometern ist er sich noch unschlüssig, welche Richtung er einschlagen muß, aber sobald er einen der Feldwege des Landgutes unter den Füßen spürt, kennt er sich wieder aus. Er rennt, wie es ihm der Doktor beigebracht hat: kurze Schritte, ohne zu sehr die Knie zu heben, die Brust herausgedrückt. Die Arme läßt er locker und entspannt, von Zeit zu Zeit streckt er sie, damit die angewinkelten Ellbogen auf Dauer nicht die Blutzirkulation hemmen. „Ich bin mir nicht sicher, Candido, mein Junge, ob Sie der ideale Fünftausendmeterläufer sind, mit Ihrem Körperbau eignen Sie sich eher für die zehntausend Meter, vielleicht sogar für den Marathonlauf."

Nach eine Stunde kommt das kleine Haus in Sicht, daneben das langgestreckte flache Gebäude. Direkt über der Tür brennt eine Lampe. Das Haus ähnelt zum Verwechseln einem englischen Cottage in Shropshire. Unter dem Schiebefenster mit weißem Holzrahmen steht eine Holzbank.

Candido setzt sich. Das Hauptgebäude von Bragança Boa Vista ist weniger als drei Kilometer entfernt. Er kann noch die Lichter erkennen.

Er braucht nicht lange zu warten.

„Wer du auch bist, ich habe dich kommen hören", sagt die Stimme. „Du hast genau zehn Sekunden, dann brenne ich dir ein Loch ins Fell. An deiner Stelle würde ich lieber verschwinden."

„Auf Hebräisch heißt *Ezra* Hilfe", sagt Candido. „Das haben Sie mir beigebracht."

Schweigen. Dann öffnet sich die Tür. Ein alter Mann im Nachthemd erscheint. Auf dem Kopf trägt er eine Schlafmütze mit einer Bommel aus grüner, blauer und roter Wolle. Er hält ein doppelläufiges Jagdgewehr in den Händen.

„Ist der Doktor nicht bei dir, Rotzbengel?"

„Wie ich zuletzt gehört habe, dreht er in Rußland einen Film, was mir ganz und gar nicht paßt", antwortet Candido.

„Wer dumm fragt, bekommt eine dumme Antwort", sagt Ezra MacAucliffe. „Wenn der Doktor bei dir wäre, würdest du nicht durch die Nacht galoppieren, mit der brasilianischen Armee und Polizei im Nacken. Hast du die vier Männer umgebracht?"

„Meiner Meinung nach ist die zweite Frage noch dümmer als die erste."

MacAucliffe setzt sich auf die Holzbank, stellt das Gewehr mit dem Kolben auf den Boden, stützt eine Hand auf den Lauf und legt sein Kinn auf den Handrücken. Mit der anderen Hand fegt er die Bommel seiner Schlafmütze zur Seite, ohne jeden Erfolg: Die Bommel, in den Farben seines Klans vom schottischen Hochland, baumelt eine Zeitlang hin und her und bleibt dann zwischen den schneeweißen Augenbrauen über der Nasenwurzel stehen.

„Ich bin zwar schon siebenundsiebzig, aber ich erfreue mich bester Gesundheit. Ich habe nicht vor, nächste Woche abzukratzen. Du bist doch nicht nur vorbeigekommen, um eine Schwätzchen zu halten. Du willst etwas von mir."

„Léopolda“, sagt Candido.

„Wozu?“

„Für einen kleinen Ausflug. Wissen Sie, daß Großonkel Amílcar tot ist?“

„Ich habe davon gehört.“

„Ich bin sein Alleinerbe.“

„Davon kannst du dir nichts kaufen.“

„Nun ja“, fährt Candido vorsichtig fort, „einige Schlauköpfe könnten daraus vielleicht den Schluß ziehen, daß Léopolda jetzt mir gehört.“

„Ja und?“

„Läuft sie?“

„Willst du eine Backpfeife, Rotzbengel?“

Sie schweigen einen Augenblick, als wollten sie gemeinsam Großonkel Amílcars und vergangener Zeiten gedenken. In dem großen Haus hinter den Bäumen gehen noch mehr Lichter an. Für diese späte Stunde herrscht dort eine ungewöhnliche Geschäftigkeit.

„Dein Großonkel war ein Kindskopf, aber ich mochte ihn“, sagt Ezra. „Er war vollkommen verrückt.“

„Ich weiß.“

„Ich will nicht sagen, daß es mir weh getan hätte. Ich habe mich nur mordsmäßig vollaufen lassen. Vorgestern war ich sternhagelvoll. Warum bist du nicht schon gestern abend hierher geflüchtet?“

„Ich habe nicht daran gedacht.“

„Was hast du mit Léopolda vor?“

Candido erklärt es ihm und sagt dann:

„Einen genaueren Plan habe ich allerdings noch nicht. Mehr ist mir bisher nicht eingefallen.“

MacAucliffe schnippt mit dem rissigen und runzeligen Zeigefinger die Bommel beiseite.

„Dir ist doch klar, daß das zu einer gewaltigen Explosion führen wird, Rotzbengel?“

„Schon möglich.“

„Das wäre ein schönes Ende, für sie und für mich. Gehen wir. In ihrem Alter braucht sie Zeit, bis sie warm wird.“

Sie rasen mit hundert Stundenkilometern dahin, und irgendwann fragt Candido:

„Glauben Sie, die Brücke hält?"
„Ich hoffe es, in ihrem eigenen Interesse."
Obwohl sie ein Engländer gebaut habe.
MacAucliffe hat Léopoldas Scheinwerfer, ihre Glutaugen, wie er sie nennt, nicht eingeschaltet, so daß man kaum etwas sieht. Zwei- oder dreimal kamen Menschen aus ihren Häusern gesprungen – einige sogar mit Gewehren bewaffnet –, weil sie das Weltuntergangsdonnern der Lokomotive aus dem Schlaf gerissen hatte. Die Fahrt ging durch ein Meer von Kaffeebäumen. Je weiter sie auf dieser Strecke vorankamen, die die Plantage mit der Außenwelt verbindet, desto kahler wurde die Landschaft zu beiden Seiten des Bahndamms.
„Wir müßten gleich an der Brücke sein", sagt Candido und gibt sich alle Mühe, möglichst gelassen zu wirken.
„Ja und?"
„Beim letzten Mal, vor drei Jahren, haben Sie gesagt, ich zitiere: ‚Mit ihrem wackelnden Bleiarsch und ihrem Reifrock wird sie die lächerliche kleine Brücke in alle Einzelteile zerlegen'."
„Ich bleibe dabei."
Candido schiebt die Klappe beiseite, streckt den Kopf hinaus und wirft trotz der Flugasche einen Blick nach vorn: Die lächerliche kleine Brücke ist nur noch drei- bis vierhundert Meter entfernt. Wir werden auf dem Grund der Schlucht enden, denkt er. Den Knall wird man bis in die Mandschurei hören.
„Noch kannst du abspringen, Rotzbengel."
Léopolda schnauft immer schwerer und hastiger, wie eine Gebärende kurz vor der Entbindung. Auf den letzten zweihundert Metern rast sie dahin, als habe sie mit beiden Händen ihre Zwanzigtonnenröcke geschürzt, um das Hindernis im fliegenden Galopp zu nehmen.
Die Brücke bebt, ächzt unter der Last, bekommt Risse, wankt und fällt in sich zusammen.
Aber sie sind drüben. Um ein Haar hätte es für den Wackelhintern nicht mehr gereicht.
Léopolda heult und kreischt mit ohrenbetäubendem Lärm. Alle Bremsen blockieren. Sie wird langsamer, kommt schließlich zum Stehen und stößt wütend weiße Dampfwolken aus.
Aus dem dichten Nebel tauchen die strahlenden Gesichter der Straßenbahnfahrer auf. Im ersten Moment sehen sie aus wie abgeschnittene Köpfe, die allein spazierengehen. Aber es sind Clovis, Hastimphilo, Zé Julio und die anderen.

Dann im Hintergrund, auf der Böschung sitzend und das Kind im Arm, Samantha.

Léopoldas Satz über die einstürzende Brücke liegt bereits eine Viertelstunde zurück. Jetzt schnurrt sie durch den anbrechenden Morgen. Sie hat viertausendvierhundert PS, acht Räder mit einem Durchmesser von zwei Meter zehn und wiegt in nacktem Zustand, das heißt ohne Röcke, Unterröcke, Reifrock, Stahlfederkorsett und Mieder, zweihundertfünfundzwanzig Tonnen.

Den Wackelhintern oder Tender nicht mitgerechnet.

„Ich will es dir erklären“, sagt Candido. „Ezra MacAucliffe kam zuerst als Kriegsgefangener nach Brasilien. 1869 war er Mechaniker auf dem Panzerzug der paraguayischen Armee ...“

Zu dieser Zeit regierte in Paraguay ein gewisser Lopez. Um sich gegen Brasilien, Uruguay und Argentinien zu verteidigen, die sein Land für einen streitsüchtigen Nachbarn hielten, nahm er unter Anleitung eines britischen Ingenieurs, dessen Gehilfe MacAucliffe war, den ersten Panzerzug in der Geschichte Südamerikas in Betrieb. Aber Lopez nahm ein schlechtes Ende, und MacAucliffe kam in ein Gefangenenlager, aus dem ihn erst Großonkel Amílcars Anwälte herausholten. MacAucliffe übernahm die Wartung der dreiundsechzig Lokomotiven, deren Flaggschiff Léopolda einige Jahre später wurde. Großonkel Amílcar steckte sein letztes Geld in diese Sammlung ...

Sie fahren jetzt geradewegs nach Süden, in Richtung Mogi Guaçu und Mogi Mirim. An Léopolda und den Tender sind drei Wagen angehängt: der erste ist ein Kasematten-Wagen mit einem 75-mm-Geschütz und drei Maschinengewehren, dann folgt der Pullman – das *Freudenhaus*, wie ihn Großonkel Amílcar nannte –, und den Schluß bildet ein zweiter gepanzerter Wagen mit Geschützturm und 194-mm-Geschütz.

„Ein Geschütz?“ wundert sich Samantha.

„Und es funktioniert, so wahr ich hier stehe. Ich habe über zwanzigmal damit geschossen. Einmal haben wir aus Jux auf die Zisterne von Tasso Tavora gezielt und getroffen. Sieht man einmal von neun oder zehn Kühen ab, wurde niemand getötet oder ernsthaft verletzt, aber siebzigtausend Liter Wasser ergossen sich in die Küche des alten Tasso und seiner Frau: Sie konnten gerade noch die Gabel aus der Hand legen, und schon hingen sie hundert Meter weiter auf dem Ast eines Mangobaumes. Glücklicherweise gehörte Großonkel Amílcar ihr Haus.“

„Du erzählst Märchen, Cavalcanti."

„Nein, ich schwöre es dir. Frag Ezra MacAucliffe. Damals hatte Léopolda ein eigenes Schienennetz, und die Bahnhöfe trugen Namen wie Saint-Germain-en-Laye, Chantilly, Rocroi-le-Rotrou oder Cannes, Monte-Carlo und Flassans-sur-Issole. Dann kam der Verwalter auf die Idee, Léopolda für den Kaffeetransport nach São Paulo einzusetzen. Sie machte jedes Jahr zwei Fahrten. Dom Trajano war der Einsatz eines solchen Ungetüms auf Dauer aber zu teuer, und so beschloß er, Léopolda und MacAucliffe in den Ruhestand zu schicken."

„Könnte ich das Geschütz bedienen, was glaubst du?"

Warum nicht? Bei dem 194-mm-Geschütz müsse man sich nur vergewissern, daß niemand im Schußfeld stehe, und dann grob zielen.

Samantha und er verlassen das *Freudenhaus*. Sie durchqueren den ersten gepanzerten Wagen, in dem sich die Straßenbahnschaffner aufhalten, die gerade nicht im Einsatz sind. Sie gehen den Verbindungsgang auf der rechten Seite des Tenders entlang und zwängen sich durch die herzförmige Panzertür auf die Plattform des Ungeheuers. Hastimphilo und Zé Julio haben sich bereits zu MacAucliffe gesellt.

„Hast du dich entschieden, wohin du fahren willst, Rotzbengel?"

„Mit wem redet er?" fragt Samantha.

„Ich weiß nicht genau", antwortet Candido auf MacAucliffes Frage. „Egal wohin, nur nicht nach São Paulo, Rio, Belo Horizonte oder in eine der hundert anderen größeren Städte Brasiliens. Außerdem ..."

„Rotzbengel?" sagt Samantha.

„Außerdem möchte ich, daß wir die Güter meiner Familie so weit wie möglich umfahren", fährt Candido fort. „Das gilt auch für meine Cousins dritten Grades. Ich stelle Ihnen eine Liste zusammen."

„Sie aufgeblasener Stinkstiefel", zischt Samantha MacAucliffe an, „wenn Sie Candido noch einmal Rotzbengel nennen, spalte ich Ihnen mit dieser Schaufel den Schädel."

„Eine Frau auf der Léopolda", stellt MacAucliffe fest, „das widerspricht der Natur, und, nebenbei bemerkt, verstößt es auch gegen die Gepflogenheiten. Weibsbilder gehören ins Freudenhaus. Obwohl, eigentlich ist sie ja ziemlich hübsch."

„Weibsbild?" protestiert Samantha.

„Und liebenswürdig dazu. Candido, wir müssen uns eine Karte mit dem brasilianischen Eisenbahnnetz besorgen."

„In Mogi Guaçu?"

„Nein, Mogi Mirim wäre günstiger. Dort gibt es eine Abzweigung. Könntest du ihr sagen, sie soll die Schaufel weglegen?"

„Samantha, bitte, du siehst doch, daß ich mit Ezra zu reden habe."

„Außerdem brauchen wir Ersatzschienen", fährt MacAucliffe fort. „Falls uns ein Idiot die Gleise klaut. In Mogi Mirim ist ein ganzes Lager."

„Dann schlage ich vor, daß wir nach Mogi Mirim fahren", schließt Candido. „Und von dort auf der Nebenstrecke nach Pouso Allegre und Itajuba. Dann sieht man weiter."

„Zu Befehl", sagt MacAucliffe. „Ich liebe klare Anweisungen."

Er lächelt Samantha an:

„Kannst du mit einer Lokomotive umgehen, Rotzgöre?"

Zehn Minuten später erreichen sie das Ende der zur Fazenda Bragança Boa Vista gehörenden Eisenbahnlinie. Léopolda hält vor dem Verbindungsgleis zum Streckennetz des Bundesstaates São Paulo.

„Zwei Dinge können bei einer Zugfahrt gefährlich werden", erklärt MacAucliffe. „Erstens, wenn euch auf derselben Strecke ein Zug entgegenkommt. Zweitens die Weichen. Candido, werden die Straßenbahnschaffner mit uns kommen?"

„Ich denke schon."

„Dann alle Mann aussteigen."

In den folgenden Minuten erklärt der Schotte mit erstaunlicher Geduld, wie eine Weiche bedient wird. Candido folgt dem Vortrag, dann geht er ein paar Schritte zur Seite. Seit er Léopolda das letzte Mal gesehen hat, sind einige Veränderungen an ihr vorgenommen worden. So hat MacAucliffe den fächerförmig nach unten gespreizten Cow-Catcher oder Schienenräumer an der Vorderseite der Lokomotive durch eine Art stählernen Rammbock verstärkt, aus dem dreißig bis vierzig Zentimeter lange konische Dornen hervorragen. Dieser Kiefer verleiht Léopolda das beeindruckende Aussehen eines Fabelungeheuers.

„Und wohin fahren wir mit diesem Ungeheuer, Candido?"

Er hat keine Ahnung. Anfangs hielt er die Idee für gut: Die Lastwagen hatten sie im Stich gelassen, also brauchten sie ein anderes Fortbewegungsmittel ...

Musik.

Ohrenbetäubende Musik ertönt und erfüllt die Luft im Umkreis von Kilometern.

„Ich habe die Musik ganz vergessen“, sagt Candido. „Die Melodie ist aus der Operette *Pariser Leben* von Jacques Offenbach.“

Brasilianer, hab es ja, komm direkt aus Amerika ..., schmettert ein Sänger. Léopoldas riesige, teilweise durch Panzerplatten geschützte Räder beginnen sich zu drehen.

Sie fahren weiter.

Egal, man wird schon sehen.

In Mogi Mirim gibt es einen kleinen Rangierbahnhof, ein paar Lagerhallen und drei oder vier alte Waggons. Vor dem Bahnhof stehen ein Dutzend zerlumpter Gaffer und ein schmerbäuchiger Stationsvorsteher mit Schnurrbart.

Obwohl man ihn beim ersten Mal sehr gut verstanden hat, wiederholt er:

„Was Sie wollen, habe ich gefragt.“

„Schienen und Schwellen“, antwortet Candido. „Wir bezahlen selbstverständlich. Wir sind ja keine Diebe.“

Es dauert etwa eine Stunde, bis möglichst viele Schienen und Schwellen nebst Zubehör für ihren Zusammenbau in den Wagen verstaut und auf den Dächern festgezurrt sind. Candido bezahlt tausend Dollar, und im Büro des Stationsvorstehers (von dem er eine Quittung verlangt hat) findet er Fahrpläne, Strecken- und Landkarten im Überfluß.

„So viel hätte ich nie erwartet“, sagt MacAucliffe. „Was ist denn das für ein Bahnhof? Die Generaldirektion der brasilianischen Eisenbahn? Mit dem Informationsmaterial kommen wir bis nach Kanada.“

Das ist kein Zufall, denkt Candido. Ich glaube eher, daß man diese Unmenge an Material eigens für mich hier zusammengetragen hat. Mit anderen Worten, *sie* wollen, daß ich mit meinem unzerstörbaren Panzerzug für sie den Hanswurst spiele. Das paßt ihnen ins Konzept. Ich tue genau das, was sie von mir erwarten.

Aber bleibt mir eine andere Wahl?

Sie hängen einen weiteren Wagen an, der im Wagendepot vor sich hin gegammelt hat. Er ist mit Weichenelementen, Eisenträgern und zehn Meter langen Holzbohlen beladen:

„Brauchen wir unbedingt, falls wir eine beschädigte Weiche ersetzen oder eine Brücke reparieren müssen, die böswillige Saboteure unpassierbar gemacht haben“, erklärt der Schotte.

Weichen, Verbindungsgleise, Saboteure, unpassierbare Brücken? Wir führen einen regelrechten Krieg, denkt Candido. Alle wußten es, nur ich nicht. „Ich finde es wahnsinnig aufregend“, wiederholt Samantha ununterbrochen. Die Ex-Straßenbahnfahrer tragen ausgelassen die Ausrüstung zusammen. In wenigen Minuten stapeln sich Proviant und Munition für die Gewehre und Revolver im Zug. Ein paar unbekannte Männer (mindestens fünf oder sechs) stoßen zu dem Trupp, nachdem sie vorher mit Hastimphilo heimliche Zeichen ausgetauscht haben. „Sie wollen sich uns anschließen“, erklärt der hünenhafte Buchhalter mit der harmlosesten Miene der Welt. Lindolpho, der Telegraphist, nimmt sogar das Bahnhofsbüro in Beschlag und schickt Nachrichten in alle Himmelsrichtungen ...

Offenbachs Musik begleitet das Aufladen und die Abfahrt. Candido geht mit großen Schritten neben den Gleisen auf und ab. „Wir warten nur noch auf dich, steig ein“, rufen ihm Samantha, Clovis, Zé Julio und die anderen fröhlich zu.

Ich bin ihr Anführer, also muß ich ihnen folgen, wie der Doktor immer ich weiß nicht mehr wen zitierte.

Candido springt auf den fahrenden Zug auf.

Stunden später zermalmen sie lässig eine riesige Sperre aus Schwellen und Baumstämmen. Der Schienenräumer wirbelt sie hoch, der Rammbock bricht durch, und die siebenhundertfünfzig Tonnen donnern über die Reste, als seien es Strohhalme.

„Und wenn sie eine noch größere Sperre errichten?“ fragt Samantha.

„Na und?“ ruft MacAucliffe in spöttischem Ton.

„Oder wenn sie uns einen Zug entgegenschicken.“

„Na und?“

MacAucliffe ist felsenfest davon überzeugt, daß kein gewöhnlicher Zug seiner Léopolda standhalten kann. „Sie fegt ihn einfach weg.“ Und in Brasilien gebe es nun mal nur gewöhnliche Züge. Und falls die Regierung versuchen sollte, einen gepanzerten Zug zu bauen, so würde sie dazu mindestens sechs Monate brauchen. Aber auch in diesem Fall bliebe Léopolda unschlagbar.

„Wie schnell fahren wir gerade, Scotch?“

„Ungefähr hundert Stundenkilometer, Rotzgöre.“

Ohne Wagen, Röcke, Unterröcke und anderen Firlefanz bringe es Léopolda auf eine Spitzengeschwindigkeit von hundertsechzig Stundenkilometern. Und selbst mit der momentanen Last sei sie noch in der

Lage, schneller als hundertzwanzig und ein paar Zerquetschte zu fahren.

„Ich habe sie ein bißchen auf Trab gebracht. Sie hat ein feuriges Temperament, Bohnenstange."

„Und wenn sie die Gleise zerstören?"

„Haben wir alles dabei, was wir zum Flicken brauchen."

„Und was, wenn plötzlich ein Reisezug voller Leute vor uns auftaucht? Selbst wenn Ihre Léopolda ihn wegfegt, töten wir Hunderte von Menschen ..."

„Dazu wird es nicht kommen. Wofür hältst du mich eigentlich, Bohnenstange? Für einen verkalkten Trottel?"

Lindolpho hat sich über den Telegraphen zuerst mit dem Chefingenieur in Verbindung gesetzt, der für den Schienenverkehr im Bundesstaat São Paulo zuständig ist – ein alter Freund –, und ihn von der bevorstehenden Durchfahrt Léopoldas unterrichtet. Außerdem hat MacAucliffe verlangt, daß die Strecken nach São Paulo, Itajuba und in den Norden frei gehalten werden, um ihr wirkliches Ziel nicht zu verraten.

„Und ich habe die Presse verständigt", ergänzt Hastimphilo. „Wenn es zu einem Unfall kommt, trägt die Regierung die volle Verantwortung."

„Man kann uns auch entern", fällt Samantha als letztes Argument ein.

MacAucliffe feixt:

„Versuchen Sie mal, unter Léopoldas Röcke zu schlüpfen, ohne daß sie damit einverstanden ist, das möchte ich erleben!"

In Itajuba erwartet sie die zweite Sperre. Eine halbe Hundertschaft aus Polizisten und Soldaten hat einen alten Viehwaggon umgeworfen und im Innern mit Backsteinen und Erde aufgefüllt. Das behelfsmäßige Bollwerk fliegt wie Sand auseinander. Der Waggon wird zweihundert Meter mitgeschleift, ehe er in zwei Teile zerbricht. Ohne das Prasseln auf den Panzerplatten hätte niemand bemerkt, daß die Soldaten und Polizisten auf sie geschossen haben.

„Geradezu grotesk", begnügt sich MacAucliffe zu sagen.

Kurzer Aufenthalt in Maria da Fé – man hat vergessen, Cachaça mitzunehmen. Sie fahren an den Kämmen der Pocos de Caldas entlang und erreichen den Eisenbahnknotenpunkt Soledade de Minas.

„Du hast die Wahl, Rotzbengel."

Candido beugt sich bereits seit geraumer Zeit über die Karten.
„Laß sehen", bittet Samantha.
Vier mögliche Richtungen ...
„Die eingeschlossen, aus der wir gekommen sind."
„Ich würde gern Brasilien etwas besser kennenlernen, Cavalcanti. Und denke an deine Tochter, sie hat noch gar nichts vom Land gesehen."
„Wir könnten nach Süden fahren, in Richtung São Lourenço. So erreichen wir die Strecke Rio–São Paulo."
Sie sehen einander an. Sie hat verstanden. Sie versteht immer. Er muß gestehen, allmählich lernt sie ihn besser kennen.
„Ich ahne, was du vorhast, du Lump", sagt sie. „Du gibst nicht auf."
„Natürlich nicht", erwidert Candido.
„Wovon redet ihr eigentlich, ihr Rotznasen?" erkundigt sich MacAucliffe.
„Dom Candido Cavalcanti liebäugelt mit einem verrückten Plan", sagt Samantha. „Bevor wir auf sämtlichen Eisenbahnlinien spazierenfahren, will er seiner Familie, insbesondere seinem Vater, einen Besuch abstatten."
„Ich will nach São Paulo", präzisiert Candido. „Ins Zentrum. Mitten hinein, wenn möglich. Zur Not nur hinein und gleich wieder hinaus."
Schweigen. Die Bommel an der Mütze des Schotten tanzt einen aufgeregten Walzer.
„Also los", sagt MacAucliffe.

Schon seit neun Stunden steht Léopolda unbeweglich mitten in São Paulo. Sie hat ein paar hundert Meter vor der Einfahrt zum Hauptbahnhof Estação de Luz gehalten. Das lange Rohr des 194-mm-Geschützes ist auf das Viertel Sé im Süden gerichtet. Das 75-mm-Geschütz würde seine Geschosse entweder zum Bahnhof oder zum Marktplatz schicken. Die Mörser und Maschinengewehre zeigen nach allen Seiten.
... Auch auf die Linien der Soldaten, die in einem Sicherheitsabstand von hundertfünfzig bis zweihundert Metern Stellung bezogen haben, mit Rücksicht auf die eigene Gesundheit und die laufenden Verhandlungen.
Léopolda sitzt keineswegs fest, nichts hindert sie daran, São Paulo wieder zu verlassen. Sie kann jede Sekunde losfahren, ein Befehl von Candido an Ezra genügt. Sollte die Armee versuchen, die Gleise zu zerstören, würden sie es sofort erfahren: Laut Hastimphilo befinden

sich in der riesigen Menge von Schaulustigen hinter den Linien der Soldaten Hunderte, wenn nicht Tausende von Sympathisanten, die sie unverzüglich warnen würden.

Inzwischen sind sechs Tage vergangen, seit Léopolda ihren Winterschlaf beendet hat und aus ihrer Höhle auf der Fazenda Bragança Boa Vista ausgebrochen ist. In Barra Mansa begrüßte sie das erste Ehrenspalier, Vivat-Rufe wurden laut. Und von da an säumte eine jubelnde Menge armer Schlucker ihren Weg. „Candido, mein Junge, die Masse spendet allem und jedem Beifall, sie gleicht einem Weizenfeld, das sich im Winde neigt, nur hat man noch nie erlebt, daß sich ein Getreidefeld gegen den Mähdrescher erhebt und ihn in Stücke haut.“ Hastimphilo hat aus Hunderten von Freiwilligen weitere zwanzig oder dreißig Männer rekrutiert. Die meisten kamen aus Volta Redonda, einige sogar aus den Minen im Bundesstaat Minas Gerais. Zwei neue Wagen wurden angehängt und in aller Eile gepanzert. Aus Léopolda ist sozusagen ein mobiles Rekrutierungsbüro geworden.

„Ciccio kommt zurück“, ruft Samantha.

Der Pullman ist inzwischen umgebaut worden: Man hat Großonkel Amílcars ehemaligen Alkoven in ein Zimmer verwandelt und durch eine Bretterwand vom übrigen Waggon abgetrennt, in dem sich jetzt regelmäßig der Generalstab versammelt. Der Vorstoß nach São Paulo begann in aller Frühe. Zunächst stellten sich ihnen zwei gewöhnliche Lokomotiven in den Weg. Funkensprühend rutschten sie zurück, ehe sie halbzerquetscht aus den Schienen kippten. Léopolda stoppte erst, als es ihr behagte, und zwar in direkter Schußlinie zu dem Hochhaus an der Praça Patriarca, in dem sich die Zentrale der Bank Cavalcanti & Irmao und das Arbeitszimmer Dom Trajanos befanden. Gleich in den ersten Minuten eröffnete eine Maschinengewehreinheit das Feuer, ohne große Wirkung. Erst nach einer hitzigen Diskussion konnte Candido Hastimphilo davon überzeugen, das Feuer nicht zu erwidern und sich mit einem rein symbolischen Gegenschlag zu begnügen. Schließlich wurde ein vorläufiger Waffenstillstand geschlossen. Ein Offizier nahm Candidos Erklärung entgegen. Er nannte Candido „Revolutionsführer“.

„Ich bin weder ein Führer, noch bin ich ein Revolutionär“, empörte sich Candido, „hier liegt ein schreckliches Mißverständnis vor, lassen Sie also diesen Unsinn, Sie Dickschädel!“

Zwei Stunden später kam dann Ciccio Vaz Vasconcelles, offenbar gerade dem Bett entstiegen. Er hat sich bereit erklärt, den Unterhändler zu spielen.

Und jetzt kehrt er von seiner Mission zurück. Er parkt seinen Lincoln Leland, dessen Karosserie er eigenhändig weiß und rosa lackiert hat, rund zehn Meter vor dem *Freudenhaus*.

„Du kannst heraufkommen“, ruft ihm Candido zu.

Ciccio klettert hinauf. Er ist verzückt.

„Kann ich deinen Panzerzug besichtigen, Candido-Liebling? Ich sterbe vor Neugier.“

„Gleich. Zuerst die Antworten. Und nenne mich nicht Candido-Liebling.“

Ciccio setzt sich und breitet die Rockschöße seines zitronengelben Anzugs auf dem erdbeerroten Samt des Empire-Sessels aus. Er schaudert:

„Welch gräßliche Farbzusammenstellung, ich hätte mich rosa kleiden sollen. Oder weiß. Perlweiß. Ich war bei deinen Onkeln Tristão und Leandro. Sie haben Zigarren geraucht. Um elf Uhr morgens, ich bitte dich! Wo ich doch Tabak so verabscheue!“

„Ciccio.“

„Sie mögen dich nicht besonders.“

„Hast du mit Dom Trajano gesprochen, Ciccio?“

„Er wollte mich nicht empfangen. Aber mein Vater hat nicht lockergelassen. Das hat uns gut zwei Stunden gekostet. Immerhin sind unsere Väter ja alte Jugendfreunde. Sie haben die gleichen kleinen Fazendeiros ruiniert, die gleichen Bauern vertrieben, die gleichen Portugiesen ausgeplündert, ganz zu schweigen von den vielen Engländern, Deutschen und Franzosen.“

„Hast du nun mit ihm gesprochen, ja oder nein?“

„Ja, ich habe mit ihm gesprochen. Alle Achtung, ihr habt es sehr gemütlich hier.“

Ciccio lächelt:

„Die Antwort ist nein, mein armer Candido. Dein Vater wird nicht mit dir reden. Er wird auch keinen Abgesandten schicken. Er will sich aus der Sache heraushalten.“

Candido überlegt: Was habe ich denn von Dom Trajano verlangt? Habe ich ihn vielleicht um Hilfe gebeten? Nein, er sollte mich nur einige Minuten anhören.

Würden sich Dom Trajano und meine Onkel auf meine Seite stellen, hätte ich vielleicht eine Chance, aus dem Schlamassel herauszukommen. Ich müßte nur Léopolda in ihren Schuppen stellen und den Leuten hier sagen, daß sie nach Hause gehen sollen, daß eine Revolution nichts bringt und nur in einem Blutbad endet. Das wäre das Ende der Revolution.

„Ich soll dir wörtlich wiederholen, was dein Vaters gesagt hat. Er sagte: ‚Ich bleibe hier an meinem Schreibtisch sitzen, und wenn dieser Verbrecher, der mein Sohn sein will, die Absicht hat, auf mich zu schießen, dann soll er es tun, ich rühre mich nicht vom Fleck.' Es tut mir leid, Candido. Ich habe mein Möglichstes getan."

„Danke, Ciccio."

„Bist du ein Revolutionär, Candido?"

„Ganz und gar nicht", greift Samantha ein. „Er ist nur ein gutmütiger netter Kerl, aber keiner will es ihm glauben."

Candido blickt aus dem Fenster zu dem Gebäude in der Ferne. Dort, in der obersten Etage, sitzt sein Vater hinter seinem Schreibtisch. Ein furchtbarer Schmerz fährt ihm in die Brust.

„Steig aus, Ciccio. Wir fahren zurück."

„Ihr fahrt in euer Verderben", sagt Ciccio. „Ich bin traurig."

Hastimphilo tritt heran, packt Ciccio am Arm und bugsiert ihn zum Ausgang. Er verriegelt die gepanzerte Tür hinter ihm und schließt die Schießscharten. Nur zwei läßt er einen Spalt offen. Über eine Schnur, die durch den Zug bis zum Befehlsstand läuft, gibt er MacAucliffe das Zeichen zur Abfahrt. Musik dröhnt durch den Zug, diesmal nicht aus dem *Pariser Leben,* sondern aus der Operette *Die Großherzogin von Gerolstein: „Sieh, dies ist meines Vaters Degen"* brüllt die Großherzogin in voller Lautstärke.

Léopolda zieht sich aus São Paulo zurück.

Neun Tage später fließt das erste Blut.

Léopolda steht in Jaguarão, etwa zweihundert Meter vor dem Grenzposten zwischen Brasilien und Uruguay. Nach dem Abstecher nach São Paulo hat sie in wenigen Tagen nacheinander die Bundesstaaten Paraná, Santa Catarina und zuletzt Rio Grande do Sul durchfahren.

„Wir werden nach Brasilien zurückkehren", hat Hastimphilo betont, „aber nicht sofort. Warten wir lieber ab, wie sich die Dinge entwikkeln."

Der Halt dauert schon zwanzig Minuten. Der brasilianische Offizier, der den Grenzposten befehligt, kehrt gerade zurück und schwenkt eine weiße Fahne (ein Hemd an einem Besenstiel). Er ist unbewaffnet, seine Revolvertasche ist leer.

Candido trifft zum zweiten Mal mit ihm zusammen.

„Und?"

„Ich habe mir meine Befehle telegrafisch bestätigen lassen. Ich muß Sie an der Durchfahrt hindern."

Der Offizier ist ungefähr zweiundzwanzig oder dreiundzwanzig Jahre alt. Bei der ersten Unterredung hat er sich als Fähnrich Affonso Lima de Carvalho vorgestellt, gebürtig aus Sorocaba im Südwesten São Paulos.

„Das ist ein blödsinniger Befehl", versichert Candido. „Wie willst du das anstellen, Affonso? Hast du den Zug gesehen?"

„Ich kann die Schienen aufreißen."

„Das würde nichts nützen, wir würden sie wieder flicken."

„Vielleicht habe ich die Brücke vermint, über die Sie fahren müssen."

„Unser Spähtrupp hätte uns gewarnt. Außerdem hast du es sowieso nicht getan."

„Ich habe kein Dynamit. Und wenn ich welches hätte, könnte ich nicht damit umgehen."

„Hast du ein Geschütz?"

(Er ist wirklich nett, dieser Fähnrich. Er tut mir leid.)

„Ein kleines. Aber seit 1869 ist nicht mehr damit geschossen worden."

„Es wird euch um die Ohren fliegen."

„Das ist richtig."

„Es gibt nur eine Lösung", sagt Candido. „Du schießt mit dem Geschütz auf uns. So kannst du deine Ehre als Offizier wahren, und uns tut es nicht weh."

„Ich habe keine Granaten."

„Das tut mir leid", sagt Candido. „Ich verspreche dir, beim nächsten Mal passieren wir woanders die Grenze. Würdest du deinen Soldaten jetzt bitte befehlen, die Strecke zu räumen?"

Der Fähnrich dreht sich um: Acht zerlumpte Soldaten mit fünf Gewehren stehen in Doppelreihe mitten auf den Gleisen. Der Fähnrich überlegt. Endlich sagt er:

„Ich kann es ihnen nicht befehlen. Ich habe Befehl, Sie aufzuhalten. Wahrscheinlich gehorchen sie mir sowieso nicht, aber wenigstens habe ich ihnen den Befehl gegeben."

„Du schickst sie sinnlos in den Tod, falls sie dir doch gehorchen."

„So leid es mit tut, aber ich kann nicht anders handeln."

„Wir verlieren nur Zeit."

Hastimphilo erscheint.
„Sei kein Dummkopf, Affonso“, sagt Candido. „Wir haben nicht die geringste Lust, dich umzubringen.“
Der Fähnrich schüttelt weiter den Kopf, wirft einen Blick auf Hastimphilo und geht die Gleise entlang. Nach ein paar Metern dreht er sich um, nimmt Léopoldas gewaltige Schnauze in Augenschein und geht dann in aufrechter Haltung weiter, die weiße Fahne hoch erhoben.
Der ist tatsächlich imstande und bleibt auf den Schienen stehen, dieser Irre!
„Los, wir fahren“, sagt Hastimphilo.
„Um Himmels willen, Affonso, mach Platz!“ schreit Candido.
Die Lokomotive heult auf und setzt sich in Bewegung.
„Komm.“
Hastimphilo greift im Vorbeifahren nach Candidos Hand und zieht ihn ins Führerhaus:
„Sie werden schon aus dem Weg gehen, du wirst sehen.“
Die siebenhundertfünfzig Tonnen kommen ins Rollen. Der Fähnrich ist inzwischen bei den acht Soldaten angelangt. Er läßt sich seinen Revolver zurückgeben, baut sich vor seinen Männern auf und schwenkt die Waffe in der Luft.
Hundert Meter.
Fünfzig.
„Halt!“ schreit Candido, der seinen Kopf durch die schmale Luke gesteckt hat.
Léopolda beschleunigt.
„HALT!“
Zwei oder drei Schüsse fallen, dann werfen sich die Soldaten neben den Bahndamm. Nur der Fähnrich bleibt stehen und eröffnet das Feuer auf die sechs Meter hohe Wand. Der dünne Schlagbaum, der die Grenze markiert, zersplittert. Léopolda wird schneller. Candido zieht den Kopf zurück. Am liebsten würde er sich übergeben. Ezra MacAucliffe macht eine hilflose Geste – man hat ihm den Colt weggenommen – und deutet auf Zé Julio, der an seiner Stelle die Maschine steuert.
Etwas später fahren sie durch offenes Gelände. Zé Julio drosselt das Tempo und stoppt den Koloß. Aber die Blicke der Schaulustigen sagen alles: Der Rammbock hat den jungen Fähnrich aufgespießt. Ein Dorn ist ihm in den Bauch gedrungen – seine stählerne Spitze ragt aus dem Rücken heraus.

„Schläfst du, Samantha?“

Léopolda rollt gemächlich durch die uruguayische Nacht. Die Fahrt geht durch ein endloses, mit Granithügeln übersätes Grasland. Dreißig Kilometer sind es noch bis zur nächsten Gabelung. Sie können entweder weiter nach Westen in Richtung argentinische Grenze fahren oder aber in die Hauptstadt des Landes an den Ufern des Rio de la Plata. Mit der uruguayischen Armee und Polizei hat man ein Stillhalteabkommen geschlossen: Die Revolutionäre werden mit Léopoldas Geschützen, Mörsern und Maschinengewehren weder etwas gegen die hiesige Staatsmacht unternehmen noch den vor zwanzig Jahren so mühsam hergestellten inneren Frieden stören, und als Gegenleistung wird die Regierung der „südamerikanischen Schweiz“ ihre Anwesenheit ignorieren, freilich nur unter der Bedingung, daß sie den hiesigen Schienenverkehr nicht stören.

„Samantha, schläfst du?“

„Wie ein Murmeltier.“

Candido gibt es auf.

Er steht auf und zieht sich an. Er tritt hinaus auf die Außenplattform, auf der zwei Männer Wache stehen, angeblich zu seinem Schutz.

Es regnet. Ein dünner, leiser Regen. Das Geräusch, das Candido aufgeschreckt hat, wird deutlicher: Das Brummen eines Motors übertönt das dumpfe Rollen des Zuges. Candido klettert auf das Dach des Waggons, dessen Ränder durch eine Schulterwehr aus Sandsäcken, Reisigbündeln und Holzbohlen erhöht sind. Zehn oder zwölf Rebellen schlafen hier oben, unerschütterlich in ihre Ponchos gewickelt.

Er entdeckt das Auto erst, als es neben dem Kasematten-Wagen erscheint. Es ist eine große dunkelblaue Limousine. Sie fährt neben dem Tender her und hält exakt die Geschwindigkeit des Zuges. Auf dem Trittbrett steht ein Mann, den Oberkörper ins Wageninnere gebeugt. Anscheinend spricht er mit den Insassen. Candido duckt sich. Der lauwarme Regen läuft ihm über das Gesicht. Vor ihm auf dem Tender sitzt Hastimphilo und beobachtet die Szene. Er grinst zu Candido herüber.

Eine Minute vergeht. Endlich richtet sich der Mann auf dem Trittbrett auf, ruft ein paar Worte, die im Dröhnen der Lokomotive untergehen, grüßt mit geballter Faust und springt mit einem Satz auf den Zug. Candido kennt ihn: Es ist Leite Abade, einer der Männer, die sich ihnen in den letzten Wochen angeschlossen haben. Sogar Hastimphilo respektiert ihn und gehorcht seinen Anweisungen. Die Limousine wird langsamer, verliert an Boden. Vier Personen sitzen darin, zwei kann

Candido erkennen: Stepa Onegin und Policarpo Moravec, der Mann mit dem abwesenden Blick. Die Limousine fällt immer weiter zurück, bald sind es hundert Meter. Dann biegt sie in einen Weg ab, der nach Osten führt. Die beiden Lampen der Scheinwerfer verlöschen.

Candido klettert zu Hastimphilo auf den Tender.

„Es regnet."

„Das liegt an der Jahreszeit", antwortet der Ex-Buchhalter der Straßenbahngesellschaft von Rio mit spöttischer Herzlichkeit.

Leite Abade ist bereits in Léopoldas Führerhaus verschwunden. Candido folgt ihm über die schmale Eisenleiter. Zé Julio fährt die Lokomotive. Ezra MacAucliffe schläft in der Hängematte, die Mütze über die Augen gezogen. Leite Abade beobachtet Candido, wie er den Fuß auf die letzte Sprosse setzt. Er ist Anwalt und Journalist und hat aus politischen Gründen im Gefängnis gesessen.

„Ich denke, wir sollten jetzt nach Brasilien zurückkehren, Dom Candido", schlägt er vor.

Auch Hastimphilo kommt jetzt die Leiter herunter und stellt sich hinter Candido. Er erdrückt ihn fast mit seiner Masse.

Candido kommt sich vor wie ein Kapitän, der die Kontrolle über sein Schiff und seine Mannschaft verloren hat, dem aber alle vorgaukeln, er führe immer noch das Kommando. Er hat nicht die geringste Lust, wie Kapitän Ahab einem Wal nachzujagen, egal ob weiß oder grau, und trotzdem muß er die Meere durchfahren, auf der Suche nach schrecklichen und sinnlosen Gefahren. „Als Revolution bezeichnet man jede Bewegung, Candido, mein Junge, die am Ende eines geschlossenen Kreislaufs wieder an ihren Ausgangspunkt zurückkehrt." Ich weiß, Doktor.

„Ich habe gewisse Informationen erhalten, die unsere Rückkehr erforderlich machen", präzisiert Leite Abade.

Leite Abade ist dünn und hat ein hageres Gesicht. Ein dichter Bart überwuchert seine Wangen und betont seine asketischen Gesichtszüge. Er trägt einen Hut im Kolonialstil, den er nie abnimmt. Er grinst: „Aber selbstverständlich richten wir uns ganz nach den Befehlen des Jaguars."

Seitdem fließt ununterbrochen Blut.

In Rio Grande do Sul, dem südlichsten Staat Brasiliens, mußten sie drei Angriffe über sich ergehen lassen. Der erste war der heftigste und erfolgte westlich von Cachoeira, als sie einen vom Regen angeschwollenen Fluß überqueren wollten: Die Eisenbahnbrücke war nicht gesprengt worden, man hatte sie schlicht und einfach abmontiert, und die Armee hatte eine Batterie mit sechs bis acht Geschützen in Stellung gebracht und beschoß die Eisenbahnpioniere bei der Arbeit. Man erwiderte das Feuer mit dem 194-mm-Geschütz. Aufgrund seiner größeren Reichweite konnte man Lépolda in sicherem Abstand halten. Die fünfte Granate zerstörte die wichtigste feindliche Feuerstellung. Ein Geschoßhagel aus den Mörsern bereitete den Sturm der zweihundertfünfzig Infanteristen vor. Unter Hastimphilos Führung nahmen sie die feindlichen Stellungen. Mit blanken Waffen und mit der in Bürgerkriegen üblichen Grausamkeit gingen sie auf den Gegner los.

Unter den neuen Leuten, die Hastimphilo angeheuert hat, sind nur wenige Bauern, dafür um so mehr Arbeiter und Angestellte. Und sogar Soldaten: In São Gabriel, kurz hinter der Grenze, hat sich ein Hauptmann namens Da Silva mit etwa vierzig Armeeangehörigen der sogenannten Revolution angeschlossen. Hauptmann Da Silva ist fünfzig Jahre alt und wartet seit zehn Jahren vergeblich auf seine Beförderung. Er rechtfertigt seine Desertion mit einem Argument, das Candido noch öfters hören wird: Mit der Vorherrschaft, um nicht zu sagen Diktatur der Bundesstaaten São Paulo und Minas über ganz Brasilien. „Immer wird ein Paulistano oder ein Mann aus Minas Staatspräsident, und bei Ministern, Generälen und Polizeichefs ist es nicht anders ...“.

Zwei Wochen später passiert Léopolda die Stadt Erechim und dringt etwa hundert Kilometer nach Norden in die zerklüftete Landschaft des Staates Santa Catarina vor. An manchen Stellen windet sich die Strecke dort durch regelrechte Schluchten, und in einer dieser Schluchten wird der Panzerzug von einer dreitausend Mann starken Armee Einheit angegriffen. Zuvor haben die Soldaten die Felswände gesprengt und dadurch Felsstürze ausgelöst, die vorn und hinten die Strecke blockieren. Seit gut einem Monat ist die Revolutionsarmee um Léopolda gewaltig angewachsen, und der größte Teil der Truppe folgt der Lokomotive zu Fuß oder auf Lastwagen und Karren oder zieht ihr voraus. Diese Habenichtse fallen in den Kämpfen zu Dutzenden.

Léopolda befreit sich allein. MacAucliffe hängt alle Waggons ab und fährt sechsmal gegen den nördlichen Felssturz an, bis sich eine Schneise öffnet. Wenig später gelangt der Zug in einen breiteren Teil der Schlucht, und MacAucliffe läßt das 194-mm-Geschütz sprechen, das zwischen den engen Felswänden nicht eingesetzt werden konnte.

Nach diesem Zwischenfall hätte man eigentlich weiter nach Norden fahren können, nach Paraná, nach Curitiba, ja sogar nach São Paulo, das nur noch siebenhundert Kilometer entfernt ist, denn Léopolda ist unzerstörbar, nichts und niemand kann sie stoppen. Aber Abade und die anderen sind anderer Ansicht: Die Situation sei dafür noch nicht reif. Also kehren sie nach Rio Grande do Sul zurück, unternehmen Spazierfahrten und erhalten immer mehr Zulauf.

Und dann ereignen sich zwei Dinge fast gleichzeitig.

Zum einen erreicht sie eine Nachricht, auf die Leite Abade und Hastimphilo offensichtlich seit Monaten gewartet haben: In Copacabana ist eine Militärrevolte ausgebrochen. Ein Teil der Armee putscht und will sich offenbar auf die Seite der Revolution schlagen.

Un dann taucht auf der Eisenbahnbrücke, die über die gelben Fluten des Rio Paraguay führt, eine Gestalt auf. Candido ist über das Erscheinen dieses Mannes nicht überrascht. Er saß neben Stepa in der Limousine. Mit ihm fing alles an:

„Samantha, darf ich dir Policarpo Moravec vorstellen.“

„Ich bin verblüfft“, meint Policarpo Moravec.

Der Zug rollt.

„Du hast dich seit deinem sechzehnten Lebensjahr überhaupt nicht verändert, Jaguar, immer noch dieselbe Unschuldsmiene, dieselben grünen Kinderaugen, dasselbe naive Lächeln.“

„Es stimmt, man könnte ihn einen heimlichen Karl Marx nennen“, bestätigt Samantha. „Ich falle auch immer wieder auf ihn herein. Vor allem im Bett.“

„Teuflisch!“ ruft Moravec aus. „Kaum zu glauben, daß sich unter dieser Maske der Jaguar verbirgt.“

„Wer, bitte?“ sagt Candido.

„Ich komme gerade aus Moskau. In Führungskreisen wird viel über dich und Genossin Samantha gesprochen. Ihr seid zu Helden geworden.“

„Wir fühlen uns geschmeichelt, Genosse“, sagt Candido. „Und wer hat in Moskau über uns gesprochen?“

Dieser Irre weiß vielleicht etwas über den Doktor, also Vorsicht!

Das Kind muß gestillt werden. Samantha gibt ihrer Tochter die Brust, während Eglantina Windeln wäscht. Mit verblüffender Prüderie weicht Moravec' Blick dem Schauspiel aus.

„Du weißt doch auch, wie wichtig Diskretion ist, Jaguar.“

„Wenn es weiter nicht ist. Hast du Russisch gelernt im Paradies der Sowjets?"

Sie sprechen auf russisch weiter. Moravec beschreibt, mit welcher Begeisterung einige Genossen die Bemühungen des Jaguars verfolgen, Brasilien in den harmonischen Chor der sozialistischen Republiken einzureihen. Unter ihnen Bulganin und Bulgakow, Afanasjew und Fedorow, und vor allem: Iossif Wissarionowitsch Dschugaschwili – höchstpersönlich.

„Keine Ahnung, wer das ist", sagt Candido.

Ein Genie, meint Policarpo Moravec. Ein richtiges Genie, fast wie Wladimir Iljitsch, den er in mancher Hinsicht sogar übertreffe, so unglaublich das auch klingen möge. Bekannt sei er unter dem Namen Stalin, der Stählerne. Seine überragende Intelligenz werde nur noch von seiner tiefen Güte und Menschenliebe übertroffen.

„Mit diesen Qualitäten ist er sogar noch besser als Christus, Allah und Buddha zusammen, gar nicht zu reden vom derzeitigen Mittelstürmer Botafogos. Und wer außer diesem Wunderknaben interessiert sich noch für uns?"

„Oh, eine Menge. Felix Dserschinski beispielsweise. Wie war der Name, den du erwähnst hast?"

„Doktor Taxilus Grüßgott", wiederholt Candido. Das Herz pocht ihm bis zum Hals.

Nein, erwidert Policarpo Moravec mit unbewegtem Gesicht, der Name sei ihm unbekannt. Aber ...

„Aber ich soll dir herzliche Grüße ausrichten. Er will dir sagen, daß er in Gedanken immer bei dir ist. Das waren seine Worte, und er bestand darauf, daß ich sie dir wiederhole."

Alechin. Aljotschka Alechin.

„Ein überaus bedeutender Mann. Manchmal weiß man zwar nicht so recht, woran man mit ihm ist, aber der große und geniale Stalin schätzt ihn sehr. Genosse Alechin leitet jetzt eine Organisation, die weltweit tätig ist. Er ist unser Chef, gewissermaßen. Nichts geschieht außerhalb der Grenzen der Sowjetunion, ohne daß er nicht umgehend davon erfährt. Durch Wladimir Iljitschs Tod, der ihn wie uns alle tief getroffen hat, kam er in diese verantwortungsvolle Position. Bist du sicher, daß uns diese Negerin nicht versteht?"

„Ganz sicher."

„Und du bist ein enger Freund von Aljotschka Alechin. Was bist du doch für ein Glückspilz!"

Wochenlang fährt der Zug weiter. Um den heldenhaften Offizieren im Norden zu helfen, die gegen die korrupte Marionettenregierung die Waffen erhoben haben, holen sie zum Schlag gegen die kapitalistischen Hyänen in São Paulo aus. Die Revolte hat nicht nicht wie geplant um sich gegriffen, und das Eingreifen des Panzerzuges ist unerläßlich. Zu den Klängen der *Großherzogin* liefert Léopolda am Fuß der Serra de Paranapiacaba in Paraná wütende Gefechte. Mit verbissenen Attacken überwindet das Ungeheuer alle Hindernisse. Doch Abade erwartet Verstärkung durch aufständische Truppen und zögert, den Durchbruch auszunutzen. Als er dann nach drei Wochen Aufenthalt wieder zum Angriff übergeht, hat der Gegner nahe der Kleinstadt Itararé eine wirkungsvolle Abwehr aufgebaut, die sich als unüberwindbar erweist.

Léopolda scheitert. Die Lokomotive wird zwar kaum beschädigt, doch der Rest des Zuges, mit sechshundert Mann, darunter mindestens hundert Verletzte, hoffnungslos überladen, gleicht einem Wrack. Sie fahren also nach Nordwesten – Abades Strategie wird immer verworrener –, in den Mato Grosso.

... Der Mato Grosso, Candido Stevenson.

Am Vortag hat Ezra MacAucliffe einen längeren Stopp gefordert. Für dringende Reparaturen, wie er sagte. Er könne für nichts mehr garantieren, man riskiere größere Schäden, im schlimmsten Fall sogar eine Explosion. Und dann erging er sich in endlosen technischen Ausführungen, denen selbst Zé Julio mit seinem Fachwissen als Automechaniker nicht mehr folgen konnte.

Die hundertzehn Millimeter starken Längsträger beispielsweise seien verbogen, aber unentbehrlich. „Wenn ihr Wert darauf legt, daß der Rahmen nicht vor euren Augen zusammenbricht, schaut her, seht ihr denn nicht, wie krumm sie sind? Das springt doch ins Auge. Und dann die gekröpften Achsen, auch wenn sie aus einem speziellem Kohlenstoffstahl – auch Kanonenstahl genannt, mit einer Belastbarkeit von hundertdreißig Kilogramm je Quadratmillimeter –, ihr merkt es vielleicht nicht, aber ich spüre genau, daß sie was abbekommen haben ... Nein, sehen kannst du sie nicht, Zé Julio Strohkopf, aber mußt du deinen Magen sehen, um sicher zu sein, daß er dir weh tut?“.

Und dann der Überhitzer, dieses wirklich einmalige Modell? „Ich habe sechzehn Jahre an seiner Entwicklung gearbeitet.“ Und der Kupfermantel um die Rohre der Rauchkammer? „Mir kann es ja egal sein, aber früher oder später fliegt uns Léopolda um die Ohren, und den Knall wird man bis nach Afrika hören, du wirst es erleben, Abade.“

Schließlich hat Leite Abade nachgegeben. Um MacAucliffes Forderungen nachzukommen, baut man aus Reserveschienen, Schwellen und Weichen ein kleines Schienennetz mit Nebengleisen zum Rangieren.

„Ich muß einige Tests durchführen“, sagt MacAucliffe am dritten Ruhetag. „Den Kasematten-Wagen und den Geschützturm auf dieses Gleis, Zé Julio, den Pullman läßt du dort stehen, vorläufig brauchen wir ihn nicht. Der Tender muß voll beladen sein, ich muß mich vergewissern, ob die Vibrationen aufgehört haben. Was für Vibrationen? Idiotische Frage! Wenn du wie ich fünfundsechzig Jahre auf einer Lokomotive gestanden hast, dann spürst du sie auch, die Vibrationen! Das kommt von den Minen, über die wir gefahren sind. Solche Vibrationen können bei einer Fahrt mit Höchstgeschwindigkeit oder in einer Kurve zum Entgleisen führen.“

Die Nacht bricht herein. Im Pullman ist eines der früheren Fenster mit einer dreifachen Lage Bretter abgedeckt worden.

„Jetzt“, sagt Candido.

Er hat das vereinbarte Zeichen gehört: Nacheinander drei Hammerschläge mit größeren Pausen dazwischen, gefolgt von zwei Hammerschlägen kurz hintereinander. Es ist zwanzig vor vier in der Frühe.

„Schließ hinter mir wieder ab.“

Im Halbdunkel streicheln Samanthas Finger über seine Lippen und Wangen.

Candido schlüpft unter das Ex-Freudenhaus und hängt das Stahlseil ab, das sie vor über acht Wochen hier versteckt haben. Langsam wickelt er die Rolle ab, die mit einem Ende am Pullman befestigt ist, und drückt das Seil an die Innenseite der Schiene. Schwer ist das Ding! Siebzig Meter auf dem Rücken entlangrobben und dabei die Rolle mitziehen, die von Meter zu Meter schwerer zu werden scheint. Zweimal legt er eine Pause ein, legt den Kopf zurück und holt mit weit geöffnetem Mund Atem, weil einer der Schläfer im kaum hundert Schritte entfernten Lager aufgestanden ist und mit der Wache ein paar Worte wechselt. Gott sei Dank fängt es mit einemmal zu regnen an – immer wenn er in den Mato Grosso kommt, regnet es. Die prasselnden dicken Tropfen des tropischen Regens übertönen sein Schnaufen. Nach endlosen Minuten ist er endlich am Ziel: Ezras riesige Faust greift nach seiner blutenden Hand.

„Komm rauf, Rotzbengel.“

Er zieht sich mühsam durch die halbgeöffnete Panzertür, kriecht auf dem Bauch über den Metallboden und stößt gegen Zé Julio, der aussieht, als schlafe er tief und fest.

„Zieh deine Beine an, sonst kann ich nicht zumachen. So, das wäre fest, ab geht's. Mach dir keine Sorgen um diesen Kerl, er ist nur mit dem Kopf gegen meinen Hammer gerannt. Glaubst du, jetzt ist der richtige Augenblick zum Schlafen? Wir fahren, Candido, und zwar sofort."

Das ohrenbetäubende Schnaufen Léopoldas ändert kaum den Rhythmus, aber ein Zittern durchläuft ihren stählernen Körper.

„Ich wette mit dir, daß sie gerade ihre Röcke und Unterröcke schürzt, um jedes Rascheln zu vermeiden. Sie macht sich auf Zehenspitzen davon, Rotzbengel, wie eine Frau, die ihren schlafenden Liebhaber verläßt und zu ihrem Ehemann zurückkehrt."

Vorsichtigt streckt Candido seinen Kopf aus der Luke, die aufs Dach führt. Er erkennt gerade noch die Lagerfeuer zu seiner Linken. Bisher hat niemand reagiert, und warum sollte sie auch ein neues Rangiermanöver Léopoldas beunruhigen? Schon seit Stunden unternimmt sie rätselhafte Fahrversuche (wer weiß schon, mich eingeschlossen, was eine Schieberschubstange oder ein Überhitzer Marke MacAucliffe Spezial sind?).

Léopolda schleicht sich verstohlen davon. Nichts rührt sich, nur das Drahtseil hüpft auf den Schwellen. Es muß an die zweihundert Meter lang sein. Warte, denkt Candido, wir kommen nach Peru, und es ist immer noch nicht gespannt. Er sieht hinüber zu dem Pullman mit Samantha, Candida und Eglantina. Er steht immer noch unter den Bäumen. Nicht der kleinste Rucker.

Blöd wie ich bin, habe ich am Ende noch den Kasematten-Wagen oder den Geschützturm ins Schlepptau genommen.

Um Gottes willen, Hastimphilo!

...Kein Zweifel: Seine hohe Gestalt hebt sich deutlich gegen die rötliche Glut der Lagerfeuer ab. Léopoldas heimlicher Ausreißversuch hat seinen Verdacht erregt.

Er wird das Kabel sehen und alles durchschauen!

„Hastimphilo", ruft Candido MacAucliffe zu. „Er rennt hinter uns her!"

„Ja, und?" meint Ezra. „Du brauchst nur die Klappe zu schließen, Rotzbengel."

Mit ausgreifenden Schritten hat der Schwarze bereits über hundert Meter zurückgelegt. Mit einem Satz steht er auf dem Tender. Er stapft über die Plane, unter der die riesigen Holzscheite aufgeschichtet sind, und wirft sich nach vorn ...

Candido schließt die Klappe und legt den Riegel vor.

Zwei Sekunden später ein starkes, dumpfes Rucken: Das Kabel hat sich endlich gespannt.

„Alles in Ordnung“, sagt Ezra, ohne den Rückspiegel – eine Erfindung von ihm – aus den Augen zu lassen.

...Zwei Sekunden später erscheinen Hastimphilos haßerfüllte Augen hinter dem Gitter der Schießscharte. Aber das Gesicht verschwindet wieder, die riesige Gestalt setzt in drei Sätzen über den Tender, springt ab und rennt davon.

„Er wird das Kabel durchschneiden oder losmachen! Geht es nicht schneller, Ezra?“

„Nein, Rotzbengel. Sei froh, daß das verdammte Seil noch hält.“

Léopolda fährt mit einem Tempo von dreißig Stundenkilometern. Zé Julio kommt wieder zu Bewußtsein, er stöhnt und bewegt sich.

„Schmeiß ihn raus.“

„Sind Sie sicher, daß Sie ihm nicht den Schädel zertrümmert haben?“

„Ich habe nur ganz sachte angeklopft. So ein schlechter Mechaniker ist er nun auch wieder nicht nicht. Raus mit ihm.“

Im Licht des heraufdämmernden Morgens sehen sie zweihundert Meter hinter sich den Pullman. Er läßt sich brav abschleppen. Niemand scheint ihnen zu folgen.

Wir haben gewonnen, *Meus Deus!*

... Aber warum öffnet Samantha nicht die Tür? Sie hat wohl noch nicht begriffen, daß wir ausgerissen sind.

„Können wir etwas Musik hören, Ezra? Und geben Sie mir bitte mal das Fernglas.“

Er schaut hindurch. Die Tür des Pullman bleibt beharrlich geschlossen, was ist bloß los? Sie muß doch durch die Schießscharten sehen, daß ihnen niemand folgt.

Dann erst kommt er auf den Gedanken, etwas weiter nach oben zu blicken.

Auf dem Dach steht Hastimphilo.

Und dort befindet er sich auch noch drei Stunden später, als Léopolda unter den Klängen der großartigen Melodie aus *Périchole* die Grenze nach Mato Grosso überquert. Dreimal hat Hastimphilo bereits versucht, in den Wagen einzudringen, in dem sich Samantha, Candida und Eglantina verbarrikadiert haben. Durch den einzig möglichen Zugang: das mit Brettern geflickte Loch, das eine Granate in die linke Seite gerissen hat.

Dreimal hat Candido geschossen. Aber er hat es vermieden, den Farbigen zu treffen. Nur zur Warnung. Und aus Furcht. Er will ihn nicht verletzen oder gar töten, er will nur, daß er verschwindet. Warum läßt er sie nicht in Ruhe?

Plötzlich schreit Ezra auf:

„Candido, schau! Dieser Dreckskerl hat eine unglaubliche Kraft!"

Candido sieht es: Hastimphilo gelingt es, zwischen den Panzerplatten auf dem Dach des Pullmans eine Eisenstange herauszureißen. Er schwenkt die zwei Meter lange glitzernde Stange und zeigt eine spöttisches Grinsen.

„Er zertrümmert die Bretter vor dem Loch, Candido", ruft Ezra. „Er gelangt noch in den Pullman. Wenn er deine Frau und deine Tochter in seine Gewalt bringt, müssen wir anhalten und ihm Léopolda übergeben. Er weiß, daß du niemanden töten kannst. Zum Teufel, ich würde es gerne selbst tun, aber ich treffe ja nicht einmal einen Ozeanriesen."

Candido sitzt da und läßt die Beine baumeln, Zé Julios Gewehr auf den Knien. Noch nie in seinem Leben hat er jemandem ein Leid zugefügt, obwohl, vielleicht hat er es nur nicht bemerkt ...

„Er hat schon zwei Bretter herausgerissen, Kleiner ..."

Candido legt an, schießt sofort. Eine einzige Kugel. Dann wirft er das Gewehr weg. Ezra stoppt die Maschine. Sie springen hinunter und eilen zu dem Pullman. Der Riegel der Eisentür öffnet sich quietschend.

„Candido, o Candido!" sagt Samantha.

Er küßt sie, nimmt Candida in die Arme und drückt sie an sich, setzt das Kind wieder ab und läuft hundertfünfzig Meter zurück.

Hastimphilo liegt ausgestreckt auf dem Rücken, die Arme ausgebreitet. Die Kugel hat seine linke Schläfe durchschlagen. Da habens wir's, denkt Candido, jetzt habe ich jemanden getötet. Wie hieß es in dem Buch: „Zum Menschenfresser wird der Jaguar nur unter ganz ungewöhnlichen Umständen."

VI

Der Jaguar wird seit jeher vom Menschen gejagt. Die Indianer Südamerikas erlegen ihn mit Pfeilen, die sie mit Kurare vergiftet haben. Gefährlicher ist es, ihn aufzustöbern und zum Kampf mit den Hunden zu zwingen. Dazu sollte man sich den Arm mit Lammfell umwickeln und dem Jaguar einen Stoß mit einem speziellen, doppelschneidigen Dolch versetzen. Den Rest besorgen die Hunde.

Wunderbare Tage und Nächte sind vergangen, schöner noch, als er sie sich jemals erträumt hatte. Léopolda zieht nur noch den Tender und den Pullman. Gemütlich zuckelt sie durch die gottverlassene Landschaft, vorbei an Sümpfen und Trombas, jenen tafelförmigen Basaltkuppen, zwischen denen Candido einst dem Tod nahe war. Kann es auf der Welt etwas Schöneres geben als solch einen friedlichen Ausflug in den Urwald: Eglantina und Candida vorn bei Ezra MacAucliffe im Führerstand, er und Samantha hinten in Großonkel Amílcars riesigem Bett, versunken in die Schmuserei des Jahrhunderts? Dazu Léopoldas Musik, die Barkarole oder noch besser ihre Lieblingsmelodie *Was doch das Herz Aphrodites bewegt, daß sie der Tugend, der Tugend nur Fallstricke legt ...*

„Nur sollten wir langsam eine Entscheidung treffen, ihr Rotznasen", erklärt Ezra MacAucliffe nach acht oder zehn Tagen.

Ezras Befürchtungen nehmen zu. An jedem Tag, den Gott werden läßt, späht er nach vorn, nach hinten, nach allen Seiten, jederzeit darauf gefaßt, daß blutrünstige Soldaten der regulären Armee oder (was auch nicht besser wäre) brüllende Revolutionäre über sie herfallen. Leite Abade ist sicherlich längst zu seinen Leuten zurückgekehrt. Sie werden alles unternehmen, um ihren offiziellen Anführer, die Symbolfigur ihrer Revolution, zurückzuholen.

„Natürlich können wir uns jederzeit in der Léopolda verbarrikadieren und ihnen die kalte Schulter zeigen, aber wie lange halten wir das durch, wenn sie die Schienen abmontieren und uns der Proviant und das Trinkwasser ausgehen?"

Immer häufiger stecken sie die Köpfe zusammen und beugen sich über die Karten. Für alle Fälle kappt Candido an dreißig oder vierzig Stellen die Telegraphenleitungen. Sicher ist sicher.

Natürlich kann es nicht ewig so weitergehen. Noch glauben die Generäle in São Paulo und anderswo, daß der Jaguar unter seinen Revolutionären weilt. Doch früher oder später werden sie dahinterkommen, daß er sich abgesetzt hat, und die Soldaten werden sich an seine Fersen heften.

„Welches Land liegt hinter der Grenze, die hier auf der Karte eingezeichnet ist?“ fragt Samantha.

„Bolivien“, entgegnet Candido.

Die drei schauen sich an.

Den ganzen Tag schlagen sie Holz und fällen Unmengen von Bäumen, um Léopolda mit Brennmaterial zu versorgen. Als es Nacht geworden ist, fahren sie durch Campo Grande. Alles bleibt ruhig. Andere Ortschaften folgen. Nichts rührt sich.

Candido findet das merkwürdig.

Samantha versteht nicht, warum:

„Du hast es doch selbst gesagt. Sie rechnen nicht damit, daß du nach Bolivien fliehst. Außerdem hast du die Telegraphenleitungen gekappt.“

Na gut.

Zwei Tage später kommt die letzte brasilianische Stadt in Sicht, Corumbá. Soldaten unternehmen den lächerlichen Versuch, sie zu stoppen, und nehmen sie unter Beschuß. Aber die Überrumpelung gelingt, und abgesehen von einer kleinen Lokomotive mit Holzwaggons, die Léopolda mit einem freundlichen Pufferstoß auf ein Abstellgleis befördert, erreichen sie ungehindert die intakte Eisenbrücke.

Von jetzt an geht die Fahrt durch Bolivien. Laut Karte liegen rund zwölfhundert Kilometer flaches Land vor ihnen, und auf der gesamten Strecke gibt es nur eine nennenswerte Stadt: Santa Cruz. Und keine einzige Nebenlinie auf diesen zwölfhundert Kilometern. Die eingleisige Strecke endet erst in einem Ort namens Boyuibe. Erst dort werden sie wieder zwischen zwei Richtungen wählen können.

Seit sie die Grenze überquert haben, zuckeln sie mit träger Gemächlichkeit dahin. Da es ununterbrochen regnet, können sie nichts weiter tun, als die vorbeiziehende Landschaft betrachten: eine unendlich weite, von gelegentlichen Mooren unterbrochene Ebene, auf der sich Termitenhügel wölben und seltene Totaipalmen wachsen, deren Holz jedoch ungeeignet ist, um damit Léopoldas gierigen Rachen zu stopfen. Zum Glück können sie auf Holzvorräte zurückgreifen, die man längs der Strecke für normale Züge angelegt hat. Unmittelbar hinter der Grenze haben sie in einem Nest namens Puerto Suarez mit den bolivianischen Behörden verhandelt. Sie haben sich als gewöhnliche Reisende ausgegeben, unbewaffnet und nur von friedlichen Absichten geleitet (fünfhundert Dollar). Nein, einen besonderen Grund für ihre Reise mit dem Zug hätten sie nicht: Aber selbstverständlich würden sie den bolivianischen Zügen die Vorfahrt lassen, es genüge, sie über Fahrzeiten und Ausweichstellen zu informieren.

In Boyuibe müssen sie sich entscheiden: Entweder sie unternehmen mit Léopolda einen Ausflug in die Berge, oder sie fahren weiter nach Süden, nach Argentinien.

Ezra MacAucliffe hält nicht viel davon, Hunderte von Tonnen Stahl auf Schienen durch das Gebirge zu bewegen. Andererseits ist er aber auch nicht sonderlich begeistert von der Idee, auf den Spuren seiner Jugend zu wandeln und Erinnerungen an längst verflossene Zeiten aufzufrischen, als er aus Schottland nach Buenos Aires kam.

„Ich würde gerne den Titicacasee sehen“, sagt Samantha. „Ich finde den Namen so lustig.“

Candido unterstützt sie:

„Entgegen allen Befürchtungen habe ich nirgends eine Kralle des Jaguars entdeckt. Wir lassen Brasilien hinter uns und nehmen Kurs nach Westen, auf diese Weise halten wir sie uns am ehesten vom Leib.“

Also auf zum Titicacasee.

Sie lassen einen Personenzug passieren, der bis unter das Dach mit Reisenden besetzt ist, deren Profile an Schildkröten erinnern (hier leben fast nur Indios), dann fahren sie los. Schon bald steigt die Strecke so steil an, daß sie sich zu fragen beginnen, ob sie diese gewaltige Wand je überwinden können. Der Regen hat endlich aufgehört. Vor ihnen öffnen sich weite und zerklüftete Täler mit hochwasserführenden Sturzbächen.

„Wir könnten nach Machu Picchu fahren“, sagt Samantha. „In der *New York Times*, die uns Ciccio gebracht hat, habe ich eine Reportage darüber gelesen, während sich dein Vater zu einem Nein durchgerungen hat. Das ist eine Stadt in Peru. Die Inkas haben sie erbaut, außerdem hat sie vor zehn oder zwölf Jahren ein Amerikaner entdeckt.“

„Würde mich wundern, wenn die Inkas auch eine Eisenbahnlinie gebaut hätten“, sagt MacAucliffe.

„Es gibt keine. Am besten, wir fahren nach La Paz und noch ein Stück weiter. Wir schaffen Léopolda auf einem Floß über den Titicacasee oder gehen den Rest zu Fuß“, beharrt Samantha.

„Es gibt keine Gleise“, wiederholt MacAucliffe.

„Ich weiß, das sag’ ich doch gerade.“

„Ich rede nicht von diesem Madschudingsbums, du blindes Huhn, ich rede von den Gleisen vor uns. Es sind keine mehr da."

Er stoppt.

Stepa Onegin schlendert heran, ohne Eile, die Hände in den Hosentaschen.

„Ich kenne Sie, Cavalcanti", sagt er auf russisch. „Sie kämpfen nicht weiter, wenn die Lage hoffnungslos geworden ist. Trotzdem mache ich Sie darauf aufmerksam, daß bereits zwei unserer Leute im Pullman sind und Ihrer Tochter und der Negerin Gesellschaft leisten."

Hinter ihm erscheint Otto Krantz.

„Und wohin sollte die Reise gehen?"

„Zum Baden an den Titicacasee, und anschließend wollten wir einen Ort namens Machu Picchu besichtigen", sagt Samantha.

„Ich fürchte, daraus wird nichts", bemerkt Stepa.

„Wo ist Afonka Tschaadajew?" fragt Samantha.

„Sie kriegen ihn schon noch zu sehen, falls nötig. Im Moment ist das nicht der Fall. Herr Ezra MacAucliffe? Sie haben drei Minuten, um Ihre Lokomotive in Bewegung zu setzen. Aber im Rückwärtsgang."

„Ihr könnt mich mal", mault Ezra.

„Ich könnte Sie sofort umlegen, MacAucliffe. Im Grunde brauchen wir keinen Lokomotivführer. Einer von uns würde sie schon in Gang bringen. Wir werden zuerst die Negerin töten, wenn Sie nicht gehorchen. Cavalcanti?"

„Bitte, Ezra, fahren Sie zurück", sagt Candido. „Bis wohin sollen wir fahren, Stepa?"

„Boyuibe. Ich hatte gehofft, Sie würden nach Süden fahren. Da Sie sich aber für die Berge entschieden haben, mußten wir früher eingreifen als geplant. MacAucliffe, in fünf Stunden wird hier ein bolivianischer Zug durchkommen, sofern er keine Verspätung hat. Sie haben also genug Zeit, um Boyuibe zu erreichen. Wenn nicht, kommt es zu einem Blutbad, und Sie tragen dafür die volle Verantwortung. Also bitte, fahren Sie los."

Zwei Sekunden vor Léopoldas Abfahrt steigen Candido und Samantha in den Pullman. Stepa folgt ihnen.

„Setzen wir uns doch und machen es uns bequem", sagt er. „Wir werden einige Zeit zusammenbleiben. Und ich sehe keinen Grund, warum wir es uns auf dieser Reise nicht gemütlich machen sollten."

Samantha fragt:

„Und wohin fahren wir?“

„Wir fahren nach Brasilien zurück“, antwortet Stepa Onegin, „das versteht sich doch von selbst. Wie soll die Revolution ohne ihren berühmten Führer auskommen?“

Von Boyuibe aus fahren sie nach Süden und überqueren die Grenze zu Argentinien. In einer kleinen Stadt namens Tartagal steigen fünf weitere Männer zu, drei Brasilianer, ein Argentinier und ein Mann aus Caracas, der sich unter dem Namen Carlos vorstellt: unwichtige Leute, deren Hauptaufgabe darin besteht, die Lokomotive zu fahren, Holz für den Kessel zu schlagen und die Bewachung zu verstärken. Es sind also neun Mann, die den Jaguar nach Brasilien zurückbringen sollen. Sie lassen Candido nicht mit Ezra sprechen, da sie fürchten, die beiden könnten zusammen etwas aushecken.

Die Fahrt durch Argentinien nimmt keine Ende. In Tucumán haben sie sieben Tage Aufenthalt. Erst als der offizielle Eisenbahnverkehr ruht, nehmen sie die Fahrt wieder auf und durchqueren die Pampa. Cordoba umfahren sie im Norden, Santa Fé und Paraná passieren sie bei Nacht. Bewaffnete Soldaten bilden eine Sicherheitskette. Die Türen des Pullman hat man verplombt. Aussteigen verboten. Haben die Schweizer diesen Oberirren Wladimir Iljitsch Lenin nicht so nach Rußland zurückbefördert?

„Doch“, sagt Samantha.

Vergangene Nacht hat sie die Frage gestellt, die nie hätte gestellt werden dürfen. Er, Candido, hätte sie jedenfalls um nichts in der Welt gestellt.

Sie hat gefragt, was geschehen werde, wenn Léopolda wieder auf brasilianischem Gebiet sei.

„Meine Genossen und ich werden uns zurückziehen“, sagte Stepa.

„Und dann?“ bohrte Samantha weiter.

Candido suchte Stepas Augen und warf ihm einen flehenden Blick zu, nichts zu sagen. Aber denkste!

Stepa Onegin ist wirklich der perfekte Stellvertreter *des anderen*. Er grinste nur:

„Und dann? Dann wird der Jaguar sterben. Zwangsläufig. Ein Revolutionsführer ist tot oft mehr wert als lebendig. Er wird an der Spitze seines Volkes sterben, oder die imperialistische Regierung wird ihn gefangennehmen und auf bestialische Weise hinrichten. Sollte er durch irgendwelche unvorhersehbaren Umstände mit dem Leben davonkommen, wird er trotzdem sterben. Dafür werden diejenigen sorgen, die die Wahrheit kennen und wissen, daß der Jaguar nur eine reine Erfindung ist. Solche Dinge dürfen nicht an die Öffentlichkeit kommen, das verstehen Sie doch, Genossin Samantha. Sollte der dritte Fall eintreten, werden wir ihm zu einem Tod verhelfen, der seiner Legende würdig ist. Genauer gesagt zu einem *mythischen* Tod.“

„Es ist soweit“, sagt Stepa Onegin. „Hier trennen sich unsere Wege. Es sind noch zehn Kilometer bis zur brasilianischen Grenze. Unsere Aufgabe ist hiermit beendet. Theoretisch werden wir uns nicht wiedersehen.“

„Und wie wollen Sie das anstellen?“

Natürlich kommt die Frage von Samantha.

„Ganz einfach. Man erwartet Sie auf der anderen Seite, ein paar Kilometer hinter dieser lächerlichen militärischen Absperrung. Mit ein bißchen Anlauf wird die Lokomotive die Sperre wie gewohnt durchbrechen.“

Samantha betrachtet Candido, und gottlob schweigt sie – er hat es ihr bestimmt schon tausendmal ans Herz gelegt, aber bei ihr weiß man ja nie.

„Wir werden Sie in den Pullman sperren, Cavalcanti, zusammen mit der Genossin Samantha, Ihrer kleinen Tochter und der Negerin. Sobald Sie hinter der Grenze die ersten Einheiten der Jaguararmee erreicht haben, wird man ihn öffnen. Ich wünsche Ihnen einen schönen Tod, Cavalcanti.“

Der Zug steht bereits einige Minuten. Matriona und Otto Krantz sind ausgestiegen.

„Welch ein Heroismus“, sagt Stepa Onegin. „In der Stunde, da der Stern seiner Revolution zu sinken beginnt und die ihm treu ergebenen Truppen gewissermaßen eingeschlossen und in die Defensive gedrängt sind, verläßt der Jaguar seine schützende Zuflucht im Ausland und kehrt zurück, um das tragische Schicksal seines Volkes zu teilen und mit den letzten Überlebenden zu sterben. Es sei denn, die Revolution flammt bei seinem Erscheinen wie durch ein Wunder wieder auf. Man hat schon erstaunlichere Dinge erlebt.“

Stepa Onegin steigt ebenfalls aus und hält seine Waffe bis zur letzten Sekunde im Anschlag.

Zwei Fahrzeuge nähern sich, ein Lastwagen und eine Limousine, beide schwarz. Matriona steigt in den Wagen. Von weitem könnte man sie beinahe für Samantha halten.

Der Wandelnde Berg hat Léopoldas Führerhaus verlassen und macht sich mit Otto Krantz am Pullman zu schaffen. Sie verriegeln die gepanzerte Tür, die auf die Plattform hinausführt. Durch die Klappe beobachtet Candido, daß sie nur eine Holzstange durch die großen halbrunden Griffe stecken. Sie gehen um den Wagen herum und verriegeln die hintere Tür auf die gleiche Weise.

Samantha hat bereits zu lange den Mund gehalten, jetzt kann sie sich nicht mehr bremsen: Auf englisch setzt sie Stepa Onegin, Matriona, dem Wandelnden Berg und Otto Krantz und überhaupt allen Leuten ihres Schlages auseinander, was sie von ihrer Vergangenheit, Gegenwart und Zukunft hält.

„Sei ruhig, Samantha, ich bitte dich."

„Ich rede, wann ich will."

„Nicht jetzt."

„Und wann dann, bitte schön? Wenn wir im Grab liegen?"

„Warte wenigstens, bis wir losgefahren sind."

„Wieso? Wir fahren doch schon."

Ein merkwürdiges Geräusch, ein dumpfes und weiches Rollen.

Samantha schaut ihn mit großen Augen an, starr vor Überraschung ...

Aber das ist nichts im Vergleich zu den Gesichtern, die Stepa und seine Komplizen machen. Sie stehen da wie vom Donner gerührt. Zwei Sekunden verstreichen, bevor sie reagieren: Der Berg macht einen Satz und klammert sich an die Plattform des Pullmans. Alle anderen springen in die Limousine oder in den Lastwagen und nehmen die Verfolgung auf. Der Zug gewinnt zunehmend an Geschwindigkeit. Er fährt rückwärts.

„Was ist das für ein Geräusch?"

„So klingt der Pullman, wenn er allein durch die Gegend rollt. Du hast es noch nie gehört, weil Léopolda ihn immer übertönt hat."

„Wo ist Ezra?"

„Ich glaube, er hat uns abgehängt. Hörst du das?"

Sie lauscht der Musik, die plötzlich eingesetzt hat:

Was doch das Herz Aphrodites bewegt, daß sie der Tugend, der Tugend nur Fallstricke legt ...

„Er weiß, daß es unsere Lieblingsmelodie ist. Er spielt sie für uns. Zum Abschied."

„Wird er sterben?“

„Ich fürchte, ja. Wir haben uns schon am ersten Abend auf der Fazenda Bragança Boa Vista darüber unterhalten. Ich wollte dir nichts sagen, um dich nicht zu beunruhigen. Er ist der einzige, der Léopolda zerstören kann. Er wird sie unter Blitz und Donner in den Himmel befördern, mit einem einzigen Knall.“

Der Pullman wird langsamer, wahrscheinlich hängt draußen der Berg und zieht die Bremsen bis zum Anschlag – aber da kann er lange ziehen, Ezra hat sie vor langer Zeit schon abmontiert. Der Wagen wird erst nach drei oder vier Kilometern zum Stehen kommen, und zwar ganz von allein, außer die Krallen werfen sich vor die Räder!

„Aussteigen“, befiehlt Stepa.

Candido lächelt Samantha zu.

„Bis gleich.“

Er steigt aus. Léopolda hat zwei Kilometer von hier angehalten.

„Steig in den Wagen, Cavalcanti.“

Er rutscht auf den Vordersitz. Stepa Onegin, der sich ans Steuer setzt, und der Berg nehmen ihn in die Mitte. Otto Krantz, Matriona und die übrigen Helfer bleiben bei dem Pullman zurück.

Als sie in Léopoldas Nähe kommen, spuckt sie wütend eine Dampfwolke aus und stößt hundert Meter zurück. Die Limousine folgt ihr, und erneut weicht sie zurück wie eine mächtige, dreißig Meter lange Katze, die unbedingt Abstand wahren will.

„Er ist stur, ich kenne ihn“, sagt Candido. „Es ist besser, ich gehe allein.“

„Ausgeschlossen“, meint Stepa.

„Dann wird er eben warten. Notfalls Tage oder Wochen. Und dann platzt das Treffen mit den Blödmännern hinter der Grenze. Auch wenn du uns mit dem Auto hinfährst und wir den Rest zu Fuß gehen. Überlege doch mal, Stepa: Du hast meine Frau und meine Tochter als Geiseln, was kann ich schon anstellen?“

Diesmal geht der Punkt an ihn. Stepa weiß nicht mehr weiter. Er ist wirklich eine Maschine. Und keine von der intelligentesten Sorte. Er tut, was *der andere* ihm sagt, mehr nicht. Ohne Befehle ist er hilflos.

Und das ist unsere einzige Chance, wenn es stimmt.

Stepa Onegin öffnet die Tür und setzt einen Fuß auf die Erde.

„Du rührst dich nicht von der Stelle“, sagt er auf russisch zu dem Berg. „Cavalcanti, mitkommen.“

„Wenn ich nicht allein gehe, läßt er niemanden an sich heran. Versuch's doch.“

Stepa macht zehn Schritte. Léopolda stößt zehn Meter zurück.

Kurzes Nachdenken.

„Einverstanden, Cavalcanti. Weißt du, was du ihm zu sagen hast?“

„Daß du Eglantina tötest, falls er den Pullman nicht wieder ankuppelt und wie vorgesehen über die Grenze bringt.“

„Und deine Tochter.“

„Und meine Tochter. Es wird mir nicht gelingen, ihn zu überreden, Stepa. Und Alechin hat dir nicht befohlen, meine Tochter zu töten. Genausowenig wie Eglantina. Ich gebe dir mein Wort, wenn du eine der beiden anrührst, bringe ich mich um, und ihr steht ohne Jaguar da. Alechin wird das nicht sehr gefallen.“

Die gleiche Verunsicherung in Stepas Augen:

„Versuch es trotzdem. Und vergiß nicht, daß ich alles höre.“

„Ezra?“

Keine Antwort. Möglicherweise ist er schon tot.

„Ezra, hören Sie mich?“

Stille. Und dann endlich:

„Bis' du's, Rotzbengel?“

„Sie haben mich doch kommen sehen.“

„Isch bin blau, Rotzbengel. Seh' nisch meh' viel. Mußte es tun: Schie haben kein' Verdacht geschöpft, weil isch gedrunken hab. Vie' Flaschen. Nie schoviel gesoffen. Mann, bin isch blau!“

„Was haben Sie mit den Männern gemacht, die bei Ihnen waren?“

Candido redet absichtlich mit lauter Stimme, damit Onegin kein Wort entgeht.

Ezra brabbelt etwas von Kerlen, die mit ihren Köpfen gegen einen Hammer gestoßen seien.

„Sind sie tot, Ezra?“

„Scha. Ihr Kopf spielt nisch meh' mit. Isch blas Léopolda in die Luft, Rotzbengel. Der Knall des Jah'hunderts, und schie wird von da oben nischt meh' zurückkomm'.“

„Ezra, wenn Sie Léopolda zerstören, töten Sie Candida und Eglantina.“

„Hab keine andre Wahl, Rotzbengel. Wi'klisch traurig, abe' keine andre Wahl."

Candido dreht sich um und blickt Stepa Onegin an:

„Ich bitte Sie, Ezra. Sie bringen meine Tochter um."

„Nee!"

„Warum haben Sie angehalten, Ezra?"

„Kleiner Schwäscheanfall. Ein Arm gebrochen oder zwei, bin nich mehr ganz auf'm Damm. Mags'u etwas Musik?"

Er ist nicht so betrunken, wie er tut. Aber er gibt nicht nach. Candido wußte es.

„Ezra, ich flehe Sie an, machen Sie auf und lassen Sie mich einsteigen."

Als einzige Antwort spuckt Léopolda unter lautem Heulen eine Dampfwolke aus und setzt sich in Bewegung. Die riesigen Räder drehen kurz durch, dann beginnen sie langsam zu rollen, zehn Meter, zwanzig Meter. Candido rennt los, gefolgt von Stepa Onegin. Der Berg steuert den Wagen hart an das Führerhaus heran, lehnt sich halb aus dem Fahrzeug, greift nach der herzförmigen Panzertür und rüttelt daran. Vergeblich.

Schließlich gibt er auf. Im letzten Moment bringt er das Auto wieder unter Kontrolle.

Candido kauert sich nieder. Stepa Onegin holt ihn ein, bleibt hinter ihm stehen. Léopolda ist bereits über einen Kilometer entfernt, und das gewaltige Schnaufen zeigt, daß sie voll beschleunigt: „Ohne übertreiben zu wollen, Rotzbengel, ich wette mit dir, daß sie ihre hundert Meilen in der Stunde schafft, wenn nicht sogar mehr. Und vielleicht wird es noch viel lustiger, wenn Léopolda eines Tages ihren letzten Schnaufer tut, wenn es zum großen Knall kommt ..."

Fünfzehnhundert Meter. Trotz der Entfernung hören sie noch deutlich die Musik. Ezra hat sie auf volle Lautstärke gedreht: die großartige Melodie aus Jacques Offenbachs *Großherzogin von Gerolstein*.

Vier Minuten.

Fünf.

Der große Knall. Léopolda explodiert. Dann Stille. Jetzt bloß nicht weinen, Candido Stevenson.

„Ob du es glaubst oder nicht, Stepa, aber ich tue es: Ich bringe mich um. Du läßt mir keine andere Wahl."

„Und wenn ich nur die Negerin töte?"

„Nein, auch sie nicht. Du krümmst niemandem ein Haar, und ich gehe mit den Männern über die Grenze. Ich gebe dir mein Ehrenwort, ich bleibe einen Monat bei ihnen."

Erneutes Schweigen. Weine nicht. Eine riesige Rauchsäule steigt am Horizont auf.

„Ihr werdet uns doch sowieso folgen, Stepa. Du kannst sie jederzeit töten, wenn ich mein Wort breche. So erfüllst du wenigstens den Auftrag, den dir Aljotschka Alechin gegeben hat."

Na gut, jetzt weine ein bißchen.

Vor drei Stunden haben sie die Limousine und den Lastwagen stehen lassen. Candido trägt seine Tochter auf dem Arm, Samantha geht dicht hinter ihm, dann folgen der Wandelnde Berg und Otto Krantz, dahinter Eglantina. Matriona und Stepa Onegin bilden den Schluß. Ihre Komplizen laufen als Kundschafter voraus oder decken die Flanken. Die Nacht ist ziemlich finster.

Zunächst wollten sie bei Santana do Livramento über die Grenze. Doch das erwies sich als unmöglich. Einer der Kundschafter stellte dort eine rege Geschäftigkeit fest. Soldaten hatte auf den Schienen aus mehreren Waggons eine Sperre errichtet, sie mit Steinblöcken beschwert und Geschütze in Stellung gebracht, die den Panzerzug beim Herannahen unter Beschuß nehmen sollten. Vom Zug selbst ist jetzt nur noch ein riesiger Krater übrig. Ums Leben kam niemand, aber es gab viele Verletzte – die Armee hatte Abstand gehalten, für den Fall, daß Léopolda wie früher Artillerie mit sich führte. Die gewaltige Explosion löste Verblüffung aus. Niemand verstand so recht, was geschehen war. Gerüchte kamen auf, der Jaguar habe die berühmte unzerstörbare Lokomotive mit Dynamit beladen und Selbstmord begangen.

„Hörst du, Cavalcanti? Sie halten dich für tot."

Candido antwortete nicht. Fürs erste war er damit zufrieden, daß er die Gefahr von Candida und Eglantina abgewendet hatte. Die Limousine und der Lastwagen fuhren daraufhin rund hundertfünfzig Kilometer nach Norden. Stepa Onegin hatte gehofft, sie könnten durch eine Furt ans andere Ufer des Grenzflusses Quaraí fahren, aber die Strömung war zu reißend, und so mußten sie die Fahrzeuge stehen lassen und das Wasser zu Fuß durchqueren. Seither folgen sie schmalen Pfaden, die nur der Kundschafter an der Spitze kennt.

Der Fußmarsch dauert Stunden. Bei Tagesanbruch läßt Onegin endlich rasten. Er lehnt sich an einen Baum, das Gewehr am langen Arm, den Finger am Abzug.

„Ich brauche Wasser für meine Tochter“, sagt Samantha.

Keine Antwort. Stepa Onegin zeigt sich ungerührt. Doch auf einmal strafft sich sein Körper. Er hat ein Geräusch gehört, das Candido schon vor mindestens dreißig Sekunden aufgefallen ist.

Pfiffe und Erkennungssignale. Die Krallen des Jaguars rühren sich kaum von der Stelle. Schließlich treten Männer heraus ins Freie. Es sind fast dreißig Mann. Einen erkennt Candido: Vivaldo Maria, Clovis' Bruder, offenbar der Anführer des Haufens. Er kommt lächelnd näher:

„Ich freue mich, dich wiederzusehen.“

„Vergiß es“, antwortet Samantha.

„Ich freue mich trotzdem“, sagt Vivaldo Maria. „Aber wir müssen hier weg, die Gegend ist unsicher. Etwa eine Stunde von hier wimmelt es von Soldaten. Sie suchen euch. Sie wissen nicht genau, ob der Jaguar bei der Explosion der Lokomotive umgekommen ist oder nicht. Kommt, etwas weiter stehen Karren. Wir helfen euch, das Kind zu tragen.“

„Geh zur Hölle“, sagt Samantha. „Niemand faßt sie an.“

Candido schaut sich um.

Onegin und die anderen sind verschwunden.

„Lebt dein Bruder Clovis noch?“

„Er wurde in der Schlacht bei Santo Anastácio verwundet, aber nicht schlimm. Jorge ist gefallen, ebenso Celso und João Alberto. Edson wurde gefangen, wahrscheinlich haben sie ihn schon hingerichtet. Was aus Hastimphilo und Zé Jorge geworden ist, wissen wir nicht.“

„Zé Julio ist mit dem Kopf gegen Ezra MacAucliffes Hammer gerannt“, sagt Candido. „Ich habe noch gesehen, wie er mit lädiertem Schädel von der fahrenden Léopolda gesprungen ist. Mehr weiß ich nicht. Was Hastimphilo angeht ... der ist tot. Er ist vom fahrenden Zug gestürzt.“

„Du bist sicher, daß er tot ist?“

„So wahr ich hier stehe. Es würde mich überraschen, ihn wiederzusehen.“

„Ich kann es nicht glauben. Ein Mann mit solcher Kraft! Aber es war verdammt klug von euch, daß ihr mit der Lokomotive abgehauen seid, Zé Julio, Hastimphilo und du. Kaum wart ihr weg, da fielen die Soldaten über uns her. Zum Glück war der Panzerzug nicht mehr da. Er wäre ihnen bestimmt in die Hände gefallen, soviel steht fest. Ihr hattet mit dem Angriff gerechnet, oder?“

„Reines Glück“, sagt Candido.

„Hastimphilo ist sicher mit einer Wut im Bauch gestorben“, meint Vivaldo Maria. „Er war ein Held. Ich bin sicher, er wäre tausendmal lieber an der Spitze seiner Männer gestorben.“

„Ich bin mir auch ziemlich sicher, daß er schlecht gelaunt gestorben ist“, sagt Candido.

Stundenlang rumpeln die Karren über holprige Wege. Der Nachmittag neigt sich seinem Ende zu. Samantha, Candida und Eglantina schlafen trotz der Rüttelei. Aus allen Teilen der umliegenden Bergkämme strömen kleine Spähtrupps herbei und schließen sich Vivaldo Marias Einheit an. Bald ist sie auf etwa hundert Mann angewachsen. Offenbar befinden sie sich auf dem Rückzug und bilden eine Nachhut.

„Was macht ihr denn so weit im Süden, Vivaldo Maria? Bei unserer letzten Begegnung habt ihr an der Grenze zum Mato Grosso gestanden.“

„Wir haben erfahren, daß der Jaguar mit seinem berühmten Panzerzug im Begriff war, nach Brasilien zurückzukehren, von Süden her über die uruguayische Grenze ...“

„Wer hat die Nachricht verbreitet?“

„Geheimagenten des Jaguars, wer sonst? Alle Welt weiß, daß der Jaguar Geheimagenten hat.“

„Nenn mich nicht Jaguar. Ich heiße Candido.“

„Kurz und gut, Abade und die anderen Anführer haben beschlossen, dir entgegenzuziehen. Eigentlich sollte dich Clovis in Empfang nehmen, wenn du mit deiner berühmten Lokomotive die kleine Sperre durchbrochen hättest. Ich bin mit meiner Einheit in Deckung geblieben. Aber dann bist du von Westen gekommen. Wie immer hast du alle überrumpelt.“

Candido hat es abgelehnt, in einen der Karren zu steigen. Er muß marschieren. Er muß etwas für seine Ausdauer tun, für alle Fälle.

Und einige Zeit später, in der Großen Stille, die nun langsam immer näher rückt, wird er sich mit bitterer Ironie daran erinnern, mit welcher Hartnäckigkeit er an jenem Tag darauf bestanden hat zu marschieren.

An jenem ersten Tag des Langen Marsches, um genau zu sein.

In Gewaltmärschen ziehen sie weiter. Unterwegs stößt Clovis mit seiner Einheit zu ihnen. Nach sechs Nächten und fünf Tagen vereinigt sich Vivaldo Marias Abteilung mit der Hauptmacht der Revolutionsarmee. Sie ist stärker, als Candido erwartet hat: Nicht weniger als fünftausend Mann biwakieren kilometerweit verstreut auf den umliegenden Hügeln, deren Hänge winzige Bäche zerfurchen, die mit ihrem Wasser Nebenflüsse des Rio Paraguay speisen.

Man bringt ihn zu den Anführern. Eigentlich hat er sich vorgenommen, nicht den Mund aufmachen, doch dann besinnt er sich anders und erklärt ihnen, die Maschine sei am Ende gewesen, er habe sie lieber selbst in die Luft gejagt, als der Armee den Ruhm ihrer Zerstörung zu überlassen. Abade und Aranha wollen ihm nicht so recht glauben. Aber auch sie sind, fast ebenso wie er, Gefangene des Jaguar-Mythos.

Leite Abade und Tasso Aranha – Da Silva ist strohdumm und sollte lieber Brötchen verkaufen – wissen nicht mehr weiter. Sie haben ihre Strategie ganz auf Léopolda gegründet. Und nun gibt es sie nicht mehr. Das verunsichert alle.

„An eurer Stelle würde ich nach Norden ziehen", sagt Candido schließlich.

Nach Norden? Wozu?

Candido hat tatsächlich einen Plan. Der Mato Grosso, immer wieder der Mato Grosso. Durch die grüne Hölle, von der Samantha nichts hören wollte. Doch Candido ist davon überzeugt, daß sie ihre Meinung inzwischen geändert hat. Unter dem Schutz einer bewaffneten Truppe hat er bessere Chancen, mit zwei Frauen und einem Kind durchzukommen.

„Nach Norden", sagt Candido. „Die Gegend ist unberührt und unerschlossen. Wir kehren an den Amazonas zurück. Ihr besetzt Manaus und errichtet eine provisorische Regierung, bis euch etwas Besseres einfällt."

Aber, betont er, das sei nur eine Vorschlag, er habe nicht die leiseste Absicht, das Kommando an sich zu reißen.

Gewiß, das sei ein Fußmarsch von Tausenden von Kilometern. Aber eben deshalb. Wer in São Paulo und Rio rechne denn mit einem so gewagten Unternehmen? Das sei die beste Art, die Truppen, die man auf sie angesetzt habe, in die Irre zu leiten.

Und damit würden sie bestimmt in die Legende eingehen.

In die Legende.

Sie werden den Vorschlag annehmen, Candido Stevenson. Gott weiß, wie du das angestellt hast, aber du hast die richtigen Worte gefunden. Du wirst, wie sagt man? zynisch.

„Clovis?“

„Wie geht's, Candido?“

„Danke, daß du mich nicht Jaguar nennst, das tut gut.“

„Ich weiß, daß du es nicht magst.“

„Hältst du mich wirklich für einen blutrünstigen Jaguar?“

„Ich weiß nicht.“

„Du kennst mich doch. Deine Urgroßmutter Domitila kennt mich. Ich denke, ich war immer ziemlich nett zu ihr, und du weißt das, denn du selbst hast ihr ja auch Geld gegeben.“

„Das beweist nicht viel, Candido. Du kannst zu vielen Leuten sehr nett sein, und gleichzeitig bist du zu allem möglichen fähig.“

„Wozu beispielsweise?“

„Du kannst rennen. Du reagierst schneller als jeder andere. Und du kannst schießen. Als wir auf der Fazenda Bragança Boa Vista waren, haben wir über dich gesprochen. Ein alter Diener hat uns erzählt, daß du schon als kleiner Junge sehr geschickt mit dem Gewehr umgehen konntest.“

Welches Bild machen sich die Leute von ihm, die ihn schon von klein auf kennen? Kennt er sich vielleicht selbst nicht gut genug?

„Ich weiß nicht, ob du der Jaguar bist, Candido. Auf der einen Seite würde es mir gefallen, wenn du es wärst.“

„Ich habe noch nie in meinem Leben jemandem die Kehle durchgeschnitten. Ich schwöre es dir bei Candidas Leben.“

Clovis starrt ihn an, wendet dann die Augen ab. Und Candido denkt: Die Menschen sind seltsam. Clovis wird bei meinem Tod weinen, wenn er dann noch am Leben ist, denn er mag mich. Und trotzdem hofft er, daß ich dieses mythische und blutrünstge Untier bin, das *der andere* geschaffen hat.

„Na gut“, sagt Clovis.

Candido zieht die Briefe heraus.

„Clovis, kannst du diese Briefe zu Domitila bringen lassen?“

„Vielleicht ist sie schon tot. Außerdem kann sie nicht lesen.“

„Dann schicke einen Boten, dem du voll vertraust. Kannst du drei Männer schicken?“

„Damit wenigstens einer durchkommt?"

„Genau. Es handelt sich um den gleichen Brief, ich habe ihn abgeschrieben. Nur der Empfänger ist jedesmal ein anderer."

Die drei Empfänger sind der kleine Notar, Ciccio Vaz Vasconcelles und Aristide Dantas, ein Anwalt, der früher einmal für Dom Trajano gearbeitet hat.

„Clovis, ich möchte, daß du ihn liest. Es ist die Geschichte des Jaguars, so wie sie sich wirklich zugetragen hat. Meine Version der Geschichte."

„Wenn ich dir damit einen Gefallen tue."

„Danke."

In dieser Nacht, der dreizehnten auf dem langen Marsch, an der Nordgrenze des Bundesstaates Rio Grande do Sul, zieht Clovis die Blendlaterne zu sich heran und beginnt zu lesen. Candido sieht ihm dabei zu. Der ehemalige Straßenbahnfahrer bewegt die Lippen, während er liest. Von Zeit zu Zeit hebt er den Kopf und sieht Candido an, als wolle er sich vergewissern, daß der Mann, der ihm hier, auf dem linken Ufer des Uruguay, gegenübersitzt, derselbe Candido Cavalcanti ist, von dem der Brief handelt.

Dann vertieft er sich wieder in seine Lektüre.

Zwei Stunden verstreichen.

Dann ist Clovis fertig. Er bleibt reglos sitzen, starrt auf den nahen Fluß und vergißt sogar, das letzte Blatt auf den Stapel zu legen. Endlich sagt er:

„Das ist keine alltägliche Geschichte."

„Glaubst du sie?"

Erneutes Schweigen. Er zögert nicht mit der Antwort, er muß das Gelesene nur erst verdauen.

„Ja", sagt er endlich. „Ich glaube jedes Wort. Ich werde die Briefe absenden. Ich suche die besten Boten aus. Es müßte schon mit dem Teufel zugehen, wenn nicht wenigstens einer durchkommt."

Er legt das letzte Blatt in die Gummihülle zurück und verschließt sie mit der Schnur.

„Wer jetzt weggeht, hat noch eine Chance", sagt er. „Alle anderen werden sterben. Wir waren zehn Straßenbahnfahrer, als wir Rio mit dir verlassen haben. Und jetzt sind nur noch Vivaldo Maria, Teotõnio, Lindolpho und ich am Leben. Vier von zehn. Du hast deinen Freunden geschrieben, sie sollen sich um unsere Frauen und Kinder kümmern. Ich danke dir, daß du an unsere Familien gedacht hast."

„Ich denke, daß sie meiner Bitte nachkommen werden“, antwortet Candido. „Vor allem Dom João und Dom Ciccio. Bei dem dritten bin ich mir nicht sicher.“

„Wir werden alle sterben“, wiederholt Clovis. „Wir sind noch keine sechshundert Kilometer marschiert, dreitausend liegen noch vor uns, und wir haben bereits viele Tote zu beklagen. Kein einziger von uns wird den Amazonas erreichen.“

„Ich bin schon einmal durch diesen Wald marschiert. Damals habe ich es geschafft, und ich werde es wieder schaffen.“

Clovis betrachtet die drei Briefe in der wasserdichten Hülle.

„Im Grunde ist das eine Art Testament.“

Das erste Gefecht findet am siebzehnten Tag statt. Es ist ein reines Wunder, daß sie sich nicht schon früher dem Kampf stellen mußten. Aber wahrscheinlich hat ihre Taktik gewirkt. Der sture Gewaltmarsch nach Norden – soweit es das Gelände zuließ – mit Tausenden von Menschen hat Regierung und Armee wohl überrascht. Und wenn Candido noch gewisse Zweifel an Clovis' Qualitäten als Heerführer hatte, so werden sie bei dieser ersten Kampfhandlung zerstreut. Als Vorhut wird Clovis' Bataillon vom Hauptstoß des Feindes getroffen. Seine Aufgabe besteht darin, das andere Ufer des Flusses Iguaçu zu sichern, der durch einen Dschungel fließt, in dem es von Schlangeln wimmelt. Die Böschungen färben sich blutrot, doch es gelingt ihm, etwa die Hälfte seiner Männer auf die andere Seite zu bringen und geschützte Stellungen zu beziehen. Während er den Ansturm des rund zwölfhundert Mann starken Feindes abwehrt, zieht hinter ihm das Gros der Revolutionsarmee vorbei und folgt im Westen ein kurzes Stück der argentinischen Grenze.

Vierzig Stunden hält Clovis die Stellung, dann zieht er sich zurück. Die Leichtverwundeten, die noch aus eigener Kraft gehen können, nimmt er mit, die fünfzig Gefallenen muß er zurücklassen.

Der Rückzug durch den Dschungel wird zur Hölle. Die Luft ist zum Ersticken, es gibt keine Pfade, keine Schneisen, jeder Ast, jede Wurzel, an der sich der Fuß verfängt, kann eine Schlange sein. In den Augen der humpelnden Verwundeten spiegeln sich Entsetzen und Hoffnungslosigkeit. Sie wagen es nicht, um Hilfe zu bitten, denn wer nicht mehr weiterkann, muß sterben, durch eigene Hand, durch die eines Kameraden oder durch die eines Feindes. So will es das Gesetz des Dschungelkrieges.

Candido läßt den Mann los, den er gestützt hat, und sinkt zu Boden. Er ist nur etwas müde, aber die anderen um ihn herum sind völlig erschöpft. Einige übergeben sich, viele spucken Blut, und der Geruch von Erbrochenem vermengt sich mit dem Gestank von Exkrementen.

Clovis ist aschfahl im Gesicht. Er ist vornüber zusammengesunken und sieht aus, als werde er gleich sterben. Candido steht auf und geht zu ihm hin:

„Bist du verwundet?"

Eine vage Kopfbewegung mit geschlossenen Augen: Nein. Candido will ihn erst einmal verschnaufen lassen, kehrt um und geht zum Ufer des Iguaçu.

Er setzt sich auf die Böschung. Drei Meter neben ihm liegt eine Schlange und fixiert ihn. Grüß dich! Du brauchst mich gar nicht so groß anzugucken, ich werde dich nicht beißen. Du bleibst in deinem Eck und ich in meinem. Du bist eine Korallenschlange, andere kenne ich nicht. Du bist rötlich-orange mit schwarzen Ringen. Mit deinem dicken Schädel, der aussieht wie ein Helm, wühlst du dich durch den Boden und schlägst anderen Schlangen auf den Kopf, um sie zu verspeisen. Warum auch nicht? Das ist deine Sache. Mir kommt da eine Idee, was hältst du davon: Man zwingt die Soldaten dazu, jeden Soldaten zu essen, den sie töten. Du wirst sehen, in Nullkommanichts sind sie friedlich, und über kurz oder lang wird der ganze Berufsstand aussterben.

Die Korallenschlange geht in Drohstellung: Sie flacht ihren Körper ab, indem sie die Rippen spreizt, richtet sich auf und krümmt den Schwanz, so daß die farbenprächtige Bauchseite zu sehen ist.

„Das beeindruckt mich kein bißchen", erklärt ihr Candido. „Die Mühe kannst du dir sparen."

Beleidigt trollt sich die Schlange und gleitet zum Bad in den Fluß.

Es stimmt nicht, was Clovis erzählt. Ich *kann* den Urwald durchqueren und lebend wieder herauskommen. Und zwar mit Samantha, Candida und Eglantina.

Sechsundvierzigster Tag. Tausend Kilometer liegen bereits hinter ihnen. Aber es geht immer langsamer voran. Sie haben die Flüsse Paraná, Ilha Grande und Ilha dos Bandeirantes überquert. Es war entsetzlich. Die meisten Proviantwagen und Karren sind im Schlamm steckengeblieben. Nur noch zwei Fuhrwerke sind übrig, und drei Pferde, sie zu ziehen.

„Ich kann zu Fuß gehen“, sagt Samantha auf russisch, damit sie niemand versteht.

„Du bleibst, wo du bist, bitte. Zum Laufen wirst du noch ausreichend Gelegenheit haben.“

„Hauen wir bald ab?“

„Noch nicht.“

„Du bist anscheinend der einzige, der noch Kraft hat, oder täusche ich mich?“

„Ich fühle mich bestens.“

„Was meinst du, wieviel Mann sind es noch?“

„Etwa dreitausend. Vielleicht etwas weniger.“

„Paß auf die Schlangen auf.“

„Ein Jaguar hat keine Angst vor Schlangen.“

„Wer's glaubt, wird selig.“

„Selig bin ich schon, wenn ich in deine wunderschönen Augen blikke.“

Neunundfünfzigster Tag. Beim Aufbruch zählte Clovis' Vorhut noch fünfhundert Mann, jetzt sind es keine sechzig mehr. Aber es ist nun mal ihre Aufgabe, der Hauptmacht den Weg zu bahnen und Angriffe abzuwehren (insgesamt neun).

„Aber du bist noch am Leben. Und dein Bruder ebenfalls. Und Lindolpho“, sagt Candido.

„Ich weiß nicht, wo Lindolpho steckt. Ich weiß ja nicht einmal, wo wir hier sind“, antwortet Clovis.

„Lindolpho ist bei Samantha und meiner Tochter, und wir überqueren jetzt die Serra de Maracaju.“

„Sind wir schon im Mato Grosso?“

„Wir sind mitten drin“, sagt Candido.

Zumindest beinahe. Aber wozu ihn noch mehr entmutigen.

Einundsiebzigster Tag. Abstieg von der Serra de São Jerõnimo. Clovis' Kundschafter sind bis zu der einzigen bedeutenden Ortschaft im Umkreis von Tausenden von Kilometern vorgestoßen: Cuiabá. Soldaten mit Lastwagen lauerten ihnen auf und griffen sofort an, gaben die Verfolgung aber bald wieder auf. Sie bleiben ihrer Taktik treu: Der Urwald soll die versprengten Überreste der Revolutionsarmee verschlucken.

Wie kommt es, daß ich nicht müde bin, wundert sich Candido. Ich bin müde, aber nicht sehr. Und dabei habe ich kein einziges rohes Kaimanjunges gegessen, auch keine Maden und nicht das kleinste Blättchen. Nur Bohnen und Reis, wie alle anderen.

Sie erreichen einen winzigen Ort: Cáceres. Der Name eines spanischen Weines. Dom Trajano ließ ihn fässerweise aus der Region Rioja kommen.

Mit Candidos letzten Dollars wird Proviant gekauft. Eine bescheidene Menge. Vier Tage Rast. Kundschafter melden, daß sich eine Abteilung Soldaten nähert, vielleicht die gleiche, die an der Straße nach Cuiabá die Stellung gehalten hat. Sie brechen auf.

Nach der Karte liegt die Serra dos Parecis ungefähr zweihundert Kilometer direkt im Norden. Dort müssen sie hinauf und auf der anderen Seite wieder hinunter. Irgendwann werden sie auf einen der Nebenflüsse des Sacuriuiná stoßen ... das heißt, wenn sie dann noch am Leben sind.

„Bist du dort durchgekommen, Cavalcanti?"

Leite Abade ist bis auf die Knochen abgemagert, selbst sein Schädel scheint geschrumpft zu sein: Sein Hut, der aussieht wie ein Tropenhelm mit breiter Krempe, wackelt auf seinem Kopf. Tasso Aranha sieht nicht besser aus.

„Nein", antwortet Candido. Er ist über die Frage erstaunt. Er dachte, er hätte sich in dem Bericht über seinen Ausflug in den Mato Grosso klar ausgedrückt.

„Gibt es keinen anderen Weg?" fragt Aranha.

Doch. Nach Westen an der bolivianischen Grenze entlang. Irgendwann stößt man auf einen Fluß, der nach Norden fließt. Wenn man ihm folgt, gelangt man zum Rio Guaporé.

„Es gibt Dörfer am Guaporé. Die Bewohner sprechen ein paar Brokken Portugiesisch. Sie kamen bis zu der Garnison, in der ich stationiert war. Ein paar hundert Weiße und Schwarze werden ihnen keinen Schrecken einjagen. Sie könnten uns helfen, Flöße zu bauen."

„Und welchen Weg würdest du nehmen, Cavalcanti?"

Candido ist auf die Frage vorbereitet.

„Ich bin für den Rio Guaporé", sagt er. „Das ist zwar weiter, aber wenigstens haben wir eine Chance."

Eine Chance, wenn man einmal davon absieht, daß tausend Kilometer Dschungel zu durchqueren sind, in den sich noch kein Mensch vorgewagt hat. Nur Indianer, und vielleicht vor dreihundert Jahren eine einmalige und legendär gewordene portugiesische Expedition.

Abade und Aranha beugen sich über die Karten, die viele weiße Flekken aufweisen.

„Und nach dem Guaporé?"

„In Guajara Mirim gibt es einen Armeeposten. Mit fünfzehn Soldaten, mehr nicht. Ihr braucht nicht einmal zu kämpfen. Von Guajara Mirim aus müssen wir nach Porto Velho, das liegt zweihundert Kilometer nordöstlich. Wir folgen dem Rio Madeira ..."

„Und der mündet in den Amazonas. Von dort sind es noch hundertfünfzig Kilometer bis Manaus."

Das bleibt euch überlassen, denkt Candido. Er verläßt die kleine Hütte, in der die beiden Führer der Revolutionsarmee ihre Befehlsstelle eingerichtet haben. In der letzten Woche ist er ständig neben dem Proviantwagen hergegangen, in dem Samantha, Candida und Eglantina sitzen. Er ist der einzige Karren, der noch von Pferden gezogen wird. Die Rebellen mißtrauen ihm nicht mehr und halten es nicht für nötig, ihn von seiner Familie zu trennen. Wohin sollte Candido mit ihnen auch gehen?

„Alles in Ordnung, Samantha?"

„Ja, sei unbesorgt", antwortet sie. „Sind wir bald dort, wohin du willst?"

„Es ist nicht mehr weit. Hast du mit dem Väterchen gesprochen?"

Der vereinbarte Deckname für Lindolpho. Der Telegraphist ist jetzt ständiger Kutscher des Proviantwagens.

„Ich glaube, er ist bereit."

Wieder liegt eine Woche Fußmarsch hinter ihnen. Die Männer sind inzwischen so fest zusammengewachsen wie nie zuvor seit dem Aufbruch aus Rio Grande do Sul. Durch die erbarmungslose Auslese ist die Truppe auf ein paar Dutzend Mann zusammengeschrumpft. Ein reines Wunder, daß sie überlebt haben. Candido hat schon vor längerer Zeit eine Beobachtung gemacht, und jeder weitere Tag bestärkt ihn in seiner Meinung: Die Stärksten haben nicht die größte Ausdauer. Als sei es kein Vorteil, sondern eher ein Nachteil, wenn man so viel Muskeln mit sich herumschleppen muß. Und Frauen sind ziemlich zäh, der Doktor hat das richtig erkannt.

Einen ersten Fluß haben sie bereits überquert, aber er floß nach Süden. Zwei Tage später treffen sie auf einen zweiten, in dem es von Kaimanen wimmelt, aber auch er fließt nicht in die richtige Richtung.

Und dann, einige Kilometer weiter, o Wunder der Natur, stoßen sie auf einen dritten Fluß.

Er fließt nach Norden, kein Zweifel. Die Kundschafter, die Clovis vorausgeschickt hat, melden es. Es ist der Rio Alegre.

Ich will nicht behaupten, daß ich die Bäume oder den Wasserlauf wiedererkenne, denkt Candido, aber irgendwie kommt mir die Gegend bekannt vor.

„Ich glaube, hier ist es", sagt er auf russisch zu Samantha. „Vielleicht noch zwei Stunden. Ich erinnere mich noch, wie ich gedacht habe, daß der Berg dort Ähnlichkeit mit Dom Trajanos Nase hat, natürlich nur, wenn sich Dom Trajano auf den Boden legt und die Nase in die Luft streckt."

„Aber das ist doch nur ein Felsen. Und du sprichst von einem Berg. Außerdem gibt es hier ungefähr fünfzig, die genauso aussehen. Du beunruhigst mich langsam, guter Mann."

„Ein Stück weiter macht der Fluß eine Krümmung, und daneben liegt ein kleines Tal mit einem See so groß wie drei Taschentücher, und ganz hinten ist ein dreißig Meter hoher Wasserfall, der über riesige Felsen herunterstürzt."

„Du erzählst Märchen, wie üblich."

„Was wetten wir?"

Wenn ich mich täusche, wird das mein letzter Fehler sein – und zu Recht.

Weit vor ihnen schlagen Clovis, seine Männer und Aranha, der mit seiner Abteilung zu Hilfe geeilt ist, mit Macheten und Äxten mühsam eine Schneise. Die Kolonne ist nun fast drei Kilometer auseinandergezogen. Lindolpho fährt mit seinem Karren am Schluß, wie es ihm befohlen wurde. Der Abstand zu den anderen beträgt gut hundert Meter. An manchen Stellen verschluckt die unglaublich dichte Vegetation das Ende des Zuges, und Lindolpho kommt sich ganz verlassen vor.

Auf den letzten Säcken Reis und Bohnen in seinem Karren sitzt nur noch Candida. Zum ersten Mal auf dieser Reise gehen Samantha und Eglantina zu Fuß.

Noch gut zwei Kilometer, dann macht der Fluß plötzlich eine Krümmung. Und rechts davon erkennen sie das Tal, den Wasserfall und die Felsen, die eine mehr als sechzig Meter hohe Mauer bilden.

„Du hast eine Liebesnacht gewonnen, Cavalcanti."

„Schnell."

Sie machen sich alle vier ans Werk. Samantha und Eglantina spannen das Pferd aus, Candido und Lindolpho laden vier Säcke auf den Rücken des Tieres. Nichts zu sehen in der Schneise vor ihnen. Alles bleibt still. Wie immer in solchen Fällen hat Candido die gewohnte Sorgfalt walten lassen und vorher mehrere Tests durchgeführt: Jedesmal, wenn sich Lindolpho absichtlich zurückfallen ließ, hat es zehn Minuten gedauert, bis jemand zu Hilfe kam. Candido hat daraus geschlossen, daß mindestens eine Viertelstunde vergehen dürfte, bis einer der erschöpften Männer, die nur noch stumpfsinnig vor sich hintrotten, ausschert und zurückgeht. Aber man kann nie wissen.

„Schnell."

Candido nimmt Candida auf die Schultern und setzt sich an die Spitze. Den Karren lassen sie mitten im Weg stehen. Nach zehn schrecklichen Metern dreht er sich um: Die drei anderen folgen ihm auf dem Fuß, die Pflanzenwand hat sich hinter ihnen geschlossen. Trotzdem hinterlassen sie eine deutliche Spur. Er weicht zur Seite, um Lindolpho vorbeizulassen, der nun, die Machete schwingend, vorangeht.

Der See. Damals lief er am linken Ufer entlang, der Wasserfall war hinten rechts.

„Geht im Wasser. Am Rand."

Die Füße verschwinden im schlammigen, rostfarbenen Wasser, als seien sie an den Knöcheln abgeschnitten. Keine Kaimane zu sehen? Das wundert ihn. Aha, Piranhas, immerhin. Er kann nur hoffen, daß es keine Fleischfresser sind. Die Indianer behaupten, nur einer von hundert sei Fleischfresser.

Und ein paar Schlangen.

„Jetzt wirst du wieder behaupten, ich hätte einen schlechten Charakter, aber ich mag sie nicht besonders", sagt Samantha.

„Sie fürchten sich mehr als du."

„Gut, dann tun sie mir leid."

Rufe in der Ferne. Aha, sie suchen uns, denkt Candido. Zuerst werden sie glauben, daß die Indianer uns entführt haben. Mitsamt dem Pferd.

„Schnell."

Noch dreißig Meter bis zu dem Wasserfall.

„Und wie kommen wir da hinauf, Cavalcanti? Schwimmen?"

Samantha schnauft wie Léopolda, und Eglantina kann nicht mehr. Lindolpho hat die Zügel des widerspenstigen Pferdes gegriffen und versucht es nun unter gutem Zureden über die feuchten und glatten Felsen zu führen, auf denen es keine Spuren hinterläßt. Candido denkt fieberhaft nach: Wo zum Teufel ist er hochgestiegen? Wenige Schritte vor ihm tut sich ein Spalt auf, kaum einen Meter breit. Soweit er sich erinnern kann, wurde er nach oben hin breiter, und die beiden Seiten fielen fast senkrecht ab. Und in der Mitte war er voller Geröll und Erde. Bei seinem ersten Aufstieg war der Boden sehr glitschig, heute müßte er trockener sein.

„Schnell. Aber knickt keine Zweige ab."

Samantha und Eglantina gehen voraus und machen sich an den Aufstieg. Der Felsspalt führt nahezu hundert Meter gleichmäßig bergauf. Dann sind sie oben. Sie sinken auf die Felsen, die ähnlich flach sind wie die am Fuß der Wand. Candido sieht sich um: Sechzig Meter zu seiner Linken liegt versteckt die kleine Grotte, in der er sich damals zwei Tage lang verborgen hat.

Während er nach Atem ringt, gibt ihm Candida in ihrer Kindersprache hartnäckig zu verstehen, daß er ihr etwas vorsingen solle. Zwei Meter neben ihm liegt Eglantina auf dem Rücken, die Arme weit von sich gestreckt, die Augen geschlossen: Sie ist nicht mehr schwarz, sie ist aschfahl.

Samantha richtet sich auf. Auch sie ist nicht mehr in Bestform. Sie schnappt nach Luft und bringt kein Wort heraus.

„Da hinten ist die Grotte. Aber geht nicht hinein. Sie ist vielleicht voller Schlangen. Nimm Candida, ich steige noch einmal hinunter."

Die nächsten vierzig Minuten schlagen sie sich mit dem Pferd herum. Es will um nichts in der Welt hinaufklettern. Obwohl sie ihm die Säcke abgenommen haben. Auch kleine Stiche mit der Spitze der Machete zeigen keine Wirkung. Schließlich greift Lindolpho zum letzten Mittel: Er nimmt ein paar Zweige und steckt sie mit seinem Feuerzeug an.

Gewonnen!

Candido inspiziert von oben die Umgebung. Mit einem großen Fernglas könnte man bestimmt alles sehen: rechts die Gebirgskette der Anden, links den Atlantik, im Norden die Karibik und im Süden Feuerland. Vorausgesetzt natürlich, nichts versperrt die Sicht. Sie sind nicht allzu hoch, kaum sechshundert Meter. Aber das reicht. Er kann endlos weit sehen.

„Keine Schlangen in der Grotte", verkündet Lindolpho. „Bis auf zwei, und die sind jetzt tot. Wir können Feuer machen."

Am nächsten Morgen faulenzen sie ein bißchen. Zum ersten Mal seit fast vier Monaten.

„Welchen Weg hast du damals genommen, Candido?"

Er hat die Hochebene überquert, in Richtung Süden. Wenn er sich recht erinnert, hat er dazu vier Tage gebraucht.

Sie brechen auf. Unterwegs wird Samantha immer nervöser und gereizter.

„Was sollen wir auf dieser Hochebene? Das wäre ein perfektes Observatorium, wenn es etwas zu observieren gäbe. Aber hier ist ja nichts, gar nichts."

In der folgenden Nacht rasten sie an einem Ort, der Candido sehr gefällt. Ringsum wachsen Mangofrüchte, nach denen sie nur die Hand auszustrecken brauchen. Aber sie will nicht. Sie will nicht, daß ihre Tochter diese Schweinereien ißt, von denen man nie wisse, ob sie giftig seien oder nicht. Außerdem habe sie genug von den Schlangen, überhaupt von dem ganzen Viehzeug: Sie brauche keine Stiefel, sondern einen Taucheranzug, überall sei sie zerstochen.

„Und deine Tochter, hast du dir schon mal deine Tochter angesehen? Das reinste Nadelkissen! Natürlich weint sie nicht, ja und, was heißt das schon? Sie hat wahrscheinlich den Charakter ihres Vaters geerbt!"

Am nächsten Morgen murrt, flucht und schimpft sie in einem fort. Halb Brasilien habe sie zu Fuß durchquert, ob er sich dessen überhaupt bewußt sei?

„Ich hab' genug, Cavalcanti. Du führst uns in die Irre. Ich bin überzeugt, daß du dich verirrt hast. Deine Geschichte war nur ein Witz. Du hast sie nur erfunden, damit ich mitkomme. Das soll ein Weg sein? Daß ich nicht lache. Hier sind höchstens ein paar Nashörner durchgekommen."

„In Brasilien gibt es keine Nashörner."

„Was weißt du denn schon? War außer dir schon mal jemand auf dieser verfluchten Hochebene? Ich habe ein Buch von Conan Doyle gelesen, da haben Tiere aus der Urzeit ganz ungestört auf so einem Ding gelebt wie dem, auf dem wir hier rumspazieren. Warte nur ab, bis uns der erste Dinosaurier, Triceratops oder Gigantopithecus über den Weg läuft!"

Puxa vida, wo hat sie nur diese Namen her?

„Dieser Weg stammt nicht von Menschen. Und das sind keine Markierungssteine, meiner Meinung nach hat hier ein achthundert Meter langer Tyrannosaurier im Vorbeigehen Aa gemacht, und mit der Zeit ist es versteinert! Und wenn das eine Kathedrale sein soll, dann ..."

Vor ihnen erhebt sich ein gotischer Bau aus gleichmäßig gehauenen

Steinen. Das gewaltige Portal erinnert an manche Kirchen in Ouro Preto.

Und der Einsiedler fragt sie:

„Wollen Sie etwas trinken?"

„Ich habe Ihre Schüsse gehört", sagt der Einsiedler. „Ich gebe zu, daß mich das ein wenig neugierig gemacht hat. Also bin ich Ihnen entgegengegangen. Haben Sie mich bemerkt?"

„Sie sind ungefähr zwanzig Meter links von uns in Deckung gegangen. Sie müssen uns gefolgt sein, seit wir in den Wald eingedrungen sind", meint Candido.

Der Eremit lächelt:

„Stimmt genau. Zwei Frauen, zwei junge Männer, ein Kind und ein Pferd."

„Und eine der Frauen hat ununterbrochen geredet", fügt Candido hinzu.

„Gilt diese Anspielung mir, Cavalcanti?"

Candido und der Einsiedler grinsen sich an. Candido ist sehr froh über seine Begegnung mit dem Einsiedler. Es ist genau wie im Grimmelshausen. Nur daß er im Gegensatz zu Simplicius Simplicissimus schon lesen und schreiben kann. Im übrigen ist der Einsiedler genauso, wie man sich einen Einsiedler vorstellt: sehr alt, mindestens sechzig, groß und hager mit einem weißen Bart. Und die Füße wäscht er sich wohl auch nur ganz selten, einmal im Jahr vielleicht, mehr wäre zwar besser, aber egal, der Doktor ist auch immer ein bißchen schmuddelig, und trotzdem weiß er alles.

Der Einsiedler führt sie in seine Reducción. Jesuiten aus Paraguay, die sich vor zweihundertfünfzig Jahren hier niederließen, haben sie erbaut. Sie scharten die Indianer um sich, unterwiesen sie im Ackerbau und brachten ihnen eine Menge anderer Dinge bei, wofür sie ihnen im Gegenzug das Evangelium andrehten und schließlich die ganze Gegend in Besitz nahmen – so hat es ihm zumindest der Doktor erzählt, aber der ist im allgemeinen ziemlich kirchenfeindlich.

„Sie sind kein Brasilianer." Bolivianer, sagt der Einsiedler. Vor gut vierzig Jahren habe er als kleiner Straßenräuber Züge und Banken überfallen und dabei drei oder vier Polizisten getötet, und einige andere Männer. Schließlich habe man ihn von allen Seiten gehetzt, und so sei er zusammen mit seiner Frau geflohen. Seine Frau sei aber bei der

Durchquerung der Llanos do Moxo umgekommen. Daraufhin habe er sich aus lauter Kummer für immer in diese Reducción geflüchtet.

„Haben Sie Butch Cassidy und Sundance Kid gekannt?" fragt Samantha.

„Ich habe nie von ihnen gehört", sagt der Einsiedler.

„Die beiden haben auch Postämter und Züge in Bolivien überfallen. Sie haben sich umgebracht, als man sie gefaßt hat."

Er führt sie durch seinen Besitz. Das gewaltige Portal ist acht Meter hoch und führt in einen Innenhof, in dem eine Kapelle steht, die mindestens sechzig Personen Platz bietet. Sie durchqueren ein ehemaliges Refektorium, Küchen, dann ein großes Arbeitszimmer mit rund hundert Büchern – zweifellos das des Klostervorstehers – und gelangen schließlich zu einer Reihe von Zellen, insgesamt acht. Auf der Rückseite des Gebäudes befinden sich drei große Werkstätten, ein Pferdestall und ein hübscher gepflegter Garten mit einem Sandsteinbassin, das von einer Quelle gespeist wird.

„Gefällt Ihnen meine Einsiedelei, Candido?"

„Ihre Räubergeschichte stimmt doch nicht, oder?"

Der Einsiedler bricht in schallendes Gelächter aus:

„Kein Wort. Ich war Goldsucher. Zufällig bin ich auf diese Reducción gestoßen, ich habe mich hier eingelebt, und eines schönen Tages bin ich einfach hiergeblieben. Das ist jetzt rund dreißig Jahre her."

„Haben Sie Gold gefunden?"

„Ich mache mir nicht mehr viel daraus. Dafür, daß Sie meine Lüge so schnell durchschaut haben, sind Sie noch recht jung. Ich hatte drei oder vier Indianerfrauen, aber inzwischen komme ich auch ohne aus. Hat Sie das Gold hierhergelockt?"

Candido betrachtet das Bassin und antwortet nicht sofort.

„Ich glaube nicht einmal, daß Sie Bolivianer sind", sagt er endlich. „Sie reden Spanisch, aber nicht wie ein Bolivianer. Auch nicht wie ein Argentinier."

Der Einsiedler erklärt, er sei Engländer: Er habe in Oxford Archäologie studiert, dann sei er losgezogen und habe sein Eldorado gesucht, ein Eldorado aus Steinen, nicht aus Gold. Jahrelang sei er durch die Anden geklettert, ohne etwas Interessantes zu entdecken ...

Candido sagt einen Gedichtanfang auf.

„*The Leech-Gatherer* von William Woodsworth", sagt der Einsiedler lächelnd. „Zum Teufel, wieviel Sprachen sprechen Sie eigentlich?"

Sie setzen sich auf den Beckenrand. Im Gebäude hört man Samantha und Eglantina lachen. Ein tiefes, fast wehmütiges Gefühl von Frieden überkommt Candido.

Und so beginnt er, die Geschichte des Jaguars zu erzählen. Er läßt keine Einzelheit aus. Nichts drängt ihn, sie haben alle Zeit der Welt.

Jedenfalls bis morgen.

„Sie ist so gut wie meine Räuberpistole“, bemerkt der Einsiedler. „Fast noch besser.“

„Das glaube ich gern“, sagt Candido.

Und dann verrät er, was er jetzt vorhat.

„Selbstverständlich nur, wenn Sie damit einverstanden sind.“

Schweigen.

„Ich persönlich sehe da keine Schwierigkeiten“, sagt der Einsiedler endlich. „Es würde mir sogar Spaß machen, wieder einmal Englisch zu reden. Aber erstens stellt sich das Problem, ob Sie überhaupt genügend Vertrauen in mich haben. Vielleicht bin ich in der Einsamkeit ein bißchen verrückt geworden.“

„Draußen gibt es mehr Verrückte“, sagt Candido. „Und das zweite Problem?“

„Ihre Gefährtin. Ich habe sie reden hören, seit ich Ihnen gefolgt bin. Sie ist nicht der Typ, der alles mit sich machen läßt.“

„Nein, in der Tat.“

Léopoldas Stahlröcke hochzuheben wäre dagegen ein Kinderspiel gewesen, denkt Candido. Bis an sein Lebensende wird er sich fragen, warum sie in Berlin so schnell ja gesagt hat.

„Kommen Indianer zu Ihnen?“

„Von Zeit zu Zeit.“

„Welche Sprache sprechen sie?“

„Borôro. Kennen Sie die Sprache?“

„Mehr oder weniger.“

„Die Indianer könnten Ihnen helfen“, stellt der Einsiedler fest. „Wenn es Ihnen gelingt, sie aus der Hängematte zu locken. Es ist Zeit für meinen Tee, ich hoffe doch, Ihre kleine Reisegruppe leistet mir Gesellschaft. Ich backe recht ordentliche Muffins aus Maniokmehl. Und meine Mangabeiramarmelade ist auch nicht zu verachten.“

Sie stehen auf und gehen durch den großen, von einer Mauer umsäumten Garten zum Gebäude zurück.

„Kurz vor meiner Abreise aus England habe ich einer gewissen Miss Edith Alicia vorgeschlagen, mit mir durch die Anden zu klettern“, nimmt der Einsiedler das Gespräch wieder auf, „und mich eventuell zu heiraten. Sie hat abgelehnt. Ich hätte darauf bestehen sollen. Hatten Sie auch schon Schwierigkeiten dieser Art?"

„Eben nicht", sagt Candido. „Und mir ist absolut schleierhaft, warum eigentlich nicht."

Der Einsiedler bleibt stehen und zieht an einer Schnur, die an der Mauer herunterhängt.

„Ich läute immer zum Tee. Ich will nicht indiskret sein, aber wie wollen Sie es ihr beibringen?"

„Sie sind überhaupt nicht indiskret. Seit zwei Tagen frage ich mich das. Seit dem Augenblick, als ich den Entschluß gefaßt habe. Es wird nicht einfach. Am Ende werde ich einfach losgehen, ohne ihr etwas zu sagen."

„Und ich habe das zweifelhafte Vergnügen, es ihr beizubringen?"

„Ich fürchte, ja", meint Candido.

„Ich werde es überleben", sagt der Einsiedler.

Er rennt.

Du rennst und zählst bis zweitausend, dann gehst du und zählst bis tausend, dann rennst du wieder und so weiter. Das beschäftigt dich und verhindert, daß du jetzt zu sehr an Samantha denkst. Die Glocke vorhin hast du zwar gehört (du warst gerade bei dreiundvierzigtausend und ein paar Zerquetschten), aber woher willst du wissen, daß sie dich zurückrufen wollte? Vielleicht hat der Einsiedler nur zum Frühstück geläutet.

Er will in sieben oder acht Stunden den Teil der Hochebene überqueren, für den sie auf dem Hinweg anderthalb Tage gebraucht haben. Im Morgengrauen hat er sich davongestohlen – Samantha schlief noch tief und fest. Gewissensbisse quälten ihn, und er empfand eine dumpfe Angst, unbegreiflich und unbegründet. Was soll das? Wegen des Einsiedlers brauchst du doch keine Angst zu haben. Niemand auf der Welt weiß, wo die Reducción liegt, außer denjenigen, die darin wohnen, dir selbst und ein paar Indianern, deren Sprache niemand versteht. Du machst dir wegen nichts und wieder nichts Sorgen.

Gegen Nachmittag erreicht er die flachen Felsen am Wasserfall. Er steigt die Spalte hinab – nach ihnen ist niemand hier durchgekommen, seine Markierungen sind noch alle da, unbeschädigt.

Der kleine See. Hier findet er Fußspuren. Jemand hat vor dem Aufstieg gestanden, hat aber den Eingang nicht entdeckt und ist wieder umgekehrt.

Endlich gelangt zu der Schneise, die der Trupp mit den Macheten geschlagen hat. Der Karren ist fort. Sie haben ihn mitsamt den Vorräten mitgenommen.

Bis Sonnenuntergang hat er nach seiner Schätzung weitere sechs bis sieben Kilometer zurückgelegt: Sie haben drei Tage Vorsprung, aber du kannst ihre Schneise nutzen und kommst viermal so schnell voran wie sie.

Du könntest sie morgen einholen. Es sei denn, du wählst einen anderen Weg.

Na gut: Der Guaporé, dessen rechtem Ufer sie folgen, ist hier kaum dreißig Meter breit. Man kann ihn fast trockenen Fußes überqueren. Überall ragen Felsen und rote Sandbänke aus dem Wasser.

Treibsand!

Geistesgegenwärtig streckt er Arme und Beine weit von sich und späht aus den Augenwinkel nach etwaigen Kaimanen, die auf Beute lauern: Du hast nicht einmal ein Gewehr bei dir. Die Kaimane im Mato Grosso werden glauben, du nimmst sie nicht ernst – zumal du schon drei oder vier von ihnen verspeist hast und sie womöglich nachtragend sind.

Er kriecht vorwärts, dann zieht er sich an einer Art Mangobaum heraus. Die Nacht verbringt er oben im Geäst. Notgedrungen, denn unter ihm halten die Kaimane eine Versammlung ab. Mit einem Riemen, den er sich vom Einsiedler geborgt hat, bindet er sich das Handgelenk fest und kaut Maniokmuffins. Er tut kaum ein Auge zu. Beim ersten Sonnenstrahl nimmt er Reißaus, und eine Stunde später setzt er den Fuß auf einen Urwaldpfad. Selbst Samantha müßte zugeben, daß es ein Pfad ist: Die Abdrücke nackter Füße sind deutlich zu erkennen.

Gegen Mittag erreicht er das Borôro-Dorf. Es liegt am Ufer eines Flusses. Dreißig Seelen zählt diese kleine Welt, und alle sind nackt wie am ersten Tag:

„Ich bin der Jaguar und ein Freund von Tapi, der dort im Süden wohnt."

Sie sind erstaunt, daß jemand Borôro spricht. Es folgt ein zweistündiges Palaver. Ja, natürlich hätten sie die Marschkolonne gesehen, aber diese Männer würden sowieso alle im Wald sterben, wozu sich also Sorgen machen? Sie, die Borôros, hätten gerne drei oder vier mit Pfeilen erlegt und verspeist, doch leider seien es zu viele gewesen. Candido mißfällt die Art, wie sie ihn ansehen. Er zieht seinen letzten Trumpf: Der Einsiedler werde sie mit seinem Todesstrahl vernichten (ein Fernrohr), wenn sie ihn nicht unterstützten.

Fünf Minuten später sitzt er in einer Piroge und atmet auf. Trotzdem hat er sich so gesetzt, daß er die beiden Paddler im Auge hat.

Ohne besondere Anstrengung lassen sie sich mit der Strömung treiben. Nach Norden also. So hofft er jedenfalls.

„Ich bin es, Clovis. Bring mich bitte nicht um."

Der ehemalige Straßenbahnfahrer bleibt lange mit offenem Mund stehen. Endlich läßt er seine Machete sinken:

„Wo kommst du denn her?"

Candido hat sie bereits seit über einer Stunde näherkommen hören. Ihr Tempo ist erschreckend, wenn man bedenkt, welch langer Weg noch vor ihnen liegt. Allein schon der Rhythmus der Machetenhiebe verrät ihre Müdigkeit und Erschöpfung.

Weitere Männer erscheinen. Und ein Gemurmel entsteht, springt von Mann zu Mann, durchläuft die ganze Kolonne: Der Jaguar ist wieder da.

„Wo sind Samantha und deine Tochter, Candido? Und Eglantina?"

Candido lächelt. Seit sechs Stunden wartet er schon hier, einige Meter neben dem Guaporé. Die Indianer haben die Kolonne in der Nacht überholt. Die Lagerfeuer waren nicht zu übersehen. Sie haben ihn hier abgesetzt und sind dann zurückgepaddelt. Aber sie haben ihn nicht verspeist. Die alten Bräuche werden nicht mehr gepflegt.

Wenigstens hat er schlafen können: in den Poncho gewickelt und zusammengerollt in der Hängematte. Und dort liegt er auch jetzt noch.

Gib doch zu, daß du etwas dick aufträgst, Candido Stevenson. Du tust so lässig, doch im Grunde bist du ziemlich stolz darauf, daß dir die Überraschung gelungen ist. Von vier Tagen haben sie dich verloren, und jetzt schaukelst du hier zwischen zwei Bäumen, direkt auf ihrer Route.

Die Kolonne hat angehalten. Die Männer sacken zusammen. Sie tragen wilde Bärte, ihre fiebrigen Augen sind rot vor Anstrengung.

„Sag ihnen, sie sollen sich nicht einfach irgendwo hinsetzen, Clovis. Sonst haben sie bald ein Dutzend Sandflöhe unter der Haut."

„Die haben sie bereits. Und ich auch. Wie hast du das geschafft?"

Eine ausgemergelte Gestalt bahnt sich schwankend einen Weg zu ihnen. Leite Abade. Fieber quält ihn, er macht es nicht mehr lange.

„Was treibst du hier, Cavalcanti?"

„Ich bin zurückgekommen, sonst nichts."

„Wo warst du?"

„Wir Jaguars spazieren durch den Wald, wie es uns gefällt."

„Wo sind die beiden Frauen und das Mädchen?"

„In der Höhle des Jaguars. Abade, ihr kommt hier nicht lebend heraus, wenn ihr so weitermacht."

Leite Abade lehnt sich an einen Baumstamm, gleitet zu Boden und sinkt in sich zusammen. Seine Hände sind zerschnitten und bluten. Manche Wunden gehen bis auf die Knochen.

„Wie ist das passiert?" fragt Candido.

„Einer von uns hat durchgedreht und mit dem Beil um sich geschlagen", erklärt Clovis. „Wir mußten ihn erschießen."

Candido wühlt in seinem Beutel und holt Blätter heraus:

„Clovis, deine Männer sollen nach solchen Blättern suchen. Dort drüben sehe ich eine Baumgruppe. Ihr müßt sie kauen und dann wie ein Pflaster auf die Wunden legen. Sonst kriegt ihr Wundbrand. Abade, soll ich euch helfen, oder soll ich wieder gehen?"

„Wir kommen auch ohne dich aus."

„Ihr habt noch siebenhundertfünfzig Kilometer vor euch. Und das Schlimmste kommt noch. Wieviel Mann hast du noch?"

Etwa achthundert.

„Stellen wir ein für allemal klar", sagt Candido. „Niemand nennt mich mehr Jaguar. Ich bin kein Jaguar. Ich bin Candido Stevenson Cavalcanti. Wenn ihr meint, daß ihr mich nicht braucht, sagt es mir. Dann verschwinde ich, wie schon einmal. Wo ist Tasso Aranha?"

Tot.

„Ich möchte nicht euer Anführer sein, Abade. Ich will niemanden herumkommandieren. Ich bin nur zurückgekehrt, um euch zu helfen. Das ist alles. Ich werde keine Entscheidungen für euch treffen. Ich sage nur meine Meinung, und du entscheidest. Ich bin kein Revolutionär. Die Revolution kann mir gestohlen bleiben. Und ich habe gottlob noch nie jemandem die Kehle durchgeschnitten. Abade?"

„Einverstanden", sagt Leite Abade.

„Zwei Kilometer flußabwärts findet ihr Bäume. Meiner Meinung nach müßt ihr Flöße bauen. Die Kaimane sind nicht so gefährlich wie der Wald. Kaimane kann man wenigstens töten."

„Wo sind sie, Candido?"

„Nicht einmal dir kann ich das sagen, Clovis."

„Ist Lindolpho tot?"

„Warum soll er tot sein? Als ich ihn das letzte Mal sah, war er quicklebendig."

„Hast du hier in der Gegend wirklich einen Platz für dich allein?"

„Gewissermaßen."

„Und wir hätten nicht dorthin gehen können?"

„Es ist nur ein kleiner Schlupfwinkel, Clovis. Alle hätten darin keinen Platz. Ist dein Bruder Vivaldo Maria noch da?"

„Ich habe ihn vorgestern zuletzt gesehen. Er führt die Nachhut. *Meus Deus,* was sind das für Kerle?"

„Freunde von mir", antwortet Candido. „Borôro-Indianer. Sie helfen uns beim Floßbau. Clovis, ich begleite euch bis Guajara Mirim oder Porto Velho, das hängt ganz von den Umständen ab, aber danach verlasse ich euch."

„Und kehrst in deinen Schlupfwinkel zurück."

So ist es.

Fünf Tage brauchen sie, um genügend Flöße zu bauen. Einige Männer sterben an Schlangenbissen, viele erliegen einfach der Erschöpfung. Die kümmerliche Ernährung, das Fieber, die Insekten, der blutige Durchfall, das ständige Erbrechen, dazu die Verzweiflung und die Aussichtslosigkeit, jemals wieder in die normale Welt zurückzukehren, das alles setzte ihnen so zu, daß sie nicht mehr kämpfen wollen. Die meistens sterben, weil sie tief in ihrem Inneren mit dem Leben abgeschlossen haben. Es ist nicht unbedingt ein Vorteil, wenn man sich seiner Lage bewußt ist. Nur die Widerstandsfähigsten bleiben übrig. Und fast immer sind es gerade die einfachsten Menschen. Sie überleben wie Tiere. Der Doktor hatte recht.

Vielleicht erfindest du das alles nur, Candido Stevenson, all diese Lehren des Doktors, und zwar immer dann, wenn du ein bißchen zu tief in dich hineinhorchst.

... Genug, hör auf. Sonst glaubst du am Ende noch, daß der Doktor nie existiert hat oder daß du selbst der Doktor bist, nur in anderer Gestalt.

Alles spielt sich nur in deinem Kopf ab, glaube mir. Na gut: vielleicht nicht alles. Nur fünfundneunzig Prozent.

Mein Gott, es ist hart, die grüne Hölle zu durchqueren!

Candido hat jegliches Zeitgefühl verloren. Es ist schon eine Ewigkeit her, daß die Borôros sie verlassen haben: Anscheinend befanden sie sich nicht mehr auf ihrem Stammesgebiet. Sie behaupteten, die Indianer der anderen Stämme seien feindselig und heimtückisch – die Bösen, das sind immer die anderen.

Die Männer sterben wie die Fliegen. Die einen ertrinken – einige Dutzend lassen sich absichtlich ins Wasser fallen –, andere werden von Schlangen gebissen oder von den Kaimanen gefressen. Einige sterben von allein, andere fallen den Indianern in die Hände: Sie entfernen sich von dem Haufen oder hängen zurück und tauchen nie mehr auf. Es lohnt sich nicht, nach ihnen zu sehen. Das wäre nur Kraftvergeudung.

Am dreißigsten oder fünfundreißigsten Tag münden zwei Flüsse in den Guaporé. Nach der Karte könnte es sich um den Rio Blanco und den Rio Mamoré handeln. Allerdings weist die Karte große weiße Flekken auf, die Gebiete ausweisen, die noch niemand erforscht oder topographisch beschrieben hat. Beide Flüsse entspringen in Bolivien. In der Strömung treiben Holzkisten mit verwischten Aufschriften. Folglich müssen stromaufwärts Dörfer liegen, die nicht nur von Indianern bewohnt sind.

„Sind wir bald da, Candido?"

„Aber ja. Es ist nicht mehr weit."

„Aber wir sind doch immer noch auf dem Guaporé."

„Irrtum, das ist der Mamoré. Bis Guajara Mirim sind es höchstens noch hundertzwanzig Kilometer."

Erneut müssen sie an Land gehen: Zwei der Flöße drohen auseinanderzubrechen. Sie werden repariert. Abade kann kaum noch gehen. Die Wunden, die ihm der Mann mit dem Beil zugefügt hat, sind dank der Pflaster verheilt. Doch wie die meisten ist er von Zecken befallen, und das Fieber zehrt an seinem Körper, der mit eitrigen Entzündungen übersät ist.

„Dir scheint es gut zu gehen, Candido."

„Mir geht es auch sehr gut."

Er ist etwas abgemagert, er wiegt vielleicht siebenundfünfzig oder achtundfünfzig Kilo, aber sonst fühlt er sich noch recht kräftig. Und einigermaßen in Form. Er weiß zwar nicht, welche Zeit er über die zehntausend Meter laufen würde, aber der Finne Kokomanintruclaine müßte sich immer noch ranhalten.

Candido und Clovis haben soeben die Überlebenden gezählt: hundertneun, darunter neun Frauen und zwei Kinder. Ungefähr zehn Prozent der Truppenstärke beim Aufbruch. So viele hat Candido nicht erwartet.

Candido beobachtet mit dem Fernglas einen Jaguar am gegenüberliegenden Ufer beim Fischen. Einen echten. Er thront lässig auf einem gefällten Baumstamm, der über das Wasser ragt. Je nachdem, wie das Licht einfällt, leuchten seine Augen gelb oder grün, und sein Fell wirkt unter dem Blätterdach noch fleckiger als sonst. Der Kopf ist anmutig geneigt, die Ohren sind gespitzt. Reglos und geduldig liegt er auf der Lauer. Er scheint zu schlafen. Eine Pfote hängt im Wasser und bewegt sich langsam, kreist und verursacht einen kleinen Strudel.

Aus Freßlust wird ein dicker Fisch neugierig. Ein blitzschneller Tatzenhieb, eine Zehntelsekunde später schlagen die Krallen zu. Silbrig blitzt ein zappelnder Fisch auf.

Der Jaguar verspeist ihn bedächtig mit kleinen Bissen. Er liegt immer noch träge auf dem Baumstamm. Von Zeit zu Zeit unterbricht er die Mahlzeit, hebt den Kopf und sieht herüber. Das *Tapetum lucidum,* die Netzhautschicht, die das Sehvermögen bei Nacht verbessert, leuchtet kurz im Halbschatten auf.

Er sieht uns nicht, denkt Candido. So wie er auch keine Farben sieht. Für ihn ist alles schwarz-weiß, wie im Kino. Er sieht uns nicht, aber er nimmt uns wahr. Nicht nur mit dem Geruchssinn.

Mit dem sechsten Sinn.

Guajara Mirim. Ein wegen des häufigen Hochwassers erhöht gebauter Landungssteg, einige Hütten, ein kahler Platz, der sanft zum Wasser hin abfällt, eingestaubte gelbliche Bananenstauden, drei oder vier Schaulustige, ein Militärposten mit brasilianischer Flagge.

Es sind nicht zwölf, sondern nur sechs Soldaten. Der Unteroffizier, der das Kommando führt, ist verdutzt über all die Leute, die an Land gehen. Er hat weder von der Revolution noch vom Jaguar gehört:

„Und Sie haben den Mato Grosso auf dem Guaporé durchquert?"

Er kann es nicht glauben. Abade und Da Silva erörtern mit ihm die Möglichkeiten, Porto Velho, den Amazonas und Manaus oder wenigstens Santarem zu erreichen, und gleichzeitig beantworten sie die Fragen, die er ununterbrochen stellt.

„Verläßt du uns jetzt, Candido?" fragt Clovis.

„Ja."

„Ohne dich hätten wir es niemals bis hierher geschafft."

„Jedenfalls danke ich dir, daß du das sagst."

„Es ist meine Meinung."

Gut. Sehr schön. Aber er bezweifelt, daß er ihnen sehr nützlich war.

„Wenn ihr dem Fluß folgt", sagt Candido, „kommt ihr automatisch in der Nähe von Manaus zum Amazonas. Was ihr dann macht, ist euer Problem, ich halte mich da raus. Aber noch seid ihr nicht dort."

„Es gibt Dampfschiffe, die den Fluß hinauf- und hinunterfahren. Und Dörfer. Kein Vergleich zu dem, was hinter uns liegt. Wir werden neuen Mut schöpfen. Sehen wir uns wieder, Candido?"

Candido hat keine Ahnung. Es würde ihn allerdings wundern.

Er will eine Nacht hier schlafen und dann zurückkehren. Nicht auf demselben Weg. Einen Fluß hinunterfahren mag ja angehen, aber ihn wieder hinaufpaddeln, das ist etwas anderes. Nein, er wird den Weg über die Serras nehmen. Früher oder später wird er auf die Serra dos Parecis stoßen ...

Und auf eine Samantha, die nicht gerade erfreut sein wird. Es wird sicher wieder acht bis zehn Tage dauern, bis er sie beruhigt hat.

„Dom Candido Cavalcanti?"

Der Unteroffizier hat ihn eingeholt, als er gerade den Kramladen des Ortes betreten wollte, um sich mit etwas Geld, das ihm Clovis ohne Aussicht auf Rückerstattung aus der Revolutionskasse geliehen hat, zwei Hemden und eine Hose zu kaufen.

Mein Gott, das darf nicht wahr sein!

Der Unteroffizier überreicht ihm einen zerknitterten und von der Feuchtigkeit fleckigen Brief. Zwei Männer in einem Motorboot hätten ihm den Brief vor Wochen anvertraut.

„Können Sie sie mir beschreiben?"

(Ihre Namen würden mir zweifellos nichts sagen, sie haben sie bestimmt geändert.)

Der Unteroffizier beschreibt die beiden Männer: Einer sei sehr groß gewesen, ein Riese, der andere kleiner, mittelgroß sozusagen, mit blonden Haaren, Brille und ... Der Unteroffizier zögert. Er findet nicht die richtigen Worte.

„Und seine Hände bewegen sich wie von allein", sagt Candido. „Er sieht sie nie an. Sie machen alles mögliche, beispielsweise spalten sie ein Stück Holz mit einem großen Messer. Sie wirken wie Tiere, die ein Eigenleben führen."

„Genau das meine ich", bestätigt der Unteroffizier.

Der Berg und Otto Krantz.

In gewisser Weise kannst du dir auf das Vertrauen, das sie in dich haben, etwas einbilden, Candido Stevenson: Sie waren überzeugt, daß du den Mato Grosso durchqueren würdest.

Er reißt den Brief auf und liest.

Das ist ja Wahnsinn, geh nicht hin!

Du mußt völlig verrückt sein, daß du da hingehst.

Sei still und paddle. Irgendwann mußt du die Sache zu Ende bringen. Oder willst du dich bis an dein Lebensende fragen, wo die Krallen des Jaguars stecken und was sie anstellen?

Er paddelt nicht richtig. Er taucht nur von Zeit zu Zeit das Paddel ein, mal links, mal rechts, um die Piroge, die er in Guajara Mirim gestohlen hat, wieder auszurichten. Er hat sich während der Nacht heimlich davongemacht, nicht einmal Clovis hat er Bescheid gesagt: Natürlich werden sie morgen früh sein Verschwinden bemerken, aber sie werden es seiner Ungeduld zuschreiben, in seinen Unterschlupf zurückzukehren und Samantha wiederzusehen. Und die Liste mit den Abenteuern ihres verdammten Jaguars wird um ein geheimnisvolles Verschwinden länger sein. Freut es dich, daß du ein Mythos bist, Candido Stevenson? Nein, nicht besonders. Lieber würde ich in Samanthas Armen liegen. Aber sieh mal, das eine schließt das andere doch nicht aus: Du kannst ein Mythos sein und dich zugleich der Schmuserei des Jahrhunderts hingeben. Aber ich will kein Mythos sein, nur ein friedlicher Candido, ich will ein ruhiges Leben führen ...

Wann hörst du endlich auf, den Hanswurst zu spielen und Selbstgespräche zu führen? Du bist mutterseelenallein.

Für einen Moment wollte er Clovis und Vivaldo Maria bitten, ihn zu begleiten. Sie hätten ihm bestimmt gerne geholfen. Aber nicht einmal Clovis und Vivaldo Maria vertraut er bis ins letzte. Besser läßt er sie in Frieden.

Geräuschlos gleitet er durch die Nacht.

Niemand hat mich gesehen, als ich mich aus Guajara Mirim davongestohlen habe, niemand sieht mich jetzt, niemand weiß, wohin ich fahre. Es sei denn, der Unteroffizier hat den Brief geöffnet und gelesen. Aber das würde mich wundern, er sieht nicht aus wie jemand, der Briefe öffnet. Würde mich wundern, wenn er überhaupt etwas liest.

Beim ersten Morgengrauen versteckt er die Piroge unter dem Blätterdach und ißt in seinem Versteck von dem Proviant, den er im Kramladen gekauft hat. Er döst vor sich hin, achtet aber darauf, ob jemand den Fluß hinunterfährt.

Niemand.

Auch am zweiten Tag läßt sich niemand blicken. Nur ein kleines Dampfboot, das Lebensmittel den Madeira hinauf transportiert. Und durch das Fernglas entdeckt er kein bekanntes Gesicht unter den Passagieren.

In der dritten Nacht, kurz vor Sonnenaufgang, als er gerade ein Versteck für den kommenden Tag sucht, entdeckt er ein Feuer. Dort sind Menschen. Ohne Zögern bringt er das Boot mit kräftigen Paddelschlägen in die Flußmitte. Obwohl die Strömung an manchen Stellen sehr stark ist, gelangt er ans andere Ufer und landet achthundert Meter stromabwärts von dem Punkt, den er ansteuern wollte. Er findet ein passendes Versteck für die Piroge und vergräbt sie buchstäblich unter Schlamm und Blättern. Man muß schon darüberstolpern, um sie zu entdecken.

Er dringt zweihundert Meter in den Wald ein, in dem viele wilde Heveabäume wachsen. Beim ersten Anzeichen eines Pfades bleibt er stehen und kauert sich nieder. Der Tag bricht an, und wenige Minuten später kommen rund dreißig Männer und Frauen vorüber. Indianer. Sie tragen kleine Hacken und Eimer bei sich, wie sie bei den Kautschukzapfern, den Seringueiros, gebräuchlich sind.

Hier stehen zu viele Heveas. Er entfernt sich, ohne eine Spur zu hinterlassen. Schließlich findet er einen ruhigen Platz. Er hängt die Hängematte auf, wickelt sich in den Poncho und schläft ein.

Er hat den Wortlaut des Briefes, den ihm der Unteroffizier überreicht hat, noch genau im Kopf. Er muß ihn nicht noch sechsunddreißigmal lesen. Auf einem der beiden Blätter wird das Ziel angegeben. Das andere stammt vom Doktor, ist aber undatiert:

Candido, mein junger Freund, kommen Sie, ich flehe Sie an. Alles kann noch gut werden.

Und die Unterschrift.

Rede dir nicht ständig ein, daß es nur eine Falle ist und daß nicht die geringste Chance besteht, daß der Doktor dich hier irgendwo in der grünen Hölle erwartet.

Das Gewehr, das ihm Clovis gegeben hat, ist eine Lee-Enfield Magazine Rifle Mk. III. Mit einem Magazin für sechs Patronen (die müssen ihm reichen). Afonka Tschaadajew hat ihm in Petrograd das Originalmodell vorgeführt und seine Vorzüge gepriesen. Dieses hier ist anders: Man hat den Lauf verkürzt, um es handlicher zu machen, und den Abzug mit einem Stecher versehen. Eine starke und schwere Waffe.

Er drückt sie an sich.

Bei Einbruch der Dunkelheit kehren die Kautschukzapfer in ihr Dorf zurück. Er gibt ihnen einen kleinen Vorsprung, dann folgt er ihnen heimlich.

Er schleicht sich bis auf dreißig Meter an die Feuer heran und zieht das Fernglas heraus. Etwa fünfzig Indianer, unbewaffnet. Sie haben nicht einmal Bogen oder Blasrohre. Ihre Gesichter sind trübsinnig, abgestumpft. Sie sprechen wenig und mit leiser Stimme. Sie wirken wie Gefangene, die man zu lebenslänglich verurteilt hat und die unter der Last der Resignation jeden Funken Hoffnung verloren haben. Warum fliehen sie nicht in den Wald?

Er läßt das Fernglas langsam weiterwandern. Runde flache Gesichter, nackte Körper, blutige Striemen von Peitschenhieben, abgehackte Hände ...

Abgehackte Hände?

Er zählt: Mindestens sechs Männern und zwei Frauen fehlt eine Hand. Drei Männer und eine Frau haben überhaupt keine Hände mehr. Um Faulenzerei zu unterbinden, führen manche Seringueiros, die Indianer für sich arbeiten lassen, ein abgestuftes System von Strafen ein: Um ein Exempel zu statuieren, hacken sie eine Hand ab, im Wiederholungsfalle auch die andere, oder sie bestrafen den Betreffenden mit dem Tod.

Dieser Dom Venancio Carneira, zu dem ich unterwegs bin, muß ein großmütiges Herz haben. Ich liebe ihn schon jetzt.

Er geht weiter, bleibt aber auf dem Pfad. Nach zwei Kilometern gelangt er auf die Estrada, den breiten Weg, der die Sammelgebiete miteinander verbindet.

Ein Haus kommt in Sicht, siebenhundert Meter schräg links vor ihm.

Für alle Fälle dreht er in sicherer Entfernung ein Runde um das Gebäude, das auf zwei Meter hohen Pfählen ruht. Es ist nicht allzu groß: Es hat nur ein Stockwerk mit einem halben Dutzend Zimmern. Daneben stehen ein Schuppen mit den Wannen, in denen das Latex geräuchert wird, und eine Hütte, in der vermutlich die Vorarbeiter schlafen, und die Diener, falls es welche gibt.

(Später, vor allem in der Großen Stille, wird er es bereuen, daß er in diesem Moment nicht bis zur Anlegestelle am Rio Madeira gegangen ist.)

Doch was er mit dem Fernglas in rund vierhundert Metern Entfernung zwischen den Bäumen entdeckt hat, fesselt ihn zu sehr. Auf einer von Petroleumlampen erleuchteten Veranda sitzen fünf Personen. Sie trinken und plaudern miteinander.

Laß dir Zeit.

Er prüft ein Gesicht nach dem anderen. Sie sind alle versammelt: Stepa Onegin, Matriona, der Wandelnde Berg und der liebe Otto Krantz, dazu ein fünfter Mann, höchstwahrscheinlich dieser Venancio Carneira: Er ist dick und hemdsärmelig und trägt Reithosen, die in hohen Stiefeln stecken. Eine Peitsche liegt griffbereit neben ihm, in seinem Gürtelhalfter steckt ein Revolver.

Und Afonka? Wo ist Afonka Tschaadajew?

Eine indianische Dienerin pendelt unablässig zwischen dem Inneren des Hauses und der Veranda. Candido folgt ihr einige Minuten lang mit dem Fernglas. Er bemerkt, daß die Fenster aus einfachen Öffnungen bestehen und weder Rahmen noch Flügel haben. Undeutlich erkennt er die Moskitonetze über den Betten.

Er verändert seinen Standort ein wenig. Jetzt hat er drei Viertel der Rückseite des Hauses im Auge, dazu einen kleinen Teil der Veranda und Stepa Onegin.

Zehn Minuten später hat er sich für einen Weg entschieden: Keine Falle weit und breit. Es geht fast zu glatt, Candido Stevenson.

Er pirscht sich heran, Meter um Meter, die Lee-Enfield in der Armbeuge. Endlose Minuten vergehen, bis er sich überzeugt hat, daß in dem kleinen Stall nur ein halbes Dutzend Pferde steht. Und wieder braucht er viel Zeit, bis er die vor ihm liegenden zweihundert Meter zurückgelegt hat. Dann endlich ist er unter dem Haus. Er kann deutlich verstehen, was gesprochen wird: Mit seiner bedächtigen Stimme erzählt Stepa Onegin eine Geschichte, die sich vor zwei Monaten in Belém zugetragen hat, eine Frauengeschichte.

Candido zieht sich am Fenster hoch. Vorsichtiges Tasten. Er will sichergehen, daß er beim Einsteigen keinen Alarm auslöst.

Dann steht er im Zimmer. Ein behelfsmäßiger Stuhl mit einem Koffer darauf, ein Bett und eine Wäscheleine, an der ein Frauenrock – Matrionas? – zum Trocknen aufgehängt ist. An einem Nagel in der Holzwand hängt ein elegantes Reisenecessaire aus Juchtenleder mit den Initialen M. R. – es ist tatsächlich Matrionas Zimmer.

Er tritt in den Gang hinaus. Ein Blick nach rechts: Fünf Meter entfernt sitzt Otto Krantz. Er dreht ihm den Rücken zu, eine Zigarette zwischen den Fingern der linken Hand.

Candido öffnet eine Tür nach der anderen ...

Übrigens, Otto, Candido der Jaguar steht direkt hinter dir, wenn du dich umdrehst, siehst du, wie seine hübschen grünen Augen dich anstarren.

... und schlüpft in das nächstbeste Zimmer: Die Dienerin kommt. Er hört, wie sie auf die Veranda hinausgeht, und verläßt das Zimmer wieder. Er beendet die Besichtigung.

Nichts Bemerkenswertes. Das hätte er sich denken können.

Der Doktor ist niemals hier gewesen. (Wirklich daran geglaubt hast du sowieso nie, aber gehofft hast du es schon, gib es zu.)

Jetzt zur Hütte.

Die Tür neigt etwas zum Quietschen. Er braucht gut vier Minuten, um die Tür zu öffnen. Er vernimmt den Atem zweier Schläfer. Die Hütte ist nicht groß. Ein Leintuch, das von der Decke herunterfällt, unterteilt das Innere in zwei Schlafräume und soll wohl etwas Privatsphäre schaffen. Ein Schlafraum ist leer, im anderen liegen ein Mann und eine Frau – ein Mischling und eine Indianerin. Beide sind nackt und schlafen mit offenem Mund. Die Hand der Frau liegt auf dem Unterleib ihres Gefährten.

Wo ist der zweite Mann, der sonst in dem anderen Raum schläft?

Vielleicht hat er Urlaub. Oder er erkundet, ob der Jaguar endlich der grünen Hölle entronnen ist ...

Candido versetzt dem Mann einen Kolbenhieb an die Stirn. Die Frau schreckt hoch. Er hält ihr den Lauf der Lee-Enfield vor das Gesicht:

„Pst."

Er wartet und lauscht, ob die Leute auf der Veranda etwas bemerkt haben. Zwei Minuten. Er kann auch Stunden warten, wenn es sein muß.

Durch Zeichen bedeutet er der Frau:

„Feßle ihn."

Mit leiser Stimme probiert er die fünf oder sechs Indianerdialekte durch, die er kennt. Keine Reaktion: Entweder versteht sie ihn nicht, oder sie ist strohdumm. Aber schöne Brüste hat sie, das muß man ihr lassen. Sie ist höchstens vierzehn, und das ist eher noch großzügig geschätzt.

Als sie fertig ist, lächelt er sie an und gibt ihr durch neuerliche Zeichen zu verstehen, daß sie sich mit dem Bauch auf das Bett legen soll. Er fesselt sie und steckt ihr den Fetzen eines alten Hemdes in den Mund. Anschließend knebelt er auch den Mann, der immer noch bewußtlos ist. Hoffentlich habe ich ihn nicht getötet, denkt Candido, aber ein großer Verlust wäre es nicht.

Auf der Veranda sitzen nur noch vier Personen. Venancio Carneira fehlt ... kommt aber gleich darauf mit einer frischen Flasche Cachaça zurück und fährt mit seiner unverständlichen Geschichte von zwei Mulattinnen fort, die sich wie Schwestern glichen und ...

Candido entfernt sich von dem Haus. Hundertfünfzig Meter. Kaum ist er wieder in Deckung, kauert er sich nieder und beobachtet sie.

Da sitzen sie nun friedlich beisammen, haben sich den Bauch vollgeschlagen und strecken die Beine von sich. Und bestimmt haben sie schon ein ordentliches Quantum Cachaça intus. Sie haben dich bis in deine Heimat verfolgt, Tausende von Kilometern weit, und nur weil es ihnen *der andere* befohlen hat. Zähle lieber nicht zusammen, wieviel Menschen sie umgebracht haben, du würdest die ganze Nacht dazu brauchen, diejenigen nicht mitgezählt, von denen du nichts weiß und die man dir ebenfalls anlasten wird. Am Ende finden sie noch Gefallen an dem geruhsamen Leben in Brasilien. Ab und zu schneiden sie jemanden in Stücke, und in der übrigen Zeit machen sie Ferien. Hier ist das Leben für sie bestimmt angenehmer als in Rußland, wo man sie aus irgendeinem unklaren Grund bereits ins Gefängnis geworfen oder erschossen hätte.

Gut.

Er richtet sich auf, legt an und schießt. Die Kugeln folgen so schnell aufeinander, wie er abdrücken kann.

Stepa Onegin, Nummer eins.

Otto Krantz, Nummer zwei.

Der Wandelnde Berg ...

Aufgepaßt, du hast ihn nur verwundet. Er hat sich zu sehr bewegt und dann zu Boden geworfen, der gerissene Kerl. Jetzt kommt er auf dich zugerannt. Und außerdem feuert er aus einer Maschinenpistole.

Auch Venancio Carneira hat seine Waffe gezogen und eröffnet das Feuer.

Für die abgehackten Hände, Dom Venancio ...

Candido schickt seine vierte Kugel hinüber. Sie trifft den Mann mitten in die Stirn, wie zuvor Stepa Onegin und Otto Krantz.

Er legt auf Matriona an.

Nein. Das bringst du nicht fertig.

Er erhält einen Stoß gegen die linke Brustseite und geht für einen Moment zu Boden. Der Berg hat ihn erwischt. Er wird noch ein Sieb aus mir machen!

Der Riese ist jetzt nur noch zwanzig Meter entfernt, aber seine Waffe ist leergeschossen. Er wirft sie weg und rennt weiter.

Candidos fünfte Kugel zerschlägt ihm die Gurgel. Der Berg legt noch ein paar Meter zurück, dann stürzt er wie ein gefällter Baum zu Boden. Candido verläßt seine Deckung und schlägt einen Bogen um den Toten, ohne ihn eines Blickes zu würdigen. Er behält Matriona fest im Auge.

Eine kleine Pistole liegt in ihrer Hand. Er geht weiter. Fünfzig Meter vor der Veranda bleibt er stehen.

„Wo ist der Doktor?"

Sie betrachtet ihn mit unbewegter Miene.

„Wo ist er?"

„Ich habe nicht die geringste Ahnung", sagt sie schließlich.

„Ist er in Brasilien?"

„Ich weiß nicht."

„In Rußland?"

„Ich weiß nicht."

„Wer weiß es?"

„Stepa wußte es."

Cuidado, Candido Stevenson, das sagt sie nur, damit du für eine Sekunde die Augen abwendest.

Er rührt sich nicht.

„Versuchen Sie doch, mich zu treffen", sagt er.

„Sie haben nur noch eine Kugel."

„Stimmt."

„Afonka hatte uns gewarnt, daß Sie ein hervorragender Schütze sind, aber Stepa wollte ihm nicht glauben. Er hatte unrecht."

Töte sie, Candido Stevenson. Auch wenn sie eine Frau ist, das ändert nichts. Sie ist eine Kralle des Jaguars. TÖTE SIE!

Zehn Sekunden, Matriona läßt die Waffe fallen. Mit der Lee-Enfield im Anschlag legt er die fünfzig Meter zurück und steigt auf die Veranda.

Du mußt Matriona durchsuchen wie einen Mann.

„Zum Eingang und runter auf den Bauch, Arme und Beine auseinander."

Sie gehorcht. Wie schön sie ist!

Er untersucht die Taschen der drei Leichen.

Bei Otto Krantz findet er drei Pässe: einen deutschen, einen britischen und einen österreichischen, dazu Geld – etwa tausend Dollar – und ein Messer. Es steckt in einer Lederscheide, die er am Oberschenkel trägt. Eine zwanzig Zentimeter lange Klinge, scharf wie ein Rasiermesser. Sonst nichts.

„War das Carneira?"

„Ja."

Er durchsucht Carneira. Geld und Fotos von nackten Mulattinnen in ausgefallenen Stellungen.

Er durchsucht Stepa Onegin. Auch bei ihm Geld – fast zehntausend Dollar – und mehrere Pässe, insgesamt vier, einer davon ausgestellt auf den Namen Onegin, dazu Kreditbriefe verschiedener Banken in ganz Brasilien und ein kleines, in Leder gebundenes Notizbuch. Das Notizbuch steckt Candido in die Tasche.

Und einen dieser rätselhaften Jadesteine (in Brasilien gibt es keine Jade) in der vagen Form eines Fisches, eine Muiraquitã. Kenner behaupten, sie stammen aus der alten Zeit der Amazonen. Wo Stepa den Stein wohl gefunden haben mag? Onkel Ulisses sagte ihm immer, diese Steine seien mehr wert als die schönsten Smaragde.

„Wußten Sie, daß ich kommen würde?"

„Stepa wußte es."

„Stehen Sie auf und kommen Sie mit. Und keine abrupten Bewegungen."

Sie betreten den Flur. Wie immer trägt sie völlig unpassende Schuhe, die sich besser für ein Grandhotel in Rio, London oder Paris eignen würden.

„Ich habe verstanden", antwortet sie.

Etwas in Matrionas Stimme beunruhigt Candido. Er macht auf dem Absatz kehrt und ist mit zwei Sätzen wieder auf der Veranda.

Soldaten umzingeln das Haus.

So schnell ist er noch nie gerannt. Er setzt über die Brüstung der Veranda, rollt sich auf dem dichtbewachsenen Boden ab und stürzt, immer noch die Lee-Enfield in der Hand, wie ein Verrückter auf den Wald zu.

Das müßte doch mit dem Teufel zugehen, wenn es mir nicht gelingen sollte, ihnen zu entkommen.

Dreihundert Meter, und dann fünfhundert Meter. Sie rennen hinter ihm her. Na und? Wer soll ihn schon einholen? Allein der Versuch ist lächerlich.

Ein Stacheldrahtverhau.

In vollem Lauf prallt er dagegen und wird zurückgeschleudert.

Beweg dich. Deshalb sind sie dir gefolgt. Sie wußten es.

Du hast das Gelände nicht ausgiebig genug erkundet, du Blödmann.

Die Soldaten sind jetzt bis auf sechzig Meter herangekommen. Er steht auf. Er blutet im Gesicht und an der Brust. Dazu die Kugel in der Brust. Um ehrlich zu sein, sie beginnt langsam zu schmerzen.

Er rennt den Zaun entlang. Zum Hinüberklettern bleibt keine Zeit, er braucht es gar nicht erst zu versuchen. Eine andere Idee kommt ihm: der Fluß.

Ich renne einfach geradeaus und springe ins Wasser. Unter diesen Umständen ziehe ich die Piranhas und Kaimane vor. Ich tauche mit der Strömung, hole alle fünf Minuten Luft, und irgendwann bin ich auf dem Amazonas. Kein Problem.

Trotzdem ist es seltsam, daß sie dich noch nicht getroffen haben, obwohl sie doch ununterbrochen auf dich schießen. Ob das Absicht ist?

Es ist Absicht.

Sie wollen dich lebend.

Noch vierzig Meter bis zum Fluß. Ich schaffe es, ich schwör's dir, Samantha, ich muß das Letzte aus mir herausholen.

Er rennt, aber die Beine lassen ihn im Stich. Er bricht zusammen.

Neben dir steht ein Kerl, Candido Stevenson. Seine glänzenden Stiefel erinnern dich an etwas.

Er schleppt sich vorwärts, stützt sich mit der Lee-Enfield auf dem Boden ab. Es ärgert ihn, daß ihn ausgerechnet der Kerl mit den glänzenden Stiefeln und dem dämlichen Schnurrbart erwischen muß.

Na ja.

Er dreht sich um und richtet die Lee-Enfield auf den Oberst aus dem Mato Grosso. Es ist derselbe wie damals. Du wirst sehen, Candido Stevenson, er wird dich wieder in einen Käfig stecken, davon ist der Kerl richtig besessen.

Er legt den Finger an den Abzug und zielt zwischen die Augen. Dann zieht er den Lauf nach oben, der Schuß geht in die Luft.

Sie haben dich, Candido Stevenson.

Ich weiß.
Gibst du auf?
Nein.

Jetzt verstehst du, was richtige Jaguare, was überhaupt alle wilden und freilebenden Tiere fühlen müssen, wenn man sie plötzlich einsperrt, um sie in einen Zoo zu schaffen.

Das Motorboot fährt den Rio Madeira hinunter, eskortiert von anderen Booten, die vollbesetzt sind mit Soldaten. Von Zeit zu Zeit baut sich der Ex-Oberst aus dem Mato Grosso und jetzige General mit seinen glänzenden Stiefeln vor ihm auf und sagt:

„Ich habe immer gewußt, daß ich Sie irgendwann erwischen würde, Cavalcanti."

Auf den Rio Madeira folgt der Amazonas. An den Anlegestellen präsentiert man ihn der Menge. Die Schaulustigen werden von Soldaten auf Distanz gehalten. Mal bestaunen sie ihn schweigend, mal geht ein Raunen durch die Menge. Und du stehst aufrecht da, Candido Stevenson, und das ist gar nicht so einfach, denn der Käfig ist zu klein. Du stellst dich auf die Hinterpfoten, und aus Spaß (meinst du wirklich?) gibst du ein leises Grrr von dir. Der Jaguar ist eher ein ruhiges Tier. Er gibt allenfalls ein dumpfes Knurren von sich. Aber viele Reisende behaupten, man könne am Gekreische der Affen erkennen, daß er in der Nähe ist.

Grrr.

Sie schlagen dich immer wieder, damit du ruhig bist. Aber je häufiger sie dich schlagen, desto häufiger knurrst du. Nicht laut. Es ist ein leises, dumpfes Knurren, nur um sie zu ärgern.

Und um dir zu beweisen, daß du nicht aufgibst.

Grrr.

Irgendwas riecht hier schlecht, es stinkt – du selbst bist das, du hättest wenigstens warten können, bis sie dich aus dem Käfig lassen. Du widerst mich an.

Ich möchte dich mal sehen, ich kann doch nichts dafür.

Du widerst mich an, sage ich dir. Außerdem gibst du auf.

Na hör mal, niemals! Auf keinen Fall.

Du bist wie ein Tier, das nur nicht resigniert, weil es das Wort gar nicht kennt.

Siehst du denn nicht, daß sie eine Wasserspritze auf dich richten?

Schütze deine Augen. Der verdammte Strahl ist so stark, daß er dich gegen die Gitterstäbe preßt. Es tut weh, aber es ist sicher nicht bös gemeint. Eine ordentliche Reinigung ist schließlich kein übertriebener Luxus.

Auf der Ladefläche eines Lasters durchquert er eine Stadt. Rechts und links Soldaten. Sie drehen ihm den Rücken und behalten die Menge im Auge, die sich auf den Gehsteigen drängt.

Grrr.

Ein Gefängnis. Sie haben den Käfig in ein Gefängnis gebracht, sie sind wirklich zu dämlich: Das ist doppelt gemoppelt.

Noch mehr Schläge. Ich werde schlafen.

Ich sagte: schlafen, nicht resignieren oder aufgeben, du gehst mir allmählich auf die Nerven.

„Cavalcanti?“

„Grrr.“

„Hören Sie mich, Cavalcanti?“

„Grrr.“

Männerstimmen. Sie besprechen etwas.

„Cavalcanti, ich weiß, daß du mich hörst. Mach die Augen auf und sieh mich an. Schluß mit dem Theater.“

„Grrr.“

„Holt ihn aus dem Käfig, das ist unmenschlich“, sagt eine andere Stimme.

Auf ihre Gefahr. Wenn sie mich freilassen, springe ich ihnen an die Kehle und fresse sie alle auf.

„Er antwortet nicht, solange er im Käfig steckt“, sagt die Stimme, die ihm irgendwie bekannt vorkommt. „Holen Sie ihn da raus, oder Sie sind zum letzten Mal befördert worden, darauf gebe ich Ihnen mein Wort. Sie holen ihn jetzt aus diesem Dreck und geben ihm zu essen und zu trinken. Unverzüglich.“

Ich werde noch etwas schlafen, ist mir doch egal, was da vorgeht ...

„Candido?“

Grrr.

„Candido, ich bin Aristides Dantas. Sie haben mir einen Brief zukommen lassen.“

Grrr.

„Candido, Sie müssen etwas essen und trinken. Sie bringen sich ins

Grab, wenn Sie jede Nahrung verweigern. Sie werden sich doch nicht hängenlassen, Candido? Das sieht Ihnen gar nicht ähnlich."

Hör nicht auf ihn, Candido Stevenson, es ist nur wieder eine Falle. Schlaf weiter. Knurr sie an und schlaf weiter. Die werden blöde Gesichter machen.

„Man hat Sie aus dem Käfig geholt, Candido. Das wollten Sie doch, nicht wahr? Es besteht kein Grund mehr, das Essen abzulehnen, das man Ihnen hingestellt hat. Candido, hören Sie mich? Ich bin Aristides Dantas, der Anwalt aus Rio. Erinnern Sie sich nicht an den Brief, den Sie mir geschrieben haben? Wenn ich Ihnen helfen soll, müssen Sie mir schon ein wenig entgegenkommen."

Er öffnet die Augen. Das Licht blendet ihn. Er kann nicht viel erkennen. Es gelingt ihm, eine Hand zu heben. Die Gestalt, die sich über ihn beugt, versteht und kommt ganz dicht heran.

Aristides Dantas.

Aber vielleicht ist es nur jemand, der ihm ähnelt. Sieh dich vor. Nein, es ist bestimmt Dantas.

„Erkennen Sie mich wieder, Candido?"

„Ja."

„Wollen Sie essen und trinken? Ich flehe Sie an. Bitte."

Etwas Wasser benetzt seine Lippen. Lippen, die er zum ersten Mal seit ...

... seit weiß Gott wie lang wieder öffnet.

„Wie geht es Ihnen?"

„Mir geht es bestens, wirklich."

„Als nächstes sollten Sie sich etwas frisch machen. Sie werden Wasser und Seife erhalten. Ich werde dafür sorgen, daß man Sie rasiert und Ihnen die Haare schneidet. Ich habe Ihnen auch saubere Kleidung mitgebracht."

„Danke."

„Heute morgen hat Sie ein Arzt untersucht. Er wird nachher wiederkommen. Der dreißigtägige Hungerstreik hat Sie natürlich geschwächt, von der Kugel, die Ihren Körper durchschlagen hat, gar nicht zu reden. Aber sonst hat er nur drei Brüche entdeckt, allerdings sind es eher Risse als Brüche. Er hat Ihre Wunden gesäubert, aber die meisten waren ohnehin schon verheilt. Der Arzt war ziemlich perplex: Sie haben eine ungewöhnlich robuste und widerstandsfähige Konstitution."

„Samantha? Und meine Tochter?"

„Ich weiß nicht, wo sie sind. Ich glaube, niemand weiß es. Die Armee hat sie jedenfalls nicht gefaßt, wenn Sie das meinen."

Sag nichts.

„Kann ich irgend etwas für Sie tun, Candido?"

„Nein. Und die Revolutionsarmee?"

„Ich nehme an, Sie sprechen von der Bande, die von Leite Abade und Tasso Aranha angeführt wird. Es gibt nichts Neues über sie. Die Armee sucht sie immer noch. Ich kann versuchen, mehr in Erfahrung zu bringen."

Candido schließt wieder die Augen. Teils, weil ihn nach der ersten Nahrungsaufnahme (eine Art Suppe mit Milch) die Müdigkeit überwältigt, teils um sich der Unterhaltung zu entziehen, die ihn noch überfordert. Samantha und Candida sind also nicht gefaßt worden, und niemand weiß, wo sie stecken. Folglich sind sie immer noch bei dem Einsiedler, zusammen mit Lindolpho und Eglantina. Und damit in Sicherheit. Danke.

Am nächsten Tag:

„Ich muß sagen, Sie sehen schon viel besser aus, Candido. Ich besorge Ihnen andere Kleider, die hier sind Ihnen etwas zu groß. Wie es scheint, ist der Arzt schon dagewesen?"

„Ja. Mir geht es bestens, wirklich."

Heute morgen hat ihn ein Friseur unter Aufsicht eines Offiziers rasiert und ihm die Haare geschnitten. Jede Unterhaltung war verboten. Außerdem legte ihm der Soldat Handschellen an und befestigte sie mit einer Kette an einem großen Ring in der Steinmauer.

... In der Nacht ist es ihm gelungen, auf die Beine zu kommen. Nach drei oder vier erfolglosen Versuchen schaffte er immerhin drei Schritte. Die Kette hielt er hoch, um jedes Klirren zu vermeiden.

„Gestern sprachen wir von Ihrer amerikanischen Begleiterin, Candido. Und von Ihrer Tochter. Nach Auskunft der Behörden sind sie mit Ihnen im Mato Grosso verschwunden, bislang aber nicht wieder aufgetaucht. Ich verstehe Ihre Vorsicht, aber vielleicht könnte ich etwas für die beiden tun. Egal was."

„Nein."

„Sind sie noch am Leben?"

Er dreht das Gesicht nach links zur Wand.

„Ich verstehe", sagt Aristides Dantas. „Ich meine, ich verstehe, daß

Sie nicht reden wollen, was auch immer die Gründe für Ihr Schweigen sein mögen. Hoffentlich werden Sie es eines Tages nicht bereuen, daß Sie mir kein Vertrauen geschenkt haben."

Er starrt immer noch an die Mauer.

„Was Leite Abade, Tasso Aranha und ihre Männer angeht, so habe ich mich inzwischen erkundigt, ich kann Ihnen aber nur wenig sagen. Die Armee will sich nicht zu tief in den Wald vorwagen. Man weiß nicht, wo sie stecken, sofern es nach diesem unglaublichen Marsch überhaupt Überlebende gibt. Man redet viel über Guajara Mirim. In Wahrheit hatte die Armee bei dem Vorstoß in dieses Gebiet nur ein Ziel, nämlich Sie zu schnappen. Sie hatte einen Tip erhalten. Der General, der das Kommando über die zweihundertfünfzig Mann hatte, die Sie verfolgten, hatte anscheinend ein persönliches Interesse an Ihrer Ergreifung. Er ist der Oberst, mit dem Sie damals im Mato Grosso solchen Ärger hatten, nicht wahr?"

Die Mauer.

O Samantha!

Am nächsten Tag:

„Sie haben mich noch nicht gefragt, ob ich im Auftrag Ihres Vaters handle, Candido."

„Wenn es so wäre, hätten Sie es mir bereits gesagt."

„Wir sind hier in Belém. Vor meiner Abreise aus Rio fuhr ich nach São Paulo, um mit ihm zu sprechen. Er hat sich geweigert, mich zu empfangen. Indessen konnte ich mit Leuten reden, die ihn besser kennen als ich. Ihrer Meinung nach ist es einfach nur Sturheit. (Lächeln:) Mir scheint, man braucht sich nicht lange zu fragen, woher Sie diese bemerkenswerte Willensstärke haben."

Er will mich nur weichkriegen. Ich bin Dom Trajano nicht ähnlich. In keinem Punkt.

„Sollten wir uns nicht unterhalten, Candido? Ich werde Sie vor dem Kriegsgericht verteidigen müssen, das für Sie als Offizier zuständig ist. Aber ich kann auch gehen, wenn Sie das wünschen."

Reiß dich zusammen, noch nie in deinem ganzen Leben hast du dich von Wut oder Verzweiflung überwältigen lassen. Du wirst nicht ausgerechnet jetzt damit anfangen.

„Entschuldigen Sie", sagt Candido. „Und danke, daß Sie hier sind. Ich komme vor das Kriegsgericht?"

„Damals im Mato Grosso waren Sie Offizier. Sie wurden zum Tode verurteilt. Aber heute stehen wir vor einer anderen Situation. Lassen wir einmal die verschiedenen Anklagepunkte beiseite. Die Aufzählung würde zu lange dauern. Sagen Sie mir lieber, welche Straftaten Sie begangen haben. Ich möchte Ihre Darstellung hören."

„Ich habe fünf Männer getötet. Einer hieß Hastimphilo und war einer der Anführer der Revolution. Der zweite war ein gewisser Venancio Carneira, dann noch Stepa Onegin und zwei andere, die ich nur unter den Namen Otto Krantz und Wandelnder Berg kannte."

„Die drei letzten waren diejenigen, die Sie in Ihrem Brief die Krallen des Jaguars nennen?"

„Ja."

„Und Carneira?"

„Mir persönlich hat er nichts getan. Er hat nur auf mich geschossen. Außerdem hat er den Indianern, die er zwang, für ihn zu arbeiten, die Hände abgehackt."

„Er war Zivilist. Und er hatte einen denkbar schlechten Ruf. Ein Kriegsgericht wird sich nicht sonderlich für ihn interessieren. Ist das alles?"

„Alles andere steht in meinem Brief."

„Haben Sie sich zu irgendeinem Zeitpunkt aus freien Stücken, in voller Kenntnis der Lage und ohne daß man Sie dazu erpreßt hat, an dieser Revolution beteiligt?"

„Ich habe Leite Abade, Tasso Aranha und den anderen geholfen, den Urwald zu durchqueren. Das hätte ich auch für jeden anderen getan."

Sogar für den Oberst aus dem Mato Grosso und jetzigen General. Ehrenwort.

„Candido, was wissen Sie über diese Frau, Matriona Reczak?"

„Daß sie eine der Krallen des Jaguars ist. Ich kannte nur ihren Vornamen. Wo ist sie?"

„Ihre Aussage belastet Sie, und dabei geht es nicht nur um die vier Männer, die Sie auf Venancio Carneiras Pflanzung getötet haben. Sie behauptet, Sie seien der Jaguar und unter diesem Namen auch der alleinige Anstifter und Kopf dieser sogenannten Revolution."

„Hat sie Beweise?"

„Nur das, was sie vom Hörensagen weiß. Wenn Ihre Aussagen der Wahrheit entsprechen, wovon ich überzeugt bin, so ist offensichtlich, daß sie mit den Beschuldigungen, die sie gegen Sie erhebt, nicht allzuweit gehen kann, ohne sich selbst zu belasten."

„Wo ist sie?“

„Man konnte ihr nichts zur Last legen. Offiziell ist sie Schwedin und reist als Touristin durch Brasilien. Sie sagt, sie habe in Belém zufällig einen russischen Emigranten und zwei Deutsche kennengelernt und anschließend mit ihnen eine Vergnügungsfahrt auf dem Amazonas unternommen.“

„Wo ist sie?“

„Irgend jemand hat ihr geholfen. Sie hat das Land verlassen.“

Nimm dich zusammen, Candido. Mit dir geht eine unglaubliche Veränderung vor. Du gibst nicht auf! Im Gegenteil. Du bist entschlossener denn je. Genau: Du bist eiskalt. Du bist nicht mehr der alte Candido. Nimm dich zusammen.

Er fragt:

„Hat sich außer Ihnen noch jemand für mich eingesetzt?“

„Ciccio Vaz Vasconcelles und seine Familie. Ich muß sagen, der junge Ciccio verteidigt Sie mit wahrem Feuereifer.“

„Und sonst?“

Du hättest die Frage nicht stellen dürfen, du siehst doch, daß du Aristides Dantas damit in Verlegenheit bringst. Du verhälst dich ihm gegenüber nicht korrekt.

„Verzeihen Sie mir“, sagt er.

Das Militärgericht verurteilt ihn zum Tode, aber er macht während der Verhandlung nicht den Mund auf. Er bedauert nur, daß er nichts zu lesen hat, und daß man ihm eine Gitarre und Schreibzeug verweigert hat.

Innerlich bist du sowieso schon tot, also was soll's.

Gut, noch nicht richtig tot, das stimmt: Du lauerst auf den kleinsten Fehler, mit einer Geduld, von der sich kein Mensch eine Vorstellung macht. Bei der winzigsten Gelegenheit brichst du aus. Nur daran darfst du jetzt denken.

Ich gebe nicht auf. Niemals.

Daran mußt du dich klammern. Bis zur letzten Sekunde mußt du daran glauben.

Aristides Dantas kommt nicht mehr. Auch sonst niemand.

Niemand.

Dann, mitten in der Nacht, platzen sie herein: zehn Soldaten und zwei Offiziere. Sie wagen es nicht, in seine Jaguaraugen zu blicken. Sie nehmen ihn mit. Und in den paar Sekunden auf dem Hof unternimmt er einen allerletzten Versuch. Obwohl seine Handgelenke und Knöchel mit Ketten gefesselt sind, und obwohl er von Soldaten umringt ist. Es gelingt ihm, ein paar Meter zu rennen. Dann fällt er, kriecht weiter, schlägt um sich. Mindestens zwei Minuten wehrt er sich gegen die Meute, die ihn verbissen zu halten versucht.

Sie haben mich niedergeschlagen. Sonst hätte ich es ihnen gezeigt.

Als er wieder zu sich kommt, liegt er mit ausgestreckten Gliedern auf einer Metallplatte, die sich bewegt. Er reißt an den Ketten, aber sie geben keinen Millimeter nach.

Er singt *Der Jaguar, Das Lied von Ezra MacAucliffe* und all die anderen Lieder.

Ich gebe nicht auf.

Kurz darauf öffnet sich eine Tür. Licht fällt herein und blendet ihn. Man bindet ihn los. Er wehrt sich heftiger denn je. Unzählige Hände packen ihn.

Blendend weiße Gänge.

„Eine Spritze wird ihn beruhigen. Haltet ihn gut fest. Der führt sich auf wie ein Raubtier."

Er erkennt noch das Gesicht eines weißhaarigen Mann in einem weißen Kittel. Dann geben sie ihm eine Spritze, obwohl er nicht stillhält.

„Ihr könnt ihn loslassen."

Kaum hat man ihm die Ketten abgenommen, schlägt er wieder um sich. Er wehrt sich, aber seine Bewegungen werden langsamer.

„Cavalcanti, meine Stimme ist die letzte, die Sie hören werden. Die letzte."

„Ich gebe nicht auf."

Keine Antwort. Er kriecht vorwärts, unfähig, die Augen zu öffnen und der schweren Müdigkeit zu widerstehen, die über ihn kommt.

Die Große Stille fällt über ihn.

VII

Gebärdet sich ein Jaguar besonders wild, so sind die Eingeborenen überzeugt, daß es sich bei ihm nicht um ein wirkliches Tier, sondern um ein magisches oder übernatürliches Wesen handelt. Manchmal sehen sie in ihm auch die Wiedergeburt eines besonders bösen Menschen, der vor langer Zeit gestorben ist.

Er gibt nicht auf.

Er geht auf und ab, elf Schritte in die eine, elf in die andere Richtung.

Ein viereckiger Raum.

Ganz in Weiß. Die vier Wände, die Decke, der Boden, alles ist weiß gekachelt. Und alle Kacheln sehen gleich aus. Nicht der kleinste Kratzer, an dem er auch nur eine unterscheiden könnte. Bei einer genauen, aber wirklich sehr genauen Untersuchung könnte er vielleicht ein Sandkorn entdecken, das so groß ist wie ein viertel Stecknadelkopf.

Besser als nichts.

Und doch stören fünf Dinge diese perfekte Harmonie. Keine sechs, nur fünf.

Erstens: die runde Lampe mitten in der Decke in drei Meter Höhe. Sie besteht aus dickem Glas und ist die einzige Lichtquelle. Sie strahlt mit gleichbleibender Intensität, und sie geht nie aus.

Zweitens: das runde Loch mit einem Durchmesser von sieben bis acht Zentimetern, durch das Frischluft hereinströmt. Luft, die weder zu warm noch zu kalt ist und ebenfalls immer gleich bleibt. Wo sie herkommt, ist absolut nicht erkennbar.

Drittens: zu ebener Erde das Abortloch. Es bildet einen fünfzehn Zentimeter tiefen Trichter, der oben dreißig Zentimeter breit ist und unten in ein Abflußrohr mündet. Durch einen Spalt in der Wand fließt Wasser und verbreitet einen leicht antiseptischen Geruch – nicht unangenehm, es riecht schwach nach Limonen. Gespült wird in regelmäßigen Abständen, wohlgemerkt. Alle sechs Stunden. Oder alle vier. Er kann sich da um zwei Stunden vertun.

Viertens: die Zuleitung, die ihn mit Wasser zum Trinken und Waschen versorgt. Das Wasser strömt aus einer runden, vergitterten und etwa zehn Zentimeter breiten Öffnung direkt aus der Wand.

Fünftens: das aufregendste, die Klappe. Sie ist ebenfalls quadratisch, aber wenn er sie hochhebt, kommt dahinter eine handbreite Nische zum Vorschein, die das Ende eines Schachtes bildet. Durch diesen Schacht gleitet in regelmäßigen Abständen an einer hauchdünnen Schnur von oben ein winziges Tablett aus Pappe herab. Das Essen auf dem Tablett ist nicht schlecht. Oft gibt es Fleisch. Es ist so vorgeschnitten, daß er es mit den Fingern essen kann.

Vielleicht könntest du dich mit dem Schnürchen erdrosseln.

Mal sehen.

Die Einrichtung: eine weiße Schaumgummimatratze – vier Finger dick – und ein rundes Kopfkissen mit fünfzehn Zentimetern Durchmesser, ebenfalls aus Schaumgummi.

Wenn du es mit den Zähnen zerreißt, erstickst du vielleicht daran.

Aber das eilt nicht.

Er ist vollkommen nackt. Außer der Matratze, dem Kopfkissen, dem Papptablett und der Schnur besitzt er nichts.

Er hat lange nach der Tür gesucht, sehr lange. Schließlich ist er zu dem Schluß gekommen, daß es eine Tür im eigentlichen Sinne nicht gibt: Und doch ist er hereingekommen, also muß eine der Wände verschoben und dann wieder eingefügt worden sein. Er weiß nicht, welche: Sie unterscheiden sich durch nichts, alle vier sind völlig identisch.

Sie haben dich lebendig eingemauert.

Und du hast zwei tödliche Gegner: die Zeit, die du nicht messen kannst ...

...und die Stille, die Große Stille. Kein Laut ist zu hören: keine Schritte, kein Gemurmel, kein Schlüsselgeklirr, kein Türenquietschen, kein Nagen von Mäusen oder Insekten. Keine Ameisen, Schaben, Läuse, Spinnen.

Eine Stille, die in den Ohren gellt, zum Verrücktwerden.

Genau das bezwecken sie.

Na gut.

Ich gebe nicht auf.

Er ist zusammengebrochen. Vielleicht war es ein Fieberanfall. Vielleicht hat er dieses bescheuerte Fieber, das auf dem Marsch durch die grüne Hölle seine Begleiter dahingerafft hat. Zuerst bekam er Schüttelfrost. Ein Zittern durchlief seinen Körper, immer stärker, immer schmerzhafter. Dann schnürte es ihm langsam den Brustkorb zusammen, er spürte eine tödliche Kälte in den Gliedern, ein Schraubstock zerquetschte ihm den Schädel. Dann die Halluzinationen: Ein schwarzer Wald in der Mongolei mit blutenden Bäumen. Blut, das über den

Boden lief, gerann und pulsierte wie ein riesiges Herz. Dann eine Treppe, die aus der Mauer einer Festung sickerte, und Abgründe, aus den unaufhörlich Menschen mit durchschnittenen Kehlen strömten, Menschen, die bis über beide Ohren lachten und alle Samanthas Züge trugen.

Bis dahin hatte er sich einigermaßen unter Kontrolle.

Aber dann packte ihn mit einemmal eine entsetzliche Panik. Er erinnert sich nur noch, wie er ununterbrochen gebrüllt hat und mit dem Kopf gegen die Wand gerannt ist.

Aber das hat höchstens ein paar Stunden gedauert.

Es ist vorbei.

Du hast dich wieder unter Kontrolle. Es geht wieder. Ganz bestimmt, es geht wieder.

Er hat sich in einer Ecke zusammengekauert. Könnte er zwischen die Fliesen hineinkriechen, er hätte es schon längst getan. Er hat die Beine angewinkelt, die Arme vor der Brust verschränkt, den Kopf zwischen die Schultern gezogen. Ein Fötus. Das Zimmer wirkt dagegen gewaltig, kilometerweit nur Weiß.

Doch, doch, es geht wieder.

Du kommst wieder zu dir, das ist alles. Das dauert seine Zeit.

Er möchte wieder klar denken, aber das Bewußtsein entwischt ihm, gleitet weg, er hält schon die Hand darauf, und es entschlüpft ihm durch die Finger.

Das hast du schon mal gesagt, du wiederholst dich. Eine harte Nuß, dieser Anfall.

Zähle: eins, zwei, drei, vier ... Wieviel ist sieben mal sieben? Neunundvierzig.

Siehst du? Du schaffst es.

Der Anfang des Grimmelshausen, mal sehen, Wort für Wort?

Es eröffnete sich zu dieser unserer Zeit, von welcher man glaubt, daß es die letzte sei, unter geringen Leuten eine Sucht ...

Na also. Sehr gut. Nochmal, diesmal auf gut Glück: zweites Buch, Kapitel XVI:

Mein Handeln und Wesen wurde aber allem Anschein nach je länger je ärger, ja so schlimm, daß ich mir einbildete, ich sei nur zum Unglück geboren; denn ich war wenig Stunden von den Kroaten hinweg, da erhaschten mich etliche Schnapphähne ...

Gut so, mach weiter. Das beruhigt dich. Du behältst jetzt deine Sinne beisammen. Laß nicht locker.

Wie geht's, Candido Stevenson?

In Samanthas Armen würde ich mich wohler fühlen, aber das ist ja nur eine Frage der Zeit, ich gebe nicht auf, nie und nimmer.

Das war knapp, bist du dir darüber im klaren? Um ein Haar wärst du völlig durchgedreht.

Ich weiß. Aber ich bin noch mal davongekommen. Und überhaupt, wir sind doch nicht zu zweit in dieser Keramikzelle, ich bin ganz allein. Ich rede mit mir selbst.

Und ich mach' schon wieder Witze, merkst du? Der alte Candido, wie er leibt und lebt.

Er schaut sich um. Der Fliesenboden ist widerlich dreckig, schlimmer als in einem Raubtierkäfig.

Es hat nicht nur ein paar Stunden gedauert, sondern einiges länger. Viel länger.

Die Schaumstoffmatratze ist in drei oder vier Teile zerfetzt. Das Kopfkissen ist zu zwei Dritteln zerbissen.

Und Teile der Schnur. Ein Teil hat deutlich die Form einer Schlinge. Anscheinend hat er versucht, sich damit zu erdrosseln, und die Schnur ist gerissen. Übrigens: Woran könnte er sich hier aufhängen?

Er hat Hunger und Durst.

Na gut.

Aber zuallererst wirst du mir den Gefallen tun und saubermachen. Ich möchte, daß die Fliesen wieder blitzblank sind.

In diesem Moment bemerkt er seine Fingernägel. Die Nägel an den Zeigefingern sind abgebrochen, die anderen sind gut drei oder vier Zentimeter lang.

Haare und Bart?

Ganz ähnlich. Die Haare fallen ihm bis über die Schultern, obwohl man sie ihm in Belém geschnitten hat. Der Bart ist lang und seidenweich.

Das hat länger als nur ein paar Stunden gedauert. Wochen, jawohl. Sogar Monate.

Und erneut lodert diese unvorstellbare Panik auf. Das rot-schwarze Ungeheuer bricht aus seinem tiefsten Innern hervor, stößt den Deckel weg, fletscht die Zähne, will zerfleischen, will brüllen ...

Neun mal eins ist neun. Neun mal zwei ist achtzehn. Neun mal drei ist siebenundzwanzig. Neun mal vier ...

Oder wie wär's mit Baudelaire: *Die Holde war ganz nackt, doch kennt den Liebsten sie ...*

Es geht. Schließ diesen verdammten Deckel und setz dich drauf. Versiegele ihn.

Jetzt habe ich dich, Bewußtsein.

Er hat alles gereinigt, er könnte vom Boden essen. Und wenn die Platten nicht so matt wären, könnte er sich darin spiegeln.

Er hat sich mehrmals gewaschen.

Mehr recht als schlecht repariert er mit den kurzen Stücken der Schnur die Schaumstoffmatratze. Gemütlich. Nur wenn du mit Samantha auf dem Ding schmusen würdest, würde es in alle vier Ecken fliegen, und zwar ruckzuck, wenn du verstehst, was ich meine.

Ich verstehe nur zu gut, hör auf.

Gut, jetzt solltest du dich wieder etwas in Form bringen. Du wirst dich zum Essen zwingen. Es ist gar nicht so übel, was sie dir geben. Außerdem brauchst du etwas Bewegung.

Für den Anfang hundert Runden links herum, dann hundert Runden rechts herum. Ja, ich weiß, es ist anstrengend. Hör nicht auf!

Er macht sich über das Kissen her, aber diesmal in voller Absicht. Mit den Zähnen reißt er ein etwa fünfzehn Zentimeter großes Stück heraus und stutzt es solange, bis es die Form einer Kugel hat.

Ein Ball.

Du bist der Mittelstürmer und Torjäger von Botafogo. Die sechs Fliesen in den unteren vier Reihen sind das Tor. Es geht um die Meisterschaft von Rio de Janeiro. Achtung, Flamengo führt schon mit neunzehn zu vier, du mußt dich ranhalten.

... Kurze Zeit später verkleinert er die Fläche des Tores. Es wurde zu einfach. Selbst mit dem linken Fuß. Er könnte inzwischen auf fünf Meter ein Fliege erlegen.

Zur Abwechslung führt er Pelota-Turniere durch. Mit bloßer Hand – er hat ja keine Chistera.

Und Tennis.

Dann spielt er Dame auf den Fliesen. Er muß sich dazu nur schwarz und weiß vorstellen.

Er spielt auch Schach, obwohl er die Regeln nicht besonders gut beherrscht. Zehnmal hat der Doktor versucht, es ihm beizubringen, aber er hatte nur Mädchen im Kopf. Also erfindet er eigene Regeln. Samantha, die weiße Königin, mit ihren Jaguarrittern.

Er spielt hundert Partien, dann hört er auf.

Das macht mich wahnsinnig, *cuidado*!

Inzwischen schafft er dreitausend Runden. Er hat etwas ausprobiert: Er rennt auf die gegenüberliegende Wand zu, läßt sich von seinem Schwung hinauftragen und drückt sich dann mit den Beinen ab: ein halsbrecherischer Überschlag und hopp, er steht wieder auf dem Boden. Jetzt klappt es. Aber anfangs, Donnerwetter, da hat er sich ganz schöne Beulen geholt.

Er hüpft auch auf der Stelle. Fünftausend Sprünge hintereinander. Versuch es wenigstens, du wirst sehen, wie leicht das geht.

Dann Gymnastik.

Und Atemübungen.

Musik. Er komponiert *Das Gefangenenlied, Das Lied der Großen Stille, die Grüne Hölle* und andere mehr. Er stellt sich auf den Fliesen das Liniensystem und die Noten vor, bis hinauf zur dritten Hilfslinie. Achtel, Sechzehntel, und das ist in f-Moll.

Er liest aus dem Gedächtnis. Den Simplicius Simplicissimus gleich neunmal hintereinander, ohne ein Wort auszulassen. Und *In Swanns Welt* und *Im Schatten junger Mädchenblüten*. Nicht ganz einfach, wegen der Bandwurmsätze. Noch dazu in französisch. Er wird ein bißchen Edgar Allan Poe wiederholen, das bringt Abwechslung.

Die Zeit.

Manchmal wirst du schwach. Dein Bewußtsein gerät auf Abwege, es kostet dich wahnsinnige Anstrengung (nein, vermeide dieses Wort), es wieder einzufangen.

Paß auf, Candido Stevenson, paß gut auf. Du mußt laufen, springen, etwas spielen, Tennis, Pelota, Billard. Vervollkommne dein Kopfballspiel, darin warst du nie besonders gut. Na so was: Fünfhundert Kopfstöße, ohne daß der Ball den Boden berührt hat.

Paß auf.

Paß auf.

Samantha, hilf mir, bitte, ich bitte dich inständig, laß mich nicht fallen, ich brauche dich, o mein Gott, ich kann nicht mehr, ich kann nicht mehr, ich kann nicht mehr ...

Er kriecht auf allen vieren auf und ab, von einer Wand zur anderen.

Grrr.

Fast ohne Unterbrechung. Auf allen vieren auf und ab.

Grrr.

Er knurrt. Der Jaguar ist ein ruhiges Tier, er gibt allenfalls ein dumpfes Knurren von sich.

Grrr.

Manchmal stellt er sich auf die Hinterpfoten und kratzt mit seinen zehn Zentimeter langen Nägeln, mit seinen gebogenen und verdrehten Krallen, über die geflieste Wand. Anfangs hat er noch in Richtung der runden Lampe geknurrt, jetzt aber nicht mehr.

Grrr.

Beim Urinieren hebt er das Bein, seinen Kot hinterläßt er, wo er gerade steht. Er tritt in seine Exkremente, fängt wieder an, unentwegt auf- und abgehen. Wie ein eingesperrtes Raubtier, das nicht aufgibt.

Grrr.

Gelegentlich bricht er erschöpft zusammen, rollt sich zusammen und legt das Kinn auf die Vorderpfoten. Er zeigt die Zähne und reißt die grünen Augen weit auf.

Grrr.

Haare bis zur Hüfte.

Er ißt nicht, er wühlt mit der Schnauze in den Lebensmitteln und schlingt sie hinunter.

Er trinkt das Wasser nicht, er schleckt es auf.

Grrr.

Männer mit Stiefeln erscheinen, geben ihm eine Spritze.

GRRR.

Er gebärdet sich wie wild. Er kratzt und beißt. Seine Jaguarschnauze stößt undeutliche, heisere Laute aus.

Die Männer fangen ihn mit Lassos ein, nehmen ihn mit.

Mein Gott, ich habe sie hereingelegt!

Er liegt auf einem Bett. Seine Handgelenke und Knöchel sind festgebunden. Man hat ihn gewaschen, ihm die Haare und Fingernägel geschnitten, den Bart abrasiert.

Grrr.

„Die Widerstandskraft dieses Jungen ist phänomenal“, sagt der weißhaarige Mann. „Sie wirft alle unsere bisherigen Erkenntnisse über den Haufen. Niemand hat es bisher länger als zwei Monate in der Großen Stille ausgehalten.“

„Wird er wieder wie ein Mensch, ich meine, wird er wieder er selbst?“

„Die Demenz ist vollkommen und endgültig, fürchte ich. Ich habe Ihnen bereits gesagt, daß ich für das, was Sie da von mir verlangt haben, jede Verantwortung ablehne.“

Er erhält rohes Fleisch und Milch, andere Nahrung nimmt er nicht an. Man hat ihn angesprochen, er hat nur geknurrt. Aber er wird zahm: Wenn eine bestimmte Krankenschwester sich nähert, läßt er eine Art Schnurren hören. Die Schwester ist darauf sehr stolz: „Er erkennt mich, seht nur. Der arme Junge. Er benimmt sich wie eine Katze. Seht nur, wie er schmust.“

Er wartet.

Elfte Nacht. Man hat ihm zum Waschen das Band vom linken Handgelenk gelöst.

Und hinterher schlecht verknotet.

Er macht sich los und zerbeißt die Bänder, mit denen man sein rechtes Handgelenk gefesselt hat.

Jetzt muß alles ganz schnell gehen. Gott weiß, wieviel Zeit er hatte, um sich jede Bewegung genau zu überlegen: Am Anfang ließ ihn das leiseste Geräusch zusammenzucken, zerriß ihm das Trommelfell, oder wenigstens fast. Erst nach mehreren Tagen hat sich das normale Hörvermögen wieder eingestellt – aber was heißt normal, es ist so fein wie nie zuvor.

Die Nachtschwester ist für einen Moment hinausgegangen. Die Eisentür zum Flur hat sie von außen verschlossen, wie erwartet.

Er betritt das Badezimmer, verstopft die Abflüsse von Badewanne und Waschbecken, macht die Wasserspülung unbrauchbar ...

Dreh die Wasserhähne ganz auf.

Und jetzt warte. Geduldig wie ein Jaguar beim Fischen.

Aber du bist kein Jaguar, du bist Candido Stevenson Cavalcanti de Noronha, du wirst aus diesem als Krankenhaus getarnten Gefängnis flüchten, du wirst heute nacht verschwinden und Samantha wiederfinden. Alles wird wieder gut.

Das Wasser in der Badewanne, im Waschbecken und im Spülkasten steigt. Es läuft über die Fliesen. Candido stellt sich auf einen Stuhl, damit er nicht naß wird.

Ich habe sie reingelegt. Sie halten mich für verrückt, mehr wollte ich nicht.

Ich bin nicht verrückt.

Das Wasser steigt. Zwei Zentimeter, bald drei.

Jetzt.

Mit ganzer Kraft ruft er um Hilfe. Dreimal.

Jemand klopft an die Eisentür, den einzigen Ausgang. Man fragt, was los ist.

Candido stößt einen vierten Hilferuf aus, als sei er in Lebensgefahr. Kurz darauf öffnet sich die Tür. Aber da hat er längst die blanken Drähte des Stromkabels ins Wasser getaucht.

Schreie. Dann Stille.

Er zieht das Kabel wieder aus dem Wasser und hängt es über einen Handtuchhalter. Er ist sehr flink: Selbst als er in der Keramikzelle den verrückten Jaguar spielte, hat er noch an sinnvolle Gymnastik gedacht.

Gänge, Büros, eine Außentreppe, ein Garten. Ganz hinten, mehrere hundert Meter entfernt, ein viereckiges Gebäude mit Stacheldrahtverhau – dort hat er gesteckt. Er würde jetzt liebend gern dem weißhaarigen Mann begegnen und ihm die Wirkungen seiner Therapie vorführen.

Schreie im Krankenhaus. Er läuft zu den Garagen. Von der anderen Seite kommen Wachen mit gezückten Waffen.

Mit einem Montiereisen zersticht er die Reifen des Lastwagens und des Ford T, dann wirft den Fiat Sedan an und rast davon.

Zwei Schüsse, aber zu spät. Er hat bereits sechshundert Meter zurückgelegt und prescht jetzt durch das hölzerne Portal. Die Straße dahinter ist ganz annehmbar. Er drückt das Gaspedal durch.

Niemand folgt ihm.

Der Jaguar ist frei.

Vier Stunden später läßt er den Fiat in Belém stehen. Er parkt ihn zwischen anderen Fahrzeugen auf der Praça da Republica vor dem

Theatro da Paz. Mit etwas Glück werden ein paar Tage vergehen, bis der Wagen gemeldet wird. Er durchsucht den Kofferraum und das Handschuhfach. Viel findet er nicht: einen Fotoapparat, eine Bestecktasche mit Stethoskop, einen kleinen Koffer aus wunderschönem Leder – hervorragend gearbeiteter Kaiman – mit Wäsche zum Wechseln und einem Reisenecessaire aus Silber und Schildplatt.

Da ihm die Hemden und Unterhosen ihm nicht passen, wirft er sie weg. Alles andere verkauft er.

Mit dem Geld kauft er sich ein Bootsticket. Im Pavillon auf der Praça spielen Musikanten, während Straßenbahnwagen vorbeirasseln, die innen mit Karbidlampen erleuchtet sind. Ein alter Mann versucht, ihm eine vier Meter lange Boa constrictor zu verkaufen. Die Frauenstatuen oben an der großen Treppe zum Opernhaus tragen Lüster. Samantha wollte hierher kommen, als die Pawlowa tanzte.

Auf dem Markt Ver-o-Peso ißt er Maniçoba, in Maniokblätter eingeschlagenes Schweinefleisch, und kauft sich eine Zahnbürste. Er schließt sich fahrenden Musikanten an, die mitten zwischen vergammelten Gemüse- und Fischabfällen ihre Stücke üben. Zum ersten Mal seit vierzehn Monaten zupft er wieder Gitarrensaiten.

„Du hast einen verdammt guten Fingersatz."

„Danke. Ich habe lange nicht mehr gespielt. Ich komme gerade aus dem Krankenhaus."

Er wagt sich an die Lieder *Candido-Candida* und *Ezra MacAucliffe.* Die Musiker sind begeistert: Woher er nur diese wunderbaren Melodien habe. Selbst komponiert, antwortet er und spielt weiter, immer noch ohne Text: *Samanthas Lied, Der Jaguar, Das Mädchen aus Berlin, Der Gefangene* und *Die Große Stille.* Und andere mehr.

Fünfzig Leute umringen ihn, man reicht ihm zu essen und zu trinken, nochmals Maniçoba, dazu Pato no Tucupi, Ente mit Soße und Fisch: Tambaquí, Pirarucú und Curimã. Er schlingt alles gierig hinunter. Die Musiker fragen ihn, ob sie seine Musik übernehmen dürften. Aber ja, natürlich.

Er wolle also nach Manaus? Und die Fahrkarte habe er schon gekauft? „Kommt überhaupt nicht in Frage, wer so wunderbare Musik schreibt, braucht seine Fahrkarte nicht zu bezahlen, der bezahlt überhaupt nichts." Für den Kapitän der Schaluppe, ihren Vetter, sei es eine Ehre und ein Vergnügen, ihn an Bord zu begrüßen.

Er bekommt das Geld zurück und kauft sich davon eine Gitarre, obwohl man sie ihm auch so überlassen hätte.

Unter den Klängen des melancholischen Liedes *Der Jaguar* oder des Sambas *Große Stille* fährt er den Amazonas hinauf.

Und manchmal, wenn er abends allein ist, spielt er *Samanthas Lied.*

Beim Zwischenhalt in Santarém entdeckt er auf der Anlegestelle zwei oder drei Männer, die ihm durch die grüne Hölle gefolgt sind. Er gibt sich nicht zu erkennen, obwohl er sich sehr gerne nach Clovis und Vivaldo Maria erkundigen würde. Tage vergehen. Er erreicht Guajara Mirim und riskiert es, an Land zu gehen. Nordamerikaner haben ihn als Führer und Dolmetscher angeheuert. Sie haben ihn nach seinem Namen gefragt, und er hat geantwortet: Simplicio.

Im Morgengrauen des nächsten Tages macht er sich bei prasselndem Regen auf den Weg. Allein. Zuvor hat er sich von den Amerikanern verabschiedet: Sein Vater, ein Sereingueiro, sei krank geworden. Als einzige Waffe nimmt er eine Machete mit.

Er folgt dem Madeira flußabwärts bis zu Venancio Carneiras Pflanzung. Das Haus liegt jetzt verlassen da. Er geht hinter den Stall und buddelt die Tasche aus, die er dort unter etwas Erde und Laub vergraben hatte. Sie enthält das Fernglas, den Jadefisch und das schwarze Notizbuch Stepa Onegins. Er blättert in dem Notizbuch: kein Name, nur Ziffernreihen.

Man wird sehen.

Die Kugel durchschlägt die Bretterwand zehn Zentimeter über seinem Kopf. Er wirft sich ins Innere des Stalles.

„Ich hätte dich töten können", ruft Afonka Tschaadajew.

„Ich kann mir denken, daß du absichtlich danebengeschossen hast", antwortet Candido.

Er robbt über das Futter, das die Feuchtigkeit des Amazonas längst in einen stinkenden Brei verwandelt hat. Der Fluchtweg nach hinten ist frei, er muß nur herausfinden, von wo Afonka geschossen hat und wo er sich jetzt befindet. Die nächste Kugel wird sitzen.

„Seit wann bist du hier, Afonka?"

„Seit ich weiß, daß du aus dem Gefängnis der Stille entwischt bist. Ich hätte nie gedacht, daß du dort jemals wieder herauskommst. Ohne verrückt zu werden, meine ich."

„Aber *er* hat damit gerechnet?"

„Ja."

Als er, Afonka, von Candidos Flucht erfahren habe, sei er auf den nächstbesten Dampfer nach Santarem gesprungen und habe dort eine kleine Schaluppe gemietet:

„Ich hätte auch nicht gedacht, daß du das Wagnis eingehst, über Guajara Mirim zu fahren. Eigentlich hättest du direkt hierherkommen müssen. Wir haben Stepas Notizbuch nicht gefunden. Und du hattest es bei deiner Festnahme nicht bei dir."

Afonka bricht in Lachen aus:

„Du hast mich bis zuletzt überrascht, Candido. Hast du das Notizbuch?"

„Ja."

„Ich muß daran vorbeigegangen sein, ohne es zu entdecken, ich habe alles durchsucht."

„Wärst du auch zurückgekehrt, wenn du es gefunden hättest?"

Erneutes Lachen:

„Ich bin nicht wegen des Notizbuchs hier, wie du dir denken kannst."

„Wo ist Samantha? Wo ist meine Tochter?"

„Ich habe gleich gesagt, daß es ein Mädchen wird, erinnerst du dich?"

„Wo sind sie, Afonka?"

„Ich weiß nicht einmal, wo du sie versteckt hast."

„Das ist keine Antwort auf meine Frage."

„Ich halte das für eine gute Antwort. Wie hätte ich sie fassen können, wo ich nicht einmal weiß, wo sie stecken?"

Candido weiß nicht, ob er lügt.

„Wirst du mich töten, Afonka?"

„Aber ja", antwortet Tschaadajew und lacht.

„Wollt ihr aus meinem Tod eine Legende machen?"

Erneutes Lachen.

„Nein, das ist vorbei. *Er* will, daß ich dich töte. Eine Formalität, nichts weiter. Es wäre besser für dich gewesen, du wärst im Gefängnis der Stille verrückt geworden. Wie war es dort?"

„Ruhig", sagt Candido. „Kein störenden Nachbarn. Ist *er* eifersüchtig auf mich?"

„Eifersüchtig?"

„Warum sollte *er* mich denn töten wollen, Afonka, wenn nicht aus Eifersucht? Überleg doch mal."

„Der Mann hat keine Gefühle."

„Dieses eine hat *er*. Er ist eifersüchtig auf mich und Samantha."
Schweigen.
„Möglich", meint Tschaadajew endlich. „Es würde mich zwar wundern, aber möglich ist es schon."
„Afonka, ich werde jetzt in den Wald zurückkehren und nie wieder herauskommen. Sag *ihm*, daß du mich getötet hast, das läuft auf das dasselbe hinaus."
Lachen.
„Er hat mir befohlen, dich zu töten, und ich werde dich töten."
Noch bevor er den Satz beendet hat, ist Candido zur Tür hinausgekrochen. Er rennt geradewegs in Richtung Estrada – wegen des Stacheldrahtzauns. Zweimal wird er nicht den gleichen Fehler machen.
Er stoppt gerade noch rechtzeitig: Die Estrada ist tatsächlich versperrt. Hastig buddelt er sich ein Loch unter dem Zaun. Ein Geräusch rechts hinter ihm. Ruhe bewahren.
Der Durchschlupf ist groß genug: Er zwängt sich hindurch, rennt weiter und flüchtet unter das schützende Blätterdach. Nach dreihundert Metern bleibt er stehen.
Afonka steht vierhundert Meter hinter ihm.
„Afonka, hörst du mich?"
„Sehr gut."
„Ich bin in der grünen Hölle, Afonka. Folge mir nicht. Du hast keine Chance, trotz deines Gewehrs. Wir Jaguare sind in der grünen Hölle unbesiegbar."
„Du bringst mich immer wieder zum Lachen, Candido. Ich habe in meinem Leben nichts mehr geliebt als die Jagd. Einmal, in Sibirien, bin ich über fünf Wochen lang der Fährte eines Zobels gefolgt. Nur zum Spaß."
Die Kugel bohrt sich in den Stamm, hinter dem Candido in Deckung gegangen ist.
„Und hast du ihn erwischt?"
„Selbstverständlich,", sagt Tschaadajew lachend.

Du mußt nur darauf achten, daß der Abstand zwischen dir und Afonka groß genug bleibt. Wenn du ihn zu nahe herankommen läßt, macht er ein Sieb aus dir. Wird der Abstand zu groß, verliert er dich.
Und du willst doch nicht, daß er dich verliert.
Die Verfolgungsjagd dauert nun schon mehrere Tage. Candido ist

zuversichtlich: Afonka wird vor ihm schlappmachen. Von dort, wo er ihn hinlockt, gibt es kein Zurück mehr. Hier ist nicht Sibirien, ganz im Gegenteil. Und außerdem hat Anfonka nicht Samantha und Candida als Ziel vor Augen.

In der folgenden Nacht beschließt er, eine Pause einzulegen. Damit ihn der ehemalige Zobeljäger nicht überrumpelt, legt er eine kaum sichtbare Fährte. Sie endet in einem Moor, in dem wilde Orchideen im Überfluß wachsen. Von den verfaulten Baumstümpfen steigt ein modrigen Geruch nach feuchter Erde auf. Aber er darf Afonka nicht unterschätzen, bloß das nicht. Rechts ein abgeknickter Ast, dann, dreißig Schritte weiter, der kaum erkennbare Abdruck eines Stiefelabsatzes im Moos – das muß genügen.

Er macht kehrt und schlüpft, so geräuschlos wie ein Blatt, das zu Boden fällt, mitten hinein in ein besonders dichtes Gestrüpp.

Ein unauffälliges Geräusch zu seiner Linken. Schätzungsweise sechzig Meter entfernt. Er verharrt reglos. Zweimal wiederholt sich das Geräusch, so fein wie das Knicken eines Streichholzes. Und dann erscheint urplötzlich Afonka Tschaadajew, wie aus dem Boden gewachsen. Candido ist starr vor Schreck.

Puxa vida, er kann genauso leise auftreten wie ich.

Du hast Angst, was?

Vor ihm ja.

Er sieht, wie Afonka noch ein paar Schritte geht und dann ebenfalls erstarrt. Er spürt meine Nähe, wenn er sich umdreht, bin ich tot, trotz der Blätter.

Endlose zwanzig Sekunden. Tschaadajew geht weiter. Eine Minute später ein leichtes Plätschern – er geht durch das Moor. Stille. Es ist dunkel geworden.

Candido zieht den Riemen des Einsiedlers aus der Tasche und bindet sich fest. Er schläft ein.

In den folgenden Tagen legt er ein solches Tempo vor, daß ihm die Lunge brennt. Zweimal hat er Tschaadajew mit dem Fernglas ausgemacht.

Und er hat dich bestimmt auch gesehen. Gib es ruhig zu: Du hättest nicht gedacht, daß er so lange durchhält.

Durch das Fernglas sah Afonka nicht besonders frisch aus. Aber vielleicht verstellt er sich nur.

Der Wald wird undurchdringlich. Hier waren bestimmt noch nie Menschen, nicht einmal die Indianer.

Candido zögert: Die Vernunft rät ihm, sich nach Südosten zu wenden, um wieder auf die Bergkämme zu gelangen.

Vergiß die Berge. Nur im Dschungel hast du eine Chance, in der grünen Hölle. Vielleicht behält dich der Urwald, aber dann behält er auch Afonka. Oder er ist ein Übermensch.

Candido hat es aufgegeben, seine Spuren auszulöschen und zu verwischen oder falsche Fährten zu legen, um Tschaadajew zu sinnlosen und aufreibenden Umwegen zu zwingen, die in Sackgassen enden. Er hat einfach keine Kraft mehr dazu. Er ist vierundzwanzig Stunden ohne Rast auf den Beinen, bei Tag und bei Nacht. Die meiste Zeit muß er sich mit der Machete eine Bresche schlagen. Zwei- oder dreimal entgeht er gerade noch einer Schlange, die zusammengerollt unter dem Laub liegt, weicht er einer riesigen Anaconda aus, die friedlich an einem Ast hängt, oder schlägt einen Bogen um eine regelrechte Stadt der roten Ameisen. Nachdem er sich vor heranpreschenden Wildschweinen mit furchterregenden Rüsseln in Sicherheit hat bringen müssen – er könnte sie Dom Trajano nennen –, ist er so erschöpft, daß er sich eine Rast gönnt. Doch er bleibt auf der Hut. Er ist überzeugt, daß ihm Afonka noch auf den Fersen ist. Es erscheint unmöglich, doch er ist da, Candido spürt es.

Er geht weiter. Das Blätterdach ist gleichbleibend dicht. In dem dämmrigen Aquariumlicht verliert er allmählich die Orientierung. Angst befällt ihn, doch er geht weiter. Dann, am nächsten Morgen, steigt mit einem Mal der Boden unter seinen Füßen an: Wenn das nicht die ersten Ausläufer der Serra dos Parecis sind, hat er sich verirrt ...

Endlich, Stunden später, öffnet sich die Mauer aus Pflanzen, und Licht flutet herein.

Die Serra dos Parecis.

Kein Zweifel. Bis zur Reducción sind es jetzt noch ungefähr hundertvierzig Kilometer. Vier bis fünf Tagesmärsche.

Er klettert auf die Spitze eines rund hundertfünfzig Metern hohen Kammes und blickt durch das Fernglas: Falls Afonka noch in der Nähe ist, was ihn trotz allem überraschen würde, dann kann er eigentlich nur von dort kommen – immerhin hat er ihm den Weg gebahnt.

Eine Stunde.

Nichts.

Er hat sich verirrt.

Warte noch, Candido Stevenson. Man weiß nie. Du mußt absolute Gewißheit haben. Oder willst, daß er mit seinem verfluchten Grinsen über dich herfällt, wenn du in Samanthas Armen liegst? Nach dem Stand der Sonne ist es etwa acht Uhr morgens. Du geduldest dich bis zum Nachmittag ...

Nein. Immer noch nichts. Nachher gehst du runter und siehst nach, ob er tot ist. Du mußt die Sache zu Ende bringen.

Afonka Tschaadajew taucht kurz vor Einbruch der Dunkelheit aus dem Wald auf. Er kriecht auf allen vieren. Den Hut hat er verloren, das grüne Leinenhemd ist zerfetzt, am rechten Oberschenkel klafft eine breite, blutende Schnittwunde. Das Gewehr zieht er an einer sieben oder acht Meter langen Schnur hinter sich her. Zweimal bricht er zusammen und richtet sich erst nach endlosen Minuten wieder auf. Er schleppt sich noch zwanzig Meter, dann sackt er zusammen.

Und jetzt, Candido Stevenson?

Warte bis morgen früh.

Wenn er sich bis dahin nicht bewegt hat ...

Afonka Tschaadajew liegt an der gleichen Stelle wie am Vorabend, das Gewehr acht Meter daneben. Candido geht näher heran.

Er stellt dir eine Falle, er lockt dich an, du sollst glauben, er sei tot oder liege im Sterben. Und sobald du die Deckung aufgibst, jagt er dir zwei Kugeln in den Kopf. Du hast gesehen, wie er schießt. Du weißt, wozu er fähig ist.

Die Sonne geht auf. Schon geht eine Ameisenkolonne gierig zum Angriff auf das reglose Fleisch über. Mücken umschwirren die Wunden.

Mit einem Satz packt Candido das Gewehr und bringt es mit der Linken in Anschlag (er muß es entladen haben, es ist eine Falle, merkst du das nicht?), während er mit der Rechten die Machete schwingt.

Keine Reaktion.

Er setzt die Spitze der Machete an Afonkas Kehle und beobachtet die Hand, die unter dem Körper liegt. Mit der Fußspitze dreht er Tschaadajew langsam um:

„Du hast keine Zeit mehr zum Schießen."

Er wirft das Gewehr fort, packt Anfonkas Handgelenk und zieht die Hand unter dem Körper hervor. Der Revolver erscheint. Candido löst ihn aus den Fingern.

„Bist du tot?"

Das Gesicht sieht grauenhaft aus, schrecklich aufgedunsen, die Lippen sind aufgerissen, die Nasenlöcher zernagt. Candido wirft den Revolver zu dem Gewehr. Er tastet nach Afonkas Halsschlagader. Er lebt noch.

„Soll bloß keiner sagen, du seist leicht zu töten, Afonka."

Er greift zu der Wasserflasche, die er auf der Höhe an einem Rinnsal gefüllt hat, und benetzt die Lippen des Sterbenden. Die Lider öffnen sich. Der fast schneeweiße Blick heftet sich auf ihn. Die kleinen Insekten in der Mitte der Pupillen sind wie versteinert.

„Wasser", sagt Afonka.

Candido gibt ihm wieder zu trinken, geht drei Schritte zurück und setzt sich nieder. Tschaadajews riesiges Messer hat er mitgenommen.

„Wirklich gute Jagd", meint Afonka.

„Nur hat diesmal der Zobel gewonnen. Was hast du da am Bein?"

„Schlange."

Das Blut an der Klinge von Afonkas Messer sagt alles: Afonka ist von einer Schlange gebissen worden und hat die Wunde aufgeschnitten, um ein Ausbreiten des Giftes zu verhindern. Die Wunde muß mindestens drei Tage alt sein.

„Glaubst du, du hättest mich erwischt, wenn dich die Schlange nicht gebissen hätte, Afonka?"

„Nein."

„Gibst du zu, daß ich dich geschlagen habe?"

Du bist kindisch, Candido Stevenson. Mit aller Gewalt willst du ihn dazu bringen, daß er seine Niederlage eingesteht.

„Ja", sagt Tschaadajew. „Es lag nicht an der Schlange. Du warst einfach zu schnell für mich."

„Du hast darauf gewartet, daß ich zu dem Gewehr gehe, das du hinter dir hergezogen hast, und dann wolltest du mich mit dem Revolver erschießen, stimmt's?"

„Ja. War aber zu erschöpft."

Die Augen schließen sich.

Töte ihn. Auch er war eine Kralle des Jaguars, und mit Sicherheit die gefährlichste. Du hat doch schon Stepa Onegin, Otto Krantz und den Berg getötet, und vor denen hattest du weniger Angst. Außerdem tust du ihm damit nur einen Gefallen: Sein Bein ist bereits vom Wundbrand befallen. Er wird es nicht überstehen, er wird qualvoll sterben.

Töte ihn.

Seit zwei Tagen klettert er die Hänge der Serra dos Parecis hinauf, Afonka Tschaadajew auf seinem Rücken. Er hat Tschaadajew gepflegt, so gut er konnte. Er hat ihm die Wunden mit Wasser ausgewaschen und Pflaster aus Blättern aufgelegt.

Rast. Es ist bereits die sechste auf den letzten achthundert Metern.

Du bist verrückt, daß du Afonka auf die Art mitschleppst. Er wird sterben. Einmal verzögert sich alles, und dann riskierst du, daß dich deine Kräfte im Stich lassen.

Er läßt Afonka herunter. Afonka glüht vor Fieber und stinkt. Ein Gestank zum Erbrechen. Seine Wunden eitern. Er redet im Fieberwahn, auf russisch. Erneut frisches Wasser. Die Augen öffnen sich. Es dauert ziemlich lange, bis der Blick klar wird.

„Grüß dich, Candido. Es ist sinnlos, was du machst."

Die Stimme ist sehr schwach.

„Wo sind sie, Afonka? Wo sind Samantha und meine Tochter?"

Zum ersten Mal seit zwei Tagen ist Tschaadajew wieder bei Bewußtsein.

„Du weißt, wo sie sind, nicht wahr, Afonka?"

Schweigen. Die Augen haben sich wieder geschlossen. Er steht wirklich an der Schwelle des Todes, Candido hat ihn umsonst mitgeschleppt.

„Matriona", sagt Afonka. „Mit Matriona."

Nicht das Mädchen, sagt er noch nach einigem unverständlichen Gebrabbel.

Nicht das Mädchen. Nur Samantha.

Samantha ist bei Matriona? Als Gefangene?

„Ja, Weidmannsheil, Jaguar."

Candido bemüht sich, ihn wiederzubeleben. Aber es ist aus. Afonka ist endgültig tot.

Vier Tage später erreicht Candido die Reducción. Und als er nicht die kleinste Rauchsäule aufsteigen sieht, ist ihm sofort alles klar, zumindest fast alles. Er geht durch das gewaltige Portal, überquert den Hof und schaut in jedes Zimmer. Alles ist ordentlich aufgeräumt. Aber verlassen.

Der Brief steht gut sichtbar auf dem Schreibtisch. Er liest ihn.

Er sitzt ein ganze Weile niedergeschlagen am Tisch, wie lange, weiß er nicht, dann steht er auf. Der Jesuitenfriedhof liegt hinter dem Anwesen. Fünf oder sechs sehr alte Gräber mit vermoderten Holzkreuzen.

Und ein frisches Grab, nach der Höhe des Unkrauts zu urteilen, das auf dem Erdhaufen daneben sprießt. Er beugt sich über das Grab. Auf seinem Grund liegt der Einsiedler. Seine Hände sind friedlich auf der Brust gefaltet, doch die Würmer sind bereits ans Werk gegangen. Er nimmt die Schaufel, die in dem Erdhaufen steckt, und schließt das Grab. Zum Schluß richtet er die Steinplatte auf, die mit einer Inschrift versehen bereitliegt.

Mit frischen Eiern aus dem Hühnerstall brät er sich ein Omelett. Er zwingt sich zum Essen, obwohl ihn ein Ekelgefühl überkommt. Stundenlang verharrt er im Arbeitszimmer. Er kann nicht weinen, obwohl er weiß, daß es ihn erleichtern würde. Es zwingt sich, in einem Buch zu lesen. Es stammt von einem gewissen Edward Morgan Forster. Samantha hat es in Rio gekauft. Ein Satz daraus: *Mal ist das Leben das Leben, mal ist es nur Theater. Bitte nicht verwechseln.*

Das Bett, in dem er vor fünfzehn Monaten gelegen hat, riecht nach Samantha.

Gegen Mittag verläßt er die Reducción. Er hat länger geschlafen als vorgesehen.

Nach Cuiabá. Und Rio.

Rio ist nicht das letzte Ziel, das ist ihm klar.

Der kleine Notar fährt zusammen und erstarrt, als er Candido in seiner Bibliothek sitzen sieht. Die Rolläden sind heruntergelassen, nur eine Lampe brennt.

„O mein Gott, ich hatte bereits jede Hoffnung aufgegeben, Sie jemals wiederzusehen."

Er läßt Candido kaum zu Wort kommen. Nein, Samantha habe er nicht gesehen. Er wisse nur, was er von Eglantina und diesem Lindolpho Juraci erfahren habe: Nachdem sie drei Monate in der Jesuitenreducción im Herzen der Serra dos Parecis zugebracht hatten, wollte Samantha nicht länger auf Candidos Rückkehr warten und drängte zum Aufbruch. Sie durchquerten den Mato Grosso und fuhren dann mit Wagen weiter. Nach ein paar hundert Kilometern gerieten sie in eine Straßensperre der Armee. Die Soldaten brachten alle vier in die kleine Stadt Jataí im Bundesstaat Goiás. Der Offizier und die Soldaten waren nicht sehr mitteilsam, sie sagten nur, mit dem Jaguar, der sie so in Trab gehalten habe, sei es aus und vorbei, er sei tot, der Teufel habe ihn geholt. Man sperrte Lindolpho und Eglantina ins Gefängnis von Jataí und hielt sie unter strenger Isolierung. Zwei Wochen später setzte man sie ohne jede Erklärung wieder auf freien Fuß.

„Lindolpho und Eglantina suchten mich gleich nach ihrer Ankunft in Rio auf. Ich wußte noch weniger als sie. Ich hielt Sie für tot. Ich dachte, man hätte Sie in Belém erschossen. Dom Aristides Dantas dachte das auch. Und dann, vor einigen Monaten, hatte ich wieder einmal eine Auseinandersetzung mit den Anwälten Ihres Herrn Vaters. Einer von ihnen schüttelte den Kopf und sagte, Ihre Tochter könne unmöglich das Geld erhalten, solange man Sie nicht offiziell für tot erklärt habe. Ich fragte ihn, was er mit ‚offiziell für tot erklärt' meine und ob in Belém überhaupt keine Hinrichtung stattgefunden habe. Er antwortete, ganz so einfach sei es wiederum nicht, mehr dürfe er jedoch nicht sagen ... aber ich schweife ab, ich habe Ihnen so viel zu erzählen. Das Wichtigste vorweg: Ihre Tochter lebt und ist in Rio. Ich hielt es für das Beste, sie bei Lindolpho und Eglantina zu lassen. Sie hängt sehr an den beiden. Was bin ich doch für ein alter Narr, Sie haben mich bei einem Nickerchen überrascht, ich hätte es Ihnen gleich sagen sollen. Ich lasse meinen Wagen holen, dann fahren wir hin."

Der kleine Notar João Pessoa wohnt in Santa Teresa. Das Haus liegt an einer Ladeira über der Stadt. Im ersten Morgengrauen fährt der Chauffeur die steile kurvenreiche Straße in südlicher Richtung zum Meer hinunter.

„Ich habe das Haus gekauft, in dem sich Ihre Tochter befindet, Dom Candido. Mit Ihrem Geld, aus Gründen der Vorsicht allerdings nicht unter Ihrem Namen. Außer mir weiß nur noch Dom Aristides von der Existenz dieses Hauses. Und die Bewohnern, die auf Ihre Tochter aufpassen: Eglantina und Lindolpho, natürlich, und eine Lehrerin, die ich persönlich eingestellt habe und direkt aus England habe kommen lassen. Dann sind da noch die Wachen, insgesamt sind es sechs. Ich vertraue ihnen, wie man nur jemand trauen kann."

Ich habe kein Geld, denkt Candido. Aber ich werde welches brauchen. Denn ich glaube, ich weiß, wo Samantha ist. Zumindest weiß ich genau, wo sie nicht ist: in Brasilien.

„Von welchem Geld sprechen Sie?"

„Sie haben es vergessen, und das ist nur verständlich: Sie haben mich gebeten, Nachforschungen anzustellen, und, falls erforderlich, das Erbe Ihres Herrn Großonkels Amílcar Cavalcanti einzuklagen. Es war kein leichter Kampf, aber im großen und ganzen, so denke ich, können wir mit dem Erreichten zufrieden sein. Die Anwälte Ihres Herrn Vaters und ich haben uns darauf verständigt, daß ein Vergleich besser sei als ein Prozeß. Den wir übrigens ohne Zweifel gewonnen hätten, allerdings erst nach Jahren."

„Ich brauche zehntausend Dollar."

„Wir haben den Vergleich auf der Basis von vier Millionen amerikanischen Dollar geschlossen, wenn ich mich bei der Umrechnung nicht vertue. Dazu kommen die Fazenda Bragança Boa Vista, das Sommerhaus in Petrópolis sowie eine gewisse Anzahl von Gemälden und Schmuck."

Meus Deus!

„Dies alles wurde einer Aktiengesellschaft überschrieben, die ich mit Hilfe Ihrer Vollmachten gegründet habe. Ich will Ihnen die juristischen Einzelheiten ersparen, nur soviel: Sie sind der alleinige Inhaber dieser Gesellschaft, Ihre Tochter und Fräulein Samantha Franck haben das Nutzungsrecht an Kapital und Sachwerten. Ich hielt es ferner für angebracht, Vorsorge dafür zu treffen, daß in neun Jahren und fünf Monaten, vom heutigen Tag an gerechnet, alle Eigentumsrechte auf Ihre Tochter und die Mutter übergehen, falls Sie bis dahin nicht wieder aufgetaucht sind."

„Sie haben vollkommen richtig gehandelt, ich kann Ihnen nicht genug danken."

Du hast Tränen in den Augen, Candido Stevenson. Das Geld ist bestimmt nicht der Grund, das ist dir vollkommen egal. Nein, es ist der Gedanke an Großonkel Amílcar ...

„Wir sind da."

Ein Gitter, dann eine Allee, über die sich die Äste großer Bougainvilleas, Mangobäume, Flamboyants und Jacarandas wölben. Zwei Wachen kontrollieren sie. Lindolpho tritt aus dem Haus, und die beiden Männer umarmen sich schweigend. Eglantina weint.

„Sie schläft noch, Dom Candido. Wenn ich gewußt hätte, daß Sie kommen ..."

„Wecke sie nicht auf."

Er betritt allein Candidas Zimmer, zieht geräuschlos einen Stuhl heran und setzt sich neben das Bett.

In der Reducción konntest du nicht weinen. Bei Niederlagen kannst du nie weinen. Aber hier schon. Sie sieht Samantha so unglaublich ähnlich, nur die Augen sind anders, sagt man.

Du brauchst dich nicht zu schämen. Das wird dich nicht schwächen, du bleibst so gespannt wie der große Bogen, mit dem Hastimphilo

Vögel erlegte, die in schwindelerregender Höhe am Himmel vorbeizogen.

Du weinst vor Glück, das ist nicht das gleiche.

Ich muß es dir einfach sagen, Candida, ich bin wahnsinnig verliebt in deine Mutter. Du nennst sie Mama und ich Samantha, aber es ist ein und dieselbe Person. Daß sie die Frau ist, die ich in den Armen gehalten habe, und zugleich die andere Frau, die dir die Brust gegeben hat, das ist ein Mysterium, das ich nie ganz begreifen werde. Ich bin nicht eifersüchtig auf dich gewesen, nur beinahe. Sei mir nicht böse. Meine einzige Entschuldigung ist, daß ich noch nicht einmal vierundzwanzig Jahre alt bin. Anscheinend bin ich noch sehr jung.

Ich bin wahnsinnig verliebt in deine Mutter. Und meiner Meinung nach wird das immer so bleiben. Kennst du E. M. Forster? Das ist ein Schriftsteller, den sie sehr mochte. Er behauptet, eine einmalige Liebe komme einer Beschränkung gleich. Willst du meine Meinung dazu hören? Man kann ein großer Schriftsteller und zugleich ein ausgemachter Dummkopf sein.

Aber ich schweife ab. Ich bin wahnsinnig in sie verliebt, obwohl ich mir gar nicht sicher bin, ob sie für mich die gleichen Gefühle empfindet. Manchmal wage ich mir einzubilden, daß sie mich liebt, die übrige Zeit sage ich mir, daß ich nur ihr Liebhaber bin und sie mich nur deshalb als Vater ihres Kindes (das bist du) anerkannt hat, damit sie jemanden an der Hand hat.

Ich muß schon ziemlich intelligent sein, um auf so einen Unsinn zu kommen!

Sie ist gegangen, Candida. Aber wenn sie dich zurückgelassen hat, so nur, weil sie dazu gezwungen wurde. Sie ist davon überzeugt, daß ich tot bin, sonst hätte sie mir eine Nachricht hinterlassen. Oder man hat ihr gesagt, daß ich noch lebe, und daß sie meine Erschießung nur verhindern kann, wenn sie mitgeht. Aber das glaube ich kaum: Sie müßte mich schon sehr lieben, um eine solche Erpressung mitzumachen und sich zu fügen.

Nein, man hat sie mit dir erpreßt: Entweder du kommst mit, oder wir töten deine Tochter. Matriona, erinnerst du dich an sie? Sie ist schön, nicht wahr? Ich hätte sie töten sollen, damals am Madeira.

Aber wenn ich es getan hätte, hätte *er* jemand anders geschickt.

Auf *ihn* will ich schon die ganze Zeit hinaus, Candida. Wenn sie wieder bei *ihm* ist, bringe ich sie um, Candida. Tut mir leid. Oder ich bringe mich um.

... Auf jeden Fall wird *der andere* mich töten. Ich habe Afonka Tschaadajew erwischt, ein reines Wunder. Bei *dem anderen* habe ich keine Chance. Er ist in Rußland. Dort muß ich ihn suchen. Kannst du dir das vorstellen? Kannst du dir vorstellen, wie ich in Moskau mit einem Gewehr den blutrünstigen Jaguar spiele?

Ich gehe trotzdem hin, klar. Aber diesmal nimmt es ein schlechtes Ende, meine Kleine.

Sag jetzt nur nicht, daß sie tot ist. Ich bin so schon wütend genug ...

„Vivaldo Maria ist tot", sagt Clovis. „Man hat ihn und ein paar andere in Manaus zum Tode verurteilt und erschossen. Aber er war selbst schuld: Warum ist er nicht mit uns gekommen?"

„Wohin seid ihr gegangen?"

„Nach Iquitos in Peru."

Nach Iquitos, wo Leite Abade und Da Silva sich vermutlich immer noch aufhalten. Clovis hat seit Monaten nichts mehr von ihnen gehört. Und er will auch nichts mehr von ihnen hören. Er hat endgültig einen Schlußstrich gezogen.

Er blieb nur zwei Monate in Iquitos. Er hatte genug von den Träumen, den Kämpfen, genug von der Revolution. Nach einer langen Reise erreichte er Lima, dann gelang es ihm zusammen mit zwei Gefährten, in Callao an Bord eines Schiffes zu gehen.

Niemand beachtete ihn, als er wieder an Land ging.

„Ich verlasse Rio nie mehr. Und ich will mein Leben lang kein Gewehr mehr sehen. Weißt du, daß meine Urgroßmutter Domitila noch lebt?"

„Sie hat mir doch verraten, wo du steckst und unter welchem Namen."

„Sie ist mindestens hundert Jahre alt."

„Ich auch", sagt Candido grinsend.

Clovis lebt unter seinem neuen Namen Anacleto Patiençia in Cachambi, einem ziemlich ärmlichen Viertel. Aus Angst, erkannt zu werden, hat er die Arbeit bei der Straßenbahngesellschaft nicht wieder aufgenommen. Er ist jetzt Busfahrer auf der Strecke Rio–Belo Horizonte. Sein bescheidenes Gehalt reicht kaum für seine Frau und seine beiden Kinder – das dritte ist unterwegs –, zumal er auch noch seine Schwester und die fünf Kinder unterstützen muß, die sie von Hastimphilo hat.

„Und du, Candido?“

„Mir geht es bestens, wirklich.“

„Und Samantha und deine Tochter?“

„Ihnen auch. Ich freue mich, daß wir uns wiedergesehen haben, Clovis. Ich möchte dich noch um einen letzten Gefallen bitten. Ich will, daß du morgen, oder jedenfalls so bald wie möglich, zu Dom João Pessoa, dem Notar, gehst. Du kennst seine Adresse in Santa Teresa. Er wird dir etwas übergeben.“

„Und was soll ich damit tun?“

„Es für mich aufbewahren. Für Samantha, Candida und mich.“

Es handelt sich um Wertpapiere des Busunternehmens, für das Clovis gegenwärtig arbeitet. Sie sind auf den Namen Anacleto Patiençia ausgestellt, ebenso wie die Besitzurkunde eines Hauses, das der kleine Notar in Absprache mit Clovis kaufen wird. Candido hat nur keine Lust, sich Clovis' Dankesworte anzuhören.

„Ich habe dich für tot gehalten, weißt du. Aber ich habe sie trotzdem aufgehoben, als Erinnerung an dich.“

Die Balalaika und den Grimmelshausen, beide etwas angeschimmelt.

„Danke“, sagt Candido. „Nossa Senhora schütze dich. Ich glaube nicht, daß wir uns wiedersehen, aber man weiß ja nie. Samantha hat große Lust, nach Europa zu reisen, und wir werden lange wegbleiben, sehr lange sogar.“

„Das freut mich. In Brasilien bist du in Gefahr. In Europa wirst du deine Ruhe haben.“

„Du hast es kapiert“, sagt Candido.

Die letzte Nacht in Brasilien verbringt er in Ciccios Sobrado in Rio. Durch die hinteren Fenster blickt man auf die Lagune Rodrigo de Freitas und den Corcovado, vorn hinaus auf den Strand und die schweren Brecher des Atlantiks.

„Und du willst wirklich keinen Champagner, Candido?“

„Wirklich nicht.“

„Ich habe dir heute nachmittag vom Auto aus beim Laufen zugesehen, draußen im Wald bei Tijuca. Du bist ein ausgezeichneter Läufer. Du bist zwei Stunden gerannt, und hinterher warst du nicht einmal erschöpft.“

„Ich war erschöpft. Man sieht es mir nur nicht an, das ist alles.“

„Deinem Gesicht sieht man nie etwas an. Äußerlich hast du dich überhaupt nicht verändert. Du lächelst immer noch mit den Augen, und du wirkst immer noch wie achtzehn. Sieh mich an, ich habe schon Falten. Obwohl ich Cremes benutze, oder gerade deshalb, ich weiß nicht.“

„Sei nicht albern, wir sind gleich alt.“

„Das kommt bestimmt von meinen schwarzen Haaren.“

„Bestimmt.“

„Findest du, daß ich alt geworden bin, Candido?“

Meus Deus!

„Immerhin habe ich dich zum Lachen gebracht“, sagt Ciccio. „Hast du die Bücher von Proust gelesen, die ich dir gegeben habe?“

Ciccio hört mit Entzücken, daß Proust an manchen Stellen einfach genial sei. Dann schwelgen sie in Erinnerungen an ihre gemeinsame Kindheit und Jugend. Die letzten Geräusche in dem vornehmen Wohnviertel sind bereits verstummt, als kurz nach elf Uhr abends endlich Aristides Dantas erscheint.

„Man hält Sie tatsächlich für tot, Candido, und alle Welt gibt sich damit zufrieden. Nach der offiziellen Version sind Sie nach einem Fluchtversuch in der Zelle Ihren zahlreichen Verletzungen erlegen.“

„Und mein Vater?“

„Ich habe ihn seither nicht mehr gesehen“, sagt Aristides Dantas nach aufschlußreichem Zögern.

Das ist doch lästig, Candido Stevenson, warum errätst du immer, wenn die Leute dich belügen oder einen Teil der Wahrheit verschweigen? Zum Glück lebst du nicht ewig, allmählich wird das unerträglich.

Aber gottlob, Dantas hat verstanden:

„Candido, ich habe Sie deshalb nicht mehr im Gefängnis in Belém besucht, weil ich in São Paulo war. Ich habe bis zur letzten Minute alles versucht.“

Candido wartet.

„Ihr Vater hat sich für Sie eingesetzt, Candido. Ich war verzweifelt, er war der einzige, der noch intervenieren konnte.“

„Um meine Strafe umwandeln zu lassen.“

„Er hat mitten in der Nacht den Präsidenten geweckt.“

„Waren Sie dabei?“

„Nein. Ich war auf dem Weg nach Belém. Leider hatte man Sie schon weggebracht.“

„Und ins Gefängnis der Stille geworfen.“

„Aus dem vor Ihnen niemand mit klarem Verstand oder lebend herausgekommen war. Er hatte keine andere Wahl."

„Sehr schön", sagt Candido. „Weiß er, daß ich geflohen bin?"

Aristides Dantas schüttelt den Kopf: Er wisse es nicht, er habe Dom Trajano nicht mehr gesehen.

„Sie wollen Brasilien verlassen, Candido?"

„Unter meinem Namen", sagt Ciccio, seine erste Bemerkung, seit Dantas da ist. „Ich habe mir einen Paß mit Candidos Foto ausstellen lassen. Ich finde das amüsant: Ich bin in Rio oder São Paulo und zur gleichen Zeit in London, Paris, Rom oder sonstwo."

Dantas erkundigt sich zögernd nach Samantha und Candida. Candido gibt ihm die gleiche Antwort wie Clovis. Dantas läßt sich bestimmt nicht täuschen, sagt aber nichts.

Er geht. Sie umarmen einander freundschaftlich. Doch sonst bin ich eiskalt geblieben, denkt Candido. Ich habe für diesen Mann nie etwas empfunden, obwohl er viel für mich getan hat und ich ohne ihn jetzt tot wäre.

Candido reist am nächsten Morgen ab. In der vornehmen Karosse mimt Ciccio mit wahrer Hingabe den perfekten Chauffeur. Sein fröhliches Temperament hat ihn – neben seiner Intelligenz und seinem Sinn für Musik und Bücher – schon immer am meisten mit Candido verbunden, bei aller unterschiedlichen Auffassung in puncto Mädchen.

„Du hast mir gestern nicht auf der Balalaika vorgespielt, Candido."

„Du hast mich nicht darum gebeten."

„Ich habe dich gebeten, aber du hast es nicht gehört. Schade."

„Behalte sie."

„Die Balalaika? Niemals. Tu mir den Gefallen und nimm sie mit. Du wirst sie brauchen. An dem Tag, an dem du wieder auf ihr spielst, bist du wieder mein Candido-Liebling."

„Ich werde nie dein Candido-Liebling."

Sie passieren die Kontrollen. Ciccio lenkt mit seiner bonbonfarbenen rosa Mütze und Livree die Beamten ab.

„Du brauchst nicht mit aufs Schiff, Ciccio."

„Wir Chauffeure sind stets auf die Bequemlichkeit unserer geschätzten Herrschaften bedacht. Und dann ist es ja in gewissem Sinn meine Kabine. Was hältst du davon, wenn ich dich als Kammerdiener begleite? Ich gebe dir mein Wort, daß ich nicht hinschaue, wenn du badest."

„Verzieh dich jetzt, die Sirene gilt dir."

Und da fängt Ciccio zu weinen an.

„Du wirst nicht zurückkehren, Candido, ich weiß es. Oder genauer gesagt, ich weiß, daß du das denkst. Das macht mich sehr traurig. Versprichst du mir, daß du wenigstens versuchst, auf der Balalaika zu spielen?"

„Ja."

Ciccio hat ihn für die lange Reise mit Büchern versorgt: natürlich Marcel Proust, von *Die Welt der Guermantes* bis zu dem erst kürzlich erschienenen Werk *Die Gefangene*, aber auch Thoreau, insbesondere *Walden,* Melville, Poe und viele andere, dazu ein Bändchen mit Ciccios Gedichten, in rosa Leder gebunden und auf Kosten des Verfassers herausgegeben, mit einer mehr als kompromittierenden Widmung: *Meinem Candido-Liebling in Erinnerung an die Nächte* usw.

Meus Deus. Er bringt mich doch tatsächlich sogar noch nach unserer Trennung zum Schmunzeln.

Candido verläßt die Kabine während der gesamten Überfahrt nicht – er schützt Rückenschmerzen vor – und nimmt dort alle Mahlzeiten ein.

In London geht er von Bord und macht sich sofort auf die Suche nach einer Buchhandlung, die sich auf russische Literatur in Originalausgaben spezialisiert hat.

„Haben Sie die *Sankt Petersburger Erzählungen* von Nikolai Gogol? In Russisch?"

Der Buchhändler, der Russisch kann, fragt ihn, ob er die Sprache spreche oder lese.

„Weder noch. Es soll ein Geschenk werden."

„Wunderbar", erklärt der Buchhändler. „Dostowjewski meinte, die gesamte russische Literatur sei aus der Erzählung *Der Mantel* hervorgegangen, die in der Sammlung enthalten ist."

„Wie schade, daß ich kein Russisch kann. Ich werde mir aber eine englische Übersetzung besorgen und sie lesen. Ist es auch eine vollständige Ausgabe? Ungekürzt?"

Der Buchhändler protestiert empört: Das Buch sei eine Originalausgabe, eine vollständigere gebe es nicht.

Candido kehrt in das Hotel Connaught am Carlos Place zurück und steigt die herrliche Treppe hinauf, die ihn so begeistert. Im Zimmer angelangt, schließt er sich ein und legt nebeneinander Gogols *Erzählungen* und Stepa Onegins schwarzes Notizbuch auf die Schreibtischplatte.

Es ist durchaus möglich, daß Stepa Onegin im hintersten Winkel Amazoniens eine Novellensammlung von Gogol gelesen hat (obwohl Gogol nicht zu den großen Schriftstellern gehört, die das Regime abgesegnet hat). Aber besonders glaubhaft ist es nicht.

Außerdem hat er keinen anderen Anhaltspunkt.

Er macht sich also an die Arbeit, im Kopf die von Edgar Allan Poe verfaßten Aufsätze, nach denen jede Geheimschrift entschlüsselt werden kann.

Zwei Stunden später erweist sich eine erste Hypothese als falsch: Die erste Ziffer ist nicht die Seitenzahl, die zweite nicht die Zeile, die dritte nicht das Wort.

Zu einfach. Aber zu irgend etwas muß Gogol doch gut sein.

Das Notizbuch ist wichtig, und die darin enthaltenen Informationen sind von größter Bedeutung. Sonst hätte ihn Afonka nicht danach gefragt. Er hat ihm keine Komödie vorgespielt.

Die Lösung steckt in diesem Buch, Schluß und aus. Sonst bleibt ihm nichts anderes übrig, als eine russische Stadt nach der anderen abzuklappern und die Parkwächter zu fragen, ob sie Samantha gesehen haben.

Er dreht das Buch auf den Kopf. Nichts.

Er zählt die Zeilen von unten nach oben. Nichts.

Von rechts nach links? Nein.

Er schließt jeden Code aus, die sich auf den Titel oder auf die Namen von Autor oder Herausgeber bezieht – in dem Fall hätte Onegin das Buch nicht überall mit sich herumzuschleppen brauchen.

Er verläßt das Hotel und kauft in einer Buchhandlung am Piccadilly, neben Fortnum & Mason, drei Bücher über Kryptographie. Poe ist ihm noch in guter Erinnerung, aber seit 1840 wurden die Techniken verbessert.

Er versucht es mit der Tafel von Blaise de Vigenère, dem Erfinder der modernen Kryptographie. Das Alphabet wird einmal horizontal, dann vertikal geschrieben, wobei das A zweimal als Anfangsschlüssel dient. Auf diese Weise ergeben sich sechsundzwanzig horizontale und ebenso viele vertikale Felder, die man mit Buchstaben füllt. Es gibt immer nur sechsundzwanzig mögliche Lösungen.

Die Mahlzeiten läßt er sich im Zimmer servieren. Jeden Tag dreht er unter den prüfenden Blicken der Bobbies drei Runden um den Hyde Park, doch sie lassen ihn in Ruhe.

Die Vigenère-Tafel bringt ihn keinen Schritt weiter, wie immer er sie auch dreht und wendet.

Ich habe es geahnt. Stepa hätte sie bei sich tragen müssen, und ich hätte sie gefunden, als ich ihn durchsuchte. Macht nichts, weg damit.

Er beschäftigt sich mit dem preußischen Offizier Kasiski. Kasiski geht davon aus, daß in jeder Sprache häufig Buchstabenpaare oder -tripel auftauchen, deren Wiederholung sich auch in sehr kurzen verschlüsselten Nachrichten kaum vermeiden läßt.

Nichts.

Die chinesische Geheimschrift, die deshalb so heißt, weil nicht von links nach rechts, sondern vertikal geschrieben und gelesen wird, ergibt auch nichts.

Zahlensubstitution? Doppelte Zahlensubstitution? Transposition mit Zahlensubstitution?

Acht Tage schließt er sich in seinem Zimmer im Connaught ein und verläßt es nur, um seine Runden im Hyde Park zu drehen.

„Ich bereite mich auf eine Prüfung vor", hat er dem Personal erklärt.

Überschlüsselung mit kombinierten Zahlen?

Mit JAGUAR als Schlüsselwort?

Ich weiß, du bist müde, Candido Stevenson. Aber egal.

Zuerst in einer Zeile: J.A.G.U.A.R. Dann die anderen Buchstaben des Alphabets, die nicht in dem Wort enthalten sind, also B, C, D, E, F, H, I, K, L, M, usw.

Na also, die erste Zeile.

Unmittelbar darunter das normale Alphabet: Das A unter das J, das B unter das A, das C unter das G ... Du hast in deinem Schlüsselwort zwei A, egal. Und wenn du das zweite A von Jaguar durch ein E ersetzt?

J.A.G.U.E.R.B.C.D.F.H.I.K.L. usw.

Darunter das richtige Alphabet.

Und nun schreibt er I LOVE YOU SAMANTHA in den Buchstaben der ersten Zeile: DLOWEZOVSJMJNTCJ. Lies es laut, damit du hörst, wie es klingt.

Du schnappst noch völlig über, Candido!

Beruhige dich und überlege in Ruhe, Candido Stevenson, hörst du?

Na gut. Reg dich nicht auf.

Das erste Schlüsselwort ist bestimmt JAGUAR. Aber es muß noch ein zweites geben. Ein Wort mit vier Buchstaben, das Stepa nicht vergißt.

URSS?

Otto (Krantz)?

Njet?

Isba?

NJET! Mein Gott!

JAGUAR-NJET, Jaguar-Nein, *der andere* hat sich einen Spaß gemacht. Das muß es sein!

Er stürzt sich auf das schwarze Notizbuch. Die Gedankenstriche und Punkte zwischen den Zahlen läßt er außer acht, sie sollen nur verwirren.

Die Lösung: Schon bei der ersten Ziffernreihe – vorausgesetzt, man läßt die erste Ziffer weg, die ebenfalls nur der Irreführung dient (worüber er sich allerdings erst nach fünf Stunden klar wird) – springen ihm der Name und die Adresse ins Auge: Warszawa (Warschau), Adam Lipowski, 54 Bednarska.

Als letzte Vorsichtsmaßnahme hat Stepa sein Adressenbüchlein mit den letzten Buchstaben des Alphabets begonnen.

Nach und nach erscheinen die anderen Adressen, etwa sechzig an der Zahl, Adressen in allen größeren Städten der Welt, nur nicht in Rußland, wo Stepa und seine Komplizen keine Unterstüzung benötigten.

Das Notizbuch enthält Adressen in Brasilien, in São Paulo, Rio, Belém, Manaus, Recife und in Porto Alegre. Andere liegen in Europa, sogar hier in London, in Dublin, in Edinburgh.

In Paris, Monte-Carlo, Rom, Genf, Zürich.

Überall.

Eines ist sicher, Candido Stevenson, Nicolai Gogols *Erzählungen* haben rein gar nichts gebracht. Es war nur Stepas Lieblingsbuch, wer hätte das gedacht?

Vergiß Gogol. Nimm die Spur auf.

Er hat Harvey Bloggs entdeckt. Den geschwätzigen Kerl aus Petrograd, Moskau und aus dem Zug nach Nischnij-Nowgorod.

Bereits seit vierzehn Tage beobachtet Candido den Eingang zum Haus Nr. 49 in der Rue de Bellechasse – eine der Adressen aus Onegins schwarzem Notizbuch. Im Erdgeschoß wohnt ein gewisser Louis Grosjean. Er ist blond und blauäugig, großgewachsen und offensichtlich ein passionierter Fußgänger. Jeden Morgen begibt er sich zu Fuß zu seiner Buchhandlung in der Avenue George V. am rechten Seineufer und kehrt erst nach Einbruch der Nacht wieder zurück. Candido wollte die Beschattung schon abbrechen und sich der nächsten Adresse auf der Liste zuwenden, weil er keinen besonderen Grund mehr sah, sich noch länger an Grosjeans Fersen zu heften, und weil er schon in London acht Tage damit vergeudet hatte, einem beschäftigungslosen Anwalt namens Paul E. Jupp auf Schritt und Tritt zu folgen.

Doch am dritten Tag in Paris, einem Sonntag, verließ Grosjean seine Wohnung in Begleitung einer Frau, seiner Gattin ganz offensichtlich. Die Frau war ebenso groß wie Matriona und Samantha, hatte blondes Haar, blaue Augen und hervorstehende Backenknochen. Etwas in ihrem Gesicht verriet eine östliche Herkunft – vielleicht eine Russin. Er folgte dem Paar in ein Konzert, und dort hörte er die Frau sprechen: Sie hatte einen russischen oder polnischen Akzent. Der Anhaltspunkt war lächerlich, aber Candido mußte damit zufrieden sein. Er hatte ja keinen anderen.

An den folgenden Tagen ging der Buchhändler jeden Morgen mit den gleichen ausgreifenden Schritten in seinen Laden, wobei er kraftvoll die Hacken aufsetzte und mit unbewußter Lässigkeit die Schultern rollte. Typisch.

So auch heute, am vierzehnten Tag. Und vor kaum zehn Minuten hat der Buchhändler den Laden wieder geschlossen, den Rolladen heruntergelassen und die Lichter gelöscht. Aber statt in die Rue François Ier einzubiegen, wie er es sonst immer tat, geht er die Avenue George V. hinauf und setzt sich in ein Café an den Champs-Élysées.

Und dort saß bereits Harvey Bloggs mit seinen vorstehenden Zähnen, seiner Brille mit dem dicken Gestell und seiner gewohnten Geschwätzigkeit.

Candido wartet. Es ist mild. Trotzdem trägt er den leichten Regenmantel, den er sich in London hat maßschneidern lassen. Er ist beidseitig tragbar: beige und dunkelbraun, wie seine Mütze. Mit zwei Handgriffen kann er sein Aussehen verändern.

Nach einer halben Stunde steht der Buchhändler wieder auf, drückt Bloggs nach französischer Sitte die Hand und geht die Champs-Élysées hinunter. Bloggs rührt sich nicht von der Stelle, bestellt noch ein kleines Bier und sieht mit zufriedenem Lächeln den vorbeigehenden Frauen nach.

Ich warne dich, Bloggs, wenn es sein muß, folge ich dir ein Jahr lang und bis ans Ende der Welt. Du bist meine einzige Hoffnung.

Fünf Tage. Bloggs schlendert herum. Er trifft sich mit Unbekannten, denen er fröhlich auf den Rücken schlägt, und immer bezahlt er die Rechnung. Zweimal kehrt er mit einer Frau, die er irgendwo auf der Straße oder in einem Café aufgegabelt hat, in sein Hotel in der Avenue de Messine zurück.

Am sechsten Tag geht Bloggs gegen elf Uhr morgens zum Hotel Crillon am Place de la Concorde und wechselt ein paar Worte mit dem Pförtner. Candido kommt nicht nahe genug heran, um etwas zu verstehen, aber die Mimik des Mannes mit den goldenen Schlüsseln ist eindeutig: Die Person, nach der sich Bloggs erkundigt, ist nicht im Hotel.

Du fühlst es, Candido Stevenson, nicht wahr? Es wird etwas geschehen ...

Für einen Moment spielt er mit dem Gedanken, die Beschattung aufzugeben und dafür das Crillon und seine unmittelbare Umgebung zu beobachten – beispielsweise das Restaurant Maxim's. Samantha träumte immer davon, dort eines Abends mit ihm zu essen.

Bloggs geht weiter. Er folgt ihm. Rue Royale, dann Boulevard de la Madeleine, Boulevard des Capucines. Bloggs ist in aufgekratzter Laune. Er ißt allein zu Mittag und macht zwei affektierten Frauen erfolglos schöne Augen.

Zwei Stunden. Bloggs rundet das Essen mit drei Cognacs ab und verläßt das Lokal.

Er geht zum Crillon zurück, du hast es geahnt!

Bloggs betritt das Hotel. Folge ihm nicht, er erkennt dich auf den ersten Blick.

Und dreißig Minuten später trifft sie ein. Sie ist immer noch von seltener Eleganz. Der erste Wagen setzt sie vor dem Hotel ab, der zweite ist mit luxuriösem Gepäck beladen.

Matriona.

„Ob Sie es glauben oder nicht", sagt Candido, „ich war Alleineigentümer einer Lokomotive, die gut und gern ihre zweihundertfünfzig Tonnen wog. Wenn sie einen Teil ihrer Röcke auszog, brachte sie es immer noch auf zweihundertfünfundzwanzig Tonnen. Die nahm man nicht so leicht in die Arme."

Die junge Frau senkt den Kopf und verbirgt ein Lächeln. Sie schlendern unter den Arkaden in der Rue de Rivoli. Es ist gegen sechs Uhr abends.

„Und ich habe Kaimane gegessen", fährt er fort. „Ich war damals ein armer kleiner Brasilianer, dem das Leben arg mitgespielt hatte. Heute besitze ich vier oder fünf Millionen amerikanische Dollar. Ich weiß sehr wohl, daß Sie eine solche Bagatelle kalt läßt, ich erwähne sie auch nur, um etwas Farbe ins Gespräch zu bringen. Meine größten Trümpfe sind meine Liebenswürdigkeit und meine grünen Augen. Sind Ihnen meine grünen Augen aufgefallen?"

Lange widersteht sie nicht mehr. Vielleicht noch fünfundvierzig Sekunden.

„Und ich kann auch eine Anaconda spielen. Ich rolle mich zusammen und drücke ganz zärtlich zu, einfach köstlich."

Sie beißt an.

Er beugt sich charmant zu ihr hinüber: Ob sie ihr Abendessen lieber in einem Lokal oder in der Eßecke seiner bescheidenen Studentenbude einnehmen wolle?

Zehn Minuten später blickt sie sich um, und ihre haselnußbraunen Augen lachen:

„Bescheidene Studentenbude?"

Sie befinden sich in Candidos Appartement im Ritz. Zwei oder drei Zimmerkellner tragen unter Aufsicht eines Oberkellners im kleineren der beiden Salons neben dem Schlafzimmer das Essen auf.

„Eßecke?"

Das Personal zieht sich geordnet zurück, die Trinkgelder verschwinden mit taktvoller Schnelligkeit.

„Ich habe Sie wirklich für einen Studenten gehalten."

Ihre Überraschung ist nicht gekünstelt. Sie hat die Geschichten von der Lokomotive, von Anacondas und Kaimanen nicht ernst genommen, noch weniger die von den Dollarmillionen und dem Großonkel, der sich vor siebzig Jahren in alle Hausmädchen verknallte. Im übrigen ist sie kein Hausmädchen, sondern erste Verkäuferin bei Edward Molyneux, Rue Royale 14, und spricht Englisch und Spanisch.

Sie dinieren. Die junge Frau heißt Juliette Maizoué, und sie ist bezaubernd.

Sie arbeitet in der Haute Couture. Er weiß das nur zu gut.

Denn seit vier Tagen verfolgt er nun schon Matriona. Nur ab und zu unterbricht er die Beschattung, um ein bißchen zu schlafen. Dann übernimmt einer der drei Taxifahrer, die er tagsüber gemietet hat, die Wache. Matriona ißt mittags und abends immer in Begleitung von Männern. Einer hat sie schon dreimal eingeladen: offensichtlich ein äußerst wohlhabender Nordamerikaner, und sehr verliebt obendrein. Candido könnte wetten, daß sie *der andere* mit einem neuen Auftrag betraut hat, nachdem das Unternehmen Jaguar abgeschlossen war.

In der übrigen Zeit ging sie viermal zu Edward Molyneux, aber auch zu Coco Chanel und Lucien Lelong, zu Jacques Heim und Maggie Rouff an den Champs-Élysées. Sie besuchte Schuhmacher und Modisten, Parfümerien, Wäschegeschäfte und den Juwelier Boucheron am Place Vendôme. Doch damit nicht genug: In der Avenue de l'Opera brachte sie beispielsweise Stunden in einer englischen Buchhandlung zu. In Schallplatten- und Grammophongeschäften ließ sie sich ebenso viel Zeit. Und besser noch: Er ist ihr bis zu den Agenten von Filmproduktionsgesellschaften gefolgt. Es waren praktisch nur amerikanische Firmen.

Natürlich hat man ihr die Pakete ins Hotel Crillon gebracht. Allerdings nur wenige. Die Resultate ihrer Kaufwut und Unternehmungslust fielen insgesamt eher mager aus.

Unerklärlich, es sei denn ...

Ein verrückter Gedanke, Candido Stevenson.

Aber der einzige, der alles erklärt.

Er ist Juliette Maizoués Geliebter geworden. Mit eiskalter Berechnung, die ihn nicht weiter erstaunt, hat er ihr alle nur denkbaren Vergnügen bereitet. Juliette ist verliebt, er wird sich ihrer bedienen können. Um sein Interesse an der schönen Madame Reczak zu rechtfertigen, erfindet er eine Geschichte: Die junge Frau sei die zweite Frau seines Vaters, der in Brasilien geblieben sei.

„Juliette, es läßt mich völlig kalt, daß sie so viel Geld ausgibt. Wir sind irrsinnig reich. Aber nach dem, was du mir sagst und was ich gesehen habe, wird ein Teil der Einkäufe nicht in ihr Appartement im Hotel Crillon geliefert. Ich möchte wissen, warum. Sie muß ein geheimes Lager anlegen. Vielleicht will sie mit einem anderen Mann durchbrennen. Und das kann ich nicht zulassen ..."

Diese Geschichte, die er nach und nach in sorgsam gewählten Augenblicken und erst nach angemessenem Zögern preisgegeben hat, ist so gut wie jede andere. Juliette Maizoué glaubt sie – Candidos grüne Augen drücken so viel Bestürzung, Kummer und Unschuld aus – und erklärt sich gern bereit, ein bißchen für ihn zu spionieren. Obwohl man bei Molyneux die Launen der reichen Kundschaft gewohnt ist, hat das Verhalten Madame Reczaks erstaunt. Vieles hat sie doppelt eingekauft: Kostüme, Kleider, Mäntel. Sie bezahlt anstandslos und immer in bar. Und wenn sie von einem Modell nur ein Exemplar erwirbt, so ist es stets etwas zu groß für sie. Das ist um so verwunderlicher, als sie normalerweise einen sicheren Geschmack hat und genau weiß, was ihr steht.

... Und nie läßt sie die Modelle, die sie in doppelter Ausführung gekauft hat, ins Crillon bringen, auch nicht die anderen, die nicht exakt ihrer Größe entsprechen. Sie werden zurückgelegt und sollen ins Ausland verschickt werden. Wohin, will Matriona zu gegebener Zeit noch mitteilen.

„Und sie macht es nicht nur bei uns so. Ich habe eine Freundin bei Lelong, in unserer Branche kennt jeder jeden. Dort macht sie es genauso. Ich könnte mich noch bei Chanel und Maggie Rouff umhören. Soll ich?“

„Bitte tu das.“

Eine wilde Erregung bemächtigt sich seiner. Nur mit Mühe kann er sein Zittern verbergen. Er fragt:

„Kauft sie auch Schuhe?“

Die Antwort bekommt er am nächsten Tag, nachdem Juliette bei zwei oder drei Schuhmachern, den besten von Paris, diskrete Nachforschungen angestellt hat. Die Antwort ist ja, natürlich. Juliette ist verblüfft:

„Sie hat zehn Paar ausgesucht, Candido. Einige sind sicher für sie, aber die, die sie beiseite legen ließ, sind ihr zu groß. Madame Reczak hat Schuhgröße 39, was auch schon ganz ordentlich ist. Aber was will sie mit den anderen? Größe 42. Ziemlich ungewöhnlich für eine Frau.“

Samantha trägt Schuhgröße 42. Ihre Füße, das war damals ein Thema, über das man besser nicht sprach.

„Juliette? Kannst du mir einen letzten Gefallen tun? Es geht um die Kleider, die ins Ausland verschickt werden sollen ...“

Dann geht alles Schlag auf Schlag. Juliette Maizoué begibt sich mit einem der besten Auslieferer von Molyneux, einem gewissen Dieudonné, ins Hotel Crillon. Sie hat ihn ausgesucht, weil er noch jung und ziemlich klein ist. Sie wird von Madame Reczak empfangen und schlägt ihr vor, alle Waren, die sie bei Molyneux und anderswo gekauft habe, von Dieudonné ins Ausland bringen zu lassen: Ein Sendung von diesem Wert verdiene eine Begleitperson, und das Haus Molyneux sei bereit ...

Madame Reczak ist einverstanden, die Idee gefällt ihr. Sie hat sogar noch weitergehende Wünsche: Der Auslieferer solle in Livree erscheinen und am Bestimmungsort eine Nachricht übergeben, deren Inhalt ihm zu gegebener Zeit mitgeteilt werde.

„Verflixt nochmal, Candido, ich habe schon geglaubt, sie lehnt ab. Du verleitest mich zu Dingen! Diese Frau hat einen Blick, bei dem es mir manchmal eiskalt den Rücken hinunterläuft. Sie ist wunderschön, aber wenn ich ein Mann wäre ... Na gut, bist du zufrieden, hast du, was du wolltest?"

Ja, er sei sehr zufrieden, danke, Juliette, danke.

Nur ...

„Und nun", sagt Juliette, „wirst du Dieudonnés Platz einnehmen, wie, will ich lieber nicht wissen. Für mich fährt immer noch der richtige Dieudonné, ich will keinen Ärger."

Einverstanden.

Es ist ganz einfach. Candido wird mit Dieudonnés Paß reisen. Dank Matrionas Vermittlung hat der Auslieferer unverzüglich ein Einreisevisum nach Rußland erhalten.

Candido muß nur noch das Paßfoto vertauschen. Dazu braucht er die Hilfe eine Beamten von der Präfektur. Er wird ihm so viel Geld geben, daß er in Marokko bequem von den Zinsen leben kann.

Und was Dieudonné betrifft: der streicht still und leise ein kleines Vermögen ein. Man hat vereinbart, daß er an dem Tag, an dem Candido abreist, Paris verläßt und auf Hochzeitsreise nach Italien fährt.

Candido heißt von nun an Georges Albert Dieudonné, gebürtig aus Fontenay-aux-Roses, und ist dreiundzwanzig Jahre und elf Monate alt. In den sieben Jahren seiner Tätigkeit für das berühmte Modehaus Edward Molyneux kam es schon öfter vor, daß er in Notfällen mit dem Zug Paris–Lyon–Mittelmeer ein Kleid zu eiligen Kundinnen bringen mußte. Er war sogar mehrmals in London, in der Schweiz oder in Deutschland. Er spricht leidlich Englisch, Deutsch und Spanisch.

Die Abreise ist für den nächsten Mittwoch geplant. Er wird den Zug nehmen. Man hat einen ganzen Waggon reserviert. Erste Station: Wien.

Candido geht zu Boucheron. Er kauft ein Collier, einen Armreif und Ohrringe – im Gesamtwert von nahezu vierzigtausend Dollar. Er bezahlt bar.

„Für Mademoiselle Juliette Maizoué, hier die Adresse. Ich wünsche, daß die Lieferung am kommenden Donnerstagabend erfolgt. Nach sieben Uhr ist sie sicher zu Hause. Legen Sie diesen Brief bei."

Er packt seine Koffer und gibt seinen gesamten Tascheninhalt dazu: den Paß, der auf Ciccio Vaz Vasconcelles' Namen lautet, Stepa Onegins schwarzes Notizbuch und sogar den Jadefisch, von dem er sich aus einem unerklärlichen Aberglauben heraus zunächst nicht trennen wollte. Er behält nichts, was nicht einem Auslieferer gehören könnte. Die Koffer läßt er im Ritz.

Um eine Begegnung mit Juliette zu vermeiden, verbringt er die letzten beiden Tage in einem kleinen Pariser Hotel in der Nähe des Gare de l'Est und liest.

Hast du Angst, Candido Stevenson? Angst vor der Falle, die dir Matriona vielleicht gestellt hat?

Ich habe Angst, aber nicht davor.

Ich habe auch keine Angst davor, daß *er* mich tötet, denn das wird mit Sicherheit geschehen.

Nein, ich habe Angst davor zu erfahren, daß sie vielleicht aus freien Stücken mit *ihm* gegangen ist.

Mir ist kalt, eiskalt.

Die Zöllner in Wien nehmen kaum noch Notiz von Candido, weil die Überseekoffer, die bei der Abfahrt in Paris plombiert worden sind, nur im Transitverkehr befördert werden. Getreu seiner Rolle lehnt er es hartnäckig ab, sich von den Schätzen zu entfernen. Er schläft in dem Waggon mit den Waren. „Monsieur Edward Molyneux, mein Chef, hat mir ausdrücklich befohlen aufzupassen, also passe ich auf. Ist Ihnen klar, daß mir alle großen Pariser Modeschöpfer vertrauen und daß die Sachen Millionen wert sind?"

Ein für Transitgut zuständiger Beamter des Wiener Westbahnhofs erscheint.

„Ich muß nur den Bestimmungsort überprüfen. Ich weiß nicht einmal, was in den Koffern und Kisten drin ist."

„Wenn Sie es nicht wissen, so wird man es nicht für nötig befunden haben, es Ihnen zu sagen."

„Hier steht nur: Güter des persönlichen Bedarfs. Und Sie fahren bis zum endgültigen Bestimmungsort mit? Das dauert noch eine Weile."

„Ich habe Zeit. Ich beziehe ein Monatsgehalt."

Der echte Georges Albert Dieudonné ist noch hochnäsiger als seine Kunden. Es hat ihm ganz und gar nicht behagt, daß ein ‚Dilettant' seine Stelle einnahm!

Nach zwei Tagen Warten auf einem Abstellgleis wird der Waggon an einen Zug angekoppelt, der in die Tschechoslowakei fährt. In Bratislava wieder eine längere Wartezeit und ein neuer Zug. Candido bricht die Vorräte an, die Dieudonné für ihn ausgesucht hat, und tauscht drei

Flaschen Wein gegen sechs Korbflaschen mit Wasser ein. Die Anfahrt des Zuges überrascht ihn im Schlaf: Draußen ist es noch dunkel.

Nächster Halt in Rußland, Candido Stevenson. Dann wirst du ja sehen, ob *er* grinsend auf dem Bahnsteig steht und dich erwartet. Der Zug hält. Die zerschlissenen Uniformen deuten darauf hin, daß er die Grenze passiert hat. Zwei Männer steigen in den Güterwaggon:

„Monsieur Dieudonné, Georges Albert Dieudonné? Würden Sie bitte aussteigen? Wir haben Ihnen einen bequemeren Wagen reserviert."

„Kommt nicht in Frage. Ich kann die Kisten und Koffer, die man mir anvertraut hat, nicht allein lassen", entgegnet Candido auf deutsch wie der echte Dieudonné: mit stark französisch klingendem Akzent.

Aber die Befehle gelten auch für die Sendung.

Während die Waren umgeladen werden, prüfen die beiden Zivilisten eingehend seinen Paß. Die uniformierten Beamten scheinen großen Respekt vor den beiden zu haben, ja sogar Angst. Wenig später sitzt Candido in einem Wagen zweiter Klasse, aus dem man alle Sitzbänke bis auf zwei entfernt hat. Ein Mann in einem Kittel, der mit einem Gürtel zusammengehalten wird, bringt ihm Tee und ein Feldgeschirr mit mehreren warmen Gerichten.

„Willkommen in Sowjetrußland, Monsieur Dieudonné."

Der Zug fährt an. Er sitzt allein in dem Waggon, die Kisten sorgfältig neben sich aufgestellt. Er hätte sechs Gewehre und zwei Maschinengewehre darin verstecken können, von Bomben gar nicht zu reden.

Aber das will noch nichts heißen. *Er* erwartet dich vielleicht erst später. Warum soll *er* sich die Mühe machen und dir bis zur Grenze seines Landes entgegenfahren. *Er* weiß, wohin du willst.

Er hat bisher immer alles vorhergesehen. Und das wird diesmal nicht anders sein.

Er erwartet dich bei der Ankunft und läßt dich bis zur letzten Sekunde zappeln.

Bestimmt grinst *er* in diesem Moment.

Iwano-Frankowsk. Wieder ist es Nacht. Der Zug kriecht im Schneckentempo durch den Norden der Ukraine. Drei Männer in Zivil klopfen höflich an das Fenster und fragen, ob sie einsteigen dürfen. Sie sind vergnügt, obwohl sie sehr wichtig tun.

„Wir wollen Sie keinesfalls stören, Monsieur Dieudonné, wir wollen uns nur vergewissern, daß Ihnen die Reise keine allzu großen Unannehmlichkeiten bereitet. Wünschen Sie, daß wir eine der Sitzbänke durch ein Bett ersetzen?"

Und das alles in recht ordentlichem Französisch, meine Güte. Merkst du denn nicht, daß sie sich über dich lustig machen?

Sie wissen, daß du Candido Cavalcanti aus São Paulo und Umgebung bist.

„Ja, ein Bett wäre in der Tat nicht schlecht. Vielen Dank."

Einer der Beamten geht zur Tür und ruft einen Befehl hinaus. Soldaten stürzen davon.

„Noch etwas? Nur keine Scheu, ich bitte Sie."

„Etwas zum Waschen?"

Erneutes Grinsen.

„Natürlich. Entschuldigen Sie, daß ich nicht daran gedacht habe. In Kiew wird man Ihnen einen bequemeren Wagen zur Verfügung stellen. Einstweilen werden wir versuchen, hier für etwas mehr Komfort zu sorgen. Wir verzögern einfach die Abfahrt des Zuges."

„Wenn Sie nur etwas zum Lesen hätten. Ich kann Französisch, Englisch und ziemlich gut Deutsch."

Wieder ein Befehl auf russisch. Der Mann hat es nicht nötig zu brüllen, seine Befehle werden auch so unverzüglich befolgt.

„In Iwano-Frankowsk gibt es kaum Bücher, geschweige denn ausländische, aber wir tun unser Bestes."

Was noch? Eine Balalaika? Nein, hör auf, verrückt zu spielen, nein, Candido.

„Ich hätte gerne eine Gitarre", sagt er. „Ich zupfe ein wenig in meinen Mußestunden."

Du spinnst.

„Eine Gitarre wird hier nur schwer aufzutreiben sein. Haben Sie schon einmal auf einer Balalaika gespielt?"

„Nein, noch nie."

„Ich verstehe nicht viel von Musik, aber ich denke, daß der Unterschied zu einer Gitarre nicht groß ist."

„Sie sind zu liebenswürdig."

„Es ist mir ein Vergnügen."

Vier Stunden später fährt der Zug weiter.

Man hat ihm tatsächlich ein Bett aufgestellt. Zwei Sessel (warum zwei? Einer ist für *ihn*, natürlich), ein Teppich, ein kleiner Tisch mit einer Petroleumlampe und Bücher: drei Romane von Balzac und zwei von Jules Verne (nicht *Der Kurier des Zaren,* sondern *Die geheimnis-*

volle Insel und *Fünf Wochen im Ballon,* er kennt sie noch nicht, das trifft sich gut).

... Und eine Badewanne, die man bereits mit warmem Wasser gefüllt hat, dazu ein Stückchen Seife. Der Heizer hat Befehl, sich zu seiner Verfügung zu halten, falls er später noch einmal ein Bad zu nehmen wünscht.

Verrückt, aber logisch.

Der andere macht sich einen Spaß – er hat wirklich einen eigenwilligen Sinn für Humor.

Drei Bäder später hält der Zug in Kiew. Vom Bett aus sieht er auf das linke Dnjepr-Ufer – nicht besonders überwältigend. Er betrachtet das rechte Ufer: Der Sankt-Wladimir-Hügel, die Oberstadt, die Unterstadt, die Gärten und Parks, das Denkmal, das die Kiewer Bürgern zu Ehren des Fürsten Wladimir errichtet haben, die Sophienkathedrale mit dem freistehenden Glockenturm, die Ruinen des Goldenen Tors, das im XI. Jahrhundert das Haupttor Kiews war, das Höhlenkloster Kiewskaja-Petscherskaja-Lawra. Hübsch, dieses Kiew.

„Ich stamme aus Kiew", erklärt der Geheimdienstbeamte.

„Schöne Stadt", meint Candido.

Der neue Geheimdienstbeamte – ein liebenswürdiger Mann – hat Candido-Dieudonné in einen ‚weichen' Wagen umquartiert. Schluß mit der Bummelei und den ständigen Halts an jedem Telegraphenmast. Er fährt jetzt mit einem Personenzug, der ein annehmbares Tempo hält. Aber an beiden Türen seines Sonderwaggons sind Schilder angebracht worden, die strikt untersagen, den Wagen zu betreten oder sich ihm auch nur zu nähern. Nur den Hunden nicht, die sich in die Nähe des Zuges verirren.

Der Finger des Roten Gottes zeigt auf ihn.

Er hat angenommen, daß der Zug sich hinter Kiew nach Nordosten wenden würde, nach Moskau. Aber nein. Sie fahren nach Osten, oder besser nach Südsüdosten. Nach Sibirien?

Die folgenden Tage verlaufen eintönig. In Charkow suchen ihn wieder zwei Geheimdienstbeamte auf. Der weiche Waggon wird abgehängt, ohne daß er aussteigen muß. Sie grinsen, geben ihm aber keine Erklärung, da sie vermuten, daß er kein Russisch versteht. Nach kurzem Aufenthalt wird der Sonderwaggon erneut angekoppelt und setzt sich mit zwei Rucken in Bewegung.

Am Morgen nach dem Aufwachen bringt ihm ein Schaffner heißen Tee, Brötchen mit Butter und geräucherten Fisch.

„Spassibo."

„Sprechen Sie Russisch?"

„Ich njet sprechen Russisch, ich nur kennen spassibo und njet. Wir gehen Kaukasus und Schwarzes Meer?"

Der Schaffner schüttelt den Kopf.

Mit einem Mal erscheint die Wolga auf der linken Seite. Der breite Strom macht einen weiten Bogen und fließt in östlicher Richtung weiter.

„Seit kurzem heißt die Stadt, in der wir sind, nicht mehr Zarizyn, sondern Stalingrad, zu Ehren des genialen Genossen, des Väterchens der Völker."

„Aha", sagt Candido nur.

„Sie können die Waren bald abliefern, Monsieur Dieudonné", sagt der Geheimdienstbeamte – er hat wieder einmal ein neues Gesicht, aber im Grunde ist es immer der gleiche. „Bestimmt können Sie das Ende der Reise kaum noch erwarten."

Er spricht akzentfreies Englisch. Er hat Augen wie der lauernde Birkhuhnjäger. Er gehört zu den Leuten *des anderen.*

„Hat man schon an meine Rückreise gedacht?"

„Sie befinden sich in einem Land, in dem unentwegt über das Wohlergehen des einzelnen gewacht wird. Ich bin überzeugt, daß bereits alle Vorkehrungen für Sie getroffen wurden."

„Das beruhigt mich."

Kaviar? Später vielleicht, er sei nicht besonders hungrig. Nein, er trinke keinen Wodka, auch keinen anderen Alkohol. Und er rauche auch nicht, danke.

Er verkriecht sich in den weichen Waggon, starrt auf die Wolga, die jetzt rechts in der Ferne dahinfließt. Eines ist sicher: Du bist am Ende der Reise angelangt.

Er hatte von der Existenz dieser Stadt keine Ahnung, er wußte nur, daß es eine Fellart dieses Namens gibt: Astrachan. Endstation, Candido Stevenson.

Bald wirst du wissen, woran du bist. Seltsam, wie ruhig du bist. Fast heiter. Zugegeben, das Rennen war endlos lang.

„Willkommen in Astrachan, Monsieur Dieudonné."

Auf englisch. Vier Männer. Drei sehen aus wie Untergebene. Der vierte, der ihn angesprochen hat, ist blond, rosig und jung – jünger als Candido, wenn auch nur unerheblich.

„Sie werden nicht oft so weit ins Ausland liefern."

Liebenswürdiges, sogar herzliches Lächeln.

„Über London und Berlin bin ich bisher nie hinausgekommen", antwortet Candido, ohne sein Englisch zu entstellen. „Bin ich am Ziel?"

„Fast. Haben Sie eine Lieferantenlivree?"

Selbstverständlich. Hose mit doppelter Paspel an der Seite, passende Jacke, Mütze und weiße Handschuhe.

„Soll ich sie anziehen?"

„Bitte. Meine Genossen beginnen inzwischen mit dem Entladen."

Er zieht sich um. Keine Frage: *Der andere* läßt ihn die Komödie bis zum Ende spielen. Ist das nicht komisch? Er stirbt am Ufer des Kaspischen Meeres als Lieferant eines Pariser Modehauses.

Im übrigen haben Goldlockes Genossen die Physiognomie von Schlächtern.

„Ich bin soweit."

„Wie elegant!" ruft Goldlocke.

Ein Chauffeur erwartet sie. Einer der Kotflügel ist mit einem Stander geschmückt, der in einer schwarzen Lederhülle steckt. Die Kisten und Koffer wurden in zwei Lastwagen geladen.

„Wurde Ihnen die Reise nicht zu lang?"

„Ich konnte die Ankunft kaum noch erwarten."

„Und wie gefällt Ihnen unser Land?"

Goldlocke zündet sich eine Zigarette an, hält ihm aber nicht die Schachtel hin.

Er weiß, daß ich nicht rauche.

„Fahren wir noch weit?"

„Dreißig Kilometer. Das Haus gehörte zur Zeit der Zarenherrschaft einem Adligen, aber damit ist es zum Glück vorbei. Es ist wunderschön. Und das Klima ist angenehm. Nicht so angenehm wie auf der Krim. Doch wie Sie merken, ist dafür der Herbst sehr mild hier."

Astrachan-Gerbereien säumen beide Seiten der Straße. Die Wagenkolonne fährt zur Stadt hinaus. Hier und da wachsen Bäume auf dem Grasland. Es werden mehr, je weiter sie sich von der Stadt entfernen.

Zu ihrer Rechten kräuselt sich das Wasser in der Meeresbrise.

„Kann man hier baden?"

„Im Sommer bestimmt. Aber die Badesaison geht ihrem Ende entgegen."

Ich auch.

Goldlocke hat sich als Grigori Kirilenko vorgestellt, wohl bekomm's. Jetzt stellt er ihm Fragen über Paris. Candido hat Schwierigkeiten, sie zu beantworten. Er sieht alles wie durch einen Nebel, der auf ihn niedersinkt, ihn umschließt.

Hast du Angst?

Jetzt schon.

Die Bäume werden zahlreicher. Die Küste ist felsig. Sie erinnert ihn an die Fotos von der Côte d'Azur, nur die Kiefern sind anders.

„Wir sind da."

Sie fahren in einen Garten voller Bäume und Statuen, den eine Mauer aus rosa Steinen umschließt. Zwei bewaffnete Wächter. Ein dritter steht dreihundert Meter weiter rechts. Er hält einen Hund an der Leine.

Die schattige Allee ist mit großen weißen Steinplatten ausgelegt. Genauso hat er sich Italien vorstellt. Der vierte Wächter, *puxa vida,* wieviele denn noch?

Das Auto und die Lastwagen halten an.

„Da wären wir! Würden Sie mir bitte folgen?"

Er geht hinter Kirilenko durch einen Portalvorbau mit doppeltem Säulengang. Sie gelangen in eine große Halle. Eine Treppe führt nach oben.

„Hier entlang. Warten Sie bitte."

Er bleibt reglos in der Mitte eines riesigen Salons stehen, in dem früher sicherlich Bälle gegeben wurden. Drei Diener erscheinen, zwei Frauen und ein Mann. Die Schlächter haben schon damit begonnen, die Lastwagen zu entladen. Goldlocke dirigiert sie. Es scheint ihm Spaß zu machen.

„Soll ich irgend etwas Bestimmtes tun?" erkundigt sich Candido.

„Nein. Zu gegebener Zeit übergeben Sie nur das hier."

Ein versiegelter Umschlag. Er nimmt ihn in die rechte Hand. Bald ist der Inhalt der Koffer und Kisten auf das ganze Zimmer verteilt: Kleider und Kostüme, Röcke und Blusen, Schuhe, Pelze, Hüte, Wäschestücke in diskreter Verpackung ...

Der Schmuck liegt ausgebreitet auf dem Tisch in der Mitte unter zwei Silberleuchtern.

Die Parfums stehen in einer Reihe auf einem mit Einlegearbeiten verzierten Damenschreibtisch, den eine Dienerin herbeigeholt hat.

„Ich denke, so könnte es gehen", meint Goldlocke und dreht sich langsam um die eigene Achse. „Was halten Sie davon, Monsieur Dieudonné?"

„Ich bin überzeugt, die Dame wird begeistert sein."

„Das meine ich auch. Rühren Sie sich vor allem nicht von der Stelle, ich bitte Sie."

Zehn Minuten. Von draußen Wagengeräusche. Und Schritte – mein Gott! – sie kommen ihm bekannt vor.

Sie kommt herein, allein, und schließt in aller Ruhe die Tür hinter sich.

„Na endlich", sagt Samantha. „Es wurde auch Zeit! Wo hast du bloß so lange gesteckt, zum Donnerwetter?"

Darüber kann er nicht lachen. Beim besten Willen nicht.

„Bist du eingeschnappt, Cavalcanti, oder?"

Er streckt ihr den Brief entgegen.

„Öffne du ihn", sagt sie. „Du platzt doch vor Neugier, was drinsteht."

Na gut. Er reißt den Umschlag auf. Handgeschrieben, in englisch:

Für Sam. Mit all meiner Liebe. Aljotschka.

„Du bist eingeschnappt, kein Zweifel", wiederholt sie. „Also gut, es ist ganz einfach: Du gehst raus und rennst zur Garage. Das sind keine vierhundert Meter. Im Prinzip müßten sie dich wie einen Hasen abgeknallt haben, bevor du die Wagen erreicht hast. Sie schießen auf alles, was sich bewegt. Laß dich nicht aufhalten."

Warum eigentlich nicht?

„Ist er hier?"

„Aljotschka? Nicht daß ich wüßte."

Sie schaut ihn an:

„Meine Tochter, Candido. Wo ist Candida?"

„In Sicherheit. Es geht ihr bestens."

Sie nennt ihn immer noch Aljotschka.

Schritte. Grigori Kirilenko öffnet die Tür, immer noch ein Lächeln auf dem Gesicht.

„Was halten Sie davon?" fragt er Samantha auf russisch.

„Ich bin außerordentlich beeindruckt. Ich hätte nicht besser wählen können, wenn ich selbst nach Paris gegangen wäre."

„Keine zehn Männer in diesem Land brächten fertig, was er für Sie getan hat."

„Davon bin ich überzeugt. Ich bin überwältigt, mir fehlen die Worte."

Sie geht durch den Salon, bleibt vor jedem Stück der extravaganten Garderobe stehen, schlüpft in die Jacke eines Kostüms oder in einen Mantel, hält sich einen Rock vor, wie es Frauen eben so tun.

„Ich brauche einen Spiegel", sagt sie.

„Ich werde veranlassen, daß einer herbeigeschafft wird", antwortet Grigori.

„Danke, Grigori. Sie sind wie immer ein Schatz."

Candido verharrt reglos, Alechins Karte in der Hand. Er ist zu keiner Bewegung fähig. Selbst im Gefängnis der Stille war er nicht so verwirrt, er kann keinen klaren Gedanken fassen.

Am Ende bin ich noch in der gekachelten Zelle. Ich dachte, ich sei entkommen, aber alles war nur ein Traum.

Ich bin verrückt geworden.

„Monsieur Dieudonné?"

Jemand schüttelt ihn am Arm.

„Monsieur Dieudonné, geht es Ihnen nicht gut?"

Endlich erkennt er einen jungen Mann mit goldblonden Haaren.

„Ich fürchte", sagt Samanthas Stimme, „die Reise war zuviel für den Jungen. Tage- und nächtelang im Zug. Eine so lange Reise ist er sicher nicht gewohnt."

„Kommen Sie", sagt der goldblonde junge Mann. „Sie haben sich etwas Ruhe verdient. Ich werde Sie Oleg anvertrauen, er spricht etwas Französisch."

Leute treten ein und bringen einen großen Spiegel, der sich beliebig kippen läßt.

„Alle hinaus", befiehlt der junge Mann auf russisch. „Oleg, kümmere dich um den Lieferanten, er schläft schon im Stehen. Gib ihm zu essen und steck ihn dann ins Bett."

Beim Hinausgehen dreht sich Candido auf der Schwelle noch einmal um: Samantha steht vor dem Damentischchen und betrachtet mit verzückter Miene den Schmuck. Sie legt sich ein Diamantenhalsband um, betrachtet sich lächelnd von allen Seiten im Spiegel. Ihre Augen glänzen.

Er ist in der Halle.

„Sie mitkommen", sagt man auf französisch zu ihm.
Er geht eine Treppe hinauf, folgt einem Flur, nimmt eine zweite Treppe.
„Sie herkommen. Essen?"
Candido schüttelt den Kopf, setzt sich aufs Bett – die Matratze ist dicker als sonst, sie müssen sie für ihn ausgetauscht haben. Jemand hilft ihm beim Ausziehen. Er läßt es willig geschehen, streckt sich aus, schließt die Augen.
Und wenn du sie öffnest, wirst du wieder die weißen Kacheln sehen.
„Schlafen. Morgen essen."
Aber ja, red du nur, dich gibt es ja gar nicht.

Candido steht vor dem geöffneten Fenster. Keine hundert Meter entfernt liegt im fahlen Mondlicht das Kaspische Meer. Eine Gartenanlage mit Rosenspalieren fällt terrassenförmig zum Wasser hin ab. Hier und da treten weißliche Statuen aus den Schatten der Kiefern hervor. Zu seiner Linken erhebt sich eine Gruppe von Felsen, aus der etwas Seltsames hervorragt, vielleicht ein Boot ...
Stell dir vor, du bist gar nicht wahnsinnig.
Und nur einmal angenommen, du bist total verrückt, warum dann nicht bis zum Äußersten gehen? Was riskierst du schon?
NEIN.
Tu so, als sei alles ganz normal. Er ist nicht hier, sie hat es selbst gesagt. Du mußt seine Abwesenheit ausnutzen. Noch einmal: Was riskierst du schon? Wenn du verrückt bist und dir alles nur einbildest, dann ist das Risiko gleich Null.
Na gut.
Er schlüpft aus den Schuhen und schleicht zur Tür. Sie ist nicht einmal abgeschlossen.

Er geht in Socken über den Flur der Dienstbotenetage. Schnarchen von allen Seiten. Er drückt sich an der Wand entlang, damit das Holzparkett so wenig wie möglich knarrt.
Wie eine Katze schleicht er die schmale Treppe hinunter.
... Nicht wie eine Katze: wie ein blutrünstiger Jaguar. Wenn schon halluzinieren, dann richtig.
In der Halle ist es fast dunkel. Nur eine Nachtlampe auf der Konsole spendet etwas Licht. Er schleicht bis zu der Tür zu seiner Linken, öffnet

den Flügel halb und blickt hinein: Eine Zimmerflucht, und ganz hinten brennt Licht. Einer schläft nicht, wie heißt er doch gleich? Grigori Kirilenko Goldlocke, „Sie sind wie immer ein Schatz, Grigori ...“.

Ich werde noch zur Bestie, kein Problem.

Er geht zurück durch die große Halle und dreht mit unendlicher Vorsicht den goldenen Porzellanknauf mit dem Blumenmuster. Er gelangt in den großen Salon. Kein Licht brennt. Es ist nicht einfach, in all dem Flitter das blaue Kleid aus Crêpe de Chine zu finden, das er in Paris gekauft und zu den anderen gelegt hat. Wo ist es nur, dieses verfluchte Kleid? Er hat es übrigens passend zu Samanthas Augenfarbe ausgewählt.

Auf einem Stuhl, zusammengeknäult.

Mitsamt dem Kleiderbügel. Und dem dazupassenden Gürtel. Er löst den Kleiderbügel: Er besteht aus einem einfachen, mit Seide umhüllten und durch Bänder verzierten Holzrohr mit einem biegsamen Metallgestänge in Form eines umgedrehten V. Er entfernt den Metallteil.

Er verläßt den großen Salon, durchquert die Halle.

Im Garten angelangt, kauert er sich nieder und wartet. Die grünen Katzenaugen suchen den Schatten ab, das feine Gehör lauscht angestrengt.

Atmen und leises Scharren dreißig Meter rechts vor ihm. Na also, der erste.

Candido trifft in aller Ruhe seine Vorbereitungen: Vorsichtig öffnet er den Gummiköcher, den er in der Hand hält, zieht sechs Holzpfeile heraus und bestreicht jede Spitze mit Kurare. Dann führt er einen Pfeil in das Holzrohr ein, verstopft die beiden Enden mit den Rockschößen seiner Jacke und schüttelt es, um zu prüfen, ob das Geschoß auch gut gleitet. So haben es ihm die Indianer im Mato Grosso beigebracht. Er hofft nur, daß das Kurare noch wirkt. Die Indianer haben es ihm versichert. Ein Blasrohr mit rosa Seide und blauen Bändern! Wenn ihn die Indianer damit sehen könnten, sie würden sich vor Lachen am Boden wälzen.

Fertig?

Ja.

Mit unendlich langsamen Bewegungen kriecht er auf Knien und Handballen vorwärts.

Du hast noch die ganze Nacht vor dir.

Keine drei Meter vor ihm steht der Wächter, noch ein Stück und er könnte ihm zwischen den Beinen durchkriechen.

Er richtet den ersten Pfeil auf den Mann.

Du hast nicht allzu viele, Candido Stevenson! Und da du schon mal dabei bist, pack es auch richtig an.

Und jetzt sorgfältig zielen. Auf das Genick. Du hast Stunden um Stunden geübt, etwas muß hängengeblieben sein.

Der Atem zischt leise durch das Blasrohr. Die Hand des Wächters fährt zum Nacken ...

Er stürzt.

Zum nächsten.

Hoffentlich sind es nicht mehr als sechs – die Indianer haben ihm erklärt, daß er die abgeschossenen Pfeile nicht mehr verwenden kann. Die Pfeile sind so dünn, daß sie beim Aufprall zerbrechen.

Er tötet damit noch drei weitere Wachen. Sie waren an den wichtigsten Stellen postiert, nur der nicht, der das Kaspische Meer beobachtete.

Er hat nur noch zwei Pfeile. Er tastet sie ab. Einer scheint unter der Reise gelitten zu haben: Er ist geknickt.

Den zweiten Wächter hat er im Genick getroffen, den dritten an der Hand. Nummer vier hörte ihn im letzten Moment kommen, das Laub hatte geraschelt. Er drehte sich um, die Hand an der Nagant in seinem Gürtel ...

SSSSST! Ins Gesicht.

Und? Was sagst du dazu? Bin ich nicht hundsgemein?

Doch, aber vielleicht schlafen noch mehr im Haus. Aber eigentlich hätte *er* wegen der Anwesenheit von Georges Albert Dieudonné die Wachen draußen verdoppeln müssen.

Jedenfalls darfst du Goldlocke und die drei Diener nicht vergessen.

Und *ihn*.

Was *ihn* betrifft, das wird sich noch zeigen. Du wirst lachen, aber ich möchte *ihn* nicht einfach so töten. *Er* soll wissen, daß es der nette kleine Candido ist, aus dem *er* mit solchem Eifer einen blutrünstigen Jaguar gemacht hat. Ein Hinterhalt kommt gar nicht in Frage. *Er* und ich, Auge in Auge.

Er ist höchstens dreißig Zentimeter größer und vierzig Kilo schwerer als ich.

Du steigst auf einen Stuhl und erwürgst *ihn*, ganz einfach.

Er hat zunächst den Garten durchsucht, dann die Garage und die Isba, in der man offenbar die Wachen einquartiert hat. Er hat sich sogar bis zu der kleinen Bucht vorgewagt, in der ein kleines Kajütenboot vor Anker lag.

Dann ist er ins Haus zurückgekehrt.

... Im ersten Zimmer links, gegenüber dem großen Salon, schläft ein Wächter. Er liegt wie eine eingenickte Schildwache auf einem mit Seide bespannten Sofa. Mit anderen Worten: Candido ist vor Stunden wenige Meter an ihm vorbeigegangen, ohne ihn zu sehen und ohne gehört zu werden.

Ich muß ziemlich leise gewesen sein.

Sechster Pfeil aus allernächster Nähe in den geöffneten Mund des Schläfers.

Das Erdgeschoß ist leer.

Die Räumlichkeiten im ersten Stock sind sofort überschaubar: drei schöne, gleich aussehende Türen führen in einen größeren Wohnbereich. Zwei besitzen Doppelflügel, eine war früher der Durchgang für das Zimmermädchen. Normalerweise müßte sich dahinter Samantha befinden. Er dreht den Türknauf, aber die Tür gibt nicht nach. Abgeschlossen. Von innen oder von außen?

Er geht den Flur hinunter. Weitere acht Zimmer. Keines abgeschlossen. Im fünften der Atem eines Schläfers oder einer Schläferin, es ist nichts zu erkennen. Er geht wieder hinaus und versucht sein Glück in den drei letzten Zimmern. Leer. Er kehrt zum fünften zurück und geht noch einmal hinein. Es ist stockfinster. Fast stößt er gegen den Holzpfosten des Bettes. Er bleibt reglos stehen und versucht, etwas zu erkennen.

Eine Person liegt im Bett.

Er macht die Lampe an.

„Das ist ein Blasrohr, der Pfeil darin ist mit Kurare vergiftet. In nicht ganz zwei Sekunden sind Sie tot. Werden Sie schreien?“

„Nein“, sagt Grigori Kirilenko.

„Ich habe eben fünf von Ihren Wachen getötet“, fährt Candido auf russisch fort. „Sie können das Fenster öffnen und nach ihnen rufen, aber ich bezweifle, daß sie Ihnen antworten werden. Versuchen Sie es. Aber bitte nicht schreien. Sonst muß ich Sie auf der Stelle töten. Und die drei Diener. Aber das will ich nicht. Also, stehen Sie auf und gehen Sie ans Fenster. Sprechen Sie in normaler Lautstärke, als würden Sie mit jemandem reden, der genau unter Ihnen im Garten steht.“

Das eine Ende des Blasrohrs dicht an seiner Wange, steigt Goldlocke langsam aus dem Bett, öffnet das Fenster ...

„Keine Namen oder Vornamen," sagt Candido. „Sie fragen nur, ob alles ruhig ist."

Kirilenko beugt den Oberkörper hinaus:

„Alles ruhig?"

Stille. Was sonst.

„Schließen Sie jetzt das Fenster wieder. An die Wand, Beine gespreizt, Hände flach an die Wand."

Candido zieht die Schnur hervor, die er auf dem Weg durch die Küche mitgenommen hat, wirft ihm die Schlinge über den Kopf und zieht bis kurz vor dem Erdrosseln zu.

„Ruhig bleiben, ich bringe Sie nicht um."

Er wickelt die Schnur um den linken Knöchel, dann um den rechten.

„Runter auf den Bauch. Gibt es noch mehr Wachen?"

„Es waren fünf", sagt Kirilenko. „Vier draußen, einer drinnen."

„Hände auf den Rücken."

Candido legt das Blasrohr zur Seite und fesselt ihm mit dem Rest der Schnur die Handgelenke. Kirilenko liegt auf dem Bauch, der Rücken ist durchgebogen, der Kopf wird durch die Schlinge nach hinten gezogen.

„Morgen kommen andere Wachen, oder?"

„Nein."

„Wenn ich Sie in dieser Stellung liegen lasse, erdrosseln Sie sich. Das wird äußerst schmerzhaft. Also, wer kommt morgen."

„Niemand."

„Und die Verpflegung?"

„Frühestens in drei Tagen. Wer sind Sie?"

„Der Jaguar."

Er knebelt ihn mit einem Stück Seife.

Wenige Minuten später die gleiche Prozedur mit dem Diener. Er bestätigt Goldlockes Worte, bevor er geknebelt wird.

Den beiden Frauen bindet Candido die Knöchel zusammen und fesselt sie mit den Handgelenken über dem Kopf ans Bett. Dann knebelt er sie.

Hast du jemand vergessen, Candido Stevenson?

Nicht daß ich wüßte. Ich habe das Haus bis unters Dach durchsucht.

Sehr schön. Und jetzt zu ihr.

„Du Blödmann", ruft sie durch die Tür. „Glaubst du, ich komme hier von allein raus? Grigori hat die Schlüssel."

„Nichts hat er.“

„Such.“

„Ist jemand bei dir?“

„Nur das Musikkorps der Roten Armee. Es wartet darauf, daß *er* zurückkommt. Sollen sie dir ein Ständchen geben?“

Er geht in Goldlockes Zimmer zurück. Der Gefesselte wirft ihm einem verzweifelten Blick zu. Er sieht nach, ob sich der Idiot nicht doch noch selber erdrosselt, dann fördert er unter dem säuberlich gefalteten Kleiderstapel auf dem Stuhl einen Schlüsselbund zutage.

„Ich habe fast alle umgebracht, Samantha.“

„Mach die verfluchte Tür auf.“

Er probiert mehrere Schlüssel, endlich findet er den richtigen.

Er öffnet. Mit furchteinflößendem Blick baut sie sich vor ihm auf:

„Wo ist meine Tochter?“

Diesmal berichtet er in allen Einzelheiten.

„Hast du sie gesehen? Geht es ihr gut?“

„Es könnte ihr nicht besser gehen.“

Eine ungeschickte Antwort, gelinde ausgedrückt. Prompt wird er zusammengestaucht:

„Es würde ihr noch besser gehen, wenn ihre Mutter bei ihr wäre“, sagt Samantha mit eisiger Stimme.

Sie schiebt Candido beiseite und tritt auf den Flur hinaus:

„Wen hast du umgebracht?“

„Die Wachen.“

„Und wen noch?“

Stepa Onegin, Otto Krantz, den Wandelnden Berg und einen Seringueiro namens Venancio Carneira ...

Und Afonka.

„Afonka? Du hast Afonka getötet?“

Siehst du, sie hat dir nicht die geringste Chance gegen Afonka gegeben. Er ist drauf und dran, ihr von der langen Hetzjagd zu erzählen, schweigt dann aber.

„Afonka ist tot, du kannst es mir glauben“, sagt er nur.

Sie starrt ihn an. Sie trägt ein Spitzennachthemd und ein Negligé, das sündhaft teuer gewesen sein muß. Sie sieht wunderschön aus, aber das dämpft seinen Zorn kein bißchen. Im Gegenteil. *Der andere* hat keine Kosten gescheut ...

Und sie trägt die Sachen ohne eine Spur von Scham.

„Hast du auch Grigori getötet?“

Er führt sie in Goldlockes Zimmer.
„Mach ihn los“, sagt sie. „Er war sehr nett zu mir. Sehr nett.“
„Nein.“
Er schiebt sie aus dem Zimmer, schließt die Tür ab und steckt den Schlüsselbund in die Tasche.
„Du bist übergeschnappt.“
„Genau“, sagt er grinsend. „Die Diener habe ich auch nicht getötet. Willst du dich überzeugen?“
„Grigori wird sich erdrosseln.“
„Nicht bevor ich es will.“
Er geht die schmale Treppe zur oberen Etage hinauf. Sie ringt sich dazu durch, ihm zu folgen. Laß dich durch nichts durcheinanderbringen, Candido Stevenson. Vor allem nicht von ihr. Langsam wirst du erwachsen.
Er gestattet ihr einen Blick auf die drei gefesselten und geknebelten Dienstboten.
„Ljowa war wie eine Schwester zu mir, seit ich hier bin. Sie ist die jüngere der beiden. Ohne sie hätte ich durchgedreht.“
„Um so besser.“
„Binde sie los. Sie wird nichts unternehmen.“
„Nein.“
„Binde sie los!“
Er lächelt sie an:
„Ich habe im Verlauf meines Lebens viele Schläge einstecken müssen, und man kann nicht gerade behaupten, daß es viel genützt hätte. Außerdem bin ich stärker als du, Samantha, auch wenn du größer bist.“
Er geht an ihr vorbei, steigt die Treppe hinunter und holt sich aus der Küche etwas zu essen. Draußen wird es hell. Dreißig Metern vor dem Haus liegt im grauen Licht des Morgens die Leiche eines Wächters. Samantha geht in den Garten und kniet neben dem Toten nieder. Candido sieht, wie sie die Hand nach dem Pfeil ausstreckt. Er zögert eine halbe Sekunde (unglaublich, aber du hast gezögert) und rennt dann aus dem Haus:
„Nicht anfassen. Das ist Kurare.“
Samanthas Hand erstarrt.
„Es waren fünf Wachen“, sagt sie. „Gewöhnlich haben sich immer zwei abgelöst. Wahrscheinlich hat ihnen Grigori letzte Nacht befohlen, wach zu bleiben. Deinetwegen. Hast du sie alle getötet?“
„Wie bist du hierhergekommen?“

„Das ist doch völlig unwichtig.“

Da er nun schon einmal im Garten steht, sucht er ihn gleich ein zweites Mal ab, diesmal bei Tageslicht. Er findet die drei anderen Leichen. Die Indianer hatten recht, die Pfeile sind zerbrochen.

Der fünfte Wächter sieht fast so aus, als schlafe er nur. Nur die Gesichtsfarbe stört. Er streckt die gespreizten Beine von sich, das Genick ruht auf der seidenen Sofalehne.

„Bist du mit dir zufrieden, Candido?“

Er gibt keine Antwort, geht in die Küche zurück und trinkt Milch.

Dann steigt er wieder in das Zimmer hinauf, in dem sie angeblich eingesperrt war. Angeblich? Er möchte gar nicht wissen, was sie gemacht hat, wie und warum. Im Augenblick ist das unwichtig. Wenn er nur daran denkt, dreht sich alles in seinem Kopf.

Er durchquert das Schlafzimmer. Die Wohnung besteht aus drei Zimmern und einem großen Bad. Alles ist luxuriös und reich ausgestattet. Es mangelt an nichts: englische Bücher, Noten, ein großer Tisch mit Spielen aller Art – darunter englische Puzzles.

... Und ein riesiges Bett.

Natürlich in *seiner* Größe.

„Ich möchte, daß du jetzt mit mir kommst, Samantha“, sagt er.

„Und wenn ich mich weigere? Schlägst du mich dann nieder oder sperrst mich ein? Fessele mich wenigstens nicht wie Grigori.“

„Ich möchte nur, daß du mitkommst, mehr nicht.“

„Wozu?“

Er hat Lust, im Kaspischen Meer zu baden.

Zwei Stunden schwimmt und taucht er schon. Mehrmals klammert er sich unter Wasser an einen Felsen und zählt. Als Test. Alles in Ordnung, er ist gut in Form. Das Wasser ist kalt, aber erträglich.

Er steigt wieder aus dem Wasser und zieht sich auf die kleine Zementplattform, die als Anlegeplatz dient. Samantha sitzt da mit untergeschlagenen Beinen. Beachte sie nicht weiter.

„Hat dich das Bad beruhigt, Cavalcanti?“

„Nicht richtig.“

Er hat die Unterhose anbehalten und an der Bundschnur den Schlüsselbund befestigt.

„Das Kaspische Meer“, doziert Samantha, „liegt achtundzwanzig Meter unter dem Meeresspiegel und erstreckt sich über eine Fläche von dreiundvierzigtausend Quadratkilometern. Die Durchschnittstiefe ist etwa zweihundert Meter, die größte Tiefe beträgt tausend Meter. Wie Sie bereits feststellen konnten, meine verehrten Zuhörer, ist das Wasser salzig."

Candido legt sich in die Sonne, die warm genug ist, um langsam das Eis, das er in seinen Adern glaubt, zu schmelzen. Er hat nicht einmal geschlottert oder mit den Zähnen geklappert. In seinem Zustand könnte er glühende Kohle in die Hand nehmen, ohne etwas zu spüren.

„Die Breite des Kaspischen Meeres", fährt Samantha in schulmeisterlichem Ton fort, „variiert natürlich von Ort zu Ort. Von hier bis zum gegenüberliegende Ufer sind es beispielsweise annähernd zweihundertsechzig Kilometer. Ein guter Schwimmer bewältgt diese Strecke leicht in dreihundert bis vierhundert Stunden, wenn er nicht vorher der Kälte erliegt und wie ein Stein untergeht. Genau gegenüber liegt eine kleine Stadt mit einer Garnison namens Fort Schewtschenko. Aber nehmen wir trotzdem einmal an, besagter Schwimmer schafft es, unentdeckt an Land gehen, so hat er die herrlichen Wüsten des Ustjurtplateaus, des Kara-Kums und des Kysyl-Kums vor sich, die er mit einem kleinen Fußmarsch, im allgemeinen ohne Wasser und Nahrung, leicht innerhalb weniger Monate hinter sich bringt. Anschließend braucht er nur noch über den Himalaja zu klettern."

Candido schließt die Augen. Schlaf jetzt bloß nicht ein, bitte.

Keine Gefahr.

„Aber kommen wir zum Kaspischen Meer zurück", beginnt Samantha wieder. „Besagter Schwimmer könnte auch ins Auge fassen, es der Länge nach zu durchschwimmen. In diesem Fall hätte er nur die Kleinigkeit von elfhundertdreiundzwanzig Kilometern und vier Stößen zurückzulegen, um die nächste Küste zu erreichen, die nicht zur kürzlich erst gegründeten Union der sozialistischen Sowjetrepubliken gehört. Er befände sich in Persien, Hauptstadt: Teheran."

Er ist immer noch hungrig. Er hat Appetit auf Fleisch.

„Candido, die Bootsschlüssel hängen an dem Bund, den du ständig in der Hand trägst. Ich glaube, man braucht einen Schlüssel, um den Motor anzuwerfen, und zwei, um die Vorhängeschlösser an den Trossen aufzuschließen."

Unter den Vorräten, von denen Kirilenko gesprochen hat, muß auch Fleisch sein.

„Doch ich weiß nicht, ob das Boot imstande ist, sechshundert Meilen und mehr ohne Panne zurückzulegen. Ich habe Grigori gefragt. Er hat nur gelacht und nicht geantwortet. Außerdem müssen wir zwischen Booten der Küstenwache und Kriegsschiffen hindurch."

Candido steht auf und zieht sich an.

„Aber wir können es versuchen", meint sie. „Wir haben eine Chance, wenn wir nur nachts fahren und uns tagsüber an der Küste verstecken, wo sie am dünnsten besiedelt ist. Selbst wenn irgendwann der Motor ausfällt, so kommen wir Persien doch immerhin ein Stück näher. Und vielleicht gibt es Strömungen. In die richtige Richtung, meine ich."

Er zieht Georges Albert Dieudonnés Jacke an. Den Schlüsselbund behält er fest in der Hand – zu fest, entspann dich.

Ein Blick auf das Kaspische Meer.

Ja.

„Candido ..."

Er begeht den Fehler, Samantha anzuschauen. Fast wird er schwach.

„O Candido, was haben sie nur aus dir gemacht? Du bist nicht mehr derselbe ..."

Sie weint. Sie hört gar nicht mehr auf zu weinen.

Er geht ins Haus zurück.

Er löst Goldlockes Knebel und nimmt ihm die Seife aus dem Mund.

„Ich lasse die Schnur um Ihren Hals", sagt er auf russisch. „Die Gelenke und Knöchel bleiben gefesselt."

„Ich flehe Sie an", sagt Goldlocke.

„Hören Sie. Ich kann Sie bei der geringsten Bewegung, die Sie ohne meine Erlaubnis machen, auf drei Arten töten: mit dem Blasrohr, mit dem Revolver in meinem Gürtel oder mit dem Messer. Ich habe bereits Unmengen von Leuten die Kehle duchgeschnitten, auf einen mehr kommt es nicht an."

Er stellt Goldlocke auf die Beine und hilft ihm die Treppe hinunter.

Samantha sieht ihnen zu. Sie weint immer noch etwas.

Sie gehen in den Telegraphenraum. Samantha folgt ihnen.

„Setzen Sie sich. Hände auf den Tisch. Und nicht bewegen."

Er sieht nach, ob in der Schublade eine Waffe liegt.

Er setzt den Text auf.

„O mein Gott!" ruft Samantha, die über seine Schulter gebeugt mitliest. „Candido, nein! Bei aller Liebe für mich, falls davon noch etwas übrig ist, bei aller Liebe für deine Tochter ..."

Du hörst nichts, Candido Stevenson, du wirst erwachsen. Du denkst nicht einmal daran, von deinem Vorhaben abzurücken. Ihn will sie schützen, nicht dich.

Du bist richtig bösartig geworden, Jaguar!

„Sie schicken diese Nachricht ab, Kirilenko. Wort für Wort."

„Kann nicht lesen", sagt Goldlocke, dem die Schnur die Luft abschnürt.

Candido lockert die Schlinge.

„Jetzt geht es. Gib die Nachricht durch, ohne etwas hinzuzufügen, dann lasse ich dich vielleicht am Leben."

An A. M. ALECHIN: *Der Jaguar bittet um ein Gespräch unter vier Augen.*

Die Nachricht ist abgeschickt, und Candido begngügt sich damit, Goldlocke in einen Abstellraum zu sperren, der nur eine stabile Tür und ein vergittertes Fenster als Ausgänge hat. Aber gleichzeitig macht er sich Vorwürfe wegen seiner Milde. Er setzt Goldlocke auf einen Stuhl und fesselt ihn mit den Handgelenken an einen Ring, der in der Wand eingelassen ist.

„Wir könnten ihm wenigstens etwas zu trinken geben", sagt Samantha kleinlaut.

„Wie du willst", antwortet Candido mit ungekünstelter Gleichgültigkeit.

In einer Vorratskammer, auf deren Boden sich Eisblöcke stapeln, entdeckt er Rinderhälften, die an Haken von der Decke hängen. Mit dem Küchenmesser, das er nicht aus der Hand gelegt hat, seit er aus der Bucht zurückgekommen ist, schneidet er ein gutes Kilo Fleisch ab und macht Feuer im Holzherd.

„Was kann ich noch sagen, Candido? Wie kann ich dich dazu überreden, mit dem Boot wegzufahren?"

„Du hast bereits alles gesagt."

Sie hat ununterbrochen geredet, geweint und gefleht, gedroht und wieder gefleht. Er hat nicht hingehört, er hört auch jetzt nicht hin.

„Willst du ein Stück von dem Steak, Samantha?"

„*Er* kommt nicht", meint sie.

„Sag nicht *er*, Samantha. Er heißt Aljotschka Michailowitsch Alechin."

Langsam bildet sich Glut. Er wird das Steak nicht ganz durchbraten, es soll noch schön blutig sein. Er sucht in den Schränken nach Salz.

„*Er* wird kommen, Samantha. *Er* wird nicht seine Privatarmee schikken. *Er* wird kommen, und zwar allein. Aus drei Gründen: Erstens wird *er* keine große Lust verspüren, anderen zu erklären, wie *er* dazu kommt, dieses Haus für *seine* persönlichen Bedürfnisse einzurichten. Zweitens wird *er* vor niemandem auf der Welt zugeben wollen, daß der kleine Puzzleleger den Puzzlemacher geschlagen und Aljotschka Michailowitsch Alechin, den Unbesiegbaren, hereingelegt hat ..."

Das Steak ist soweit, auf beiden Seiten fast verkohlt, innen noch blutig. Er legt das Fleisch auf einen Teller, den er irgendwo hervorgezogen hat, und setzt sich an den Tisch.

„Drittens, wenn *er* in Begleitung käme, hieße das, daß *er* vor mir Angst hat."

Mit dem rasierklingenscharfen Küchenmesser schneidet er ein Stück von dem Fleisch ab und führt es mit den Fingern zum Mund.

Sehr gut. Darauf hatte er irrsinnigen Appetit.

„*Er* kommt, Samantha. Totsicher. *Er* will mich zwischen Daumen und Zeigefinger zerquetschen."

Nicht genug Salz, er würzt nach.

Schon besser.

„Ich kann dir die Schlüssel für den Anlasser und die Trossen geben, Samantha. Du wirst es schon schaffen, das Boot in Gang zu bringen. Persien liegt im Süden. Nichts hindert dich daran wegzufahren. Natürlich nur, wenn du willst."

Er löst die Schlüssel vom Bund und wirft sie auf den Tisch.

Sie macht auf dem Absatz kehrt und geht. Er hört, wie sie in ihr Schlafzimmer hinaufsteigt.

Bist du nun zufrieden, Candido Stevenson? War die letzte Bemerkung wirklich nötig?

Ist mir doch egal. Ich versinke immer tiefer in einem finsteren Schacht mit glatten Samtwänden, ich gleite immer schneller und schneller hinab.

So schnell, daß du morgen keinen klaren Kopf mehr hast?

Nein. Keine Gefahr.

Samantha hat Angst vor dir, hast du es bemerkt? Vor dir und deinem großen Messer.

Ich will nicht an Samantha denken, nur an *den anderen*. Morgen abend kommt *er*. Oder in der Nacht. Oder im Morgengrauen.

Er sitzt hinten auf dem Parkettboden, als sie den großen Salon betritt und ihn bittet, die Zimmer der Bediensteten aufzuschließen. Sie hat ihnen und Grigori ein Essen bereitet.

„Wie du willst.“

Er begleitet sie und schließt hinterher die Türen wieder ab. Sie redet auf ihn ein, aber er hört nicht zu.

Er vertritt sich die Beine im Garten. Bei Einbruch der Dunkelheit legt er sich zum Schlafen ins Gestrüpp und wickelt sich in eine Decke, die er sich aus dem Wachhaus geholt hat. Er schläft. Ausgezeichnet. Nur zweimal wacht er auf, schreckt aus dem Schlaf hoch, überzeugt, daß *der andere* vor ihm steht, groß wie ein Riese.

Hast du Angst?

Überhaupt nicht. Ich bin nur ein bißchen ungeduldig.

Der Vormittag verstreicht. Samantha hat er seit gestern abend nicht mehr gesehen. Er sitzt auf den Felsen südlich der Bucht, und gegen drei Uhr nachmittags, nach dem Stand der Sonne zu schließen, hört er von jenseits der rosa Ringmauer ein Motorengeräusch. Er kaut von dem Brotkanten, der ihm noch geblieben ist, steigt langsam die Terrassen hinauf und erreicht eine Pergola, an der ein Gärtner vor Jahren eine Glyzinie gepflanzt hat, die jetzt am Eingehen ist.

Er setzt sich auf die Marmorbank. Durch die breite Schneise zwischen den Bäumen kann er kilometerweit auf das Kaspische Meer hinaussehen.

Das Brummen des Motors ist jetzt ganz deutlich. Auch Samantha muß es gehört haben: An einem Fenster bewegen sich Vorhänge.

Mir wäre es lieber, sie kommt nicht herunter und läßt sich nicht blicken.

Das ist doch jetzt vollkommen unwichtig geworden, Candido Stevenson.

Stimmt.

Endlich taucht das Auto auf, dort, unter den Fichten am Ende der Allee, die aussieht wie die Via Appia. Es hält an. *Er* steigt aus, geht ohne Eile zu dem, was die Leiche eines Wächters sein muß, kniet sich neben dem Körper hin. Ein Augenblick vergeht. *Er* richtet sich wieder auf, kehrt zum Wagen zurück, steigt ein. Im Schrittempo erreicht *er* den großen Kiesplatz vor dem Haus, fährt einen lässigen Halbkreis und bleibt vor der Pergola stehen. *Er* stellt den Motor nicht ab. So selbstsicher *er* auch sein mag, jetzt hat *er* Angst vor eine Falle. *Er* hat den Wagen so hingestellt, daß *er* jederzeit in Richtung Ausgang davonrasen kann.

Alechin scheint allein zu sein. Abgesehen von dem kurzen Stopp bei der Leiche des Wächters hat *er* auf den letzten Kilometern, seit Candido das Motorengeräusch bemerkt hat, weder gebremst noch die Geschwindigkeit verändert.

Er ist allein gekommen. Ich hatte recht.

„Sie haben sich nicht verändert, Cavalcanti."

„Danke. Sie auch nicht."

Sie sind zwanzig Meter voneinander entfernt. Alechin sitzt noch immer hinter dem Steuer, Candido auf der Bank. In der einen Hand hält er den Brotkanten, und mit den Fingerspitzen der anderen Hand zupft er kleine Stücke ab und führt sie zum Mund.

Samantha zeigt sich immer noch nicht.

Die Wagentür geht auf, Alechin steigt aus, streckt sich. Er hält einen Revolver in der rechten Hand, wirft ihn aber auf den Sitz. Er lehnt sich an den Wagen.

„Georges Albert Dieudonné. Eines ist sicher: Niemand hat Sie hierher begleitet oder ist Ihnen gefolgt, ich habe mich davon überzeugt. Kurz und gut, ich war es, der Ihnen die Existenz dieses Hauses verraten hat, und ich war es auch, der Ihnen die Fahrt hierher so bequem wie möglich gestaltet hat. Meine eigenen Agenten haben dafür gesorgt, daß Sie unterwegs nicht verlorengingen."

„Einen Moment habe ich mich gefragt, ob Sie es nicht absichtlich getan haben."

Alechin lacht:

„Und nun?"

„Und nun glaube ich, daß ich es geschafft habe, Ihnen wenigstens einmal um einen Schritt voraus zu sein."

„Haben Sie Matriona zufällig gefunden?"

„Dank Stepas Adreßbuch."

„Stepa?"

Er hat doch tatsächlich vergessen, von wem du sprichst, Candido Stevenson. Du hast richtig vermutet: Für *ihn* ist die ganze Angelegenheit seit Monaten begraben.

„Stepa Onegin", präzisiert Candido. „Ich weiß nicht, wie er richtig heißt. Oder die anderen: Otto Krantz und der Mann, der noch größer ist als Sie und dem ich den Spitznamen Wandelnder Berg gegeben habe, und natürlich Matriona."

„Ich kannte sie unter anderen Namen.“
„Das denke ich mir. Sie sind tot. Ich habe sie getötet.“
„Jetzt erinnere ich mich. Und die Adressen waren in dem Buch?“
„Verschlüsselt, aber ich habe den Code geknackt.“
„Und Tschaadajew?“
„Ebenfalls tot. Er hat das Klima im brasilianischen Urwald nicht vertragen. Er hat bis zuletzt versucht, mich umzubringen. Sie können ihm keinen Vorwurf machen.“
„Sie sind nicht so leicht zur Strecke zu bringen, wie mir scheint.“
„Das hätten Sie nicht erwartet, was?“
„Ich erinnere mich noch genau: Damals in Berlin, als ich Ihnen folgte, hatte ich das Gefühl, daß Sie ... nun ja, daß Sie Ihre Fähigkeiten noch nicht ganz ausgeschöpft haben.“
„Das habe ich inzwischen schleunigst nachgeholt“, sagt Candido. „Dank Ihrer Hilfe. Sie haben enorm zu meiner Entwicklung beigetragen. Wie ein richtiger Vater. Darf ich Ihnen ein oder zwei Fragen stellen?“
„Der Zug, der mich nach Moskau zurückbringt, geht erst in sechs Stunden.“
„Und geht es Ihnen soweit gut in diesem Land?“
„Es könnte mir nicht besser gehen. Noch habe ich nicht alle meine Ziele erreicht, aber das dauert nicht mehr lang. Ich habe Geduld.“
„Wollen Sie Staatschef werden?“
Lachen:
„Nein. Diesen Ehrgeiz hatte ich nie. Der, der momentan am Ruder ist, reicht mir vollauf.“
„Sind Sie der Chef seiner Polizei, der Tscheka?“
„Nein. Ich habe mir eine eigene Organisation geschaffen. Die Sowjetunion ist eine belagerte Festung, und sie wird es auf Generationen hinaus bleiben. Ich bin für das verantwortlich, was sich außerhalb der Mauern abspielt, im Ausland.“
„Eine Menge Arbeit, oder?“
„Ein Menge. Danke für die Anteilnahme.“
„Täusche ich mich, oder war der Jaguar nur eine Operation von zweitrangiger Bedeutung?“
„Sie täuschen sich nicht. Es war eine Art Pflichtübung. Ich stand damals vor der Notwendigkeit, meine Vorschläge durch praktische Beispiele zu veranschaulichen. Eine Demonstration, wenn Sie so wollen.“
„Wie man eine Revolution auslöst oder in aller Welt Menschen umbringt, ohne daß man dafür verantwortlich gemacht wird?“

„Oder, aber das nur am Rande, wie man aus dem Nichts einen, Sie entschuldigen, internationalen Terroristen schafft, der nicht zu fassen ist, weil es ihn gar nicht gibt. Die Idee fand großen Anklang, zweifellos wird man wieder auf sie zurückgreifen."

„Wann hat Ihr Interesse für den Jaguar nachgelassen?"

„Um ehrlich zu sein, ich kann ich mich nicht mehr so recht an alles erinnern. In der Mongolei, glaube ich, sogar noch etwas früher. Danach habe ich die anderen weitermachen lassen, die Sie Matriona und Stepa Onegin nennen. Ich selbst habe mich wichtigeren Dingen zugewandt. Haben Sie auch Grigori getötet?"

„Ja. Und die Dienerschaft, wo ich schon mal dabei war."

„Wo ist sie?"

Endlich rührt sich Alechin von der Stelle. Er wirft einen Blick auf das Haus hinter sich, aber schon in der nächsten Sekunde ruht sein Blick wieder auf Candido. Dann macht er zwei Schritte zur Seite – er sieht nach, ob unter der Bank oder sonst irgendwo eine Waffe versteckt ist.

„Wo ist sie, Cavalcanti?"

„Im Haus."

„Ist sie am Leben?"

Candido wendet den Kopf und betrachtet das Meer.

„Ich glaube nicht, daß Sie sie getötet haben", sagt Alechins Stimme.

„Gehen Sie ins Haus und schauen Sie nach. Wo ist der Doktor?"

„Tot. Ein Herzanfall."

Der Kies knirscht unter Alechins Schritten.

Wenn ich ihn fast nicht mehr höre, geht er auf dem Rasen. Und wenn er ungefähr zwölf Meter von mir entfernt ist, passiert es.

Candido pickt weiter an seinem Brot. Die Schritte werden leiser, sie sind kaum noch zu hören.

Stopp. Er muß fünf bis sechs Meter entfernt sein.

„Das Brot", sagt Alechin. „Außer diesem Brot sehe ich keine andere Möglichkeit, einen der Pfeile zu verstecken, mit denen Sie die Wächter getötet haben."

Schweigen. Candido wartet.

Alechin schlüpft aus dem Jackett und umwickelt sich damit den linken Arm.

Er grinst:

„Das ist es also. Ich habe mich die ganze Zeit gefragt, was Sie im Schilde führen. Oder ist vielleicht einer Ihrer Freunde übers Meer gekommen und legt in diesem Moment vom Haus oder von den Felsen aus auf mich an? Aber das glaube ich nicht. Sie haben gewußt, daß ich allein komme, und ..."

Die Bewegung des Russen erfolgt ganz plötzlich und mit unglaublicher Behendigkeit. Candido schnellt mit der Kraft seines ganzen Körpers zur Seite und rollt sich ab. Doch sein Schwung trägt ihn weiter als vorgesehen: Er purzelt zwei Terrassen tiefer und prallt beim Sturz gegen einen Stein. Ein Schmerz durchfährt seinen Brustkorb.

Sofort steht er auf und springt zur Seite. Mit Daumen und Zeigefinger hält er immer noch krampfhaft den Pfeil in dem Brotkanten fest.

„Amüsant", sagt Alechin. „Dann sind Sie also auch allein. Ihr Haß auf mich war stärker. Sie haben jeden Sinn für die Realität verloren, Cavalcanti. Offensichtlich hat der Aufenthalt im Gefängnis der Stille doch tiefere Spuren hinterlassen, als Sie angenommen haben. Haben Sie sich diese Frage schon einmal gestellt? Ja, wahrscheinlich. Aber ein Irrer weiß nicht, daß er verrückt ist."

Alechin macht mit verblüffender Geschmeidigkeit einen Satz nach vorn. Den linken Arm, den das Jackett schützt, hält er vor sich hin wie einen Schild.

„Ihr Pfeil ist aus Holz und zerbrechlich, zumindest wenn ich von dem ausgehe, der im Nacken des Wächters steckt. Aber natürlich können Sie ihn durch eine Stahlnadel ersetzt haben, die Sie im Haus gefunden haben. Was ist drauf? Kurare? Wie romantisch."

Alechin steht jetzt eine Terrasse über ihm.

„Sie sind sehr schnell, ich aber auch. Der kleine Jaguar mit dem kleinen Giftspeer gegen den großen Tiger, der keine andere Waffe hat als seine Kraft. Ich werde Ihnen das Genick brechen."

Alechin springt von der niedrigen Mauer. Candido weicht zurück. Die nächste Terrassenstufe ist direkt hinter ihm.

„Ich habe mit ihr geschlafen, Cavalcanti. Sie hat wirklich einen phantastischen Körper. Und mit welch glühender Leidenschaft sie liebt, einfach unvergeßlich. Haben Sie bemerkt, wie sie sich manchmal windet, wie sie ein hohles Kreuz macht, die Arme über den Kopf streckt und den Hals darbietet?"

Alechin kommt näher, den linken Arm vor sich. Candido spürt den Rand der Mauer unter dem Fuß. Er springt ...

... und wirft sich sofort auf die Seite: *Der andere* ist ihm gefolgt, seine Finger haben ihn fast am Knöchel erwischt, sie haben ihn berührt, wenn auch nur schwach.

„Knapp daneben, Cavalcanti. Vielleicht beim nächsten Mal. Aber ich muß feststellen, daß Sie immer nur zurückweichen. Wollen Sie mich irgendwohin locken? Zur Bucht und zum Boot? Haben Sie dort etwas versteckt? Eine Waffe?"

Alechin nähert sich mit den tänzelnden Schritten eines Boxers oder eines Mannes, der seinen Körper vollkommen unter Kontrolle hat.

Candido versucht, rechts an ihm vorbei in Richtung Bucht zu kommen.

Versperrt.

Er zieht die Stahlnadel aus dem Brot.

„Und der Duft ihres Körpers bei der Liebe, Cavalcanti? Und dieses leise Stöhnen ..."

Er ist für einen Mann seiner Größe unglaublich schnell und behend, Candido Stevenson. Darauf warst du nicht gefaßt.

Du hast ihn unterschätzt, nicht?

Der andere stürzt sich auf ihn. Für eine Sekunde das panische Gefühl, daß er am linken Handgelenk gepackt und gehalten wird. Er versucht, mit der Nadel zuzustoßen, aber der rechte Arm rührt sich nicht. Er reißt sich los und weicht zehn Meter zurück. Hinter ihm sind jetzt nur noch die Felsen. Einige Meter dahinter ist das Meer.

„Mich wollen Sie mit Nadelstichen töten, Cavalcanti? Sie trauen sich viel zu. Aber ab jetzt wird es schwierig für Sie. Falls Sie es noch nicht bemerkt haben sollten, Sie sitzen in der Falle."

Ein weiterer Angriff, ein schmerzhafter Schlag in den Unterleib mit dem linken Arm, den die Jacke schützt. Wie durch ein Wunder kann er ausweichen und sich blindlings auf die Felsen werfen. An den scharfen Kanten schlägt er sich den Arm auf.

„Das erste Blut, Cavalcanti. Der Punkt geht an mich. Sie haben es vielleicht nicht gemerkt, aber Sie haben das lächerliche Nädelchen an meinem Jackett abgewischt: Es dürfte nicht mehr viel Kurare dran sein. Zwischen uns liegen keine zwei Meter mehr, und wenn Sie versuchen, die Wand hinter Ihnen hinaufzuklettern, werde ich Ihnen mit Vergnügen einen Knochen nach dem anderen zerbrechen. Sie haben auf meine Eifersucht gesetzt, stimmt's? Sie hatten recht. Anscheinend bin ich doch keine perfekte Maschine. Noch nicht. Aber irgendwann werde ich auch Sie töten, dann ist dieses kleine Problem aus der Welt."

Candido beobachtet genau Alechins rechte Hand. Dann springt er ab, eine halbe Sekunde vor *dem anderen*. Doch leider hat er nicht genug Platz: Den Körper kann er zwar noch in Sicherheit bringen, doch im gleichen Moment wird sein rechter Arm, den er zu einem allerletzten

Stoß nach vorn geschnellt hat, von einer Faust gepackt und wie in einem Schraubstock mit furchtbarer Gewalt zusammengepreßt.

„Laß die Nadel los, Knirps. Laß los!"

Unerbittlich lösen sich seine Finger, die Nadel fällt hinunter. Da fällt ein Schuß. Alechin zuckt zusammen, aber er stürzt nicht zu Boden. Die Kugel hat ihn nur gestreift und direkt über dem Hemdkragen eine blutende Furche gezogen. Doch er ist so überrascht, daß er für einen Moment seine Beute losläßt. Das genügt. Candido rennt los und springt ins eisige Wasser. Im Sprung hört er noch, wie hinter ihm noch zwei Schüsse fallen.

Er taucht steil hinunter, mindestens zehn Meter tief, dann klammert er sich am Grund an einen Felsen ...

... und beginnt automatisch zu zählen ...

Er hebt gerade noch rechtzeitig den Kopf: Er sieht in dem kristallklaren Wasser, wie *der andere* mit kräftigen Stößen auf ihn zuschießt. Er scheint das Wasser förmlich zu zerreißen. Verzweifelt drückt sich Candido mit Armen und Beinen ab ...

...sechsundzwanzig, siebenundzwanzig, achtundzwanzig ...

Das war knapp: Alechins Finger haben deine Ferse gestreift. Er schwimmt so gut wie du, Candido Stevenson, wie konntest du nur daran zweifeln? Goldlocke hat doch etwas von Schwimmen erzählt.

Du entkommst ihm nicht, ist dir das klar?

Neununddreißig, vierzig, einundvierzig ...

Candido taucht noch tiefer, der Druck auf seine Trommelfelle nimmt zu.

Du bist mindestens fünfzehn Meter tief. *Der andere* kann an der Oberfläche seelenruhig warten, bis du auftauchst. Du bist kein Fisch, und sogar im Wasser zerdrückt *er* dich wie eine Nuß. Das wird kein angenehmer Tod, ich warne dich.

...fünfundfünfzig, sechsundfünfzig, siebenundfünfzig, die Küste kommt näher, eine senkrechte Wand ohne Algen und Meerespflanzen. Das soll ein Meer sein? Warum bist du nicht zur Bucht hinausgeschwommen? Warum nicht, mein Gott? Du hättest es wie bei Afonka Tschaadajew machen sollen. Du hättest ihn so weit und so tief ins Kaspische Meer locken sollen, daß *er* es nie mehr zurückgeschafft hätte. Ihr wärt beide vor Kälte gestorben, aber wenigstens hättest du *ihn* erwischt ...

Er steigt etwas nach oben und wendet sich nach links: Erneut hat er die Finger *des anderen* gespürt.

Das schwarze Loch in der Wand, ein breiter Spalt über die ganze Länge des Felsen. Was für Fische gibt es im Kaspischen Meer? Muränen?

Muränen sind Fleischfresser, die römischen Kaiser warfen ihnen Sklaven zum Fraß vor.

Neunundsiebzig, achtzig, einundachtzig, zweiundachtzig ...

Er muß aufrecht in den Spalt schlüpfen. Die Wände sind an dieser Stelle so eng, daß er sich nur seitlich hineinzwängen kann.

Wenn ich noch weiter hineinkrieche, komme ich nie mehr heraus.

Vor dem Eingang erscheint Alechin, in blaues Licht getaucht. Etwas Blut sickert aus seinem Hals, aber nur ganz wenig. Seine blonden Haare schweben um den Kopf. Er stützt sich auf die beiden Kanten der Spalte und grinst. Er streckt einen Arm aus, greift mit den Fingern nach einem Hemdzipfel, streift flüchtig Candidos Haut.

Candido schiebt sich ein paar Zentimeter weiter.

...neunundneunzig, hundert, hunderteins, hundertzwei ...

Alechin drückt sich gegen die Wand. Mit einer Hand hält er sich fest, die andere schiebt er in den Spalt ...

...hundertdrei, hundertvier, hundertfünf, er sieht kein Gesicht mehr, nur diese Hand, die immer näher rückt ...

Jetzt, Candido.

Er packt eine der Ketten, mit denen das Boot festgemacht war, legt sie um das riesige Handgelenk, schließt das Vorhängeschloß.

Was hältst du davon, Aljotschka-Liebling?

Wilde Reaktion: Alechins Gesicht – du grinst ja gar nicht mehr, Aljotschka – taucht wieder in dem blauen Licht auf. Der Zug an der Kette ist gewaltig, und die Kettenglieder drücken sich schmerzhaft in Candidos Schenkel.

Zieh nur, Aljotschka.

Hundertzwanzig, hunderteinundzwanzig, hundertzweiundzwanzig, hundertdreiundzwanzig ...

Laß dir ruhig Zeit, Aljotschka.

Alechin kämpft verbissen, er stemmt sich gegen die Ränder der Spalte, bis es ihm beinahe den Rücken zerreißt, der Mund ist krampfhaft verzerrt. Er schüttelt den Kopf, wirft ihn nach hinten, seine Augen sind geschlossen.

Zieh doch, Aljotschka. Du bist doch so stark.

Hundertzweiundvierzig, hundertdreiundvierzig, hundertvierundvierzig, hundertfünfundvierzig ...

Luftblasen steigen aus der Kehle *des anderen* auf.

Wahrscheinlich bleibst du auch hier, Candido Stevenson, aber du hast ihn erwischt, keine Frage. Herzlichen Glückwunsch.

Hundertsiebzig, hunderteinundsiebzig, hundertzweiundsiebzig ...

Drei Minuten.

Der große Körper entspannt sich plötzlich, die freie Hand öffnet sich, die Füße lösen sich von der Wand. Der Körper dreht sich sanft und anmutig im blauen Wasser des Kaspischen Meeres. Der Auftrieb – jeder in eine Flüssigkeit getauchte Körper ... ja, ich weiß, Doktor – trägt ihn nach oben. Nur der Arm bleibt in der Spalte stecken. Der Eingang ist frei.

Hunderteinundneunzig, hundertzweiundneunzig, hundertdreiundneunzig ...

Jetzt aber raus, Candido Stevenson.

Es geht nicht.

Versuch es noch mal.

Zweihundertdrei, zweihundertvier ...

Es geht nicht, glaub mir. Ich finde keinen Halt.

Er zieht an der Kette, und folgsam legt sich Alechins Körper vor den Eingang der Spalte.

Zweihundertacht ... oder zweihundertneun.

Du gerätst in Panik, was?

Du hast keine Luft mehr. Und du bist mindestens zwölf Meter unter Wasser.

Zweihundertelf ...

Es gibt bestimmt einen Ausweg. Gib nicht auf.

Zweihundertsechzehn ...

Erinnerst du dich, wie man mit einem Lastwagen unter einer Brücke durchfährt, die einige Zentimeter zu niedrig ist?

Laß mich in Ruhe, das bringt nichts.

Man läßt die Luft aus den Reifen. Also machst du es genauso: Du läßt die Luft aus den Lungen.

Er sieht deutlich die Luftblasen aufsteigen und zur Decke der kleinen Grotte schweben.

Noch ein bißchen. Laß alle Luft heraus.

In der nächsten Sekunde hat er das Gefühl, Alechin hält ihn mit den Beinen und mit dem freien Arm zurück. Erneut lodert Panik in ihm auf: Er ist nicht tot, Er hat sich nur verstellt, Er wird dich festhalten!

Sein Mund öffnet sich, seine Kehle löst sich. Kilometerweit über ihm glitzert die Wasseroberfläche.

Mir wird schwindlig, ich steige nicht auf, ich tauche unter, ich ...
Der Knall.

Eine große Hand um seinen Hals. Er schlägt um sich.
„Candido! Ich bin's!"
Erst nach Sekunden dringen die Worte in sein Bewußtsein.
Samantha. Was macht sie denn im Wasser? Und ich?
Sie schwimmt hinter ihm, er liegt fast auf ihr. Samanthas Arm unter seinem Kinn.
Das Kaspische Meer. Ich erinnert mich.
Seine Finger berühren einen Felsen. Eine Welle schwappt ihm über das Gesicht. Er bekommt keine Luft. Aber Samantha greift ihm unter die Arme und zieht ihn hoch. Er keucht. Sie legt ihn auf den Rücken, dann, als er hustet und würgt, dreht sie ihn auf die Seite.
„Geht's?"
Es geht mir bestens, wirklich.
Er öffnet die Augen, aber in seinem Kopf dreht sich alles.
Das wird dich lehren, in der Badewanne Rekorde brechen zu wollen.
„Alles in Ordnung, Candido?"
Das Gesicht über ihm nimmt klare Formen an. Samantha. Er macht sich frei, obwohl sie ihn daran hindern will. Dann liegt er flach auf dem Bauch. Mühevoll stützt er sich auf die Arme, zieht ein Knie an und richtet sich auf. Er steht auf der Zementplattform, an der das Boot vor Anker liegt. Es wird nur noch von einer Kette gehalten. Candido taumelt und fängt sich gerade noch am Holm eines Hebebocks, der dazu dient, das Boot bei stürmischem Wetter ins Trockene zu holen.
Der Tag geht zu Ende, und das tiefe Blau des Meeres färbt sich allmählich dunkel. Doch senkrecht unter dem kleinen Felsen, der steil ins Wasser abfällt, in sechs oder sieben Faden Tiefe, ist ganz deutlich die Leiche zu erkennen. Sie schwebt, als sei sie aufgehängt oder als halte sie ein Arm im Gleichgewicht, der Arm, der festgekettet ist.
Candido sinkt zusammen. Er legt die Wange auf den Eisenträger und läßt sich an ihm entlanggleiten.
Es ist vorbei.
Er braucht einen Moment, bis er merkt, daß er weint.

Sie hat den Schlüsselbund aus seiner Tasche genommen, die Trosse losgemacht und das Boot glücklich in Gang gebracht. Er sitzt auf der Bank hinter ihr. Alle Lichter an Bord sind gelöscht. Sie fahren. Die Lichter von Astrachan leuchten kilometerweit entfernt zu ihrer Rechten.

„Wie wissen wir, daß wir nach Süden fahren?"

„Irgendwo ist bestimmt ein Kompaß."

Er schließt die Augen: Du bist zwar schon tief in dem Samtschacht versunken, aber jetzt mußt du wieder herauskommen, du kannst nicht dein ganzes Leben lang drin bleiben.

Warum nicht?

Die Stille holt ihn allmählich aus dem Dämmerzustand, in den er gesunken ist: Der Motor ist aus, mit leisem Zischen schneidet der Bug des Bootes durch das Wasser.

„Haben wir eine Panne?"

„Ich habe ihn abgestellt. Es wird gleich hell."

Sie klettert auf das Kajütendach und geht zum Vorschiff. In der Hand hält sie eine Art Holzlanze mit einer Spitze und einem Haken. Was treibt sie da? Fast im selben Moment ein kräftiger Stoß.

„Ich konnte dem Stein nicht ausweichen", sagt sie. „Hoffentlich hat er kein Leck in den Rumpf geschlagen."

Sie kommt zurück, und zum ersten Mal wieder seit ewig langer Zeit betrachtet er sie aufmerksam: Tiefe Ringe liegen unter ihren Augen, ihr Gesicht ist von Müdigkeit gezeichnet.

„Hast du Hunger?"

Er antwortet nicht.

„Du hast Hunger. Ich übrigens auch. Es gibt einen Spirituskocher an Bord, ich mache Tee."

Sie verschwindet in der Kajüte. Das Boot liegt in einer kleinen seichten Bucht, ringsum eingeschlossen von Felsen. Das Meer ist kaum zu sehen. Völlige Stille. Das Boot schaukelt. Kleine Wellen werfen es mit dem einen Ende (du hast keine Ahnung von der Seefahrt, du kennst nicht einmal die Worte) in regelmäßigen Abständen an das Ding, das sie als Stein bezeichnet hat. Candido steht auf. Abgesehen von dem Schwindelgefühl geht es ihm bestens. In einer Art Schrank entdeckt er einen Anker mit aufgerolltem Tau. Er wirft den Anker so weit wie möglich hinaus, in Richtung Buchtausfahrt. Der Anker verhakt sich an den Felsen auf dem Grund. Das Wasser ist keine zwei Meter tief. Er zieht an dem Tau, und das Boot gehorcht mit erstaunlicher Leichtigkeit. Er verknotet das Tau. Jetzt kann es nicht mehr anstoßen.

Es stimmt, er hat Hunger.

Samantha hat auf einem Klapptisch das Frühstück gerichtet: eine Kanne mit kochendheißem Tee, zwei Flaschen Milch, Brot, Johannisbeergelee von Fortnum & Mason aus London, Butter und Spiegeleier.

„Ich habe acht gemacht."

„Was?"

„Eier, ich habe acht gemacht, wieviel willst du?"

„Wir teilen."

Sie ist einverstanden. Sie sitzen achtern nebeneinander auf einer Bank, essen schweigend und starren angestrengt vor sich hin.

„Noch Tee?"

„Milch, wenn es dir keine Mühe macht."

Kaffee ist mir lieber als Tee, was kann ich dafür, daß ich Brasilianer bin.

Sag, Candido Stevenson, stimmt es, daß du vom Grund deines Samtschachts schleunigst wieder nach oben willst?

Ja. Aber noch ist es nicht soweit.

„Ich werde ein bißchen schlafen", sagt sie.

„Ich halte Wache."

„Wir fahren weiter, sobald es Nacht wird. Wir brauchen Benzin. Unter einer Klappe im Bug sind Kanister."

„Einverstanden."

In den nächsten Stunden döst er leicht vor sich hin, immer alarmbereit. Gegen Nachmittag untersucht er die Kanister. Nach dem Geruch zu schließen enthalten sie kein Benzin. Eher Öl. Jedenfalls schüttet er zwei Kanister und ein bißchen aus einem dritten in das, was er für den Tank hält.

„Weißt du, wo wir sind?"

Diesmal bereitet er das Essen. Es gibt Rühreier mit allem Möglichen. Wie immer nach dem Aufwachen strahlt ihr Gesicht eine sanfte Milde aus.

„Du hast letzte Nacht gesteuert."

„Nach dem Kompaß bin ich nach Südsüdost gefahren. Einmal habe ich Scheinwerfer von Lastwagen gesehen. Nicht weit von hier muß eine Straße sein."

„Hast du Inseln gesehen?"

Nein. Auf der Karte sind Inseln eingezeichnet, kurz vor der Landzunge von Fort Schewtschenko. Vielleicht ist sie daran vorbeigefahren und hat sie übersehen.

Vielleicht. Sie ißt.

„Es schmeckt zum Kotzen."

„Ich bin kein Koch."

„Und ich kein Seemann."

„Du warst anscheinend überhaupt nicht überrascht, als ich neulich abends als Dieudonné aufkreuzte."

Der Satz kam wie von allein aus Candidos Mund. Nun gut, es ist passiert, du hast es gesagt.

„Ja und?"

„Wußtest du, daß ich lebe?"

„Ich wußte es nicht, ich wünschte es mir."

„Warum?"

Sie senkt den Kopf, dann hebt sie ihn wieder. So ist sie eben: Die Art Mensch, die einem offen ins Gesicht sieht.

„Weil ich wollte, daß du lebst, ganz einfach."

Sie sieht ihn unverwandt an.

„Noch Fragen, Cavalcanti?"

Nur noch etwa fünfzig Millionen. Die wichtigsten nicht mitgerechnet. Zum Beispiel würde er gern wissen, ob sie und *der andere* ... Eins von beiden, Candido Stevenson: Entweder du stellst die Fragen und machst dir dann ein Leben lang Vorwürfe, oder du vergräbst sie mit allem anderen auf dem Grund des Samtschachts und machst dir dann ein Leben lang Vorwürfe, daß du sie nicht gestellt hast. Ich kenne dich doch. Du hast die Manie, jedes Wort, jedes Schweigen und jeden Tonfall abzuwägen und zu analysieren, und hinter allem vermutest du Lügen.

„Wir können weiterfahren", sagt sie. „Es wird bald Nacht, und es regnet."

Bisher ist es ihm gar nicht aufgefallen. Er ist wirklich am Ende.

Sie übernimmt das Ruder.

„Mach dich nützlich, hol den Anker ein, wenn es nicht zuviel verlangt ist", ruft sie.

Sie halten ungefähr Kurs nach Süden, doch sie sehen überhaupt nichts in der Dunkelheit. Außerdem regnet es ununterbrochen.

Falls sie durch irgendein Wunder Persien erreichen, wird sie ihre Tochter in Brasilien holen und in das Land zurückkehren, in dem sie zu Hause ist, in die Vereinigten Staaten von Amerika, sofern sie das noch nicht vergessen hat.

„Mir gehören die Fazenda Bragança Boa Vista, das Haus in Pétropolis, rund vier Millionen Dollar und noch ein paar Kleinigkeiten", sagt Candido.

Sie antwortet nur, das sei ihr piepegal.

Am zweiten Tag verstecken sie sich wieder in einem Schlupfwinkel an der Küste.

„In Brasilien glauben alle, ich sei tot, oder sie tun so, als würden sie es glauben. Kein Mensch wird mich wiedererkennen, zumindest werden alle so tun. Außer Ciccio. Und der kleine Notar. Und Clovis. Und Jesuino und das Personal auf der Fazenda. Und Villa-Lobos, mit dem ich bis ans Ende meiner Tage Musik machen werde. Denn so schnell werde ich Brasilien nicht mehr verlassen."

Ihr egal.

Sie ist wütend, Candido Stevenson. Du weißt, sie hat kapiert. Sie ahnt, welche dämlichen Fragen du ihr stellen willst. Du kannst sie immer noch stellen, aber ich warne dich, sie hat schon immer einen schlechten Charakter gehabt. Es stimmt schon, du hast mit Juliette Maizoué in Paris geschmust (und sehr gern, unter welchem Vorwand auch immer). Aber das ist nicht dasselbe. Du bist ein Mann, da fällt das nicht so ins Gewicht.

Glaubst du wirklich?

Nein. Und was beweist mir überhaupt, daß sie mit *dem anderen* etwas gehabt hat? Gesagt hat sie eigentlich nichts. Es ist doch offensichtlich, daß du ihr mit deinen Verdächtigungen auf die Nerven gehst.

Es gießt immer noch in Strömen. In der dritten Nacht müssen sie mit einem Eimer schöpfen.

Und wer hat auf Alechin geschossen, als er dich packen wollte? Wer sonst außer ihr?

Bist du dir wirklich so sicher, daß sie auf *den anderen* geschossen hat? Klar, du warst schon unter Wasser, als sie noch einmal geschossen hat. Daß sie nicht getroffen hat, besagt nichts: Mit einem Gewehr kommt sie so gut zurecht wie du mit einem Kochtopf. Aber natürlich ist es möglich, daß ...

Genug, Candido. Du drückst auf den Knopf in deinem Kopf und denkst nie mehr daran.

Stopp.

„Warum hast du den Motor abgestellt?"

„Ich habe ihn nicht abgestellt, Cavalcanti. Wir sitzen fest. Kein Benzin mehr."

Sie verläßt das Ruder und setzt sich auf die Bank, nicht ohne ihr vorher einen Fußtritt zu versetzen.

Schweigen.

„Wir treiben ab", sagt Candido.

„Welch eine Beobachtungsgabe! Es muß einfach toll sein, wenn man so intelligent ist."

„Ich hab' das nur gesagt, um etwas zu sagen."

„Also mir wäre es lieber, wenn du schweigst."

Es ist ihre fünfte Nacht auf dem Kaspischen Meer. Und sie haben nicht die geringste Ahnung von ihrer Position. Vergangene Nacht gingen zwei heftige Gewitter nieder. Jetzt scheint sich der Seegang zu beruhigen. Und sie treiben, ob es ihnen gefällt oder nicht.

„Da kommt ein Boot", sagt er.

„Red kein dummes Zeug, Cavalcanti. Außerdem bist du kurzsichtig."

„Und es ist nicht allein, es sind drei. Sogar mehr. Ich würde sagen sechs oder sieben. Oder acht."

Sein feines Gehör – er ist vielleicht kurzsichtig, aber nicht taub – fängt das Brummen von Motoren auf. Sie sind etwa zwei Meilen entfernt. Das Brummen kommt von links und rechts, von hinten und von vorn. Es wird lauter: Die Boote kommen näher.

„Sie kreisen uns ein, Samantha."

Sie antwortet nicht. Sie sitzt da wie gewohnt: die langen Beine angezogen, die langen Arme um die Beine geschlungen. Ihre weitaufgerissenen Augen starren ins Leere. Das Boot gleitet geräuschlos dahin. Keine Möglichkeit, es zu steuern. Vor zehn Stunden, bei Einbruch der Dämmerung, kam Nebel auf. Inzwischen ist er so dicht geworden, daß die Sichtweite nur noch zwanzig Meter beträgt – oder noch weniger.

„Hast du gehört, was ich gesagt habe, Samantha?"

„Ja."

„Sie suchen uns. Ich wette mit dir, daß sie uns seit Tagen verfolgen. Ohne die Gewitter, den Regen und den Nebel hätten sie uns schon lange erwischt."

Sie sagt keinen Ton. Und er überlegt: Wir lassen uns nicht wieder zurückbringen, ausgeschlossen. Gott weiß, was sie mit ihr machen. Jetzt, wo *der andere* nicht mehr am Leben ist. Er hätte sie wenigstens beschützt. Am besten, wir springen ins Wasser. Ich glaube aber nicht, daß wir hier ganz nah an der Küste sind. In dem kalten Wasser wird sie zuerst untergehen. Ich werde ihr folgen, ich begleite sie so weit hinunter wie möglich. Ich beschwere unsere Körper mit Steinen, ihren und meinen. Damit wir nicht mehr hochkommen. So werden sie nie erfahren, wo wir sind.

„Samantha?"

Er wagt sie kaum anzusehen. Wie soll er es ihr beibringen?

„Jetzt höre ich sie auch", sagt sie. „Und du hast recht, sie kreisen uns ein."

„Samantha ..."

Plötzlich tut sie einen seltsamen Schluchzer. Sie weint, fast tränenlos, völlig verzweifelt und ohne jede Hoffnung. Sie sagt:

„Mir reicht's, ich habe die Nase voll. Ich kann nicht mehr. In den letzten Monaten war ich nahe dran, mir das Leben zu nehmen, mehrmals hätte ich es fast getan. Aber immer wieder habe ich mir gesagt, es kann nicht sein, daß du tot bist, niemand kann dich umbringen, du kommst wieder zu mir, wie damals in der Mongolei. Gott weiß, wie sehr ich meine Tochter liebe, aber gewartet habe ich nur auf dich. In den schlimmsten Augenblicken habe ich nur an dich gedacht. Immer wieder habe ich es *ihm* gesagt, dem Dreckskerl: Sie können ihn nicht aufhalten, Sie kennen ihn nicht so gut wie ich. Er wird kommen und Sie töten, Sie Hurensohn, er wird Sie töten ... Und jetzt bist du da! Mein Gott! Und sie erwischen uns wieder. Es ist einfach ungerecht, Candido, Liebster!"

Er starrt sie an, reglos. Nichts ist schwerer, als sich aus dieser Lähmung zu befreien, die ihn ergriffen hat, und zu ihr zu gehen, sie in den Arm zu nehmen. Von Schluchzen geschüttelt, sucht sie bei ihm Schutz.

„Entschuldige die Verspätung, Samantha. Es war nicht meine Schuld, ich habe wirklich mein Bestes getan. Ich liebe dich."

„Ach was! Das wird aber auch langsam Zeit, daß du mir das sagst! Du hast dir einen passenden Moment ausgesucht!"

Er sitzt mit offenem Mund da. Was soll das heißen, ‚das wird aber auch langsam Zeit'? Und sie? Hat sie es ihm vielleicht gesagt? Hat sie es ihm auch nur ein einziges Mal gesagt?

„Bei mir war es doch klar", sagt sie.

Klar? Wie verlogen! Also wirklich, das ist unglaublich!

Ein maßloser Zorn packt ihn. Er stellt sich auf die Sitzbank. Aus voller Lunge schreit er Alechins losgelassenen Hunden entgegen, was er von ihnen hält. Er beschimpft sie. In zehn Sprachen. Und je näher die Bootslaternen kommen, desto lauter brüllt er. Na gut, sollen sie eben versuchen, ihn zu erschießen, oder weiß Gott was mit ihm anstellen. Na gut, sollen sie ihn und Samantha lebend gefangennehmen. Aber das sei noch lange nicht das Ende, er werde fliehen, er werde ihr ganzes Rußland in Schutt und Asche legen, sie hätten doch keine Ahnung, was ein blutrünstiger Jaguar sei ...

... Doch eigentlich erwarten sie von ihm, daß er zunächst einmal mit dem Geschrei aufhört, weil das die Fische verängstigt, und dann, daß er, bitte schön, sein verfluchtes Boot aus den Schleppnetzen entfernt ...

... sie, die persischen Fischer.